btb
Aus Freude am Lesen

btb

Buch

»Das Engelhaus« ist das Haus, in dem Tora Otter, dem Leser schon aus *Hexenringe* und *Springquelle* bekannt, vom Beginn der dreißiger Jahre an bis in die ersten Nachkriegsjahre wohnt. Tora Otter kämpft inzwischen mit dem Herannahen des Alters. Schwer kann sie sich an den Gedanken gewöhnen, daß ihr Körper, der ihr bisher nur selbstverständliches Arbeitsgerät und Fortbewegungsmittel war, zunehmend schwächer wird. In ihrer schlaflosen Einsamkeit kriecht sie die Angst vor dem Tode an, und sie beginnt, ihr bisheriges Leben kritisch zu überdenken.
Tora Otter und das »Engelhaus« spielen auch für die heranwachsende Ingrid, die Tochter von Toras Freundin, eine große Rolle. Sie träumt bereits in ihrer Jugend von einem Leben frei von den Sorgen des Alltags. Bald aber, als sie schwanger wird, einen Sohn gebärt und das ganz normale Familienleben einer Erwachsenen führt, muß sie feststellen, daß sie nicht die Kraft hatte, ihre Träume wahr werden zu lassen. Auch Jenny Otter, Toras Schwiegertochter, fühlt sich in ihrer Ehe nicht wohl. Schwer liegt auf ihr die ganze Verantwortung für die Versorgung der Familie. Aus Sehnsucht nach dem »wirklichen Leben« beginnt sie ein Verhältnis mit einem jüdischen Flüchtling aus Ungarn...

Autorin

Kerstin Ekman wurde 1933 in Rising, Schweden, geboren. Bereits in den sechziger Jahren machte sie sich als erfolgreiche Kriminalschriftstellerin einen Namen. Ihre frühen Romane erweisen sich mit ihren differenzierten Menschen- und Milieuschilderungen als Vorstudien zu ihrem Hauptwerk, dem vierteiligen Romanzyklus, der als bedeutendstes Epos der jüngsten schwedischen Geschichte gilt. *Das Engelhaus* ist der dritte, abgeschlossene Teil dieser großen Schweden-Saga. 1978 wurde Kerstin Ekman in die Schwedische Akademie gewählt, eine Auszeichnung, die vor ihr nur zwei Frauen zuerkannt worden ist: Selma Lagerlöf und Elin Wagner.

Kerstin Ekman bei btb

Hexenringe. Roman (72056)
Springquelle. Roman (72060)
Geschehnisse am Wasser. Roman (72062)

Kerstin Ekman

Das Engelhaus

Roman

Aus dem Schwedischen
von Hedwig M. Binder

btb

Die Originalausgabe erschien 1979
unter dem Titel »Änglahuset«
bei Albert Bonniers Förlag AB, Stockholm

Umwelthinweis:
Alle bedruckten Materialien dieses Taschenbuches
sind chlorfrei und umweltschonend.

btb Taschenbücher erscheinen im Goldmann Verlag,
einem Unternehmen der Verlagsgruppe Bertelsmann.

2. Auflage
Genehmigte Taschenbuchausgabe März 1998

Umschlaggestaltung: Design Team München
Umschlagmotiv: H. Gilman
Satz: IBV Satz- und Datentechnik GmbH, Berlin
MD · Herstellung: Augustin Wiesbeck
Made in Germany
ISBN 3-442-72063-X

Gegenüber der Genossenschaft, an der windigen Ecke der Landsvägsgata und der Industrigata, standen eine Linde und ein altes Holzhaus. Da stand, will man genau sein, auch ein Kiosk. Die Linde und das Haus pflegten sich miteinander zu unterhalten. Zwischen den Worten verging jedoch viel Zeit.

Die großen Häuser haben ihre eigene, langsame Zeitrechnung und vertragen sich mit den Bäumen deshalb relativ gut. An Menschen haben sie dagegen nicht viel Freude. Und aus dem Kiosk schlau zu werden war auch schwierig. Der war nicht dafür gebaut, dort länger als ein paar Jahrzehnte zu stehen, und gehetzt hechelte er alles heraus, was er zu sagen hatte, wie ein Hund oder ein Radioreporter. Leute erschossen sich, stürzten mit Maschinen vom Himmel und verwursteten Pferde. All dem vermochte das Haus nicht zu folgen, und die Linde auch nicht. Der Kiosk war achteckig, bucklig, und seine Nase glich einem Schnabel. Er war grün gestrichen, und das spitze Dach hatte einen Belag aus körniger Teerpappe. Er war leicht reizbar und geschwätzig, keine rechte Gesellschaft für eine Linde und ein verziertes Haus aus dem letzten Jahrhundert.

Das alte Haus selbst fand nicht, daß es sonderlich bedächtig sei, denn es verglich sich gern mit erdverbundenen Steinen. Wie langsam Steine rufen und sprechen, ist ja bekannt. Zuerst muß sich tief in ihrem Inneren eine Verdichtung bilden. Dann folgt ein langsames Heben, und zum Schluß rufen sie, und das geschieht in einer anderen Zeit. Es ist ganz einfach nicht faßbar. Doch rufen tun sie. Selbst im Sockel des alten Hauses, wo die Katzen aus und ein schlichen, riefen die Steine.

Eine Straßenlaterne schien so weit im Innern in der Krone der Linde, daß das Licht auf dem Kioskdach gefleckt wurde. Die Lichtsprenkel bewegten sich zuckend über die schwarze Pappe, deren Teertropfen aufglänzten. Dann wurde es fast eine Stunde lang ruhig, kein Wind bewegte die Blätter, und das Muster blieb unverändert. Das alte Haus räusperte sich, und schließlich sprach es. Das war am Samstagabend. Am Montag spät morgens, nachdem viele Lichtsprenkel, Kelchblätter und Wogen feuchter Nebel über das Kioskdach hinweggetanzt waren, war der Satz vollendet.

Im Inneren der Linde heulte es vielleicht vor Ungeduld. Unter der Erde aber waren ihre Wurzeln um den Steinsockel des Hauses geschlungen, so, wie die Wurzeln eines kräftigen Backenzahnes einen Kieferknochen umfangen, weshalb sie aus guten Gründen glaubte, daß sie zusammen stehen oder fallen würden, am liebsten natürlich stehen, und zwar für ewige Zeiten. Deshalb beherrschte sie sich und antwortete, ehe die letzten kalten Nächte des Spätsommers zur Neige gegangen waren.

Die Linde schüttelte sich in einem Windhauch und ließ einen Regen hellgrüner Blüten auf das Kioskdach niedergehen. Das alte Haus fürchtete dieses Geräusch, glaubte, daß es sich um einen Blutsturz handelte. Das kannte es nämlich. Nicht alle Zeiten eigneten sich gleichermaßen für ein Gespräch. Im Hochwinter, wenn die Linde scheinbar ruhte, gingen in den Knospen und Blütenanlagen so bedeutungsvolle Dinge vor sich, daß die Linde nicht zu antworten vermochte. Und der Knospenaustrieb war eine verzwickte Arbeit, die damit begann, daß der Saft in den haarfeinen Gefäßen stieg und alles, was wächsern und trocken gewesen war, anschwellen und sich aufrichten ließ. Tat das weh? Eigentlich nicht. Aber es war ungeheuer mühevoll, und sie mußte konzentriert sein, wenn sie assimilierte. Es war sehr ungeschickt von dem Haus, gerade diesen Moment zu wählen, um mit einer Ausführung zu beginnen, die in der ersten Juliwoche beendet war, als der Sommerwind in der Krone der Linde großes, grünes Laub bewegte.

Die Linde war lebendes Holz. Das Haus war ebenfalls Holz und nicht wirklich tot. Nein, man kann vom Holz nicht behaupten, daß es so leicht stirbt; es macht Wandlungen durch. Auch das Haus reckte sich noch, schwoll an, ächzte in der Kälte der Winternächte, zog sich zusammen und schuf Risse, durch die Wanzen und Silberfische schlüpften.

Das Haus war ja vor allem eine Wohnstätte oder eine Anhäufung von Wohnungen, Bauen und Höhlen. Es barg viele Bewußtheiten in sich, mehrere Gesellschaften, zufällige und aufgezwungene Gemeinschaften und tiefe Zusammengehörigkeit. Die Katzen schlichen beim Steinsockel aus und ein, und in den Hausfluren schlabberten sie so stürmisch Milch, daß die angeschlagenen Untertassen gegen den Fußboden klapperten. Außer Katzen gab es Feldspatzen, Menschen, Hausspatzen und Läuse, Kakerlaken, Ratten und kleine Mäuse, Hunde und ihre Flöhe, Spinnen, Fliegen, Ameisen, Springwürmer, Mehlkäfer, Spinnmilben und Nachtfalter und Blattläuse auf den Balsaminen. Hausböcke knabberten sich in das Fleisch des Hauses, und unter den Balken auf dem Dachboden hingen in langen Reihen Fledermäuse, hingen mit den Köpfen nach unten, ihre kleinen, mit Klauen versehenen Hände fest geschlossen.

Die Linde beherbergte nur Zufallsgäste, denn sie war ein Fremdling an der Straßenecke. Ihre Besucher kamen als Sendboten mit anderen Gerüchen als denen der Landsvägsgata und der holprigen Industrigata, die bei der Gießerei begann und in einer Emballagefabrik endete. Die Linde stand ja an einer graubraunen, gepflasterten, duftlosen Kreuzung, die an allen Ecken vor Trostlosigkeit heulte. Sie trug eine Mütze aus wattigem Himmel, und rings um sie herum ragten Kulissen aus Undurchdringlichkeit, aus Beton, aus behauenem Stein und Maschendraht, Putz, Schilfrohr, Ziegel und arsenikgetränktem Holz auf. Sie versuchte, die Winde einzufangen, es stieg ihr jedoch ein Geruch von Müll zwischen die Äste, süß und dumpf, und von verbrannten Gummireifen, von Öl, Kellermief und Mundgeruch, von alten Schuhen und vom Humus des Kirchhofs, wo man eben erst ein Grab ausgehoben hatte. Sie konnte aber auch, wenn die Windrichtung günstig war, einen Duft von Reseda erhaschen.

Der Morgen brach zuweilen mit dem Dunst frisch gewässerter Mistbeete an, der guten Kohlensäuredüngung, die der Linde mit einem launischen Windstoß zu Nutzen und Nahrung werden konnte. Sie wurde von Hummeln mit fremdem Staub an den runden, pelzigen Körpern gestreift: Blütenstaub von Glaskirschen, Graf Moltke und Säfstaholm. Unterdes konnte man das steife Rascheln der einzigen Blutbuche in der Stadt belauschen und das Knacken, wenn die Roßkastanien unterhalb der Landsvägsbrücke ihre stachligen Kugeln öffneten und feuchte, braune Nüsse, die niemand berührt und niemand gesehen hatte, herabfallen ließen. Manchmal wurde sie von einem Wind geschüttelt, der vielen Anemonen die Kronblätter entrissen hatte.

Als das Haus gebaut worden war, hatte es eine prächtige Fassade. Da waren Fahnenstangen auf dem Dachfirst und zwei Vortreppen an der Längsseite zur Industrigata hin, Wetterfahnen mit Jahreszahl, kunstvoll wie Schuppen gelegte Holzschindeln an den Giebeln und verzierte Geländer an den Vortreppen. Es hatte komplizierte Spenglerarbeiten und viele Schornsteine. Zur Einweihung wurde die Linde gepflanzt, und die Festreden knatterten wie Wimpel in starkem Wind.

Es war jedoch ein schlechter Bau, ein Bau mit eingebautem Ungeziefer. Man hatte für die Ausstattung einiger Küchen und Wohnküchen Abbruchholz hergenommen. Es war fußkalt und zog in den Ecken, denn es gab keine richtigen

Zwischenböden. Die Füllung in den Wänden rutschte mit der Zeit nach unten, und die Kinder konnten nicht daneben schlafen, denn da bekamen sie Ohrzwang. Aber trotzdem war das hier kein elendes Armenquartier, nein, weit davon entfernt! Hier wohnten die ordentlichen der Arbeiter der Schreinereifabrik, wie es die Redner bei der Einweihung mit den unbearbeitetsten Worten der Sprache, wie Rechtschaffenheit und Ehre und guter Arbeitswille ohne Klassenegoismus, ausgeschmückt und garniert hatten. Sie waren Petrus Wilhelmsons Augensterne und, soweit er das kontrollieren konnte, völlig abstinent. In den Vorratsschränken auf den Fluren mangelte es hier nicht an Essen. Man hielt zusammen Schweine und verfügte über Kartoffeläcker und gute Stuben, diese heiligen, ergreifenden guten Stuben mit ihrem Duft nach Mottenkugeln und schrumpligen Äpfeln in einer Schale, wo sich die Porzellanblume im Dunkeln und Kühlen wand und die Kerzen unangezündet dastanden, bis der Sommer kam und sie sich in der Hitze krümmten. Ja, diese guten Stuben waren eine Versicherung dafür, daß der Kern des Daseins Seligkeit und Feinheit, nicht Knitter und Qualm und blutende Wunden ist.

Das Haus, das nie eine Jugend gehabt hatte, sondern im schilferigen Mannesalter in die Welt und an die Straßenkreuzung hinausgeschmettert worden war, verfiel bald. Es hustete Rauch und ächzte und wimmerte in den Herbststürmen. Dachluken wurden losgerissen, und der Holzschuppen bekam Rachitis.

Doch genau so sollte es sein, denn nun verrottete das alte Schweden hinter seinen Verzierungen und Fassaden. Nun kamen Männer mit steifen Hüten heraus, die schiefen Türen knallten zu. Frisch und beherzt ging es her. Die Welt sollte völlig neu werden. Es roch nicht nach Branntwein, sondern nach Hektografentinte. Der alte Egoismus und Individualismus wurde mit Füßen getreten, daß es krachte und rumste, und er blieb liegen, ein Bündel in einer Ecke (aber ein Bündel, das sich regte), und die Streikbrecher bezogen Prügel.

In den Flurschränken mit den in die Tür gebohrten Luftlöchern aber war nichts mehr zu essen, und die Kinder hatten Magenschmerzen vor Hunger. Die Männer mußten an die Arbeit zurückkehren.

Dann kam der Krieg, und hinterher gab es kaum Arbeit und Wohnungen, weswegen man froh sein müsse, wenn man ein Dach über dem Kopf habe, sagte David Eriksson, der damals dorthin zog. Er war in Stockholm gewesen und hatte sich nach Arbeit umgesehen, und dort wohnten die Leute sogar in der Turnhalle der Polizei in Verschlägen. Da hatten sie Räume aus zusammengenagelten Brettern, Uhr und Öldruck an der Wand, und im Korridor zwischen den Boxen knäuelten sich die Kinder. »Das war was andres«, sagte David Eriksson, der sich draußen in der Welt umgesehen hatte. »Hier ist die reinste Idylle«, sagte er, und da knallten die Türen, und zwischen den Wohnungen dröhnte es im Ofentelegrafen.

Das Haus gehörte nicht mehr Petrus Wilhelmsson; der war jetzt tot. Es gehörte nicht einmal mehr Wilhelmssons Schreinereien, sondern war im Besitz eines gottesfürchtigen Baumeisters, der gelernt hatte, daß alles eitel sei, weshalb er nichts reparierte. Er wartete freilich nicht auf den Jüngsten Tag, sondern auf bessere Zeiten, in denen das Bauland hier gegenüber der Genossenschaft im Wert steigen würde. Dann sollte das Haus abgerissen werden.

Der Dachboden war jetzt nicht mehr dichter als ein Spreukorb aus Spänen, und wenn die Frauen Wäsche aufhängten, pfiff es da oben wie in kaputten Lungen. Die Kaminrohre waren verstopft, die Eulen hatten eine Vorliebe für sie entwickelt.

Die Menschen seien aber auch von anderer Art, sagte man, als Petrus Wilhelmssons überwiegend nüchterne und ordentliche Arbeiter. Es gäbe Menschen, die herunterkämen, sagte man auch, so daß sie wohl die Ansteckung mit Tbc suchten (David Eriksson war jetzt rezesiert) und Arbeit scheuten und in den AK-Baracken* Fusel tranken, um Bauchspeicheldrüsenentzündung zu bekommen. Um die schloß sich das Haus und um ihre Überzeugung, daß sie von anderer Art seien, einer besonders bitteren und verdorbenen Art, die die Gesellschaft im Mund gehabt, dann aber ausgespuckt hatte.

Das Haus, das jetzt in seinem allzu zeitigen Alter so lange Weilen schlief, daß manchmal Jahre darüber vergingen, bemerkte die Veränderungen nicht, wußte nichts von den verwahrlosten guten Stuben in seinem Inneren, von Maischetöpfen und Abfallpaketen auf dem Dachboden.

Kreuger erschoß sich, und der Kiosk fuchtelte mit dem Ereignis herum, er rappelte acht Wochen lang mit klapperndem Laden dieselbe Neuigkeit, doch weder die Linde noch das Haus schienen es zu hören. Ja, das Geratsche und Getratsche und Gehuste der Menschen ging weiter, das war ganz offensichtlich, und das Haus schlief wieder ein.

Zwischen den neuen, stolzen Gebäuden mit verputzten Wänden lag nun, gestrandet am Rand des Trottoirs, dieses alte Wrack mit seinen buckligen Schuppen und wackligen Verschlägen im Hof. Es hustete nach wie vor Rauch, allerdings in dünnen Streifen, denn jetzt wurden zertrümmerte Kisten verfeuert. Etliche seiner Fensteraugen waren ausgedrückt und die Öffnungen mit einem Stück Pappe abgedichtet, andere waren trüb vor Staub und Spinnweben, die von Essensdünsten zottig herabhingen. Sie schielten mit blasigem Glas und Blindhäuten aus grauem Staub, diese Fenster mit steifen Gardinen, wo eine Pilsnerflasche ein halbes Jahr neben einem Glas mit Immortellen stehen konnte, ohne von der Stelle gerückt zu werden.

Die Linde wisperte vom Wald, und das machte auf das alte Haus Eindruck. Sie hatte ein Bewußtsein vom Wald, obschon sie auf Anordnung eines Großhändlers an diese Straßenecke gepflanzt war. Allen Bäumen ist dies gleichsam in den Samen geprägt. Da ist nicht nur das kleine Bild des ganzen Baumes, seiner Ausdehnung zwischen Himmel und Erde, der beiden Kronen, derjenigen, die nach dem Licht und der Kohlensäure der Luft strebt, und der anderen, die die Feuchtigkeit und die Salze sucht, sondern ebenso die Vorstellung vom niemals endenden Wald.

So ist das natürlich mit allem, was lebt. Menschen stellen sich vor, daß es immer Menschen geben wird, auch weit jenseits der nächsten Sterne. Eine Wanze will eine Million Wanzen sein, und ein Baum will ein Wald ohne Ende werden. Der Wald der Linde war der, der nach dem großen Eis mit Ulmen und Linden und Eichen und Haseln gekommen war, mit spielendem Laub, mit Geziefer, Gesumm und Honigduft, mit funkelnden Augen unten in dem wohlriechenden würzigen Gewirr, das am Boden raschelte, mit nordischer Nachtigall und Kuckuck und einem kleinen, verrückten Schmetterling, der still und berauscht zwischen honigfeuchten Fruchthüllen umherflatterte.

Das Haus hatte keine Vorstellung von einer niemals endenden Stadt. Es wollte sich dem Wald ergeben. Doch das war schwierig. Eine Scheune, sogar eine alte Soldatenkate, kann sich ihm ergeben. Sie kann einstürzen und die Stämme, die im Wald gefällt und behauen und mit Moos abgedichtet worden waren, vermodern und zu Wurzelstöcken von Preiselbeeren werden lassen. Es knackt und winselt in solch alten, silbergrauen Häusern, wo nicht einmal mehr Tapetenfetzen an den Wänden kleben. Sie fallen langsam ein und werden fortgetragen, sie sinken tief hinab ins Grün.

Doch von hier an der Ecke der Landsvägsgata und der Industrigata war es ziemlich weit bis zum Wald. Hier war die Stadt mit ihrem kiesigen Marktplatz, ihren ausgefahrenen Straßen und Schächten voller Gesteinsschutt, mit den Blechdächern, die in der Morgensonne von der Feuchtigkeit der Nacht dampften, ihrer Kirche mit spitzem Turm, ihren geheimen Höhlen und Löchern, Pferden, Schatten und steilen Giebeln, schiefen Bretterzäunen, Schildern, die quietschend an rostigen Eisen schwangen, ihren letzten nach Ratten stinkenden Winkeln, Überlandbussen, auf denen der Lehm zu einer Haut aus Staub getrocknet war, Bahngleisen, Bretterstapeln, Bauten, Tonnenhäuschen, hohen Schloten über der Gießerei und dem Sägewerk, den Wagen auf dem Bahnhof, die immer und immer wieder gegeneinanderstießen, ja, diesen Geräuschen von Eisen gegen Eisen, Eisen gegen Stein und Eisen in Holz, das die klagenden Fasern verdrehte und splitterte. Es gab keinen Weg zurück.

Drei Leute kamen eines Nachmittags im Spätwinter 1931 die Magasinsgata entlanggegangen. Der Schneeregen gefror zu Eis und knirschte wie die Dragées, die Tora Otter zu kochen pflegte. Es zeigte sich ihnen nichts Erschreckendes auf dieser festgetrampelten Magasinsgata: keine klaffende Wunde, keine geheime Senkung in der Erde, nicht einmal ein totes Tier. Im Schaufenster der Sparkasse stand nur ein Schild mit den Worten:

DAS GLÜCK DES HEIMS
GRÜNDET AUF EINER GEORDNETEN ÖKONOMIE

Sie sahen jedoch nicht auf, als sie daran vorbeigingen. Vornweg ging Tora mit ihrem Sohn Fredrik, der Galoschen und einen eleganten Paletot, der fast 70 Kronen gekostet hatte, trug. Jenny, die Schwiegertochter, blieb etwas zurück, sie sah verdrießlich drein. Hin und wieder besann sich Fredrik und blieb stehen, um auf sie zu warten. Sie sah recht niedlich aus in ihrem schwarzen Mantel mit Pelzkragen und dem kleinen Hut, den sie auf der einen Seite weit heruntergezogen hatte. Eine Reiherfeder steckte daran, eine ganz kleine nur, an der das Schneewetter zauste. Toras Ansicht nach trug sie viel zu dünne Strümpfe.

Toras Fesseln wirkten in der braunen Wolle stämmig. Sie hatte keinen Hang zur Koketterie. Es war jedoch deutlich, daß die Geschäfte auf dem Markt gutgingen, denn der Mantel war aus gutem schwarzen Tuch, und Kragen und Mütze waren mit Pelz besetzt. Doch sie war müde. Zu Weihnachten erzielte sie einen großen Teil ihres Einkommens, und früher war sie bis in den Januar hinein ein paar Wochen müde gewesen. Nunmehr wollte die Müdigkeit kein Ende nehmen, obwohl es schon März war.

Sie kannte so gut wie jeden Menschen, dem sie begegneten, sagte ständig »Grüß dich!« und nickte. Dort kam ein Laufbursche mit seinem großen Fahrrad. Bei diesem Straßenzustand war Radfahren schier unmöglich, aber er tat es trotzdem. Er kam vom Käse- und Wildhändler und hatte die Kiste vorn schwer mit reifem Käse, Geflügel und Orangen beladen.

Tora hatte Schweinsfüße eingekocht, die sie mit Roten Beten essen würden, wenn sie nach Hause kämen. Sie beneidete diejenigen, die Geflügel aßen, nicht, nein, wahrlich nicht, und man merkte das fast ihrem Rücken an. Jenny wurde plötzlich noch wütender, ihr fiel ihre eigene Mutter ein, Stella Lans, die auch allein war. Die hatte allerdings einen Versorger gehabt. Jetzt war sie nur noch ein verirrter Vogel auf leeren herbstlichen Feldern, nachdem die Scharen weitergezogen waren. Bald würde sie erfrieren oder der Habicht sie holen.

Es war kein Markttag, da wäre Tora hier nicht unterwegs gewesen. Der große Marktplatz war leer, abgesehen von ein paar Leuten, die, den Wind im Rücken, diagonal über ihn strebten. Auf der Storgata war dagegen ziemlich viel los. »Grüß dich, du, grüß dich!« Jenny sah ihr Spiegelbild in einem Schaufenster, aber es war nicht ganz so, wie sie es sich gedacht hatte. Ihr schoß der Gedanke durch den Kopf, daß sie irgendwo anders sein wollte. Sie wollte irgendwo gehen, wo niemand sie kannte, durch große Straßen, wo gleichgültige Gesichter wie Laub auf dem Wasser dahinströmten. Sie packte Fredriks Arm, als fürchtete sie, erhört zu werden. Im Augenblick ging sie hier, der Mantelkragen konnte ihr Gesicht nicht verbergen. »Ist das nicht Fredrik Otters

Frau, die Tochter des Sattlers Lans in Åsen? Lebt die Mutter noch?« »Aber ja, obwohl sie ein paar Gehirnblutungen hinter sich hat.« »Haben sie noch nichts Kleines?« »Nein, es sieht nicht so aus, als würde das etwas werden. Verwandt sind sie, vielleicht liegt es daran.«

Deren Augen hatten sich an ihr festgesogen und wanderten langsam über ihren Körper bis hinein in ihren verborgenen Raum mit seiner Leere. Und Fredrik trabte weiter. Ging er nicht ein wenig über den großen Onkel?

Er wollte Schuhe kaufen. Doch das hier entsprach eigentlich nicht seiner Vorstellung davon, wie man sich ein paar Schuhe kaufen geht. Er wäre natürlich lieber allein gegangen, nonchalant oder doch zumindest lässig ins Geschäft geschlendert, als wäre ihm eben eingefallen, daß er vielleicht ein Paar neue Schuhe brauchte. Nicht so, wie sie sich jetzt hineinverfügten, er und die Mama und die Ehefrau, in Wolle eingemummelt und den Matsch von den Überschuhen stampfend, ehe sie hineingingen. – »Grüß dich«, sagte Tora zu Schuhhändler Ölander, als sie unter der bimmelnden Glocke eintraten, und er grüßte umständlich zurück. Außer dem Inhaber war in dem Geschäft kein Mensch, und es roch vornehm nach Leder und ein wenig nach Alkohol. Im Schaufenster stand ein Paar helle, cremefarbene Damenschuhe mit kleinen Knoten an den Schnürsenkeln. Außerdem waren da Damenhausschuhe aus imitiertem Schlangenleder und Bottinen mit umgeschlagenen und mit Samt eingefaßten Schäften.

EIN GUTSITZENDER SCHUH STEIGERT
DAS BEHAGEN AN DER PROMENADE

stand auf einem Schild, und Tora sah dieses Schild und wurde böse, weswegen, wußte sie nicht. Sie wurde böse auf Ölander, und das hatte etwas mit Schuhen zu tun. Jenny las das Schild und meinte, daß Ölander sie durchschauen müsse oder genauer gesagt, ihre Überschuhe.

Tora sah sich wütend um. Solche Schilder mit Bildern ondulierter Damen mit kleinen roten Mündern und staunend hochgezogenen, fadendünn gezupften Augenbrauen und geraden Nasen mochte sie nicht. Ihr Blick fiel auf Jenny, die dastand und sich spiegelte, unbemerkt, wie sie glaubte. Wahrscheinlich versuchte sie wie Clara Bow auszusehen mit ihren wuscheligen Haaren und dem kleinen, tief in den Pelzkragen aus Kanin gedrückten Kopf. Tora knöpfte den Mantel auf und nahm ihr Halstuch ab, das vorn auf der Brust über Kreuz gelegt war. Jenny wandte sich ab. Dann stellte Tora, demonstrativ, wie Fredrik fand, ihre Handtasche auf die Theke. Es war eine schwarze, glänzende Ledertasche, an den Ecken etwas abgestoßen. An der pflegte sie festzuhalten, zeitweilig war sie wohl die Sicherheit der ganzen Familie gewesen. Der schwarze Riemen war geflickt und das Nickel auf dem Metallbügel abgeblättert, so daß sichtbar wurde, daß er aus Messing war.

Fredrik sagte nun rasch, daß er sich gern ein Paar Schuhe ansehen wolle. Ölander wandte sich jedoch an Tora und fragte, ob es Stiefel oder Halbschuhe sein sollten, und Jenny wurde rot vor Verdruß. Er mußte nun seiner Mutter ins Wort fallen:

»Halbschuhe natürlich!«

»Natürlich« sagte Tora. Darüber hätten sie reden sollen, bevor sie losgingen, doch er war ein Dickschädel.

»Ja, Halbschuhe.«

»Aber das ist doch wohl nichts für dieses Wetter.«

Jenny drückte den Kopf in den Kaninkragen und dachte: »Wenn der Stiefel kauft, dann sterbe ich schlicht. Stiefel mit Schaft und langen Schlaufen.« Sie hatte nicht übel Lust, ihn beiseite zu nehmen und ihm zuzuflüstern: »Wenn du dir so was kaufst, sterbe ich.« Doch er war Gott sei Dank unerschütterlich. Das Ärgerliche, das Gräßliche war nur, daß der Schuhhändler dennoch keine Halbschuhe holte. Erst nachdem Tora heftig durch die Nase schnaubend nachgegeben hatte, ging Ölander, der die ganze Zeit über mit schräggehaltenem Kopf dagestanden und zugehört hatte, zur Treppenleiter, stieg hinauf und holte einen Karton aus dem Regal herunter. Er öffnete den Deckel, schlug das Seidenpapier auf und sagte:

»Hier habe ich eine ausgezeichnete Ware, eine wirklich gute Arbeit.«

Es war ein Paar stumpfe, solide Schuhe, schwarz und neu und glänzend. Er zog den kleinen Schemel mit dem Spiegel hervor, und Fredrik stellte den Fuß auf die schräge Stütze. Dann setzte sich der Schuhhändler auf den Schemel und bediente ihn.

Fredrik hatte leider nicht ebenso schöne Füße, wie sie sein Vater gehabt hatte, dieser Gedanke huschte Tora durch den Kopf, als er den Schuh aufgeschnürt und ausgezogen hatte. Was immer das nun bedeuten mochte. Im Verhältnis zu seiner Größe waren sie kurz und breit. Sie hatte ihren Jungen jedoch stets gute Schuhe gegeben, etwas anderes ließ sich nicht sagen. Die Zehen waren nicht allzu krumm, und am Gelenk der großen Zehe hatten sich keine Knoten gebildet. Genau wie Jenny hatte er jedoch Frostbeulen an den Fersen. Viele hatten während des Krieges Frostbeulen bekommen. Jenny hatte sich ihre in Stockholm geholt, als sie nach Kartoffeln anstand. Sie war bei einem Doktor in der Fleminggata Kindermädchen gewesen, doch der war nur Lehrer in einer Oberschule und kein richtiger Doktor, weshalb er ihr mit den Frostbeulen nicht hatte helfen können.

Bei dieser Witterung waren Fredriks Fersen leuchtend rot und angeschwollen. Noch ein paar Grad Kälte mehr und sie würden ziehen wie entzündete Zähne.

Nun probierte er die schwarzen an. Es war ein solides Paar Schuhe, mit denen wer weiß wer zufrieden sein konnte. Es verstand sich von selbst, daß er mehrere anprobieren würde. Ölander hatte bereits mehrere Kartons heruntergeholt und sie neben dem Schemel gestapelt. Die Schuhe waren jedoch alle ungefähr gleich, schwarz und vorn stumpf. Es ging nun vor allem um die Perforierung oder darum, wie hoch die Hinterkappe sein sollte. War der Leisten breit genug?

Ihnen war allen vieren, ohne es auszusprechen, klar, daß diese schwarzen Schuhe mit recht kräftigen Sohlen Fredriks Stellung in der Welt und in der Stadt als Reisemonteur bei Svenska Motor und noch nicht arbeitslos entsprachen. Tora war es, die fragte, was sie kosteten.

»Zwölf fünfzig«, antwortete Ölander, und sie erwiderte brüsk, daß das nicht gerade billig sei, jetzt, da sie nur drei Tage in der Woche arbeiteten. Sie sagte das möglicherweise, um zu unterstreichen, daß hier ihr Sohn saß, eins neunzig groß und vierundachtzig Kilo schwer, und daß er seine Schuhe selbst bezahlen würde. Falls da irgend jemand etwas anderes angenommen haben sollte. Jenny wurde flammendrot und spürte, wie sich aus einem plötzlichen Haß gegen sie ihr Zwerchfell krampfte.

»Wie fühlt sich die Hinterkappe an? Stell dich hin. Du mußt schon ein bißchen rumlaufen. Das macht dem Teppich hier doch wohl nichts?«

Jetzt kam auch der zweite Schuh hinzu, und Fredrik machte auch seinen linken Fuß frei. Da kam zutage, was Tora eine Morchel nannte. Es war eine von Jennys grauenhaften Strumpfstopfereien. Unglücklich und verlegen merkte sie, daß Tora sie sah. Einzig der Schuhhändler schwebte in seiner leichten Wolke von Alkohol ein wenig über dem Ganzen, und es schien nicht, als merkte er etwas. Fredrik ging mit beiden Schuhen an den Füßen auf dem grauen Teppich hin und her, und sie waren sich einig, daß dies ein Schuhwerk für einen Mann wie ihn war. Nur Ölander faßte irgend etwas anderes auf. Er kreiste um diesen noch nicht dreißigjährigen Jungen und schien seinen Duft einzuatmen, das Aroma und die Eigenart seines Wesens zu prüfen. Und mit Sicherheit erfaßte er da gar nichts, einen schwachen Ton allenfalls, eine gewisse Färbung.

Nun kletterte er ganz weit hinauf. Er stellte sich auf die Zehen und zog einen Karton herunter. Der war hellbraun, und als er den Deckel abnahm und das Seidenpapier aufschlug, war das dick und doppelt gelegt.

»Hier«, sagte er. »Hier haben wir etwas.«

Er stellte einen Schuh auf den Schemel. Der Schuh war weinrot und schmal, hatte eine Rahmennaht und keine Perforierung. Er hatte ganz dünne Sohlen und eine schöne Leiste, die den Fuß schmal aussehen ließ.

»Bordeauxfarbenes Chevreau«, sagte Ölander. Er ließ Fredriks Gesicht nicht aus den Augen.

»Rot kann man doch nicht zum schwarzen Anzug tragen«, meinte Tora.

Fredrik schwieg, und der Teufel von Schuhhändler schwieg. Der Schuh schien, schon wie er da auf dem Schemel stand, auf eine wunderliche Weise zu Fredrik zu gehören. Er hatte in dem Karton gelegen und war mit seinen Vorstellungen von Leben angefüllt worden. Es waren solcherart Schuhe, die viele ziemlich lästige Dinge zu nichtigen Begebenheiten machten. Man bildete sich ein, daß man in Verwandlung auf Verwandlung aus seinem Leben wie aus knitterigen Puppenhüllen heraussteigen könnte.

»Probieren Sie ihn an!« sagte Ölander.

Das tat er. Dann stand er auf und stellte sich hin und wandelte auf dem weichen Teppich die paar Schritte zu dem großen Wandspiegel. Ein Fuß steckte in einem höchst alltäglichen schwarzen Schuh, der ein wenig abgetragen und rissig war. Aber ordentlich geputzt. Der andere in bordeauxrotem Chevreau. Er bewegte sich steifbeinig.

»Treten Sie mit dem ganzen Fuß auf!« forderte ihn der Schuhhändler auf. »Prüfen Sie nur richtig! Na?«

Um keine großen Spuren auf dem hellen Teppich zu hinterlassen, hatte er, als er hereinkam, die Galoschen ausgezogen, und nun lagen sie dort und gafften ihn an.

Jenny war etwas beklommen zumute. Sie betrachtete die

Sachen, die in dieser nach Leder duftenden Welt um sie herum waren. Ein langer Schuhlöffel aus Schildpatt mit Seidenquaste. Jesses, wie elegant hier alles war! Warum gingen sie hierher? Nun ja, Tora kannte Ölander natürlich. Sie kannte Gott und die Welt. Bald dreißig Jahre stand sie schon da draußen und verkaufte Bonbons.

Warum wurde sie nicht alt? Jenny ließ den Schildpattschuhlöffel kreiseln, hielt ihn an der langen Seidenquaste. Tora war bald vierundfünfzig und hatte immer gleich ausgesehen, fand Jenny, der manchmal durch den Kopf ging, daß ihre und Fredriks Ehe nicht ganz wirklich sei. Sie war eine Art Spiel, wie Kinder es treiben. Wenn sie bei Tora schliefen, trauten sie einander nicht zu berühren. Jedenfalls traute Fredrik sich nicht, das hatte sie gemerkt.

Jenny war der Ansicht, daß sie zweierlei tun sollten: Kinder kriegen und von der Stadt wegziehen. Man zog heutzutage aber nirgendwohin. Man hielt an dem, was man hatte, fest, und wenn es auch nur drei Tage in der Woche bei Svenska Motor waren. Es gebe zwanzig Millionen Arbeitslose auf der Welt, sagte Fredrik. Deshalb blieben sie hier, und jede Woche aßen sie sonntags zusammen mit Jennys Mutter bei Tora zu Mittag. Da war Tora jedoch recht sanft und nachgiebig. Sie war müde vom Verkaufen auf dem Markt. Am Montag und Dienstag erwachten ihre Lebensgeister wieder, und bis zum Freitag war sie wieder die alte.

Jetzt war er eine Weile mit den weinroten Schuhen auf dem weichen Teppich umherspaziert und zu einer Stellungnahme gelangt. Er drückte sie so aus: »Das ist etwas ganz anderes.«

Und der Schuhhändler bekräftigte es; es war etwas ganz anderes. Da fragte Tora, was sie kosteten.

»Zweiundzwanzig fünfzig.«

Lächerlich. Sie sagte es nicht, aber man sah ihr an, was sie dachte. Sie sah stolz und böse und zugeknöpft drein. Jenny wurde so nervös, daß sie sich umdrehte und so tat, als studierte sie den Apparat, mit dem man die Leistenweite maß.

»Jaja«, meinte Tora. »Wenn Adam in solchen Schuhen daherkäme, würde mich das nicht wundern. Wo der Kaffee vier Kronen das Pfund kostet und das Fleisch zwei.«

Jenny fand das peinlich, doch Fredrik mußte schmunzeln. Er dachte an seinen Bruder, der Bertil Franzon zum Kinobesitzerkongreß nach Stockholm hatte begleiten dürfen. Er hatte dessen Chrysler Six gefahren. Den Kongreß richtete Aga-Baltic aus, um Tonfilmapparate vorzustellen, und dorthin hatte sich Franzon, mit Pelz auf dem Mantel, hellgrauen Gamaschen, Borsalino und Stock begeben. Adam war fast genauso elegant gewesen.

»Es ist wirklich recht wichtig, daß man tadellose Füße hat«, sagte Fredrik zu seiner Mutter.

Das wußte sie wohl. Doch sie schwieg. Jenny war nach wie vor so nervös, daß sie durch den Raum irrte und den Kalender, die Hausschuhe im Schaufenster und die niedlichen Miniaturschuhe aus Goldleder studierte. Da kamen plötzlich mehr Kunden herein, traten den Schnee von den Schuhen und grüßten nach rechts und links. Sie mußten sich beeilen. Mutter und Sohn sahen einander an.

»Nimm sie!« sagte sie.

Was war das? Sie wußte es nicht. War es vielleicht die Erinnerung an ein Paar unerhört schöne Füße in eleganten Schuhen aus Göteborg? Oder merkte sie, daß sie ohnehin besiegt war, daß sie jetzt schlichtweg besiegt sein mußte, daß Fredrik, einsneunzig groß und vierundachtzig Kilo schwer, ein Wesen und eine Art von Empfindsamkeit zu eigen waren, an die sie nicht heranreichte?

Im übrigen wußte sie ja, daß ein Paar Schuhe ein Paar Schuhe war. Man aß es nicht auf wie Fleisch. Es wurde nicht wertlos wie Aktien und Obligationen. Sie liebte feste Werte, und darin glich sie Bertil Franzon, der beizeiten sein Haus bestellt und die Geschäfte mit Papieren aufgegeben hatte.

»Nimm sie!« sagte sie. »Nimm sie schon!«

Sie wußten alle, daß er sie sich nicht leisten konnte. Nicht, daß Tora ihn damit kompromittierte, daß sie ihm, noch während sie im Geschäft waren, angeboten hätte, den Differenzbetrag zu bezahlen. Doch ihre schwere schwarze Handtasche stand dort auf der Theke. Sie war in sich zusammengesunken.

Was hätte sie tun sollen? Hätte sie zum Kauf dieser Schuhe nein gesagt, wäre es genauso schlimm gewesen. Das einzig Gute war, daß Fredrik mit den Schuhen in einer eigenen Welt, in der es nach feinem Leder duftete und Seidenpapier raschelte, allein war.

»Ja, pack sie schon ein, dann gehen wir«, sagte Tora. Sie verstand, daß sie wahrscheinlich zum letzten Mal dabei war, wenn er etwas kaufte.

Wieder auf der Straße, ging sie vor ihnen her. »Ist Mutti nicht ein bißchen schief?« fragte sich Fredrik, als er mit Jenny Arm in Arm hinter ihr herging. Eine schiefe Hüfte? Er war sich nicht sicher. Es war glatt und beschwerlich. Vielleicht ging sie nur deshalb so schlecht. Es war ihm bisher nie aufgefallen.

Ingrid näherte der Bandsäge einen Dosendeckel mit zackigen Kanten, um ihn zurechtzuschneiden. Sie fürchtete sich ein wenig vor dem schmalen, flattrigen Blatt und dem Geheul beim Schneiden. Um sieben Uhr morgens ertrug sie überdies das Geräusch der Pressen, die neue Dosen formten, nur schwer. In einiger Entfernung in dem Saal schliff Maud an den großen Sandpapierklötzen einer Schleifmaschine Deckel. Es stob und zischte.

Das Leben spielte sich an drei Stellen ab. Hier an der Bandsäge natürlich. Da war es wohl am wirklichsten oder sollte es zumindest sein. Vor den Fenstern waren der Duft nach Tannennadeln in der aufgehenden Sonne, der Geruch nach Holz vom Sägewerk her, die Insekten, das Glitzern auf dem Laub. Wenn von da draußen ein Lüftchen hereinwehte, glaubte sie den Kiesweg unter den Füßen spüren zu können. In ihrem Kopf setzte sich der Roman fort, schändlicherweise. »Der Ball ging ohne irgendwelche störenden Unterbrechungen weiter«, hatte sie kichernd in »Verheiratet oder ledig« gelesen, das einem Woche um Woche, durch Krisen und Konkurse hindurch, auf der letzten Seite der Zeitung begegnete.

Ihre eigenen Geschichten waren aber nicht viel besser. Mehrere Male hatte sie sich schon verletzt, weil sie mit ihren Gedanken weit weg gewesen war. Sie wußte, daß sie damit aufhören sollte. Es machte aber so viel Spaß. Es spielte doch auch keine Rolle. Niemand wußte etwas davon. Obwohl Maud an ihrer Schleifmaschine manchmal zwinkerte, als ob sie etwas wüßte. Es staubte und sirrte, so daß es meist schwierig war, ihr Gesicht zu sehen. Sobald Ingrid zehn Deckel auf einem Tablett fertig hätte, sollte sie damit zu ihr hingehen, und da konnten sie sich ein Weilchen unterhalten, falls der Deutsche nicht kam.

»Präzzission, Fräulein! Präzzission!«

Verflixt nochmal. Er war die Treppe vom Laboratorium heruntergekommen, ohne daß sie es gemerkt hatte. Drüben senkte Maud ihren Kopf, dessen Locken sie unter einem Tuch versteckt hatte, und tat, als sähe sie nichts, doch ihr Rücken bebte vor Lachen. Er ging zu Ingrid hin und paßte einen ihrer Deckel in eine Dose ein. Da klaffte eine große Lücke.

»Das ist zum Wegschmeißen«, sagte er. »Präzzission! Mitdenken, Fräulein!«

Ja, es war leider so, daß das Leben an drei Stellen verlief. Im Kopf spulte sich, vage und murmelnd, der Roman ab. Vor dem Fenster war das richtige Leben mit Tannennadelduft und Freiheit und Stockholm. Und schließlich war da das Leben in der Fabrik, die sie »Die Dose« nannten, und hier hatten sie freilich auch ihren Spaß. Aber Himmel, wie war das schön, wenn es an einem Sommernachmittag endlich fünf Uhr war und sie von dort wegradelte!

Da wehte die Luft kühl ins Gesicht. Die Werkzeugtasche klapperte, wenn sie über die Regenlöcher der Straße fuhr, und zwischen den Beinen war die Sattelspitze zu spüren, und das war nicht unangenehm. Ach ja, herrje, wie schnell man doch von allem wegkam, wenn man ein Fahrrad besaß!

Es war ein Hermes mit hellgrauen Ballonreifen, schwarz lackiert und fast neu. Es hatte einen Gepäckträger und eine Werkzeugtasche mit einer Luftpumpe. Das schien unnötig, denn bislang war nichts passiert. Nicht einmal ein Ventilgummi war kaputtgegangen. An der Lenkstange baumelte ein Beutel mit den eingepackten Frühstücksbroten, dem Kamm und dem Portemonnaie. Das Fahrrad hatte einen blanken, hellen Kettenschutz und ein aus gelbem und schwarzem Garn gehäkeltes Kleidernetz.

»Die Dose« lag ganz draußen, dort, wo die Industrigata beim Sägewerk zu Ende war. Sie fuhr bis zur Landsvägsgata und bog beim Kiosk ab, und dann strampelte sie im Stehen die Brücke hinauf. Auf der anderen Seite der Bahnlinie ging es dagegen fast bis zur Eisenbahnersiedlung bergab. Nach Hause und essen, das dauerte nicht lange. Sowohl Assar als auch Ingeborg guckten etwas verstört drein, wenn sie Ingrid heute ansahen. Die packte ihren Beutel schon wieder voll.

»Was gibt denn das jetzt?«

Sie hatte ihr feines blaues Kleid auf dem Küchensofa ausgebreitet und legte es nun zusammen.

»Packst du das Kleid ein? Wollt ihr tanzen gehen?«

»Ich fahre erst zu Maud rauf. Ich bügle es dort.«

Und dann hinein mit den Haarklammern und diversen Kleinigkeiten, die Ingeborg am besten nicht zu Gesicht bekam: Spiegel, Zigaretten, Puderdose.

»Tschüs dann!«

»Jaja«, sagte sie. »Tschüs, du. Komm nicht so spät heim!«

Assar hatte die ganze Zeit über die Zeitung hochgehalten, doch er las nicht. Er guckte über den Rand.

Es war weit bis zu Maud. Sie wohnte ganz oben beim Friedhof. Wenn Ingrid radelte, hing sie selten irgendwelchen Gedanken nach. Sie war ganz da, und das war auch das Leben. Es war hier. In der Luft, die ihr Gesicht umspülte, und im Kies, der davonspritzte, als sie vor der Genossenschaft in die Bremse stieg, weil ein großer Überlandbus angeschaukelt kam. Er hatte den ganzen Nachmittag in der prallen Sonne gestanden und kehrte nun mit erhitzten Menschen in dunklen Kleidern nach Stegsjö und Vallmsta zurück. Ihr war, als schauten alle im Bus sie an. Vor einigen Jahren hätte sie das noch aus der Fassung gebracht, doch nun versetzte sie das nur in gute Laune. Da drinnen saß sogar ein Hund am Fenster und sah sie an!

Bei Maud zog es, als sie die Haustür aufmachte. Die weißen Gardinen flatterten, daß die Messingringe gegen die Stange klirrten, als die Luft durch das große, stille Haus brauste. Außer Maud war niemand daheim. Ihre Eltern wohnten in dem Sommerhäuschen, das ihr Vater selbst gezimmert hatte. Sie weigerte sich jedoch, mit ihnen hinauszuziehen und den ganzen Sommer dort zu wohnen. Sie war zweiundzwanzig Jahre alt und hatte wenig Geduld mit ihnen. Die beiden waren gutmütig, und sie wußten nicht einmal, daß sie rauchte.

Sie hatte die Küche der oberen Wohnung als eigenes Zimmer bekommen, denn sie vermieteten sie jetzt nicht mehr. Aufgrund der Seidenblumen und Volantgardinen sah man jedoch kaum, daß es sich um eine Küche handelte. Jetzt, wo sie allein war, hatte sie den großen Schrankspiegel aus dem Zimmer der Eltern nach oben geschleppt. Sie hatte einfach die Tür des Kleiderschranks ausgehängt.

»Ja, Bammel hast du keinen«, sagte Ingrid.

»Komm jetzt und trink einen Schluck Kaffee! Das Bügeleisen ist warm. Hast du das Kleid dabei?«

Es war ein blaues Kleid, das Ingrids Schwester Dagmar genäht hatte. Es war wahrlich keine schlechte Arbeit, doch Maud fand es langweilig.

»Warte mal! Mach doch den obersten Knopf auf!«

Sie hatte die Zigarette zwischen den Lippen, während sie Ingrid das bügelwarme Kleid über den Kopf ziehen half, und dann ließ sie die Asche auf den Kragen fallen, bürstete und lachte.

»Warte mal, du mußt zwei Knöpfe auflassen. Schau dich im Spiegel an!«

»Das kann ich nicht machen«, sagte Ingrid.

»Aber klar doch! So macht Margit das. Du solltest mal sehen, wenn sie diese weiße Bluse da anzieht, nachdem Mama sie ihr gebügelt hat. Die knöpft sie bis oben hin zu, doch kaum ist sie draußen im Flur, pusselt sie die zwei Knöpfe auf. Dann rennt sie hinaus zu Jörgen, der sich die Beine in den Bauch steht und wartet, weißt du. Hinter der Hecke. Er hat so wahnsinnig Angst vor Vati.«

Maud spannte und dehnte den Stoff des Kleides, damit der Rock besser fallen würde.

»Meine Güte, wie gut dir Blau steht, obwohl es ja eigentlich die reinste Kinderfarbe ist. Jedenfalls . . .«

Maud sprach dies mit großem Nachdruck aus, und sie lachten beide, denn nun äffte sie Edvin Jansson aus der »Dose« nach.

»*Jedenfalls*, sie hat mir gezeigt, wie sie sich hinsetzt. So, weißt du. Sozusagen den einen Arm nach oben drücken. Nein, setz dich mal her. Ich kann das nicht vormachen, weil ich ja den Kimono anhabe.«

Mit warmen, flinken Fingern machte sie die oberten Perlmuttknöpfe von Ingrids Kleid auf, und dann zeigte sie ihr, wie sie sich hinsetzen sollte, die eine Brust auf den Unterarm gestützt, so daß sie sich im Ausschnitt ein bißchen nach oben schob. Dann tätschelte sie sie und sagte:

»Das wirst du nie machen, ich weiß schon. Aber denk an Margit, die die Realschule und alles gemacht hat. Jetzt geht sie seit neuestem mit Erik Falk.«

»Vom Anwaltsbüro? Ist der nicht sehr viel älter als sie?«

»Na klar. Aber sie macht, was sie will, weißt du.«

Maud flatterte in ihrem bunten Kimono wie ein großer Schmetterling im Zimmer umher. Ihr Beine waren jedoch so lang und staksig, daß sie eigentlich eher einer Schnake glich. Ingrid stellte dies mit Verwunderung fest, als sie ihre Seidenstrümpfe anzog. Wenn sie angezogen war, merkte man das gar nicht. Maud hatte irgendwie Talent zum Hinzaubern und Wegzaubern.

Sie hatte im Damenfrisiersalon, wo sie ein Mädchen kannte und wo sie selbst gern arbeiten wollte, eine Brennschere ausgeliehen. Die war nicht mehr ganz in Ordnung, deshalb hatte sie sie mitnehmen dürfen. Der Stoffbezug des Kabels war ausgefranst, und das Kabel selbst war nun so ziemlich verschlissen. Wenn es sich lockerte, schüttelte Maud es, bis sie wieder Kontakt bekam, und dann schlugen blaue Funken aus der Kabelhalterung. Ingrid duckte sich, wenn sie mit dem großen, rauchenden Stahlwerkzeug ankam.

»Ach was, das ist nicht gefährlich«, sagte Maud, und dann fuhr sie ihr damit in die Haare und machte die erste lange Welle über Ingrids Nacken. Sie sagte, sie sei zur Damenfriseuse geboren, und hoffte, bald eine Stelle zu bekommen. Obwohl sie zu alt war, um noch Shampooniermädchen zu werden. Diese Fertigkeit hatte sie in den Fingern. Die rupften und zupften gern an Haut und Haar, sie zogen an Kleidern und taten und machten. Sie selbst war nicht besonders schön. Doch daran dachte man gar nicht, wenn sie herausgeputzt war. Sie war indes nicht im geringsten mißgünstig und hätte gern allen möglichen geholfen, das Beste aus ihrem Aussehen zu machen, wie sie sagte.

Sie legten die Haare mit Pilsner, denn da behielten sie die Fasson besser, und es roch nur, solange es naß war. Mit kleinen Metallklammern legten sie an den Wangen entlang und oben an der Stirn flache Locken. Die übrigen Haare ondulierte Maud in lange, schräge Wellen, die sie zusammenhängend hinbrachte, so daß Ingrids Kopf einem gelben Sandstrand glich, der von langen Wogenschlägen gesäumt wurde.

Ingrid zupfte vor dem kleinen Kommodenspiegel, den Maud heruntergehoben und auf den Küchentisch gestellt hatte, die Augenbrauen. Sie traute sich nicht, sie so hoch zu zupfen, wie Maud es sagte, der Unterschied würde zu groß. Außerdem tat es weh. Sie hatte eine Unmenge hellblonder Härchen um die Augen, die ganz und gar nicht dort versammelt saßen, wo sie es in einem langen und staunenden dünnen Bogen sollten.

Es war jetzt still hier oben, still und heiß. Eigentlich hätten sie sich mit ihren Gläsern gern auf den Balkon gesetzt. Maud hatte süßen Vermouth eingeschenkt. Draußen trauten sie sich jedoch nicht zu rauchen, deshalb blieben sie in der Küche zwischen verstreuten Kleidungsstücken, Flaschen und Cremedosen sitzen. Ingrid mochte dieses Samstagschaos im Parfüm- und Bügelgeruch und in dem Rauch der flachen türkischen Zigaretten. Wiewohl ihr manchmal davon übel werden konnte, wenn sie zuviel geraucht hatte.

Maud hatte in der Hitze den Kimono ausgezogen. Er lag auf dem Sofa, und dort lag auch wie abgefallene Kronblätter eines großen, welken Mohns ihr Kleid. Sie trug eine Kombination mit schmalen Trägern und Spitzen an der Büste. Sie war leicht gelb, und die Spitze war beigefarben. Ingrid sah sie fast unablässig an. Im Hosenteil saß kein Gummiband, die Beine flatterten leicht. Sie selbst hatte nur Hemd und Hose und fand eigentlich auch nicht, daß sie etwas anderes brauchte. Das sagte sie freiweg zu Maud:

»So was spielt doch wohl keine Rolle. Das sieht man ja nicht.«

Doch da lachte Maud und strich ihr über die Wange. Das war nicht sehr angenehm. Sie spürte, daß Maud sie für eine hielt, die sie nicht war. Ingrid erzählte ihr nicht alles. Maud sagte oft, daß sie einander alles erzählen sollten. Sie legte ihre warmen Hände an Ingrids Wangen und sagte das.

Sie konnte sich an Maud nicht satt sehen. Obgleich sie überhaupt nicht schön war, war sie jetzt betäubend. Ihre Haut war erhitzt und rosig, gleichwohl matt von dem feinen Puder aus der »Three Flowers«-Dose. Die Augenbrauen waren so richtig staunend hochgezogen, der Mund war rot und auf der Oberlippe mit extra hingemalten Bogen versehen. Die hatte sie sonst nicht. Unter den Armen war sie glatt, denn dort hatte sie die Haare mit einer Paste, die sie kräuselte und ausfallen ließ, entfernt. Auch unter den Seidenstrümpfen war sie glatt und rasiert.

Ja, es war eine Art Betäubung, mit ihr in dem heißen Zimmer oberhalb des Kirchhofs zusammenzusein, auf dem sich jetzt am Samstagnachmittag schwarzgekleidete Menschen so vorsichtig über die Kieswege unter den großen Bäumen bewegten, als fürchteten sie, jemanden aufzuwecken.

Hin und wieder kam es vor, daß die Mädchen auch werktags abends hier saßen. Dann zogen sie sich Strickjacken über, gingen auf den Balkon, setzten sich hin und sahen sich die Männer an, die vorbeiradelten. Nicht die alten Kerle und die Familienväter mit ihren Proviantboxen auf den Gepäckträgern, die nach Schichtschluß von Svenska Motor kamen, und fast ebensowenig die jüngeren, wenn sie in Arbeitskleidung ankamen. Es gab nichts Tristeres als diesen langen, sich dahinschlängelnden, da und dort unterbrochenen Zug von Fahrrädern, nachdem die Fabriksirene geheult hatte. Sie kamen drei und drei, und schließlich ein einsamer Griesgram mit hoch hinaufgeschraubtem Sattel, so einem, wie ihn alte Männer haben. Nein, sie gingen nicht eher auf den Balkon, als bis es so dunkel geworden war, daß die Straßenlaternen brannten. Da waren sie selbst nicht zu sehen. Im Schutz des sanften sommerlichen Dunkels konnten sie Kaffee trinken und lange Züge aus den Zigaretten tun. Sobald die Laternen brannten, kamen die jungen Männer angeradelt, angetan mit über den Haaransatz heruntergezogenen weichen Hüten und Hemdkragen, die in der Dunkelheit blitzten, nachdem alles andere farblos und undeutlich geworden war.

Wenn die Abstände zwischen den Fahrrädern abends größer wurden und keine Schritte mehr im Kies zu hören waren, gingen sie hinein, denn es machte keinen Spaß, im Dunkeln über den Friedhof zu schauen und das Geräusch des Windes zu hören, der sich in den großen Baumkronen bewegte. Maud pflegte Ingrid an solch stillen und ereignislosen Abenden einen Stern zu legen. Sie verschob Karten und legte sie um und sprach kundig von Liebe und Geld. Das Ganze wirkte abseitiger als »Verheiratet oder ledig«, das in der Zeitung ablief. Doch das sagte Ingrid nicht, denn Maud schien daran zu glauben.

Wenn es Samstagabend war und sie etwas von dem süßen Vermouth getrunken hatten, radelten sie zum Park oder zu einem Tanzboden außerhalb, am liebsten zum Snickarbacken draußen beim Fideikommiß*. Das war der anerkanntermaßen vergnüglichste Ort. Warum das so war, konnte niemand sagen. Sie waren leicht verschwitzt, wenn sie ankamen, und mußten hinter einem Busch ihre Strümpfe ausrichten, damit die Nähte gerade saßen. Wenn sie sich pudern wollten, zerrten sie an den Handtaschen und ließen den Spiegel fallen. Es war nervig. Einen Flachmann hatten sie nicht dabei, sie fühlten sich vom Vermouth oft schon ein bißchen beschwipst. Natürlich rauchten sie nicht. Das hätte am Beginn des Abends zu schlecht ausgesehen.

Es waren noch mehr Mädchen da, die sich um sie herum kichernd zurechtmachten und dann auf wackeligen Absätzen ins Licht traten. Snickarbacken war uneben. Im Gras vor dem Tanzboden lagen Steine. Zwischen den Eichen sah man den See, und es roch nach Seerosen und süßem schwarzen Wasser. Den Park mit seinen knatternden Glücksrädern und den elektrischen Lampen in den Bäumen vermißten sie nicht. Hier glühten Zigarettenspitzen im Dunkeln und weiße Hemdkragen leuchteten. Vögel wurden von ihren Nachtzweigen aufgescheucht und flogen verschreckt und lautlos davon, wenn die Paare aus der Dunkelheit hereinstolperten. Viele Seidenstrümpfe mußten daran glauben. Am Samstagabend fand Ingrid nicht, daß das etwas ausmachte, aber am Sonntagnachmittag, der lang und besinnlich war, saß sie da und versuchte sie wieder aufzumaschen, und manchmal grämte sie sich und wünschte, sie wäre mit nackten Beinen gegangen.

Die Roxy Band, die im Park am populärsten war, spielte hier natürlich nie, es waren vielmehr Ziehharmonikatrios und zusammengewürfelte Besetzungen von mitunter recht alten Männern. Die kannten tausend Seemannswalzer. Zu Beginn stand der Talkumstaub wie eine Wolke über dem Boden, und die dunklen Hosenbeine wurden weiß.

Sie mochte die Spannung. Anfangs hatte ihr davor gegraut, stehenzubleiben und mit einem, der betrunken war, tanzen zu müssen. Es war nicht ratsam, abzulehnen. Man konnte dann die Röcke hochgehoben bekommen oder den ganzen Abend nicht zum Tanzen kommen. Und es war ein himmlisches Vergnügen zu tanzen, einen Körper so nahe bei sich zu haben, einen, den man überhaupt nicht kannte und dessen Gesicht man womöglich nicht einmal sah. Der Geruch eines weißen, frisch gebügelten Hemdes konnte sie ein wenig schwindlig machen, Hemd und Haut, sogar der Geruch nach Angesengtem an einem Hemdkragen. Dieser schwache Essiggeruch, der petzte, daß eine unglückliche Mutter den Kragen angesengt und mit Essigessenz zu bleichen versucht hatte. Er saß fest, sosehr man auch spülte, und machte diesen Heroen mit seinen schweren Valentinoaugenlidern so menschlich. Wie er geflucht haben mußte, wie seine Mama gejammert haben mußte!

Sicherlich gab es Arbeitslosigkeit und Freudlosigkeit, doch daran dachte man nicht so viel, jedenfalls nicht, wenn man tanzte. Hier draußen sah man keinen AK-Beschäftigten. Sie hatte allerdings gehört, wie es an manchen Orten zugehen konnte, doch hier sprach man nicht über so etwas. Es hatten wohl alle ihr Päckchen zu tragen. Konnte man sich für den Samstag eine Flasche beschaffen, dann war es schön zu tanzen und über etwas anderes zu reden, nahm sie an. Viele Hosen wurden unter der Matratze gebügelt, danach sahen sie auch aus. Sie merkte, daß sie anfing, pingelig zu werden. Das hatte ihr wohl Maud beigebracht.

Nein, hier draußen redete man nicht über AK und sonstige Hoffnungslosigkeiten. In der Stadt konnte sie schon manchmal Sticheleien ausgesetzt sein, weil sie in der »Dose« Arbeit hatte, während so viele Familienväter arbeitslos waren. Aber hier nie, hier war man keinen Sticheleien ausgesetzt. Hier hatte man seidige Beine, warm war einem, und man hatte frisch gezupfte Augenbrauen. Hier wollten sie einen am liebsten nach Hause begleiten und ganz, ganz lieb sein. Sie mußte von all dem wegradeln, wenn sie zu sehr bedrängt wurde.

Maud und sie verloren sich aus den Augen, nachdem der letzte Tanz gespielt war. Das passierte immer häufiger. Sie stand da und sah sich nach ihr um, nachdem sie ihr Fahrrad hervorgezerrt hatte. Ihr war etwas mulmig zumute, und sie mußte sich wohl oder übel an irgendeine Clique dranhängen. Das würde sicher gehen. Der, der zuletzt mit ihr getanzt hatte, hatte ihren Arm gedrückt, doch sie fand tausend Fehler an ihm. Langweilig und schwerfällig und stur kam er ihr vor. Und aus seiner Jacke ragte der Kragenknopf heraus.

Was Maud hinterher trieb, wußte sie nicht genau. Sie wollte es auch gar nicht wissen. Maud erzählte gewöhnlich, mit wem sie zusammengewesen war. Sie wollten einander doch alles erzählen, sagte sie. Doch Ingrid wollte es gar nicht hören. Das war eine andere Welt. Das war kein Spaß mehr.

Spaß konnte es jedenfalls recht lange sein. Sie sagte nicht immer nein, wenn jemand sie auf dem Heimweg begleiten wollte. Sie war auch schon einmal mit einem Jungen etwas zeitiger aufgebrochen. In weiter Entfernung hatten sie die Musik gehört, sie lag auf dem erleuchteten Laubwerk der Ebene und wiegte sich, Stimmen riefen. Sie hatten auf einem Stapel Heureuterstangen gesessen, um sich auszuruhen, und sie hatte seinen Hemdkragen mit Speichel ganz naß gemacht. Sie waren nicht weiter weg gewesen, als daß sie noch lachende Stimmen und das Dröhnen des Basses hörten. Als sie die Augen geschlossen hatte, war ihr, als schaukelte die grauschimmernde Dunkelheit, und obwohl sie grobes Holz im Rücken spürte, wähnte sie sich außerhalb aller gewöhnlichen Begriffe. Sie hatte keine Lust, sich über das, was sie gerade tat, Gedanken zu machen. Daß sie ihn nicht kannte, war in dem Moment nur gut. Er war nur kalte Lippen und eine heiße Zunge, ein harter Rücken unter ihren Händen. Sie kam sogar flüchtig an sein Glied unter dem rauhen Hosenstoff und fragte sich hinterher, ob er das wohl gemerkt habe.

Seltsamerweise war er es, der sagte, daß sie weiterradeln sollten. Sie wußte nicht, warum er das wollte. Sie fühlte sich jedoch ein wenig erleichtert.

Eine Unschuld sollte ja wie der Besitz eines kleinen Schatzes sein, eine süße Nuß in einem Versteck. Ingrid hatte diese Nuß nicht mehr, sie war aber dahintergekommen, daß man genausogut ohne sie zurechtkam, es durfte nur niemand wissen.

Sie war ganz und gar nicht diese Kostbarkeit und reine, kleine Knospe, wie sie sie sich aufgrund von Ingeborg Eks scheuen Beschreibungen vorgestellt hatte. Sie war lediglich eine kleine Unkenntnis und ein Risiko, das man nicht eingegangen war. Hinterher fühlte man sich ungefähr genauso wie vorher. Sie hatte es nämlich erst einmal getan.

Sie war mit einem Jungen, der älter war als sie, zusammengekommen. Sie selbst war da erst neunzehn. Es war just hier draußen auf Snickarbacken, an einem Augustabend. Er hieß Åke Ekengren. Das war ein toller Name, und Åke sah sehr gut aus. Als er sie auserwählte, merkte sie, daß sie sich dem Kreis der hübschen oder jedenfalls ziemlich hübschen Mädchen zu nähern begann. Wahrscheinlich hatte sie das Maud zu verdanken. Sie hatte mehrere Samstagabende mit ihm getanzt. Manchmal hatten seine Lippen ihre Schläfen berührt, und sie konnte sich das immer noch in Erinnerung rufen, besser als das, was später passierte. Eines Abends stand er neben ihr, als sich einer der Veranstalter räusperte und verkündete:

»Im Namen der Arbeiterkommune von Forstorp möchte ich den Anwesenden ganz herzlich für diesen Abend danken und sie auch nächsten Samstag hier wieder willkommen heißen dürfen. Und nun spielt das Egils Trio den absolut letzten Tanz.«

Es gab dann aber noch einen. Als sie nach Hause radelten, war es ganz warm und dunkel. Die Luft war mild. Sie konnte sich nicht erinnern, daß sie die erste halbe Meile* sehr viel gesprochen hätten. Er hielt schließlich bei einem weißen Haus hinter einer Fliederhecke an. Es war die Personalunterkunft eines Kinderheims, das hier draußen auf dem lehmigen Acker stand. Er erzählte, daß seine Schwester dort arbeite. Sie könnten bei ihr Kaffee bekommen.

Die Schwester war jedoch nicht zu Hause, als sie den knarzenden alten Holzkasten betraten.

»Wir warten solang«, sagte er.

Ingrid fand das spannend. Sie ging umher und guckte, faßte die Haarbürste und den Kamm auf der Kommode an, betrachtete die Sachen genau. Es war geheimnisvoll und interessant, das Leben dieses unbekannten Mädchens, obwohl die Sachen, die es hatte, ganz alltäglich waren: Haarspangen in einem Kästchen, ein Gaskocher auf einer Kiste in einer Ecke. Den schmiß er an.

»Wir machen derweil Kaffee«, sagte er.

Und daran war ja nichts Schlimmes. Jetzt erst sah sie, was für ein Profil er hatte. Und was für ein weiches Hemd, von ungeheuer guter Qualität.

Sie tranken den Kaffee, und er setzte sich neben sie auf die Ottomane seiner Schwester und umarmte sie stürmisch. Dann begannen sie sich zu küssen. Sie verstand, daß er sehr viel Erfahrung hatte. Das empörte sie ein wenig, doch dieses Gefühl ließ sich leicht vertreiben, weil das, was er machte, so genüßlich war. Und es konnte ja nichts passieren. Er streichelte und streichelte sie jedoch, bis er zwei Finger unter ihrem Hosengummi hatte, und dann half nichts mehr. Sie wollte aufstehen, wurde aber nicht gelassen. So könne man sich nicht aufführen. Habe sie ihn soweit gehen lassen... Aber die Schwester!

»Ach was, die kommt nicht. Das ist dir doch wohl klar!«

Sie kam nicht von ihm los, von seiner Erfahrenheit und seinem Ungestüm. Sie fand es auch schön, bis er es dann wirklich tat. Da wurde sie vollkommen kalt und ängstlich.

Er wurde ebenfalls recht kalt hinterher. Sie wußte nicht, ob er enttäuscht war oder was es sonst war. Er schien fast ein bißchen böse auf sie. Als sie sich in den Korbstuhl setzte, bekam sie hinten am Rock einen großen Fleck.

»Ja du meine Güte, du kannst dich doch nicht einfach so hinsetzen«, sagte er und reichte ihr ein zusammengelegtes Handtuch. Dann fuhren sie nach Hause. Es war jetzt viel kälter, und sie hatten praktisch noch eineinhalb Meilen zu radeln. Ihr tat der Rücken weh. Sie dachte: »Das ist mir nicht passiert, nein, mir ist das nicht passiert. Es hat ja auch gar nicht weh getan. Es ist wohl nicht richtig gewesen. Man blutet doch normalerweise. Normalerweise kommt Blut, das hatte Maud gesagt.«

Sie war so kindisch, ihm das zu sagen. Das war die allerschlimmste Erinnerung: wie sie durch die kalte Nachtluft fuhren, schnell und monoton traten, so daß die Wadenmuskeln zu schmerzen anfingen, und sie ihn fragte, ob es richtig gewesen sei, ob man normalerweise nicht ein bißchen blute.

»Doch, es war richtig«, sagte er mit rauher, belegter Stimme. Er hatte wohl auch zuviel geraucht.

»Du mußt jetzt zusehen, daß du nach Hause kommst«, sagte der, den sie nicht kannte. Sie sah ihn mehrmals von der Seite an, doch er zeigte ihr nur unverwandt sein schönes Profil. Sie konnte nicht wissen, was er dachte.

Danach sah sie ihn nur noch von weitem. Er grüßte sie. Aber er forderte sie nicht mehr auf.

Sie hatte es jedenfalls nicht wieder getan. Es war jetzt bald drei Jahre her, daß das passiert war. So nach und nach hatte das Tanzen wieder Spaß gemacht. Sie mochte die Spannung. Es machte Spaß, in einer großen Clique oder schlimmstenfalls, wenn sie einen, der hartnäckig war, loswerden mußte, allein auf Pfaden und durch die Felder heimzuradeln.

»Du bist vielleicht lustig«, sagte Maud manchmal. »Wozu machst du dir denn die Mühe und richtest dir die Haare, wenn du dann doch mit keinem zusammensein willst?«

Darauf antwortete sie jedoch nicht.

Es war Nacht. Über ihrem Kopf raschelte und rauschte das Laub, während sie durch die Allee radelte. Von den Feldern wehte ab und zu ein warmes Lüftchen herein, als hätte der Sommerwind den ganzen Tag über zusammengerollt dagelegen und bewegte sich nun plötzlich im Dämmer der Nacht. Ein Fuchs erhob sich draußen auf dem Feld von einem flachen Stein. Hatte er dort geschlafen? Sie sah seine Silhouette. Bedächtig erhob er sich, streckte sich wie ein Hund, und dann horchte er ihr nach. Die Fahrradkette schepperte wohl ein bißchen. Er lief jedoch nicht weg.

Dies war eine Landschaft, die Menschen gemacht hatten. Äcker, Felder, Alleen. Laubwäldchen und Weiden mit kleinen Steinhaufen. Die Seen tasteten sich zwischen das Laub, ihr hingegossenes Wasser spiegelte Himmel und Bäume.

Auf einer Anhöhe lag schlafend und ruhig der Hauptmannssitz. Er hatte einen strengen und dunklen roten Anstrich, als wäre er in einer ganz anderen Zeit aufgetragen worden. Mitten auf dem Hof stand ein eiserner Topf mit einem Rosenstrauch. Die Katzen waren draußen; die Katzen, der Fuchs und Ingrid. Die Vögel schliefen auf Nachtzweigen in dichten Büschen und Bäumen, die schwarz aussahen. Himmel, wie müde sie war, müde und ein wenig erregt von der Einsamkeit.

Diese Landschaft mit ihren tiefen, weichen Linien hatte keinen Horizont. Sie war laubreich und anmutig, gezüchtigte Natur und die ruhige Überzeugung, daß es um Menschen herum so und nicht anders sein sollte. Schwäne saßen ganz still im Teich und leuchteten. Sie hatten die Köpfe mit den langen, geschmeidigen Hälsen unter die Flügel gesteckt. Hinter den Bäumen des Parks sah sie dunkelgelb das Schloß stehen. Der Mühlwasserfall mit eisenbeschlagenen Überfällen. Er murmelte in den Holzrinnen, und als sie über die Brücke fuhr, hatte sie den Eindruck, als spreche er.

Alte Steinkeller duckten sich unter wucherndem Wolfsmilch- und Himbeergestrüpp. Die Scheunen wurden von der

Dämmerung nahezu verschluckt, so grau war ihr Holz. Auf dem Weg saßen seltsame Vögel. Erst nach einer Weihe begriff sie, daß das Ziegenmelker sein mußten. Fünf, sechs Stück hatte sie bereits davongescheucht. Dort draußen auf dem Acker war der Wachtelkönig zu hören.

War diese Landschaft tot oder verlassen? Erinnerung oder Traum? Über der Lenkstange halb schlafend kam ihr der Gedanke, daß sie nicht richtig wirklich sei. Der Dämmer der Nacht hatte ihre Farben ausgebleicht. Bisweilen waren da aber die Gerüche, die ein Windhauch gelöst hatte. Sie wogten heran, ein Duft nach verblühtem, echtem Labkraut und beinahe moderndem Jasmin aus einem Garten hinter einem weißen Zaun. Sie fuhr an einem Viehstall vorüber. Der Geruch des Mists war streng und scharf, ganz und gar nicht wie der, den man von grasenden Kühen auf einer Weide und ihren frischen Ausscheidungen her kannte.

Hier standen still große Pferde. Sie schliefen, das Maul am Schwanz des anderen, befreit von Fliegen, befreit. Sie schliefen in großen, dunkelblauen Träumen, ihre zottigen Sprunggelenke und gewaltigen Schenkel in Ruhestellung. Sie schnauften kaum merklich durch die Nüstern. Ingrid war froh, daß sie diese Koppel nicht durchqueren mußte. Waren das überhaupt Pferde? Nun war sie vorüber und sah sich um. Pferde oder große Steinblöcke.

An einigen Stellen mußte sie durch den Wald, und sie fand ihn unheimlich. Er war etwas ganz anderes, eine unmenschlich rauhe und dichte Finsternis herrschte darin. Die letzten zwei Kilometer in die Stadt waren fast nur Wald. Himmel, wie sie in die Pedale trat! Sie hatte von dem anhaltenden Gegenwind eine ganz kalte Brust.

Die Stadt kam ihr in diesem stillen, freundlichen Laubreichtum, durch den sie gefahren war, wie ein bösartiges Geschwür vor, vielleicht ein Fleck und etwas Zufälliges. Sommerhäuschen lagen an einem stillen See hier mitten im Wald, Häuschen an einem finstern Tannenstrand. So lagen keine alten

Amtssitze. Sie klammerten sich hier am Uferrand fest, und hinter ihnen war die Finsternis. Eine seltsame Art zu wohnen.

Eigentlich wollte sie nicht in die Stadt. Sie empfand gegen sie den gleichen Widerwillen wie gegen die Art, in der die anderen, die Erwachsenen und die im Leben Eingerichteten, lebten.

Ingeborg Ek sagte oft zu ihr, daß sie nun erwachsen sei. Als ob sie sie daran erinnern wollte. Es konnte vorkommen, daß sie sich auch so fühlte, aber noch wollte sie nicht hinein in die Welt und deren Leben. Sie hielt es für schwerfällig und in sich geschlossen. Ein großes Ei. Sie wollte nicht hinein in das Weltenei.

Sie war sich unsicher, welche Handlungen gefährlich waren und sie dorthin führen konnten. Die Unschuld zu verlieren, gehörte dazu, dessen war sie sich sicher gewesen. Bis sie es tat und entdeckte, daß sich dadurch nichts änderte. Kinder zu kriegen, zu heiraten – all so etwas gehörte natürlich dazu. Aber auch Handlungen und Gesten, die belanglos schienen, konnten bedeutungsvoll und schicksalhaft sein. Wenn man ein ganz neues Kleid oder einen Mantel anzog. Man wußte es nicht genau. Wenn man sich von einem Kerl eine Zigarette anzünden ließ und seine eigene Stimme leise und ernst werden hörte.

Überall lauerten verborgene Bedeutungen und Schickungen, die über einem sein konnten, ohne daß man sich im voraus darüber klar geworden wäre. Das ließ sie über die einfachsten Handlungen nachdenken. Sie saß zu lange mit der heißen Brennschere in den Haaren da, die Kopfhaut verbrannte. Was mache ich?

Radfahren war nicht gefährlich. Da dachte sie fast überhaupt nicht nach. Sie fuhr Rad. In der schlafenden Landschaft konnte man sich unbeschwert bewegen. Alles war unbekannt, sie wollte nirgendwo hinein. Wollte keines dieser Leben teilen. War das Freiheit?

»Deine Freiheit ist nur ein Gefühl«, sagte ihr Bruder Konrad. »Es ist so, daß du das willst, was möglich ist, ohne daß sich etwas wesentlich ändert.«

»Ganz bestimmt«, erwiderte sie heftiger und gehässiger als beabsichtigt. »In dieser Sklavengesellschaft, was? In diesem Gefängnis!«

Das Schwierige mit Konrad war, daß er Ironie vollkommen ernst nehmen konnte.

»Jaa«, sagte er. »Wenn es auch keine Ketten sind, die dich festhalten, sondern Wurzeln, Wurzeln, fein wie Haargefäße. Wenn du sie in deiner Einsamkeit abreißen würdest, würdest du verdorren.«

Sie fühlte sich gefangen, als er das sagte. Ein Stumpf, den man mit einer Schere zugeschnitten und fest umwickelt hatte, war ihre kleine, kippelnde Möglichkeit zur Freiheit nun. Sie hieß: ein heimliches Leben.

Konnte man schon nicht in Freiheit leben, so konnte man wenigstens ein heimliches Leben haben. Ein Leben neben dem, welches man in ein System von Wurzeln eingepaßt und verstrickt, führen mußte.

»Jeder Mensch hat ein Recht auf sein eigenes Leben«, sagte sie zu Konrad.

Er war jedenfalls der am wenigsten geheimnisvolle Mensch, den sie kannte. Sein Leben lag offen, in ständigen Diskussionen dargelegt. Agnes und er lebten wie auf einem Präsentierteller. Sie fragte sich, ob Agnes das wollte. Man mußte sich dabei vorkommen, als würde man täglich und stündlich vor Gericht gestellt. Sie hatte einmal aus Jux Ingeborg Eks Konfirmationsbibel aufgeschlagen, und da stand die Geschichte von einem Mann, der mitten in der Nacht aufwachte und glaubte, daß ihm jemand etwas zuflüstere. Er schauderte, und die Beine begannen zu zittern, und er hatte das Gefühl, als berühre jemand sein Gesicht und fordere Rechenschaft von ihm. Es war eine Gestalt, die er nicht sehen konnte und deren Namen er nicht wußte. Obwohl Ingrid wußte, daß ihr Bruder mit

Gott nichts zu schaffen hatte, seit er vor Jahrzehnten bei einer Versammlung der Jungsozialisten mit ihm abgeschlossen hatte, war ihr, als sie das las, Konrad eingefallen.

Weshalb sollte ein Mensch sich ständig erheben und Rede und Antwort stehen müssen? Weshalb sollte sie das ganze System und alle Lösungen selbst berechnen müssen und glauben, sie triebe die Welt durch protokollierte Beschlüsse voran? Wer verlangte ihr diese grauenerregende Schuldigkeit ab, das ganze Leben in einer Versammlung zu sitzen? »Wie weit gehört mein Leben eigentlich anderen, und wie weit gehört es mir selbst?« fragte sie sich.

Sie wußte nicht, ob sie von Konrad darauf eine Antwort bekommen hätte. Es gab wohl keine Antwort. Alles sei nur das, worauf wir uns geeinigt hätten, daß es sein solle, würde er sagen. Doch wenn man sich, so wie sie, noch nicht in das Weltenei hineingepickt hatte, dann hatte man sich mit niemandem auf etwas geeinigt. Das war doch auf jeden Fall Freiheit?

Nein, es gab keine Antwort, doch manchmal glaubte sie in der Luft, die um sie herum war, welche zu sehen, genauso wie sie auch Ereignisse sehen konnte, die belanglos schienen, in Wirklichkeit aber bedrohlich und bedeutungsschwer waren. An einem Wintertag, als sie auf dem Weg zur »Dose« war, stoben aus einem Schornstein Funken gegen den dunklen Morgenhimmel. Sie sah, daß die Luft voll Hoffnung war. Doch worauf war sie gerichtet? Konnte man denn nie erfahren, worauf sie gerichtet war?

Sie radelte recht häufig zu Konrad. Um zu seiner Wohnung über dem alten Casinotheater zu gelangen, mußte man um das Haus herumgehen. Dort führte außen an der Wand eine wacklige Holztreppe hinauf zur Tür.

Franzon vermietete das Casino nicht mehr als Theatersaal. Es war zu schäbig. Er führte dort nicht einmal Filme vor. Dagegen wickelte in der Regel ein Auktionator von der Bühne herunter seine Verkäufe ab, und er verwahrte auch seine Waren oben auf dem Dachboden. Der Ringerclub trainierte hier und veranstaltete in dem großen, undichten Holzhaus seine Wettkämpfe. Dazu schaffte man die Bänke weg und legte gepolsterte Matten aus grauem Kanvas aus. Die Ringer kleideten sich oben auf der Galerie um, und an den Tagen, an denen sie da waren, roch das ganze Haus nach Schweiß.

In der guten Stube von Konrad und Agnes befand sich die Geschäftsstelle der Kommunistischen Partei. Um dorthin zu kommen, ging man durch die Küche. Die Geldkassette stand unter dem Sofa. Da drinnen diskutierten sie ganze Abende lang und manchmal bis tief in die Nacht. Ingrid war das zuwider: bla, bla, bla. Aus dem Raum drangen der Tabakrauch und die murmelnden Stimmen heraus. Hin und wieder wurden sie laut. Ihre Parteiversammlungen hielten sie natürlich an einem Abend, an dem dort weder geboxt, noch etwas versteigert wurde, unten im Theater ab.

Agnes und Konrad hatten, als sie ein knappes Jahr verheiratet waren, einen Sohn bekommen, und dann bekamen sie ein Mädchen. Das war ein bißchen dicht aufeinander. Sie schafften es aber. Konrad hatte ja seinen Hausmeisterposten bei Franzon. Dann bekamen sie Zwillinge. Sie hatten also bereits vier Kinder, und Ingrid fand, daß Agnes um den Bauch herum schon wieder etwas rund aussah. Sollte das der Fall sein, wäre es ein Elend. Ansonsten war sie dünn wie ein Strich, deswegen sah man es wohl so deutlich. Sie war ein sanfter und gutmütiger Mensch. Ingrid hielt sie für zu fügsam, und Tora Otter sagte freiweg:

»Die ist'n Schaf.«

Die ganze Zeit war sie mit Kinderwäsche und Essenmachen beschäftigt. Ingrid hatte sie noch nie länger bei einer Tasse Kaffee, oder, nicht auszudenken, mit einer Zigarette ruhig dasitzen sehen. Die Kinder klammerten sich an sie und plärrten und wollten ständig etwas von ihr. Wenn sie auf den Abort ging, dann standen sie davor und hämmerten mit kleinen Fäusten gegen die Tür. Sie mußte notgedrungen aufmachen.

Manchmal roch es ganz penetrant nach Kacke, wenn Ingrid kam. Sie war nicht daran gewöhnt wie Agnes, darum sagte sie auch etwas, wenn es allzu unerträglich war. Wenn Agnes ihnen die Hosen auszog, waren sie innen gelb. Die Kinder hatten schlechte Mägen. Es gab nicht so regelmäßig zu essen, wie es nötig gewesen wäre. Zu viele Leute liefen hier oben herum. Knall auf Fall mußte Agnes Kaffee kochen oder hinuntergehen und die Bänke im Theater umstellen helfen. Da steckte sie den Kindern ein Stück Kuchen oder Sirupbrot zu.

Die Zwillinge waren eineiig. Ingrid starrte sie manchmal an. Sie waren vollkommen gleich und hatten von der Geburt her schiefe Köpfe. Noch wußte niemand genau, ob sie zurückgeblieben waren oder nicht.

Agnes und die Kinder konnten wahrscheinlich auch nicht richtig schlafen, denn es war nie ganz ruhig in der Wohnung. Spät abends und manchmal auch nachts kamen Leute aus der guten Stube. Sie bemühten sich sicher, leise und vorsichtig zu gehen. Schnaps gab es bei Konrad nie. Er war Abstinenzler.

Er hatte wieder in der Bäckerei zu arbeiten angefangen. Er stand um vier Uhr auf. Nachmittags sollte er seinen Hausmeisterposten versehen, doch um alles, was sich in der Zeit, in der er nicht da war, zutrug, mußte Agnes sich kümmern. Ingrid fand deren Leben ein Durcheinander. Doch es änderte sich nie. Die Zeit schien stillzustehen wie altes Spülwasser in einem verstöpselten Ausguß. Er predigte hier Freiheit. Denn Kommunismus sei Freiheit, sagte er, und sie glaubte es ihm gern. Wo aber war die Freiheit? In seinen Träumen? In dem kleinen Blechkasten mit der Parteikasse? Das Durcheinander war ihr ein Greuel.

Wenn man Agnes und Konrad ausnahm, fand sie allerdings nicht, daß die Mitglieder seiner Partei den Eindruck machten, ein anderer Menschenschlag zu sein als ihre ärgsten Feinde, die Sozialdemokraten. Sie glaubte, daß sie alle es zu etwas bringen wollten und daß viele von ihnen starke Menschen waren, und vielleicht war Konrad das auch. Sie diskutierten über

Taktik. Sie diskutierten, wer sich Kilbom* anschließen würde, und hatten vor denen die blecherne Geldkassette versteckt.

Die Männer sahen sich niemals um, wenn sie durch die Küche gingen. Blindlings stapften sie zwischen allem hindurch, den Kindern, den Kleidungsstücken, Agnes' klebrigen Kochtöpfen. Sie sprachen in ihren Termini, ihren Doktrinen, Formeln und Theorien. Sie hätte sie gern gesalzen und scharf kritisiert, traute sich aber nicht, da sie das Gefühl hatte, daß genau eine solche Handlung schicksalhaft sei.

Sie hatten sich in endlosen Disputen zerstritten. Die Sozialdemokraten waren ihre bittersten Feinde. Die Stadt nannten sie ein Sozinest. Ingrid wollte es einfach nicht in den Kopf, daß ihr Onkel Valentin, ein Gießer, der Hauptfeind sein sollte. Sie ging gern zu ihm. Es war sauber und einsam in seiner Küche. Er las seine Zeitungen und wurde abends zeitig müde. Und er hustete. Sie war sich sicher, daß seine Lungen angegriffen waren. Der große Kupolofen in der Gießerei qualmte. Zugstiefel, Beinleder und Brille legte er ab, wenn er abends nach Hause ging, der Gießerhusten indes kam mit ihm mit. Wenn sie ihn besuchte, schäkerte er jedoch immer mit ihr und freute sich. Ein Mädchen – das war doch etwas Sorgloses und Lachlustiges, wie ein Bündel aus Spiel und Neckereien. Nichts Ernstes. Und sie verhielt sich oft, wie er es wollte.

Zu Frida fuhr sie nicht so gern. Sie war nicht der Meinung, daß die Mutter und sie sich etwas zu sagen hatten, und es war so tödlich langweilig in ihrer kleinen Wohnung, sauber aufgeräumt und tot. Sie wohnte ja nun allein. So wie Ingrid das Zimmer und die Küche, wo sie gewohnt hatten, als sie klein war, in Erinnerung hatte, mit Wäscheleinen an der Decke und Konrads Büchern und Schreibpapier überall, war es jedenfalls irgendwie gemütlich gewesen. Doch die Erinnerung war so schwach. Eigentlich fielen ihr nur noch die knotigen Wäscheleinen, die an der Decke über Kreuz gingen, und Konrads Sofa mit den Büchern ein.

Zu Tora in die Magasinsgata fuhr sie nicht so oft. Tora

zankte zuviel mit ihr. Sie blaffte über Seidenstrümpfe und Puderdosen.

Manchmal glaubte Ingrid alles an ihrer Herkunft zu hassen. Fridas Genügsamkeit und Dagmars Arbeitsamkeit und heimliches Picheln. Es war bestimmt Fernet Branca, was sie süffelte. Sie roch wie nach Medizin aus dem Mund. David war jetzt zum zweitenmal arbeitslos. Es lief schlecht bei ihm. Und Anna hatte so ein geheimnisvolles Getue, als sie in gar zu flotten Kleidern aus Norrköping kam. Niemand traute sich zu fragen. Sie sei Serviererin im Druvan, sagte sie. Doch irgend jemand hatte sie bei Skul-Jon gesehen, und dort verdiente man nicht das Geld für solche Kleider.

Ingrid wollte es nicht so haben wie eine von denen. »Was willst du dann?« Konrad sah richtig interessiert aus, als er das fragte. Ihr schwante jedoch, daß er drauf und dran war, sie in eine Diskussionsfalle zu locken. Dennoch antwortete sie ganz aufrichtig: Sie wolle eine Arbeit haben und außerdem ihr Vergnügen. Das Leben bestand schließlich nicht nur aus Jammer und Elend und Politik! Oder aus Pflichttreue oder daraus, zu Hause bei Ingeborg und Assar zu sitzen und mit Putzlappen und Poliermitteln ihre Sachen zu pflegen. Obwohl diese beiden auf ihre alten Tage hin friedlich geworden waren. Sie ließen sie zufrieden. Manchmal fand sie sie richtig nett.

Manchmal jedoch, am Morgen, wenn sie gerade aufgestanden waren, fand sie, daß sie sie allzu deutlich sah, so deutlich, daß es schwer zu ertragen war. Das waren Momente, in denen das Licht frischer einzufallen schien und alle Geräusche klarer waren als sonst.

Assar Ek aß Brei. Die Lippen sogen und schmatzten, und die Nase bewegte sich. Sie sah alle Poren darauf. Die Nasenspitze folgte den Bewegungen des Mundes, sie ging wie ein fleischiger Vogelschnabel rauf und runter. Konnte man von ihm wirklich sagen, daß er nett sei?

Er war mit dem Essen fertig und lehnte sich nun zurück, so daß das milchigweiße, blauschimmernde Licht, das durch die dünnen Gardinen hereinsickerte, auf seinen hohen Scheitel fiel. Der war kahl, ein paar weiche Strähnen nur suchten sich einen Weg um die Ohren. Es wirkte eigentlich nicht wie Altersglatzköpfigkeit, er war kahl und blank, als ob ein Fieber ihm alle Haare abgesengt hätte. Die Augen, eingebettet über den hohen, furchigen Backen, lagen still. Sein Gesicht mit der breiten Oberlippe glich einem Pilz im Trockenen, einem erstarrten Birkenporling, der aus Holz herausgewachsen war. Kann man wirklich etwas von einem Menschen wissen, den man so deutlich sieht? Es war eine Qual.

Hastig erhob sie sich von ihrem Stuhl. Die Teller in den Ausguß. Ingeborg spülte dann ab, wenn sie aufgestanden sein würde. Mehr verlangte sie nicht.

Warum ist man so kleinlich und böswillig, wenn man nur einmal lebte? Wäre ich ein netter Mensch, würde ich sie jeden Tag loben. Etwas anderes will sie doch gar nicht, schweißgebadet liegt sie in ihrem Nachthemd dort drinnen, unter dem Stirnbein brennende Kopfschmerzen. Sie hat ja ständig Kopfschmerzen. Oder lügt sie uns an? Und warum? Weil wir ihr Wert und Substanz verweigern?

Sie irrt wie ein schweißiges Gespenst in unserem Leben umher, die ganze Zeit rührig, seufzend und stöhnend läßt sie den Ausklopfer niedersausen und die Wurzelbürste herumfahren:

»Seht, ich lebe! Hört ihr nicht? Ich lebe. Lobt mich!«

Sobald Ingrid auf ihrem Fahrrad saß, ging alles vorüber. Kein Mensch drängte sich ihr mehr auf. Sie fuhr durch die frische Morgenluft, und die spülte Nasen- und Ohrengänge, spülte selbst das Gehirn rein. Sie blies den Rock hinter dem Sattel wie eine große Glockenblume auf, kitzelte die Schenkel und ließ die weißen Härchen auf den Unterarmen in die Höhe stehen. Wann lebt man am meisten? Jetzt vielleicht?

Viel zu schnell war sie bei der »Dose« angelangt und zog sich mit Maud und den anderen Mädchen im Umkleideraum um, den sie jeden Samstag selbst saubermachten. Meistens waren sie an die zehn, fünfzehn. Sie mußten auch die Kantine saubermachen, den splittrigen Tisch und die Bänke und den Schrank, in dem Rattenkot war. Hier unten in der Fabrik waren nur fünf Männer. Oben im Laboratorium gab es noch ein paar mehr, doch mit denen sprachen sie nie. Die Männer stellten Formen her, und einer von ihnen, Edvin Jansson, rührte die Masse an.

Sie dachte sich oft, daß sie ihn fragen sollte, was in der Masse, aus der sie die Dosen herstellten, drin sei, konnte sich jedoch nicht dazu durchringen. Irgendwie genierte sie sich. Manchmal hatten sie zuviel in die Pressen gefüllt, die wie große Waffeleisen aussahen. Dann lief die grauweiße Masse über, und man wurde voll davon. War das wohl gefährlich? Sie roch säuerlich. Dieser säuerliche Geruch stand um die ganze Fabrik. Ingrid wußte auch nicht genau, was in die Dosen hineinkommen würde, sie hatte sie nie in einem Laden gesehen. Aber sie wußte, daß sie nie etwas essen würde, was aus einer solchen Dose käme. Die Dosen waren oft voller Rattenkot, wenn sie draußen im Lager lagen. In der ersten Woche hatte sie sie gestapelt, daher wußte sie es.

Sie und Maud bekamen einundzwanzig Kronen in der Woche. Sie arbeiteten noch nicht so lange. Ein traniger Junge, der die grießigen Dosen in den Trockenofen schob, war der einzige, der weniger verdiente als sie. Wenn er die Dosen zu früh herausnahm, waren sie lebensgefährlich, wenn sie zur Bandsäge kamen. Sie bogen sich dann nur zusammen, und man konnte leicht mit der Hand abgleiten und an das Sägeblatt kommen. Sie schimpfte oft mit ihm, doch es schien nicht, als ob er hörte.

Das einzige, was sie in der »Dose« gern gemacht hätte, war, an der Paraffiniermaschine zu stehen. Die wurde jedoch von einer Frau bedient, der einzigen unter ihnen, die verheiratet war. Ingrid fand, daß deren Arbeit spannend aussah. Die mußte genau aufpassen, damit es nicht zu heiß wurde; denn dann wurde die Paraffinschicht dünn, und die Dosen verbrannten.

Manchmal fürchtete sie sich vor sich selbst, wenn sie an der Bandsäge stand und sich Geschichten ausdachte. Das einzige, was ihr einfiel, wonach sie sich sehnte, war, paraffinieren zu dürfen. Und daß es Samstag würde.

Eines Vormittags verwandelte sich das Haus, in dem Tora wohnte:

Sie kam die Straße entlanggegangen und meinte etwas Ungewöhnliches zu sehen. Sie wußte nicht, was es war. Sie wollte aber auch nicht zurückgehen, um nachzusehen. Da entdeckte sie, daß vor ihr auf dem Trottoir ein Stein lag. Er sah so seltsam aus, daß sie ihn aufhob. Er war entzweigeschlagen und hatte die Form einer großen stumpfen Nase. Sie befürchtete, daß einer der Engel von der Fassade des Hauses heruntergefallen sei. Oben unter dem Dach saßen, umgeben von Flügeln, Engelhäupter, mit Taubendreck besudelt oder mit luftigen Mützen aus Schnee. Das, was sie in der Hand hielt, war lediglich ein Stück Zement. Sie warf es weg und machte sich nicht die Mühe, noch einmal auf die Straße hinauszugehen und nach den Engeln zu sehen. Statt dessen ging sie in den Hof. Sie atmete tief und entschied, daß das Haus heil und schön sei. Sie wohnte schon so lange hier.

Als sie über das weichgescheuerte graue Holz der Treppe hinaufstieg, war sie wieder ruhig. Sie fror jedoch. Es war kühl in der Küche, und das Eisen des Herdes war kalt. Sie heizte ein. Viel Holz war in der Kiste, Holz, das sie überhaupt nicht wiedererkannte. Es sah aus wie Abbruchholz, war aber nicht im geringsten morsch. Sie empfand Dankbarkeit gegen den, der all das Holz gespalten und heraufgetragen hatte, sie hatte jedoch keine Ahnung, wer das war.

Sie saß angezogen vor dem Herd und wartete darauf, daß es im Raum warm werden würde. Die ganze Zeit über hörte sie das Geräusch fließenden Wassers. Es war am Gefrieren. Das konnte sie dem Klang entnehmen. Es war Wasser, das unter Kälteschwaden floß und dabei war, sich in trübes Eis zu verwandeln. Es floß immer träger. Sie legte mehr Holz nach, um gegen all diese Kälte anzukommen.

Die Zugklappen waren offen, und der Herd tobte vom Feuer. In den Gesichtern des alten Kupfergeschirrs züngelte es. Sie begann in der Küche ihrer gewohnten Arbeit nachzugehen. Mit den Gedanken war sie nicht einmal bei der Sache. Da schoß es ihr durch den Kopf, daß derjenige, der so für sie gesorgt hatte, der in genau der richtigen Länge Holz für den Küchenherd zurechtgemacht und in die Holzkiste geschichtet hatte, daß der ihr übel wollte. Da war sie sich ganz sicher. Sie untersuchte ein Holzscheit. Es konnte unter dem Putz des Hauses hervorgeholt worden sein. Nein, das war keine Fürsorge. Das war eine Art Hohn. Sie war drauf und dran, das Haus zu verfeuern.

Sie wußte nun nicht, was sie tun sollte. Es war immer noch kalt. Sie schloß die Zugklappe und ließ das Feuer sachter brennen. Es war ein Geruch im Raum, der ihr nicht behagte. Es roch, als hätte eine Tür zum Keller offengestanden. Aber so etwas war ja schlicht unmöglich. Hier herauf konnte kein Kellergeruch dringen. Sie wohnte im ersten Stock, und ganz unten im Treppenhaus war eine Kellertür. Lange ging sie in dem undefinierbaren Geruch nach Steinkeller umher und versuchte ihn zu ignorieren.

Dann öffnete sie die Tür zu dem Schlafzimmer, das sie vermietete. Dort nahm man ihn stärker wahr. Sie entdeckte jedoch nichts Ungewöhnliches. Alle Dinge lagen an ihrem Platz. Sie stand lange da und betrachtete sie. Schließlich ging sie zur Stubentür und öffnete sie. Da blies ein kalter Windstoß um ihre Beine, und sie spürte, wie der Rock im Zug flatterte. Es stank modrig und herb. Sie trat in die halbdunkle

Stube und ergriff im letzten Moment den Türpfosten hinter sich und hielt sich fest. Der Fußboden war eingestürzt. Zu ihren Füßen gähnte ein großer Schacht. Sie dachte, daß dies unmöglich sei. Sie wollte kehrtmachen und die Tür hinter allem schließen, aber sie blieb stehen, konnte sich nicht rühren. Ein Loch ging geradewegs durch das Haus hinunter in den Keller mit den rauhen Steinwänden. Von dort stieg der Geruch hoch. Lediglich entlang der Wände befanden sich noch einige Dinge im Raum. Der Kachelofen stand auf seinem Platz. Der Tisch dagegen war hinabgestürzt. Der Kronleuchter schwang seine marmorierte Alabasterschale, die von drei Schnüren über dem großen Loch im Haus festgehalten wurde. Leitungen waren abgerissen, und Teppiche hingen über die zerbröckelten Ränder, die der Fußboden gewesen waren.

Sie balancierte vorsichtig zur Tür zurück. Weg wollte sie, weg von dieser Zerstörung, die völlig unerklärlich war. Die Sorgen, die sie vorher gehabt hatte, reichten schon. Ja, sie fand geradezu, daß das gut gewesen war, jetzt, da sie sich im nachhinein daran erinnerte. Sie hatte da draußen in der Küche gesessen und sich wegen der Kälte und weil es das Holz des Hauses war, das sie in den Herd legte und verfeuerte, beunruhigt. Sie wünschte sich zurück und setzte sich an den Küchentisch und beugte die Stirn auf das kalte Wachstuch. Nun versuchte sie sich darauf zu konzentrieren, daß alles werden würde, wie es vor einer Weile gewesen war: Feuer, Haus, Engel, Stein und das Geräusch fließenden Wassers.

Ebba Julin war dick geworden. Wenn sie eine Treppe hinauf mußte, sah sie sich gezwungen, ihr den Krieg zu erklären. Sie zog sich am Geländer hinauf und hieb ihren geschwollenen Fuß, der in einem schwarzen Schnürschuh steckte, in das Holz der Treppe, und dann fluchte sie. Wenn Lilla Moster dabei war, dann ging die hinterdrein und jammerte an Ebbas Stelle. »O je, o je, o je«, sagte sie.

Jetzt kämpfte Ebba allein mit der Treppe in dem Haus, in dem Tora Otter wohnte. Zu guter Letzt war sie oben und stand neben dem Tisch mit der Marmorplatte, auf dem Tora Bonbons schnitt, und atmete spitz.

Nachdem sie sich gefangen hatte, klopfte sie. Niemand antwortete. Auf der Kokosmatte neben der Küchentür standen je doch Toras Überschuhe, sie war also da. Ebba trat ein. Der Herd war ausgegangen, und es war kalt in der Küche. Sie ging zur Tür des Schlafzimmers und sah hinein. Da war natürlich niemand, denn Tora vermietete es an eine Lehrerin. Es war kurz vor elf Uhr an diesem Dienstagvormittag im Februar. Sie betrachtete ein Weilchen die Sachen der Lehrerin in dem aufgeräumten Zimmer. Dann öffnete sie die Tür zur Stube.

Zwischen den zwei Erkerfenstern stand ein mit braunem Kunstleder bezogenes Sofa, und darauf lag Tora. Sie schien zu schlafen. Das Gesicht war blaß, und aus ihrem Mund rann ein dünner Speichelfaden auf ein schwarzes Seidenkissen herab, das sie unter der Wange zusammengeknüllt hatte. »Sie ist krank«, dachte Ebba. Neben ihr stand ein Wasserkrug, und auf der Sofalehne lag ein Staublappen. Ebba ging zu ihr hin und berührte sie.

»Was ist mit dir?« fragte sie, und Tora zuckte zusammen. Dann richtete sie sich auf und strich sich übers Haar. Sie schien durcheinander.

»Da schau her«, sagte sie. »Du bist's?«

Ebba hatte sie nochmals fragen wollen, wie es ihr gehe, fürchtete aber, daß das aufdringlich wirken würde. Es war schlimm genug, daß sie sie überrascht hatte.

»Du siehst 'n bißchen zerzaust aus«, sagte sie nur. »Wollen wir nicht in die Küche rausgehn und den Herd einheizen?«

»Ach du heiliger Bimbam, ist er ausgegangen«, sagte Tora. »Wie spät ist es denn?«

Als sie nach oben sah und die Lampenschale aus gelbgeflammtem Alabaster erblickte, legte sie eine Hand über die Augen.

»Ist dir schwindlig?« fragte Ebba.

»Ich war so müd. Ich wollte mich 'n bißchen ausruhn, und dann bin ich eingeschlafen«, sagte Tora. »Ich hab bestimmt geträumt.«

Ebba war eigentlich kein sonderlich herzlicher Mensch. Ihre Stimme klang barsch und rauh. Man pflegte zu sagen, daß sie Humor habe. Jetzt holte sie die gehäkelte Decke aus dem Schaukelstuhl und legte sie Tora über. Sie genierte sich ziemlich deswegen, doch Tora schien nichts zu merken. Die packte die Decke an den Rändern und zog sie bis zum Kinn hoch.

»Ja, ich wollte nur raufkommen und dir zeigen, wie sie ausschaut«, sagte Ebba.

»Was denn?«

Toras Blick wanderte den Flickenteppich auf dem Fußboden entlang bis hin zum Kachelofen. Sie schien immer noch zu frieren.

»Die Medaille.«

»Was?«

»Die Rot-Kreuz-Medaille«, erwiderte Ebba schroff.

»Zum Kuckuck, ja! Laß mich mal sehn!«

»Ja, ich hab sie an«, antwortete Ebba friedlich. Sie knöpfte ihren großen schwarzen Plüschmantel auf und löste ihr Halstuch vorn. Die Brust wogte, eine gewaltige Erhebung aus beigefarbener Seide. Leicht links saß die Medaille. Sie wirkte nicht so groß.

»Aha«, bemerkte Tora, »dann ist es ja gut gegangen. Bist in Stockholm gewesen. Hat der König sie überreicht?«

»Nein, Prinz Carl.«

»Ja, der ist ja auch königlich.«

»Ja, ist der nicht königlich«, meinte Ebba hitzig, »dann bin ich es!«

»Jaja«, erwiderte Tora. »War Ingeborg auch dabei?«

»Aber ja.«

Nun beschrieb Ebba Prinzessin Ingeborg und deren Kleid, und dann beschrieb sie den Prinzen, seine langen Beine und schmalen Hände, seine gewölbten Augenlider und den Stein an seiner Krawatte.

»Was hat er denn gesagt?«

»Ja, das klang irgendwie wie Glückwünsche oder – ja, Glückwünsche hat er auf jeden Fall gesagt.«

Tora betrachtete die Medaille. Ihr Blick wurde so scharf, daß sie Runzeln um die Augen bekam.

»Naa«, sagte sie. »Jetzt hast du die verkehrte Medaille erwischt.«

Ebba griff nach dem kleinen Messingabzeichen, hielt es vom Blusenstoff weg und versuchte daraufzusehen.

»Du spinnst«, entgegnete sie. »Ich hab die doch von Prinz Carl gekriegt. Er hat sie mir selber in die Hand gelegt. Sowie ich wieder unten war, hab ich sie an die Bluse gesteckt.«

»Auf der Medaille steht Hildur Johannsson«, sagte Tora.

Ebba zerrte am Stoff der Bluse und machte die kleine Sicherheitsnadel auf. Sie erkannte nichts, als sie sie endlich in der Hand hielt, sondern mußte erst nach ihrer Handtasche suchen und ihre Brille hervorkramen.

»Ich hab gute Augen«, sagte Tora. »Da steht ganz klar und deutlich Hildur Johansson drauf. Du hast die verkehrte Medaille gekriegt.«

Sie wirkte jetzt munterer als vorher und setzte sich im Sofa auf, während Ebba ihre Brille aufsetzte und las, was auf der Medaille stand. Einen Moment lang schien es fast, als würden Ebbas Augen feucht, das war aber nicht richtig auszumachen, weil das Weiß ihrer Augen sehr trübe und voller kleiner Risse war.

»Jetzt gehen wir raus und heizen den Herd ein und trinken ein Täßchen Kaffee«, schlug Tora vor. »Das mit der Medaille wird sich finden, wirst schon sehn.«

Ebba legte die Brille beiseite.

»Hildur Johannsson« sagte sie. »So ein –«

»Was?«

Ihre Blicke begegneten sich, und Tora schnaubte auf.

»Prinzarsch«, sagte Ebba.

Sie gingen hinaus und setzten Kaffee auf.

Sie hatten einiges zu regeln. Hillevi Lindén, die sie Lilla Moster nannten, wurde fünfzig. Nun wollten sie im Haushaltswarengeschäft ein Geschenk für sie kaufen. Sie würden zu viert zusammenlegen. Außer ihnen selbst waren es noch Tekla Johansson und Frida Eriksson.

»Und Tekla war derselben Meinung wie ich«, sagte Ebba. »Wir kaufen eine Kristallvase.«

»Fällt euch denn nichts andres ein?« fragte Tora. »Man hat nur massenhaft Gelumpe rumstehen. Das füllt bloß die Schränke.«

»Wir machen es jetzt jedenfalls so, wie wir das besprochen haben«, erwiderte Ebba schroff. Sie hatten Tora vor fünf Jahren eine Schale aus Kristall geschenkt, aber anscheinend hatte sie das im Moment vergessen.

Ebba hatte ihren Kaffee ausgetrunken und stand auf. Sie

hätte Tora gern gefragt, ob es ihr besser gehe, doch sie genierte sich. »Im Februar sind die Leute nun mal blaß«, dachte sie. Toras Hand zupfte unablässig an der Tischdecke.

»Ja, dann tschüs, du«, sagte Ebba. »Ich werde jetzt gehn.«

In der Küche, die zum Hof hin lag, war es dunkel. Draußen war das Licht trübe und fahl. Es schien jedoch nicht so, als wollte Tora eine Lampe anzünden. Ebba knöpfte etwas umständlich ihren Plüschmantel zu, wußte aber nicht recht, was sie noch sagen sollte.

»Vergiß nicht, im Herd nachzulegen«, sagte sie in der Tür, und Tora sah sie verwundert an.

Lange Zeit hindurch konnte Tora nachts kaum schlafen. Sie trank Honigwasser und schlief abends recht schnell ein, wenn sie müde war. Doch dann wachte sie wieder auf. Die Gegenstände schimmerten kalt im Zimmer. Sie erkannte kaum ihren eigenen Wecker wieder, und die Topfpflanzen am Fenster sahen starr und seltsam aus. Zuerst war das nur gegen Morgen vorgekommen, doch nun konnte sie schon nach einer Stunde aufwachen. Der Körper schmerzte. Es war unmöglich, eine Stellung zu finden, die Ruhe und Befreiung gewährte. Wenn sie ihre brennenden Augen schloß und eindämmerte, wurde die Wirklichkeit in sinnlose Streifen aus Bildern zerschnitten, die mitunter grausam waren.

»Wozu soll das nütze sein? Wozu soll das nütze sein?« mahlte es in ihr, während sie so dalag. Sie wußte aber nicht einmal, was sie mit ihrer Frage meinte. Den Versuch zu schlafen? Die Bilder vor Augen zu haben, diese zerschnittenen Fetzen von Leben?

Sie war seit neuestem so verfroren, das kam wohl von der Müdigkeit. Jetzt, da sie nachts nicht ordentlich schlief, mußte sie sich manchmal mitten am Tag hinlegen, und da schlief sie dann ein und träumte. Dann ging gewöhnlich der Herd aus, wie da, als Ebba Julin dagewesen war, und es wurde kalt in der Wohnung. Sie fröstelte ständig.

Jetzt wollte sie jedenfalls zu Doktor Henkel gehen und ihre Lungen röntgen lassen. Nicht, daß sie glaubte, sie hätte einen

Fleck, sie wollte es aber trotzdem tun. Das solle man tun, sagte die Diakonisse, Schwester Frideborg. Als Tora hinkam, hatte sie ein schlechtes Gewissen. Sie glaubte, daß sie anderen den Platz wegnähme. Es gab so viele, die husteten.

Sie fühlte sich ganz und gar nicht wie sonst. Als sie das Klappern des Schirms, der vorgeschoben wurde, hörte und die kalte Platte auf der Haut spürte, bekam sie Herzklopfen und mußte einen Moment die Augen schließen.

»Ganz ruhig!« sagte die Schwester. »Halten Sie jetzt den Atem an!«

Sie schloß die Augen und hörte, wie sich die Schritte der Schwester entfernten. Gleichwohl sah sie einen blauen Blitz im Raum, und als sie die Augen in dem Halbdämmer öffnete, hatte sie einen ganz trockenen Mund. Sie hätte gern nach einem Glas Wasser gefragt, sagte aber nichts, weil sie sich ihrer Stimme nicht sicher war.

Vom Doktor erfuhr sie, daß auf ihrer Lunge keine Flecken waren.

»Ansonsten ist nichts zu sehen?« fragte sie.

»Ansonsten?«

»Ja«, meinte Tora, »falls man zum Beispiel einen Knoten in der Brust hätte, würde das zu sehen sein?«

»In der Brust? Meinen sie in einer der Brüste?«

Sie schluckte und merkte, daß ihr der Schweiß auf der Oberlippe stand. Damit man es nicht bemerkte, fuhr sie mit dem Zeigefinger darüber. Henkel stand da, schwarze Haarbüschel in der Nase, und blickte sie über den Brillenrand hinweg an.

»Haben Sie eine Wucherung in der Brust?«

»Nei-ein, ich weiß es nicht«, erwiderte Tora. »Manchmal habe ich das Gefühl, als ob da irgendwas wäre.«

»Kommen Sie her!«

Da mußte sie vor ihn hintreten und das Kleid aufknöpfen, und er tastete mit seinen kalten Fingern ihre Brust ab. Es war peinlich. Sie hatte ihre Brust viele Jahre lang vor niemandem entblößt. Er roch nach Tabak, und das ließ so deutlich werden, daß er ein Mann war, wenn er auch einen weißen Kittel trug und einen zerstreuten Blick hinter seiner Brille hatte. Obwohl, der war jetzt gar nicht mehr zerstreut.

»Wie lange haben Sie das denn schon?«

Er hatte es gefunden. Es war nicht leicht für sie zu sagen, wie lange sie das schon spürte. Ein Knoten in der Brust. Der war dagewesen und war nicht dagewesen. Schmerzen? Jaa, aber das war wohl bloß etwas Rheumatisches. Bald dreißig Jahre stand sie schon auf dem Markt, bei jedem Wetter. Es zwickte an einer Stelle, wenn sie eine enge Bluse anhatte. Das war leicht unbehaglich, mehr nicht. Eine Erinnerung jeden Tag. Obwohl sie nicht so oft daran gedacht hatte.

»Warum haben Sie das nicht untersuchen lassen?«

Was sollte sie darauf antworten?

»Das muß geröntgt werden. Ich schreibe eine Überweisung aus.«

Das waren neue Wörter. Wucherung. Überweisung und Röntgen. Sie sammelte sie in der Schale ihres Gedächtnisses. Und dann: Radiumheim. Sie hörte das Wort und sagte es selbst. Als sie schließlich in Stockholm war und es auf dem Putz der Wand geschrieben sah, war sie doch verwundert, daß es gerade so aussah.

Sie fuhr mit dem Zug nach Stockholm und dann mit dem Bus zum Radiumheim. Dort wurde sie in einem kalten Raum bestrahlt. Sie lag auf einer mit Wachstuch bezogenen Pritsche, und ihr schauderte vor der großen Maschine über ihr. Sie dachte, daß die sie brennen, sie womöglich tief im Innern zerstören würde.

Nun hantierten andere Menschen mit ihrem Körper. Meist waren es junge Mädchen mit warmen, weichen Brüsten unter dem Schürzenlatz und dem blauen Kleiderstoff. Sie waren nett und fröhlich und faßten sie ganz unbefangen an. Sie fühlte sich wieder wie ein kleines Kind, ein bedeutsames Kind mit einem großen Körper. Ja, sie bekam durch deren Hände einen Körper.

Es war lange her, daß sie sich über ihn Gedanken gemacht hatte. Ihre Tage und Stunden hatten Handlungen zusammengehalten: Hetze und Pflichten und die Sorge, es nicht zu schaffen. Ihr Körper war ein Arbeitsgerät und ein Fortbewegungsmittel gewesen.

Jetzt verstand sie, daß er sie war. Wie sie nun so untätig lag, wurde die Hand zum Wirklichen, nicht der Handgriff. Da fielen ihr auch noch andere Zeiten ein, in denen der Körper für sie ganz wirklich gewesen war. Sie erinnerte sich an die Angst im ganzen Körper, als die erste Wehe durch die Nerven im Kreuz schoß, die Angst, die sie ausgestanden hatte, zu zerreißen. Sie konnte diese Angst nach wie vor empfinden, wenn sie sich auch an die Wehen nicht mehr erinnerte. Sie konnte sich einbilden, daß die Brustwarze naß sei von Speichel, daß er kühlte. Ihr Körper war voller Erinnerungen an Schwere und Schmerz und Angst und an seltenen Genuß.

Dieser Körper, den sie schon so lange bewohnte, war ihr fremd. Wo war sie gewesen? All die Zeit, die sie hier umhergelaufen war. Nicht einmal ihr Herzschlag war ihr vertraut. Er erschreckte sie, wenn sie ihn, verstärkt durch Nacht und Stille und durch die Resonanz einer Matratze, vernahm. Er war wie Schritte, die durch ein fremdes Haus hallen.

Jetzt war sie gezwungen, in ihren Körper einzuziehen. Langsam machte sie sich mit seinen Schrecken und seinen Geheimnissen, seinen kleinen Beschwerlichkeiten und flüchtigen Gelüsten bekannt.

Durch nichts anderes bin ich auf der Welt. Das Sausen im linken Ohr, das Ohr, auf dem ich nicht schlafen kann, ist das vertrauteste aller Geräusche. Und doch ist es so lange her, daß ich es wirklich hörte, weil es so lange her ist, daß es neu war. Dieser Körper hat so lange sein eigenes Leben gelebt, daß Knoten, Flecken und Risse entstanden sind, ohne daß ich sie bemerkt habe. Jetzt starre ich sie an, als wären sie über

Nacht gekommen, und frage mich, ob sie etwas Schlechtes bedeuten, ob sie ein Zeichen sind für einen noch geheimen Verlauf in meinem Inneren, da, wo ich am weichsten und am wenigsten heilbar bin.

Nun folgte eine Zeit, in der es leichter war, in Stockholm zu sein als zu Hause. Oben im Radiumheim war es ganz natürlich, daß man einen Knoten in der Brust hatte, deswegen war man ja auch dort. Die Mädchen waren deswegen nicht minder fröhlich. Keines von ihnen sah sie an, als fürchtete sie sich vor dem, was in den Knoten war, davor, angesteckt zu werden, oder davor, ihr das wahre Gesicht zu zeigen, denn bei ihnen wühlten nicht Abscheu, Schadenfreude und Mitleid miteinander darum, nach oben zu kommen.

Sie empfand jetzt nur noch Haß und Kälte, wenn sie daheim durch die Straßen ging. Am besten sollte niemand zu ihr in die Wohnung kommen. Ließ man sie in Ruhe, war es gut.

Dreimal konnte sie ins Radiumheim fahren, ehe sie den Professor zu sprechen bekam. Es wurde nur ein kurzes Gespräch.

Sie sollte operiert werden.

Wenn sie wenigstens angezogen gewesen wäre. Sie saß jedoch auf einem Hocker ohne Lehne vor ihm, das Kleid und das Unterkleid waren um ihren Leib heruntergekrempelt. Sie versuchte, sie hinaufzuziehen, während er sprach, mit eiskalten Fingern versuchte sie, das Kleid vor der Brust zusammenzubekommen, die er ansah, als wäre sie ein Gegenstand, der keine Verbindung zu ihrem Körper hätte. Da befürchtete sie, daß das widerliche Wort über seine Lippen kriechen würde, deshalb fragte sie atemlos, um ihm zuvorzukommen:

»Kann man das denn nicht entfernen?«

Er blickte auf.

»Ja, sicher«, sagte er. »Wir werden ja, wie gesagt, operieren. Wir werden die Geschwulst entfernen.«

Neue Wörter. Es waren jetzt Geschwulste, Wucherungen, Knoten, Geschwüre in ihrer Schale.

Sie hatte für Aushilfe auf dem Markt gesorgt, ohne zu sagen, was mit ihr sei. Untersuchungen, hatte sie gesagt, und niemand hatte weitere Fragen gestellt. An der Handwurzel hatte sie eine gewöhnliche Wucherung, und die hatte sie dem Professor natürlich auch gezeigt. Das sei nur ein Knorpel, erklärte er. Doch zu Hause tat sie, als gälten dem die Untersuchungen.

Tekla Johansson und Linnea Holm halfen ihr auch sonst immer auf dem Markt. Die beiden standen jetzt da, wenn sie in Stockholm war.

Es war ein Samstag Ende März, Anfang April. Es war viel los gewesen, doch im Moment wurde es etwas leichter. Sie waren noch nicht dazu gekommen, sich auf die Kiste hinter dem Stand zu setzen, sondern standen immer noch da und sahen den Leuten nach. Auf der anderen Straßenseite war eine kleine Erhebung, und darauf standen ein Billiger Jakob und eine Barbierstube. Dahinter türmte sich eine Wolke aus dunkelblauem Wasserdampf auf. Innerhalb weniger Minuten wurde die Luft vollkommen aschfarben wie bei einer Sonnenfinsternis, und dann gingen ein Luftzug über den Kies des Marktplatzes und eine Sturmbö, die flugs unter Käsehändler Färmans Zeltleinwand fuhr und sie wie ein Rahsegel spannte. Das Gestänge schlug herum, die Splinte fielen heraus, und der Käsehändler bekam den Balken an den Kopf. Während er betäubt auf einer seiner Kisten hinter dem Stand saß, fielen die ersten satten und fast heißen Regentropfen auf Toras Zeltleinwand, die jetzt zusammen mit allen anderen auf dem Markt aufgeregt flatterte. Es sah aus, als sei eine Flotte unterwegs, eine Armada, die unter Kanonendonner und dumpfen Schlägen von grauen Segeln dahinfuhr. Es flatterte und knatterte, und Linnea und Tekla merkten nicht, daß der Regen geradewegs in die Laden zu fallen begann, denn sie waren davon in Anspruch genommen, sich darum zu kümmmern, was mit dem Käsehändler los war.

Während sie Färman ein nasses Taschentuch auf den Hinterkopf legten und unter seinen schwarzen Haaren seine schmalzweiße Kopfhaut nach Blut untersuchten, war die Zeltleinwand vom Wind nach hinten gedrückt worden und flatterte nicht mehr. Der Stand war offen, das graue Tuch stand still und nach hinten gespannt, und der Regen strömte in die Bonbonladen nieder und füllte sie rasch.

Jetzt sahen sie, daß mehrere Stände auf dem Markt umgekippt waren, graue Zeltleinwände waren an ausgebesserten oder fadenscheinigen Stellen gerissen, und zwischen rollenden Weißkohlköpfen und Papiertüten, die umherwirbelten, bis sie durchweicht gegen einen Laternenpfahl oder eine Pferdelende klatschten und dort kleben blieben, versuchten die Leute ihre havarierten Stände zu bergen. Denn irgendwoher kamen jetzt auch die Pferde deren Köpfe vom Regen niedergedrückt wurden und sich tief unter den Kummeten neigten, und mit strömendem Wasser um den Kötenzopf arbeiteten sie sich mit den Leiterwagen durch, so daß die Leute anfangen konnten aufzuladen.

Tekla und Linnea ließen den Käsehändler allein, der immerhin nicht ohnmächtig geworden war, wenn er auch dasig war. Sie versuchten nun das Zeltdach zu bergen, bevor auch ihr Stand umkippte. Als sie die Splinte des Gestänges herauszogen, rann ihnen der Regen direkt in die Ärmel, so daß sie bis auf die Haut naß wurden.

Nun kam Kalle Bira. Er tauchte auf seinem Kutschbock aus dem waagerechten Regen auf, der schmutzig und grau vom Boden zurückprallte. Er begann die Stangen und die Zeltleinwand abzubrechen, während sie die Laden packten, aus denen sie, so gut es ging, zuerst das Wasser leeren mußten. Das meiste war in Auflösung begriffen, und das Wasser war von der Bonbonfarbe rosarot eingefärbt. Sie hatten keinen einzigen Deckel daraufsetzen können. Tekla wimmerte über der Kasse, Linnea indes griff resolut zu, hielt einen Dosendeckel darüber und goß das Wasser von den Scheinen und dem Kleingeld ab, so, wie man einen Topf Kartoffeln abgießt.

Das schlimmste war, daß die beiden großen Kisten äußerst kunstfertig gestaut werden mußten, damit alles Platz fand, und Tekla kam nicht mehr darauf, wie es hineingehörte. Wenn sie packten, übernahm Tora immer das Kommando. Kalle Bira hatte mit seinen Roßkutscherhänden und seinem versabberten Kinn wohl nie in die Nähe der Bonbonladen kommen dürfen. Jetzt schmiß er die Laden hinein, sie verkanteten sich, und er brachte nicht die Hälfte dessen, was die Kisten fassen sollten, unter. Der Regen strömte unablässig und war dicht wie eine Wand. Der Sturm hatte sich jedoch gelegt und mit ihm die grellen, weißblitzenden Donnerschläge.

Es endete damit, daß Kalle Bira die Schachteln und Blechdosen direkt auf die Ladefläche schmiß, dann schlug er die Zeltleinwand darum und sprang auf den Wagen. Er klatschte mit den Zügeln auf den Rücken des Pferdes, und mit Gerüttel ging es die aufgelöste Straße dahin. Tekla und Linnea zogen ihre Hüte so weit sie konnten in die Stirn und saßen zusammengekauert hinten auf der Ladefläche, während das Pferd, blind vom Regen, auf der Magasinsgata heimwärts watete.

Zu Hause bei Tora brachten sie lediglich die Zeltstangen, die Böcke und die Platte in den Schuppen. Den Rest half Kalle ihnen in die Küche hinauftragen. Sie holten den Schlüssel unter der Kokosmatte hervor, und dann heizten sie den Herd ein, damit es so warm würde, daß soviel wie möglich trocknete. Die Zeltleinwand breiteten sie über das Treppengeländer, denn wenn sie zusammengeknüllt und naß liegenbliebe, würde sie schimmeln. Sie hörten, daß es nicht mehr regnete. Es war heller draußen, und man hörte das Wasser durch den Rinnstein abfließen.

Nun machten sie sich daran, die Dosen und Laden zu trocknen und zu prüfen, ob von den Bonbons noch etwas gerettet werden könnte. Alles, was nicht danach aussah, daß es trocknen könnte, kratzten sie auf die Marmorplatte im Flur.

Nicht, daß es noch verwertbar gewesen wäre, aber sie wagten es nicht in den Abfalleimer zu werfen, das erschien ihnen unnatürlich. Dort landeten schlappe und aufgelöste Geleestangen, Dragées, die wieder zu matschigem Zucker geworden waren, und eine rote Schmiere von gebrannten Mandeln. Klebrige Zuckerstangen reihten sie zum Trocknen auf Backblechen auf, und das feine Marzipankonfekt gingen sie Stück für Stück durch, ehe sie die Reste von kleinen Erbsenschoten, gelben Pilzen, Erdbeeren, Birnen, Kartöffelchen, die mit Kakao bestäubt gewesen waren, wegwarfen. Während sie damit beschäftigt waren, kam Tora.

Sie hatten den Zug aus Stockholm ganz vergessen. Die Zeit war schnell vergangen. Tora stand unten an der Treppe und starrte auf die nasse Zeltleinwand. Schließlich kam sie herauf und stellte sich hin, um ihrem Treiben zuzusehen. Der Matsch auf der Marmorplatte entgeisterte sie.

Langsam ging sie in die Küche und sah die Dosen, die hochkant um den Herd herumstanden, und das Sofa, das von einem ungeordneten Stapel von Laden mit matschigem Inhalt, den sie sich noch nicht hatten vornehmen können, eingenommen war. Die Gewichte der Waage lagen auf dem Fußboden verstreut.

Sie sahen, daß sie blaß und verschwitzt war, als ob sie der Spaziergang vom Bahnhof her mitgenommen hätte. Schweigend hörte sie sich ihren Bericht an. Geistesabwesend, grau im Gesicht setzte sie sich auf das Sofa, nachdem sie zuerst einen Karton heruntergefegt hatte.

»Jaja, ihr hättet wenigstens versuchen können, die Deckel draufzusetzen.«

Sie sah aus, als hätte sie sich gern zurückgelehnt, doch da war kein Platz. Mehrere Glasdeckel von Bonbonladen aus buntem Blech waren zerschlagen. Sie hatten es eilig gehabt, und Kaue Bira war kein umsichtiger Mensch.

»Jaja«, meinte sie. »Das nennt ihr also packen.«

Sie schwiegen.

»Ihr hättet die Deckel drauftun können, wie's angefangen hat zu regnen. Seid wohl rumgestanden und habt geratscht?«

»Ich hab doch gesagt, daß wir uns drum gekümmert haben, wie's dem Käsehändler ging«, versetzte Linnea.

Sie überhörte die Erklärung.

»Dreißig Jahre steh ich jetzt schon auf'm Markt, aber das ist mir noch nicht passiert. Aber es ist egal. Geht jetzt.«

Es war still in der Küche, und sie schloß die Augen.

»Wir müssen doch aufräumen«, sagte Tekla.

»Nein, geht jetzt.«

Da wurde Linnea böse. Sie hatte sich seit drei Uhr, seit die Sturmbö kam, nicht mehr aufgerichtet, und jetzt war es halb sechs. »Du brauchst uns jedenfalls nicht wie kleine Kinder zu behandeln«, sagte sie. »Wir haben getan, was wir konnten.«

»Das seh ich«, erwiderte Tora, und ihre Stimme war voll Hohn. »Aber von einem Ochsen kann man nicht mehr verlangen als ein Stück Rindfleisch.«

Sie sah die vom Wasser schwappenden Laden mit ihrem schmierigen Inhalt an und fingerte an dem Marzipankonfekt herum, das Tekla auf ein Blech gelegt hatte, sechs kleine Stücke in einer Reihe.

»Na, zum Teufel aber auch, das geht zu weit jetzt!« schimpfte Linnea und knallte den Deckel auf eine Lade und begann ihre nasse Schürze abzubinden. »Wie behandelst du eigentlich die Leute? Hast du darüber schon mal nachgedacht, Tora Otter? Was?«

»Geht jetzt«, sagte Tora und schloß die Augen.

»Nei-ein, du, ich werde hier jetzt Ordnung schaffen. So hinterlasse ich das nicht, egal, was du sagst. Ich bin kein kleines Kind!«

Da schrie Tora die beiden an: »Geht! Verschwindet hier! Hört ihr nicht, was ich sage? Das sind mir vielleicht komische Menscher!«

Sie fing zu schluchzen an und schlug mit der Faust auf einen Deckel, daß das Glas sprang.

»Geht, sag ich! Warum kann ich in meiner eigenen Küche nicht meine Ruh' haben? Laßt mich in Ruh', sag ich! Schaut euch an, was ihr hier hingemacht habt! Ihr habt wohl keine Ahnung, was das hier kostet? Wißt ihr, daß da Arbeit drinsteckt und daß das was kostet? Das ganze Lager ist hin. Wann, glaubt ihr, daß ich wieder Bonbons kochen kann? Das geht euch außerdem gar nichts an. Verschwindet! Verschwindet, sag ich!«

Tekla versuchte sich aus ihrer durchnäßten Schürze mit den langen Bändern, die sich fest verknotet hatten, herauszuwursteln. Sie schluchzte. Linnea war dagegen ganz blaß und sagte kein Wort.

»Ich will eure Hilfe nie wieder, habt ihr mich verstanden!« schrie Tora. »Geht auch nicht her und nennt das Hilfe, ihr kriegt's schließlich bezahlt. Oder etwa nicht?«

Sie schrie Tekla an, die schon halb aus der Tür war:

»Antworte! Habt ihr's nicht immer bezahlt gekriegt? Was hast du für mich getan, das du nicht bezahlt gekriegt hast? Und viel Geld obendrein! Ich brauch euch aber nicht! Ich bitte um nichts – habt ihr mich verstanden! Nie und nimmer im Leben mach ich das. Komme, was mag. Verschwindet hier!«

Und sie schob Linnea hinaus, schubste sie unsanft an. Tekla war bereits weit unten auf der Treppe. Linnea blieb vor der geschlossenen Tür stehen und horchte in die Küche hinein. Es war totenstill. Nach einer geraumen Weile scharrte und polterte es, als würde Tora versuchen, zwischen den Laden Ordnung zu schaffen. Es wurde jedoch wieder still, und dann hörten sie, wie sie mit tiefen, unheimlichen Atemzügen zu weinen begann.

»Herrje«, flüsterte Tekla. »Sollen wir nicht reingehn und versuchen, mit ihr zu reden?«

»O nein«, versetzte Linnea, die noch immer blaß war. »Laß sie nur! Du hast gehört, was sie gesagt hat, und wir haben nichts dafür bezahlt gekriegt, daß wir reingehen und uns runterputzen lassen.« Und sie gingen, Tekla noch bis hinaus auf die Straße, wo sie in ihren leckenden Überschuhen dahinbalancierte, zögerlich. Linnea war böse, sie ging schnell.

Jetzt war sie allein. Sie kramte zwischen Dosen und nassen Lappen herum, bekam klebrige Finger und versuchte sie angeekelt an einem sackleinenen Handtuch abzuwischen. Es war nur schmieriger Zucker, von Bonbonfarben rot eingefärbt, doch konnte sie ihren Ekel nicht überwinden.

Viel richtete sie nicht aus. Sie war so müde, daß sie sich ein Weilchen hinlegen mußte, und da schlief sie auf dem leergefegten Sofa ein. Sie wachte bald wieder auf, weil sie schlecht geträumt hatte, tappte auf Strümpfen umher und versuchte ein bißchen aufzuräumen. Es war jetzt spät am Abend, fast Nacht. Sie fühlte sich komisch. Kam das von der Bestrahlung?

Sie sollte sich etwas anderes anziehen, sich waschen. Sie trank einen Schluck Wasser und eine Weile später einen Schluck kalten Kaffee. Aha, Kaffee haben sie immerhin kochen können! Sie fühlte sich seltsam, und ihr kam der Gedanke, daß das vielleicht Hunger war. In der Speisekammer lagen ein paar Speckpfannkuchen, und sie nahm sie mit den Fingern und aß sie kalt. Nach einer Weile bekam sie Magenschmerzen davon.

So viel, wie sie sich gedacht hatte, richtete sie gegen das Tohuwabohu in der Küche nicht aus. Sie schlief vor Mitternacht ein, und ein paar Stunden schlief sie unruhig. Dann war sie wieder auf den Beinen und zerrte, außer sich vor Überdruß und Gereiztheit, erneut an der nassen Zeltleinwand. Die fiel hinunter. »Pfeif drauf!« sagte sie sich. »Die ist so schwer und so klobig. Die schimmelt, wenn sie so liegenbleibt. Dann schimmle doch! Schimmle nur!«

Auch am Sonntag wurde sie nicht fertig, und sie ging nicht aus dem Haus. Sowie sie die Laden sauber hatte, stapelte sie sie im Flur. Sie lag häufig mit einem Tuch zugedeckt auf dem Sofa. »Ich habe alles satt«, dachte sie. »Auch mich selber.«

Der Überdruß stand dort drüben an der Tür. Er stand da und wartete auf die Dämmerung, wo er angeschlurft käme.

Ach was. Er ist kein großer und schwerer Körper in der Dunkelheit. Er ist nur etwas, was man verspürt, wenn man nichts schafft. Er ist der Belag auf der Zunge, der schlechte Geschmack im Mund. Die Trägheit ist er, die Hartleibigkeit. Das graue Licht.

Sie hatte einen Maler gekannt, der der Gockel hieß. Der bekam eine Bleivergiftung, und daraufhin starb er. Doch bevor er starb, wurde er schwerfällig und müde.

Überdruß ist, wenn die Zeit stillsteht. Auch wenn du es früher noch so eilig hattest und nicht wußtest, wie du mit allem fertig werden solltest. Jetzt liegt alles in den Tümpel der Zeit gekippt, und es wächst eine Schicht darüber. Überdruß ist, wenn du alles weißt. Wenn alles, was geschieht, nur eine Bestätigung dessen ist, was du schon wußtest.

Tora, nun weißt du es. Du, die du so einen gesunden Körper hattest. Darauf konntest du auch stolz sein! Pure Notwendigkeit war es gewesen. Sonst wäre es nicht gegangen.

Aber du bist so müde geworden. Es geht nun nicht mehr, auch wenn du willst und entschlossen bist. Es bleibt ungetan. Das kann auch egal sein. Es geht ja jetzt nur noch um dich. Du bist allein, und die Jungen sind groß.

Wenn sie nur ihre Ruhe hätte haben können. Gleich am Sonntag klopfte es einige Male an der Küchentür, doch sie gab keine Antwort und rührte sich nicht. Die Zeltleinwand draußen mußte sie jedoch wegschaffen, sonst würden sich die Leute wundern. Die Lehrerin, ihre Untermieterin, kam zurück. Sie sah sich in der Unordunug auf dem Flur um, als sie mit ihrem kleinen Koffer durch die Stube in ihr Zimmer ging. Am Wochenende besuchte sie immer ihre Eltern und war bis Sonntag um vier Uhr, wenn der Bus kam, fort.

Am Abend wurde Tora mit dem Aufräumen fertig, trug im Dunkeln Laden und Kartons über den Hof und stapelte sie im Schuppen, der süß nach Bonbons und moderndem Holz roch. Dann wollte sie nur noch ihre Ruhe haben. Es waren noch ein paar Tage hin, bis sie nach Stockholm fahren und operiert werden würde. Es war jedoch nicht möglich, ganz allein zu sein. Daß es klopfte, beachtete sie nicht, gleichwohl standen Fredrik und Jenny eines Nachmittags da. Sie waren mit der Lehrerin hereingekommen.

Sie fragten nicht viel, und sie wollte ihnen nicht gern ins Gesicht sehen. Sie sagte, daß sie operiert werden würde, erwähnte jedoch nichts von dem Knoten in der Brust. Sie fürchtete, sie zu erschrecken und daß sie, während sie gleichzeitig Mitleid empfänden, vor ihr zurückscheuen würden. Womöglich würde um sie herum aus Angst ein Leerraum entstehen. Die Wucherung an der Handwurzel, über die sie sich, wie der Professor gesagt hatte, keine Gedanken zu machen brauchte, die zeigte sie Fredrik und Jenny. Sie ließ sie glauben, was sie wollten. Das war nicht ihr Problem. Es wäre besser gewesen, wenn sie sie in Ruhe gelassen hätten.

Linnea und Tekla sah sie Gott sei Dank nicht. Es hatte sich wohl herumgesprochen, daß sie mit ihnen zusammengerauscht war, denn Ebba ließ sich auch nicht sehen. Lilla Moster und Frida hatten natürlich gehört, was passiert war, waren jedoch zu hasenherzig, um vorbeizukommen.

»Ja, dann laß sie doch! Laß sie doch gehen! Ich will sowieso allein sein.« Sie begann Ordnung zu schaffen und in den Kommodenschubladen und Schränken aufzuräumen, denn sie wollte es vor der Operation sauber haben daheim. So wurde es Sonntag, und sie sollte hinauf zum Grab. Normalerweise ging sie jeden Sonntagnachmittag dorthin. Doch jetzt konnte sie nicht. Sie würde bis gegen Abend damit warten.

Jenny kam vorbei und sagte, daß die Leute am Samstag auf dem Markt nach ihr gefragt hätten.

»Nächsten Samstag stellen wir uns für dich auf den Markt, Tekla und ich«, sagte sie.

»Es ist nichts da, womit man sich hinstellen könnte«, erwiderte Tora. »Das könnt ihr euch also sparen. Es ist alles hin vom Regen.«

»Sie hatte keine neuen Bonbons gekocht. Jenny schlug die Augen nieder, und nach einer Weile ging sie. Die Dämmerung brach herein, ohne daß Tora zum Grab hinaufgegangen war, und dann war es dunkel.

Am Montagvormittag nieselte es, und es war windig, so daß wohl kaum die Gefahr bestand, daß sich Leute zum Friedhof begeben würden. Da entschloß sie sich, hinzugeben. Sie mußte das Grab richten. Die Fichtenreiser wegnehmen und nachsehen, ob die Perlhyazinthen schon hervorspitzten. Auf dem Hinweg blieb sie vor ihrem alten Cafe stehen. Es hieß jetzt Gemütlichkeit. In den Fenstern hingen kleingeblümte Gardinen, und auf einem Schild war eine Kaffeekanne. Jaja, wenn sie meinten, daß es so besser ginge. Ihr war das egal. Sie durften mit dem Café gern ein Vermögen machen, wenn sie wollten.

Das Haus daneben war abgerissen, und man war dabei, eine Baugrube für ein neues und sehr viel größeres Gebäude auszuschachten. Es sollte offenbar ein richtiges Kellergeschoß erhalten, denn man hatte tief gegraben und gesprengt. Das Regenwasser sammelte sich dort unten in graugelben Pfützen, die glänzten, ohne etwas zu spiegeln.

Sie ging den langen Vanstorpsväg hinauf zum Kirchhof, und sie hatte einen kleinen Beutel mit einer Schere und Stöckchen dabei, denn sie wollte die Rose pflegen, sie vielleicht ein wenig aufrichten. Als sie davorstand und den Stein betrachtete, den F.A. Otters Kollegen von der Eisenbahn bestritten hatten, fiel ihr auf, daß die Bäume ringsum in diesen beinahe dreißig Jahren groß geworden waren. Sie erinnerte sich an einen geschmacklosen Scherz. Irgend jemand hatte gesagt, daß sie hier oben gut gedüngt würden. Es war ekelhaft, so etwas zu jemandem zu sagen, der einen Angehörigen unter diesen kleinen, gerechten Hügeln liegen hatte. Und das hatten wohl fast alle. Sie konnte diesen Gedanken jedoch nicht so wie sonst vertreiben. Sie überlegte, was für ein Rohling das gewesen sein mochte, der das gesagt hatte, doch es wollte ihr nicht mehr einfallen.

Dann dachte sie an den Erdboden, den sie eben bei der Baustelle in der Hovlundagata ausgeschachtet gesehen hatte. Der gelbe Untergrund hatte im Nieselregen geleuchtet. Die Erdund Wurzelschicht des alten Gartens, die sie ausgehoben hatten, war so dünn.

Derjenige, der so etwas gesagt hatte, hatte unrecht. Die Wurzeln der Bäume gingen nicht so tief hinunter. »Darum hatte er unrecht«, dachte sie. Hierunter ist nur der Untergrund, und da wächst nichts. Mag man sich noch so anstrengen, man kann einem Baum doch nie Nahrung werden.

Es passiert nichts dort unten. Absolut nichts. Der Untergrund ist unfruchtbar. Nichts, gar nichts geschieht, auch in hundert Jahren nicht. Und sie wußte nicht, ob sie das erschreckte oder erleichterte. Man sollte nicht an so etwas denken. Aber man macht sich doch so seine Gedanken an einem Grab. Wenn jemand Liebes von einem dort lag. Dort liegt. *Was* liegt denn dort eigentlich? Welche Gedanken!

Sie war ja seit der allerersten Zeit nie allein gewesen hier oben, und normalerweise unterhielt sie sich mit den anderen und grübelte nicht, wenn sie hier war und rechte. Von den schwarzen Zweigen der Bäume tropfte es, und um die Steine herum roch es nach Hundepisse. Dann dachte sie daran, daß es schon sehr lange her war, daß sie Trauer empfunden hatte, wenn sie hier vor dem Stein mit F.A. Otters Namen stand. Jetzt konnte sie sogar eine Art Feindseligkeit gegen ihn empfinden, ihn, den Unveränderlichen.

Sie hatte sich aufgearbeitet, und nun ließ sie ihr Körper im Stich. Ihm war nichts geschehen. Unberührbar von der Zeit ruhte er dort im Untergrund.

»In gewisser Hinsicht warst du schon ein Hundsfott«, dachte sie. »Nein, das ist ungerecht.« Sie wollte gerecht sein, auch wenn sie müde war und genug hatte. »Du wärst vielleicht gern hundsgemein gewesen zu mir, wenn du dich getraut hättest. Manchmal kann Freundlichkeit wohl die reine – ja, verwandt sein mit Nachsichtigkeit.«

Dort lag er, niemals älter als achtundzwanzig. Wenn sie sich manchmal sein Gesicht vorstellte, hatte er einen Blick, der an ihr vorbeiging.

Am Dienstag sollte sie operiert werden, und schon am Montag fuhr sie nach Stockholm und wurde aufgenommen. Die Operation wurde jedoch um einen Tag verschoben, da sie es nicht geschafft hatten, alle Proben vorzunehmen, und so hatte sie den Einlauf also umsonst bekommen. Das machte sie noch ein bißchen müder als vorher. Sie lag im Bett und blinzelte, denn ihr brannten ständig die Augen. Sie fand das Licht der Deckenlampe so stark. Die hing mitten im Saal. Acht Frauen lagen in dem Raum. Die, die rechts neben ihr lag, wollte sich unterhalten, doch Tora war darauf nicht so erpicht. Links lag eine, um die es nach Äther roch. Die war kaum einmal wach. Tora schaute meist zu ihr hin. Sie klagte über nichts.

Sie hatte nicht so viele Sachen mitgenommen, denn sie wußte nicht genau, was man im Nachttisch unterbringen konnte. Die Uhr natürlich. Eine Tüte gebrannter Mandeln, die die Verwüstung überlebt hatten. Die wollte sie anbieten. Und dann hatte sie ein schwarzes Buch mit Wachstuchdeckeln eingepackt, in das sie im Laufe der Jahre einiges notiert hatte. Sie hatte aufgeschrieben, wann die Jungen krank gewesen waren, um sich daran zu erinnern, welche epidemischen Krankheiten sie gehabt hatten. Früher hatten nur ein paar Bonbonrezepte in dem Buch gestanden. Dann war sie zu der Ansicht gekommen, daß es geschmacklos sei, Rezepte hineinzuschreiben, wenn da stand, daß Fredrik und Adam Masern und Röteln gehabt hatten. Deswegen hatte sie dann meist andere Kleinigkeiten aufgeschrieben, die sie gern behalten wollte. Da war eine gute Mischung zum Putzen von Spültischen, Oxalsäure und Kreide. Da war ein Mengenverhältnis von Alaun und Farbpulver für ein Wollgarnbad. Die Male, die sie verreist war, hatte sie aufgeschrieben, wie das Wetter gewesen war und welchc Sehenswürdigkeiten sie gesehen hatte. Da stand etwas über Stockholm und Gripsholm und über Mårbacka.

Sie wußte nicht recht, was sie mit dem Buch jetzt anfangen sollte, doch sie befeuchtete die Spitze des Tintenstifts und schrieb, daß sie krank sei und operiert werden würde. Sie schrieb auch das Datum des Tages dazu. Dann lag sie den Rest des Nachmittags da und grübelte oder tat, als schliefe sie.

Als die Operation aufgeschoben wurde, hielt sie das für ein schlechtes Omen. Der Dienstagvormittag verging schnell, denn sie schoben sie zum Röntgen von Herzen und Lunge, und dann bekam sie einen neuen Einlauf. Sie durfte auch nichts essen, so daß sie nun schon volle zwei Tage hungerte. Sie trank hin und wieder etwas und vermißte das Essen nicht. Sie hatte jedoch Kopfschmerzen bekommen. Am Nachmittag lag sie meist da und tat, als schliefe sie, damit die Frau im Bett daneben sie nichts fragte. Gleichzeitig überlegte sie jedoch, ob sie noch etwas in das Buch schreiben sollte. Am nächsten Morgen, nachdem sie sie um sechs Uhr geweckt hatten und sie nicht die geringste Ahnung hatte, wie lange sie würde warten müssen, nahm sie es wieder hervor und befeuchtete erneut den kurzen und ziemlich stumpfen Tintenstift. Sie schrieb:

»Ich soll wegen eines Knotens in der Brust operiert werden.«

Ihr war eingefallen, daß sie Jenny und Fredrik in dem Glauben gelassen hatte, daß die Handwurzel operiert werden sollte. »Wenn sie es nie erfahren«, dachte sie. »Man weiß ja nie, wieviel die Ärzte sagen.«

Lange lag sie mit dem Stift in der Hand da und hörte die großen Türen draußen im Korridor schlagen. Die Glasscheiben klirrten, und Blechschüsseln schlugen aufeinander. Die Pflegerinnen sprachen leise und schauten meist streng drein.

Die Helferinnen indes senkten die Stimmen nur, wenn eine Krankenschwester in der Nähe war. Es schallte wie in einer großen Werkhalle.

»Es wird schon gutgehen«, schrieb sie. »Mögen diese Tage schnell vergehen. Ich liege hier und versuche ein bißchen Zeitung zu lesen. Ich werde lesen, bis sie mich holen.«

Das hatte sie bisher natürlich noch nicht getan. Nun aber schlug sie das Buch zu und packte es zusammen mit dem Stift in die Schublade. Sie durfte nicht vergessen, auch die Uhr hineinzulegen, bevor sie sie wegbrachten. So lange wollte sie die Uhr noch neben sich haben und sehen, wie es acht Uhr wurde und wie es halb neun wurde. Sie bekam eine Spritze in den Schenkel. Die Krankenschwester ließ nichts darüber verlauten, wann es soweit sein würde. Sie sagte jedoch zu Tora, daß sie das Gebiß herausnehmen solle, und hatte ein Glas dabei, in das sie es hineinlegen konnte. Sowie sie gegangen war, holte Tora zwei Zeitungen hervor, die sie von daheim mitgebracht hatte. Es waren die Freitag- und die Samstagzeitung, und sie waren ungelesen. Jetzt begann sie sie von vorn zu lesen, und ihre Unterarme zitterten gewaltig, wenn sie auf dem Rücken liegend umblätterte. Schließlich mußte sie auf eine Bahre überwechseln, mit der sie angefahren kamen, und sie hielten sie, als ob sie sich nicht selbst hätte bewegen können. Die zwei Helferinnen, die nur miteinander schwatzten, fuhren sie durch die langen Korridore, wo überall Leute standen, die ihr ins Gesicht sahen. Schließlich blieben sie vor einem Paar großer, weißgestrichener Eisentüren stehen. Da begann ihr Herz so wild zu schlagen, daß ihr der Brustkorb weh tat, und sie versuchte sich aufzusetzen. Sie hielten sie jedoch dazu an, sich hinzulegen, damit sie nicht von der schmalen Bahre fiele, wenn sie fuhren.

»Ich habe vielleicht kein so starkes Herz«, dachte sie. Noch nie hatte es derart geschlagen. Ihre Handflächen wurden heiß und fingen zu kribbeln an, und sie konnte an nichts anderes als an ihr Herz denken, als sie mit ihr in den Operationssaal fuhren. Es schlug weiterhin heftig und rasend, und ihre Lippen fühlten sich starr an. Sie erblickte viele Menschen in dem Saal und Instrumente, die auf Handtüchern lagen. Da schloß sie die Augen, um nichts mehr zu sehen und um zu versuchen, den Herzschlag zu beruhigen. Als es nach Äther zu riechen begann, wurde sie von Panik ergriffen.

»Zählen!« forderte eine Stimme, die schon vorher etwas zu ihr gesagt hatte, ohne daß sie die Worte aufgefaßt hatte. Die Zunge klebte am Gaumen fest. Irgend jemand nahm ihren Arm und streckte ihn aus. Ihr war, als sei um sie herum alles weiß, obwohl sie die Augen geschlossen hatte.

Sie erwachte im Krankensaal. Sah ein gefälteltes Tuch, das gelbbeige war. Allmählich, es war das zweite oder dritte Mal, daß sie die Augen aufschlug, verstand sie, daß das ein Wandschirm war, den man vor ihr Bett gestellt hatte. Am Nachmittag sah sie statt seiner große Wolken am Himmel, war jedoch nicht in der Lage, so lange zum Fenster hinauszuschauen. Sie mußten den Wandschirm ein wenig verrückt haben, denn umgedreht konnten sie sie kaum haben. Es war unmöglich, auf der linken Seite zu liegen, da fing es an weh zu tun.

In der Nacht schlief sie und träumte, daß sie mißhandelt, daß sie überfahren worden sei. Irgend jemand winselte wie ein junger Hund, und eine Schwester mit einem roten Kreuz auf dem Schleier kam herein und gab ihr eine Spritze in den zerstochenen Schenkel.

»Sie müssen versuchen, ruhig zu sein«, sagte sie. »Die Spritze wirkt gleich. Hier schlafen auch noch andere Patientinnen.«

Sie erwachte und hatte starke Schmerzen in der Brust und im Arm. »Warum tut mir der Arm weh?« überlegte sie.

Seltsamerweise saß Jenny da, als sie die Augen öffnete. Sie nahm überhaupt keine Notiz davon, daß es nicht die Handwurzel war, woran Tora operiert worden war. Sie fragte, wie sie sich fühle. Da mußte sich Tora in eine Schale aus emailliertem Blech übergeben, und Jenny hielt ihr die Stirn und achtete darauf, daß die Schale nicht vom Bett kippte. Sie war in Hut und Mantel und wirkte nervös, wenn die Schwestern auf dem Korridor draußen vorbeigingen.

»Du bist bestimmt bald wieder auf den Beinen«, sagte sie leise.

»Daß du hier raufgefahren bist«, sagte Tora.

Sie war jedoch so matt, daß sie mehr nicht zu fragen vermochte.

»Tekla und ich werden uns für dich auf den Markt stellen«, sagte Jenny plötzlich und sah leicht fröhlich drein. »Linnea will nicht. Die ist wahrscheinlich eingeschnappt.«

»Aber es ist doch gar nichts da zum Verkaufen. Es ist doch alles hingeworden.«

»Ach was, Fredrik kocht was Neues. Der kann das doch.«

Da mußte Tora leicht schmunzeln.

»Ja, denk doch mal dran, wie oft er dir geholfen hat! Das schafft er bestimmt. Er macht sich abends jetzt immer dran.«

Plötzlich ergriff Jenny ihre Hand und hielt sie ein Weilchen.

»Das wird schon wieder«, meinte sie. »Bald bist du wieder daheim und stehst selber auf dem Markt. Ich soll auch von Adam grüßen. Er hat mir das hier mitgegeben.«

Sie hatte Mühe, den Kopf zu heben, deshalb nahm Jenny eine große Pralinenschachtel vom Nachttisch und hielt sie ihr hin. Sie war von Anker. Eine lila Seidenrosette saß schräg darüber. Das sah ihm gleich! Ihr Pralinen zu schenken. Und dazu von Anker! Jennys Augen sah sie an, daß auch sie lachen mußte.

»Die Rosette kannst du vielleicht auf einen Hut montieren«, sagte sie und kicherte ein wenig.

Tora schloß ein Weilchen die Augen.

»Tut es arg weh? Kannst du den Arm denn bewegen?«

Sie wußte es also doch, ja, sie wußte es. Tora schämte sich plötzlich.

Tags darauf, nachdem Jenny wieder heimgefahren war, kam der Professor herein. Hinter ihm erschien die ganze Schar weißgekleideter Menschen, und die Schwester, die vor der Visite durch den Saal zu gehen und ihn zu inspizieren pflegte, stand da und hielt ihm ein aufgeschlagenes Buch hin. Tora mußte an einen Pfarrer denken.

Der Raum war jetzt frei von Gerüchen, denn er war frisch gelüftet, und die Blechschüsseln hatte man alle zu einem Spülraum gebracht. Die Patientinnen lagen zwischen steifen, straff gespannten Laken und hörten aufmerksam zu, was der Professor an jedem Bett brummelte. Die Sofiaschwestern mit ihren steifen Häubchen mit schwarzen Samtbändern beugten sich manchmal vor und schlugen eine Decke zurück, damit er den Körper darunter sehen konnte.

Jetzt kam der Haufen zu ihr, und ihre Kleider raschelten. Auf dem Bettbezug war eine Klingel, die einen gelben beinernen Knopf hatte, mit einer Nadel so festgesteckt, so daß sie sie erreichen konnte, und ohne zu wissen, wie es zugegangen war, hatte sie daran herumgefingert, so daß es draußen auf dem Korridor zu klingeln begann. Die Schwester mit dem Buch machte eine Kopfbewegung, und eine jüngere ging hinaus auf den Korridor. Hinterher reimte sich Tora zusammen, daß sie das getan hatte, um die Helferin, die auf das Signal hin kommen sollte, aufzuhalten. Während der Visite durften keine Helferinnen hereinkommen oder sich auf dem Korridor zeigen. Sie begriff auch, daß alle meinten, sie habe sich dumm benommen.

Da sagte der Professor, daß er ihre linke Brust samt der Lymphdrüsen in der Achselhöhle entfernt habe.

Sie faßte es erst nicht recht. Den ganzen Nachmittag lag sie da und hatte seine Worte noch im Ohr, glaubte aber, daß das irgendwie ein Mißverständnis sei. Er hatte sie vielleicht mit einer andern verwechselt. Dann dachte sie an die Klingel und an ihre Mienen, als es klingelte. Ihre Gedanken ließen sich nicht in Zusammenhang bringen.

Am Abend fragte sie die Rot-Kreuz-Schwester, ob sie ihr wirklich die Brust entfernt hätten. Die bestätigte es.

»Aber warum hat er mir nichts davon gesagt?« fragte Tora.

»Sie denken vielleicht, daß er Sie vorher hätte fragen sollen«, erwiderte die Krankenschwester mit einem strengen Lächeln.

Tora bekam Angst. Sie hatte sich, soweit sie zurückdenken konnte, noch nie vor einem Menschen gefürchtet. Die hier hatte so eine eigenartig breite Oberlippe und starre, hellblaue Augen unter blonden Augenbrauen. Die Wimpern waren genauso hell, fast weiß. Von den Haaren sah man nicht viel.

Wenn man seiner normalen Arbeit nachgeht, sich unter normalen Menschen bewegt, die nett und nachlässig und manchmal etwas garstig zu einem sind oder einem aus Gedankenlosigkeit und Egoismus weh tun, genauso, wie man es selbst auch macht, dann vergißt man, daß es schlechte und gefährliche Menschen gibt. Sie dachte, daß sie diese Erkenntnis gebraucht hätte, als sie so weit gereist war, um operiert zu werden, und sie begann sich davor zu fürchten, wie leicht man das, was wichtig ist zu wissen, das, was das Leben kosten kann, vergißt.

Nun stellte sich heraus, daß die Frau im Bett daneben, die, die hinter dem Wandschirm aus gelbem, gefälteltem Stoff lag, alles gehört hatte. Sie begann mit Tora zu reden. Sie erzählte, daß man einen Knoten aus einer Brust nicht entfernen könne, ohne alles wegzunehmen. Der Tumor habe lange Wurzeln, sagte sie, und die müsse man abschneiden und herausziehen.

»Die reichen bis in die Achselhöhle hinauf«, sagte sie. »Deswegen schneiden sie alles weg. Darum ist es nur gut, daß es gemacht ist. Sie sollten froh sein darüber.«

Sie fuhren fort, sich zu unterhalten. Tora sah ihr Gesicht nicht, und das war wohl am besten so. Es war auf alle Fälle eine Småländerin. Sie sei am Magen operiert worden, erklärte sie. Noch könne sie nicht aufstehen, aber sie fühle sich recht gut. Dann erzählte sie, was für Schmerzen sie seit Weihnachten gehabt habe und daß sie ständig Durchfall gehabt habe. Bis zum Abend wußte Tora, daß sie die Frau eines Kleinbauern war und daß sie sich Sorgen machte, weil sie so lange fort war. Ihre Kinder hießen Olof und Gertrud. Tora erzählte, wie ihre Jungen hießen, und bestätigte, daß das die Schwiegertochter sei, die sie am Tag zuvor besucht habe.

»Eine saubere Person«, sagte die Småländerin. »Und so ein reizender Hut.«

Tora hatte nie darüber nachgedacht, ob Jenny eine saubere Person war.

»Haben sie Kinder?«

»Nein, ich weiß nicht, ob sie welche bekommen können.«

Da lag sie nun, und die Wunde schmerzte bis hinauf unter den Arm. Sie erzählte einer eifrigen småländischen Stimme, die hinter dem beigegelben Stoff zu hören war, alles mögliche, worüber sie sonst nie sprach. Sie sagte, daß sie wegen des Knotens in der Brust besorgt gewesen sei, daß es etwas Gefährliches sein würde. Sie berichtete von dem Regensturm auf dem Markt und den zerstörten Bonbons.

»Ich habe sie runtergeputzt«, sagte sie.

»Auweiauweiauwei«, meinte die Småländerin.

Tora versuchte aus ihrem Tonfall herauszuhören, was sie dachte.

Abends vor dem Einschlafen sagte die Småländerin etwas Seltsames. Das Licht war schon lange gelöscht, und sie mußten flüstern. Man hörte es aber an mehreren Stellen in dem großen, kahlen Raum flüstern, und durch die hohen Fenster fiel vom nächtlichen Frühlingshimmel Licht herein.

»Sie müssen nicht traurig sein, daß die Brust weg ist«, flüsterte sie. »Dafür muß man eigentlich dankbar sein. Wenn's einen auch hart ankommen kann.«

»Das macht auch nichts«, versuchte Tora zurückzuflüstern. Die Stimme knarrte. »Ich bin doch eine alte Frau. Und allein.«

»Jaja«, meinte die leise Stimme mit dem gleichsam übersprungenen R. »So wird's wohl sein, so wird's wohl sein.«

»Eine seltsame Person«, dachte Tora. »Sie weiß schon so viel von einem. Aber ich treffe sie ja nimmer.«

Am Morgen genierten sie sich voreinander, denn da zogen die Helferinnen den Wandschirm weg.

»Ja, wir sollten uns vielleicht miteinander bekannt machen«, sagte die Frau in dem Bett mit derselben Stimme wie in der Nacht, als das Licht von den Fenstern her weiße Rechtecke in den blaudunklen Raum gezeichnet hatte. Jetzt schien die Sonne bis zu den Betten bei der hinteren Wand. Sie konnten sich nicht die Hand reichen, denn Tora lag mit der linken Seite zu der Frau hin.

»Ich heiße Signe Ekström.«

Tora murmelte, daß sie Frau Otter heiße. Vielleicht verstand die andere nicht, was sie sagte.

»Ja, Småland würde man ja auch gern mal sehen«, sagte sie. »Da soll es so viel Schönes geben.«

Ihr fiel ein, daß sie gebrannte Mandeln dabei hatte, und sie beschloß, sie ihr zu geben, sobald sie eine Helferin erwischte, die ihr den Nachttisch öffnete.

Nun war sie wieder daheim. Es war möglich, den Arm zu bewegen, obwohl es natürlich spannte. Sie hatte sich die Wunde angesehen: ein langer Bogen schwarzer Wundklammern. Sie sah aus wie ein Mund, der mit hochgezogenen Lippen grinste. Die Wundränder selbst waren dünn, fast schwarz. Wie sie ohne linke Brust aussah, konnte sie sich nicht recht vorstellen. Sie hatte nur unter den Verband geguckt, nicht den ganzen Oberkörper gesehen.

April und Apriltage. Im einen Moment Sonnenstrahlen, kaltblauer Himmel. Dann zog es sich rasch zu, es regnete und nieselte eine Weile. Es war ganz so, wie es sein sollte. Sie ärgerte sich darüber, daß Hunde in den Hof kamen und gegen die braunen Stauden der winterharten Pflanzen in den Rabatten pinkelten. Es roch schon übel genug, nachdem der Schnee eben erst geschmolzen war.

Jenny und Tekla würden sich für sie auf den Markt stellen, und das war auch gut. Sie wollte jedoch niemand treffen. Sie mußte sich aber bei ihnen bedanken. Jenny durfte sie auch nichts bezahlen, deshalb mußte sie ihr wohl etwas schenken. Es war so schwierig, wenn sie bei ihr umherliefen, eifrig und redselig. Sie wollte doch nur ihre Ruhe haben. Sie ging oft in die Stube und legte sich aufs Sofa, obwohl es dort kalt war, legte sich still hin und hoffte, daß sie annehmen würden, sie wäre unterwegs, wenn sie auf ihr Klopfen hin nicht aufmachte. Sie wußte nicht, was sie ihnen sagen sollte.

Man redete und rührte sich. Man wußte, wie es sein mußte. Doch mit einem Mal wußte man es nicht mehr. Man mußte über jeden Satz, den man sagen wollte, nachdenken. Man konnte nicht einmal hergehen und für jemand Kaffee aufsetzen, ohne sich zu fragen, wie man sich eben anstellte, was man eigentlich gesagt hatte. Ob man freundlich war oder was. Was man sich anmerken ließ.

Wußten sie, daß die eine Brust weg war? Ja, sie hatte nicht die Absicht, etwas zu sagen. Mit der Sache hatte niemand etwas zu tun. Im übrigen war sie eine alte Frau. Und ganz allein, so daß das niemand zu sehen brauchte.

Ach je, ihr war, als müßte sie gleich flennen. Doch das würde nichts helfen, darum ließ man das schön bleiben. Das kam wohl von der Müdigkeit. Nach einer Operation ist man nicht mehr dieselbe.

Nach ein paar Wochen ging es ihr eigentlich so gut, daß sie eine Portion Bonbons hätte kochen können. Nicht gerade Zuckerstangen, denn dieser Teig mußte fest durchgearbeitet und um den Haken an der Flurwand geschlagen werden. Das konnte sie mit ihrem Arm nicht machen. Sie hätte jedoch Dragees kochen und zurechtmachen können.

Aber sie tat es nicht. Sie ließ einen Tag nach dem andern verstreichen. Es schien so belanglos.

»Morgen werde ich Dragées kochen«, dachte sie. »Man muß es sich nur fest vornehmen. Heute abend werde ich zeitig ins Bett gehen, und morgen früh werde ich aufstehen und eine Portion kochen. Jetzt wird es wieder, wie es war.« Mutti sei immer auf, bevor der Teufel seine Pantoffel habe anziehen können, sagte Adam immer. Diese Geschichte sollte einem wahrlich nicht das ganze Leben vermiesen. Außerdem müßten auch die Gardinen gewechselt werden.

Sie legte sich zeitig schlafen und hatte sich fest vorgenommen, daß am kommenden Tag alles anders werden sollte. Es war ein Dienstag. Als sie am Morgen aufstand, hatte sie nicht viel geschlafen. Sie fand, daß schon das Wort Dienstag nach Überdruß und Unwirklichkeit schmeckte. Ja, als wäre man das alles selbst, das graue Licht, das ständig graue Licht und die Geräusche der Autos und Pferdefuhrwerke von der Straße, das Geschepper von Blech und das entfernte Hundegebell.

»Nein, zum Teufel nochmal«, sagte sie zu sich selbst. »Daß man aber auch auf alles achten muß!«

Sie begann Zucker abzumessen, verzählte sich aber bei den Löffeln und blieb stecken. Sie mußte alles in den Zuckersack zurückschütten und von vorn anfangen. Doch das konnte sie nicht.

Da wurde sie von einem panischen Schrecken ergriffen. Sie wußte nicht recht, weshalb. Aber es war, als nützte das, was sie wollte, nichts mehr. Es war, als wenn man sich vor einem fürchtete, der draußen vor der Tür im zugigen Hausflur stand und alles, was sie tun und sagen sollte, entschied, ohne auch nur ein Wort von sich zu geben.

Ich wollte nicht operiert werden! Doch was half das? Trotzdem war es doch das einzige, worauf es ankam: daß man etwas wollte. Nur diesen Tag noch würde sie jetzt ausruhen. Dann würde sie ernsthaft anfangen. So döste sie nochmals einen Nachmittag lang auf dem Sofa in der Stube, und daraufhin konnte sie nachts kaum schlafen.

Aber jetzt würde ja alles gut werden. Der Knoten war weg. Alles hatte sich, so gut es ging, eingerenkt. Sie hatte ihre Wohnung hier im Haus. Man denke nur daran, wie gut der Schuppen war. Keine Ratten, wo sie die Bonbons verwahrte. Und große, gute Mülltonnen, die sie sich mit dem Geschäft im Nebenhaus teilte. Die Laube. Sie dachte an die grüne Schaukel in der Laube, während sie dastand und sich ein bißchen Milch warm machte. Es war eine große Schaukel aus Holz, in der man sich gegenübersitzen konnte. Die ganze Prifferunde fand in dieser Schaukel Platz, Tekla und Ebba und Lilla Moster und sie. Sie sollte Frida zum Kaffee draußen einladen, sobald es sonnig und warm würde. Wenn der Flieder ausschlüge. »Enkelkinder kriegt man vielleicht auch noch«, dachte sie. Janssons im Stockwerk darunter saßen meist mit ihrem Enkelkind in der Schaukel, und der kleine Junge fütterte die Eichhörnchen mit Zwieback.

Ihre Gedanken, die um alles kreisten, woran sie sich erfreuen konnte, verschmähten nichts, nicht einmal den Balkon auf den Hof hinaus. Man konnte so gut Töpfe zum Abkühlen hinausstellen. Ja, es war ein gutes Haus, in dem sie wohnte, und wenn sie hier hereinkam, hatte sie ihre Ruhe. Sie erwartete sich nicht viel von dem, was außerhalb war. Frida Erikssons Konrad hatte gesagt, daß die Gesellschaft ein Herz sei, das durch die Gedanken und Handlungen der Menschen pulsiere. So etwas bedeutete ihr nichts. Sie erinnerte sich daran, weil es eigentlich von Ebon Johansson stammte, mit dem sie in ihrer Jugend bekannt gewesen war. Sie hatte geglaubt, das hätte etwas mit Liebe zu tun.

Sie gehörte nicht zu denen, die ein Herz vor Augen hatten, wenn das Wort Gesellschaft fiel. Sie hatte ein Gemeindekontor vor Augen, wohin man leicht widerwillig ging und seine Schuldigkeit tat, und sie erwartete sich wahrlich nichts von dort. Hier im Engelhaus lebte sie ihr wirkliches Leben; hier mußte sie manchmal raus, um Geld zu verdienen. Es war ein Gezerre und eine Plackerei auf der Welt, und sogar hier auf dem Markt gab es Konkurrenz. Ein Bonbonweiblein war von Vanstorp hereingezogen, und ihren Geleefrüchten und

Dragées sah man nicht an, daß sie schmuddelig war. Tora konnte sich ja auch nicht hinstellen und das sagen. Es blieb nur zu hoffen, daß die Leute die Katzenhaare entdecken würden.

Nein, hier drinnen hatte sie es gut. Die Kinder kamen her. Es ging ihnen gut. Fredrik und Jenny waren ordentliche Menschen. Auch Adam war eigentlich nicht verkehrt. Wenn er auch sein Geld durchbrachte, sowie er es verdiente, und so viele Weibergeschichten hatte. Doch sie waren liebe Jungs, alle beide. Sie tranken nicht. Jedenfalls nicht mehr als normale Leute.

Es gab nichts, wovor man sich hätte fürchten müssen. Siebenhundert Kronen auf der Bank. Falls etwas passierte. Und in der Krankenkasse war sie auch. Und dennoch diese Angst und dieser Überdruß bei allem. »Wo kommt das bloß her«, fragte sie sich halb schlafend. »Was war früher anders?« Sie wußte doch, wie es war. Es kann immer ein kleiner Knoten im Körper sein, verborgen und eingekapselt. Es gibt so viel Tod auf der Welt. Davon einen kleinen Knoten beherbergt zu haben, dürfte doch nicht so schwerwiegend sein. Er ist ja auch weggeschnitten worden.

Die Frage ist jedoch, ob der Knoten hat aufbrechen können. Ob der Tod nun im Körper umherschleicht. Die Vernunft sagt einem, daß er das die ganze Zeit über getan hat. Von Anfang an sitzt der Tod schon wie ein Vogelauge ganz weit drinnen in den Blutschwaden und dem Dunkel des neugeborenen Körpers, funkelnd scharf, ein kleiner Knoten aus Gewißheit und Schickung. Doch scheint man nichts davon zu wissen. Nicht eher, als bis man es plötzlich ganz klipp und klar wie aus einem Schreiben in braunem Kuvert vom Gemeindekontor erfährt.

Du. Du wirst wirklich sterben. Alle anderen Menschen scheinen sich darüber klar zu sein – daß du sterben wirst, daß sie sterben werden, daß Kalle Biras Pferd geschlachtet werden wird und daß die, die gestorben sind, wirklich tot sind. Du selbst aber wußtest nichts davon. Wie soll man es sich sonst erklären, daß dich diese Erkenntnis mit solcher Wucht getroffen hat, daß es dich schier aus den Latschen kippt?

Nun wirst du wirklich sterben.

Vielleicht nicht dieses Jahr, nicht nächstes Jahr. Vielleicht nicht einmal in zehn Jahren. Aber sterben wirst du. Dein Körper wird bleich und fleckig werden. Dann wird er zerfallen, und das geht nicht anders zu, als wenn im Frühjahr unter einer Schneewehe eine Hundeleiche zerfällt. Das ärgste ist, daß alle das zu wissen scheinen – nur du nicht. Nun, Tora, wirst du sterben.

Und in dem Augenblick, in dem dir das klar wird, heftet sich der Überdruß über das Leben. Das ist freilich seltsam. Müßtest du jetzt nicht viel intensiver und achtsamer leben? Müßtest du nicht wirklich sehen? Das, was du bisher vielleicht nie richtig gesehen hast: wie die Haselkätzchen stäuben, welch tiefen Glanz die Kupferformen bekommen, wenn du sie putzt, wie dieses Brot sich unter dem Handtuch rundet, wie kräftig dein Hals noch ist. Aber du siehst nichts. Die Bleivergiftung des Überdrusses geht durch deinen Organismus, macht den Blick schwer und schwach. Alles wird undeutlich.

Man geht doch davon aus, daß man für sich gesorgt hat. Für sein Leben. Diese Strafe hätte man wohl nicht bekommen müssen. Man hat doch jedenfalls das Seine getan, so gut man konnte. Die Jungen. Man war doch bereit, Fredrik trotz Arbeitslosigkeit und aller Schwierigkeiten eine Ausbildung machen zu lassen. Wenn er es nur gewollt hätte. Man hat bestimmt das Seine getan. Hat für sich gesorgt. War nie jemandem zur Last gefallen. Gearbeitet hat man. Und dann kriegt man das dafür.

Der Morgen dämmerte. Die glänzenden Blätter der Porzellanblume schimmerten. Die Luft war kalt und der Geruch nach Herdasche so beängstigend. Es ist so entsetzlich. Nie hat man gedacht, daß es so werden könnte. Oben auf dem

Gottesacker ist man zwar mit dem Rechen übers Grab gegangen und hat es hergerichtet. Aber man hat doch nie daran gedacht – ja, später natürlich. Irgendwann einmal. Im Alter. Aber nicht jetzt. Obwohl die Jungen ja groß sind, ihre eigenen Wege gehen. Es könnte schlimmer sein. Wenn sie klein gewesen wären und einem wäre das zugestoßen. Ein paar arme kleine Jungs ohne Mama.

Sie begann heftig zu weinen, als ob es tatsächlich wahr wäre, daß die Jungen klein wären und daß sie sie verlieren sollten. Sie befühlte ihre Wangen und war ängstlich und bestürzt. Weinte sie? Es fühlte sich an, als hätte sie Blut auf den Wangen, warmes und salziges Blut in der kalten Luft. Die Füße wurden kalt auf dem Fußboden, sie hatte jedoch das Gefühl, als gehörten sie jemand anders. Sie hatte, ohne es zu merken, einen weißen Becher mit kalt gewordener Milch umgestoßen. Wann? Es war unglaublich.

Weinen nützte nichts. Sich aufgeben. Dann fielen ihr die beiden kleinen Jungen wieder ein, die armen kleinen Kinder. Ihre zarten Gesichter, kleinen Hände. Damals – vor langer Zeit. Und sie begann so heftig zu weinen, daß etwas in ihr zerrte, und sie fürchtete, losgerissen zu werden, fürchtete, daß das Weinen sie aus ihren Grundfesten reißen würde.

Da waren, damals, vor langer Zeit, nicht nur die beiden kleinen Jungen, die nun so deutlich waren, als stünden sie neben ihr im Raum. Da war auch die junge Frau, als der Mann starb. Sie vermeinte sich selbst zu sehen, allerdings nur bruchstückhaft, in Schimmern von Haut. Die schönen weichen Brüste. Die rosafarbenen Brustwarzen. Sie erinnerte sich deutlich: manchmal spielte er daran. Gelegentlich, wenn er seine Schüchternheit überwand. Sie schrie auf und merkte, daß sie auf dem Fußboden landete. Eine Wirklichkeit: das kalte Linoleum an der Stirn.

Hinterher war alles so tot geworden. Alles wurde kalt. Die Arbeit. Das Aufstehen. Das Wollen. Jeden Tag mußte man wollen. Nie wieder nur aus Lust aufstehen. Und er verweste da oben. Seine schmalen Hände, die weichen Haare auf seiner Brust, die feinen Füße mit ihren gewölbten Sohlen und dünnen Nägeln. Nein, nie wieder, seit er starb und all das zerstört wurde, war sie aufgestanden und hatte den Tag mit Lust angegangen. Dessen war sie sich indes nicht bewußt gewesen. Sie hatte geglaubt, daß das hier das Leben sei. Die Arbeit. Das Wollen.

Sie schrie erneut, ohne es aufhalten zu können, kroch zum Bett und tappte auf dem Stuhl daneben umher, bis sie ein Kleidungsstück zu fassen bekam. Sie spürte, daß es etwas Grobes war, und stopfte es in den Mund, verbiß den Schrei.

Ich bin doch diese junge Person dort in der Kapellgata. Und ich blute! Ihn gibt es nicht. Nirgendwo gibt es ihn mehr. Er ist tot. Was ist das, tot sein? Herrje – ist das eklig, widerlich! Es ist Gestank und Verwesung. Tot sein ist etwas, was riecht, etwas Starres, eine Grimasse. Geschürzte Lippen, aufgeschlitzt, auseinandergerissen. Das Lächeln gebrochen, der freundliche Blick, das Zutrauen. Die kleinen Jungen haben bereits mit dem Sterben begonnen. Sie sind schutzlos. Man kann sie gegen das Sterben nicht zudecken, nicht nähren, wärmen. Sie werden kalt, ihre Blicke starr.

Die kleinen Jungen, sie sah sie ganz deutlich vor sich. Wie sich Adams kleine Hand mit den Grübchen unterhalb des ersten Fingerglieds um ihren Zeigefinger schloß, wie der Speichel aus seinem feuchten Mund rann, wie Fredrik den Kopf auf ihren Schoß legte, einen borstigen, kurzgeschorenen Kopf mit warmer Haut auf dem Scheitel, wie er seufzte, als ob er schon Kummer hätte. Was kannst du für Kummer haben, kleines Kerlchen? Die Gesichter der Kinder, diese offenen Blüten wird der Tod zerstören, sie werden bleich und starr werden, faul und fleckig und schließlich zerfallen. Die weichen Brüste werden zerstört werden, eine ist bereits weggeschnitten und in einem Eimer gelandet. Der Tod quält mich bereits. Er ist ein Belag auf meiner Haut, ein Gestank in meiner Nase, ein widerlicher Geschmack in meinem Mund.

Die Stunden schlichen dahin. Sie hatte die Nacht durchwacht, und es war Morgen. Sie lag mit leerem Kopf auf dem Bett, als die ersten Alltagsgeräusche von der Straße unten zu vernehmen waren. Sie fühlte sich müde und durchgespült, ein ausgenommener Fisch, ein aufgeschlitzter Bauch ohne Eingeweide, gespült und reingewaschen. Es wurde endlich Vormittag, und sie verstand, daß ihr Leben nie mehr wie vorher sein würde, daß da zuviel Angst war.

Ebba kam herauf. Sie konnte ihre polternden Schritte auf der Treppe hören und wie sie jedesmal stöhnte, wenn sie sich mühsam eine Stufe hochgehievt hatte. Tora ging leise durch das leere Zimmer der Lehrerin und legte sich in der Stube hin. Jetzt klopfte Ebba. Sie atmete immer noch schwer und keuchend. »Diese Ebba, die ist wie eine große Kuh«, dachte Tora. Sie bekam Lust, garstig zu sein.

»Geh doch schon! Du hast hier nichts zu suchen. Hier liegt nur eine, die fix und fertig ist.« Nein, Ebba öffnete die Tür zum Zimmer der Lehrerin. Stand wohl da drinnen und schnüffelte. Jaja, sie ist ganz schön neugierig, sie würde wohl gern das eine oder andere in die Finger nehmen, wenn sie nur sicher wäre, daß sie ungestört bliebe.

Ebba ging jedoch schnurstracks durch das Zimmer und öffnete, ohne anzuklopfen, die Stubentür.

»Liegst du hier?«

Sie antwortete nicht. Es war doch offensichtlich. Sie lag hier.

Ebba ging zu ihr hin und stand dann mit ihrer Handtasche vor dem Bauch da. Auf dem Kopf trug sie ihren alten schwarzen Hut mit der Achatspange vorn in der Mitte. Man konnte nicht gerade sagen, daß sie sich für ihren Besuch hier hübsch gemacht hätte.

Jetzt setzte sie sich aufs Sofa. Sie schob Tora, die bei der Berührung zusammenzuckte, ganz einfach zur Seite. Das war aufdringlich. Aber Ebba hatte noch nie Manieren gehabt, auch wenn sie hochgekommen war. Brauer Julin habe ein

Vermögen gemacht, hieß es. Doch Ebba war noch genauso wie damals, als sie in der dritten Klasse des Bahnhofshotels servierten. Nur daß sie jetzt Füchse um den Hals und eine Medaille bekommen hatte.

Jetzt nahm Ebba Julin Toras eiskalte Hände zwischen die ihren und rieb sie, und hinterher kam Tora nie mehr darauf, was sie gesagt hatte, konnte sich jedoch an ihre rauhe Baßstimme erinnern, die lange schnurrte und schnurrte. Eine seltsame Stimme für eine Frau. Vielleicht war die so, weil Ebba Zigarillos rauchte. Ja, das tat sie schon seit ihrer Jugend, anfangs mehr oder weniger heimlich. Sie hatte Geschmack gefunden an den Zigarren der feinen Herren, als sie mit ihnen gegangen war. Die rauhe Stimme mit ihren Rauchschleiern schwatzte und schwatzte, und das eine oder andere Wort schaukelte auf der Flutwelle: »Liebe Tora – solche Schmerzen gehabt – wird nicht zu sehen sein – nicht die Spur.« Tora fing an zu weinen.

Sie weinte, das Gesicht auf Ebbas Bluse, und der Busen wogte, denn Ebba war jetzt aufgewühlt. Tora wußte sehr wohl, daß Ebba all das war, wofür sie gehalten wurde. Sie war sensationslüstern und genußsüchtig. Sie rauchte und trank auch ein bißchen, vielleicht auch gar nicht so wenig. Das war wohl die Freude, die sie und der Brauer zusammen gehabt hatten, zu der Zeit, als er noch so beieinander war, daß man mit ihm reden konnte. Jetzt war er altersschwachsinnig. Selbstverständlich war sie egoistisch und vertratscht, das wußte Tora. Aber sie war auch nett. Das war eigentlich seltsam: war man nett, so war man es eben. Ja, es gab nette Menschen.

Nachdem sie lange geweint und einen Krampf im Zwerchfell bekommen hatte, versuchte sie sich doch aufzusetzen, und Ebba half ihr dabei.

»Ich habe Krebs«, sagte sie.

Es geschah jedoch nichts Besonderes, obwohl das abscheuliche Wort schließlich zwischen ihnen herausgeschlüpft war. Ebba trocknete weiterhin mit einem Taschentuch abwechselnd Toras Gesicht und ihre eigene Bluse. Es schien, als ob sie es die ganze Zeit gewußt hätte. Ja, als ob es alle gewußt hätten. Nichts geschah in dem graudämmrigen Zimmer deswegen, weil sie das widerliche Wort über die Lippen gebracht hatte. Ebba krächzte mit ihrer dunklen Stimme drauflos und sagte eine Menge Dinge, die Tora eigentlich selbst wußte, eine Menge Dinge, die jeder erwachsene Mensch weiß. Aber es gibt ja nichts anderes zu sagen. Etwas anderes wäre viel verlangt, es wäre völlig unmöglich.

Ein Riese hatte eine Waschschüssel, die er unterhalb einer Geröllhalde im Wald abstellte. Sie war aus Granit, und sie war tief und spitz, und er hatte sie mit klarem, bernsteingelbem Wasser gefüllt, das, wenn an einem Sommernachmittag die Sonne daraufglühte, tatsächlich wie erstarrtes Harz aussah.

Im Winter gefror das oberste Wasser zu einem Deckel, und die ganze Schale wurde sehr still, genau wie der Wald um sie herum. Ganz unten in der Spitze bewegte sich dann ein Muster aus Streifen und Linien. Ein Hecht, wenn es dort einen gegeben hätte, würde gesehen haben, daß es keine abgebrochenen Stücke von Schilfrohrstengeln waren, die dort standen, sondern tausend Barschbrüder, die träge und vorsichtig miteinander die Plätze tauschten.

Auf dem Deckel kreiselte ein schnurumwickelter Ball, und hinter ihm glitten schwere, aber ziemlich schnelle Kerle mit Schlägern in den Händen her. Sie waren mit schwarzen Kniehosen und grauen Wollpullovern bekleidet. Fast die Hälfte von ihnen hatte schwarze Schirmmützen auf, deren Ohrenklappen hochgeschlagen und mit zwei dünnen Schuhbändeln, die mitten auf dem Scheitel gebunden wurden, festgehalten waren. Die Hälfte hatte rote Zipfelmützen auf. Manchmal sauste eine der Schirmmützen mit langen Zügen davon, so daß die Füße sich fast nach innen bogen, und schob den Ball mit dem Schläger vor sich her. Wurde sie dabei von einer Zipfelmütze gestört, donnerten sie beide in das rauhe Eis am

Uferrand, die gebrochenen Stengel des Schilfrohres wurden unter ihnen zerknickt, und Eis und grober Schnee stoben um die Metallkufen. Um den Rand der Waschschüssel des Riesen standen Leute und schauten zu, es waren fast nur Männer, die da hinausgingen, den langen Weg von der Stadt. Da stand aber auch Ingrid Eriksson. Sie stand jeden Wintersonntag da, an dem ein Match stattfand.

Einer der Spieler trug eine weiße Sportmütze, eine große, fast bauschige Sportmütze mit einem Knopf mitten auf dem Kopf. Den verfolgte Ingrid mit den Augen. Unter diesem Knopf war Arne Johansson. Seinetwegen stand sie hier.

Er war der beste. Deshalb konnte er auch als einziger eine weiße Sportmütze tragen. Oft fuhr er mit herausgerecktem Hintern rückwärts und schlängelte sich nach hinten, während er einen anderen Spieler, der den Ball an ihm vorbeizutricksen versuchte, bewachte. Dann machte er eine unerwartete Bewegung. Der andere verlor den Ball, und der schien sich an Arne Johanssons Schläger zu haken und dort an einer unsichtbaren Schnur, einem Gummifaden an der Spitze des Schlägers, festzusitzen. Arne brach durch. Er fuhr mit kräftigen Zügen, die in die pulvrig feine Schneedecke auf dem Eis schnitten, zum anderen Tor. Es entstand ein kurzes Kuddelmuddel da vorn. Sie unterschied nichts, nicht einmal die Sportmütze. Alle schrien und sie nicht. Das hatte sie nicht oft getan. Sie kaute jedoch auf dem Daumen ihres Handschuhs, und nach jedem Angriff hatte sie nasse Wollfussel im Mund.

Wenn er ein Tor schoß, schrien sie noch ärger, und dann beruhigte sich alles, wenn er mit langen, ruhigen Zügen zur Mitte fuhr. Er machte eine Drehung extra, der Hintern ragte wieder heraus.

Um die Wahrheit zu sagen, sah sie sehr viel auf seinen Hintern. Der war so überraschend. Er war sowohl klein als auch muskulös, kompakt, fest und schmal. Sie konnte ihn sich selbst nicht beschreiben, und vielleicht starrte sie ihn gerade deswegen unaufhörlich an, so als ob sie zu guter Letzt hinter sein Geheimnis kommen würde.

Er hatte kräftige Beine und ziemlich runde Waden in umgeschlagenen, gerippt gestrickten Sportsocken. Vom Gesicht sah man draußen auf dem Eis nicht soviel. Meistens stand eine Wolke aus Dampf vor seinem Mund. Wenn er vorbeifuhr, hörte man ein Keuchen, einen heiseren Ruf von beinahe furchterregender Nähe:

»Pära! Zum Teufel nochmal. Hierher! Hierher!«

Manchmal klang es wie Hundegebell. Er hatte eine ziemlich helle Stimme. Wenn er ein Tor geschossen hatte, sprachen eine Zeitlang alle von ihm, alle am schilfigen Rand um den kleinen runden See.

»Arne, der Teufel«, sagten sie. »Das ist vielleicht ein Teufelskerl!« Und dann tranken sie einen Schluck und boten einander die Flaschen an.

Sie interessierte sich nicht die Spur für Bandy. Anfangs hatte sie das eine Weile geglaubt. Sie hatte sich ereifert, hatte Mauds Hand gedrückt, wenn er sich dem Tor näherte, hätte beinahe geschrien, wenn der kleine Ball hineinrollte.

Doch jetzt wußte sie, daß sie sich nicht dafür interessierte. Sie interessierte sich nur für Arne Johansson. Und sie hatte einmal die Namen aller Spieler der Mannschaften, die in die Stadt kamen und gegen sie spielten und zu denen sie mit dem Bus fuhren, um mit ihnen zu spielen, gelernt! Sie hatte gewußt, welche Funktion und welchen Platz jeder Spieler einnahm und warum man Strafen verhängte und wie ein Abseits zustande kam. Jetzt war ihr aber alles wieder entfallen. Sie pfiff darauf. Es war recht angenehm, sich das einzugestehen. Es machte sie jedoch melancholisch.

Arne Johansson.

Du bist der einzige.

Hier stehe ich.

Schläger, Eis, Ball. Harte, trockene Schläge im Eis. Manchmal war er weit weg, vorgebeugt, den Hintern herausgereckt.

Der Schläger tappte vor ihm. Bandy sei so schön, sagten die Anhänger rund um den kleinen See. Das sei der schöne Sport. Dann näherten sich plötzlich alle Spieler: eine massive Zusammenballung aus Fleisch und Wolle. Schläger fuchtelten um diesen Pudding aus Männern, der eine einzige kleine Rosine, das Schnurknäuel, jagte. Das, worum alles ging. Sie starrte darauf.

Unversehens wurde er ausgetauscht. Ein anderer Ball kam angeplumpst, rot und unversehrt. Es war also nicht er, worum alles ging. Der alte Ball schnellte nun in den Schneerand hinaus. Er fiel nieder. Ein Junge hob ihn auf, und nun würde er über einen schlecht aufgespülten Schulhof oder über ein Trottoir schnellen und sausen.

Natürlich war ihr das klar. Dennoch hatte dieses Dingelchen, das plötzlich ausgetauscht werden konnte, etwas Magisches an sich. Es ging also im Grunde um eine Annahme, eine Übereinkunft. Es war etwas ganz und gar Theoretisches. Wenn ihr solche Gedanken durch den Kopf gingen, überkam sie die alte Lust zu rechnen. Das Rechnen war ihr einst leichtgefallen, und sie hatte Freude dabei empfunden. Rechnen, das war so: Wirf ein Schnurknäul hinein und nimm an, daß!

Arne schoß ein Tor. Sie hatte dagestanden und an etwas anderes gedacht, und jetzt schämte sie sich ein bißchen. Wenn er sie nun genau in dem Augenblick angesehen hatte, als er da draußen aus dem Tor schwenkte und in die Mitte geglitten kam, den einen Fuß vor dem anderen und die Kufen der Schlittschuhe in gerader Linie, den Schläger hinter sich übers Eis schleifend. Er hielt den Kopf leicht gesenkt. Aus seinem Mund dampfte es, und jetzt, da er näherglitt, konnte sie sehen, daß sich sein Zwerchfell kräftig hob. Wie so oft hier draußen auf dem Eis hatte er die Zunge zurückgezogen, und der Mund stand halb offen. Die Lippen waren geformt, als wollte er gerade »Ooooh...« sagen.

Jetzt setzte er den kleinen Finger der rechten Hand an den linken Nasenflügel und drückte ihn fest dagegen, beugte sich ein wenig vor und schneuzte kräftig aus. Die Flüssigkeit, der Schleim oder was es war, glitzerte in der Sonne. Daraufhin sah sie ihn die Hand gegen den Jubel am Uferrand heben, und dann lief er mit trägen und doch schneller werdenden Zügen hinter dem Ball her, der erneut in Bewegung war.

Wenn es Sommer wäre, würde er jetzt in goldbraunem Wasser liegen und schaukeln. Sie erinnerte sich, wie sich das Wasser des Sees auf dem Körper anfühlte, wenn es an einem Sommerabend richtig warm war.

»Es muß bald Schluß sein«, dachte sie. Es stand jetzt sicher vier zu eins. Also wieder ein Sieg. Morgen würde in der Zeitung stehen, daß die schneidigen Jungs vom IFK* wie Mähmaschinen über die verdatterten Zipfel aus Nässjö hinweggegangen seien. Waren sie aus Nässjö?

»Was ist los mit mir?« dachte sie. »Wenn ich die Matchs so schludrig im Auge behalte, erwischt er mich noch.« Sich selbst gegenüber unterließ sie es jedoch, so zu tun, als fände sie es spannend. Und sie wußte auch, warum sie es nicht spannend fand. Die eine Mannschaft würde gewinnen. Es würde nichts Unerwartetes eintreten, nichts, was sie sich niemals hätte vorstellen können. Das war so, wie wenn man aus der Stadt nach Hause radelte und sich von dem Gedanken aufstacheln ließ, ob Assar vor ihr zu Hause sein würde oder nicht. Das hätte ungefähr den gleichen Grad an Spannung. Wenn sie aber mit so starrem, wattehaftem Halbbewußtsein von der Wirklichkeit, wie man es zumeist hatte, in die Küche käme, und es stünde dort ein ganz anderer als Assar, eine undenkbare Figur in Ingeborgs Küche! Innerlich kichernd, während der ganze Spielerschwarm wie ein großer, wahnsinniger Heerwurm mit hoher Geschwindigkeit an ihr vorüberfegte, dachte sie an Ingeborg, wie sie sich mit großer Brust in den Armen eines Mannes mit dunklem Bartwuchs und Schnauzer und hellgelben perforierten Halbschuhen wiegte. Das wäre doch was! Das Spannende war das, was man sich nicht hatte vorstellen können und daß es jederzeit eintreffen konnte.

Langweilig war ihr jedoch nicht. Es reichte ihr, seinen Hintern anzuschauen. Doch jetzt hatte sie kalte Füße, und sie stampfte und stampfte mit ihren Skistiefeln. Um zu den Bandymatchs gehen zu können, hatte sie sich eine Sportgarderobe zugelegt. Sie bestand aus Skistiefeln und heruntergekrempelten Sportsocken und einer langen Hose, die sich um die Knöchel herum pluderte. Sie wurde dort mit einem Riemchen zusammengezogen. Ingrid trug eine Jacke aus gewalkter schwarzer Wolle mit doppelter Knopfreihe und einem großen Kragen, den man hochschlagen konnte, ein Halstuch aus dem gleichen Garn wie die Sportsocken, und eine Fellmütze hatte sie auf. Die war aus glattem Leder, und Ohren- und Stirnklappen waren mit gekräuseltem Schaffell gefüttert. Die Stirnklappe trug sie immer hochgeschlagen wie eine Hutkrempe, und in dem Schaffell saß eine Häkelblume.

Die Sportkleidung konnte sie sich leisten, weil sie zu Hause bei Assar und Ingeborg für Kost und Logis nichts zu bezahlen brauchte. Die meisten, die in der »Dose« arbeiteten, wohnten zu Hause. Sie wußte aber, daß sie verwöhnt war. Assar und Ingeborg waren nett zu ihr. Sie waren nunmehr ganz zufrieden mit ihr. Auch wenn Ingeborg es gern gesehen hätte, wenn sie eine Stellung in einem Haushalt angenommen und etwas gelernt hätte, was ihr in der Zukunft von Nutzen gewesen wäre. Davon, wie es in der Fabrik war, hatte weder sie noch Assar Ahnung, weder von dem, was in der Kantine gesprochen wurde, noch davon, was Maud und sie in ihrer Freizeit genau machten. Folglich war Ingeborg zufrieden. Obschon sie manchmal sagte, daß Ingrid begreifen müsse, daß sie jetzt erwachsen sei. Es machte ihr Sorgen, daß die Pflegetochter wie eine Siebzehnjährige lebte.

Das harte Aufprallen der Schläger auf dem Eis und das schneidende Geräusch der Schlittschuhkufen ließen sie an »Die Dose« denken, an die Bandsäge und die Formpressen. Dann schrien sie wieder »Arne, Arne, Arne!« Sie sah auf, sortierte ihn aus einer Menge herumfuchtelnder Spieler heraus und sah, daß er sich einen Weg zum Tor bahnte. Aber eine der Zipfelmützen hakte bestimmt mit dem Schläger seinen Schlittschuh, und er konnte nicht vorankommen. Um das Ufer herum wurde gejohlt, doch der Schiedsrichter hatte nichts gesehen. Die Zipfelmütze beteuerte mit starrem Gesicht ihre Unschuld und fuhr vorgebeugt und schwer mit dem Schläger vor sich herfegend über das Eis davon. Einige Minuten später fuhren sie jedoch erneut zusammen. Arne war als Gentlemanspieler bekannt. Sie konnte nicht sehen, daß er den Schläger hob oder überhaupt etwas machte. Dennoch hakte die Zipfelmütze wieder seinen Schlittschuh und ruckte daran. Arne fiel schwer, einem niedergestreckten Schlachttier gleich, auf das Eis und die Schlittschuhspitze des anderen. Als er sich, unterstützt vom Schiedsrichter und ein paar Kameraden, aufsetzte, blutete er aus dem Mund. Sie packten Schnee darauf, und der färbte sich hellrot.

Sie wollte zu ihm. In den Handflächen kribbelte es. Einige Minuten lang hielt sie alles für einen ausgemachten Blödsinn. Warum stand sie hier, die Arme an die Seiten gepreßt, und hatte einen vollkommen trockenen Mund, wenn er schwer verletzt war? Gehörte das auch zu diesem Spiel? Sie müßte in ihren Skistiefeln heulend aufs Eis hinausstürzen und die Arme um ihn schlagen. Wenn er tot oder ernstlich verletzt wäre, müßte sie sich auf alle zusammen stürzen, auf so viele, wie sie von den Zipfelmützen oder Schirmmützen erwischte, und die Zähne in ihren Seiten vergraben, bis sie auf die Leber stieße, ihnen die Daumen in die Augen drücken, ihnen die Eier eintreten. Sie würde wohl, während sie verdattert und verwirrt mit ihren Schlägern herumzottelten, etliche erwischen, ehe sie sich dazu aufrappelten, sie zu übermannen.

Sie hatte jetzt die Augen geschlossen. Das aufgeregte Rufen und Pfeifen, die heiseren Schmähungen wurden zu einem Gemurmel. Sie brummten nur noch entlang des Schilfrands. Ingrid sah auf, sie hatten ihn auf die Beine gebracht. Er fuhr sich über den Mund, am Ärmel der Jacke blieben Rotz und

Blut hängen. Er spuckte jetzt kräftig etwas in ziemlich weitem Bogen von sich. Einen Zahn? Sie hörte ihn fluchen. Zwei Männer in Botten kamen schlurfend aufs Eis getrabt und faßten ihn unter den Armen. Sie sahen komisch aus, denn die Schlittschuhe machten Arne viel größer als sie. Ingrid sah, daß sie mit ihm zu einem der Busse gingen. Sie traute sich nicht zu folgen. Sie fürchtete einen Mann, der hieß Melkersson und war der Trainer der Mannschaft.

Draußen auf dem Eis ging das Spiel weiter, doch war es meist ein lustloses Umherirren. Die Zipfelmütze war des Platzes verwiesen. Die anderen fuhren oft weit hinaus an den Rand, wo das Eis so rauh war, daß sie vorwärtshüpften.

Da ging ein Zischen durch die Zuschauer. Arne kam mit einem Pflaster vom Mundwinkel bis über die Backe angefahren. Ein Jubel! Er salutierte mit leicht erhobenem Schläger und lächelte. Keine Lücke in der Zahnreihe, soweit sie sehen konnte, als er die Lippen öffnete. Er machte jetzt einen Satz und fuhr hinaus aufs Eis.

Er war jetzt geladen. Er würde ein Tor nach dem anderen reinschmettern. Jetzt würde er sie vom Eis fegen.

»Heja Arne! Verdammt nochmal, polier ihnen die Fresse!« schrie ein Kerl mit einer Flasche in der Hand. Die Sonne funkelte im Glas der Flasche, es blitzte auf. »Wie schön das ist«, dachte Ingrid. »Ich muß wahnsinnig sein. Ich kann die Dinge nicht mehr auseinanderhalten.«

Arne keuchte dort drüben. Er arbeitete mit der ganzen Mannschaft hinter sich, elf mal siebzig Kilo, eine Maschine von nahezu einer Tonne dampfender Muskelkraft, die sich Schlag auf Schlag zu dem engen Tor vorarbeitete. Er an der Spitze. Nun hob er den Schläger, und der Ball zischte in hohem Bogen vom Eis. Der Torwart, wo war er? Hatten sie ihn weggelockt? Der Ball fuhr geradewegs hinein und lag plötzlich ganz still auf dem Eis, rot und rund. Die Leute warfen die Arme in die Höhe, die Münder standen offen. Sie waren nur grobe Orgelpfeifen aus Fleisch für die Luft, die hochströmte und einen rauhen, brüllenden Ton annahm, ein Johlen rund um den See. Da merkte sie, daß auch sie schrie. Sie johlte mit offenem Mund und schlug die Handschuhe vor sich zusammen, schlug und johlte, schlug und johlte. Und war mit einem Mal still.

Nun fuhren sie dort draußen herum, schwer kreisend, ernst. Der Atem kam stoßweise. Lieber Himmel, war denn nicht bald Schluß? Sie schämte sich vor sich selbst. Es war lange her, daß sie sich so hatte hinreißen lassen. Nur anfangs, als sie geglaubt hatte, daß sie sich wirklich für Bandy interessierte. Daß sie der Spannung wegen hier stünde und stampfte. Damals, als Maud dabei war und sie sich gegenseitig aufgestachelt und einander die Arme gedrückt hatten, daß sie hinterher blaugezwickt waren.

Aber jetzt zu johlen anzufangen, wo sie für ihr Teil doch wußte, worauf alles hinauslief. Das mußte von dem Blut im Schnee gekommen sein. Sie schneuzte sich in ein sauberes Taschentuch, das sie erst umständlich auseinanderfaltete, und erlaubte sich unterdessen nicht, aufs Eis hinauszusehen. So was, daß sie wegen eines Kerls so werden konnte! Das hatte sie von sich selbst nicht erwartet. Und Ingeborg hatte das auch nicht erwartet, sie, die seufzte und sagte:

»Du bist immer noch wie eine Siebzehnjährige.«

Fing wohl an, sich nach Enkelkindern zu sehnen. Klein-Assar war noch nicht reif. In Ingeborgs Welt reiften die Leute wie Schlangengurken und Einmachkürbisse und begannen kleine Perlzwiebeln zu produzieren, wenn es an der Zeit war. Ingrid hatte immer über sie gelacht. Gleichzeitig hatte sie doch allmählich angefangen zu glauben, daß mit ihr selbst etwas nicht stimmte. Denn alles drehte sich ja um Liebe. Doch nicht für sie. Ihr machte es Spaß zu tanzen, Spaß radzufahren, zu küssen und zu necken. Doch sie war in keine einzige dieser Sportmützen, die am Kirchhof vorbeiradelten, verliebt, nicht einmal an den dunklen Abenden, an denen sie vom süßen Vermouth beschwipst war.

Sie hatte immer geglaubt, wenn sie sich in einen verliebte, dann wegen seiner Hartnäckigkeit und weil sie sich letztendlich von dem Spiel übermannen lassen müßte, eine Geste machen müßte, die von einer Bedeutung wäre, die sie nicht erahnte, eine entscheidende Replik vorbringen müßte, auf die irgendein Bewunderer mit der frommen Geduld eines Ochsen gewartet haben würde. Und sie würde geloben, ihm kleine Kürbisse und Zwiebeln zu machen, und zu diesem Zweck einen Ring über den Finger streifen und in eine Wohnung ziehen. Einige von denen waren ja ganz passabel und lustig. Es würde sicher mal so einer sein, hatte sie geglaubt. Aber jetzt noch nicht.

Dann setzten ihr Interesse für Bandy und das getreue Stampfen auf dem Eis ein. Doch Arne Johansson hatte sie nicht einmal gesehen. Sie bildete sich ein, daß sie für recht süß gehalten würde, wenigstens dann, wenn sie eine hübsche Frisur hatte. Er aber keuchte in seiner Trainingsspur herum. Die einzigen Menschen, aus denen er sich etwas zu machen schien, waren seine Mutti und Melkersson.

Es war gar nicht so leicht gewesen, ihn kennenzulernen, ohne Maud etwas davon zu sagen. Darüber konnte sie nicht reden. Es war etwas ganz anderes als ein gewöhnlicher Schwarm. Das lag daran, daß er aussah, wie er aussah, der Hintern, die Beine, die schmalen Lippen. Es lag nicht an der Ansehnlichkeit. Er war auch gar nicht besonders ansehnlich. Es lag daran, daß er es war. Es lag an der Stimme.

Er ging tanzen, doch er forderte nicht oft eine auf. Meistens stand er am Geländer und redete über Bandy. Die Sommer waren nicht seine große Zeit. Da trainierte er jedoch viel, hieß es über ihn. Er lief.

Weil er sie nicht aufforderte und es unsicher war, ob er sie überhaupt schon bemerkt hatte, darum tat sie das, was man nicht tun sollte. Sie forderte ihn bei der Damenwahl auf, ohne daß er vorher mit ihr getanzt hatte. Er sah verwundert drein. Sie tanzte verbissen. Roch an ihm. Befühlte vorsichtig seine Schulter. »Was ist los mit mir?« dachte sie. »Was ist das denn?« Dann tanzte er den letzten Tanz mit ihr und begleitete sie nach Hause in die Eisenbahnersiedlung. Sie hatten sich nicht viel zu sagen. Er küßte sie, ehe sie ins Haus ging. Seine Lippen waren schmal und ein wenig hart. Er sagte nicht, daß sie sich wieder treffen sollten. Sie wußte, daß er zwei Jahre jünger war als sie, und sie fragte sich, ob das für ihn von Bedeutung sei.

Dann schien er sie zu vergessen. Ab und zu sah sie ihn in der Stadt, und er nickte und sah ein bißchen froh aus. Ingrid ging nach Hause und versuchte sein Lächeln zu deuten. Warum mache ich das bloß?

Ihr fiel keine Antwort ein, doch sie begann darauf hinzuarbeiten, ihn zu kriegen, und nun zeigte sich, daß sie keine siebzehn mehr war, sondern erwachsen, stark und geschickt. Nach zwei Wochen harter Arbeit – sie wunderte sich selbst – hatte sie ihn.

Während dieser Arbeit betrachtete sie sich bisweilen als krank. Sie sah sich sehr wenig um, wenn er nicht da war. Für sich begann sie auf diesen Zustand das Wort lieben anzuwenden. Das war immerhin ein Wort, das es um sie herum gab und das das Gefühl von Scham, Leere und Eile milderte, das sie hatte, wenn sie nicht in seiner Nähe war. Sie wußte auch nicht, ob sie es bedauerte, daß sie ihn nicht schnell genug kriegte, oder ob sie zuinnerst wollte, daß es so sein sollte.

Sie sagte sich, daß sie ihn liebe, daß selbst die Luft seinen Geschmack annehme, daß das Leben ganz gegenwärtig sei, wenn er da war. Sie konnte ja nicht sagen, daß sie ihn um seiner Ansichten willen oder wegen seiner Art, sich ihr gegenüber zu geben, liebte. Es war seine eigentliche Essenz, die sie liebte, sein Arom. Sie liebte das Mark in seinen Knochen, den Geruch aus seinem Mund, selbst die Art, wie er die Hand auf eine Türklinke legte. Ihn aufs Tor zuschießen oder ihn seine Schuhbändel binden zu sehen, war gleichermaßen herrlich. Alles tat er mit der gleichen ausgesuchten Präzision, nämlich so, daß er es auf eine Weise ausführte, die nur er beherrschte. Niemand sonst roch nach Arne, niemand hatte diese Stimme.

Zum ersten Mal fiel ihr auf, daß die Menschen ganz und gar einzigartig und verschieden sind, daß es von allen nur einen gibt. Selbst Leute, bei denen sie das bisher nie gedacht oder bemerkt hatte, waren ja einzigartig. Sie starrte Fisch-Jansson an und ihre Mama Frida. Herrje, es gab gar nicht tausend solcher, wie man faul angenommen hatte. Es gab nur einen einzigen Fisch-Jansson und nur eine einzige Frida, und sie standen nun unmittelbar vor dem Zeitpunkt, da der Tod sie verschlang.

Dann bekam sie Angst, daß er sterben würde. Sie durchlief seinetwegen Schrecken und Hypochondrie. Sie horchte, wenn er kurz hustete, hätte jedoch kaum eine bessere Wahl treffen können, wenn sie sich schon beunruhigen wollte: er war ein Wunder, eine Prachtnatur, eine menschliche Konstruktion, die der Schöpfer zum Prototyp hätte machen können. Sie achtete nicht darauf, was er sagte, denn allein seine Art, umherzugehen und zu sein, war Wärme, Stärke und Konzentration. Die Lungen füllten sich ruhig und gleichmäßig von ganz unten her mit Luft, das Herz pumpte treu und zuverlässig und sollte zweiundsiebzig Jahre lang pumpen. Dieser Mann war eine Säule aus Fleisch und Knochen, ein Turm aus Muskeln, umgeben von glattester Haut. Die Härchen auf seinen Unterarmen und rund um seine Armbanduhr schimmerten goldgelb. Er hatte eine Armbanduhr und keine Taschenuhr, und er trug Halbschuhe. Diese schmiegten sich um seine kräftigen, gewölbten Füße und formten sich nach ihnen. Sie hatte noch nie ein Paar so persönliche Schuhe gesehen. Wenn er sie wegstellte, waren sie beinahe ein verdichteterer Arne als er selbst, wie er da mit geschlossenen Augen auf dem Bett lag. Seine hohen Fußrücken hatten das Oberleder angehoben. Stärke. Sie dachte immer an Stärke, wenn sie ihn sah. Seine Stimme aber war schwach. Ja, seltsamerweise zog dieser starke Luftstrom, der ungehindert geradewegs durch ihn hindurchzugehen schien, wenn er lief oder Schlittschuh fuhr, nicht ebenso leicht durch ihn, wenn er sprach. Seine Stimme war hell und gepreßt. Nur wenn er mit ihr allein war, konnte sie wie ein Summen oder Brummen oder ein kräftiges Schnurren klingen, und dann genoß sie sie. Er sprach jedoch nicht soviel.

Dem galt der Kampf: ihn zum Sprechen zu bringen. Bisweilen hatte sie gedacht, daß sie ihn nur begehrte, roh und konzentriert, daß an ihrem Interesse für ihn nichts anderes sei als dies: ihn ganz naß unter ihrer Zunge zu spüren, Speichel mit ihm zu tauschen, ihn zu beißen und zu kratzen und ihn zu schmecken, daß sie seine glatte Haut nahezu aß, und ihn zu riechen, diesen Geruch, gemischt aus Haut und Hemdkragen. Bestimmt war sie krank vor Liebe. Irgendwo hatte sie das gelesen: »Ich bin krank vor Liebe.« Das stimmte. Wenn Konrad wüßte! Konrad, der Schlappschwanz, der entbrannte nur für die Revolution. Es frappierte sie, daß sie Konrad für ein Würstchen hielt, ein richtiges Würstchen.

Sie begehrte Arne, aber als sie ihn endlich zwischen ihren Händen und Beinen hatte, unter ihrer Zunge und in ihrer feuchten Scheide, merkte sie, daß es das jedenfalls nicht war. Nicht nur das. Da war auch noch etwas anderes. Das Arom seines Wesens, der eigentliche Kern und die Essenz dessen, was er war, befand sich irgendwo anders. Sie konnte ihm ja nicht die Knochen brechen und das Mark aus ihnen kratzen, deshalb begann sie statt dessen nach seiner Seele zu suchen. Oder wie man das nennen sollte. Sie war hundertprozentig davon überzeugt, daß er eine hatte. Niemand sonst wäre vermutlich auf die Idee gekommen, doch sie kam darauf. Sie würde ihn zum Sprechen bringen. Sie war nämlich Konrad gewohnt. Er war der einzige Mann, der, als sie aufwuchs, wirklich Einfluß auf sie ausgeübt hatte. Deshalb glaubte sie, daß sich eine Seele durch Sprechen äußerte. So begann die lange, fruchtlose Arbeit, den Mittelstürmer zum Sprechen zu bringen.

Da stand sie nun auf dem Eis und starrte auf einen einzigen Mann. Sie verstand nichts. »Was habe ich mit ihm zu schaffen?« dachte sie manchmal. »Er scheint mir der fremdeste von allen Menschen zu sein.« Bei allen anderen erzeugte der Abstand seine kleinen Illusionen. Die schienen sich nach festgelegten Mustern zu bewegen und zu sprechen, sie waren nicht die Spur rätselhaft. Er kam ihr jedoch so nahe, daß er für sie richtig zu einem Menschen wurde, und sie bekam Angst. Und wegen dieser Angst prüfte sie Worte und Bilder, stopfte sich voll mit ihnen und schmeckte daran: Geliebter, Geliebter, wie ich dich liebe, ich wage kaum zu atmen, wenn ich deine Arme um mich fühle, dieser Kuß ist ganz anders als alles, was ich bisher erlebt habe, er ist genau so, wie ich immer wünschte, daß Küsse sein sollen, auch wenn ich davon nichts gewußt habe, er ist heiß und zärtlich, deine ganze Liebe liegt in ihm, Geliebter, du drückst dich fest an mich, und das ganze Universum ist eine wunderbare Symphonie um uns herum, und der Regen rauscht in sanfter Sympathie mit unserer Liebe, Geliebter.

Die Liebe sollte doch die Erklärung aller Dinge sein, doch wurde nun alles dunkler denn je. Sie schleuderte die Zeitungen unter das Bett, wo sie Staubflocken und einen weißen Emailnachttopf mit blauem Rand zur Gesellschaft bekamen. Die Liebe fand sich nicht im »Journal für das Heim« und auch nicht im Maiglöckchenwald. Die Liebe war plötzliches Verstummen und Nähe, mehr als sie ertragen konnte. Es gab kein Brautbett aus Mädesüß. Doch die Sägespäne auf dem Dachboden rochen auch stark.

Sie setzte sich in den Kopf, daß sie mit ihrer ersten Vermutung recht gehabt hatte: es war eine Krankheit des Gemüts, also eine Gemütskrankheit, etwas, was sie selbst erfunden hatte und womit sie umging. Er hatte keine Ahnung davon, was sich eigentlich in ihr regte, und in ihm gab es keine entsprechende Saite. Er spielte nur ein Spiel, genau wie auf dem Bandyeis. Er wußte, was er zu tun und zur Not zu sagen hatte, und bald würden sie kleine Gurken und kleine Kürbisse bekommen, und alles würde sein, wie es sein sollte.

Um sich selbst zu beweisen, daß sie nicht krank war, mußte sie ihn zum Sprechen bringen. Um drei kleine Worte ging es, notfalls vier. Sie sollten beweisen, daß nicht nur sie diesen durchs Hirn ziehenden Wahnsinnssturm hatte. Zuerst aber mußte sie durch seine Schüchternheit, seine starre, hindurch. Sie mußte das Eis auf seinen Wangen schmelzen, den Frost um seinen Mund, wenn er fragte:

»Hast du am Samstag etwas Besonderes vor?«

Seine Schüchternheit war eine zähe Haut, ein Jungfernhäutchen der Seele, und das durchstieß sie nicht an einem einzigen Abend. Nein, sie nagte und bohrte, und sein Mund war noch ebenso starr, seine Stimme ebenso unpersönlich.

»Ach hallo. Du bist's.«

Erstaunt. Hatte er sie nicht an der Straßenecke hier abgepaßt? War ihm nicht klar, daß sie sich nun seit über einer Stunde hier die Beine in den Bauch gestanden hatte? Hätten sie nicht aufeinander zustürzen müssen wie Wasser über Klippen, besinnungslos!

»Ja, ich habe den gleichen Weg«, sagte er. »Da kann ich dich ja ein Stück begleiten.«

Und das, obwohl sie seit langem das Sägespänebett auf dem Dachboden im mittleren der Arbeiterhäuser von Svenska Motor, dem, das Södergården hieß, teilten. Er fragte nie etwas. War er schlicht nicht interessiert oder war es nur Schüchternheit? Sie erfuhr es nicht. Fieberhaft erzählte sie von sich selbst, von Assar und Ingeborg und Klein-Assar, von der »Dose« und Maud und allem möglichen, von dem sie annahm, daß es sie ihm vertraut und gut bekannt machen könnte. Sie wollte eine sein, die er Zeit seines Lebens gekannt hatte. Doch das einzige, wovon er Notiz nahm, war, daß sie rauchte. Als sie sich mit ihm den Höhenrücken hinauf verziehen wollte, um sich dort, wo niemand sie sehen konnte, ein paar Züge zu gönnen, weigerte er sich.

Er erzählte ihr etwas über die Lungen und die Atmung. Rauchen war nicht gut. Für ihn war der Mensch eine physische Erscheinung. Er wußte eine ganze Menge über die Atmung. Er sprach über das Lungenvolumen und über Flimmerhärchen und über Säureaufnahme. Sie genoß es. Vielleicht war er gar nicht so dumm, wie sie geglaubt hatte. »Ich habe ihn falsch eingeschätzt«, dachte sie froh. Denn sie hatte in der Tat darunter gelitten, daß er ein bißchen beschränkt wirkte. Sie war begeistert von der Atmung.

»Das ist wirklich interessant«, sagt sie in einem ihr im Grunde fremden, schmeichlerischen Ton. Sie tat das, um ihn noch mehr sprechen zu hören.

Durch seine Schüchternheit drang sie wohl nicht hindurch. Doch sie merkte, daß sie ihm immer vertrauter wurde, daß er sie oft anlächelte. Auf die drei kleinen Worte konnte sie dagegen jede Hoffnung begraben. Das tat allerdings weh. »Ich bin ein bißchen lächerlich«, sagte sie sich. »Alle Zeitungen sind lächerlich. Und alle Lieder, die man singt.« Aber es tat trotzdem weh. Sie hätten etwas Wichtiges beweisen sollen.

Jetzt war sie jedenfalls so gut wie seine Angetraute, denn sie durfte im Bus mitfahren, wenn sie auswärts spielten. Sie sah viele kleine Ortschaften mit den gleichen runden Zapfsäulen wie zu Hause und den gleichen Metzgereifenstern, an denen rinnendes Wasser still die Innenseite der Scheiben streifte. Als das los ging, schaffte sie sich Skistiefel und Skihose an.

Nach den Matchs soffen sie, und auch da war sie dabei. Sie schätzte es wenig, daß er Branntwein in sich hineinschüttete und sich veränderte. Die Schüchternheit, an der sie genagt und gebohrt hatte, schrumpfte ein und fiel ab. Er wurde ziemlich roh. Eigentlich war er nicht so. Er gehörte nicht zu denen, die sich roh gebärdeten, doch er lachte über die anderen, die es taten. Das berührte sie weiter nicht. »Er ist erst zwanzig Jahre alt«, dachte sie. »Ein junger Mann. Er ist natürlich roh wie eine rohe Kartoffel.« Sie wußte nicht, woher sie all diese Klugheit nahm, sie fand jedoch, daß sie die Klugheit für sie beide mit sich herumtrug. Sie hatte sie in dem Vorsprung von zwei Jahren zusammengesammelt. Einen Auswärtssieg feierten sie in einem Haus an der Häradsgata, und da wurde auch ihr schlecht vom Schnaps. Zu dritt standen sie in einer Reihe und spien vom Balkon, und sie spien den Balkon darunter und drei Fahrräder voll. Das vergaß er nie. Er fand das lustig. Sie dachte: »Das spielt keine Rolle. Darauf kommt es nicht an. Das sind nur Zufälle. Das geht vorüber. Da müssen wir durch. Aber wohin? Wohin wollen wir?«

Draußen auf dem Eis war irgend etwas geschehen, doch sie wußte nicht, was. Die Spieler waren in der Mitte und fuhren im Kreis herum, wie wenn jemand ein Tor geschossen hätte. Wie stand es? Sie konnte ja nicht gut jemand fragen. Hier war sie Arne Johanssons Mädchen, die, auf die er sich verlassen konnte. »Die verloben sich wohl bald, ihr werdet schon sehen.« Daraus ergaben sich Verpflichtungen. Sie zeigte sich immer interessiert. Das war am bequemsten und die Voraussetzung dafür, daß sie mit ihm im Bus mitfahren durfte. Ansonsten bliebe wohl nur das Sägespänebett auf dem Dachboden von Södergården.

Sie beschloß, den Schluß ordentlich zu verfolgen. Plötzlich aber war ein Pfeifsignal zu hören, das länger war als die anderen, und sie brachen ihre Fahrt ab. Sie sah Arne zu der Stelle fahren, wo der Trainer stand. Er schneuzte in die kalte Luft, und nun tätschelte ihn Melkersson. Es war Schluß.

Sie fuhren mit dem Bus in die Stadt. Drinnen dampfte es, und der Fußboden lag voller Schlittschuhe. Viele waren bereits laut und hatten Flachmänner hervorgeholt. Gefeiert werden sollte jedoch erst später am Abend. Arne saß dicht neben ihr. Die Wunde im Mundwinkel war nicht tief. Es hatte gereicht, sie mit einem Heftpflaster zusammenzuflicken.

In der Häradsgata baten sie, aussteigen zu dürfen, und dann gingen sie das kurze Stück zum Södergården zu Fuß. Sie war nervös, weil sie nicht wußte, wie es ausgegangen war.

Sie aßen bei seinen Eltern zu Sonntagmittag. Ihretwegen, das wußte sie sicher, aßen sie in der guten Stube zwischen den schwarzen Möbeln, die mit hellen Äderungen bemalt waren. Seine Mama hatte das Nickeltablett und eine Kristallvase hervorgeholt. Sie hatte sich noch immer nicht richtig an Ingrid gewöhnt und glaubte, daß sie etwas Besseres sei, als sie war, weil sie sich diese Sportkleidung leisten konnte. Hier schämte sich Ingrid dafür und hätte am liebsten gesagt, wie es war: Ich bezahle nichts daheim, deswegen. Das zu sagen, wäre aber auch nicht so gelungen gewesen. Meist schwieg sie.

Der Vater hatte schütteres Haar und schwarze Konturen vom Werkstattruß um die Nägel. Er war selbstverständlich beim Match gewesen, und er sprach von nichts anderem. Die Mutter legte ihnen helles, faseriges Ochsenfleisch und Gurkenscheiben auf. Liebevoll tränkte sie Arnes Kartoffeln in hellbrauner Soße.

»Jetzt mach mal ein bißchen langsam, Mutti!«

»Iß nur! Du mußt hungrig sein. Auweiauweiauwei!«

Sie hatte eine übertriebene Vorstellung davon, wieviel er in sich hineinbekommen konnte. Tatsächlich aß er ziemlich bedachtsam. Doch Fleisch mußte er haben. Ingrid dachte sich manchmal, daß sie sich wegen dieses verdammten faserigen Ochsenfleisches alles versagen mußten. Sie traute sich kaum etwas davon zu essen. Es war, als äße man Mutti Johansson selbst: sie wurde mit jedem Tag dünner.

Sowohl Vati als auch Mutti waren mit ihnen zufrieden, ja, sie waren auch auf Ingrid stolz. Von Muttis Seite her gab es keine Eifersucht gegen Ingrid. »Womöglich ist sie dumm?« dachte Ingrid. »Womöglich ist ihr nicht klar, was wir machen. Sie glaubt wohl nicht, daß er das kann.«

Danach würden sie eingekochte Äpfel mit Sahnemilch oder eingemachte Birnen mit Sahnemilch bekommen, und dann würde Vati ein Nickerchen machen, und sie würde beim Abspülen helfen, und Arne würde die Zeitung vom Vortag lesen, denn da hatte er nur trainiert und sich konzentriert. Die

Samstage waren für sein Teil übersprungene Tage. Da mußte er auch nicht zur Arbeit. Er hatte wie die meisten anderen in der Werkstatt von Svenska Motor angefangen. Der Direktor war jedoch daran interessiert, daß der IFK Erfolg hatte, und pflegte dem Klub Geld zu schenken. Deshalb hatte Arne eine leichtere Arbeit im Lager bekommen. Die Verletzungsgefahr war dort geringer, und es fiel nicht so sehr auf, wenn er an einem Montagvormittag fehlte, wenn er sich eine Zerrung zugezogen oder weil er ein bißchen zu gründlich gefeiert hatte.

Die Januarsonne schien auf den Tisch, wo Ingrid die Tischdecke zusammenlegte. In der Küche war Arnes Mama dabei, eine Wanne warmes Wasser für ihn herzurichten. Jetzt würde er sich richtig umziehen. Vorher hatte er sich nur den Schweiß vom Oberkörper abgewaschen und das Hemd gewechselt. Er planschte gewaltig auf dem Spültisch, und seine Mama ging ihm mit frischem warmen Wasser und großen gewaffelten Handtüchern zur Hand. Sie hatte die Küchentür nicht zugemacht, aber einen Vorhang vorgezogen, den sie wegen des Zugs angebracht hatte. Ingrid saß im Schaukelstuhl und las »Allers Familienjournal«. Hin und wieder sah sie hoch auf die rostroten und braunen Streifen des vorgezogenen Tuchs und horchte auf Muttis Stimme und das Geplätscher des Wassers. Es war etwas kribbelig, sich vorzustellen, daß er nackt war da draußen und daß Mutti besorgt war, Ingrid würde etwas zu sehen bekommen. Eigentlich hatte sie ihn auch noch gar nicht richtig nackt gesehen. Es war immer zu dunkel und zu kalt.

Bald müßten sie sich zur Feier im Urdarlokal, das an geschlossene Gesellschaften vermietet wurde, auf den Weg machen. Sie mußte zuerst nach Hause und sich umziehen. Es war wichtig, wie sie aussah. Sie war ja nicht nur sie selbst. Sie war Arne Johanssons Mädchen, und man achtete mehr auf sie als früher.

Der Abschluß dieses langen Tages mit Kälte und Gestampfe, Ochsenfleisch, Sattheit und Gelaufe in viel zu dünnen Strümpfen durch eisige Straßen würde indes oben auf dem Dachboden im Sägespänebett vonstatten gehen. Dort war es lausig kalt, und dort war alles so nahe und deutlich, daß es ihr vorkam, als kröchen sie zurück in die verhangenen und dunklen Grotten der Kindheit, wo alles ungeheuer intensiv roch und schmeckte. Er hatte seinen Zeigefinger in ihr und führte ihn zufällig zum Gesicht, so daß er damit die Nase streifte. Da wurde er über und über rot. Seit er klein war und auf einem Stuhl über den Topf mit zerlassener Butter, Zucker, Sirup, Zimt, Ingwer, gemahlenen Nelken gebeugt stand, hatte er wohl keinen solchen Duft mehr gerochen, seit seine Mama mit einem Holzlöffel in dem kleinen Eisentopf mit siedenden Gewürzen gerührt hatte nicht mehr. Er erinnerte sich gewiß, daß der Holzlöffel dunkelbraun gewesen war, ja, von dem heißen Gewürzgebräu, das zu Pfefferkuchen werden sollte, war er vorn fast ganz schwarz geworden. Jetzt betrachtete er seinen Finger, als glaubte er, daß der dunkel werden würde.

Da saßen sie nun wie zwei Kinder, ja, wie noch kleinere Geschöpfe, wie Waldwesen oder Elfenvolk in ihrer Grotte voller Spinnweben. Gewöhnliches Wasser glitzerte hier drinnen wie Kristall. Sie zogen an den langen, grauen Alltagstüchern, den Geweben des Überdrusses über dem Dasein, und die fielen sofort auseinander. Sie machten heimliche Gänge unter den Wegen der anderen, und sie begegneten sich flüsternd mit heißen Köpfen.

Hatten sie hier drinnen nicht immer leicht Fieber? Jetzt spielte es keine Rolle mehr, ob sie es war, die sprach, und er es war, der schwieg. Er war genauso fiebrig wie sie. Sie spürte sein Herz schlagen, als wollte es sich aus dem engen Käfig aus Knorpeln und Muskeln und Knochen hämmern, als wollte es sich in sie hineinhämmern.

Von dem wunderbaren Licht im Wald oberhalb von Lusknäppan eines Nachmittags im vorweihnachtlichen Winter 1906:

Frida hatte dieses Licht gesehen.

Sie kam durch den Wald oberhalb ihres alten Elternhauses getrottet. Die Kate war nur noch ein undeutlicher Ring, denn das Fundament war eingesunken, und überall ragten wie Stöckchen von spielenden Kindern entlaubte Ebereschenschößlinge aus der Waldstreu heraus. Die Steine waren durchs Betrachten abgenutzt. Sie war im Lauf der Jahre so oft hier vorbeigegangen. Wenn sie sich in den Ring eingesunkener Grundsteine stellte, dann nur, um nachzuprüfen, ob das Bett, das sie in der Küche stehen hatten, wirklich an der Querwand Platz gehabt hatte. Es schien jedoch unfaßbar, daß hier jemals Möbel gestanden hatten und ein Fußboden gelegen hatte. Die Schale der Erinnerung war von all dem Zehren mit müden Augen untief und enthielt bald nichts mehr. Das leere Gesicht der Banvalls-Brita, Kindergeschrei, Unruhe, grobe Stimmen. Alles erschien nun abgesunken und unveränderlich. Frida hatte keine guten Schuhe, um damit in den Wald zu gehen. Aber noch war kein Schnee gefallen. In die Stiefel drang auch kein Wasser, jedenfalls nicht so viel, daß es der Rede wert war. Um sie herum stand der Wald frisch dunkelgrün und duftete würzig. Das verblüffte sie richtig. Im Ort war ja in dieser Jahreszeit sonst alles grau: der Lehm der Straßen, der Putz der Häuser, die Gesichter der Menschen, Tücher und Bündel. Ein Bollen braungelber Pferdemist erschien in dieser Umgebung schon als ein kräftiger Farbfleck. Und der Wald, von dem sie angenommen hatte, daß er entlaubt und grauenvoll sei – hier stand er also grüner denn je mit feuchtem Sternmoos und glänzenden Buckeln aus Preiselbeerblättern, mit Flechten auf den Steinen, die frech ihre kleinen Becher gen Himmel streckten und einforderten, was zu bekommen war.

Als Kind hatte sie einst ein Bild gesehen, das hieß »Finn, der grüne Jäger!« So, wie auf diesem Bild war es jetzt oberhalb von Lusknäppan, grün in grün, und es war unmöglich, den Rock des Jägers zu entdecken. In kleinen Tümpeln schimmerte es grün, und alles Moos stand frisch und weichborstig in der Feuchtigkeit. Sie suchte Bärlapp, das sagte sie zumindest, falls jemand fragte. Sollte sie etwas Holz finden, so wollte sie es in den Korb legen und den Bärlapp obenauf. Es brauchte niemand zu wissen, daß es bei ihnen daran haperte. Ein bißchen was zum Heizen konnte man im übrigen immer mit heimnehmen. Das ging niemand etwas an. Wie frisch und üppig der Bärlapp stand! Wenn sie nur einen Spreukorb voll hätte mitnehmen und zu Weihnachten auf dem Markt verkaufen können! Das würde sich jedoch herumsprechen. »Jetzt steht Frida Eriksson auf dem Markt und will Bärlapp verkaufen, die Arme! Eriksson hat wohl wieder keine Arbeit.« Nein, sie würde nur etwas für ihren eigenen Rauchfang mitnehmen.

Wie sie so vorgebeugt dahinging und die langen Streifen des steifen und gewundenen Bärlapps herausriß, wurde ihr ganz komisch. Sie hatte nicht mehr als zwei Scheiben Weißbrot gegessen und eine Tasse Roggenkaffee getrunken. Nun bekam sie einen Schwindelanfall und stürzte beinahe der Länge nach hin, setzte sich aber rechtzeitig mit vorgebeugtem Oberkörper auf einen Baumstumpf und merkte, wie die Blutwogen sich legten und die kalten Nasenflügel wieder normal wurden. Als sie sich jedoch erhob und die Augen aufschlug, war der Wald verwandelt.

Er war von einem weichen und goldenen Licht erfüllt, von dem sie erst glaubte, daß es zwischen den Baumstämmen hindurchsickere. Sie ging ein paar unsichere Schritte, blieb dann aber stehen. Sie fühlte sich selbst ganz von Licht durchdrungen. Ja, es waren eine solche Dichte und ein solcher Glanz in allen Blättern und jedem Fiederchen an den Trieben des Bärlapps, daß sie ein jedes bis ins kleinste Detail sehen konnte. Nichts entging ihr dank dieses milden und eindringlichen Lichts, das sie weder blendete noch erschreckte. Sie suchte zuerst nach Ursachen, und sie fand, daß es aussah, als sickere das Licht aus verborgenen Quellen hinter den Steinen und lasse das Moos einer schimmernden Bräme auf deren alten grauen Rücken gleichen. Aber für dieses Licht schien es keine gewöhnliche Ursache zu geben. Die Sonne war längst hinter den feuchten Schleiern und Vorhängen des Novembers verborgen, und hinter Bäumen und Steinen ließ sich nichts Brennendes ausmachen. Hinter ihnen leuchtete es ja auch gar nicht, sah sie jetzt. Da waren keine müden grauen Steinrücken, keine knorrigen, umgefallenen Stämme, die angestrahlt wurden. Alles war Licht, und das Licht kam von innen heraus, aus dem Moos und den Zweigen und dem Stein. Alles, was wuchs, alles, was moderte, und jeder Stein in diesem dichten Wald war dabei, sich durch das Licht zu erheben, und dieses Licht kam aus dem Stein selbst, so, als wäre er plötzlich so dicht geworden, daß er strahlte. Ebenso war es mit allen Zweigen und jedem Zapfen auf dem Boden. Frida zog es an und sie wußte, daß sie leuchtete.

Sie traute sich nur still dazustehen. Ihre Augen waren wie mit klarstem Wasser gespült. Sie kannten alles im Wald und alle Augenblicke. Die Häßlichkeit und die Schande waren verklärt für sie, und ihre Handlungen waren rein wie Wasser und notwendig wie Brot. Sie wußte auch, daß sie für immer lebte, daß es außerhalb der Zeit keine Zeit gab. Einen Augenblick lang merkte sie, daß sie vor Mattigkeit zitterte, daß sie einfach nicht die Kraft hatte, dies zu sehen, wenn sie nicht einen kleinen Moment den Kopf neigen und die Augen schließen könnte. Das dauerte nicht länger als eine halbe Sekunde, doch als sie wieder aufsah, war der Wald wie gewöhnlich, ja, es war beinahe finster.

Sie ging mit dem Bärlapp nach Hause. Die Holzstöckchen vergaß sie. Während des Jahres 1907 dachte sie oft daran, was sie im Wald erlebt hatte. Es war schwer, sich ganz genau daran zu erinnern. Das Licht wurde am Ende wie ein Wandbehang; sie sah einen goldgestickten Wald vor sich. Es wurde anders, als es ursprünglich gewesen war, soviel wußte sie. Im Lauf der Zeit dachte sie nicht mehr so oft daran. Es gab ja nichts, womit man es hätte vergleichen können, und es kam nicht wieder. Sie kannte sonst niemand, der einen Wald in einem solch eigenartigen Licht gesehen hatte.

Ein einziges Mal konnte sie sich an das Gefühl genau erinnern, da stand sie nachts am Fenster. Es war offen, in einer Sommernacht, in der man nicht an die Herdwärme zu denken brauchte. Sie stand mit einem Glas kaltem Wasser in der Hand da und hatte eben daran genippt. Sie sah da nichts Merkwürdiges. Draußen waren ja nur der Hof und die Bäume im Garten hinter den Mülltonnen, sonst nichts. Aber dieses Gefühl von Zeit und Notwendigkeit und von Ruhe war da.

In ihrer Angst dachte sie oft: »Wenn man nur mal ruhig sein könnte. Wenn man ruhig sein könnte, was Holz und Petroleum und Milch und das Besohlen der Schuhe angeht. Ein einziges Mal nur.« Sie bat es nach keiner bestimmten Richtung hin. Wenn ein Mensch mal ruhig sein könnte.

Doch daran dachte sie nicht, als sie am Fenster stand. Sie dachte an überhaupt nichts, und der Augenblick ruhiger Erinnerung war keine Frucht, die in ihrem eigenen Leib erblüht, gewachsen und gereift war. Sie schien nur dort hineingerollt zu sein, zufällig und ohne Verbindung zu der Frida Eriksson in diesem Leben, in der Hovlundagata 60. Manchmal stand sie am Fenster und hatte von dem Wasser im Glas noch feuchte Lippen und war ruhig. Dann war es bald wieder Morgen, und kein Mensch sprach je über so etwas. So verging ein Jahr ums andere. Sie erinnerte sich zwar an das Licht im Wald, aber nur wie an etwas, woran man sich von einer Fotografie oder der Erzählung eines anderen Menschen her erinnert.

In Myrsjötorp hatte sie Verwandte, die religiös waren. Das brachte sie in Verlegenheit, auch wenn sie nicht darüber sprachen. Sie gehörten dem Schwedischen Missionsbund an, und das schien keine besonders aufdringliche Form von Religiosität zu sein, soviel Frida merken konnte. Sie besuchte sie manchmal. Dazu nahm sie den Zug in Richtung Norrköping. Es dauerte nur zwanzig Minuten, dann stieg sie aus, und ihre Cousine Hilma stand in schwarzem Mantel und Hut vor dem kleinen, roten Bahnhofsgebäude mit den schwarzen Ecken.

Sie konnte es nicht abschlagen, mit Hilma und Ludvig in die Kapelle zu gehen. Doch sie fühlte sich dort immer schläfrig. Es war ungewohnt, so lange stillzusitzen, und das Gemurmel und das Knarren der Orgel wirkten einschläfernd. Hilma war nicht gerade unterhaltsam und Ludvig ebensowenig. Sie waren jedoch nette und ordentliche Leute, und sie stellten keine neugierigen Fragen nach den Kindern, nach David und Anna, um die sie sich solche Sorgen machte. Sie bekam bei ihnen auch gut zu essen. Aber sie brachte ihnen natürlich auch immer etwas mit, ein paar Laibe Brot oder einen Apfelkuchen. Nachdem sie in der Wäscherei zu arbeiten angefangen hatte und es ihr so gut ging, daß sie sich eine Fahrkarte kaufen und ihnen etwas mitbringen konnte, wollte sie gern fahren. Sie fand, daß es dazugehörte, jemand auf dem Land zu haben, den man besuchte. Das hatten die meisten. Auch wenn Hilma und Ludvig nicht so unterhaltsam waren. Tora Otter sagte das. »Ich selber bin auch nicht so unterhaltsam«, antwortete Frida.

1929 war sie an einem Sonntag im Sommer dort. Ihr Leben wurde völlig verändert. Hinterher dachte sie daran, daß es so heiß gewesen war, daß sie nicht hatte Zug fahren wollen. Sie hatte befürchtet, ihr bestes Kleid würde Schweißflecken bekommen, so daß sie drauf und dran war, nicht zu fahren.

Doch sie fuhr. Beide, Ludvig und Hilma, standen da und holten sie ab. Es war bald elf Uhr, und sie wollten zum Gottesdienst gehen. Dieses Mal waren sie ein bißchen eifrig. Es sei ein bemerkenswerter Prediger, sagten sie. Er sei angereist gekommen. Viele sprächen von ihm.

Das Dorf war vollkommen still. Wie schwarze Fliegen in einer Zuckerschale spazierten sie zwischen den zusammengeduckten Häuschen hindurch und kamen in dem Moment bei der weißen Holzkapelle an, in dem die Glocke läutete. Sie war nicht größer als eine Vesperglocke, und ihr Ton glich dem Gebimmel an Bahnschranken.

Zunächst war alles wie gewohnt. Sie war fast noch schläfriger als sonst, denn es war so heiß. Vor dem Fenster sah sie Wiesenkerbel, der sich bewegte. Der mußte sehr hoch sein. Die Sonne tastete sich auf die Holzbänke vor und schien den Firnis in Dampf aufzulösen, so daß es im Raum danach zu riechen begann.

Der Prediger war kein besonders großer oder stattlicher Mann. Seine Stimme war nicht klangvoll, wie sie sich das vorgestellt hatte, als sie gesagt hatten, daß er ein bemerkenswerter Prediger sei. Sie summte leise, und man mußte sich anstrengen, um alles mitzubekommen, was er sagte. Ein sonderbarer Prediger, hätte sie gesagt. Es war jedoch, als ließe er sie die ganze Zeit nicht aus den Augen. Sie konnte sehen, daß sein Blick zu den Gesichtern der anderen wanderte. Dennoch hielt er sie fest. Er kehrte zurück und ließ erneut von ihr ab. Ihre Gesichter waren offene Blüten, die er brummend besuchte. Sie wandten sich kein einziges Mal ab oder blickten zu Boden.

Er sprach über das Licht. Anfänglich verstand sie nicht alles, was er sagte. Vielleicht war sie auch zu sehr damit beschäftigt gewesen, seine schwarzen Kleider und seine Hände, die sich unablässig bewegten, zu betrachten. Dann hörte sie plötzlich, daß er mittendrin war, das zu beschreiben, was sie vor so langer Zeit, im vorweihnachtlichen Winter 1906 im Wald oberhalb von Lusknäppan, erlebt hatte.

Zuerst war sie nur verblüfft. Woher konnte er das wissen? Dann hörte sie ihn sagen, daß das immer so sei. Immerzu, immerzu sei dieses Licht um sie, doch Lusknäppan oder den Wald dort oben erwähnte er nicht. Verwirrt sah sie sich in dem nach Firnis riechenden Raum um. Nirgends konnte sie jedoch so etwas wie ein Licht aus dem der Welt eigenen Körper entdecken. HEILIG HEILIG IST DER HERR ZEBAOTH DIE GANZE ERDE IST ERFÜLLT VON SEINER HERRLICHKEIT stand in Goldbuchstaben über der Tür, und nun merkte sie, daß Hilma sich genierte, weil sie sich derartig umdrehte. Sie fand auch selbst, daß sie sich kindisch benommen hatte und setzte sich ganz still und gerade hin.

Er sprach weiter, und es gab keinen Zweifel, daß er genau wußte, was sie damals erlebt hatte. Mehr noch: die Erinnerung, die abgesunken und unter dem Schlamm von dreiundzwanzig Jahren Leben und Rennen und Essen und Reden begraben worden war, erstand wieder vor ihr wie in den allerersten Tagen nach dem Gang nach Lusknäppan. Sie wurde von der gleichen traurigen Süße und Klarheit erfüllt. Sie konnte es sich selbst nicht anders erklären, als daß er es genau wußte. Damals im Wald hatte sie selbst alles gewußt und war vollkommen ruhig gewesen, und es wäre wohl viel verlangt gewesen, das noch einmal erleben zu dürfen. Doch er, der nun da vorn stand und dessen Stimme so unaufhörlich summte und brummte, er wußte es. Er hätte sonst nicht so reden können, wie er es tat. Hinterher gab es Kaffee, und sie sah ihn von weitem, sah, wie er sich unterhielt. Er wirkte jedoch ganz und gar nicht gewöhnlich, obwohl er sich Gugelhupf auf den Teller legte und in seiner Tasse rührte.

Sie hätte gern mit ihm gesprochen, doch Hilma und Ludvig hätten sich ihretwegen geschämt, wenn sie um so etwas gebeten hätte. Sie gehörte ja nicht einmal zu der Gemeinde, und es würde in Myrsjötorp viel Gerede geben. Womöglich würden sie glauben, daß sie eine schwere Sünde zu bekennen hätte. Also sah sie ihn während des Kaffeetrinkens nur an. Die Frage, die sie ihm stellen wollte, lautete:

»Was ist dieses Licht?«

Und sie wußte, daß er das in seiner Predigt bereits gefragt und auch beantwortet hatte. Was war das? Was war das für ein Licht?

»Das war Jesus«, hatte er gesagt.

Sie kam sich auch ein bißchen dumm vor, weil sie immer geglaubt hatte, daß Jesus wie ein Mensch aussehe, und das glaubte sie in gewisser Hinsicht auch weiterhin. Das war aber, wenn man an ihn dachte, nicht, wenn man ihn sah.

»Das war Jesus.«

Einen Augenblick lang fühlte sie sich doch versucht, zu ihm hinzugeben, denn sie verstand plötzlich, daß das, was ihr passiert war, etwas sehr Bemerkenswertes war. Es war etwas, das nur sehr wenige Menschen erleben durften. Doch dann dachte sie wieder, daß das zuviel Gerede geben würde. Einige würden ihr vielleicht nicht einmal glauben. Es war schlimm genug, so wie es war. Hilma starrte beharrlich auf einen einzigen Fleck auf dem Fußboden, als wären dort die Goldbuchstaben von der Wand heruntergepurzelt, und weder sie noch Ludvig sprachen beim Kaffeetrinken ein Wort mit ihr. Da wurde ihr klar, daß sie anders war als sonst, doch wie, wußte sie nicht. Als sie »Oh, welch Wonne« sangen, konnte sie sich erneut ihrer Gewißheit und ihrer Dankbarkeit hingeben, und da empfand sie eine Ruhe, die sie vorher nur in einer einzigen Sommernacht am offenen Fenster flüchtig gestreift hatte. Jetzt aber war diese Ruhe von sich aus da, so, als wäre sie, Frida, in ein Haus hineingegangen und hätte die Tür hinter sich zugemacht.

Sie aßen bei Ludvig und Hilma zu Sonntagmittag und kauten schweigend das helle Schweinefleisch. Sie fand es schön, als sie endlich im Zug saß, und sie freute sich darauf, am Abend allein zu Hause zu sein.

Im Sommer 1929 war sie also Mitglied des Schwedischen Missionsbundes geworden. Doch sie war es natürlich in der Stadt geworden. Da hatten sie eine richtige Kirche, wohin sie jeden Sonntag ging. Sie ging auch zu den Gruppentreffen und zu den Zusammenkünften des Nähkreises. Sie fand viele neue Freunde, wurde aber nicht recht warm mit ihnen. Nach wie vor standen ihr doch Tora Otter, Tekla Johansson und die plärrige Ebba Julin am nächsten. Keine von ihnen nahm auch nur die Spur Notiz von ihrer Religiosität. Nein, sie sprachen nicht mehr darüber, als wenn sie sich einen neuen Rübenmusstampfer angeschafft hätte. Vielleicht genierten sie sich. Wie sie mit Tekla dran war, wußte sie nicht so recht, aber sowohl Tora als auch Ebba waren Menschen, die mit beiden Füßen fest in ihren Überschuhen standen, und auf irgendwelche Gesichte hätten sie sich nicht verstanden. Außerdem war Ebba auf Pfarrer nicht gut zu sprechen. Der Pastor, der sie einst mit dem alten, wohlhabenden Brauer Julin getraut hatte, hatte irgend etwas Unerfreuliches zu ihr gesagt. »Hätte der mal geahnt, wie alt der Tatterer werden würde«, sagte Ebba jetzt.

Was Frida am meisten an ihren neuen Freunden unter den Missionsbündlern verwunderte, war, daß sie ihr Leben vollkommen ohne Schnaps lebten. Daß ausgewachsene Mannsbilder sich dareinfanden! Das hatte sie sich nun doch nie recht vorstellen können. Weihnachten und Ostern, Ausflüge, Geburtstage, Mittsommer, Zahltage – alles ging ohne einen Tropfen Branntwein dahin.

Für sie war das eine milde und barmherzige Welt. Eine Welt mit Gitarren- und Orgelmusik und ein bißchen Gesang. Sie tratschten. Aber sie tranken nicht. Viele von ihnen waren mächtige Männer. Fabrikant Wärnström höchstpersönlich hatte erst die Kapelle und dann die Kirche bauen lassen. Sie opferten, hieß das. Das tat sie nunmehr auch, doch sie hatte so wenig zum Opfern. Sie nähte dafür alte Kleider um. Es gab so viele Bedürftige, das wurde ihr erst jetzt richtig klar.

Von Berg und Seen in Lappland
hoch in dem eis'gen Nord
der Südseeinseln Sandstrand
von Kongos dunklem Ort
von Chinas weiten Landen
der Wildnis Glut und Not
verzweifelt zu uns branden
Gebet und Ruf nach Brot.

Sie hatte bisher nur versucht, ein bißchen etwas gegen die Not in Norrland zu tun. Sie nähte Kinderkleider. Aber es gab so viele andere. Nicht alle Geschöpfe wurden satt an seinem Tisch. Sie könnten es aber. Vergebens milde Gaben, der Himmel um sich streut. Es sei der Hader, von dem das herrühre, sagte der Pastor. Womöglich war es so. Sie verstand das nicht.

Sie opferte deswegen so gern, weil sie jedesmal, wenn sie dort war, an Lusknäppan damals erinnert wurde. Sie erfuhr ja auch vieles, worüber nie jemand mit ihr gesprochen hatte. Gleichwohl fand sie manchmal, daß sie sich von der Erinnerung an das Licht im Wald weit entfernte. Dann mußte sie nach Myrsjötorp fahren und ihre Cousine Hilma besuchen und mit ihr in die kleine Holzkapelle dort gehen. Sie hoffte, daß ihr das Licht irgendwann einmal wieder so nahekommen würde wie damals, als der bemerkenswerte Prediger gesprochen hatte.

Meistens fuhr sie im Winter hinaus, denn da war es am schwersten, sich daran zu erinnern. Sie brachte ihre Brotlaibe oder den Kuchen, der aus säuerlichem Apfelmus und Zwiebackbröseln gebacken war, nicht mehr Hilma mit, sondern trug sie in die Kaffeeküche der Kapelle, wo sich der Geruch nach feuchten Geschirrtüchern mit dem Aroma von ganz frisch gemahlenem Kaffee mischte. Hilma stand über den Kaffeekessel gebeugt und wischte ihn aus. Nicht ein Satzkörnchen durfte drinbleiben und kein schmieriger Rand von Kaffee, der gestanden hatte und schal geworden und aufgekocht worden war. Frida legte ihr Brot auf die Arbeitsplatte in der Küche und bedeckte es, wie die andern es getan hatten, mit einem Tuch. Dort ruhten die noch geheimen Rundungen unter kariertem Stoff, und es roch nach wie vor nach nichts anderem als nach Geschirrtüchern, die feucht geworden waren und allmählich trockneten, und dann war da noch dieser Geruch nach zerstoßenen Kaffeebohnen, bei dem Frida immer denken mußte: »Wie gut man es doch jetzt hat.« Sie sagte aber selten etwas da draußen. Sie war voller Erwartung.

Dann trug sie Tassen und Teller hinein und half auf dem ausgebreiteten Leinen aufdecken. Vom Flur her war Getrampel zu hören. Diese Wintertage waren erfüllt von grauem Licht und knirschendem Schnee. Oft war es so kalt, daß Frida nicht wußte, was sie mit ihren Wangen und der Nase machen sollte, wenn sie aus dem Zug stieg. Sie war so dünn geworden, das Blut floß leicht zu langsam in ihren Adern. Sie bekam Angst, wenn die Haut gefühllos wurde, und dann rieb sie sie kräftig. Springen wäre das beste gewesen, doch das getraute sie sich nicht, wußte nicht einmal, ob sie es noch konnte.

Hier drinnen irrlichterten alle Flammen der vierundzwanzig Kerzen. Sie flackerten spärlich und schlugen in dem Winterdämmer wie kleine blaue und blaßgelbe Flügel. Dann hörten sie den Prediger kommen. Die Stimmen erstarben zunächst, doch bald erhob sich ein Gemurmel von Grüßen, und Frida wurde etwas steif. Wie rauh er ums Kinn war, als er eintrat, so menschlich bloß und schuppig und der Kälte ausgeliefert. Er hatte sich sicherlich eben rasiert. Solcher Gedanken schämte sie sich aber dann.

Jemand hatte da vorn gelbe Chrysanthemen in eine Vase gestellt, über die würde er sich dann beugen. Er sah sie schon und lobte alles: die Vanillehörnchen, die Hilma gebacken hatte, und die Tischdecken mit der eingesetzten Spitze und die Kinder mit faltigen, beigefarbenen Strümpfen über runden Knien.

Sie wurden still. Frida setzte sich neben Hilma und Ludvig in die Bank, rückte sich vorsichtig zurecht. Die Gesäßknochen schnitten hart in das gefirnißte Holz und würden ihr nach einiger Zeit weh tun.

Jetzt sollten diese Menschen, die hier mit dem Rücken zum kalten Zug von der Tür her saßen und steif von der Kälte von draußen in dem dünnen Papier der Gesangbücher blätterten, von Gott umschlossen werden. Und sie sollten Gott in sich einschließen, wie der Kern das noch schlafende Leben in sich schließt und wie der Apfel Haus und Kern in sich schließt. Die Frau am Harmonium koppelte mit leisen Schlägen gegen das mit Filz überzogene Holz Vox coelestis, Prinzipal und Forte. Mit den Beinen spreizte sie die Kniehebel auseinander und begann auf der Kammerorgel, dieser großen Mundharmonika, in die man Luft hineintrampelte, zu spielen.

> Hätt' wie die Taube ich Flügel, ich flög
> weit weg von hier, weg von hier
> wohin weder Sünde noch Tod jemals zög'
> weit weg von hier, weg von hier.

Manche sangen, andere murmelten brummend und bewegten ihre Lippen nach den Phrasen, als wären sie steif geworden. Auf Wollkleidern glänzte dunkel Gold, und die Bilder an den Wänden verblichen im Winterlicht. Ägypten und das Land Kanaan waren am Verblassen, wurden unendlich weit entrückt, ja fast ausgelöscht.

Hoch in das Land, wo der Sonne Pracht
nie sich bewölkt, ja scheint Tag und Nacht.

Jetzt sollte diese Versammlung, diese kleine Gemeinde in Myrsjötorp mit den allerfeinsten ihrer Instrumente und ihrer Ganglien, Neuronen und Papillen, Transmittern, feinen Gehörknöchelchen und allem, was der Aufnahme und dem Registrieren in einem Gedächtnis innerhalb des gewöhnlichen Gedächtnisses dienen konnte, Gott suchen. Die Gerüche sollten sich verflüchtigen, alle Gerüche außer der von Gottes eigenem Körper in der Welt. Die Stimmen sollten ersterben, das Rauf- und Runtergehutsche von Kinderbeinen auf dem blanken Firnis der Bänke sollte aufhören, ebenso das Quäken des Harmoniums. Es sollte still werden. Über der allerdünnsten, der unberührbaren Schicht der Hirnrinde sollten Winterlicht und Blindheit sein.

Der Prediger blickte über den Rand der Agende, wie um zu überwachen, daß dies geschehen wäre. Sie waren jedoch bedeckte Gefäße. Sie empfingen Gott nicht in der Stille dieses Januarsonntags, trotz ihrer Bereitschaft. Sie waren zu grob. Auf diejenigen, die er schon einmal berührt hatte, wirkten die Worte wie ein Lob für die Geduld, in der sie sich übten. Verharre im Verlangen. Du bist standhaft. So, wie er vorhin noch ihre Vanillehörnchen, die gelben Blumen und die feinen Spitzen der Tischdecke gelobt hatte.

Hier waren sie nun, dreißig, vierzig Männer und Frauen, die füreinander mit Besen die Vortreppen gekehrt hatten, füreinander eingeheizt, gebacken, diesen starken, guten Kaffee gekocht hatten und mit leisen Stimmen und reinen Kleidern zusammengekommen waren. Eine kleine Weile hielt diese Traurigkeit noch vor. Der Prediger sprach jedoch so bedächtig. Er sagte nicht, DER HERR IST in seinem heiligen Tempel. Er sprach leise und ganz alltäglich von ihren Verpflichtungen, wie um die Traurigkeit, die bald vorüber sein würde, zu vertiefen.

Sie war wohl noch wie ein dünner Rauch von spärlichen Flammen im Zug von der Tür her vorhanden, nachdem sie sich erhoben hatten. Doch dann lächelte der Prediger und wandte sich dem Tisch zu. Und ein kleiner Junge trappelte mit schnellen Schritten quer über den Linoleumboden. Da war der Gottesdienst in der Kapelle vorbei, und draußen lag Schnee, und der Winterhimmel mit seiner Blindheit und seinem Licht war über denen, die bald nach Hause, auseinandergehen würden.

Ein Schuster und ein Gießer, der Bolschewikenhölle genannt wurde, ein Bäckereiarbeiter und eine schwere hochschwangere Frau saßen in der Küche einer Wohnung über einem alten Theater, wo der Wind in der Bretterverkleidung pfiff, und der Anstrich wie grauweißer Schnee vom Fensterblech fiel. Sie tranken Kaffee, den eine schweigsame und dunkle Frau namens Agnes gemahlen und gekocht hatte, und unterhielten sich. Ein Bandyspieler saß auch da.

Der Bolschewik hatte ein Zuckerstückchen in den Mund genommen und trank dazu seinen Kaffee. Er begann zu schwitzen, und der Schweiß dünstete Gase aus, die der alte Kupolofen und die Jahre in seinen Körper wie in eine Filtermasse hineingetrieben hatten. Die langen, weißen Hände des Bäckereiarbeiters, seine vorstehenden Schulterblätter und der knochige, runde Kopf ließen ihn wie einen Holzengel über dem Altar einer mittelalterlichen Kirche aussehen. Die Frau, die einen neuen Bolschewiken oder einen Bandyspieler in ihrem kugelrunden und gespannten Abdomen trug, sah dem Bandyspieler zu, wie er Gugelhupf aß, und sie wünschte sich, daß er etwas sagen würde. Sie sprachen über die Kirchengemeinderatswahlen.

»Wir Kommunisten sind keine Feinde des Christentums«, sagte der Schuster. »Wir sind die einzigen, die dem Prinzip der Religionsfreiheit anhängen.«

Dann wurde es ganz still um den Tisch. Nur das Knistern

des Holzes war zu hören. Hier wurde mit Fichtenholz geheizt, reichlich mickrigen Stöckchen, die nicht gespalten zu werden brauchten. Die Zweigtriebe blieben leicht in der engen Klappe des ausgebrannten Näfvekvarnherdes hängen. »Zum Teufel nochmal«, dachte der Bandyspieler. »Gibt es denn hier niemand, der mal ein bißchen ordentliches Holz zurechthacken und den Feuerrost in diesem Herd auswechseln kann?«

Auf dem Tisch lag ein Stoß Flugblätter: *Was ist die Wahrheit bei der Kirchengemeinderatswahl?* Fett und fast dampfend war die Oberfläche. Die Handballen des Gießers glänzten von der Schwärze.

»Glaubt ihr das denn?« fragte Ingrid, die groß und schwer in ihren Überschuhen zwischen den Kisten und Fahrradständern im Hof hindurch hier hereingewankt war und die jeden Augenblick erwartete, daß es im Kreuz schmerzen und zwischen ihren Schenkeln zu rieseln beginnen würde.

»Was habt ihr mit der Kirchengemeinderatswahl am Hut? Was habt ihr mit Gott am Hut?«

»Es geht nicht um Gott«, sagte der Schuster. »Es geht um Religionsfreiheit.«

»Es geht um Gesellschaftshygiene«, sagte der Bolschewik. »Um Gerechtigkeit. Ausnahmsweise mal um die Wahrheit.«

Dies ist die gemeinste Lüge, die mit Druckerschwärze gedruckt werden kann, las sie auf dem Flugblatt, und ihr Bruder, der Bäckereiarbeiter, Hausmeister, Kirchenengel und Victor-Hugo-Bewunderer stellte die Zuckerschale auf die Worte.

»Nehmt doch noch was von den Semmeln«, sagte Agnes, die dunkle Frau, in der Hoffnung, daß sie nicht den ganzen Gugelhupf aufessen würden.

»Wer hat das hier geschrieben?« fragte Ingrid. »Wer hat geschrieben: *Falls irgendwelche Wähler daran zweifeln, daß der Redakteur etwas anderes als ein simpler Lügner ist?* Ist das Ljung? Schreibt nicht er normalerweise eure Flugblätter?«

»Er hat sich Kilbom angeschlossen«, erklärte ihr Bruder.

»Ja, Friede sei mit ihm«, wünschte der Schuster.

»Donnerwetter, wie religiös ihr seid«, sagte die Frau, die einen Schmerz erwartete, einen unheimlichen, einen unerträglichen oder erträglichen, ein Messer oder einen glühenden Nagel, den Druck einer kalten Hand oder lediglich eine Eisnadel im Unterleib. Sie wußte es nicht, denn es war das erste Mal. Sie dachte daran, daß sie vor ein paar Jahren, als »Das Kapital« endlich auf Schwedisch erschienen war, das Buch hinten aufs Fahrrad gepackt, es auf dem Gepäckträger festgeschnallt hatte und es den ganzen Sommer hatte dabeihaben und darin lesen wollen, bis sie alles gewußt hätte. Er hatte sie jedoch ausgelacht, der große, blasse, engelhafte Bäckereiarbeiter, der ihr Bruder war, und gesagt, daß man sich mit dem »Kapital« nicht hinsetzte und es lese wie »Die Löwenkölds« oder »Singoalla«. Das studiere man in Zirkeln. Es sei unmöglich, es sich selbst anzueignen. »Du hast immer schon einen gescheiten Kopf gehabt«, hatte er gesagt und gelacht. »Aber ›Das Kapital‹. Nein, nein, du!« Und sie hatte sich geschämt.

Doch jetzt dachte sie, daß sie mal »Das Kapital« auf eigene Faust hätte lesen sollen, statt im Gras herumzurollen und sich in den Sägespänen auf einem Dachboden an einen anderen Körper zu drücken, bis sie schwitzte, Taten, deren Frevelhaftigkeit in überhaupt keinem Verhältnis zu der Strafe zu stehen schien, deren Antritt unmittelbar bevorstand.

Der Schuster bat jetzt um den Zucker, und dann nahm er vier Stück davon, um den Kaffee, der noch in der Tasse war in ein goldenes Gemansche zu verwandeln. Er rührte und rührte, doch der Kaffee war so kalt, daß der Zucker nicht schmelzen wollte. Der Bäckereiarbeiter schob mit dem Ellbogen die Flugblätter, die sie auf eigene Kosten gedruckt hatten, ein wenig beiseite. Die Geldkassette unter dem Bett war schon lange leer. Die Schwangere las, was da fettgedruckt stand: *Was waren das für zweihundert Wähler, die in der Abenddämmerung das Wahllokal gestürmt hatten?«*

Das sind Lügen«, sagte der Schuster. »Genauso, daß wir zu einer Einheitsliste nein gesagt hätten. Das sind Lügen. Wir sind gar nicht gefragt worden. Das ist die Wahrheit.«

Der Bäckereiarbeiter, der seine Schwester eigentlich gar nicht ansehen wollte, konnte es nicht lassen. Er fand, es sah unanständig aus, daß sie schwanger war. Er haßte Bandy. In allem anderen versuchte er gerecht zu sein, aber Sport und Bandy haßte er. Das Licht der Lampe fiel mit knapper Not bis in die Ecken der kleinen Küche. Der Wind rüttelte an den Bretterwänden, und wenn kaputte Scheiben schlugen, klang es, als klapperte das Haus mit den Zähnen.

»Dann wärt ihr also darauf eingegangen?« fragte die schwere Ingrid am Ende des Tisches, sie, die nicht fassen konnte, daß sie nun erwachsen war, die vor dieser Last davonlaufen wollte, die eine Kaffeeköchin, ein Bandyspieler, ein Bolschewik oder ein Mädchen mit einem dicken Buch und einem umgestürzten Fahrrad im Gras werden würde.

Als sich ihr Bruder Konrad erhob und zum Schrank ging, glaubte sein Schwager, der Bandyspieler, daß er eine Flasche holen würde. Aber dem war nicht so. Hier gab es keine Flaschen, keine anderen als solche, die schwarzen Johannisbeersaft oder Malzbier enthielten. Er holte nur etwas frische Kaffeesahne.

»Hättet ihr es also gemacht«, fragte Ingrid, »wenn euch die Sozialdemokraten gefragt hätten?«

»Wir haben nie nein gesagt«, beharrte der Schuster, und Bolschewikenhölle nahm das letzte Stück Gugelhupf.

»Aber hättet ihr denn ja gesagt? Das war meine Frage.«

»Eine hypothetische Frage«, sagte der Schuster mit einem blaßgelben einvernehmlichen Lächeln zum Gießer hin. Die schwere Ingrid spürte, daß ein wenig Ärger vor einem vermutlich nicht zu ertragenden Schmerz gleichgültig sein kann. Also sagte sie:

»Ich weiß, was hypothetisch bedeutet. Das reicht also nicht als Antwort. Das reicht nicht, um mich zum Schweigen zu bringen. Ich will hören, ob ihr auf eine Einheitsliste eingegangen wärt.«

Und nachdem sie rund um den Tisch reichlich Ärger hervorgerufen hatte, lehnte sie sich nun zurück. Die Luft rumorte in ihrem gespannten Bauch. Ihr Körper war derzeit unberechenbar. Sie wußte nie, worauf er als nächstes verfallen würde. Luft durch die Gurgel oder die Därme entweichen lassen. Von jenem Schmerz gebeutelt werden, Gefühllosigkeiten oder Stechen bekommen. Oder würde sie an der Brust plötzlich ganz klebrig? Und das, während der Schuster ihr erklärte, daß keiner von ihnen eine Frage beantworten könne, die erst der gesamten kommunistischen Arbeiterkommune dieser Stadt – diesem Sozinest, dachte er und warf dem Bandyspieler, der vollkommen ausdruckslos den Schrank ansah, einen wütenden Blick zu – vorgelegt und Gegenstand einer Abstimmung werden müßte.

»Wie hättest du selber denn gestimmt?« fragte sie.

»Hältst du es für richtig«, versetzte er, »zwanzig Kandidaten aufzustellen, zwischen denen die Wähler kein Recht haben zu wählen? Was ist das für eine Freiheit?«

»Das war keine Antwort auf meine Frage«, sagte Ingrid nun, nachdem sie den Luftstrom nach oben wie auch nach unten bekämpft hatte. Sie fürchtete nach wie vor so sehr, einen fahren zu lassen, daß sie sich auf dem Stuhl bewegte, um durch das Gepolter ihre Aufmerksamkeit für den Fall des Falles abzulenken.

»Alles, was du sagst, steht doch hier!«

Und sie zog den Stoß Flugblätter zu sich heran und las eintönig:

»Ist Ihr nobles Geschwatz vom Einparteiensystem nicht zu einem Bumerang geworden, der Sie selbst trifft, Herr Redakteur?« Der Bandyspieler ließ den Blick vom Schrank zu Ingrid und ihrem Zeigefinger gleiten, der auf *Gebt dem Redakteur, was er verdient! Wählt das nächste Mal die Kommunisten!* ruhte und dann wieder zurück. Doch dem Frieden, in dem

er sich bisher gewiegt hatte, ein stilles Geplätscher aus Überdruß und einer Art halb unfreiwilligem Behagen, wurde nun, da der Schuster zur Attacke überging, ein Ende gesetzt:

»Wie ich gestimmt hätte, ist vollkommen uninteressant. Ich bin ein Diener der Massen. Aber frag einen gewöhnlichen Arbeiter! Frag Arne!«

Da wurde es still, und alle Gesichter wandten sich wie Stiefmütterchen der Sonne dem Bandyspieler zu, und der sagte:

»Was?«

Mit der Geduld, die ein Diener der Massen aufbringen muß, sagte der Schuster:

»Die Einheitsliste.«

Und Ingrid wünschte sich so brennend, daß er etwas sagen würde, ihnen zeigen würde, daß sein Schweigen gedankenschwer gewesen sei, daß sie das Ausweichmanöver des Schusters nicht bemerkte.

»Wie hättest du gestimmt?«

»Ja, weiß ich nicht«, meinte Arne. »Was schert mich denn die Kirchengemeinderatswahl?«

Da lachte Ingrid laut wie ein Mannsbild.

»Da hört ihr es!«

Von der Treppe unten waren jetzt Kinder zu hören, Stimmen, Getrampel und Geschubse von vielen Kindern, und eines, das schrie. Der Gießer erhob sich und hatte die Jacke an, noch ehe die Kinder zur Tür hereinkommen konnten. Er nahm den Schuster und einen Packen Flugblätter mit und ging. Ingrid lehnte sich auf ihrem wackligen Stuhl zurück und wurde von einem Gefühl von Stolz erfüllt, das vielleicht unbegründet war, denn der Gießer, so schwerfällig und bei seiner Arbeit an einen höllischen Lärm gewöhnt er auch war, fürchtete Kinder nämlich mehr als alles andere.

»Wir gehen auch«, sagte Ingrid, und der Bandyspieler lebte auf und lächelte die, die den Kaffee gekocht hatte, an, ein Lächeln wie von einem verschlafenen und ein wenig schuldbeladenen Besucher eines Vortragssaales oder einer Kirche.

»Zuerst will ich aber ein Buch zurückgeben«, sagte Ingrid. Sie griff nach einer Papiertüte und entnahm ihr ein Buch, ein recht dickes Buch, das sie auf den Flugblattstoß legte. Die Kinder hatten sich in alle Richtungen verteilt. Sie zerrten an der Mutter, bauten mit Holzscheiten, bettelten um ein Stück aus der Zuckerschale und kletterten auf Konrads Schoß und wollten ein Butterbrot haben. Eines von ihnen brauchte eine trockene Hose.

»Du hast wohl geglaubt, daß es für eine, die so groß und schwer ist wie ich, angebracht sei, daheimzusitzen und das hier zu lesen«, sagte Ingrid. Ihr Bruder, der mehlbleiche Engel aus Holz, bekam zwei inkarnatrote Flecken auf seinen Wangen. Etwas derart Taktloses würde er nicht sagen und hatte er sich auch nicht gedacht. Warum mußte sie über ihren Zustand reden? Sie war herausfordernd und rachsüchtig. Der Bandyspieler errötete ebenfalls.

»Und ich habe es gelesen. Hör her!«

Jetzt war sie in Fahrt. Jetzt war sie richtig böse. Arne kannte das schon. Vier Monate waren sie nun verheiratet. Aber daß sie über Flugblätter und Buchseiten so böse wurde! Und daß die Spannung in der Küche so groß werden mußte, weil sie einen Abschnitt von Lo-Johansson las.

»Jetzt gehen wir.«

»Danke für den Kaffee.«

»Ja, kommt bald wieder.«

Das war die freundliche Agnes, die gerade über einem Po, der durch die Abendkühle und die Feuchtigkeit sprenklig war, die Hose wechselte. Und sie gingen. Sie breitbeinig, er ungeduldig darüber, nicht ausschreiten zu können. Auf dem Tisch lag noch das schwere Buch, und ihr Zeigefinger hatte auf dem Abschnitt, den sie eben vorgelesen hatte, einen fetten Abdruck von Druckerschwärze hinterlassen. Agnes las leise und in einem ganz anderen Tonfall:

»Eine Frau wächst langsam, Zelle um Zelle, für die kurzen Momente, da sie lieben und gebären wird. Ihre Tage voller Arbeit und Träume verbinden diese strahlenden Augenblicke wie kräftiger Leim.«

Die Kinder quengelten und knatschten. Sie mochten es nicht, wenn die Mama sich abwandte und wenn sie aus dem Fenster schaute.

»Daß sie bloß so böse wurde«, sagte Agnes. Und Konrad räusperte sich.

»Naja. Das ist klar. Ein Mensch wächst ja auf andere Art. Er ist ja kein Tier. Eine Frau ist ja – etwas anderes.«

Ein Heulsturm fegte durch die Küche. Zerkratzte Backen. Offene Münder. Jetzt mußte Konrad die zwei, die auf einmal geboren worden waren und die so hohe, fliehende Stirnen bekommen hatten, nehmen und im hinteren Zimmer ins Bett bringen, wo alles ruhig war und wo sich das Gold und Lila der Tapete um sie schloß und sie sich in dem hohen braunen Bett geborgen fühlten. Er wusch ihnen mit einem feuchten Waschlappen Gesicht und Hände. Das mußte reichen, wenn es so spät war. Sie waren zwei sehr müde Kinder. Sie hielten nicht so lange durch, hatten nicht die gleiche Ausdauer und Stärke wie die anderen. Man mußte behutsam sein mit ihnen, sie für sich sein lassen, damit sie neue Kräfte schöpfen und aufholen konnten. Er erinnerte sich an die Märchen, die Ingrid als kleines Mädchen einst hatte hören wollen, von dem Troll mit Augen wie feurige Kohlen und langen, krummen Zähnen. So etwas durfte man diesen Kindern nicht erzählen. Sie würden zuviel Angst bekommen und nicht schlafen können.

Er erzählte ihnen von dem Jungen Karl und dem Mädchen Sissa, den Kindern eines armen Holzfällers im Wald. Er erzählte, wie sie zu einem Laden gingen, um für ihre Mama Wurst und Zucker zu kaufen. Unter einem Zweig fanden sie ein Eichhörnchen, das sich das Bein gebrochen hatte. Es humpelte so kläglich, als es davonzuhüpfen versuchte, und seine schwarzen Augen standen vor Schreck vor und waren starr und blank. Sissa nahm es zwischen die Hände, und Karl streichelte mit dem Finger über seinen Kopf. Dann trugen sie es heim. Sie vergaßen Zucker zu kaufen. Doch das machte nichts. Sie bereiteten ein Lager für das Tier mit dem gebrochenen Bein, das nachhing, als es einen Satz auf die Gardine hinauf zu machen versuchte und auf die Kommode fiel, daß die Schalen klirrten. In einem Schuhkarton bekam es sein Bett aus zwei Handschuhen und einem Topflappen, damit es warm wurde. Sie schienten sein Bein mit einem Stöckchen, das der Vater von einem Holzscheit abgespalten hatte. Und es wurde wieder ganz gesund. Doch wie das zuging, was der Vater sagte, wie es zahm wurde und was es an Zwieback, Milch und Pfannkuchenstücken aß, das mußte er am nächsten Abend erzählen. Denn sie sollten jetzt schlafen.

Und er blieb bei ihnen in dem stillen Zimmer, an dem der Wind von außen rüttelte, und hörte sie im Schlaf leicht säuseln und ab und zu wimmern oder sich heftig bewegen, als ob sie Angst bekommen hätten. Er dachte daran, wie schwer es ist, wirklich etwas von einem Menschen zu wissen und das Leben eines anderen zu verstehen und zu begreifen, weshalb er lebt, wie er lebt. Als das Geplumpse der kleinen Körper auf dem Sofa auf der anderen Seite der Tür und das Klappern der Löffel in den Breitellern aufgehört hatte, wurde er allmählich sehr müde. Es waren jetzt noch sieben Stunden, bis er in der Bäckerei sein und Teige anrühren mußte. Als er in die Küche hinauskam und seinen Stoß Flugblätter nahm und in der Aktentasche verstaute, betrachtete Agnes aufmerksam sein Gesicht.

»Du bist müde«, sagte sie »Leg dich jetzt schlafen, mein Lieber.«

»Ich muß das hier verteilen.«

Sie band sich die Schürze ab. Auf dem Sofa und in den Betten war es still, nur Schnaufer waren hie und da zu hören.

»Ich begleite dich, wenn du willst«, sagte sie. »Das geht schon. Vera ist groß genug. Sie kann Knut helfen, wenn er Pipi machen will. Es besteht keine Gefahr. Ihnen kann nichts passieren.« Zuinnerst hatte sie jedoch Angst vor Feuer. Sie nahm seine Hand. Er senkte den Kopf.

»Du brauchst keine Treppen steigen in den Häusern«, sagte er. »Keine einzige hinaufgehen. Nur dabeisein.«

Er war trotzdem nicht recht glücklich, denn er überlegte die ganze Zeit, wie er es sagen könnte, daß sie den Druck dieser Flugblätter aus eigener Tasche bezahlt hatten.

»Agnes«, sagte er. »Agnes, ich muß dir etwas sagen.«

An eine Tochter.

Kinder werden geboren, ohne daß sie es wollen. Die Mamas können ja meistens auch nichts dagegen machen. Um die Wahrheit zu sagen, es ist so: Viele Kinder wären sicherlich als Fehlgeburt willkommen gewesen. Viele Kinder wären weggemacht worden, wenn die Mamas sich getraut oder gewußt hätten, wohin sie sich wenden sollen. Ich finde das gräßlich.

Niemand hat mir jemals die ganze Wahrheit übers Kinderkriegen gesagt. Ich fühle mich einsam.

Ich gehe jede Woche ins Kino, auch mehrmals die Woche. Ich habe Marlene Dietrich in »Marokko« und Greta Garbo in »Romanze« und Südseefilme mit Schönheitsköniginnen aus Samoa gesehen. Über einen Film schrieben sie in der Zeitung, daß man sich kein erhabeneres Thema denken könne, also ging ich ihn mir ansehen. Vera Schmiterlöw spielte darin eine Prostituierte, die sich zu einem besseren Leben bekehrte. In einem anderen Film war Clara Bow klein und schwach, und sie liebte einen Schurken und hielt nichtsahnend zu ihm. In »Eine Lady mit schlechtem Ruf« mit Tallulah Bankhead bin ich auch gewesen. Alles nur Lügen.

Wir sind völlig von Lügen umgeben, und das schlimmste ist, daß es nicht den Eindruck macht, als ob sie zu etwas nütze wären. Mein Bruder sagt, daß sie da sind, um die Massen dumm und abhängig zu halten, sie an das Schicksal glauben zu lassen und daran, daß sie nichts tun können, um ihr Dasein zu verändern. Einige Lügen jedoch, finde ich, scheinen absolut sinnlos. Ich weiß nicht, wer aus denen Nutzen ziehen soll.

Geboren werden ist jedenfalls ein Schicksal. Gebären ist auch Schicksal. Meine Stiefmutter kann sich das nicht vorstellen. Sie glaubt wahrscheinlich, daß alle Menschen sich für eine Schwängerung entscheiden oder daß sie das tun müßten, wenn sie gesunde und ordentliche Menschen seien. Menschen, die sie mag, nennt sie gesund und ordentlich.

Aber man kann ja vergewaltigt werden oder betrunken sein. Alle beide können betrunken sein. Manche Leute sind so fein und überspannt, daß ich kaum glaube, sie wissen, wie das gebt. Trotzdem finden ihre Körperteile zu den richtigen Stellen. Vielleicht wissen sie nicht einmal, was sie tun, und reden, während es passiert, von etwas anderem, daß sie sich lieben und dergleichen. Aber das ist wohl selten. Man kann auch so hektisch sein, daß man kaum daran denkt, was man da gerade macht, und trotzdem geschwängert werden. Man kann den Schwängerer ekelhaft finden. Ja, man kann ihn hassen, und trotzdem schnackelt es.

Ich weiß nicht, wann ich schwanger wurde. Ich habe nicht den Wunsch, daß es bei einer ganz bestimmten Gelegenheit gewesen sein sollte. Es hat so viele Gelegenheiten gegeben. Es war die ganze Zeit so schön gewesen. Ich habe nicht so oft daran gedacht, daß ich schwanger werden könnte. Dann hätte ich wohl davor Angst gehabt. Ich hätte mich ja auch schämen müssen, und meine Stiefmutter wäre verzweifelt gewesen. Obwohl das dann gar nicht so schlimm war.

Deinen Vater habe ich sehr gern gehabt. Mehrere Monate lang dachte ich Tag und Nacht nur an ihn. Das ist keine Übertreibung, denn ich träumte auch nachts von ihm. Aber ich dachte nicht ans Heiraten. Alles war ja gut, so wie es war. Ich sehnte mich nur danach, daß es Sommer werden würde, damit wir im Freien liegen könnten. Ich dachte nie daran, daß gerade wir heiraten sollten. Was wir taten, hatte mit keinem anderen Menschen oder mit der Zukunft etwas zu tun. Ich dachte nie mehr als ein paar Tage weiter, und dann dachte ich noch an den Sommer.

Früher machte ich mir recht häufig Gedanken über die Ehe und Leute, die verheiratet waren. Aber es sieht nicht danach aus, als ob sich irgendwelche Menschen vor den Lügen um uns herum verkriechen und verstecken könnten. Es gibt keine geheimen Orte, wohin man fliehen könnte. Mein Bruder möchte, daß die Welt anders wird. Alle Unterdrückung und alle Ausbeutung sollen verschwinden. Wie schön er und seine Frau aber auch miteinander reden, sie erzählen auch Lügen. Sie sieht ihn wie eine Dienerin oder eine Mama an. Ich kann sie deswegen nicht leiden.

Als ich schwanger wurde, waren wir nicht verheiratet. Das ist ganz üblich. Die meisten lügen in diesem Punkt, und viele Kinder wissen überhaupt nicht, daß das bei ihnen so gewesen ist. Es wird ihnen klar, wenn sie größer werden und das Datum in den Trauringen ihrer Eltern sehen oder irgend etwas anderes, was nicht stimmt. Aber ich werde in diesem Punkt nicht lügen. Das habe ich beschlossen.

Zuerst glaubte ich es nicht. Ich sah darüber hinweg, und deswegen dauerte es so lange, bis wir entschieden, was wir tun sollten. Meine Stiefmutter war unruhig und meckerte und meckerte, daß ich Binden in die Wäsche geben sollte. Sie war viel unruhiger als ich.

Als ich verstand, was los war, wurde ich fast wahnsinnig. Seinem eigenen Kind darüber die Wahrheit zu sagen, das ist wohl das schwerste. Das wird am ärgsten. Ich wollte überhaupt kein Kind haben. Wir waren nicht mehr zusammen, weil ich nicht wollte. Lange Zeit trafen wir uns nicht, und als wir uns wiedersahen, weinte ich und schimpfte und kam mit Vorwürfen. Ich war völlig aus dem Häuschen. Ich konnte mich ganz einfach nicht damit abfinden. Ich vergaß ganz, daß ich ihn schon mal gemocht hatte. Für mich war das ein Eindringen und ein Übergriff, etwas derart Vorsintflutliches und Grauenhaftes, daß ich nicht verstehen mochte, wie er sich freuen und darauf stolz sein konnte. Ich fühlte mich in die Ecke gedrängt, und das schlimmste war, daß er nur fand, daß es so war, wie es sein sollte. Meine Stiefmutter sagte, daß ich froh sein solle, daß er dafür geradestehen und sich nicht nur drücken wolle. Er besorgte uns eine kleine Wohnung, und sie nähte mir Röcke mit dehnbarem Bund und Jacken mit vielen Falten, damit man es nicht so sehen würde. Ich mußte meine Arbeit aufgeben.

Die schlimmste Zeit war nicht die, in der ich schrie und tobte und damit drohte vom Küchentisch zu springen und heiße Bäder zu machen, bis es weggehen würde. Da war er sehr ängstlich und ziemlich böse auf mich. Er folgte mir überallhin. Meine Stiefmutter befürchtete ebenfalls, daß ich eine Dummheit machen würde. Ja, die beiden kamen sehr gut miteinander überein. Sie waren voll Fürsorglichkeit. Ich verstand freilich, daß die Fürsorglichkeiten nicht mir galten. Sie galten dem, was in meinem Bauch war. Es ist sicherlich hart, das derjenigen zu sagen, die nichts dafür kann und vielleicht nicht einmal geboren werden will. Aber es ist wahr.

Die schlimmste Zeit kam, als sie glaubten, daß ich mich beruhigt hätte. Ich wurde einsam in der Wohnung. Er begann wieder Sport zu treiben und trainierte an jedem Abend, an dem er frei hatte, und an den Wochenenden. Ich wurde sehr einsam, denn die Mädchen, mit denen ich früher zusammen war, waren tanzen, und wenn ich denen unten im Damenfrisiersalon begegnete, wirkten sie verlegen.

Es gab ja welche, die auch ein Kind bekommen hatten und die sich ungeheuer gern mit mir unterhalten wollten. Sie wollten mir Geheimnisse über Mutterkuchen und Gebärmuttervorfall und Säuglingsdiarrhöen und Milchstauung anvertrauen. Sie sagten, daß das Kind Muttermale bekommen könnte, wenn man eine Feuersbrunst sähe, oder eine

Hasenscharte, wenn man einen Hasen sähe. Ich wurde einsam.

Nun begann die Angst in mir zu wachsen. Sie wuchs mit dem Kind um die Wette. Ich hätte es zu der Zeit niemals fertig gebracht, mir das Kind als jemand vorzustellen, mit dem man reden konnte. Ich wäre niemals auf die Idee gekommen. Ich hielt es für ein abscheuliches Tier, das mich ausfraß und das für mich lebensgefährlich war.

Nun traute ich mich nicht mehr allein zu Hause zu sitzen, und ich fing an, massenhaft Süßes zu essen. Er gab mir ja Haushaltsgeld. Davon nahm ich etwas und kaufte mir massenhaft Süßigkeiten, was ich haben wollte, und ich wurde sehr viel dicker, als es hätte sein müssen, glaube ich. Als er nach dem Geld fragte und wissen wollte, warum es schon zu Ende sei, hatte ich keine Lust zu lügen. Ich sagte lediglich, daß es draufgegangen sei. Er war wohl furchtbar enttäuscht von mir. Ich mußte mir mehrmals von meiner Stiefmutter Geld leihen. Ich brauchte es auch nicht zurückzuzahlen. Ich glaube, sie schämte sich für mich.

Mir war jedoch alles egal. Ich hatte keine Gefühle mehr. Doch, ich hatte Angst. Alles andere war egal und lächerlich. Ich fing an, zu allen möglichen Veranstaltungen zu gehen, um abends nicht allein daheim sein zu müssen. Ich ging weiß der Himmel wohin, sogar zur Heilsarmee, als Lapp-Lisa sang. Ich ging ins Volkshaus zu Vorträgen. Sten Bergman war es, der über Reisen und Abenteuer auf den Kurilen berichtete und Lichtbilder davon zeigte, und ein Ingenieur sprach über »Rußland, das verheißungsvolle Land der Weltindustrie«. Da war auch mein Bruder, und er freute sich sehr, als er mich sah. Er glaubte wohl, daß ich nur ins Kino gehen würde, und das tat ich ja auch meistens. Ich achtete jetzt nicht mehr darauf, ob es Liebesfilme waren. Ich ging in alles. Ich sah mir auch Harold-Lloyd-Filme an. Das spielte keine Rolle für mich.

Als Doktor Ada Nilsson im Volkshaus war und über die physiologische Seite der Ehe sprach, war ich dort, und das war gut. Sie bewies, daß man über alles sprechen kann. Es kommt nur auf die Wortwahl an. Am Tag darauf hielt sie einen Vortrag, der »Geburtenkontrolle« hieß, und da glaubte ich nicht, daß ich es wagen würde hinzugehen. Ich fürchtete, die Leute würden lachen, wenn sie mich sähen, und denken: »Dafür ist es jetzt ja wohl zu spät!« Doch auch darum kümmerte ich mich schließlich nicht, sondern ging hin. Ich saß sogar ziemlich weit vorn. Und jetzt weiß ich wenigstens, daß ich nie wieder schwanger zu werden brauche. Das läßt sich hinkriegen, auch wenn es nicht so einfach ist, an das, was nötig ist, heranzukommen. Ich will nie wieder schwanger werden.

Meine Stiefmutter kam andauernd vorbei und versuchte mich fürs Kochen zu interessieren und dafür, was die verschiedenen Arten von Lebensmitteln kosteten. Es schien, als traute sie sich nicht, mich zu schimpfen, weil ich nichts darauf gab, so zu sein, wie sie es erhofft hatte. Sie kam statt dessen mit leisen Andeutungen, daß der Hecht jetzt zwei Kronen das Kilo kosten würde, der Strömling aber nur sechzig Öre. Ich habe mich immer so leicht getan, Zahlen zu behalten, daß sich gegen meinen Willen in meinem Kopf ein Katalog ergab. Ich wußte, daß das Kilo Rinderbraten auf zwei fünfzig kam und zehn Pfund Kartoffeln auf fünfzig Öre, und daß zwanzig Eier bei zwei Kronen lagen und ein Paket Persil fünfundvierzig Öre kostete. Dem war nicht zu entkommen. Schließlich wurde es mir peinlich, Sachen zu kaufen, die teurer waren, als es sein mußte. Vielleicht hörte ich deswegen auch auf, Süßes zu kaufen. Ich glaube aber, daß das vor allem daher kam, daß ich einen richtigen Widerwillen gegen das, was ich vorher gemocht hatte, bekam. Statt dessen wollte ich eine Menge komischer Sachen haben, unter anderem Kresse. Es ist ja jetzt Sommer, und ich kann abends spazierengehen und überall nach Kresse suchen. Wenn jemand Kresse hat, gehe ich hin, und wenn die es nicht sehen, pflücke ich Blüten und Blätter und stecke sie in die Taschen. Wenn ich dann wieder auf der Straße bin, esse ich sie.

Ich bin sehr schwer und unförmig geworden. Beim Gehen muß ich die Beine auseinandernehmen. Wenn ich mich im Schrankspiegel sehe, kann ich nicht fassen, daß ich das bin. Ich finde, daß ich verschandelt bin. Der Bauch ist ganz gespannt und voller blauroter Flecken und Streifen. Er sieht aus, als ob er platzen wollte. Es fällt schwer, jemand zu besuchen, wenn man so schauderhaft aussieht. Ich verlasse mich auch nicht mehr auf meinen Körper. Ständig treibt er etwas, wogegen ich nichts machen kann. Ich bekomme Sodbrennen, und die Füße schlafen ein. Aus dem Gedärm will fast die ganze Zeit Luft entweichen. Beim Treppensteigen gerate ich außer Atem, und sogar im Sitzen habe ich Mühe zu atmen.

Vor kurzem bemerkte ich, daß ich große blaue Knoten an den Unterschenkeln bekommen hatte. Man konnte sehen, wie die Adern sich kräuselten und zusammenzogen. Ich weinte, weil das so eklig aussah. Meine Stiefmutter sagte, ich solle mir Gummistrümpfe kaufen. Da ging ich in ein Sanitätshaus, wo ich noch nie vorher gewesen war. Es waren Leute vor mir an der Reihe, so daß ich genug Zeit hatte, mir die Regale anzugucken und zu lesen, wie das alles hieß, was da lag: Mahnbandagen, Stützkorsetts, Radiumtücher, Eisbeutel, Liegepolster, Irrigatoren, Urinale, Bettpfannen, Spucknäpfe, Wachstaft, Gummiballone, Klysmen, Plattfußeinlagen, Bruchbänder.

Ich dachte daran, wie wir beieinanderlagen, er und ich, und konnte es einfach nicht fassen, daß ich in so einem Geschäft etwas zu suchen hatte. Ja, ich kann es noch immer nicht verstehen. Ich mußte mir auch noch einen Irrigator kaufen, denn ich hatte Verstopfung bekommen.

Ich schlafe jetzt viel. Das ist das schönste von allem. Oft schlafe ich wieder ein, wenn er morgens gegangen ist, und schlafe den halben Vormittag. Ich hatte überhaupt nicht daran gedacht, für dich etwas vorzubereiten. Später schien dazu noch genügend Zeit zu sein. Doch jetzt kann ich jeden Tag niederkommen. Meine Stiefmutter war mit einer ganzen Ladung Kleidung für dich dagewesen. Ich merke, daß ich mich fast schäme, mit dir zu reden.

Sie hatte Hemden mit bestickten Kragen und kleinen Schnüren, die man durch einen Tunnelbund ziehen kann, vorbereitet. Kleinkinder sollen keine Knöpfe haben, sagte sie. Trikotjäckchen waren auch dabei, doch die hatte sie wohl gekauft. Ich sollte ihr für all das danken. Dann waren da noch Leibbinden und Wickeltücher und Nabelbinden und massenhaft gesäumte Windeln aus dünnem Stoff und Mullwindeln und gestrickte Höschen. Eine weiße Baumwolldecke hatte sie mit blauem Garn mit Langettenstichen eingefaßt.

»Jetzt mußt du wohl mal einen Waschkorb herrichten«, sagte sie, »und ihn mit Stoff ausschlagen. Nimm etwas Kleingeblümtes dazu.«

Sie fragte, ob ich Laken hätte.

»Kann man nicht gewöhnliche nehmen und zusammenlegen?« fragte ich. Da geriet sie ganz aus dem Häuschen, und ich war gezwungen zu sagen:

»Ich mache doch bloß Spaß. Ich habe schon welche gemacht.«

Ich verstehe nicht, warum ich so zu ihr bin.

Morgens kann ich die Angst vor dem, was passieren wird, nicht von mir schieben. Ich mache ein bißchen Frühstück zurecht, und dann schlafe ich wieder ein. Im Lauf des Tages wird es jedoch schlimmer. Abends ist es am schlimmsten.

Ich habe so schreckliche Angst. Das ärgste ist, daß sich dagegen nichts machen läßt. Jeden Tag spüre ich kleine Stiche im Unterleib, und ich bekomme unheimliche Krämpfe, und da denke ich, daß es soweit ist. Dann sitze ich auf einem Stuhl und warte nur darauf, daß es wieder zu spüren sein wird. Wenn ich allmählich kapiere, daß es nicht an der Zeit war, fange ich vor Erleichterung an zu weinen. Aber ich denke an fast nichts anderes.

Ich kenne drei Frauen, die mir hätten erzählen können, wie es ist, ein Kind zur Welt zu bringen. Sie sind mir jedoch mit Lügen gekommen. Als meine Stiefmutter ein Kind zur Welt brachte, stand ich hinter einer Tür und hörte zu. Sie war um die fünfundvierzig Jahre alt, und es war das erste Mal. Sie schrie fürchterlich und unter anderem sagte sie, daß die Schmerzen sie wahnsinnig machen würden, und daß sie sie wegbringen müßten. Es dauerte Stunde um Stunde. Ich versteckte mich draußen.

Sie schrie, und die Hebamme sagte zu ihr, daß sie mithelfen müsse. Sie dürfe nicht jedesmal, wenn eine Wehe komme, dagegendrücken. Sie schrie jedoch jedesmal, als ob sie eine große Höhe erreicht hätte und in den Abgrund hinunterschauen würde, und dann schrie sie wie eine, die von jemand gequält wird, der so grausam ist, daß man es gar nicht fassen kann. Ich versteckte mich in der Küche im Garderobenschrank, und niemand vermutete, daß ich im Haus war. Obwohl sie solche Schmerzen hatte, fragte sie mehrmals nach mir. Sie wollte nicht, daß ich sie hörte. Ich habe mich gefragt, ob es deswegen war, weil sie mich schonen wollte, oder ob sie befürchtete, daß ich abgeschreckt würde.

Stunde um Stunde dauerte diese Tortur, und zwischendurch lag sie da und schnaufte und fürchtete sich vor der nächsten Wehe. Dann kam der Schluß, und sie sollte pressen. Die Hebamme sagte zu ihr, daß sie den Kopf vorbeugen und pressen solle. Sie schrie, daß sie kaputtgehen würde. Das tat sie auch. Ich weiß, daß sie genäht werden mußte.

Als ich sie fragte, wie das sei, ein Kind zur Welt zu bringen, sagte sie, daß es ein Wunder sei und das Schönste, was eine Frau in ihrem Leben erleben könne. Da fragte ich sie, ob es nicht weh getan habe. »Da macht man sich nichts draus«, antwortete sie. »Man freut sich so über das Kind.« Sie flüsterte jedoch, daß es im Raum nicht so gut riechen würde, wenn man das Kind zur Welt bringt. Ich solle darauf achten, daß die Hebamme saubermache und lüfte, bevor sie den Papa hereinlasse, sagte sie. Ich frage mich, ob das stimmt. Sie ist ein bißchen pimpelig.

Meine Mama habe ich auch gefragt. Sie sagte, daß es ziemlich schnell vorbei sei und daß man hinterher nicht mehr soviel daran denke. Sie muß mich aber auch angelogen haben, denn ihre Augen sahen ängstlich drein. Ich kenne noch eine, die ich fragen kann, und die sagte, daß es bei ihr in einer Nacht und an einem Morgen und einem Tag und einem Abend erledigt gewesen sei. Sie hatte auf diese Weise zwei Jungen bekommen. Ich weiß aber, daß sie, lange bevor sie verheiratet war, ein Kind bekommen hatte. Das war das erste Mal, und vielleicht tat das damals so weh, daß sie davon nichts erzählen wollte. Und dann schämte sie sich wohl auch.

Sie ist sehr beherzt und meint, daß andere das auch sein müssen, so daß ich fast glaubte, sie würde böse auf mich werden, weil ich Angst habe. Sie war es aber gar nicht. Sie sagte bloß, daß es so vieles geben würde, was man nicht wolle. Und dann schaute sie traurig drein.

Manche erzählen ja gern einen Haufen seltsames Zeug. Sie schwelgen darin, zu beschreiben, wie die Brüste aussehen, wenn sie Geschwüre und Fieber bekommen, oder wie das bei einer Traubenmole ist, wenn der Mutterkuchen wie eine Masse merkwürdiger Blasen herauskommt. Sie wollen selbst Heldinnen sein, oder sie wollen sich auch mit Sachen, die sie gehört haben, interessant machen. Sie erzählen das am Kaffeetisch.

Deren Erzählungen sind ebenfalls Lügen. Ich werde dir über deine Geburt die Wahrheit erzählen, falls du ein Mädchen wirst. Das verspreche ich. Jemand anders werde ich es aber nie erzählen. Ich glaube, ich werde mich schämen. Vielleicht tut man das aber gar nicht?

Es ist noch nicht lange her, daß ich wirklich begriffen habe, daß du ein Kind bist. Der Bauch begann sich knollig anzufühlen. Bewegungen spürte ich ja schon sehr lange, aber ich kann nicht erklären, weshalb ich nicht verstand, daß das wirklich ein Kind mit Armen, Beinen und Kopf war. Damals erinnerte ich mich einfach nicht, wie kleine Kinder aussehen. Es war so lange her, daß ich ein Neugeborenes gesehen hatte. Ich ging eine besuchen, die gerade erst ein Kind bekommen hatte. Sie wunderte sich, daß ich kam, denn ich kannte sie gar nicht so gut. Doch das kümmerte mich nicht. Der Junge war ungeheuer klein und rot. Ich fand, daß er so zerbrechlich aussah, daß er fast ein bißchen unheimlich war. Als sie ihn an die Brust legte, tastete er nach ihr und begann zu saugen, sowie er mit dem Mund die Brustwarze erwischt hatte. Ich fragte sie, ob er das von Anfang an so gemacht habe, und sie bejahte es. Ich fragte sie noch einmal, ob das wahr sei, daß er sofort nach ihr getastet habe und ihr nahekommen wollte.

»Ja sicher«, sagte sie.

»Hatte er denn zuerst überhaupt keine Angst vor dir?« fragte ich.

Da lachte sie.

»Nein«, sagte sie. »Kinder haben keineswegs Angst, ihrer Mama nahezukommen.«

Ich dachte mir aber, daß sie dann natürlich auch keine Angst haben, überhaupt irgendeinem Menschen nahezukommen. Wenn man ein Kind zu einem stinkigen und schmutzigen Mannsbild legen würde, das obendrein blau wäre, würde es auch nach ihm tasten. Wenn man ein Kind zu jemandem legt, der es schlagen oder ihm die Hand um die Gurgel legen oder es schänden will, dann tastet es auch nach diesem Menschen. Kinder verstehen nicht, daß andere Menschen für sich sind. Sie glauben, daß wir alle zusammengehören.

Wir haben kleine Kinder ja gern, alle kleinen, knubbeligen Wesen und Welpen und Jungen aller Art finden wir meistens süß. Das ist wohl ihr Schutz gegen uns, genau wie der rosige, haarlose Bauch eines Welpen, den er dem Rüden zeigt, sein Schutz gegen ihn ist. Ich weiß nicht, ob ich dich süß finden werde. Ich fand nicht, daß dieses Kind, das ich sah, besonders süß war. Mir ist jedenfalls klar, daß ich spüren werde, daß du das große Vertrauen zu mir hast, weil du just in meine Arme gelegt wirst.

Wahrscheinlich tut es schrecklich weh zu gebären, so weh, daß man es hinterher möglicherweise ganz vergißt. Ich meine, es ist nicht sicher, daß diejenigen, die das durchgemacht haben, lügen. Womöglich sind sie gar nicht verlogen, sondern nur unwissend. Womöglich erinnern sie sich nicht, weil der Schmerz in ihrem Bewußtsein einen Fleck weggebrannt hat. Es gibt in dieser Sache womöglich keine Wahrheit. Sie wird wohl jedesmal vergessen.

Es ist jedoch schwer, ein Kind auszutragen, und eine gewaltige Arbeit, es zur Welt zu bringen. Ich habe mich manchmal gefragt, ob alle Frauen, die ein Kind geboren haben, große Ehrfurcht vor Menschen empfinden, weil sie doch wissen, wie sie entstehen. Aber es sieht nicht so aus. Die, die ich kenne, sind wohl ziemlich gewöhnlich. Ich frage mich aber, ob sie sie nicht einen kleinen Augenblick lang empfunden haben.

Heute ist der letzte August, und der Volkspark schließt heute abend für diese Saison. Es ist natürlich Tanz, und die Roxy Band spielt. Die ist ungeheuer gut. Der ABF-Chor* soll auch singen, las ich in der Zeitung, doch da kann man normalerweise schier nicht an sich halten vor Lachen.

Wahrscheinlich ist es schon vorbei. Es ist jetzt dunkel. Ich kann Raketen am Himmel sehen. Die sind sicher vom Park. Ich warte darauf, etwas zu spüren, was weh tut, oder daß mir Wasser an den Beinen herunterzurieseln anfängt. Die ganze Zeit habe ich Angst.

Carlsborg liegt mit dem Mund zur Skomakargata hin, ein breites Maul mit einer ausladenden Unterlippe aus Zement. Das Haus ist ganz aus Ziegel und rot wie Fleisch. Viereckig und wuchtig liegt es oben auf dem Hügel zwischen den Thujabüschen auf der Lauer. Es ist der einzige Hügel, den es in der Gegend gibt, und es hat sich dorthin gelegt, um die Rangordnung zwischen sich und dem Lindhschen Haus und bis zu einem gewissen Grad zwischen sich und der schmächtigen Kirche auf der anderen Seite der Bahnlinie, der Post, die dem Riddarhus – wenn auch nur entfernt – ähnelt, und dem Treppengiebelhaus mit dem Pfarramt aufrechtzuerhalten.

Solch ein altes Haus kann nahezu alles schlucken: Kinder Gottes und solche, die nach Kronbranntwein riechen, Leute von der Eisenbahn, Schreiner, Gießer und Schullehrer, nervöse Akademiker, die sich mit einem Hochschulzeugnis hierher beworben haben, und große, rohe Stücke wie Fabian Bärj. Es richtet, wie gesagt, seinen Rachen zur Skomakargata und deren Kreuzung mit der Industrigata hinab, und auf diesem Weg wandern sie hinein, und geölt schließt sich das Maul um sie (Türe nicht schließen! Schließt selbsttätig mittels Nortons geräuschlosem Türschließer!), und wenn sie je wieder herauskommen, nachdem sie sich träge durch die Korridore bewegt haben und in Carlsborgs dunklem Inneren annehmbar gemacht worden sind, dann sind sie einander ziemlich gleich.

Zuerst kommt ein verhältnismäßig helles Vestibül, und dort erhebt der große Elch sein Maul über den Eintretenden, und die kleinen Motten schwärmen wie Goldflocken im Lampenschein um ihn herum. Je weiter man hineinkommt, desto dunkler wird es. Die Wände sind mit Holz getäfelt, das wie Eiche aussieht und auch so aussehen soll. Hier sind die Abdrücke von dem gußeisernen Schirmständer. Er hatte große, kräftige Adlerfüße. Hier hing früher ein Bild, es hieß »Die Toteninsel«, und hier stand das Harmonium des früheren Besitzers. Er war ein einfacher Mann, obwohl er reich war. Er trat eine Kammerorgel und sang Lieder vom Verlangen nach dem Jenseits. Hier am Fenster zur Koeduktionsschule hin saß seine Frau und stopfte in ihrem Reichtum Strümpfe, ein gutes Beispiel für die Unbegüterten, die häufig wie Grillen und Schmetterlinge leben und Frostbeulen an den Füßen haben, weil die Ferse aus dem Strumpf ragt. Hier aßen sie Haferbrei, und hier stand ihr erstes Telefon. Auf einem Bord liegen ein versilberter Palmzweig und ein Stein vom Ölberg mit den Kreuzinsignien Christi. Sie sind noch vom Fabrikanten Wärnström und seiner Gemahlin, die einst eine Reise in das Heilige Land unternahmen. Oscar II. dagegen ist weg. Er hing, auf Seide gemalt, über diesem Bord, ein schönes und ruhiges Bild in Hellblau, Gold und Silber. Jetzt steht er im Keller.

Natürlich sind Änderungen vorgenommen worden. Den Salon und das Herrenzimmer hat man zusammengelegt, die Wand entfernt, und durch die beiden Räume zieht sich eine lange Theke, und hinter Glasscheiben nimmt man kommunale Abgaben entgegen. Kassiererinnen mit geordneten Pensionsverhältnissen gucken durch runde Löcher mit Goldrand. Rechenkurbeln und Schreibmaschinen surren und knattern, Telefone klingeln, und das Eichenparkett knarrt unter vielen Füßen. Derbe Stiefel, die Schmelzwasser hereintragen, hinterlassen Abdrücke, und in den Falten der schweren, braunen Samtvorhänge sammelt sich der Archivstaub. Doch Frau

Wärnström kann nicht mehr aus der Ruhe gebracht werden. Sie ist aus dem Land der Sünden aufgebrochen, und mitgenommen hat sie nichts.

Im ersten Stock tritt der Stadtrat zusammen. Hier liegt quer über den Tisch ein mächtiger Balken aus Staub im Sonnenstrahl, und auf der Tischplatte haben Zigarren Brandflecken hinterlassen. Ringsum an den Wänden hängen Porträts der Stadtväter: Freiherr und Stationsvorsteher Gustaf Adolf Cederfalk stiert, als hätte er eine fürchterliche Kolik, Holger Iversen-Lindh flankiert, feuerrot im Gesicht, seinen Schwiegervater Alexander Lindh, den Großhändler und Ritter des Vasaordens. Petrus Wilhelmsson, der die Schreinereifabrik gründete, ist undekoriert und ähnelt einem Elch, und Fabrikant Wärnström ist unter dem Palmzweig und den Kreuzinsignien Christi, an denen wir eben vorbeigingen, abgebildet. Unter den früheren Vorsitzenden der Gemeindeversammlung und den Stadtratsmitgliedern, die wie ihre Zigarren längst zu Asche geworden sind, gibt es mehrere, die den gleichen gequälten Ausdruck haben wie der alte Cederfalk. Aber wahrscheinlich liegt der Fehler beim Künstler, denn vom Wohlleben krepiert man nicht so plötzlich, wie Cederfalk es eben im Begriff steht zu tun.

Im Fenster wird zu gegebener Zeit auf einem Postament aus gebohnerter Eiche eine Per-Albin-Büste* stehen. Vorgeschlagen ist sie schon. Wo, wenn nicht hier, sollte er stehen, er, der aus Schweden ein Volksheim mit denselben gleichberechtigten und demokratischen Verhältnissen wie im trauten Heim schaffen wollte? Hier wird er von dem Platz aus hinausschauen, an den die Hausfrau ihren Garnkorb stellte, wenn sie sich denen zur Lehre, die ein Schmetterlingsleben führen und in Fliederlauben Branntwein trinken, hinsetzte und Strümpfe stopfte. Der, der den Gedanken an ein Volksheim hervorbrachte, war ja kein Kaukasier mit blitzenden Stiefelspitzen, sondern ein Familienvater, daran gewöhnt, daß man ihn auf die sanfte und ungezwungene Art bediente und ihm gehorchte, wie es beim Vater in der guten Familie eben getan wird. Welcher Vater möchte schon, daß seine Kinder in Habachtstellung dastehen, wenn er mit ihnen spricht? Hier schwingt innerhalb der braunen Samtvorhänge noch die Stimmung wohlmeinender Ratschläge im Schein der Abendlampe nach, wenn die Kinder ihre kleinen Schnäbel aufreißen und freimütig erzählen durften, was sie auf dem Herzen hatten, aber sich auch darin üben mußten, Lehren entgegenzunehmen, einzusehen, daß der, der die Macht ausübt, auch die Verantwortung und das Wissen hat, und daß er das Beste aller will.

So rosig die Gesichter in dem warmen gelben Licht waren, so finster und schaurig waren die Schatten in den Ecken. Der Traum, die Demokratie im Staat so zu verwirklichen, wie sie in der Familie bereits verwirklicht war, kann nur von einem Vater im Schein der Abendlampe geträumt worden sein.

Die alten Stadtväter haben sich an die Wände und in die Gräber zurückgezogen, die großen Elche, die Könige von Lagerhäusern und Schmieden, die Ritter chronischer Gastritiden haben abgedankt. Ebenso wie viele der Hingebungsvollen und Ehrenamtlichen. Die Stadt hat jetzt einen Finanzdirektor, der zugleich Vorsitzender des Stadtrats ist und hoch bezahlt wird. Im Raum des Stadtrats kommen die neuen Väter, über alle kleinlichen Klassen- und Parteigrenzen hinweg miteinander verbunden, zusammen: der Großbaumeister, der Stadtbaurat, der Oberarzt, der unumstößliche Fabian Bärj, die freireligiösen Unternehmer und Geschäftsleute, der Gießer und der Modellschreiner, der Chefredakteur und dann natürlich Wolfgang Altmeyer, der Osterreicher, der bei Holger Iversen-Lindh Pflegekind war, jetzt aber die Macht übernommen hat, die Patrik, der Sohn, am liebsten floh, um auf einem Kasernenhof herumzubrüllen, was einfacher ist und ihm weniger Magenschmerzen bereiten sollte.

Im »Korrespondenten« werden die Rücken dieser Männer im Marktgewimmel abgebildet, und das Publikum darf sie erraten und erhält Preise dafür. Sie gehören fast alle zu den »Weihnachtsmännern der Stadt« und verteilen an Weihnachten Päckchen.

Doch hier drinnen, wo es jetzt stark nach älteren Herren riecht, geht der düstere und würdige Teil ihrer Tätigkeit vonstatten. In diesen Räumen mit ihrer Stickigkeit und ihrem Zigarrenrauch und ihrem Mief nach Gummigaloschen, die in der Nähe der Heizkörper stehen und trocknen, ihrem Naphtalindunst aus schweren Überröcken, dem schwachen Spritduft von Verviehfältigungsapparaten und abendlichen Grogs, dem Geruch nach Staub in dunklen Herrenzimmern und Versammlungslokalen bewegen sich die älteren Herren träge durch Carlsborgs Korridore, bis sie ausgestoßen werden, und mehrere von ihnen haben bereits damit begonnen, Anstalten für ihre Inschriften auf Sockeln und Postamenten zu treffen.

»Im Tod fallen alle Orden und Schranken, die Ketten verrotten, und die Bande werden zu Asche, und die eindrucksvollen Worte verstummen« schreibt der Chef vom Dienst des »Korrespondenten«, Magnus Swärd, als das neue Krematorium eingeweiht wird. Doch das stimmt nicht ganz, und er meint es wohl auch nicht wörtlich, denn er ist selbst ein Spezialist, was eindrucksvolle Inschriften sowohl vor als auch nach dem Tod anbelangt. Er ist ein nervöser und sehr hagerer Mann mit dichtem und frühzeitig ergrautem Haar. Früher saß er die Tage über mit Einwohnerlisten oben im Rathaus Carlsborg. Dann holte ihn der Chefredakteur zu sich, um die Nachfolge zu sichern. Wallin hat nur zwei Töchter, sie heißen Ada und Lisa, die eine ist verheiratet und die andere religös, weshalb Swärd seine Nekrologe jetzt während der Arbeitszeit verfaßt. Er ist ein wahrer Poet alter schwedischer Tradition, der über Wikinger schreibt, wenn eine Schiffssetzung entdeckt wird, und über einen Schuhhändler, der fünfzig wird, wenn das vorkommt. Er hat einen Mechanismus im Kopf, der das richtige Wort und den richtigen Ausdruck herausfallen läßt. »Möge Land aus dem Meer sich erheben!« ruft er in seiner Festkantate zum Jubiläum der Koeduktionsrealschuhe über die Eiszeit aus (mit der er fast immer beginnt) und »Heil Dir, Erik Johansson!« an dessen fünfzigstem Geburtstag.

Er weiß vortrefflich zu nuancieren. Selig ist, wer eine fest gegründete Stellung gehabt und seinen Weg ohne Umschweife gemacht hat. Heil ihm, wenn er praktisches Geschick und Scharfblick und Gründlichkeit bei der Arbeit mit Willensstärke vereint hat und freundestreu, kernig und unumstößlich gewesen ist.

Wenn er seinen Weg dagegen still und rücksichtsvoll gegangen war, läßt sich leicht erahnen, daß der Betreffende eine Memme war, und hinterließ er eine tadellose Arbeit, bei der keine Mühe gescheut worden war, so erreichte er natürlich wenig in der Gesellschaft. Ist er ein Humanist und Menschenfreund, so ist das an sich wohl gut, ebenso wenn er weitblickend gewesen war, aber es ist einem sofort klar, daß dabei nicht viel herauskam, und steht da rundweg, daß er ein Träumer und Idealist gewesen sei, dann war er eine harmlose Säuferseele.

Ist er aber ein kerniger Donator und Gründer und Mann, und wäre er ursprünglich auch gering und aus einfachen Verhältnissen gewesen und durch eigener Hände Arbeit hochgekommen, nämlich dahin, wo sich Granitsockel erheben und geweihte Glocken zur ewigen Ehre der Arbeit und zum Lob der Kernigkeit ertönen, dann kann er gewiß sein, daß Magnus Swärd über seinen Staub »Du Held, fahre nach Walhall!« ausrufen würde, wenn es sich nicht so unglücklich getroffen hätte, daß dies bereits von dem neuen Reichskanzler in Deutschland über die sterblichen Überreste des alten Hindenburg ausgerufen worden wäre. Es ist ein Unglück, das Magnus Swärd bei der Ausübung seines Berufs hie und da passiert, daß jemand anders schneller war.

Es ist der zweite Januar 1938. Der Park mit Thujen, Eiben und Eichen rund um Carlsborg steht, wie der Chef vom Dienst, Swärd, es ausgedrückt hätte, in frostigem Gewand. Es ist sehr früh am Morgen, noch nicht sieben Uhr.

Hier kommt Fabian Bärj, er, der einmal »Der Unumstößliche« genannt werden wird. Er trägt einen grauen Mantel und einen schwarzen Hut mit aufgerollter Krempe, die mit Rips eingefaßt ist, und unter dem Mantel wölbt sich sein mächtiger Bauch. Er ist hellhäutig und hat ein ernstes rotes Gesicht. Er hat krumme, hühneraugenbepflasterte Zehen, aber die sieht man natürlich nicht; er ist kein Wilder, er trägt Schuhe und schwarze Galoschen. Heute soll er sein Amt als Finanzdirektor der Stadt antreten. Vergangenen Herbst wurde er Stadtratsvorsitzender. Seine sozialdemokratische Partei hat jetzt eine qualifizierte Mehrheit in Vorständen und Ausschüssen. Häuser für kinderreiche Familien werden gebaut, Siedlungshäuschen wachsen in Wäldchen und spärlich mit Kiefern bewachsenen, trockengelegten Mooren unter kommunaler Regie in die Höhe. Arbeitslosigkeit existiert nicht, man kämpft nicht mehr darum, weitere fünf Mann der Gemeinde in irgendeiner AK unterzubringen, sondern plant einen Badeplatz und den Ausbau des Volkshauses.

Er ist heute zeitig hierhergegangen. Weshalb, wissen wir nicht. Das Haus kennt er ja. Aber nun soll er ihm auf die gleiche Weise angehören wie die Kassiererinnen hinter dem Glas und der Elchkopf, den die Motten bald pulverisiert haben werden.

Er ist nicht allein in dem frostigen Park. Vor Carlsborg steht eine Schlange, eine Schlange von Menschen und Hunden. Da stehen der Apotheker Berlin mit seinem gelblichen Welsh Corgi, Jenny Otter mit einem schwarzen, leicht fetten Schnauzer und Fräulein Lisa Wallin, deren Vater »Der Korrespondent« gehört. Sie hat einen Königspudel, dessen Kräfte die ihren übersteigen, und sie hat die Leine um einen Laternenpfahl geschlungen, um so einen Hebel zu erhalten. Die beiden alten Schwestern Blixt, die zusammen ihren schweren und menschenfeindlichen Rottweiler zu manövrieren versuchen, sind auch da. Dort ist Schreiner Modlund, schäumend vor Wut, mit einer Promenadenmischung von Köter, die die Pekinesen von Fräulein Thorin von Elfvenbergs Manufaktur zu vergewaltigen versucht. Sie drückt das so aus, daß der Köter ihre Hündin behellige, und das verträgt Modlund nicht. Das ist nur die Spitze der Schlange, es sind noch viel mehr da, und die Hunde knurren und pinkeln, manche wirken gleichgültig, und manche hängen bösartig und halb erwürgt in ihrem Halsband.

Abseits der Schlange, doch gleich neben der Spitze, steht die Ehefrau des Studienrats Severin mit ihrem heißgeliebten irischen Schäferhund Shoulder, und Lisen Severin ist böse; sie raunzt den Apotheker an, weil er sie nicht mehr in die Schlange zurückläßt, nachdem sie mit Shoulder zu dem künstlich aufgeworfenen Aussichtsberg gegangen war, damit er seinem großen Bedürfnis nachkommen würde, was der Apotheker ganz roh Notdurft nennt. Der Apotheker sagt keinen Ton mehr. Er starrt wie Fabrikant Wärnström auf seinem Granitsockel und hat Eis in den Augenbrauen, und die Schlange stampft und schweigt.

Die Hundebesitzer stehen alle an, um eine niedrige Nummer auf ihrer Hundemarke zu bekommen. Sie grüßen Fabian Bärj, der jetzt an ihnen vorbei ins Haus geht. Es verschluckt ihn mit einem Seufzer, den Nortons automatischer Türschließer, nachdem er schon vierzig Jahre an seiner geölten Stange schwingt, von sich gibt. Während die Tür offen ist, guckt der Elch die Schlange an, und er sieht aus, als ob er, unmittelbar bevor er zu grauem Pulver zerfällt, konstatierte, daß die Menschen auf keine neuen Torheiten verfallen sind, sondern sich an die alten halten.

Es ist still in dem großen Haus. Hinter den Täfelungen knackt es. Wie er über den schwarzweiß gewürfelten Fußboden geht, schlurfen seine Galoschen. 1901 war er mit Käse hier. Erinnert er sich daran? Da hatte er in der Molkerei Arbeit als Laufbursche bekommen. 1913 wurde er bei der Eisenbahn Bremser, hatte aber aufgehört, bevor er in den außerplanmäßigen Bahnhofsdienst befördert wurde. Bei den Jungsozialisten dann hatte er angefangen, seinen Namen mit ä und j* zu buchstabieren. Bei der Eisenbahn war gewerkschaftlich nicht viel los, die Kerle waren vorsichtig und liberal. Er war jedoch mutig und trat schon als Bremser in den Ortsverein ein. Der Stationsvorsteher hatte dies mißbilligt. Bärj schrieb Leserbriefe an die Zeitung und unterzeichnete sie mit »Jungsozialist« und »Vorwärts!«.

Nachdem er bei der Eisenbahn aufgehört hatte, putzte er bei Wärnström eine Zeitlang Gußbärte und kam dann hinauf in die Werkstatt. Dort blieb er, bis die kommunalen Aufgaben all seine Zeit beanspruchten. Er war Schriftführer und dann Vorsitzender der Betriebsgruppe, hatte genossenschaftliche Ehrenämter inne, saß im Stadtrat und im Abstinenzausschuß.

Jetzt steht er auf dem kalten, blanken Steinfußboden unter dem Elch, jedoch nicht mit einer Kiste grobporigem Käse, der weithin riecht, nicht mit roten Ohren und klammen Händen. Gleichwohl steht er da, als hätte er schon immer da gestanden, als wären diese schamlos schlappenden Galoschen zusammen mit dem grauen Mantel und dem Hut, dessen Krempe mit Rips eingefaßt ist, im Takt mit dem Bart und den Hühneraugen und den braunen Flecken auf den Außenflächen der Hände aus seinem Körper herausgewachsen. Hier hat er gestanden und ist »Der Unumstößliche« geworden, ein Mann, der, ohne mit der Wimper zu zucken, bereit ist, Festreden auf sich selbst anzuhören und das tatsächlich auch schon getan hat: er ist vor kurzem fünfzig geworden und hat von der Arbeiterkommune einen Rauchtisch bekommen.

Er will seinem Gemeinwesen wohl und nicht übel. Er ist zeitig hierhergegangen, und dennoch kennt er dieses finstere Haus so gut und weiß, wie schwer der Hammer des Vorsitzenden in der Hand wiegt. Aber was er so früh am Morgen eigentlich hier macht, ist schwer zu begreifen. Vielleicht ist es aber auch gar nicht rätselhaft, selbst wenn es so aussieht, als in dem großen Haus eine Lampe nach der andern angeht und sein Schatten sichtbar wird. Hat er eine Abmachung mit sich selbst? Ist es der Tag der Gelübde und Vorsätze? Was um Himmels willen macht das Mannsbild da, hebt es nur Tintenfässer und Stempelkissen hoch oder ist es etwas mit Hand und Fuß, was da vor sich geht, wenn es sich über die Tischplatten beugt? Ist es sich nicht sicher? Grübelt es über irgend etwas nach?

Nein! Das kann nicht sein. Er weiß doch sehr wohl, daß jetzt, wo er die Macht bekommen hat, der Kampf lediglich zwei Dingen gilt: sie zu mehren und der Überzeugung, daß sie in die richtigen Hände gelangt ist, Durchschlagskraft zu verleihen.

Häuser wie Carlsborg sind nicht für geistliche Übungen, Meditationen, seelische Kämpfe und Selbstkritik erbaut. Schaut den alten Eisenbahnbauinspektor Sterkell an, der jetzt dasitzt und ein amateurornithologisches Handbuch schreibt. Wer sich wie er hinstellt und sagt: »Ich bin ein lumpiger Wäschereidirektor, und wenn es zum Betrieb eines Badehauses kommt, bin ich ein Stümper«, der kann sich der schönen Literatur, den Vögeln oder dem Privatleben widmen.

Was also macht das Mannsbild eigentlich dort in dem kalten weißen Lampenlicht, von ungefähr zehn, fünfzehn frierenden Hundebesitzern und ihren Tieren von draußen beobachtet? Träumt es? Wirst du je etwas über seine Träume in Erfahrung bringen können?

Es war der einzige sonnige Tag, den sie gehabt hatten. Und jetzt war er zu Ende. Sie traten in die Pedale. »Dienst des Todes, Dienst des Todes«, hämmerte es in Jennys Kopf, Worte, die aus der Hitze, dem Krach und dem Ölgestank des Nachmittags gerissen waren. Sie wußte nicht mehr, wohin sie unterwegs waren. Noch nie in ihrem Leben war sie so müde gewesen, und sie sah nur Fredriks Rücken mit einem großen Schweißfleck zwischen den Schulterblättern, der das Charmeusehemd auf der Haut festkleben ließ. Sein Fahrrad war mit dem Zelt und den Decken, der gußeisernen Bratpfanne, dem Kaffeekessel, dem Kartoffeltopf und dem Rucksack mit dem Essen bepackt. Ihre Gummistiefel waren an den Satteltaschen festgebunden. Er hatte fast alles genommen, als er sah, wie fertig sie war. Sie hatte nur den Koffer mit der Kleidung auf ihrem Gepäckträger.

Es war im Sommer 1938, und er hatte vier Tage Urlaub bekommen. Mit dem Mittsommerfest waren so viele Tage zusammengekommen, daß sie mit dem Zug nach Kristinehamn hatten fahren können, und dann radelten sie.

Värmland war unglaubhaft wie ein papierenes Wandbild. So schroff, so blau – und sie sahen Adler! Jenny war am Rand eines platten Ackers in einem kleinen Dorf namens Åsen mit einem Badesee in ein paar Kilometern Entfernung und einem Wald, in den sich Flaschen und alte Bettgestelle werfen ließen, aufgewachsen. Jetzt entdeckten sie jedoch »die Natur«.

Ein Pfarrer hatte dies zu ihnen gesagt. Sie hatten ihn in einem alten Gig mit aufgeplatzten und schimmligen Ledersitzen getroffen. Er hatte umständlich das Pferd angehalten und sie gegrüßt. Nachdem er gehört hatte, daß sie weder Alsters Herrenhof noch Mårbacka gesehen hatten, hatte er liebenswürdig das mit der Natur vorgebracht, was sich in Jennys Gemüt festgesetzt hatte. Sie konnte an einen See kommen und dem Pfarrer rechtgeben. Sie hatten »die Natur« entdeckt. Hier lag sie.

Sie hatten in ihrem Zelt an großen, stillen Seen, die lediglich im Morgengrauen mit den Ufersteinen plauderten, geschlafen, in zusammengenähten Decken auf Fichtenreisern gelegen, und schwermütige Vogeltriller aus dem Nieselregen hatten sie in den Schlaf geleitet. Sie waren sich noch niemals so nahe gewesen. Und dennoch hatte es die ganze Zeit geregnet.

Dies war ihr Sonnentag, und sie hatten ihn in dröhnenden Werkstätten, die nach erhitztem Öl und Metall rochen, zugebracht. Fredrik hatte Bofors sehen wollen. Zwei Dinge waren es, die er in Värmland hatte sehen wollen: John Ericssons adlergekröntes Grab am Daglössee und dann Bofors.

Alltags drehte er Lager für eine automatische 40 mm Flugabwehrkanone. Das war eine Auftragsarbeit, die das Werk für die Kanonengießerei am Möckelsee ausführte. Er hatte sich über die Kanone Gedanken gemacht und sie sich vorzustellen versucht, während er an der Drehbank stand. Jetzt hatte er sie gesehen.

Sie waren zwischen Gießereien und Härtetürmen umhergewandert, während die Sonne ihre ganze Kraft auf die flachen Dächer geworfen und der Kies unter den Sandalensohlen geknirscht hatte. Sie hatten zu sehen bekommen, wie das graue Pulver, Schwedens Reichtum und Stolz, ein beinahe schwefel- und phosphorfreies Eisenerz, gesintert und wieder zertrümmert wurde. Dann waren sie, immer noch mit dem Erzschlich aus Tuollavaara an den Fingern, auf den hohen, dunklen Hochofen geklettert und hatten eine Gicht Erz, Holzkohle und Kalk in den Hochofenschacht hinabstürzen sehen, der vom Feuer toste, als wäre er darauf darauf dressiert, ihnen Ehrfurcht einzujagen.

Von den Öfen des Stahlwerks aus war die harte und gleichzeitig äußerst zähe Mischung aus Chromnickelstahl, legiert mit Wolfram und Molybdän, in Kokillen gefüllt worden, wo sie zu einem Guß erstarrte, der dann wiederum erhitzt und getempert wurde. Das hatten sie zu sehen bekommen, nachdem sie weit über kiesige Wege getrottet und von den Schlägen der Bären nahezu taub geworden waren. Der getemperte Guß wurde in der 1800-Tonnenpresse geschmiedet, die ihn wie eine übergeschnappte Bäckerin quetschte und knetete, bis er eine längliche Form hatte und man ein Geschützrohr zu erahnen begann. Ebenso begann man die Zähigkeit und Haltbarkeit der berühmten 40er Bofors zu erahnen, die so viele Menschen in die Luft gesprengt hatte, jedoch nie ihr Bedienungspersonal oder irgendeine Kontrollkommission, was sie ja auch nicht tun sollte.

Das Geschützrohr wurde mit mehreren Metallschichten, die alle den gleichen Schmerz und Druck im Stahl zu spüren bekommen sollten, wenn das Projektil einst ausgestoßen würde, in der Hitze rotierend ummantelt. Am Ende wurde das Rohr in Öl getaucht, das in einem hohen Härteturm köchelte, und Jenny hatte erleichtert geseufzt, als der Fremdenführer nur darauf gezeigt hatte. Sie hatte angenommen, daß sie gezwungen wären, da hinaufzuklettern. Zu Bofors gehörten Schießpulverfabriken und Gruben, Sinterwerke, eine chemische Industrie, Hochöfen, Maschinen- und Elektrostahlwerke, Stahlgießereien, Walzwerke, Schmieden, Preßwerke und metallverarbeitende Betriebe. Einen Moment lang hatte sie befürchtet, daß sie das alles würden besichtigen müssen, bis auf die Gruben, die in Lappland lagen.

Fredrik hatte indes vor Hitze und Interesse geglüht. Er war die ganze Zeit der erste in der Gruppe gewesen, der erste bei der Grobbohrung des Geschützrohres, der erste beim Drehen und so nahe dran, daß er einen blauschwarzen, sich ringelnden Drehspan als Souvenir hatte mitnehmen können. Er war stolz. Manchmal hörte oder las er, daß man auf die schwedische metallverarbeitende Industrie stolz sein könne.

Jetzt traten sie in die Pedale. Die Steigungen zogen sich lang hin, und der Wald war still. »Wird er denn nie anhalten?« fragte sie sich und empfand eine Art bitteren Haß gegen ihn, als es in der Luftröhre stach. Sie hatte sich am Fahrradsattel wundgerieben, konnte ihm das aber nicht erzählen, denn es war nicht an einer solchen Stelle, daß man es hätte erzählen können. Womöglich würde er lachen.

»Wollen wir es hier versuchen?«

Er drehte sich um, bekam aber keine Antwort. Stumm folgte sie ihm auf einem kleinen, holprigen Weg, vorbei an Weiden, wo ruhige Kühe sie in der Abenddämmerung anglotzten. Ihre Kiefer mahlten, und ihre Pansen rumorten unterirdisch.

»Hier.«

»Die Kühe«, sagte sie.

»Die kommen schon nicht her.«

»Ich bleibe jedenfalls nicht hier.«

Sie spürte seine Verachtung, während sie auf dem Weg in Radspuren aus kaum getrocknetem Lehm weiterholperten. Die Fahrräder schlingerten, und die Töpfe schepperten, wenn sie aneinanderschlugen.

»Und hier?«

Sie antwortete nicht, stieg nur von ihrem Fahrrad. Das Zelt war fest zusammengerollt und feucht. Als sie es ausbreiteten, wurde ihr von dem Schimmelgeruch übel. Sie begannen sich zu zanken, wie es aufgestellt werden sollte. Jeden Abend hatten sie darüber Worte gewechselt, im Spaß. Aber jetzt war er ungeduldig und meinte, daß sie schwer von Begriff sei. Seine beinahe väterliche Scherzhaftigkeit über ihr technisches Unvermögen war plötzlich in Verachtung umgeschlagen.

»Verdammt nochmal«, sagte er und riß den Beutel mit den Heringen an sich. »Halte wenigstens die Spannschnur. Halte, sage ich!«

Da fing sie zu weinen an. Sie setzte sich auf einen Baumstumpf, ohne auch nur nachzusehen, ob der voll Ameisen war. Sie weinte einfach und wußte nicht, ob er sie sah. Jedenfalls rührte er sie nicht an. Als sie schließlich aufsah, hatte er das Zelt wieder auf den Gepäckträger gehegt und fest zusammengerollt.

»Komm jetzt!«

Sie bekam keine Erklärung dafür. Erst als sie wieder draußen auf der Landstraße waren, sagte er:

»Du sollst heute nacht unter einem festen Dach schlafen.«

Sie strampelten weiter. Sie weinte, und in ihrem Kopf hämmerten erneut jene Worte vom Nachmittag, die aus einem Zusammenhang gerissen waren, den sie gar nicht verstanden hatte: »Dienst des Todes, Dienst des Todes.« Er sagte keinen Ton. Sie radelten, bis sie bei einer Schule ankamen, auf der 1905 stand, einem gewaltigen Steinbau. Sie wußte nicht einmal, welche Stadt oder welcher Flecken das war. Es mußte aber wohl in einem Randbezirk sein. Um ihre Füße war struppiges Gras, und ein abgetretener Fußballplatz war da, über den sie wandern mußten. Sie schämte sich zu fragen. Es war schrecklich, aber sie war so müde, daß sie nur wie irgendein dummes Hascherl gefolgt war, und jetzt wußte sie nicht, wo sie sich befanden. Doch sie fragte nicht. Nein, diesen Spaß sollte er nicht haben. Sie hatten sich halbwegs überworfen, als sie das widerhallende Haus betraten.

Auf einem Schild an der Wand stand: »Fluchen ist unschön, roh und ungebildet«, und Jenny überkam sofort das unbehagliche Schulgefühl. Hier drinnen war eine große Turnhalle als Herberge hergerichtet worden, und in dieser Herberge waren sechs Leute, die, als sie eintraten, aufblickten. Sie wußten nicht, wie sie grüßen sollten.

Hinten bei einem Bett waren zwei ältere Männer, und sie

wühlten in einem Rucksack nach langen Unterhosen, die sie vermutlich für die Nacht anziehen wollten. Eine Frau stand da und stopfte Zeitungspapier in ein paar naß gewordene, lehmige Turnschuhe, und auf dem Bett daneben saß ein Mann, vermutlich der ihre. Er sah aus wie ein Feldwebel, und er behandelte ungeniert seine Hühneraugen, während er grüßte. Zwei Mädchen waren auch noch in dem Raum, blond und jung. Jenny wurde sich sogleich bewußt, wie sie nach der Radtour aussah und daß sie eine große Frau war, aber immer noch schlank für ihre sechsunddreißig Jahre, und lange, kräftige Beine hatte, die nach der Radlerei jetzt schwach und zittrig waren. Ja, sie sah die Pflanzen, die weiße Blusen anhatten und deren Haare womöglich mit Wasserstoffperoxid gebleicht waren. Es war nicht immer so ein Vergnügen, in einem Raum die größte der Frauen zu sein. Aber Fredrik war ja auch groß. Jennys Haare waren blond, und wenn sie, so wie jetzt, ungewaschen waren, düster mausfarben. Das war die banalste Haarfarbe. Blaue Augen hatte sie, und wenn sie ihr Gesicht im Spiegel sah, kam es ihr alltäglich vor, doch der Anwalt hatte gesagt, daß sie hübsch sei. Bevor sie geheiratet hatten, war sie in einem Haushalt in Stellung gewesen, und die letzten zwei Jahre hatte sie den Haushalt eines Anwalts, eines Witwers, geführt. Fredrik war hinterher nie eifersüchtig gewesen, dazu war er zu phantasielos. Oftmals, wenn sie in den Spiegel sah, brannte sie vor Sehnsucht nach irgend etwas, nach Kindern, nach Erlebnissen, Wissen, Ekstase. Wenn sie die Haare nach unten kämmte und sie über die Ohren fallen ließ, sah sie jünger aus.

Diese Pflanzen hatten Shorts, sie freilich nicht. Im Winter trug sie manchmal einen Hosenrock.

Es raschelte in den Strohsäcken und von Butterbrotpapier. Ein bißchen achtsam unterhielten sie sich mit dem Feldwebel darüber, wo sie gewesen waren. Fredrik war ziemlich reserviert, und Jenny war schüchtern. Die Frau des Feldwebels zog die Tücher, die die Betten der Männer von denen der Frauen trennten, vor und die zwei Mädchen zogen an den Reißverschlüssen ihre Kleider. Sie waren höchst modern, das ritschte und ratschte bei denen. Jenny kämpfte verstohlen mit Haken und Ösen. In ihrer Unterwäsche steckten Sicherheitsnadeln, und es war nicht leicht, sich hier drinnen unbemerkt auszuziehen. Jetzt waren vom Korridor, wo die Waschgelegenheit war, Gegurgel und Geräusper zu hören, und dann kam der Feldwebel hereingelaufen, machte Atemübungen und schwang sich rücklings mit dem Kopf nach unten an einer Sprossenwand hoch. Ein Weilchen später hörte man ihn schwer keuchen, aber dann wurde es allmählich immer stiller. Die beiden älteren Brüder, die jetzt in die langen, wärmenden Kleidungsstücke geschlüpft waren, die sie dabeihatten, schlugen ihr Geräuchertes in Papier und steckten es in den Rucksack. Sie wischten das Messer ab und sagten gute Nacht. Und just als der Feldwebel gerade zu Fredrik sagen wollte, daß er das Licht ausmachen solle, wenn er wieder hereinkäme – er ging gerade hinaus zum Pinkeln –, hörten sie im Korridor jemand pfeifen, und dann ging die Tür auf, ein Rucksack plumpste auf den alten, dick gefirnißten braunen Fußboden, der so übel roch, und eine Stimme sagte:

»Buenas tardes, señoras y señores!«

Zuerst glaubten sie wirklich, daß er ein Ausländer sei. Er war vollkommen schwarzhaarig und sicher nicht älter als fünfundzwanzig. Die blonden Mädchen lugten hervor. Nun lachte er über sie alle und fragte in gewöhnlichem Schwedisch, ob sie einen Schlafplatz für ihn hätten. Er sagte seinen Namen, und dann ging er herum und begrüßte sie. Es war keine Rede mehr davon, daß das Licht ausgemacht werden sollte, obwohl angeschlagen stand, daß spätestens um zehn Uhr das Licht gelöscht zu sein habe.

»Haben Sie sich schon schlafen gelegt?«

Sie genierten sich, denn vor den Fenstern war ja immer noch die Helligkeit des Sommerabends, und sie hatten aus purer Gesetzestreue zu schlafen gedacht.

»Sind Sie mit den abendlichen Festivitäten nicht in Gang gekommen?« fragte er, und die Frau des Feldwebels guckte mißbilligend über den Rand ihrer Decke. Dann zog sie jedoch verstohlen die Sämischlederwickel aus den Haaren, denn es war nicht mehr still wie zuvor, und die beiden Mädchen waren auf und zogen sich mit viel Geritsche an.

Es dauerte ein Viertelstündchen, aber dann lagen die Speckstücke auf den Koffern, und sie schmierten Butter aufs Brot und erfuhren, daß der Feldwebel gar kein Feldwebel war, sondern ein Gemischtwarenhändler aus Kumla, und die zwei Brüder besaßen ein kleines Sägewerk. Die Mädchen arbeiteten bei Luma in Stockholm. Sie sprachen stockholmerisch und stellten sich ein bißchen an, als Meijer, das war der Schwarzhaarige, Branntwein aus seinem Rucksack hervorholte. An der Wand stand, daß sowohl das Mitführen als auch der Verzehr von Spirituosen in dieser Lokalität strengstens verboten sei. Schließlich nahmen sie aber doch unter viel Gekicher einen Becher Zitronenlimonade und ein wenig Branntwein an. Jenny schüttelte zunächst den Kopf, doch als Fredriks Flasche zum Vorschein kam, nahm sie auch etwas an und trank es aus einer rosigen Kaffeetasse. Meijer wollte hören, wo sie alle gewesen seien; er selbst sei in Spanien gewesen, sagte er, und es wurde ganz still. Die Brüder kauten an einer Wurst. Die Mädchen hielten einen Moment lang beide den Becher fest. Dann räusperte sich Fredrik und fragte:

»Freiwillig?«

Meijer nickte, und dann fiel kein Wort mehr über diese Sache. Jenny hatte allerdings noch nie einen Spanienfreiwilligen gesehen, und sie sah ihn beinahe ununterbrochen an. Sie fragte sich, ob er direkt von dort komme, und sie fand, daß sowohl seine Hände als auch sein Rucksack anders aussahen.

Sie waren gar nicht solche Transusen, wie man hätte annehmen können, als sie sich vor einer halben Stunde schlafen legten. Eigentlich war Meijer auch gar nicht der ausgelassenste von ihnen. Das waren die beiden alten Brüder. Sie hatten eine Mundharmonika und Klappern im Gepäck, und sie sangen und spielten:

> Nach Stockholm fuhr Häppe Täppe Näpp
> nach Stockholm fuhr ich!
> Nach Stockholm fuhr Amalia
> die bat: sauft ordentlich!

Es sah nicht danach aus, als hätten sich die Mädchen von Luma tatsächlich die Haare gebleicht. Jenny saß so nahe bei ihnen, daß sie sah, daß sie bis zu den Wurzeln hinab weißblond waren. Sie sahen aus wie Schwestern, waren es jedoch nicht. Sie zogen sich lediglich aus Spaß gleich an. Und sie gestanden, daß sie ursprünglich aus Arboga kämen, aber sie sprachen mächtig stockholmerisch. Jenny war mit ihnen ins Gespräch gekommen, und deshalb merkte sie auch nicht, wie die Diskussion zwischen Fredrik und Meijer anfing. Aber es mußte zweifellos Fredrik gewesen sein, der von Bofors erzählt hatte, und daß er Lager für die 40er drehte. Er wurde gern etwas aufgedreht, wenn er Branntwein intus hatte. Da wollte er allein reden und nicht unterbrochen werden. Er war kein Plauderer von der Art, daß er mithalten konnte, wenn die Repliken wie Pingpongbälle hin- und herflogen. Sie hörte gleichsam mit dem Hinterkopf, wie er einen Vortrag über die Fertigung von Kanonen hielt, und viele Worte waren wohl die des Fremdenführers. Nicht im Dienst des Todes, sondern des Lebens, zum Beispiel.

»Wie zum Teufel kann man sich zusammenreimen, daß die Fertigung von Kanonen im Dienst des Lebens steht?« fragte Meijer.

Da erzählte Fredrik von der Kniegelenkkonstruktion der Feldkanone, die auch für Autos verwendet würde, doch Meijer lachte nur laut über ihn. Das konnte Fredrik nicht leiden.

»Die Vierziger ist hundertprozentig defensiv«, ereiferte er

sich lautstark. »Die hat ein Reflexvisier, das bewegliche Ziele sichtet und ihnen beim Schießen folgt. Die ist so effektiv, daß es als ausgeschlossen erachtet wird, daß sich Bomber noch länger in so niedrige Höhen heruntertrauen, daß sie ihr Ziel treffen können. Sie wären innerhalb von zehn Sekunden heruntergeholt! Im Dienst des Lebens also, nicht des Todes!«

»Ergreifend«, sagte Meijer.

Es war komisch, daß er Fredrik mit solcher Verachtung behandeln konnte, fand Jenny, daß er das wagte! Fredrik war wahrlich kein Idiot oder Faulenzer, der nur seine Schicht abriß und tat, was man ihm sagte, und ansonsten darauf wartete, daß der Tag zu Ende ging. Er dachte mit bei seiner Arbeit, und er war nach Värmland gefahren, um zu sehen, was er da eigentlich machte, und deswegen geriet er wohl über diesen Meijer so in Harnisch. Wenn Jenny auch nicht merkte, wie es dazu kam. Sie hörte, daß es die gewöhnlichen Tiraden waren, all das, was Männer heutzutage über Senfgas und Luftschutzübungen und Ultimaten zu reden hatten. Die alten Brüder waren friedfertig und kannten sich mit dem, worüber da diskutiert wurde, sicher nicht so gut aus. Der Gemischtwarenhändler war indes hitzig. Er sprach vom Angesicht der Zeit und meinte, daß es eine Gasmaske sei. Und mit einem Mal stand Fredrik auf und brüllte nur noch und sagte, daß es jetzt reiche. Es war aber nicht der Feldwebel, den er anbrüllte, sondern Meijer, weil der behauptete, daß Axel Wenner-Gren nur Krupps Strohmann sei. Er sei es schließlich gewesen, der Bofors gerettet habe, als das Gesetz durchging, das ausländische Beteiligungen in der schwedischen Waffenindustrie verbot.

»Mit Krupps Geld, da können Sie sicher sein!« erwiderte Meijer.

»Jetzt reicht's!« schrie Fredrik.

Die Klapperbrüder wollten sogleich eine Melodie anstimmen, wurden aber von dem Feldwebel, dessen Frau schluchzend nach Atem rang, daran gehindert. Sie hatte wohl Angst, das war klar, und Jenny schämte sich. Meijer sah jedoch bloß amüsiert drein. Fredrik sagte, daß es lächerlich sei, ihm weismachen zu wollen, daß die Welt nur eine brodelnde Höhle aus Lastern und Verbrechen sei.

»Mit einer so strotzend eleganten Oberfläche wie die Hotelfassade in Bofors«, warf Meijer ein. Er hatte blitzschnell Repliken parat. Fredrik schlug schwerfällig wie ein Panzer eine andere Richtung ein, und Meijer zündete sich eine Zigarette an, während er ihm zuhörte. Doch da machte sich der Feldwebel, der ein Gemischtwarenhändler war, Luft. Zumindest rauchen sollte man hier drinnen nicht.

»Meine Güte«, sagte Meijer, ohne die Zigarette auszumachen, »Krupp segelt mit Wenner-Gren in der Südsee, und dann segelt Wenner-Gren mit Wingquist. Und Sie lesen darüber in den Illustrierten. Machen Sie sich denn niemals Gedanken?«

Jenny hatte bei Bofors das Porträt des Betriebsleiters Wingquist gesehen, sein bleifarbener Ölfarbenblick hatte auf ihr geruht, und sie hatte dem, was der Fremdenführer gesagt hatte, nicht so genau zugehört, sondern eher einen allgemeinen Eindruck von Gott und Schweden erhalten, wie dann, wenn der Männerchor sang. Aber Fredrik hatte zugehört, als der Führer von dem Mann erzählte, der Bofors vor der Verstaatlichung errettet habe.

Über Wingquist wußte Fredrik vor allem, daß er der geniale Erfinder des Kugellagers war. Solche Konstruktionen bereiteten Fredrik eine beinahe sinnliche Freude. Er genoß den Gedanken an die schönen Kugeln, die verborgen in Öl rollten. Ohne sich dessen bewußt zu sein, hatte er die Grundanschauung, daß eine Welt, die auf Kugellagern läuft, eine gute Welt und eine vernünftige sei. Er bewunderte die großen Konstrukteure, und als er jünger war, hatte er davon geträumt, einer der ihren zu werden. John Ericssons Mausoleum war die erste Sehenswürdigkeit gewesen, die sie auf ihrer Radtour aufgesucht hatten. Für Värmlands bedeutende Schöngeister hatte er ungefähr genausowenig übrig wie für gekrönte Häupter. Konstrukteure hingegen verehrte er. Er konnte sich überhaupt nicht vorstellen, daß eine Welt auf Kugellagern oder mit Hydraulik zur Hölle raste.

Jenny, die über Lager und Kanonen kaum etwas wußte, hatte Angst vor ihnen. Sie war überhaupt mißtrauisch gegen alle verzwickten Sachen, die kaputtgehen konnten, wenn man daran herumbastelte. Bemerkenswerte Menschen flößten ihr nur den Wunsch ein, daß sie darum herumkam, ihnen zu begegnen und von ihnen angesprochen zu werden. »Wenn du die Entwicklung hättest bestimmen dürfen«, hatte Fredrik zu ihr gesagt, »hätten wir es nie weiter als bis Hönsatorp gebracht.«

Dort hatte man den größten Steinzeitfund in seiner Heimatgegend gemacht. Straßenarbeiter hatten eine Siedelstelle mit Scherben von dickbauchigen Tonkrügen gefunden, die Abdrücke von Weizenkörnern und Weintraubenkernen aufwiesen. Der Hönsatorpmann wurde in den Volksschulen als Töpfer an einem lauen Meer, das Schnecken an den Strand spülte, beschrieben. Seine Nahrung bestand aus Weizenbrei, Trauben und Honig aus den großen Wäldern, wo sich Reben um die Eichenstämme rankten. Fredrik, der Volksschullehrer und ihre Auslassungen haßte, fand den Hönsatorpmann und seinen Anhang in Fellkitteln nur lächerlich. Jenny sah jedoch eine Frau, die lange Rollen aus Ton formte, vor sich, und sah, wie sie diese zur Form eines Kruges zusammenfügte. Sie preßte sie zusammen und glättete mit nassen Händen die Oberfläche. Dann drückte sie behutsam einen birnenförmigen Traubenkern entlang des Randes, bis ein Muster zustandegekommen war. In ihrem Inneren hatte Jenny, unbemerkt von Schulhehrem und von Fredrik, einen heimlichen Raum. In ihr gab es diese Hönsatorpfrau zusammen mit einigen anderen Vorstellungen von der Welt und der Geschichte.

»Eine Kanone wird in Feuer und Hitze geboren, wenn der Stahlguß in eine Gußform quillt. Konzipiert wird sie indes in einem Zeichenkontor, wo es still und kühl ist. Zeichenkontore und Laboratorien sind die Gehirne der Unternehmen. Dort herrschen Vernunft und Ordnung. Dort kalkuliert man wissenschaftlich und logisch«, hatte der Fremdenführer bei Bofors gesagt und in dem tristen weißen Mittagslicht zu den Fensterreihen hinaufgezeigt, »ohne Gefühlsbetonung und ohne Eigennutz, um träge Masse in Bewegung zu setzen und eine Form dafür zu finden.« (Und Form ist Freude! Das wußte selbst die Hönsatorpfrau.) »Es besteht ein Zusammenhang zwischen der Ordnung, die in Zeichenkontoren herrscht, und der Weltordnung selbst.« (Und Ordnung ist Schönheit!) Das konnte kompliziert oder so einfach ausgedrückt werden, wie es Fredrik fiepte, wenn er am Samstagnachmittag prustend in die Waschschüssel tauchte: »Es wird von Tag zu Tag besser.«

»Bessere Kanonen in einer besseren Welt!« sagte Meijer nun ironisch.

Wenn er Fredrik jedoch zugehört hätte, dann hätte ihm eigentlich klar werden müssen, daß er kein Idiot war, der nicht wußte, wofür die Teile, die er machte, waren, und auch kein Halbirrer oder Querulant, der an Übertreibungen glaubte, wie Propagandamacher wie Konrad Eriksson sie verbreiteten.

»Den kenne ich leider nicht«, sagte Meijer lächelnd.

»Oder daß die Welt außerhalb Schwedens nur ein großer Scheißhaufen ist!« brüllte Fredrik.

Es war schrecklich! Die Frau des Feldwebels zog sich zurück und schlug das Tuch vor. Die Lumamädchen tranken die Zitronenlimonade mit Schuß aus und sagten, daß sie jetzt schlafen gingen. Alles war zerstört.

»Gehen Sie hinaus, wenn Sie Radau machen wollen«, sagte der friedfertige Mundharmonikaspieler, und er und sein Bruder machten sich erneut daran, ihre Hosen auszuziehen, und gähnten laut.

Meijer redete und redete. Jenny hörte seine surrende,

schnurrende Stimme auf der anderen Seite des Tuchs. Fredrik hielt sich jedenfalls zurück. Er wurde in der Regel unsicher, wenn ihn Leute in Grund und Boden zu reden versuchten. Oder es war auch nur so, daß Meijer zum Pinkeln hinaus mußte, so daß Fredrik gar nicht dazu kam, ihm zu antworten.

Als Meijer draußen war, setzte sich der Feldwebel im Bett auf und sagte, daß an Neujahr ein Pferdehändler und großer Zigeunerhäuptling gestorben sei. Der war von Ornäs und hieß Meijer. Er starb bei einer Schlägerei auf dem Kirchhof von Tuna.

»Woher, sagte der Kerl, daß er ist?«

Nun setzte sich auch seine Frau auf. Sie hatte die Haare erneut auf die Sämischlederwürste gedreht, die zusammengebogen waren und mit den Enden ineinandersteckten, doch das kümmerte sie jetzt nicht. Sie schielte hinter dem Tuch hervor und sagte, daß sie ihn ganz deutlich habe sagen hören, daß er Geijer* heiße.

»Geijer«, sagte eines der Mädchen ehrfurchtsvoll. Es war keine Klarheit in diese Sache zu bringen. Drei hatten Meijer gehört, und drei hatten Geijer gehört. Sie diskutierten heftig darüber. Fredrik schwieg. Er lag auf dem Bett und war böse.

Geijer-Meijer pfiff, als er hereinkam und sich auszog. Der Gemischtwarenhändler, der Atemübungen gemacht hatte, bat ihn, das Licht auszumachen. Und so wurde es einigermaßen still, nur die Strohsäcke raschelten, und die Brüder begannen sofort leise zu schnarchen. Sie lagen in soliden Eisenbetten. Fredrik hatte sie wiedererkannt und gesagt, daß sie vom Militär seien.

Jenny schlief ein und erwachte davon, daß ein Eisengestell fürchterlich quietschte. Da sah sie den Feldwebel, für den sie ihn in gewisser Hinsicht immer noch hielt, im Halbdunkel über seine Frau gebeugt, und er stöhnte entsetzlich. Jenny lag vollkommen ruhig da und wußte nicht, ob sie die Augen schließen oder sie anstarren, husten oder sich schlafend stellen sollte. Jetzt schleifte er sie aus dem Bett und legte sie auf den Fußboden, und sie mußte die Arme nach hinten strecken und sich an der Sprossenwand festhalten, und dann zog er vorsichtig an ihren Füßen, und da verstand Jenny, daß sie so einen Rücken hatte, der heraussprang, und daß er ihr nur zu helfen versucht hatte.

Danach hatte sie Mühe zu schlafen. Sie war es nicht gewohnt, zwischen so vielen zu liegen. Das Stroh raschelte, sobald sich jemand umdrehte, und deren Atmen war zudringlich, so als wollten sie ihr Vertraulichkeiten zupusten, Vertraulichkeiten, die sie gar nicht wissen wollte. Ihr ekelte ein wenig vor dem Geruch in der Halle.

Es begann schon zu grauen, als sie merkte, daß sie endgültig hellwach und außerdem hungrig war. Sie nahm ihre Provianttasche und schlich vorsichtig hinaus, um zu versuchen, sich draußen auf dem Korridor ein bißchen Wasserschokolade anzurühren und sie auf dem Spirituskocher warm zu machen. Das große Steinhaus war während der langen, kalten Regennacht ausgekühlt.

Auf dem Schulhof und dem Fußballplatz standen Pfützen. Es mußte noch früh sein. Sie hatte keine Uhr, aber die Sonne war noch nicht aufgegangen. Trotzdem kamen Jungen die Straße angeradelt, halbwüchsige Jungen, die ihre Fahrräder an den Straßenrand warfen und auf den Fußballplatz rannten.

Sie beachtete sie nicht weiter, während sie die Schokolade zubereitete. Als sie wieder hinaussah, hatten sie sich in dem dämmergrauen Morgenlicht aufgestellt. Sie hatten keinen Fußball dabei. Vor ihnen stand ein Mann in Knickerbockern und erteilte ihnen Befehle. Sie vergaß beinahe ihre Schokolade. Die Jungen hatten Stöcke in der Hand, und sie ließen sie nicht los. Selbst dann nicht, als sie sich auf den Boden warfen. Sie machten Ausfälle mit den Stöcken, hoben sie hoch und standen damit bei Fuß, kerzengerade und aufmerksam. Sie machten kehrt und marschierten, und ihre Schöpfe bewegten sich im Wind, der um das hohe Schulhaus, das ausgesetzt auf ebenem Gelände stand, herumzutoben begonnen hatte.

»Die achten gar nicht auf ihre Kleider«, dachte sie. »So früh aufzustehen, so junge Kerle.« Sie warfen sich auf den abgetretenen und regennassen Fußballplatz, wenn sie der kleine Mann dort hinten ankläffte. Frierend trank sie ihre Wasserschokolade und wärmte vorsichtig die Finger an dem heißen Becher. Draußen war es grau in grau.

Sie verstand nicht, was die Jungen da machten. Aber es gab so vieles, was sie nicht verstand. Normalerweise dachte sie nicht daran, es lohnte sich nicht. Ihr reichte das, worum sie sich kümmern mußte: um Fingerabdrücke auf der geflammten Oberfläche des Säulentisches aus polierter Birke und darum, daß die braunen Bohnen hart wurden, wenn man sie von Anfang an in Salzwasser kochte, wohingegen Erbsen schneller weich wurden, wenn man dem Einweichwasser Salz zufügte, darum, das aufgetrennte Garn fest zu wickeln, damit das Gekräusel wegging – ihre Tage waren voll von all dem, woran sie denken mußte. Die Kleiderschränke quollen über, wenn sie sie aufmachte, auf dem Fußboden knisterte es von all dem, worum sie sich zu kümmern hatte, es trieb sich auf dem Boden der Vorratskammer herum und sammelte sich in Fredriks Hosenaufschlägen und setzte sich als Ränder in Waschschüsseln und Trögen fest, es kochte als braungrauer Schaum über und legte sich überall als fetter Belag und feiner Staub nieder. Es legte sich auch auf ihren Unternehmungsgeist. Sie gehörte nicht zu denen, die die Dinge zur rechten Zeit fertigbekamen. Wenn sie sich endlich dazu entschloß, die Kleiderschränke auszulüften, war das Jahr schon weit fortgeschritten, es war schlechtweg Vorsommer, so daß sie davon Abstand nehmen mußte. Andernfalls würden die Nachbarinnen böse Bemerkungen machen.

Ihre Beanspruchung schlug manchmal in eine Art äußerste Zerstreutheit um, die nicht zu erklären war, am allerwenigsten für Fredrik, der immer geistesgegenwärtig war, wenn es um die Arbeit ging. Und er hätte Grund gehabt, zu ihr zu sagen: Das ist doch deine Arbeit! An mehr brauchst du nicht zu denken, als daran, daß das Essen auf dem Tisch steht. Ich habe zehn Minuten Zeit zum Essen, ich muß zum Werk zurückradeln. Das dauert eine Viertelstunde. Rechne dir das selber aus, dann siehst du es schon. Wenn ich mittags zehn Minuten ausruhen können soll, muß es fertig sein, wenn ich heimkomme.

Er sagte es aber nicht, und das war noch schlimmer. Er guckte auf den Herd. Ja, einmal ging er hin, hob den Kartoffeltopf hoch und befühlte mit der Hand die Platte, die gerade mal lauwarm war. Es brauchte fünfzehn Minuten, um sie aufzuheizen, deshalb sagte ihr die Geste alles, er brauchte nicht zu schimpfen und zu geifern. Nein, sie wußte auch so, was sie wert war.

Sie wollte nicht daran denken. Das lohnte sich ebensowenig, wie an all das zu denken, was sie nicht begriff. Manchmal kam es ihr in den Sinn, daß sie den »Sozialdemokraten« aufmerksam lesen und bei allem, was Fredrik sagte, hinhören und versuchen müßte, mitzukommen. Sie war jedoch bereits so weit im Hintertreffen, daß das hoffnungslos war. Meijer hatte Fredrik gefragt, ob er kein Unbehagen dabei empfinde, wenn die Auftragsbestände anschwollen wie eine trächtige Boa, weil die Welt rüstete, und sie sah die aufgeblähte Schlange vor sich. Als er aber sagte, daß sie anschwollen, weil Adolf Hitler in Österreich einmarschiert war und weil die Sudetendeutschen da unten in der Tschechoslowakei Rabatz machten und demonstrierten, verstand sie nicht mehr, was das mit Bofors und der Svenska Verkstad Aktiengesellschaft zu tun hatte. Es sei eine populäre Vorstellung, daß das Kriegsrisiko die Konjunktur in der Waffenindustrie anheize, hatte Fredrik geantwortet. Aber in Wirklichkeit sei das doch ein bißchen komplizierter.

»Es gibt einen technisch-wissenschaftlichen Konjunkturzyklus, die notwendige technische Erneuerung geht sozusagen zyklisch vor sich. Jedes dreißigste Jahr befindet man sich, laut der militärischen Expertise, in einem solchen Konjunkturaufschwung, ausgelöst durch die notwendige technische Entwicklung.«

Himmel! Welch Gedächtnis! Sie erkannte die Worte wieder, denn die hatte der Fremdenführer bei Bofors gebraucht. Sie selbst war indes von den Schlägen der Bären, der Hitze und der Tristheit nahezu betäubt gewesen und hatte sie nur als das Gerappel wahrgenommen, das sie auch jetzt noch für sie waren. Fredrik hingegen hatte sie Meijer fast wortwörtlich hersagen können.

Mitunter ging es ihr durch den Kopf, daß sie vielleicht mehr gefragt hätte, wenn sie mit jemand anders als Fredrik, der so gut Bescheid wußte, verheiratet gewesen wäre.

Sie stützte die Stirn gegen die kalte Scheibe. Auf-niederaufnieder-auf-nieder flogen die Jungenkörper dort draußen im Schmutz. Sie hörte hinter sich die Tür aufgehen, und als sie sich ein wenig erschrocken umdrehte, erblickte sie Meijer. Er hatte die Hand bereits am Hosenschlitz, und sie verstand, wohin er ging. Er war schläfrig blaß und zigeunerhafter denn je in diesem ungemütlichen Licht. Als er die Kommandorufe von draußen hörte, hielt er inne, trat ans Fenster und stellte sich neben sie.

In dem fahlen Dämmerlicht nahm Jenny die grauen Gesichter der Jungen wie Flecken wahr. Waren sie eine Art Pfadfinder? Auf ihren braunen Hemden waren jedoch weder Abzeichen noch Armbinden.

Sie hätte Meijer fragen können, was er meinte, doch weil sie sich genierte, hier mit ihm zu stehen, während alle anderen schliefen, und er mit der Hand am Hosenschlitz herausgekommen war, brachte sie kein Wort heraus.

Jetzt marschierten sie näher heran und standen unmittelbar unter dem Fenster im Kies auf der geduldigen, niedergetrampelten strahlenlosen Kamille, die dort unten krochen.

Sie sah die feinen Züge und weichen Kinnlinien der jüngeren und die groben Nasen und Wangen, die vom Bartwuchs anfingen kratzig zu werden, der älteren. Ja, sic konnte sogar die Atemzüge hören, wenn er »auf-nieder, auf-nieder!« kläffte. Sie krochen wirklich über den aufgeweichten Platz, und er lobte sie, wenn sie beim Fußballtor, dessen halbverrottetes Netz im Wind schlug, angekommen waren, er lobte sie in ihrer Erniedrigung, und sie rannten, heftig keuchend, weiter. Die jüngsten hatten schon rote Flecken auf den Wangen und am Hals.

Meijer stützte die Stirn gegen die Fensterscheibe, wie sie es selbst vor einem Weilchen getan hatte, und er flüsterte, daß das entsetzlich sei, als ob er gewußt hätte, was er gesehen hatte. Und obschon sie nicht wußte, was das für welche waren und warum sie da unten rannten und marschierten und sich hinlegten und aufflogen, verstand sie doch, daß er recht hatte.

»Ja, das ist entsetzlich«, flüsterte sie zurück.

Dann ging er weg, und sie lief auf kalten Füßen schnell in den Schlafsaal und kroch in die zusammengenähten Decken. Sie hatte Angst, ohne das, wovor sie Angst hatte, benennen zu können.

Kreuz!«

Das ist bei Priffe ja kein Schlußgebot. Es wird nur nachdenklich still dort, wo die vier Frauen unter der Lampe sitzen. Es ist warm bei ihnen, doch am Fußboden zieht es leicht. Ansonsten ist die Magasinsgata ein gutes Haus. Sie sitzen um einen Tisch in der Stube. Draußen ist Krieg, ja, es ist Krieg und Winter und kalt, und drinnen sind Ofenwärme und gelbes Licht unter der Lampe. Sie sind zwischen sechzig und siebzig alle vier. Tora ist zweiundsechzig Jahre alt. Ebba ist die älteste. Das sagt sie auch oft. Der Linoleumbelag ist grün und wirft einen dunklen Widerschein auf ihre Gesichter. Das Licht aus der Alabasterschale an der Decke ist dicht und gelb wie Honig. Die Stühle knarren leicht, und manchmal hört man, wie hinter den geschlossenen Ofentüren Glut aufschießt.

Die Marken rasseln in ihren Schachteln, wenn sie bezahlen. Es sind alte Marken, und die weißen sind vergilbt wie Bein. Hin und wieder müssen Tricks und Strafen ausgerechnet werden, und da nimmt Tora eine Zeitung, in der *Kostbarkeiten des Nationalmuseums sind nun in Sicherheit gebracht worden* steht, und rechnet mit einem Tintenstiftstummel auf dem Rand. Alle Gegenstände im Raum sind still und unentdeckt. Deren Zeit und Metabolismus verlaufen unmerklich. Ja, das Holz seufzt, reckt und streckt sich, Möbel legen Wege zurück, doch meist nachts. Die Ofenklappenschnur, mit Geißblatt aus Plattstichen und Stielstichen bestickt, ist eine sehr schöne Arbeit in einem Stil, der Jugendstil genannt wird, allerdings ist sie ausgebleicht und die Japanseide auf der Rückseite zerschlissen. Der blasse Elfentanz an der Wand verbreitet einen Hauch von Sommernachtsnebel in dem Raum mit dem gelben Licht. Die Porzellanblume schläft jetzt. Der Schlaf ist bis in die äußersten Zweigspitzen gedrungen. Die Pflanze ist gewaltig, sie windet sich wie der Weltenbaum oben an der Decke des Erkers, und sie schläft spät ein, denn hier kommt das Licht von Westen. Abends hält sich der rote Schein des Sonnenuntergangs lange über der Gießerei.

»Kreuz war das.«

Ja, weil Kreuz kein Schlußgebot ist, muß etwas gesagt oder getan werden. Sonst gibt es eine Zwangsnull.

Zu der Zeit, als Frida Eriksson Priffe spielte, traute sie sich selten mit einer höheren Farbe zu reizen. Sie paßte meistens, und ihre Farbe war das spärliche Kreuz. Selbst bei ganz guten Karten reizte sie mit Kreuz, solchen, die Ebba Julin »Herz!« hätten schmettern lassen. Aber Kreuz kann ja eine vorsichtige Ermunterung für den Mitspieler sein, falls der ans Ausspielen denkt.

Jetzt ist es Tora, die vorsichtig gereizt hat. Ja, sie ist berechnend und vorsichtig, kann aber auch unvermutet ausspielen. Früher war sie am Spiel allerdings mehr interessiert. Tora ist diejenige von ihnen, die am liebsten Nullspiele macht, und sie führt oft eine Zwangsnull herbei, indem sie zuletzt paßt, nachdem sie gegeben hat. Jetzt geht das aber nicht. Ihr Passen kommt zerstreut.

Eigentlich ist sie ja ein Karomensch, die Tora, wirklich. Im großen und ganzen wissen sie alle, woran sie miteinander sind, mit einer Ausnahme. Tekla Johansson rechnet, ihre vollen Lippen bewegen sich.

»Reiz jetzt!« sagt Ebba. »Durchs Rechnen wird es auch nicht mehr.«

»Pik«, sagt Tekla, die Anflüge von Kühnheit hat. Und ihre Entscheidungen kann sie halsstarrig verteidigen, besonders die unüberlegten. Ebba ist immer davon überzeugt, daß sie gewinnen wird. Auf die eine oder andere Art wird sie den Kontrakt heimbringen. Herz oder ausspielen! Am Ende Null oder im Hinterhalt auf Straftricks lauern. Sie klopft mit dem Knöchel des Zeigefingers auf die Tischplatte, wälzt und dreht ihren großen Mund, als ob sie damit denke, und ausnahmsweise schweigt sie. Denn das ist ein starkes Gebot, Teklas Pik. Der unsichere Faktor sitzt jedoch dort: Lilla Moster. Denn was sie mit ihrem Kreuzgebot eigentlich meint, ist nicht leicht zu sagen.

»Ach was, ausspielen!«

Ebba hat sich entschieden. Lilla Moster schaut verärgert drein. Sie hat kein gutes Sans-Atout-Blatt, sie hat eine Kreuzflöte.

»Das werden wir wohl heimbringen hier«, sagt Tekla.

»Wir Birnen, sagte die Schweinekacke!«

Ebba kommt heraus, und so beginnen sie den siebten Kontrakt zu spielen. Und ebenso sicher, wie die Uhr in der Küche gleich neun schlagen wird, knispelt es jetzt an der Stubentür, und sie wissen, daß Frida draußen steht. Nun lachen sie jedoch nicht mehr leise über sie, bevor sie hereinkommt, denn diese kleine Heuchelei geht nun schon so viele Jahre, daß der Reiz, sie zu belächeln, verlorengegangen ist. Sie kommt ja trotz allem aus Liebe.

Es ist nämlich so, daß Frida Eriksson, seit sie 1929 religiös wurde, nicht mehr Karten spielt, versteht sich. Sie kommt jedoch gewöhnlich und teilt sich mit ihnen ihre belegten Brote, wenn es abends soweit ist. Anfangs behauptete sie, daß sich das halt zufällig einfach so ergeben habe. Sie trafen sich ja nun donnerstags. Und an ihrer statt machte Lilla Moster mit. Das hatte ihr natürlich einen kleinen Stich versetzt. Tora hielt ja so große Stücke auf Lilla Moster, redete ständig von ihr. Jetzt habe sie also gekriegt, was sie haben wollte, sagte Frida und hieß sich lange nicht blicken. Nun bleibt sie ein wenig vorsichtig hinter der Tür stehen, wenn sie hereinschaut.

»Grüß dich, du«, sagt Tora. »Du kommst genau richtig. Denn wenn wir dieses Spiel fertig haben, werde ich Wasser aufsetzen.«

Für Lilla Moster gibt es heißes Zuckerwasser, und hinterher Kaffee für sie alle. Zu den belegten Broten trinken sie Pilsner und genehmigen sich einen kleinen Schnaps. Ebba hat das in den letzten Jahren eingeführt. Doch Frida trinkt natürlich nur Kaffee.

Ebba kauft den Schnaps auf Julins Kontrollbuch* ein. Der ist nunmehr so weggetreten, daß er mit Müh und Not unterschreiben kann. Tora und Tekla, als Alleinstehende, haben eigene Kontrollbücher. Aber obwohl Ebba Julins Buch mit der Zuteilung für Männer hat, fällt es ihr schwerer, mit der Ration auszukommen. Oft darf sie das, was bei Tekla ansonsten verfallen wäre, kaufen. Julin trinkt in seinem hohem tattrigen Alter jeden Tag Branntwein. Es ist das einzige, was ihn beleben kann, wenn ihn im ganzen Körper eine Art Stillstand befällt. Bleich und still bleibt er morgens manchmal auf dem Sofa liegen, ohne daß auch nur die weißen Augenlider zittern.

Ebba trinkt auch selbst einiges. Die übrigen sind mehr als gemäßigt. Als sie das letzte Mal bei Lilla Moster spielten, bekamen sie immerhin Benediktiner, den sie von ihrem Sohn in Stockholm erhalten hatte. Sie hatte geglaubt, daß das eine Art feinere Hustenmedizin sei, bis sie sie eines Besseren belehrten.

Tora erhebt sich. Sie will Wasser aufsetzen, und Frida muß solange ihre Karten halten. Darüber amüsieren sie sich im stillen ein bißchen. Als Tora hinausgeht, wird sichtbar, daß ihre rechte Hüfte schief ist. Sie geht etwas schwer. Ja, die schlechten Zeiten, von denen man zu sagen pflegt: »Sie behagen mir nicht«, sind gekommen. Sie kamen früh. Doch Tora sperrt sich nicht dagegen. Die Sonne, der Mond und die große Alabasterlampe sind weiter weggerückt. Die Bäche unter der Erde, der Regen auf den Dächern und die kleinen Grashüpfer schweigen.

Jetzt geht sie Kaffee mahlen. Sie holt belegte Brote unter feuchten Tüchern hervor und rührt einen angemachten Käse um, dem sie einige Tropfen Branntwein hinzugefügt hat. Sie ist jetzt kleiner, als sie einmal gewesen war. Sie ist auch nicht mehr so zänkisch. Oft wacht sie sehr früh auf, im Morgengrauen schon, wenn der Fußboden kalt ist, und kann nicht mehr einschlafen. Früher wäre sie aufgestanden und hätte sich müde gearbeitet. Sie hätte einen Zweiliterteig angesetzt oder einen Waschkessel gefüllt, nur um sich selbst zu beweisen, daß der, der arbeitet, fürwahr schläft, wie er soll, wenn der Abend kommt. Doch das schafft sie heute nicht mehr. Sie setzt die Brille auf und liest ein bißchen Zeitung, und dann kocht sie sich ein wenig Kaffee, sitzt da und schaut zum Fenster hinaus.

Draußen saust das Eichhörnchen um den Baumstamm herum, und sein Schwanz zuckt und wallt. Der kleine Kopf mit den spitzen Ohren lugt auf der anderen Seite wieder hervor. Der Herd beginnt zu wärmen, und das Kartenspiel liegt von der Patience am Abend vorher so verlockend nahe, daß sie es nimmt und abhebt und wenigstens eine Harfe legt. Die Sonne geht auf. »Sie taucht in Gold den Himmel«, erinnert sie sich, daß sie in der Schuhe sangen, und dieses Gold legt sie auch auf die Schneeverbrämung des Holzschuppendaches. Der Kaffee schmeckt stark und frisch gekocht. Warum sollte sie sich, selbst wenn es früh am Tag ist, ein wäßriges Gebräu warm machen? Die schlechten Zeiten sind gar nicht so schlecht, wie sie früher dachte. Noch wird der Eimer nicht zerschlagen werden und in den Brunnen fallen. Vieles aber wird noch verlorengehen.

Mit ein bißchen Schwund muß man rechnen. Das hat Ebba immer gesagt. Sie hat ja die Brauerei gehabt, einen großen Geschäftsbetrieb. Aber das sagte sie eigentlich schon zu der Zeit, als sie auf kräftigen Beinen zwischen dem Speisesaal und der Küche des Hotels de Winther hin- und herlief. Sie sagte das auch, als Clarin auf und davon ging und das Kind, das sie hätten bekommen sollen, eine Fehlgeburt wurde. Tora hatte es unangenehm berührt, daß sie so etwas sagen konnte, und Tekla weinte. Aber wie viele Male hatten sie es nicht auch selbst gesagt. Und gelacht. Die Jahre vergehen.

Ebba hatte auch Zähne verloren. Ja, mit ein bißchen Schwund muß man rechnen. Obwohl sie immer so kräftige Zähne gehabt hat, daß sie die ganze Zeit noch eigene behalten hat. Die sind jetzt braun von den Zigarillos, und dann kaut sie schlecht. Während Tora sich jedoch einschränkt, scheint Ebba immer mehr haben zu wollen, je steiler der Weg bergab geht und je straffer sich die Schnur spannt, die bald weggezogen werden wird. Ihr schon immer breiter und ungepflegter Mund mit seinen schamlosen Lippen will jetzt mehr verschlingen, und was diese armen Zähne, die in ihrem Bett schmerzen, nicht mehr zermalmen können, bekommt der Magen zum Verarbeiten. Sie wird dickleibig und aufgedunsen. Der Bauch ist zu einer Tonne geworden, über die sich die Seide spannt. Die Augen sind noch frisch und braun, und durch die trockene Haut des Gesichts ziehen sich die Runzeln. Sie legen ein Muster bloß wie auf einem Blatt, dessen Gewebe zwischen den feinen Fasern des Nervensystems braun geworden und zersetzt worden ist. Auf diese Weise ist nur das Wichtigste übrig, das, was aus dem weichen, saft- und kraftstrotzenden Mädchen mit dem großen Mund, das mit dem Tablett durch die dritte Klasse lief, zu Ebba Julin geworden ist.

Sie mag ihre Hände nicht. Sie sind braun und trocken. Von sich selbst sieht sie ja die am meisten, und deshalb schmückt sie sie mit vielen Ringen, die sie vom Brauer bekommen hat. Dies bewirkt, daß sie wie ein recht furchterregendes altes Weib aussehen kann. Aber sie kennen sie ja.

Sie fürchtet sich vor nichts. Nein, für sie birgt der Weg keine Schrecken mehr. Das tut er merkwürdigerweise auch für Frida nicht, obwohl sie so dünn ist, daß man sie wie eine Kerze ausblasen könnte. Frida geht an den dunkelsten Abenden allein nach Hause. Sie hat nichts, was man ihr nehmen kann, sie ist kaum zu sehen.

Tekla ist stark und schwer geworden, hat ausgelatschte Füße und vom Arbeiten vergröberte Hände, über deren Gelenken die Haut glänzt. Sie hat es jetzt gut. Die Miete ist niedrig, und sie hat eine kleine Pension und einen Spargroschen auf der Bank. Sie hat von den Einkünften auf dem Markt etwas beiseite getan. Ja, alle sagen, daß Tekla es jetzt gut habe und daß sie das verdient habe, nach dem, was sie ihr Lebtag geschuftet und gearbeitet hat.

Dann kamen sie eines Vormittags bei ihr vorbei und wollten sie besuchen, und sie reagierte nicht auf ihr Klopfen. Ihnen war klar, daß sie zu Hause war. Vor der Tür stand ein Paar Schuhe, ein Paar siebenundvierziger, sagte Ebba, als sie es Lilla Moster erzählte. Jaja, da wußte man, was es geschlagen hatte!

Er war ein pensionierter Eisenbahner, und er kränkelte. Tekla bediente und pflegte ihn.

»Warum? Warum um alles in der Welt!« sagten sie zu ihr. »Was willst du denn mit dem? Der will doch bloß an deinen Spargroschen, der will das Essen auf den Tisch kriegen und umsorgt werden.« Witwer war er obendrein, so daß er es wohl gewohnt war, bedient zu werden, und jetzt hatte er Schwierigkeiten, allein zurechtzukommen.

Sie heirateten. Warum um Himmels willen? Darauf konnte sie keine Antwort geben. Es schien jedenfalls am besten so. Damals war sie neunundfünfzig. Sie pflegte ihn vier Jahre lang. Es ging ihm immer schlechter, und er wurde von ihr abhängig wie ein kleines Kind. Aber sein Körper war schwer zu heben und herumzudrehen.

»Der hat sich doch zum Sterben hingelegt, das ist doch ganz deutlich«, sagte Ebba. »Ich wette, das hat der gewußt, wie er sie geheiratet hat. Der wird ihr auch nicht eine Öre hinterlassen, da seid mal sicher. Ein paar Kleider und 'ne Uhr.«

Gewissenhaft pflegte Tekla den kranken Mann, bis er starb.

Jetzt war sie wieder allein. Sie wußte jedoch vieles, was sie vorher nicht gewußt hatte, sie bewahrte es in ihrem Inneren, und es war nicht bitter. Und sie erinnerten sich, was sie ihnen geantwortet hatte, als sie ihr vorgehalten hatten, daß sie sich weggeworfen habe:

»Es wiegt sich nun mal nicht immer auf. Da kann man nichts machen.«

Ebba schnaubte, doch Tora dachte über die Worte nach, und sie waren wahr: es wog sich nicht immer auf, nein, wahrlich nicht.

Lilla Moster war zu jener Zeit in die Stadt gezogen. Eigentlich hieß sie ja Hillevi, und das war der schönste Name, den Tora kannte. Sie wünschte sich, daß sie statt dessen den benutzt hätten, traute sich aber selbst nicht damit anzufangen.

Lilla Moster war mit einem subalternen Bahnbeamten in Richtung Norrköping verheiratet gewesen. Als er starb, half ihr der Sohn in Stockholm in der Stadt eine Wohnung zu bekommen. Sie hatte sich auf dem Land nie richtig wohlgefühlt. Es fiel ihr schwer, sich mit den Leuten gemein zu machen, und so sah man ihr nach. Sie hatte ja so einen geraden Rücken, ihr Gang war so zierlich. Nein, man konnte es nicht lassen, sie anzusehen.

»Ja, es ist immer so merkwürdig mit Lilla Moster«, fauchte Ebba, denn sie fand, daß Tora sich bei ihr lieb Kind zu machen versuchte. Tora selbst dachte das aber nicht, zumindest nicht bis irgendwann in der Apfelzeit. Sie war mit einem Korb Fallobst, das sie bei Uhrmacher Krantz hatte aufsammeln dürfen, zu ihr gegangen. Die besten Äpfel, die, die nicht im geringsten angestoßen waren, hatte sie für Hillevi beiseite gelegt. Es war jedoch früh am Morgen. Darüber machte sie sich überhaupt keine Gedanken. Sie ging nur schnurstracks hinein. Es war offen, denn Lilla Moster war wohl draußen auf dem Flur gewesen und hatte die Zeitung geholt. Sie saß im Bett und las und hatte kein Gebiß im Mund. Tora hatte immer geglaubt, daß sie eigene Zähne hätte, dem war aber nicht so. Hillevi hatte sich nur mehr als andere davor gefürchtet, ihr Gebrechen zu zeigen, und sie hatte eine sehr schöne Prothese. Das Geld dafür hatte ihr der Sohn gegeben. Es war überhaupt nicht zu sehen, es sah nur so schön und gleichmäßig aus. Und warum sollte sie keine gleichmäßigen Zähne haben? Sie hatte ja auch so einen geraden Rücken und so kleine Füße, und keine Frostbeulen. Ein feiner Geruch umgab sie, und der dünne Zopf war ziemlich hoch oben auf dem Kopf zu einem kleinen Nest geformt. Tora fand jedoch nicht, daß sie sie bloßgestellt habe, wie sie da mit runzligem und eingesunkenem Mund im Bett saß. Nein, sie empfand nur noch größere Zuneigung zu ihr. Die war so groß, daß ihr Herz schneller zu schlagen begann, und da dachte sie zum ersten Mal, daß es mit Hillevi etwas besonders Merkwürdiges sei, und daran, daß sie solch ein Gefühl für sie empfand und ihr Äpfel ohne Spuren von Schnecken oder braunen Flecken gab. Lilla Moster wurde jedoch böse, daß sie, ohne anzuklopfen, hereingekommen war. Sie waren so verschieden.

Tora begleitete sie nach den Priffeabenden für gewöhnlich nach Hause, denn Hillevi fürchtete sich vor der Dunkelheit unter den Bäumen und vor deren langen, raschelnden Schatten. Tora selbst war eine, die sich vor Räumen fürchtete, und das hatte sie Hillevi erzählt, sonst aber niemandem. Mit kaltem Schweiß bedeckt konnte sie abends an den Türen ihres Kleiderschranks vorübergehen und der Ofenecke mit dem erhobenen Finger der Klappe hastig den Rücken zuwenden. Dieser Schrecken hatte sich in den letzten Jahren eingestellt und befand sich eigentlich nicht in den Kleiderschränken und unter den Betten. Man konnte ihm mit dem Besen nicht beikommen, er hauste in den ausgekühlten Vorkammern des Herzens und war grausam. Sie mußte raus, fort von dem Haus mit seinen Winkeln und Schatten. Wenn sie von der Dunkelheit wie mit einem Mantel umgeben am Waldrand beim Höhenrücken stand, war sie endlich sicher.

»Ja, wir sind verschieden, du und ich.«

Sie sah sie sich genau an, so genau, wie sie sich nicht viele Menschen in ihrem Leben angesehen hatte. Wir lieben das, was wir nicht sind. Die andere, die fehlende Hälfte von mir, die mich zum Menschen gemacht hätte. Meine Füße wären fein gewesen. Und deine Hände grob vom Arbeiten. Wir wären eins das andere gewesen, unsere eigenen Möglichkeiten lebend. Alles, was in meinem Leben nicht wurde, bist du. Meine knotigen, schmerzenden Füße rufen nach deiner Feinheit, auf daß sie in mich steige. Deine Furcht ruft nach meiner Sicherheit.

Sie hatte die andere Liebe wohl auch einmal verspürt. Doch die war eine verkleidete Betrügerin. Die war bloß ein Bespiegelungstrieb, die Lust, Bilder von sich zu sehen und mit dem Bild von sich selbst Selbstbilder zu erzeugen: du gleichst mir so, wie eine Preiselbeere einer Preiselbeere gleicht. Wenn ich rülpse, rülpst auch du. Laß uns einen kleinen Affen mit einem Spiegel in der Hand erzeugen, den wir in süßester Selbstliebe herzen können.

Sie sah sie sich genau an und dachte: »Waren wir von Anfang an so verschieden?« Ja, sicherlich. Doch die Vergröberung und die Müdigkeit kamen auch vom Arbeiten. Das waren die gestutzten Möglichkeiten nach groben Axthieben im Arbeitswald. Und hinterher kamen die Stumpfheit und der Schlaf: die Vögel, die vorüberflogen, ohne daß du den Kopf hobst. Die Lerche, die jedes Frühjahr sang, während dir der Schweiß im Gesicht kribbelte, und sie sang, ohne daß du ihr einen Namen gabst. Wer tat das? Irgendein Lustwandler in den Radspuren deiner Arbeitsfuhre über die Felder.

Du hast freilich manchen Abend an der nach Pfefferminz duftenden Marmorplatte gestanden und die Hände im Bonbonteig ruhen lassen und gedacht: »Diese Sterne vorm Fenster! Und wie weit kann man reisen? Wie groß ist die Finsternis dahinter?« Ja, viele Male. »Und der Mond? Das ist vielleicht komisch mit dem Mond. Das eine Mal ist er groß und rot und nahe, und dann wird er kalt und weiß und steht weit weg am Himmel. Kann das denn derselbe sein?« Dann hast du den Teig mit kleinen, harten Knallen um den Haken an der Wand zu schlagen begonnen. Wenn er schließlich so blank und weiß war, wie du ihn haben willst, haben deine Fußsohlen vor Schmerzen gestochen und gescheuert und die Fingergelenke sind nur in warmem Wasser gerade geworden. Der Mond? Der ist schon längst untergegangen.

Vielleicht weiß Hillevi vom Mond im Grunde gar nicht so viel, doch sie hat so feine Füße. Es ist, als ginge sie immerzu auf weichen Teppichen in einem Raum. Ihr Mund formt die Worte viel sorgfältiger, so daß man daran denkt, daß es Worte sind. Ja, meine knotigen, schmerzenden Füße rufen nach deiner Feinheit, auf daß sie in mich steige! Verfluchte Arbeit, die vergröbert und einen blind und stumm und müde macht.

Lilla Mosters ältester Sohn ist ebenfalls bei der Bahn, doch hat er Abitur gemacht und arbeitet bei SJ* in Stockholm. Er schickt ihr Geld. Jeden Tag geht sie mit dem »Korrespondenten« zum Bahnhof und gibt ihn einem der Lokführer mit nach Stockholm. Mit Rotstift hat sie das angestrichen, von dem sie annimmt, daß es ihn interessieren könnte. Er ist doch viel zu beschäftigt, um es zu schaffen, die ganze Zeitung zu lesen. Sie überschätzt allerdings sein Interesse. Es kommt vor, daß die halbe Zeitung unterstrichen ist. Im Büro des Sohnes sammeln sich die zusammengerollten Zeitungen mit den Gummibändern darum an. Hillevi schläft wenig, steht früh auf und fängt mit den Anstreichungen an. Während die anderen nach wie vor rackern und schuften, obwohl sie allmählich alt werden, ist dies ihre wichtigste Arbeit.

Sie haben zusammen auch Teppiche gewebt. Früher war es immer Tora, die das Aufbringen besorgte, einschließlich des Schärens. Jetzt ist das anders. Wie es dazu kam, ist nicht leicht zu sagen, und Tora merkte es erst, als sie sie eines Abends in der Polstererwerkstatt, die sie angemietet hatten, überraschte.

Ebba, die sonst immer den Kettstrang hielt, wenn sie aufbäumten, stand nun da und drehte mit ruhigem, gleichmäßigem Schwung und festem Griff um die Hebel das Rad am Kettbaum. Das Ende der Kette hielt Lilla Moster, und sie sah beinahe ängstlich drein, als Tora die Tür aufmachte.

»Da schau her«, sagte Tora nur.

»Ja, wir haben uns gedacht, wir sollten schon mal aufziehen, dann ist das getan.«

Auf Bänken und Stühlen lagen aufgerissene und auseinandergefaltete Tüten, auf denen sie die Kette berechnet hatten. Vieles war durchgestrichen und vieles gekritzelt. Lilla Moster hatte fast den ganzen Tag geweint, und Ebba war heiser davon, sie anzuschreien. Sie hatten die Kette jedoch geschärt und aufgebäumt. Und ohne ein Wort darüber zu verlieren, obschon es ein ziemlich komisches Gefühl war, setzte sich Tora hin und half ihnen beim Einziehen.

Es war nicht gerade ihr erstes Webstück. Fredrik und Adam kamen in die Werkstatt gepoltert, rochen nach Rasierwasser und sauberen weißen Hemden und schäkerten mit Lilla Moster und Ebba. Dann kam Fredrik auf die Idee, ausrechnen zu müssen, wie viele Meilen Flickenteppich sie in ihrem Leben schon gewebt hatte. Zumindest durchschnittlich, wie er sich ausdrückte. Die Reihe der Teppiche würde vielleicht bis Rom reichen, wenn man sie hintereinander auslegte. Er war immer darauf erpicht, den Rechenstift zu zücken, den er in der Brusttasche seiner Jacke hatte, wie gut er auch immer angezogen sein mochte. Und jetzt begann er sie zu verhören. Doch da wehrte sie ab.

»Verschwindet, alle beide! Latscht hier nicht rum!«

»Aber Mutti! Das kann man doch ausrechnen.«

Nein, was ging ihn das an, wie weit man ihre Teppiche auslegen könnte? Die meisten waren im übrigen schon längst abgetreten und bis auf die Kette zerschlissen. Manchmal fand sie, daß sie im Begriff standen, die Macht zu übernehmen, diese Herren, die ihre Söhne waren. Sie waren vollgestopft mit Wissen aus dem »Lexikon der Zeit«, das sie sich hatten schicken lassen, aus den Liedern, die sie zur Gitarre sangen, aus Kreuzworträtseln und Illustrierten und Büchern, die in den Jahren der Arbeitslosigkeit unten beim Rosenholmbad herumgegangen waren. Sie wollten mit ihren Teppichen das Kalifat von Bagdad bedecken oder für den Papst in Rom auslegen. Sie hatte sie jedoch selbst abgetreten, und sie wußte, daß sie nirgendwo anders hinführten, als den Weg vom Herd zum Spültisch und wieder zurück.

»Haut jetzt ab! Wir haben was andres zu tun.«

Was gab es da übrigens zu weinen? Nein, gesegnete Arbeit, die immer hingereicht hatte! Und es gibt nichts, was die Gedanken so ablenkt wie Weben.

»Weiß der Teufel, wenn das kein Priffeblatt sein soll«, pflegt Ebba zu sagen.

Sie starrt auf die Herz-Zehn auf dem Tisch und hält den König in der Hand, kann sich aber nicht recht entschließen. Sie kann es sich eigentlich nicht leisten, Tekla oder Lilla Moster jetzt übernehmen zu lassen. Der Bube ist natürlich noch da. Schließlich haut sie doch den König auf den Tisch, daß es knallt.

»Ja!«

Sticht.

»Obwohl das mehr gekostet hat, als der Spaß wert war, wie der Alte sagte, als er sein Weib begrub. Aber jetzt wollen wir doch mal sehen, wo das Kreuz sitzt.«

»Hast du gar keine Scham im Leib!«

»Ah, zeig, was du hast!«

»Naa, da muß ich wohl abwerfen. Da ist sonst nichts drin.«

»Wo steckt denn das ganze Kreuz?«

Und so kommt Lilla Mosters Kreuzflöte auf der anderen Seite des Tisches an den Tag.

Sie spielen um Geld. Was sie verloren haben, legen sie in eine Zigarrenkiste, die mit einem krummen Nagel verschlossen wird. Wie die Bundeslade wird sie jeden Donnerstag von der einen zur andern getragen. Für das Geld werden sie dann später eine Reise machen. Das haben sie bisher erst einmal gemacht, nach Mariefred. Aber das ist einige Jahre her, denn das dauert seine Zeit, aus den kleinen Verlusten eine so große Summe zusammenzubringen. Ebba hat gemeint, daß sie doch einfach Geld drauflegen könnten, doch dieser Vorschlag wurde ohne Diskussion verworfen.

Sie reden oft miteinander über die vergnügliche Fahrt nach Mariefred. Frida war auch dabei, denn ein Teil des Geldes war ja praktisch vor 1929 eingespielt worden.

Sie mußten mit dem Bus nach Hjälmarsund fahren, denn die Schiffe der Örebro Reederei Aktiengesellschaft legten an kleinen Landungsbrücken wie Hampetorp und Läppe nicht mehr an. Was hatten sie über Ebba gelacht, die soviel Krempel dabei hatte, daß sie zweimal aus dem Bus steigen mußte! Einkaufsnetze und Schirm, Koffer, Tuch und Kaffeekorb. In ihrer Handtasche machte es »gluck«. Ja, sehr richtig! Sie hatte eine Flasche Kognak dabei, falls es auf dem See kalt werden würde.

Es war jedoch ein klarer und schöner Sonntag Anfang August. Die Körbe der Seilbahn hingen still. Sie merkten, daß sie schlicht ein bißchen zuviel angezogen hatten; helle Sommermäntel und darunter Strickjacken, am Hals über Kreuz gelegte Seidentücher und Hüte aus lackiertem Strohgeflecht mit einem Gummiband im Nacken und sicherheitshalber einer zusätzlichen Hutnadel, damit der Hut nicht wie eine weiße Möwe über irgendeine Bucht davonsegeln würde.

Da lag die weiße »Gustaf Lagerbielke« schon, die Maschine stampfte, und die Malströme hinter der Schiffsschraube schaukelten Enten und Bläßhühner. Vorsichtig gingen sie die Laufplanken hinunter, und Frida sah stur geradeaus, um nicht in Versuchung zu geraten, ins Wasser hinunterzusehen und von den grünen Wirbeln schwindlig zu werden. Ein Matrose wollte bei ihnen kassieren, obwohl sie noch kaum an Bord waren.

»So eine Nervensäge«, sagte Ebba. »Der wird warten können, bis wir 'nen Platz zum Hinsetzen haben.«

Er war jedoch stur. Da kam der Kapitän. Es war nicht Klintwall in Person, über den sie soviel gehört hatten, aber der hier war auch fesch. Er erwies ihnen Honneur.

»Lassen sie die Damen erst Platz nehmen!« befahl er, und der Matrose mußte seine runde Tasche zuschlagen. Und dann erwies ihnen der Kapitän erneut mit der Hand gegen die Goldschnüre auf der Mütze Honneur und begab sich hinauf auf die Brücke. Ein Weilchen später legten sie ab.

Erst jetzt fanden sie Zeit zum Gucken. Es war kein großes Stück, das sie über den Hjälmarsee fahren würden. Die »Gustaf Lagerbielke« tutete und hustete heiser schwarzen Rauch aus, als sie das andere Ufer erreichten und in den Hjälmare-Kanal einfuhren. Äcker und Felder und krumme Erlen waren so nahe, daß sie hätten aussteigen und nebenhergehen können. Schnell ging es auch nicht. Neun Schleusen waren in der Morgensonne zu passieren, und sie versuchten, genau mitzuzählen, wie sie dort auf den braungestrichenen Bänken saßen, die ganz rauh waren von der Farbe. Die sah frisch aus und hatte lange Tränen, die heruntergelaufen waren, und Frida schreckte hoch und sah nach hinten auf ihren Mantel. Doch da war nichts.

Dann kamen sie in die Fahrrinne des Arbogå hinaus. Entlang der Ufer stand die Zeit still. Sie sahen einen Kahn, der schon vor so langer Zeit gesunken war, daß er ein Wasser voller Seerosenblätter und Algen wiegte. Und dann kamen sie nach Kungsör, wo es totenstill war. Weit entfernt nur hörte man Pferdehufe über Holz trappeln, und dann witterten sie aus der Luft, daß an diesem Sonntagmorgen jemand in einer Bäckerei gearbeitet hatte. Der gute Geruch nach Brot ließ sie einander ansehen, und so nahmen sie sich den Kaffeekorb vor. Sie waren so sehr mit den Tassen und der Zuckertüte und den Karlsbaderhörnchen von Anker beschäftigt, daß sie erst wieder aufsahen, als sie weit draußen in der Galtbucht waren.

Ja, jetzt waren sie auf dem Mälarsee, wo die kleinen Inseln mit grünen Hauben schwammen. Dort stiegen weiße Schlösser auf Uferwiesen herab und spiegelten ihre Gesichter im Wasser, die Fenster schwarz vor Unglück. Hell wie es war, begannen sie einander von ihren Heimsuchungen zu erzählen; von Pferden, die Wagen vorfuhren, ohne daß im Kies vor der großen Treppe Spuren zu sehen waren, von ruhelosen, umgehenden Frauen, deren Haar um ihrer Härte und Eitelkeit willen bis aufs Blut gekämmt worden war, von hohen Herren, die auf Pferden mit angesengten Lenden dem Bösen davongeritten waren, sich selbst aber gerettet hatten.

Dann fuhren sie durch den engen Kvicksund, und das Wasser war voll von Ruderbooten mit schweigenden Männern, die mit krummen Rücken dasaßen. Sie kamen hinaus in die Blackenbucht, und ein großes Motorboot aus Mahagoni fuhr an ihnen vorüber, unterwegs zu einer der großen Sommervillen, deren verglaste Veranden in der Sonne blitzten wie eben erst die Flaschen der angehnden Männer. Zur Mittagszeit sahen sie Ridö, doch dann gingen sie hinunter zum Essen. Es gab feinsten Rinderbraten mit Sahnesoße und Gurke. Daheim hätte es nicht besser schmecken können, fanden sie. Beim Kaffee kam der Kapitän nach unten und grüßte sie wieder, und er trank selbst einen Kaffee und eine halbe Flasche Punsch dazu. Die war bereits geöffnet und hatte kühl gestanden. Er sagte, das sei zur Feier des Sonntags. Dann erzählte er ihnen von dem richtigen Gustaf Lagerbielke, der Landeshauptmann von Södermanland gewesen war und, als der Ständetag zum letzten Mal zusammengetreten war, die berühmten Worte gesprochen hatte. Die hatten sie alle in der Schule gelesen, doch fielen sie ihnen natürlich nicht mehr ein. Der Kapitän konnte sie auswendig hersagen, und er tat das so, daß ihnen die Tränen in die Augen stiegen. Das war wahrer Adel, fürwahr. Es folgte jedoch ein kleiner Kater nach. »Man fühlt sich wie ein Kuhfladen, wenn man so was hört«, dachte Tora, ließ jedoch nichts davon laut werden.

Jetzt kamen sie wieder aufs Deck und hatten schon die Granbucht passiert. Mit der »Gustaf Lagerbielke« war nichts geschehen, obwohl der Kapitän so lange bei ihnen gesessen hatte. Sie fanden sicher ihren Weg durch das Gewimmel von Inseln, manche von ihnen dufteten nach Fichtenwald und waren so steil, daß sie das Tageslicht verdunkelten und es in engen Passagen grün werden hießen. Sie streckten die Hände nach den Zweigen aus, erreichten sie aber natürlich nicht. Die Fähre von Hjulsta setzte gerade mit einer Fuhre Möbel an Bord übers Wasser, als sie an ihr vorüberfuhren. Vielleicht waren es Instleute*, die mitten in der Hochbetriebszeit umzogen. Man konnte nicht umhin, sich so seine Gedanken zu machen, was da wohl geschehen war. Ganz deutlich erkannten sie ein Ausziehsofa und eine hohe Kommode. Die Leute standen schweigend neben ihrer armseligen Habe und starrten sie an, und das rief ein seltsames Gefühl in ihnen hervor, so, als ob sie dadurch, daß sie auf dem Deck des weißen Schiffes standen, zu einer anderen Art von Menschen gehören würden.

Das Wasser wurde zunehmend blanker, denn der Nachmittag neigte sich dem Abend zu. Der Hecht begann zu jagen, und die Ukeleienschwärme zogen Schauer übers Wasser und zuckten gequält in kleinen silbrigen Spritzern in der Nähe des Schilfs und der Steine hoch. Die Inseln verloren an Farbe und vergrößerten sich und lagen wuchtiger im Wasser. Es wurde kühl in dem schwachen Wind, darum gingen sie ein Weilchen in den Achtersalon hinunter. Dort waren sie merkwürdigerweise ganz allein, so daß sie eine kleine Partie Priffe hätten klopfen können. Aber das würde einen schlechten Eindruck machen, falls jemand käme, und das würde wohl nicht mehr lange dauern. Die Leute wollten wahrscheinlich nur draußen stehen und sich ansehen, wie das Wasser in der Prästbucht schwer und dunkel wurde wie Bronze, wenn die Sonne allmählich unterging. Sie mußten wieder nach oben, denn sie wollten sich nichts entgehen lassen. »Ja, das ist schön«, seufzten sie und starrten direkt in die rote Scheibe, so daß sie hinterher die Sonne auch sahen, wenn sie die Augen zumachten. Sie waren ausgehungert nach Schönheit, und es bestand die Gefahr, daß sie sich die Augen aus dem Kopf starrten. Hinterher konnte es sie verdrießen, daß sie sich nicht auf alles besinnen konnten. Doch eine erinnerte sich an die Enten mit den Goldköpfen, die im Licht des Sonnenuntergangs geschwommen waren, und eine an die kleinen Gärten, an denen sie so nahe vorübergefahren waren, daß sie sie da, wo sie überhingen und ihre blühenden und fruchtstrotzenden Finger in das grüne Wasser tauchten, hätten berühren können. Eine von ihnen erinnerte sich immer an den Duft der Seerosen, den der Wind in einer Bucht vergessen hatte.

Weit drinnen in der Gripsholmbucht lag Mariefred. Das Schloß, auf dem die königlichen Witwen gesessen hatten, sahen sie schon von weitem, und sein Baukörper war wuchtig wie ein Fels. Über die sparsame Kristina, die Ebba Brahe so unglücklich gemacht hatte, und Maria Eleonora, die verwirrte und verzweifelte Person, die Gustaf II. Adolf hinterlassen hatte, würden sie am nächsten Tag etwas zu hören bekommen, sowie über Hedvig Eleonora, die Mutter Karls XI. Man konnte sich gut vorstellen, daß sie eine Partie Priffe mit ihnen gespielt hätte, denn sie liebte das Kartenspiel.

Jetzt galt es in erster Linie an Land zu kommen und die Pension zu finden. Sie wurden schon eifrig, als die »Gustaf Lagerbielke« um die Kaltbadeanstalt herumfuhr. Die Häuser waren mit Schuppen und miteinander verbunden, und einige hingen darüber hinaus durch einen Geißblattpelz zusammen, der sich über die ganze Wand und das Nachbarhaus ausbreitete. Pfeifenwinde und wilder Wein verflochten die kleinen Gebäude ebenfalls miteinander und überschatteten ihre niedrigen Fenster.

Sie mußten nach dem Weg fragen und bekamen höflich Auskunft. Sie waren ja praktisch fünf reisende Damen, auch wenn sie viel Krempel mitschleppten und kicherten, als Tora sich versprach, als sie den Namen der Pension nannte. Auf dem See war es doch kälter gewesen, als sie gemerkt hatten. Lilla Moster glaubte es in der Brust zu spüren, und sie mußten stehenbleiben und ihr das Halstuch vorn mit einer Sicherheitsnadel zusammenhalten, bevor sie einen Abendspaziergang durch die jasminduftenden Straßen machten, wo Phlox und Rosen über die Zäune hingen.

»Denkt nur«, sagte Frida, »daß es so was Schönes wie Mariefred geben kann.«

In der Nacht erwachte Tora von einem schlimmen Husten in der Dunkelheit. Sie lagen auf zwei Zimmer verteilt, die Tür dazwischen war jedoch offen. Sie hörte, daß das Husten aus dem Zimmer kam, in dem Lilla Moster und Ebba schliefen. Es schnarrte so, daß es ihr innerlich weh tat. Schließlich stand Tora auf, zog die Schuhe an und eine Strickjacke über das Nachthemd, und dann tastete sie sich die Treppe hinunter. Sie fand den Lichtschalter nicht, darum hielt sie sich am Feuerspritzenschlauch fest, der an der Wand hing.

Unten in der Küche suchte sie Milch. Sie bewegte sich leise und befürchtete nicht gerade, entdeckt zu werden. Aber etwas ärgerlich wäre es schon, wenn die Frau, der die Pension gehörte, in die Küche käme. Wenn es erst Morgen wäre, würde sie ihr erklären, wie die Dinge lagen, und es war, wie auch immer, unnötig, sie zu wecken. Honig fand sie keinen, sie tat dafür Zucker in die Milch, als sie heiß genug war. Oben im Zimmer hatte Ebba die Kognakflasche auf der Kommode stehenlassen. Sie tastete danach, fand sie und goß einen ordentlichen Schuß hinein. Der Husten hackte weiter da drinnen. Auweiauweiauwei, wie schlimm sie es auf der Brust haben muß! Sie tastete sich vorsichtig im Dunkeln zum Bett.

»Jetzt wirst du gleich sehen«, flüsterte sie. »Setz dich jetzt auf, Hillevi, dann kriegst du ein bißchen heiß gemachte Milch.«

»Was?« ertönte eine heisere Stimme mitten in einer Hustenattacke.

»Ach so, du altes Gestell bist das!« sagte Tora.

Es war Ebba. Sie machte die Lampe an und hängte einen Unterrock darüber, damit sie nicht auf Lilla Moster schien, die ruhig schlief. Und Ebba hustete und sagte: »Für mich wärst du wahrscheinlich nie aufgestanden und hättest Milch gekocht!«

»Nein, weiß der Teufel«, erwiderte Tora, und dann lachten sie beide so, daß Lilla Moster beinahe aufwachte. Sie bewegte sich unruhig unter der Decke.

Sie amüsierten sich köstlich über das, was passiert war, denn zwischen ihnen hatte wegen Toras Vernarrtheit in Lilla Moster eine gewisse Spannung geherrscht. Frida hatte es freilich am meisten verstimmt. Es erleichterte, darüber scherzen zu können. Und ein ums andere Mal erzählte Ebba auf der Heimfahrt, wie es zugegangen war, und wie Tora dreingeschaut hatte, als sie sie unter der Lampe erblickte.

»Ach so, du altes Gestell bist das!« sagten sie, wenn sie einander unverhofft auf der Straße begegneten oder wie jetzt, wo Tekla einsteigt und mit dem Buben sticht, von dem Ebba nicht wußte, wo er saß. Und als Lilla Moster am Ende mit dem Kreuz-As übernimmt, weil Tekla ihr letztes Kreuz nicht abgeworfen hat, schneidet Ebba Grimassen und bläst Rauch durch die Nasenlöcher. Jetzt ist Lilla Moster am Zug und hat noch zwei Kreuzluschen übrig, und da sagt Ebba ehrfurchtsvoll:

»Geschieht Großes, so geschieht es leise, wie die Alte sagte, als der Pfarrer einen fahren ließ.«

Der Kontrakt wird nicht heimgebracht, und sie klimpern mit ihren Spielmarken in den Schachteln, als Tora die Strafpunkte ausgerechnet hat.

Nun sammeln sie die Karten zusammen und breiten eine Decke über den Tisch. Sie werden ein paar belegte Brote essen, und dann werden sie über ihre Reise im Sommer reden. Wie die vergnügliche Fahrt nach Mariefred kann sie wohl nicht werden. Sie sind ja jetzt älter. Doch davon erwähnen sie nichts. Es ist noch lange hin bis zum Sommer, draußen ist es Winter und Krieg. Aber die »Gustaf Lagerbielke« wird wohl zwischen den grünen schwimmenden Inseln fahren, etwas anderes können sie sich nicht vorstellen.

In Friedenszeiten hatte der Meisterschütze Simo Häyhä seine Landwirtschaft im Kirchspiel Rautjärvi betrieben, er hatte aber auch für den Fall, daß eine schlechte Zeit käme, seine Kampffähigkeit vervollkommnet. Als Schütze hatte er sich einen ganzen Schrank voll Trophäen erworben, den Meistertitel bekommen und in den Schießständen Uukko Pekka kennengelernt. Er trat als Gefreiter in den Kriegsdienst.

Dann kam der Krieg. Während der heftigen Verzögerungskämpfe an der Grenze streckte der Meisterschütze mit seinem eigenen Pystykorva-Gewehr Massen von Russen nieder. Es waren mehr, als man zählen konnte. Der schweigsame Mann aus Rautjärvi feuerte keinen Schuß aufs Geratewohl ab. Bei jedem Schuß mußte ein Feind sein Leben drangeben. Nun kam jemand auf die Idee, daß der Schütze diejenigen, die er niederstreckte, genau zählen sollte. Da begann er über alle sicheren Treffer, die zusammen mit Zeugen gezählt wurden, Buch zu führen, und jeden Tag schritt er zum »Papa« der Kompanie ins Kommandozelt, um das Tagesergebnis anzuzeigen. Die Zahl wuchs rasch, obgleich die Tage kurz waren. Im Morgengrauen eilte der Scharfschütze davon – bekam manchmal ein russisches Gewehr mit Ziehfernohr mit, obschon er dennoch am liebsten sein eigenes Gewehr benutzte – und begab sich zu einem Ausguck in den Gefilden, in denen sich das Wild bewegte. Oft verweilte er hier, bis es zu dämmern begann. Die Zahl einhundert wurde überschritten. 23

sichere Treffer waren das beste Tagesergebnis und außerdem eine ganze Anzahl unsichere. Während der Weihnachtsfeiertage wurde der Rekord von 24 erreicht.

Auf jeden Fall hatte der Meisterschütze, noch ehe zwei Monate verstrichen waren, allein eine ganze Kompanie der Feinde seines Landes erlegt, und da war die Schwerarbeit während des verzögernden Abschnitts noch gar nicht mit einberechnet worden.

Als das zweite Hundert allmählich voll wurde, durfte der Meisterschütze auch von anderer Seite als vom Kompaniechef und den Waffenbrüdern Erweise der Anerkennung entgegennehmen. Der Gefreite wurde zum Unteroffizier befördert. Im Tagesbefehl des Oberbefehlshabers wurde mitgeteilt, daß der Mann die Freiheitsmedaille bekommen habe. Er erhielt auch eine Uhr, und der nächste Preis war ein Luxusgewehr des Modells Sako, das über verschiedene Kommandostellen zuerst bei der Division anlangte, und dann dem Meisterschützen zuteil wurde, der nun 219 Russen auf seiner Liste hatte und als der Meistverdiente erachtet wurde.

Eines schönen kalten Tages im Februar erhielt der Unteroffizier draußen an der vordersten Front den Befehl, sich beim Hohen Stab einzufinden. Der Mann, der mehr als zweieinhalb Monate mit den Russen gekämpft hatte, unternahm nun zum ersten Mal eine Reise vom Kampfplatz weg. Er war verzagt und verwundert über das Leben in der Etappe, und vielleicht ein bißchen scheu vor den hohen Herren, doch er trat mit der militärischen Strammheit auf, die ihm der »Papa« der Kompanie eingeschärft hatte. Der Mann schlief erstmals seit langer Zeit in einem richtigen Zimmer über der Erde, und am nächsten Tag durfte er in Gegenwart der Stabsoffiziere aus der Hand des Oberst das stattliche Gewehr in Empfang nehmen, sowie eine mit dem Lacksiegel der Division versehene Schenkungsurkunde, in der u.a. gesagt wurde:

»Dieses von Schweden geschenkte Ehrengewehr wird dem Unteroffizier Simo Häyhä in Anerkennung seiner großen Verdienste als Schütze und Waffenträger im Kampf verliehen. Seine Tat bekundet, was ein zielbewußt handelnder, scharfäugiger finnischer Mann, der nicht ohne Not zusammenzuckt und mit der Hand zittert, zustande bringen kann. Dieses Ehrengewehr wird Auszeichnungen, die für besondere Verdienste verliehen werden, für gleichwertig erachtet. Als ein Erbe vom Vater auf den Sohn wird es den noch ungeborenen Generationen von den Taten künden, die Simo Häyhä in dem großen Kriege vollbrachte, in welchem finnische Männer für ihres Landes Freiheit, ihres Volkes Zukunft und der ganzen Menschheit größten ideellen Werte kämpften.«

Der Unteroffizier hängte sein neues Gewehr neben sein geliebtes altes Pystykorva-Gewehr über die Schulter. Die militärisch einfache Feier war zu Ende, gleichwohl durfte der Unteroffizier dem teilhaftig werden, an der Seite seines Oberst fotografiert zu werden. Dann kehrte Simo Häyhä an die Front zurück – um sein neues, mit Silberblech beschlagenes Gewehr schußbereit zu machen.«

(»Der Kurier«, den 29. Februar 1940)

Der alte Theatersaal im Casinohaus lag im Halbdunkel, denn der Nachmittag war trüb, und Konrad Eriksson hatte kein Licht angemacht. Er war allein mit General von Döbeln und sollte alte Kleider, Schuhe und Skier, Geschenkpakete mit Spielzeug und Taschen mit Verbandsmaterial noch oben tragen. Er hatte noch nicht damit angefangen. Lange Zeit stand er da und starrte den großen Stapel Skier auf dem Fußboden an. Er hatte sie eben gezählt und war auf einhunderteinunddreißig Paare gekommen. Es gab jedoch nicht soviele Stöcke, daß sie für alle reichten. Das Leder der Bindungen war gesprungen und das Metall rostig. Die Leute wollten sie wohl los sein. Nicht alles waren Liebesgaben. Er ging durch das spärliche Tageslicht und befühlte die Haufen mit Strickwolle. Um die Kleiderberge stand ein muffiger und recht eigenartiger Geruch. Manches war wohl doch ziemlich sauber. Aber das meiste roch, als ob es lange auf den Dachböden gelegen hätte, und aus manchen Kleidungsstücken stieg einem ein ganz deutlicher Medizingeruch in die Nase. Alte Kleider sind unverhohlen. Die Besitzer sind weitergehastet, doch ihre Hosen mit ihren Knien und Flecken liegen dort. Die Schuhe, deren Absätze schiefgetreten sind, und der Pulloverärmel, der sich in Falten und Buckeln nach oben geschoben hatte, so daß er zu kurz geworden war, erzählen mit größter Offenheit, wer da eben gegangen war. Mitten in dem Kleiderberg stand ein ziemlich neues Radio, und er drehte ein bißchen daran, so daß sich der Zeiger der Senderskala bewegte. London, Wilna, Coventry, Kalundborg. Die Gedanken irrten davon, und für einige Augenblicke vergaß er scine Unlust.

Döbeln war unter der Galerie festgepinnt. Er stand mit verschränkten Armen vor der finnischen Flagge, und an der Seite trug er einen Degen. EIN VOLK IN GEFAHR, DU KANNST HELFEN stand da. Seit einer Woche begegnete er jedesmal, wenn er sich hier unten umdrehte, Döbelns Blick. Ehre, Schuldigkeit, Wille. Doch das stand nicht auf dem Plakat. Das hatte er nachgeschlagen. Schließlich hatte er unbedingt etwas über ihn lesen müssen.

Er war der Enkel des Arztes Johan Jacob Döbelius, der das ausgezeichnete Brunnenwasser auf den Ramlösaflaschen empfiehlt, und Sohn des Medizinprofessors in Lund, Johan Jacob von Döbeln. Konrad selbst war der Sohn eines Bohlenträgers in Wilhelmssons Schreinereien, der nach dem Generalstreik arbeitslos wurde und im Jahr darauf in Norrköping im Suff unter die Straßenbahn geriet. Sie waren ungefähr gleich alt, als sie vaterlos wurden, fünfzehn Jahre. Döbeln kam auf die Admiralitätsschule in Karlskrona, Konrad in Berta Göhlins Konditorei, wo er zum Bäckereiarbeiter ausgebildet wurde. Döbeln wurde Söldner und schlug sich in Indien auf seiten der französischen Armee. Er kämpfte bei Savolaks gegen die Russen und wurde bei Porrasalmi am Kopf verletzt und gefangengenommen. Nach diesem Ereignis wurde er trepaniert, und Konrad nahm an, daß die Narbe so häßlich geworden war, daß er das schwarze Stirnband hatte anlegen müssen. Womöglich war ein großes loch oder eine Aushöhlung in seinem Schädel. Für Konrad Eriksson war das ein erschütternder Gedanke, denn er war körperlich nicht mutig. Er hatte Angst davor, Blut zu sehen, und wenn jemand zu einem Schlag gegen ihn ausholte, wich er zurück, selbst wenn es nur scherzhaft gemeint war. Er war Kommunist, hatte aber niemals Prügel bezogen, nicht einmal jetzt, wo Stalin den Freundschaftspakt mit Hitler geschlossen hatte und Finnland von den Russen bombardiert wurde. Er ging aber auch nicht oft aus dem Haus.

Er vermutete, daß es Döbeln während der dreizehn Jahre, in denen er auf dem Hauptmannssitz in Dalsland saß, ziemlich langweilig gewesen war. Aber er hatte sich natürlich für Landwirtschaft interessiert. Dann kam der Feldzug gegen Rußland von 1808. Beim Kirchdorf Lappo führte Oberst Döbeln gegen die eindeutige Anordnung des höchsten Befehlshabers, des Generaladjutanten Adlercreutz, einen Sturm an, der so gut glückte, daß der Generaladjutant sich später zusammen mit seinem obstinaten Oberst hinsetzen und den Rapport frisieren mußte. Man bog auch die Angaben über das Verhältnis der Truppenstärken zurecht und gab an, daß es ungefähr doppelt so viele Russen wie Schweden gewesen seien. In Wirklichkeit war die schwedische Brigade zahlenmäßig überlegen gewesen. Der Rapport wurde an höchster Stehle äußerst gnädig aufgenommen. Der Held von Lappo wurde Ritter des Schwertordens mit großem Kreuz, und sein Vorgesetzter wurde zum Freiherrn erhoben.

Als das schwedische Heer bei Jutas umzingelt wurde, wurde Döbeln krank, aber es stand geschrieben, daß er die Medizinflaschen des Doktors ausgeschlagen und sich auf seine Beine gestellt und die Schlacht gewonnen habe. Das war etwas, worüber Konrad ziemlich viel nachgedacht hatte, denn er selbst hatte Magenkatarrh. Es war ja nicht so schlimm, daß er morgens nicht auf den Beinen stehen konnte. Nein, es war ein ständiges unbestimmtes Unbehagen, ein anhaltendes Ziehen, Brennen und Grummeln im Magen, das sich manchmal bis zum klaren Schmerz steigerte. Der beraubte ihn all seiner Streitlust. Es gab eine Zeit, da hatte er sich als Berufsrevolutionär betrachtet. Teige zu kneten war da nur etwas gewesen, um sich am Leben zu erhalten, während die Revolution durchgeführt wurde. Dann wurde er im Casino Hausmeister, und manchmal führte er in Franzons anderen Kinos Filme vor. Erst am Abend vorher hatte er mit brennendem Zwerchfell »Die Freude am Leben« mit Irene Dunne vorgeführt. Der festangestellte Vorführer war einberufen. Konrad selbst war freigestellt worden, weil er nicht gesund war.

Georg Carl von Döbeln war ein Berufssoldat, dessen Karriere mit Jutas nicht vorüber war. Er wurde Oberbefehlshaber der schwedischen Truppen auf Åland und ging mit ihnen über die zugefrorenen Kvarken, ein gewagtes Unternehmen. Er kämpfte in Jämthand gegen die Norweger und verabschiedete in Umeå mit sehr ergreifenden Worten die Veteranen, die von der geschlagenen ruhrkranken finnischen Armee übrig geblieben waren. Sein privates Leben war kompliziert durch eine Heirat aufgrund politischer Erwägungen und langwieriger juristischer Streitereien um die Legitimierung des Sohnes, den er vor der Ehe bekommen hatte. Konrad hatte nie die geringsten Schwierigkeiten gehabt, Kinder in die Welt zu setzen. Er hatte sechs Stück, aber nur die Zwillingsjungen und das kleinste Mädchen wohnten jetzt noch zu Hause. Er mochte Agnes, hatte ihretwegen aber ständig ein schlechtes Gewissen, und er hätte niemals aus politischen Gründen heiraten können.

Döbelns letzter Krieg in seinem Leben ging gegen Napoleon. Er schlug sich in Deutschland ebenso eigensinnig wie bei Lappo, wurde aber diesmal vor Gericht gestellt, anstatt daß er einen Orden bekam. Er wurde zum Tode verurteilt, dann aber begnadigt, und er starb schließlich den Alterstod, nachdem er sich zeit seines Lebens nach friedlichen und beseligenden Gewerben gesehnt hatte. Nach seinem Tod wurde er sowohl in die Lappobewegung als auch in den Winterkrieg verwickelt.

In Franzons altem Filmtheater sollte ein Finnlandabend stattfinden. Er habe es wohlwollend zur Verfügung gestellt, stand im »Korrespondenten«. Die Zeitung hatte gratis annonciert. Zwei Tage hatte Konrad Zeit gehabt, um die Liebesgaben und die Produkte aus der Strickzentrale der Bereitschaftshelferinnen auf die Galerie zu tragen, und er hätte schon am Morgen damit beginnen sollen, die Öfen einzuheizen. Er hatte es nicht getan. Er hatte die meiste Zeit auf den harten, braungestrichenen Holzbänken zugebracht und Döbeln im Rücken gehabt, seinen Blick und seine verschränkten Arme. Er war auch, mitunter vorgebeugt vor Magenschmerzen, in dem großen, kühlen Saal auf und ab gewandert. Mit den Kleidern und den alten Skistiefeln und Skiern war er nicht weitergekommen, als daß er ab und zu einem Paar Schuhe einen Fußtritt versetzte oder einen Schuhriemen so fest um den Finger wickelte, daß die Fingerspitze blaurot wurde.

Er war als Hausmeister angestellt, und es war seine Schuldigkeit, den Saal für die Zwecke, zu denen er vermietet wurde, herzurichten. Franzon war einberufen. Die Instruktionen hatte seine Frau erteilt. Und Konrad hatte geschwiegen. Ihm fiel plötzlich auf, daß das, worüber er nachgrübelte, Ehre, Schuldigkeit, Wille waren. Als er aber im Halbdunkel über den Haufen mit den Skistöcken stolperte, wurde ihm überdies klar, daß er kein Licht anmachte, weil er hier drinnen nicht zusammen mit Döbeln gesehen werden wollte, falls zufällig einige der Parteigenossen vorbeigehen sollten. Er fühlte sich beschissen.

Er sollte die Kisten und Kleiderhaufen auf die Galerie tragen, die Öfen einheizen, damit der Saal warm würde, und sich dann, ehe die ersten kämen, ruhig und still zurückziehen und sie in Frieden ihren Finnlandabend abhalten lassen. Das war jedoch widerwärtig. Er saß da und hatte das Gefühl, als ob er es ganz einfach nicht schaffen würde, mit einem Armvoll alter Kleider die Treppe zur Galerie hinaufzugehen. Er hatte die Skier gezählt, wie sie ihn gebeten hatte. Das war alles.

So saß er immer noch da, als Gerda Franzon kam. Er hörte ihr Gestampfe. Offenbar hatte sie Schneematsch an den Schuhen. Sie schneuzte sich. Es klang munter. Sie war wohl nicht erkältet, nur ein bißchen feucht um die Nase. Nun stieß sie ganz hinten im Saal die großen Doppeltüren auf, und er hörte sie tief Luft holen. Der Raum war natürlich kalt, damit hatte sie nicht gerechnet. Und dann machte sie das Deckenlicht an. Noch ein Atemzug dieser Sorte. Überall Skistiefel, Pullover, Spielzeug und alte Mäntel. Die Bühne mit Kartons vollgestellt. In den Gängen Skier.

»Ach du meine Güte!« sagte sie.

Und dann schneuzte sie sich erneut. Er konnte ganz deutlich hören, wie sie sich mit kleinen, kurzen Atemzügen die Nase putzte.

»Sind sie krank, Herr Eriksson?«

Vorsichtig und darauf gefaßt, augenblicklich Mitgefühl zu zeigen und ihre Dispositionen neu zu treffen, falls sich herausstellte, daß es ihm schlecht ging. Es wäre ein Leichtes gewesen, zu sagen, daß er krank sei. Er blieb jedoch sitzen, wo er saß.

»Nein«, sagte er. »Ich bin nicht krank.«

Das war nicht ganz wahr. Aber was ist eigentlich schon ganz wahr? Er stand auf, als sie den Gang entlang kam. Sie trug ein Winterkostüm mit Pelzkragen und eine hohe Mütze aus hellgrauem Persianer. Genau wie er vermutet hatte, als er sie schneuzen hörte, hatte sie rote Wangen, und ihre Haare waren in der feuchten Luft kraus geworden. Er sah sie sich sehr genau an. Es war, als fieberte er. Unter dem Arm trug sie ein Paket mit Plakaten und einem Stoß Noten. Döbeln starrte auf Konrad. Und Gerda, die starrte auch.

»Herr Eriksson, haben sie denn nicht ...«

Nein. Er hatte nicht. Irgendwo mußte die Grenze sein.

»Ich verstehe nicht.«

»Es ist nur so, daß ich nicht kann«, sagte Konrad. »Irgendwo muß die Grenze sein.«

»Die Grenze?«

Dann sagte sie leise:

»Sind es ... politische Gründe? Sie können Finnland aus politischen Gründen nicht helfen?«

Er schwieg.

»Ja, du lieber Himmel«, sagte Gerda. »Du lieber Himmel!«

Und auf einmal begann sie Kleider zu schleppen. Das ging so schnell, daß er nicht begriff, was sie vorhatte. Sie warf den Stoß Noten und die Plakate neben ihn auf die Bank, und dann nahm sie einen großen Armvoll alter Kleider und Mäntel und verschwand damit. Er kam von dem Gedanken nicht los, wie übel sie rochen, und mit weichen Knien setzte er sich wieder. Neben ihm lagen Noten und ein aus einer Zeitung ausgeschnittenes Gedicht. Er las.

Ihr fielt im Schnee in Finnlands tiefen Wäldern.
Die Pflicht ist klar: euch ehren mit Taten wir.
Das Recht des Traums: wir heißen Tannen rauschen
ein jedes Jahr das Lied, das ihr geboren hier.

Wo für den Norden fielt ihr, gehen andre.
Der Weg ist klar: wir haben keine Wahl.
Schon hange tot, doch schreitet uns voran ihr,
des Nordens Stellung haltend Tal für Tal.

Sein Magen brannte. Gerda Franzon polterte mit ihrer Last die Galerietreppe hinauf, und ihre Absätze klapperten über das Holz. Konrad war schwindlig. Er verstand nicht, was er gelesen hatte, und um sich zu beruhigen, las er die Verse noch einmal. Es war seine Schwäche, daß er Gefühle von Unwirklichkeit bekam, wenn ihm hart zugesetzt wurde. Wenn er seine Geistesgegenwart am meisten benötigte, ließ sie ihn völlig im Stich. Die Gedanken sprangen spielerisch und schreckensstarr umher, ungefähr so, als wenn er gerade einschlafen wollte. Er fühlte sich auch schläfrig.

Gerda trug eine Ladung nach der anderen auf die Galerie. Sie war jetzt außer Atem. Er wußte nicht, ob sie ihn ansah, wenn sie vorbeiging, denn er saß vorgebeugt und hatte die Hände vor dem Gesicht. Da hörte er die Skier purzeln. Doch die ließ sie bestimmt liegen. Die waren ungeheuer schwer. Jetzt krachte die Ofentür, und Papier raschelte. Es dauerte, bis er kapierte, erst der Rauch ließ ihn hochfahren.

»Nein, lassen Sie mich ran«, sagte er. »Das mache ich.«

»Ach ja?«

Klang sie höhnisch? Er zog die Klappe auf. Sie reichte ihm die Zündholzschachtel.

»Es ist sieben Uhr«, sagte sie. »Aber vielleicht kriegt man es ja noch warm, einigermaßen. Und vielleicht helfen Sie mir doch mit den Kleidern und Sachen, Herr Eriksson?«

Er schüttelte den Kopf.

»Ich werde die Öfen einheizen«, sagte er.

Sie war nicht mehr böse. Sie zupfte an seinem Jackenärmel und bat ihn, sich wieder hinzusetzen.

»Wir haben es schon so eilig, daß es kaum noch eine Rolle spielt«, sagte sie. »Ich muß mit Ihnen reden, Herr Eriksson. So geht das hier nicht.«

»Aber ja«, erwiderte er.

»Ich kenne Sie nicht wieder. Sie könnten doch wenigstens etwas sagen. Ich kann ganz im Ernst nicht glauben, daß Sie es nicht mitmachen wollen, diese Dinge hier, die Kleider, die Teddybären, die gestrickten Sachen finnischen Kindern und Zivilisten, die ausgebombt und aus ihren Häusern vertrieben wurden, zu schicken. Ich kann das einfach nicht glauben.«

»Das ist es nicht«, sagte Konrad. »Ich kann nur nicht.«

Er war nicht wie sonst, sprach langsam. Er hatte einen Kloß im Mund. Gerda sah ihn an, und da kehrte er ihr den Rücken und begann Holz in den Ofen zu legen. Genau wie er eben erst *Schon lange tot, doch schreitet uns voran ihr* gelesen hatte, las er ein ums andere Mal: *Näfvekvarns Werk, Näfvekvarns Werk.*

»Herr Eriksson«, sagte Gerda. »Drehen Sie sich um!«

Er tat es nicht.

»Hören sie mich wenigstens an.«

Sie setzte sich auf die Bank und rieb ihre Hände, die in

dem kühlen Raum rot geworden waren. Mit ziemlich heiser Stimme begann sie ihm zu erzählen, daß sie als Bereitschaftshelferin in Stockholm gewesen sei und die finnischen Kinder in Empfang genommen habe, die von den Kriegsschauplätzen gekommen seien. Das sei im Maria-Krankenhaus auf Södermalm gewesen.

»Kennen Sie das?«

Er nickte, ohne sich umzudrehen, vor dem Ofen kniend. Er pusselte mit der Zugklappe herum.

»Sie waren ausgehungert«, flüsterte sie. »Sie bekamen Magenschmerzen vom Essen, wir mußten es ihnen ganz vorsichtig verabreichen, und das konnten sie nicht verstehen. Es war schrecklich, es ihnen verweigern zu müssen. Wir konnten ja auch nicht mit ihnen sprechen. Die Dolmetscher konnten nicht überall gleichzeitig sein.«

Sie rieb sich die Hände am Stoff ihre Rocks und blies in sie.

»Ich habe noch nie so etwas gesehen«, sagte sie. »Ich habe wohl sehr behütet gelebt, fürchte ich. Sehr bequem. Es ist schwer, sich die Armut vorzustellen. Und die Angst. Sie waren so ängstlich, Herr Eriksson. Verstehen Sie das? Das, was ihnen geschehen war, war ja unerklärlich. Sie glaubten, daß auch wir schlecht seien. Als wir sie enthausen und baden wollten. Daß wir ihnen übel wollten. Es war fast überhaupt keines dabei, das richtig vertrauensvoll war. Ich hatte mir ganz und gar nicht vorgestellt, daß das so sein würde. Ich ... ja, ich glaubte, daß sie vielleicht dankbar sein wurden oder es zumindest schön fänden, daß wir uns um sie kümmerten. Verstehen Sie? Finden Sie das lächerlich ...«

»Nein, nein.«

Er schüttelte heftig den Kopf.

»Manche waren richtig *hart,* Herr Eriksson. Da war ein Mädchen, das einen kleinen Bruder hatte. Sie hatte so hohe Jochbeine, ein mageres Gesicht. Lächelte nie. Kein einziges Mal. Sie war ständig auf der Hut, und ihren kleinen Bruder durfte niemand anfassen. Als er eine Spritze bekommen sollte, drängte sie sich vor und nahm sie zuerst. Sie fürchtete, wir würden... verstehen Sie?« Konrad fragte sich, ob sie weinte, traute sich aber nicht, sich umzudrehen und nachzusehen.

»Sie kamen in unterschiedliche Häuser, sie und ihr Bruder. Man trennte sie. Es ist so schwierig, diese größeren Kinder unterzubringen, und zwei will man ja nicht gern aufnehmen. Mir blieb es erspart, mit ansehen zu müssen, wie man sie trennte.«

Sie saß eine Weihe schweigend da. Er glaubte schon, sie wäre mit dem Erzählen fertig.

»Und dann war da ein kleiner Junge, den ich baden sollte«, sagte sie plötzlich, tonlos. »Er traute sich nicht einmal zu mir herzukommen. Möglicherweise hatte er noch nie eine Badewanne oder eine Dusche gesehen. Ich sah ihm an, daß er glaubte, das sei etwas Grauenvolles, etwas, was ihm Schaden zufügen oder ihn gar töten könnte. Er fiel auf die Knie. Er bettelte, dem entgehen zu dürfen. Er bettelte und bettelte in seiner Sprache und sah mich an, wimmerte. Er bat so inständig flehentlich. Wissen Sie, das war furchtbar. Ich wollte hinausstürzen. Ich kam mir ja vor, als ob ich die Person wäre, für die er mich hielt. Ich wußte überhaupt nicht, was ich machen sollte. Ich konnte ihn ja nicht zwingen, in die Badewanne zu steigen, wenn er vor Schreck außer sich war.«

Sie verstummte. Nach einer Weile drehte er sich um und sah sie an. Sie saß vorgebeugt unter dem grellen Licht der Deckenlampe und hatte die Hände vors Gesicht geschlagen. Der Persianerhut war verrutscht. Konrad erhob sich langsam. Er hatte so lange vor dem Ofen gekniet, daß ihm die Füße eingeschlafen waren. Vorsichtig begann er sie zu bewegen. Ihm war, als täte ihm jetzt alles weh.

Was machten Sie dann, Frau Franzon?« fragte er. »Kam er ums Baden herum?«

»Nein, nein. Das ging nicht an. Sie fassen nicht, wie schmutzig und verwahrlost die waren. Ihre Eltern waren tot oder verschwunden. Nein, die mußten baden. Alle, wie sie da waren.«

Er sah sie an, jetzt direkt ins Gesicht.

»Ich tat folgendes«, begann sie, doch dann holte sie tief Luft und verstummte. »Wollen Sie wissen, was ich tat?«

Er nickte.

»Ich zog mich aus.«

Da wandte sich Konrad ab. Er spürte, daß er genauso rot wurde, wie sie es war.

»Ja, ich zog meine Kleider aus, und dann stieg ich selbst in die Badewanne und wusch mich von Kopf bis Fuß. Danach duschte ich mich. Er stand ganz am anderen Ende des großen Badezimmers und sah zu. Anfangs zitterte er vor Schreck, besonders als ich die Dusche anrührte. Doch dann kam er her zu mir. Und als ich fertig war und mich angezogen hatte, durfte ich ihn baden.«

Als Konrad hörte, daß sie fertig war, ging er quer durch den Saal zu dem anderen Ofen, begann an dessen Tür zu ruckeln und Späne und Zeitungspapier hineinzustopfen. Da hinten war es ganz still. Lieber Himmel, was hatte sie ihnen beiden angetan? Wenn er jetzt nicht mithalf...

Sie sagte kein Wort mehr. Und offenbar rührte sie sich nicht. Sie hatte sich vor ihm ausgezogen. Und er gab ihr das Gefühl, als habe sie das aus purer Berechnung getan. Aber das war nicht wahr!

Was wahr eigentlich wahr? Gott sei Dank brannte der Ofen sofort. Er nahm den Holzkorb und ging davon, sah sie, ohne den Kopf zu drehen, von der Seite an, als er an ihr vorbeiging. Sie saß noch immer vorgebeugt und mit den Händen vor dem Gesicht da.

Als er mit dem Holz zurückkam, war sie fort. Die Kleider und Skier lagen da wie vorher. Die Ofen brannten, die Deckenlampe hatte sie jedoch ausgemacht. »Vielleicht bläst sie den ganzen Finnlandabend ab«, dachte er. Doch das war eine wahnwitzige Hoffnung. Er ging hinauf in die Wohnung, und auch die war leer. Agnes war mit dem Mädchen bestimmt spazierengegangen, und die Zwillinge waren in der Schule. Es war ruhig im Casino, so ruhig, daß er Geräusche hörte, die ihm ganz unbekannt waren.

Das Haus stand nicht richtig still. Die halb morsche, poröse Bretterverkleidung hatte den Herbstregen angesogen. Im Herbst war das alte Theater wie ein halb verfaulter Pilz gewesen. Dann fror es und wurde fest. Jetzt begann die Sonne in der Mitte des Tages stärker zu werden. Das Haus tropfte und sabberte Rostwasser aus undichten Dachrinnen. Es würde sich vielleicht in der Frühjahrsüberschwemmung auflösen, der alte Kadaver, der es war, stückweise von dem graubraunen Wasser in den Rinnsteinen mitgerissen werden. Das wäre schön. Da verhöre er seine Arbeit hier bei Franzon. Da wäre er gezwungen, jeden Morgen um vier Uhr aufzustehen und bei Anker Teige anzusetzen und Bleche abzukratzen. Wenn er überhaupt Arbeit bekäme, jetzt, wo Stalin mit Hitler zusammengegangen und Finnland angegriffen worden war. Frau Anker war Witwe, alt und zum Fürchten. Er hatte ziemlich Angst vor älteren Frauen, und er würde sie niemals überzeugen können. Sie wußte nichts von dem Flirt der finnischen Offiziere mit Hitler, von der Grenze, die dreieinhalb Meilen vor Leningrad verlief und von der Spitze von Hangö. Seine Arbeit würde mit dem Schmelzwasser davonströmen. So laß sie doch gehen! Er würde immerhin darum herumkommen, aus Ovodin und Lifettin und P-Masse und Condin und Teufelszeug Teige zu rühren.

Gib dich jetzt nicht auf, würde Agnes sagen. Es muß doch einen Ausweg geben. Das war ihre Philosophie. Es mußte, weil es mußte. Agnes versuchte ihn ständig daran zu hindern, sich aufzugeben. Sie nannte das so.

Aber eben dort unten, zusammen mit Gerda Franzon, war er sich völlig wahnsinnig vorgekommen. Nicht nur so, wie man es so sagt, sondern wirklich verrückt. Einige Augenblicke lang hatte er dort unten auf dem Gang gestanden und sie der finnischen Kinder wegen weinen hören, und weil sie ihm, dem Hausmeister im Casinohaus, erzählt hatte, daß sie sich nackt ausgezogen habe, und er ihr trotzdem nicht geholfen hatte. Da merkte er, daß er richtig verrückt war, daß ihn nichts scherte. Er wollte keinem einzigen Menschen helfen. Da war für einen Augenblick alles ganz und gar wahr. Und es war schön, daß Agnes nicht da war.

Dann glaubte er wieder ein Geräusch zu hören. Diesmal ging er nicht nach unten, sondern über den Dachboden auf die Galerie. Das Theater lag nun bald im Dunkeln mit seinen grauen Kleidermassen, die kaum wahrzunehmen waren, weil sich das Licht verzogen und diesen Ort seiner Muffigkeit, seinem Knacken in verrotteten Brettern und dem Geschlürfe des Schmelzwassers überlassen hatte. In dem Durcheinander der Kleider auf den Bänken und dem Fußboden und auf der sich biegenden Bühne konnte sein Gedächtnis diese dunkle Masse mit einem speckigen Kragen, einem fleckigen Hosenschlitz und dem kleinen, verbuckelten Pulloverärmel mit kleinen Armen, Füßen und Beinen, verzerrten Körpern und Gesichtern, in die der Schreck gefahren war, füllen.

Es war vollkommen still, als er auf die Galerie hinaustrat und sich über sie hinabbeugte. Das war Zeit hier unten, stillstehende Zeit. Das waren Pfützen verschütteter Zeit und mit Kindergesichtern, die in schönen Mustern wie Konturen von Schnecken in Stein Grimassen schnitten, den kleine Nasen, der Wölbung der Stirnen, den über die Zahnreihen geschürzten Lippen versteinerte Zeit.

Es war Zeit, die verrottete, und es waren stinkende Kleider, haufenweise hier für Lumpen hinterlassen, dafür in Fetzen gerissen und verwertet zu werden. Irgend jemand würde vielleicht auf Kissen mit einer Füllung aus all dieser Zeit schlafen, auf Matratzen aus kompakter Zeit lieben, diese Kleidungsstücke wenden und den Staub und Schmutz aus den aufgetrennten Nähten bürsten, die Stücke zu neuen Kleidern zuschneiden, die an irgendeiner Bahnstation gleich vor dem Schweigen abgelegt würden.

Dort spreizten sich Skier und Stöcke in Schnee und erstarrtem Staub, mit klammen Händen niedergelegte Gewehre, der Flußlauf vor Schmelzwasser und verfaulten Brettern, aufgeplatzten Stiefeln, wie Keulen aufgequollenen und vom Frost blutenden Füßen strotzend, Blut und Öl im Schnee. Und hier auf der Bühne lag eine Leiche, die aufgequollen und wieder eingetrocknet war, kalt geworden war und eine Pergamenthaut bekommen hatte, staubig und steif geworden war. Es war ein Standbild, das man in einen Schrank wegpacken und beim nächsten Jubiläum mit einem Staublappen abwischen konnte, das bei Mäntsälä wieder aufquoll und einem mächtigen Bauernzug vorangetragen wurde und das bei jeder Entführung, jeder Mißhandlung und jedem Tod auf jedem nadelglatten und abgetretenen Waldhügel und in jedem schlammigen Graben-Grimassen schneidend im Auto saß. Beim Wort Lappo erhob er erneut seine gelbe, aufgesprungene Stirn, wie er sie bei Savolaks und Porrasalmi wie ein Hund, der vor Hühnern steht, erheben sollte. Er stand jedoch vor Leichen, vor dem Geruch nach Tod im Gestrüpp.

Auf dem Katafalk aus alten Koffern auf der Bühne liegt er mit einem Stirnband, das zerrissen ist, weil alte Seidenbinden letztendlich immer zerschleißen, und das Loch ist zu sehen, und die Wangen sind mit Fettwatte ausgestopft, der Mund rosig geschminkt und die Klaue, die das Heft des Degens umfaßt, aus dem die Steine herausgefallen sind und dessen Silber schwarz geworden ist, ist mit einem Handschuh bekleidet, und der Handschuh ist mit der gelben Watte ausgestopft, üppig, ja von neuem aufquellend. Es ist wieder diese Zeit. Er hebt die Stirn, bald steht er wieder vor Leichen. Es ist jetzt vollkommen still. Die Zeit ist erstarrt. Der Staub läßt sich nicht abwischen. Er ist ein Belag, eingebrannte Schatten. Die Kleider hassen sich nicht wegräumen, das ist ganz unmöglich. Sie sind zu Hosen und Pullovern aus Stein geworden. Hier, einige Schritte vor dem Schweigen, sind die Haufen Kleider aus Stein.

Jetzt kamen die Bereitschaftshelferinnen. Sie hatten schon die Uniformen für den Abend an. Er sah sie durch das Küchenfenster und hörte ihre Stimmen. Sie trugen und schleppten, und das ganze Theater schallte von lautem Rufen und Kommandos. Einige hatten ihre Hausangestellten dabei. Gerdas helle Stimme war oft zu hören, fröhlich und optimistisch, wenn sie die Bereitschaftshelferinnen mit hohen, schwankenden Kleiderlasten auf die Galerie dirigierte. Sie war offenbar wieder die alte. Doch wie mußte sie ihn, Konrad Eriksson, den Hausmeister, Verräter und Voyeur hassen! Falls sie überhaupt einen Gedanken an ihn verschwendete.

Er müßte heizen, vermochte aber nicht hinunterzugehen. Agnes kam heim und verabreichte im Bikarbonat. Es war ja ausreichend Holz vorhanden dort unten. Sie heizten wohl. Sie waren in der Lage dazu, denn sie hatten eine Ausbildung an der Feldküche, eine Woche Sommerkurs in Malmköping. Er lag auf dem Sofa, las unlustig »Freude der Arbeit« von Josef Kjellgren in einer Zeitschrift. Agnes wärmte Milch und weichte Zwieback darin auf, streute Zucker darüber und fütterte ihn wie ein Kind. Manche vertragen Milch bei Magenkatarrh nicht, für ihn war sie die Rettung.

»Du Armer«, sagte Agnes. »So ein Pech.«

Sie wußte jedoch sehr wohl, was los war. Sie brauchten nicht darüber zu reden. Seine unseligen Schritte den ganzen Vormittag dort unten über den Bretterfußboden hatten es ihr verraten, das Gepolter der Holzscheite und das lange Schweigen.

Jetzt kamen die Möbelpacker mit dem Klavier. Möglicherweise hätte er hinuntergehen und ihnen helfen sollen. Er wußte, daß in der Türöffnung einige Millimeter fehlten, wenn man aber den einen Türflügel aushängte, ging es gut. Es geschah nichts, also sind sie wohl selbst dahintergekommen. Dann setzte Geklimper ein. Es waren noch zwei Stunden Zeit, und so lange klimperte es. Das mußte der Klavierstimmer sein. Konrad ging auf die Galerie hinaus und schaute hinunter. Neue Plakate. SCHWEDISCHE MÄNNER, ZÖGERT NICHT! Schwedische und finnische Flaggen auf der Bühne und große, üppige Topfpflanzen aus dem Blumengeschäft, ein Rednerpult mit weißen und blauen Bändern, Nelken, eine Wasserkaraffe. Er schlich dort oben zwischen dem Gerümpel umher, konnte sich nicht davon fernhalten. Er wollte Gerda Franzon sehen. Ganz richtig, sie war wieder die alte. Der Persianerhut saß gerade auf dem Kopf, die Wangen glühten, die Haare kräuselten sich. Sie stellte ein paar große Silberkandelaber auf die Bühne. Sie flankierten das Rednerpult. Hohe, gelbliche Kerzen. Waren die aus Wachs?

Die Bereitschaftshelferinnen versammelten sich um sie, und sie erzählte, daß sie die Kandelaber geerbt und sie normalerweise weggeräumt habe.

»Sie standen für gewöhnlich in der Bibliothek«, sagte sie. »Auf dem Tisch meines Vaters, wo er seinen Altar hatte. Die Trauungen wurden dort vorgenommen, und dazu pflegten wir die Kerzen auf den Kandelabern anzuzünden. Aber in einer normalen Wohnung kann man sie unmöglich aufstellen, so groß, wie die sind. Doch jetzt habe ich sie geputzt. Könnt ihr euch das vorstehlen – das dauerte zwei Stunden!«

Sie lachte. Ja, sie war wieder die alte, und er war froh darüber. Möge sie ihn vergessen, vergessen, daß er existierte, ihn so total vergessen, wie ein kleines Mädchen einen Vogel, der mit dem Schnabel voran gegen ein Gewächshausfenster gestürzt war, vergißt. Oder nicht vergißt.

Als sie von den Kandelabern erzählte, standen ihr bestimmt Tränen in den Augen. Womöglich konnte sie sie herbeibefehlen. Womöglich standen sie parat und glitzerten in ihren weichen braunen Wimpern, allein wenn sie an bestimmte Dinge dachte. Kinder und Krieg. Döbeln bei Jutas. Papas Kandelaber.

Jetzt trafen allmählich die Leute ein, viele Leute. Mit dem Heizen war das kein Problem. Der Saal würde von ihren Körpern und ihrem Atem warm werden. Ein Weilchen konnten sie für die Sache Finnlands wohl auf harten Holzbänken frieren. Gerda Franzon mußte an diesem Tag nichts gegessen haben. Sie war praktisch die ganze Zeit über hier gewesen. Und wie mußte sie in ihren dünnsohligen Schuhen frieren!

Jetzt kamen die Ehrengäste. Da war der finnlandschwedische Schriftsteller, der gleichzeitig Offizier war. Welch rosiger Nacken, welch weiches Haar! Und dort der schwedische Presseattaché, auch er in Uniform, mit der Schauspielerin am Arm langsam einherschreitend. An Konrads Seite raschelte es – es war Agnes, die sie sich anschauen wollte. Das konnte man ja verstehen. Die Schauspielerin war berühmt. Sie hatte einen Pelzkragen um und kleine pelzverbrämte Bottinen an. Wie elegant! Sie traten auf die Bühne, und alle applaudierten lange, wahnsinnig lange. Doch die Schauspielerin war das wohl gewohnt. Er fragte sich, was sie wohl dachte.

Gerda Franzon saß mit dem Hut auf dem Kopf am Klavier. Jetzt setzten sich die Ehrengäste auf der Bühne, und der blauäugige Schriftsteller und Offizier schob der Schauspielerin den Stuhl hin, und dann wurde es still, und Gerda spielte auf dem völlig neu gestimmten Klavier den »Björneborger Marsch«. Sie spielte kraftvoll, mit kleinen energischen Händen, die rot waren vor Kälte.

Konrad zog sich über den Dachboden zurück. Er ging hinein und legte sich wieder aufs Sofa. Das Haus war so undicht, daß er das meiste von dem, was unten im Theater gesagt wurde, hören konnte. Der Presseattaché dröhnte, und die helle Stimme der Schauspielerin fiepte wie eine Glasfeile. Sicherlich trug sie dieses Gedicht über Finnlands tiefe Wälder vor, das Gerda auf der Bank abgelegt hatte. Er konnte sich Gerda Franzons Gesichtsausdruck vorstellen, als sie darum bat. Was ist Wahrheit? Gibt es so etwas?

»Willst du nicht noch ein bißchen Milch haben?« fragte Agnes. Dann trampelte jemand unmanierlich und absichtlich auf der Treppe, während der Schriftsteller dort unten über Finnland sprach. Es waren der Gießer, der Möller hieß, den die Leute in der Stadt aber Bolschewikenhöhle nannten, und Schuster Wickman. Sie waren ziemlich mürrisch. Vor zehn Jahren hätte hier, wenn es vonnöten gewesen wäre, kein Finnlandabend abgehalten werden können. Der Saal hatte den Roten gehört, sosehr er auch Franzons Eigentum sein mochte. Jetzt lag die kommunistische Arbeiterkommune seit fünf Jahren darnieder, und kein Bürger dachte noch mit Scheu an das Casino.

Als Möller und Wickman kamen, empfand Konrad als Abwechslung zu dem anhaltenden stumpfen Schmerz eine wahre und brennende Wut in der Magengrube. Sie kamen, um zu kontrollieren, daß er da unten keinen Dienst versah, davon war er überzeugt. Er lag mit seiner Zeitschrift auf der Brust auf dem Sofa und antwortete kurz angebunden, wenn er angesprochen wurde. Er ärgerte sich über Agnes, die sich lang und breit über seinen Streik ausließ, als ob der einer großen Sabotage gleichgekommen wäre, eine richtige Heldentat dort unten in dem kalten Theater. Ihm war, als sähe er Döbeln erneut die Stirn heben, eine Männerstimme dröhnte aufs neue da unten von der Bühne, und er bat Agnes, den Mund zu halten. So etwas hatte er noch nie in seinem Leben zu ihr gesagt. Es wurde absolut still in der Küche.

Nun las die Stimme die Namen der Firmen vor, die Finnland einen Tagesgewinn gespendet hatten, und sie saßen schweigend da und hörten sie aufzählen: Ankers Konditorei, Auto & Traktor Aktiengesellschaft, Rudolf Landströms Maschinenfabrik AG, Perssons Metzgerei, Ainas Damenfrisiersalon, Hedberg Gold und Silber, Sportpreise und Ehrengaben, und plötzlich räusperte sich Schuster Wickman und begann Gerüchte zu erzählen, um sie zu übertönen.

»Man machte es nicht anders«, dachte Konrad. »Ernste Zeiten erfordern Gemeinsinn, Wachsamkeit, Stillschweigen« stand auf allen Bretterzäunen, doch alle erzählten Gerüchte. Über Per Albin und Günther und Rationierungen und Bomber und daß die Kommunisten in Konzentrationslager sollten.

Er hatte bisher nie darüber nachgedacht, aber jetzt hatte er mit einem Mal die Gerüchte absolut satt. Der Gießer erzählte, daß sein Freund und Parteigenosse Ljung, ein Bahnarbeiter, beim Umladen von Kisten in einen Güterzug, der vor einigen Nächten auf Abwegen geraten sei, dabeigewesen sei.

»In drei Teufels Namen, da waren Maschinenpistolen und Neunmillimetermunition drin, alles deutsch. Könnt ihr euch das vorstellen? Wir kriegen deutsche Waffen. Die Gefahr ist nicht groß, daß wir damit auf die Deutschen werden schießen müssen, damit nicht! Das kann zumindest nicht der Sinn und Zweck sein.«

»Gerüchte, ich habe die Gerüchte satt«, sagte Konrad.

»Das sind, der Teufel soll mich holen, keine Gerüchte. Sie haben hinten bei den Lokschuppen, wo es dunkel war, ein paar Bretter von den Kisten aufgebrochen, und da haben sie gesehen, was es war, wie deutlich auch immer.«

»Aber wenn das wahr ist«, entgegnete Konrad, »warum hat er sie dann umgeladen? Warum hat er sich nicht geweigert? Warum hat er das gemacht?«

»Ja«, meinte der Gießer, »ich weiß nicht, ob das so viel Sinn gehabt hätte.«

»Aber irgendwo muß doch die Grenze sein! Oder nicht? Bist du da nicht einer Meinung mit mir? *Irgendwo muß doch die Grenze sein.«*

»Jaja«, brummelte der Schuster, der sonst so gern debattierte, und Konrad merkte, daß sie ihn wie einen Kranken behandelten. Das erboste ihn. Er verfiel wieder in Schweigen. Nach einer Weile gingen sie.

»Na also«, sagte er. »Die Kontrolle ist nun erledigt.«

»Aber Konrad!« sagte Agnes. »Das sind doch deine Genossen. Du gibst dich auf.«

Er ging wieder auf den Dachboden hinaus und öffnete einen Spalt weit die Brettertür zur Galerie. Da unten applaudierten sie. Dann trat die Schauspielerin vor. Die Arme hielt sie am Körper. Die Hände waren leicht gedreht, so daß die Handflächen zu sehen waren. Nun hob sie den Kopf. Im Theater war es ganz still. Sie trug langsam, ziemlich verhalten, aber mit trauervollem Jubel in der Stimme »Du alter, du freier, gebirgiger Nord« vor. Er starrte auf ihr weißes, nach oben gewandtes Gesicht. Sie begann mit der zweiten Strophe, die Stimme war hochgegangen, sie wurde kraftvoller.

Du thronst und gedenkst großer Vergangenheit,
Da auf Erden dein Name gefeiert worden:
Ich weiß, du bleibst, was du warst, allezeit,
Ja, leben will ich, will sterben im Norden!

»Es gibt niemand Gescheiten«, dachte Konrad. »Wenn ich wieder ein richtig kleines Kind hätte. Oder wenigstens einen Hund.« Er hörte sie »Unser Land, unser Land« singen, als er vorsichtig die Tür hinter sich schloß.

Am nächsten Tag kam Gerda Franzon vorbei und holte ihre Kandelaber ab. Er hatte sie in den Vorratsschrank gestellt und Handtücher darumgeschlagen. Es war der einzige Schrank, der hoch genug war. Sie hatte gesehen, daß unten im Theatersaal aufgeräumt war.

»Ich sah, daß sie nach dem Finnlandabend aufgeräumt haben, Herr Eriksson«, sagte sie. Er antwortete nicht, sondern holte Propst Åkerlunds Kandelaber hervor und wickelte sie aus den Küchenhandtüchern.

»Ich habe sie hier oben aufbewahrt«, sagte er. »Die Schlösser unten sind schlecht.«

»Ich habe sie vergessen«, sagte Gerda.

Sie mußte aufgeregt gewesen sein, als sie wegging. Vielleicht bat sie die Schauspielerin, den Schriftsteller, der gleichzeitig Offizier war, und den schwedischen Presseattaché hinterher zum Tee. Er konnte sich das gut vorstellen.

Nun war sie fertig. Sie wollte gehen, und wie üblich hatte sie es eilig. Sie wollte hinunter zur Bahn und an den Abschiedsfeierlichkeiten für die Finnlandfreiwilligen teilnehmen. Sie dankte ihm noch einmal steif, und dann sagte sie unvermittelt:

»Sie haben doch Magenkatarrh?«

Er sah sie verwundert an. Sah man das, wie der Magen schmerzte? Nein, sie wußte von jeher, daß er sich mit diesem Leiden herumschlug. Sie sah ja nicht einmal ihn an, sondern die Küchengardine, die die Kinder mit verschmierten Fingern angefaßt hatten.

Wenn mein Mann auf Urlaub nach Hause kommt, werde ich die Sache von gestern abend nicht erwähnen«, sagte sie. »Ich wollte nur, daß Sie das wissen. Zu den Bereitschaftshelferinnen sagte ich, daß Sie krank seien. Daß Sie Magenkatarrh hätten.«

Ihr Nacken und ihr Rücken waren ganz steif, als sie ging.

Am nächsten Tag las er im »Korrespondenten«, daß fünfhundert Personen am Bahnhof gewesen seien, als die Freiwilligen abreisten. Es waren dreizehn Mann aus der Stadt und dem Umland, die fuhren. Sie hatten Geschenke erhalten. Der Oberarzt hatte eine Tasche mit Verbandsmaterial übergeben, und der Stadtratsvorsitzende hatte eine Rede gehalten. Er hatte gesagt, daß es eine unvergängliche Ehre für die Gegend sei, daß sie führen. Anschließend hatte er ein kräftiges Hoch ausgebracht.

Konrad hatte keine Mühe, sich vorzustellen, wie Gerda Franzon hurra schrie, und ebensowenig, wie sie zusammen mit den anderen »Ein feste Burg ist unser Gott« sang. Der Zug fuhr. Nach einer Weihe kam er jedoch wieder zurück, diesmal langsam ruckelnd. Er war hinten bei den Lokschuppen auf einer Weiche umgekoppelt worden. Die Stimmung mußte konfus gewesen sein. Er fragte sich, ob wohl einer von den Freiwilligen, die mit blassen Gesichtern an den Fenstern hingen, gelacht hatte. Oder ob sie beim zweitenmal nicht einmal mehr an die Fenster gegangen waren.

Schließlich hatte sich jemand gefaßt und auf dem Bahnsteig »Du alter, du freier« angestimmt, und sie hatten gesungen, während der Zug von neuem abfuhr, diesmal richtig. Er war sich fast sicher, daß es Gerda Franzon gewesen war, die sich gefaßt hatte.

Was ist Arbeit?

Das ist eine Grotte im Berg mit einem vor die Öffnung gewälzten Stein.

Was ist Arbeitsfreude?

Das ist, wenn das Pferd träumt, daß es aufspringt, nachdem es sich im Morgentau naßgerollt hat.

Was ist Müdigkeit?

Das ist ein salziger Geschmack nach Blut auf der Zunge.

Was ist Überdruß?

Das ist das Kreischen des Göpels, Holz in Eisen.

Was ist der Mühe Lohn?

Mehr Mühe.

Was ist der Arbeiter?

Ein blindes Pferd.

Warum arbeitet er?

Weil einer, der schlauer ist als er, einen Stein vor die Öffnung gewälzt hat.

Warum verläßt er seine Arbeit nicht?

Darum, weil er sich im Kreis bewegt.

Was ist der Sinn der Arbeit?

Den Göpel in der Grube im Kreis herumzuziehen.

Wer sieht das Licht?

Der Herr des Hauses. Er ist draußen. Er sieht das Licht der Sonne.

Plötzlich wollten alle einen Trenchcoat haben. Das hieß einen Schützengrabenmantel: Die Männer, die noch zu Hause waren, wollten nicht wie Untaugliche, Plattfüße und Zivilisten aussehen. Sie nahmen die Gürtel ab und zogen Ledergurte mit Schnallen und doppelten lochreihen ein. Es fehlte nicht viel, und sie hätten wie Offizierskoppeln ausgesehen. Kleine Kinder hatten Trenskotte. Die waren militärgrau. Die Männer, die noch zu Hause waren, radelten zwischen langen Holzstapeln hindurch, sie radelten zu den Betrieben und trugen Trenchcoats und Baskenmützen. Bei Curt Carlsson, der Kurre-Kleider gegründet hatte, breiteten große Kronleuchter unter der Decke ihre Arme aus.

Ingrid Johansson nähte Schulterklappen. Sie lagen doppelt und waren mit Einlagen aus kräftiger Leinwand, Knopflöchern und doppelter Steppnaht am Rand versehen. In manchen Wochen nähte sie Gürtel, und ganz selten kam sie zum Futter in den Akkord. Das war das beste. Das ging manchmal so gut, daß sie den Kupon, den sie vom Auftragszettel abgerissen hatte, für die nächste Woche aufsparte, um den Akkord nicht kaputtzumachen.

Nichts hätte sie dazu bringen können, einen Trenchcoat anzuziehen. Trotzdem war das Qualität. Das war schwedische Qualität.

Schwedische Qualität sind dichte, schnurgerade Steppstiche, gleichmäßige Nahtzugaben, Futter mit tadelloser Paßform, Säume, die sich nicht lösen. Das ist Tempo. Das sind zweihundertfünfundzwanzig Frauen, die über den Stoff gebeugt gesessen und Fäden gezogen, Nacken genäht, geschnitten und gekerbt haben. Das sind Staub und Flusen und Geratter. Das ist der Zuschnitt mit flinken Männern und besserer Bezahlung. Das ist 1938 das schwere Unglück an der Presse, bei dem zwei Männer durch die Hitze, den Dampf verbrüht wurden. Das sind feste Taschen, Knöpfe, die nicht abgehen, schlechte Ventilation, Geratter, Gesurre und ein elender Zug. Das sind sauber genähte Nacken, müde Rücken, gleichmäßige Kragenecken, Stummheit, Überdruß, stierende Augen, Anschnauzer bei Tisch, Tränen und Verweigerung. Das ist Tempo, Tempo, Tempo. Das ist eine Kantine, wo am Abend von den Putzfrauen der Rattenkot zusammengekehrt wird, das sind weiße Kugellampen an der Decke. Das ist Tempo, das Zeit bedeutet. Schwedische Qualität ist Direktor Curt Carlsson, der das Schneiderhandwerk in Frankreich und England studiert hat, der aus Västergötland kommt, wo sein Vater eine Mützenfabrik besaß, der schon im Alter von zwei Komma fünf Jahren eine Mütze für seinen Bären und ein Jahr später eine kleine Weste nähte, der mit seinen Trenchcoats, Anzügen, Kostümen und Paletots in großen, sinnreichen Koffern Mittelschweden persönlich bereist und der den Begriff Tempo in seiner Fabrik eingeführt hat. Das sind Johansson im Zuschnitt und der Lagerchef Forsander, die das wohl begriffen haben. Das sind sinnreiche Maschinen zum Annähen der Knöpfe und zum Lochen. Das ist minutiöses Pikieren, das sind Tempo, Tempo und ein Band, das läuft, anhält, läuft, anhält. Das sind Jackenrevers, die auf dem Untergrund anliegen, und Hosen mit gleichmäßigen Aufschlägen, dichten, verdeckten Knopfleisten am Schlitz und sorgfältiges Bügeln. Schwedische Qualität sind Luthers Katechismus und die Auslegung des vierten Gebots. Das sind das erste Buch Mose, Kapitel drei, Vers neunzehn, hunderttausend Kronen in Aktien und eine Stechuhr.

Ingrid hatte 1935 bei Kurre-Kleider angefangen. Da hatte sie für 27 Öre in der Stunde dagesessen und Fäden aus Jacken gezupft. Es war eine lange Reihe von Mädchen, die damals an den Tischen saßen und die Heftfäden der Schneider herauszogen. Sie hatten keine Rückenlehnen, aber Schemel unter den Füßen. Wenn große Aufträge zu erledigen waren, mußten sie pro Abend zwei Überstunden machen und bekamen dann 32 Öre in der Stunde. 1938 wurde die neue Fabrik gebaut, ein viergeschößiges, oben vollkommen abgeplattetes Haus im funktionalistischen Stil. Auf dem Flachdach sollte ein Garten zur Rekreation der Arbeiter angelegt werden, und er wurde vom Architekten entworfen und im »Korrespondenten« abgebildet. Er wurde nie ausgeführt. Jetzt stand eine Flugabwehrkanone auf dem Dach.

Ingrid hatte Fäden gezupft und war dann in den Zuschnitt avanciert, wo ihre Aufgabe darin bestanden hatte, perforierte Schnittmuster aus Pappe auf den Stoff zu legen, mit einem Kreidewisch einige Male darüberzugehen und den Stoff weiterzuschicken. Dann war sie in den großen Nähsaal mit seinen langen Fensterreihen und weißen Kugellampen gekommen, wo die Nähmaschinen dicht aufeinanderfolgten und das Geräusch um jede herum einen Schirm bildete. Dort war sie geblieben und inzwischen zu einer recht geschickten Detailnäherin geworden. Sie kannte jedoch Mädchen, die wie Kugelblitze durch das Haus gefahren waren, gewechselt hatten, weitergewandert waren, beim Nähen von Schulterpolstern Staub gehustet und um Versetzung gebeten hatten, in die Packerei gekommen waren und vom Stehen Rückenschmerzen bekommen hatten. Andere schienen irgendwann in den dreißiger Jahren an ihre Nähmaschine gekommen zu sein und seither dort zu sitzen, gebeugt und kurzsichtig. Das Band glitt dahin. Hielt an, glitt weiter. Das Haus war für das Produkt erbaut. Nicht für die zufälligen, gekrümmten, hustenden und kurzsichtigen Menschen, für die es sich so ergeben hatte, daß sie hier sitzengeblieben waren, während die Jahre dahingingen. Der Stoff kam auf Lastwagen zur Aufnahme im Kellergeschoß, wo sich Schutzräume und Kartonvorräte befanden, und fuhr dann hinauf zum Lager ins Dachgeschoß, von dort zum Zuschnitt, wo er mit elektrischen Handmaschinen oder in Bandmaschinen, die auf einen Schlag fünfzehn Anzüge schaffen konnten, zugeschnitten wurde. Er bewegte sich auf seiner Gleitbahn in den zweiten Stock zur Hosenfertigung weiter. Im ersten Stock lag der große Nähsaal, in dem Trenchcoats, Jacken, Westen und Kostüme genäht wurden. Gebügelt und geprüft wurden die Kleidungsstücke im Erdgeschoß und glitten am Ende hinunter ins Lager, wo sie mit Seidenpapier zwischen den Falten in Kartons gelegt und weggefahren wurden.

Als Ingrid in den Nähsaal kam, da entdeckte sie zum ersten Mal, daß es Frauen gab, die bei Kurre alt geworden waren. Sie selbst war da knapp dreißig. Sie sah, daß deren Hintern vom Sitzen breit und platt, die Rücken krumm und die Augen kurzsichtig und blinzelnd geworden waren. Sie hatte noch nie darüber nachgedacht, wie man alt wurde, nur, daß man es irgendwann in einer anderen Zeit wurde. Eines Abends nahm sie den Garderobenspiegel ab, stellte ihn auf einen Küchenstuhl und besah ihren nackten Hintern – Arne war einberufen – und fand nicht, daß er platt geworden war. Noch nicht. Sie hörte die älteren Frauen oft über Rückenschmerzen klagen. Selbst ließ sie nie etwas davon verhauten. Sie hatte den Verdacht, daß viele Jüngere es so machten wie sie. Sie schwiegen darüber und versuchten sie als etwas Vorübergehendes abzutun.

Doch obschon sie alterten und Schmerzen bekamen, obschon sie eine Stempeluhr, Akkord, Fließband, Vorarbeiter, Staub und Flusen und in der Kantine den verdammten Rattenkot hatten, der auch in das neue Fabrikgebäude gefolgt war, gab es nicht viele, die sagten, daß es ihnen nicht gefalle. Besonders nicht unter den Älteren. Die plattesten Hintern, die krummsten Rücken sagten im Gegenteil, daß es ihnen bei

Kurre gefalle. Es sei wunderbar, sagten sie. Besser als in der »Dose«, zwanzigmal besser als im Fruchtmus und hundertmal besser, als man es früher gehabt habe. Da habe es nichts anderes gegeben, als in Stellung zu gehen, sagten sie. Doch da ging Ingrid. Das taten die meisten Jüngeren, wenn die alten Tanten vom Melken und vom Antreiben des Separators zu labern anfingen. Doch sie hätte vielleicht dableiben sollen. Sie hätte dableiben und Greta Hjelm, die Futter nähte und schon seit achtzehn Jahren hier war, fragen sollen, was denn Arbeitsfreude sei. Im übrigen wußte Ingrid die Antwort. Sie hatte sie viele Male gehört.

»Man ist doch froh, daß man was hat«, sagte Greta gewöhnlich. »Und dann sind da die Kolleginnen. Mir hat es immer gefallen, ganz bestimmt. Auch wenn es anstrengend und eintönig ist. Aber ich habe Glück gehabt mit den Kolleginnen. Man hat ja einige andere gehört, die gesagt haben: ›Nein, hier bleibe ich nie! Jedenfalls nicht länger als eine Woche.‹ Und dann sind sie dageblieben. Die Jahre vergehn. Man muß doch was haben. Und was andres gibt es doch nicht. Nein, man kann froh sein, daß man immerhin am Jackenband sitzt und Taschenklappen und Billettaschen und so 'nen Kleinkram näht. Das könnte ich jetzt auch nicht mehr lernen, dazu bin ich zu alt. Ich fasse die Ränder dieser Futter hier mit Schrägband ein, und in manchen Wochen ist der Verdienst gut. So gut, daß ich manchmal einen Kupon vom Arbeitszettel beiseite legen kann. Das darf man ja eigentlich nicht machen, aber man will ja auch den Akkord nicht kaputtmachen. Drum kann sich unsereins nicht beklagen. Wenn es auch anstrengend ist.«

Ingrid fragte sich dennoch, wie das zusammenging. Die meisten Menschen, die sie kannte, haßten ihre Arbeit doch. Nicht auf eine stürmische Art, und sie würden sie auf keinen Fall los sein wollen. Sie haßten sie jedoch unterschwellig, so, wie man in einer alten, fehlgeschlagenen Ehe haßt, und genau wie in einer solchen, trat eine allmählichen Vergiftung ein, eine Gewöhnung an das Unleidliche und an die Überzeugung, daß das Leben dazu da sei, um zu leiden, die Zeit, um totgeschlagen zu werden, und man mußte sowieso dankbar sein, solange man sich noch die Schuhe binden und selbst anziehen konnte.

Sie sagte das zu ihrem Bruder Konrad, dem einzigen, den sie kannte, zu dem man so etwas sagen konnte. Sie sagte auch, daß sie zu dem Schluß gekommen sei, daß die meisten jedenfalls nicht so dächten. Die meisten dächten überhaupt nicht. Die gingen nur her, setzten sich dorthin, wo sie sitzen sollten, und dort säßen sie, bis der Hintern platt und der Rücken krumm seien und die Augen streikten, und da wechselte man sie gegen solche mit einem runden Hintern und einem Paar guter Augen aus, während die Kleidungsstücke auf den Bändern weiterglitten.

»Die denken schon«, entgegnete Konrad. »Aber die denken wohl nicht so wie du.«

Er sagte das für seine Verhältnisse ziemlich trocken, und sie merkte an seinem Ton, daß er das, was sie gesagt hatte, nicht gut fand. Dann fragte er sie, wie oft sie zu den Gewerkschaftsversammlungen gehe.

»Ja, wie oft«, sagte sie. »Was meinst du damit? Das ist ganz unterschiedlich. Ich brauche ja auch jemand, der auf Ulf aufpaßt.«

Er schwieg.

»Aber ich gehe schon hin. Ich pfeif nicht auf die Gewerkschaft, falls du das meinen solltest!«

»Wie oft machst du da den Mund auf?«

»Wenn es nötig ist«, schnitt sie ihm das Wort ab.

Sie hatte jedoch noch nie etwas gesagt. Und er schien das zu wissen.

»Die reden ja so komisch«, sagte sie. »Es ist, als ob die alle plemplem würden, wenn sie dort den Mund aufmachen sollen. Steif und komisch. Die labern. Über Gemeinschaftsakkord und Zulagen und das ganze Zeug.«

»Worüber willst du denn reden?«

»Arbeitsfreude«, sagte sie.

»Tu's doch!« meinte Konrad.

Er erhob sich und holte ein Blatt Papier, das in einem Buch steckte.

»Das habe ich vor kurzem zurückgekriegt«, sagte er. »Das handelt davon.«

Sie las.

»Was ist denn das?« wollte sie wissen.

»Ein Gedicht.«

Sie konnte keine Verse erkennen, darum war das nicht so einfach zu verstehen. Nachdem sie noch einmal aufmerksam gelesen hatte, sagte sie:

»Das würde ich gern abschreiben.«

»Behalt es«, sagte Konrad. »Ich habe es von einer Zeitschrift zurückgekriegt. Und woanders will ich es nicht mehr probieren.«

Da kam ihr auf jeden Fall eine Idee.

Sie ging mit dem Gedicht in ihrer Handtasche zur Gewerkschaftsversammlung in den B-Saal des Volkshauses. Aber bereits das Geräusch des Kieses im Hof, der unter den Schuhsohlen der Frauen knirschte, als sie aus dem regnerischen Dunkel traten und auf den Ziegelbau zugingen, ließ ihren Mut sinken.

Sie hatten am vierten Dienstag jeden Monats Ortsvereinsversammlung, und der Vorsitzende, der Evald Ström hieß und als Presser bei Kurre arbeitete, eröffnete die Versammlung immer damit, daß er sagte, er heiße die wenigen Anwesenden willkommen. Das beschämte Ingrid und ließ sie auf ihre Skistiefel hinunterschauen. Sie argwöhnte, daß alle, die in den hinteren Stuhlreihen saßen, genauso empfanden wie sie. Ganz vorn saßen diejenigen, die den Mund aufmachten. Das waren die Vorstandsmitglieder, Statistikführer, Vertrauensleute und noch einige andere. An der Decke hingen weiße Kugellampen, die gleichen wie im Nähsaal, nur etwas kleiner. Sie sah sie oft an, und sie sah die Wände an, die kahl waren.

Die Genehmigung der Tagesordnung und das Verlesen des Protokolls der voraufgegangenen Versammlung bildeten den Auftakt zu einem Ritual, das sie ebenso einschläfernd fand wie das Geräusch des Schneeregens, der träg über die Fenster rann. Berichte und Schreiben wurden von Evald Ström vorgetragen, der in raschem Tempo las. Der Ortsverein hatte belgischen Kindern Anzüge und Trenchcoats gespendet, und es wurde der vom Gewerkschaftsvorstand übersetzte Dankesbrief verlesen. Der Vorstand schlug vor, ein Gesuch des Belgienkomitees um den Verkauf der Astridplakette abzulehnen. Das Schreiben des Komitees wurde zu den Akten gelegt. Man beschloß statt dessen auf einen Vorschlag von Rosa Axelsson hin, für das Kinderhilfswerk zu sammeln. Jedesmal, wenn der Hammer fiel, zuckte Ingrid mit schlechtem Gewissen, das sie sich nicht erklären konnte, zusammen.

Rosa Axelsson war eine von denen, die ganz vorn saßen. Auch sie sprach meistens leise und schnell, wenn sie sich erhob und zu Wort meldete. Sie wandte sich nach vorn zum Vorsitzenden hin.

Ingrid wußte, daß Rosa eine der dreizehn Frauen gewesen war, die den Ortsverein gegründet hatten. Damals war sie erst neunzehn Jahre alt gewesen. Sie hatte jedoch schon als Vierzehnjährige damit angefangen, sich gewerkschaftlich zu betätigen, indem sie an den Ortsverein der Schwedischen Bekleidungsarbeitergewerkschaft in Norrköping schrieb und um Rat fragte, nachdem ein Werkmeister gegen sie gewettert hatte. Sie saß ohne Unsicherheit und schlechtes Gewissen gleich unter dem Podium auf ihrem gelbgefirnißten Stuhl. Sie saß durch Geburtsrechts da, denn ihr Vater war Vorsitzender der Gießer und bei der Gründung der Arbeiterkommune dabeigewesen.

Neben ihr saß Nancy Pettersson, die anfangs Schriftführerin des Ortsvereins gewesen war und die die Wachstuchhefte mit ihrer steilen Handschrift, die für eine Frau so ungewöhnlich war, gefüllt hatte. Ihre Sprache war eigensinnig, kraftvoll und orthografisch falsch gewesen. Sie hatte Gott, die Arbeitgeber und die Akkordlohntabelle abschaffen wollen, aber sie war jetzt nicht mehr Schriftführerin. Die schwarzen Hefte waren durch lose, gelochte Protokollblätter ersetzt worden, die in ein Ringbuch paßten, und man mußte für den Schriftführerposten Leute wählen, die maschineschreiben konnten. Es hieß jedoch, daß Curt Carlsson sich vor ihr fürchtete. Er pflegte Akkordverhandlungen einzustellen oder aufzuschieben, wenn Nancy daran teilnehmen sollte.

Der Vorsitzende las das letzte Schreiben: der Gewerkschaftsvorstand schlage vor, daß unverzügliche Säuberungsmaßnahmen gegen die nazikommunistischen Landesverräter ergriffen werden sollten.

»Da der Ortsverein von derartigem Ungeziefer glücklicherweise verschont geblieben ist«, sagte der Kassierer, ohne von seinen Papieren aufzusehen, »wird vorgeschlagen, daß das Schreiben zu den Akten gelegt wird.«

»Können wir zur Abstimmung schreiten?« fragte Evald Ström.

»Ja.«

»Beschließt der Ortsverein, daß das Schreiben des Gewerkschaftsbunds zu den Akten gelegt wird?«

»Ja.«

Und sogleich fiel der Hammer. Ingrid wußte, daß man beträchtliche Routine haben mußte, um sich im rechten Augenblick zu Wort zu melden. Wenn der Vorsitzende eine Frage als ausreichend diskutiert erachtete, ging er schnell weiter. Die vorderen Reihen unterstützten ihn mit ihren prompten Antworten im Wechselgesang. Es sollte schnell gehen, und das tat es auch.

Die restliche Zeit der Versammlung verbrachte man damit, die Akkordlohntabellen für die Unterpresse, die Knopfabteilung und für die Knickerbocker durchzugehen. Das letzte nahm am meisten Zeit in Anspruch. Früher hatten die Hosen ein loses Bündchen gehabt, die Fabrikleitung war jedoch der Ansicht, daß mehrere Faktoren weggefallen seien, nachdem man zu einem festen Bündchen übergegangen war, und deswegen sollte der Tarif korrigiert werden. Ingrid hatte Herzklopfen bekommen. Sie öffnete ihre Handtasche. Ihr Zwerchfell war jetzt heiß. Die Stimmenü laberten und knarrten, sie verstand jedoch kein Wort mehr. Sie saß da und wartete darauf, daß der Vorsitzende »Verschiedenes« aufrufen würde. Als er es endlich tat, war sie so schnell, daß es schon fast ein bißchen lächerlich war.

»Ich wollte das Problem der Arbeitsfreude ansprechen«, sagte sie.

Es wurde still. Die Vorderen drehten sich um. Sie sah, wie Rosa Axelsson guckte, und auch der gesamte Vorstand. Der Kassierer flüsterte Evald Ström etwas zu, der offensichtlich ihren Namen nicht wußte.

»Ingrid Johansson hat das Wort.«

»Ich finde, es gibt zu wenig Arbeitsfreude bei Kurre«, sagte sie, »und ich möchte wissen, ob es noch mehr gibt, die dieser Meinung sind, und auch in den anderen Betrieben.« Sie bekamen ganz starre Gesichter. Ingrid sah nicht den Vorstand, der sich umgewandt hatte, an, sondern Greta Hjelm, die in derselben Stuhlreihe saß wie sie. Greta war verlegen, sie machte irgendwelche Mundbewegungen. Hätte sie gekonnt, dann hätte sie sich wohl abgewandt.

Ingrid war sich jedoch sicher, daß sie in der Mittagspause, wenn sie ihre Butterbrote aßen, zu Greta das gleiche hätte sagen können, und da wäre sie ganz und gar nicht verlegen geworden. Sie vergaß, was sie noch hatte sagen wollen, zog nur das Blatt Papier aus der offenen Handtasche und begann zu lesen. Sie hatte sagen wollen: Ich bitte ein Gedicht von Konrad Eriksson vorlesen zu dürfen, das von Arbeitsfreude handelt, und hoffe, daß es eine Grundlage für die Diskussion bilden kann. Das vergaß sie jedoch.

»Was ist Arbeit?« las sie, und es war schrecklich, daß sie nicht dazu gekommen war, zu sagen, daß das ein Gedicht war, da es doch kcine Verse hatte.

»Was ist Arbeitsfreude«, fuhr sie fort und versuchte ihre versagende Stimme zu erheben, die nur heller und dünner wurde. »Das ist, wenn des Pferd träumt, daß es aufspringt«, las sie, ohne den Vorstand anzusehen. Sie versuchte Gretas Blick einzufangen, aber das ging nicht, weil Greta zwischen ihre Füße hinabsah und nach wie vor diese Mundbewegungen machte. Hatte sie etwas zwischen den Zähnen? Inga-Maj vom Jackenband zupfte an einer eingerissenen Nagelhaut, ja, sie schien ihre ganze Aufmerksamkeit darauf zu konzentrieren.

»Wer sieht das Licht?« fragte Ingrid mit dünner Stimme. »Der Herr des Hauses. Er ist draußen. Er sieht das Licht der Sonne.«

Es wurde einen Augenblick still. Als niemand etwas sagte, setzte sich Ingrid hin. Es war vorüber.

»Aha«, meinte Evald Ström und räusperte sich. »Das wäre ja vielleicht mal was, ja. Etwas, was man aufgreifen könnte.«

Er räusperte sich erneut sehr kräftig, und als er fortfuhr, trug seine Stimme wieder.

»Der Vorstand hat sich ja die Köpfe darüber heiß geredet, wie die Mitglieder dazu bewegen wären, zu den Versammlungen zu kommen«, sagte er. »Es wäre ja denkbar, in Zukunft einen solchen Programmpunkt aufzunehmen.«

»Herr Vorsitzender«, sagte Albin Eklund und erhob sich. »Ich möchte in einem solchen Fall als einen passenderen Programmpunkt lieber Gesang vorschlagen, was mehreren am Herzen liegt.«

Albin gehörte dem Männerchor an. Es entstand eine kleine Diskussion, doch Ingrid hatte Mühe mitzubekommen, was gesagt wurde. Ihr war, als hätte sie dicke Ohren bekommen. Sie hörte nur das Blut rauschen und pulsieren. Evald Ströms Stimme verstand sie jedoch, als er kraftvoll den Meinungsaustausch zusammenfaßte.

»Es liegen mehrere Vorschläge dazu vor, daß die nächste Versammlung im leichteren Stil mit Gesang, Musik, Kaffee sowie einer kurzen Instruktion über die Kunst, einen Vertrag richtig zu lesen, ablaufen soll. Können wir zur Abstimmung über die Einsetzung eines Komitees schreiten?«

Ingrid zitterte immer noch leicht, als es vorüber war und sie ihren Mantel vom Haken nahm.

»Soso, du warst also nicht meiner Meinung«, sagte sie zu Inga-Maj.

»Ja, doch, zum Kuckuck!«

»Ich finde, wir reden immer nur über Akkord«, sagte Ingrid.

»Ah ja, findest du.«

»Es geht immer nur darum, was wir bezahlt kriegen sollen.«

»Ja, du brauchst die Zulage vielleicht nicht«, versetzte Inga-Maj.

Greta war netter. Auf dem Heimweg fragte Ingrid, was sie eigentlich von ihrem Beitrag halte.

»Er war ungewöhnlich«, sagte Greta.

Sie war schon eine gute Seele. Ingrid sagte kein Wort mehr. Verdammter, verfluchter, verflixter Konrad! Nie wieder! Zu Hause bat sie Arnes Mama, sie zu entschuldigen. Die hatte auf Ulf aufgepaßt und dachte, daß sie zusammen Kaffee trinken würden, ehe sie nach Hause ginge.

»Ich muß mich hinlegen. Ich habe solche Kopfschmerzen gekriegt«, log Ingrid.

Sie konnte jedoch nicht schlafen. In ihr ging alles rund. Was ist Arbeit? Eine Grotte im Berg mit einem vor die Öffnung gewälzten Stein. Was ist Arbeitfreude?

Nein, mal im Ernst, Ingrid. Was ist Arbeit? Dreihundert Schulterklappen auf einem Band, das läuft.

Was ist Arbeitsfreude? Dreihundert Schulterklappen auf einem Band, das läuft.

Was ist Müdigkeit? Dreihundert Schulterklappen auf einem Band, das läuft.

Überdruß? Dreihundert Schulterklappen.

Der Mühe Lohn, was ist das? Dreihundert Schulterklappen morgen.

Was ist der Arbeiter? Dreihundert Schulterklappen und ein Kupon zum Abreißen.

Warum arbeitet er? Darum, weil ihm dreihundert Schulterklappen auf einem Band entgegengelaufen kommen.

Was ist der Sinn der Arbeit? Dreihundert Schulterklappen heute zu nähen, dreihundert Schulterklappen morgen zu nahen, dreihundert Schulterklappen...

Wer sieht das Licht? Carlsson. Er sieht das Licht der Kronleuchter.

Ingrid bekam einen Brief von Arne. Er hatte in einem großen Saal gelegen, dessen Fenster zum Klarälv hin lagen, und ihn geschrieben. An drei Wänden entlang verlief eine Estrade aus ungehobelten Brettern, die mit Stroh bedeckt war. Mitten im Raum standen der Ofen und als Sitzplatz für den Feuerwächter eine Margarinekiste. In die Firstpfette des Daches hatten sie Nägel geschlagen, und daran hingen Kochgeschirre und Kleider. Abends knallten die Spielkarten auf die Margarinekiste, und hinter den ausgebeulten Tapeten zog es, daß sie sich dort, wo sie sich von der Wand gelöst hatten, bewegten. Von all dem, dem gelben Licht der Petroleumlampen, dem Stroh, das raschelte, wenn sie sich umdrehten, und den schlechten Gerüchen in der Enge konnte sie sich vielleicht einen Begriff machen. Aber daß der Brief schon gelesen war, war ihr nicht klar. Sie hätte das niemals geglaubt, wenn ihr das jemand hätte erzählen können.

Man hatte ihn in der Geheimabteilung des Hauptpostamtes in Stockholm, wo gewissenhafte Männer und Frauen Briefe lasen, die im Qualm von glühend heißen Blechöfen geschrieben worden waren, mit Dampf geöffnet. Viele von ihnen schämten sich für das, was sie taten, und nannten es einen Drecksjob. Die Briefe handelten von der Angst. Diejenigen, die sie schrieben, hatten Angst um Firmen und Höfe und Kinder und vor Nebenbuhlern. Die Männer um die Öfen hatten Gesichte, sobald sie die Augen schlossen. Sie schrieben innige Briefe, eifersüchtige und erregte Briefe, vor allem aber waren sie ängstlich.

Die meisten litten unter dem Nichtstun und der Warterei. Sie wollten zurück zu ihrer Arbeit und zu den Frauen. Arne gehörte zu denen, die auch vor der Rückkehr ein bißchen Angst hatten.

Er war ein ehemaliger Bandyspieler, und in seiner Heimatstadt war er nach wie vor gut bekannt. Svenska Motor war verkauft worden und in der Svenska Verkstad AG aufgegangen, doch er arbeitete nach wie vor im Lager, und womöglich würde er sein Leben lang dort bleiben. Dieser Gedanke war ihm nun, da er weit von daheim weg war, durch den Kopf geschossen, und er flößte ihm eine gewisse Unlust ein, die er nicht zum Ausdruck brachte. Als Ingrid seinen Brief gelesen hatte, fühlte sie sich unruhig, ohne zu wissen, warum. Eigentlich stand über das, was er dachte, nichts so viel auf dem Blatt Papier. Er schrieb nicht, daß er sich nach ihr und Ulf sehnte. Er schrieb nicht, daß er bald zurückkommen werde.

Sie wußte, daß er nicht befürchten mußte, seine Arbeit zu verlieren. Darüber, fand sie, sollte er froh sein. Er schrieb aber nie ein Wort über Svenska Verkstad und das Lager. Das hatte ja auch nicht viel mit seinem Leben, seinem wirklichen Leben zu tun.

Sein wirkliches Leben spielte sich auf der anderen Seite der Häradsgata hinter einem Bretterzaun ab, der sich weit in den Kiefernwald erstreckte. Er war Trainer der Bandymannschaft des IFK. »Wir haben gewonnen«, sagte er oder »Wir hatten zu viele Verletzte, um uns diesmal zu qualifizieren.«

Sie erinnerte sich an seinen alten Trainer Melkersson, den sie gehaßt hatte, und sie wußte nicht, ob sie lachen oder weinen sollte. Es hatte damals nichts gegeben, was sie sich heißer und rücksichtsloser gewünscht hatte, als ihn Melkersson zu entreißen. Und sie hatte geglaubt, daß ihr das geglückt sei.

»Schick mir ein Foto von dir«, schrieb er. »Ich habe doch keins.«

Er sehnte sich wohl doch nach ihr. Vielleicht wollte er es auch herzeigen. Sie stellte sich vor, daß sie einander Fotos von ihren Verlobten und Frauen zeigten.

Ingrid faltete den Brief zusammen und trat an den Spiegel. Sie hatte ein Halstuch, dessen Enden zu einem Turbanknoten verschlungen waren, um den Kopf. Die Haare waren nicht zu sehen. Wenn sie jedoch den Turban, den sie während der Arbeit bei Kurre immer aufhatte, abnahm, fielen sie halblang ums Gesicht. Sie reichten nicht ganz bis auf die Schultern. Sie müßten gewaschen werden. Die meisten Mietshäuser bekamen jetzt in der Zeit des Brennstoffmangels zweimal die Woche warmes Wasser, doch im alten Södergården der Svenska Verkstad gab es nur Kaltwasserhähne. Sie wäre gezwungen, Wasser warm zu machen und den Kopf in eine Waschschüssel zu tauchen, mit eiskaltem Leitungswasser zu spülen und auf knolligen Lockenwicklern zu liegen. Das tat sie nicht oft. Als sie jedoch ihr käsiges Gesicht und ihre strähnigen und plattgedrückten Haare sah und daran dachte, wie sich das auf einer Fotografie ausnehmen würde, bekam sie Lust, etwas dagegen zu tun.

Sie zog den Mantel an, um zu Maud Backlunds Damenfrisiersalon in die Lundagata zu fahren. Ulf sah sie nicht im Hof. Doch er würde schon zur Oma hineingehen. Es war praktisch, im Aufgang neben den Schwiegereltern zu wohnen. Es war aber auch gespenstisch. Manchmal, wenn sie Arnes Mama mit ihrem Einkaufsnetz aus der Tür kommen sah, weil sie die Häradsgata zum Konsum hinaufgehen wollte, glaubte sie sich selbst in fünfundzwanzig oder dreißig Jahren zu sehen. Sie erinnerte sich, wie das war, zwanzig zu sein, als alles nur vorläufig war. Das richtige Leben hatte noch nicht begonnen. Man probierte nur aus, denn man hatte ja so viel Zeit. Jetzt war sie über dreißig und hatte ein merkwürdiges Erlebnis gehabt. Sie war über den Hügelrücken und den Platz, auf dem sie im Winter immer eine Schlittschuhbahn aufschwemmten, hergekommen und zum Södergården hinuntergegangen, der erleuchtet im Novemberabend dalag. In ihrer Wohnung brannte Licht, denn sie war nur draußen gewesen und hatte nach Ulf gerufen und die Lampen angelassen. Als sie zum Haus kam, stellte sie sich ans Fenster und sah hinein auf die Lampe über dem Küchentisch, das karierte Wachstuch mit den Spuren von Ulfs Gabel und einen Stuhl, über dessen Lehne eine graue Strickjacke hing. Auf dem Herd stand ein Kaffeekessel. Ihr war, als habe sie ihn bis zu diesem Augenblick noch nie gesehen. Er offenbarte plötzlich seine Form. Es war ein gelber, emaillierter Kaffeekessel mit einem hellgrünen Rand um die Kante des Deckels. Das Email war beschädigt, hatte ein schwarzes rundes Auge. Ihr kam es nun gänzlich undenkbar vor, daß sie selbst in nur wenigen Minuten in diese Küche kommen, zu dem Kaffeekessel mit dem schwarzen Eisenauge im Email hingehen und ihn hochheben, ihn unter den Kaltwasserhahn halten und ihn genau wie irgendeine x-beliebige ausgewachsene Frau in einer Küche in einer Stadt würde vollaufen lassen. Sie war es doch, die hier draußen stand. Es war nicht zu fassen, daß sie eine erwachsene Ehefrau und Mutter war, die jeden Tag zu ihrer Arbeit ging, diese mit leidlichem Geschick verrichtete, nach Hause fuhr, im Konsum stand und wartete, bis sie an der Reihe war, drei Liter Milch für einundachtzig Öre kaufte, in dieser Kochecke dort Essen machte, die Fersen von Jungenstrümpfen aus brauner Wolle stopfte, sich Kaffee kochte, den Küchentisch abräumte und Briefpapier hervorholte, einem Mann in einem ausgeräumten Bauernhaus mit geblümten Tapeten an einem Hang zum Klarälv hinunter schrieb. Es war undenkbar, aber dennoch von vorn bis hinten wahr. Ihre Form war festgelegt wie die des Kaffeekessels dort hinten in der Kochecke; sie war fest wie Gußeisen, glatt wie Email, und sie hatte bis zu diesem Abend keine Ahnung davon gehabt. Sie hatte es weder gedacht noch geglaubt, sich selbst aber trotzdem angesehen, wie man ein Kind ansieht, das immer noch draußen in der Dunkelheit spielt und das jemand kurze Zeit später hereinrufen und sich seiner annehmen wird, ein Kind, das vielleicht nicht kommt, weil es Lust bekommen hat, etwas anderes zu tun.

Sie wollte sich dieses Gefühl nicht gern zurückrufen, doch wurde es nun beim bloßen Anblick der alltäglichen Gegenstände in der Küche geweckt, und da wurde sie unruhig. Sie setzte sich aufs Fahrrad und fuhr jetzt im schwarzen Abend von Straßenlaterne zu Straßenlaterne und spürte das Gerüttel der leicht holprigen Fahrbahn unter sich. Oft fuhr sie zu Maud, die sie nach Ladenschluß oder an einem Sonntagnachmittag gern hereinließ und ihr die Haare wusch und sie legte, obwohl sie müde sein mußte. Maud hatte noch Kräfte über, und Ingrid fragte sich manchmal, wo sie die hernahm.

Ingrid war ziemlich überzeugt davon, daß die meisten Frauen ein ebenso farbloses Dasein hatten wie sie. Bei manchen ging es vielleicht wirklich so fidel zu, wie die Männer es sich vorstellten, wenn sie die Augen schlossen. Maud hatte wohl einigen Spaß gehabt, als die Bereitschaft in der Stadt war. Doch das war ganz am Anfang des Krieges gewesen. Jetzt hatte sie sich selbständig gemacht und war ungeheuer fleißig.

In einem großen neugebauten Mietshaus mit vier Aufgängen hatte sie eine Dreizimmerwohnung mit Küche gemietet und darin einen Damenfrisiersalon eingerichtet. Die Küche und das kleinste Zimmer hatte sie für sich und das Mädchen behalten, doch der Frisiersalon hatte die Tendenz, sich mit Flaschen und Dosen und Haarbürsten voller blonder und brauner Haare auszubreiten. Den Geruch nahm man schon draußen im Treppenhaus wahr. Doch Maud fühlte sich wohl darin. Sie nannte ihren Betrieb Salon Maud und hatte ein Schild mit ziegelroten Buchstaben auf hellgrünem Grund im Fenster. Gleich zu Beginn hatte sie Hellgrün und Ziegel zu den Farben des Salons erkoren. An den Fenstern hingen, sorgfältig vorgezogen, hellgrüne Tüllgardinen. Sie selbst trug einen grünen Kittel, und die Kunstledersitze der Stühle waren rot. Es war eine ganz moderne Wohnung, funktionalistisch und flott, mit offenem Kamin in der Diele. Den hatte sie noch nie benutzt, weil sie befürchtete, daß er verrußt würde.

Sie kaufte einen elektrischen Dauerwellenapparat, Trokkenhauben und einen Waschtisch zum Shampoonieren. Zum ersten Mal in ihrem Leben fühlte sie sich frei und ziemlich sicher. Die Amortisationen machten sie nicht nervös, denn die Kundinnen zog es zu ihr. Sie gab nicht nennenswert viel Geld aus, und selbst wenn es während der Woche ein bißchen ruhig war, so herrschte doch Freitag nachmittags und samstags Hochbetrieb. Besonders wenn ein Urlaub ins Haus stand, kamen die Frauen zu ihr, die Haare unter Halstüchern, die sie sich um den Kopf gebunden hatten. Sie ließ das Shamponiermädchen die plattgedrückten, glanzlosen Haare waschen, und sie selbst machte die Dauerwellen, drehte die Haare auf Lockenwickler und legte sie mit Klips. Die Frauen traten hinaus, Ohren und Wangen rot von der Hitze der Trockenhauben und die Köpfe voller Wellen, Locken und Wülste wie Jeanette MacDonald oder Greer Garson. Doch zwischen den Friseurbesuchen waren sie natürlich nicht so hübsch. Sie traf sie beim Einkaufen, und sie zogen an den Köpftüchern und schoben Strähnen, die sich gelöst hatten, hinauf, und es war ihnen unangenehm, wenn sie sie ansah.

Als Ingrid das erstemal in einem der roten Kunstlederstühle mit geschwungenen Stahlrohrbeinen saß, hatte sie gefragt:

»Sag mal, wie hast du das alles anschaffen können?«

»Mit einem Darlehn natürlich!«

»Ja, schon, aber die Bürgschaft ... oder wie das heißt.«

Maud hatte erst gar nicht geantwortet.

»Hältst du mich für neugierig?«

»Bei Pharao, du bist nicht neugieriger als andere. Der Unterschied ist nur, daß du rundheraus fragst.«

Sie machte aus einem Frotteehandtuch einen Turban und wand ihn Ingrid um den Kopf. Dann zündete sie sich eine Zigarette an. Sie rauchte nach wie vor ihre »De Resque«.

»Maud, das alte Haus, hat es zu was gebracht. Und ich weiß, daß du mir das gönnst. Darum sollst du auch erfahren, wie es dazu gekommen ist. Weil ich weiß, daß du nichts weitererzählst.« Und dann erzählte sie von Sigurd K. So nannte sie ihn.

»Achte darauf, daß ich noch keiner Menschenseele je seinen Namen gesagt habe«, sagte sie.

Es war 1939. Er war freiwilliger Offizier, bei der Landsturmausbildung in der Stadt stationiert, aber wer weiß, ob er es nicht bereute, denn er konnte sich von den Gedanken an die Firma nicht freimachen. Sigurd K. war damals bald fünfzig und ziemlich dick, und er hatte lockige schwarze Haare, die bereits grau wurden. Er war nicht gerade eine Frohnatur, aber äußerst liebenswürdig und weichherzig. Er hatte ihr auch ein bißchen leid getan. Das hörte sich jetzt ziemlich lächerlich an, aber so war es nun einmal gewesen. Er hatte in seinem strammsitzenden Rock und der Hose, die unten aufgeschlagen werden mußte, hilflos ausgesehen. Aber er hatte eine höchst zivile Brieftasche in der Innentasche, und er war großzügig im Einladen. Sie hatten viel Spaß zusammen gehabt, aber er war wohl doch recht froh, als er nach Eskilstuna zurückkehren konnte.

Maud war da mit Yvonne schwanger. Das war ja nicht eben beabsichtigt gewesen. Daß sie schwanger war, merkte sie auch erst, als er abgereist war. Sie wußte sehr wohl, daß er verheiratet war. Sie hatten nicht soviel darüber geredet. Sigurd K. war nicht der Typ, der dasaß und seine Frau schlechtmachte. Maud glaubte, daß er ziemlich an ihr hing, aber am meisten hing er sicherlich an seinem Zementwerk.

Sie selbst mußte in Ainas Damenfrisiersalon aufhören und wieder nach Hause zu Papa und Mama ziehen, und das war ja nicht gerade lustig. Himmel, was für ein Leben! Sie erinnerte sich nicht gern daran. Aber schließlich haute sie auf den Tisch. Sie war immerhin fast dreißig.

»Schluß jetzt!« sagte sie. »Damit komme ich selber klar.«

Es war aber auch nicht so leicht, pampig zu sein, denn sie brauchte die Mutti, die auf Yvonne aufpaßte, wenn sie arbeitete. Nach einiger Zeit hatte sie wieder in der »Dose« angefangen. Und Sigurd K., dessen Name sie bei der Inquisition vor dem Jugendamt standhaft verschwiegen hatte, bezahlte nicht so viel, wie sie erhofft hatte. Es war einmal dies und einmal das mit der Firma. Sie glaubte ihm das tatsächlich. Es war wohl nicht so einfach. Aber schließlich wurde sie stinksauer. Und zwar da, als sie hintenherum erfuhr, daß es bei ihm sehr gut lief. Sie stand da und brannte die Spitzen von gesplissenen blonden Haaren, als sie zu hören bekam, daß er sowohl eine Villa als auch einen Volvo V8 habe. Sie selbst war jetzt über dreißig und bekam vom täglichen Stehen allmählich Krampfadern in den Beinen. Sie dachte, daß sie den Rest ihres Lebens in Ainas Damenfrisiersalon stehen müsse, wenn sie nicht irgendein Mannsbild fände, das obendrein das Mädchen haben wollte, wenn es sie heiratete. Wenn es überhaupt ein Mannsbild gab, das zu Yvonne wäre, wie es sein sollte. Sie war sich dessen nicht sicher.

Oma und Opa hingen nunmehr sehr an dem Mädchen. Sie sei ihr kleiner Sonnenstrahl, sagten sie. Aber welch Dasein, Jahr für Jahr dort beaufsichtigt zu werden. Maud hatte immer gedacht, daß das irgendwann von selbst aufhören würde, doch nun dämmerte ihr, daß das wahrscheinlich nicht der Fall sein werde. Sie mußte etwas dagegen unternehmen.

Sie hatte Sigurd K. geschrieben, daß sie mehr Geld brauche, damit Yvonne und sie allein leben könnten. Doch er antwortete, daß sie nicht schreiben dürfe. Seine Frau könnte die Briefe erwischen, und dann wäre sein Leben zerstört. Da rief sie statt dessen im Büro an. Er legte schon nach wenigen Sätzen den Hörer auf. Sie dürfe nicht einfach so anrufen. Es gebe jetzt eine Telefonzentrale in der Firma. Wolle sie sein Leben zerstören?

Da wurde sie böse. Yvonne war zum Kuckuck nochmal genauso sein Kind wie diese beiden da in Eskilstuna!

Sie fuhr hin. Vier Sonntage hintereinander war sie dort, ehe sie sich über die Lage Klarheit verschafft hatte. Wie alle anderen ging er sonntags mit der Familie spazieren. Und fast jedesmal ging man in die Konditorei. Manchmal kauften sie freilich nur Gebäck und gingen wieder. Als sie jedoch das fünfte Mal in Eskilstuna war, klappte es.

Sie war sehr hübsch angezogen und hatte eine hübsche Frisur. Yvonne trug einen neuen hellblauen Mantel, weiße Bottinen und Gamaschen. Ihre Mütze war mit Kaninchenfell eingefaßt. Sie war immer fein. Die blonden Korkenzieherlocken im Nacken hatte Maud erst im Zug ausgezogen, damit sie auch bestimmt hielten. Sie saßen da und aßen Gebäck, als er mit seiner Frau und zwei Jungen, richtigen Flegeln mit Schulmützen im übrigen, hereinkam. Sie hatten rote Ohren und trugen karierte Golfstrümpfe, die sich in Falten gelegte hatten. Maud reckte das Kinn.

Die Frau hatte Silberfüchse auf dem Mantel und einen Hut aus Seidenjersey, der auf ein Gestell drapiert war. Er erhob sich wie ein Runenstein über ihrer Stirn, fast asymmetrisch. Na, sie war auf jeden Fall modern und flott, aber sie war bestimmt zehn Jahre älter als Maud und ziemlich kräftig. Sie setzten sich direkt neben sie, und er sah sie erst, als es zu spät war. Da glaubte sie, daß er einen Herzschlag bekäme, und einige Sekunden lang reute sie es. Er wurde wirklich leichenblaß und griff sich ans Herz. Dann wandte er schnell den Blick ab, und seine Frau fragte fürsorglich, wie er sich fühle. Maud atmete wieder aus. Sie wollte wahrlich nicht, daß er Knall auf Fall stürbe. Im übrigen wollte sie ihm überhaupt nichts Böses, er sollte nur seinen Verpflichtungen nachkommen. Aber ein bißchen grausam war es wohl, ihm Yvonne so in die Nähe zu setzen, das verstand sie jetzt, nachdem es geschehen war, besser. Aber es wirkte.

Es war interessant, die Frau reden zu hören. Sie war wohl ziemlich verwöhnt. Und sie gab ein bißchen an. Er schwitzte jetzt vermutlich. Die Jungs waren nichts anderes als verzogene Lümmel, was die betraf, tat er ihr offen gestanden leid. Sie wischte Yvonne mit einem Taschentuch den Mund ab und fragte sie, ob sie noch ein Stück Gebäck haben wolle.

»Ja, bitte«, sagte die Kleine, die immer schon ruhig und fügsam war.

Er trieb die Lümmel mit den Oberschülermützen und die Frau so zur Eile an, daß sie ärgerlich wurde und die Silberfüchse sich heftig hoben und senkten, und nachdem sie ihr Gebäck aufgegessen hatten, scheuchte er sie hinaus, daß sie in der Tür fast übereinanderstolperten. Er selbst kam jedoch zurück. Sie hatte sich nicht verrechnet.

Langsam und genüßlich schob sie sich mit der Gabel ein Stück Bienenstich in den Mund und sah ihn an, während er sich ächzend hinabbeugte und unter dem Tisch und den Stühlen etwas suchte.

»Habe bestimmt meine Handschuhe vergessen«, sagte er. Als er jedoch um den Tisch herumgekrochen kam und ihr einen Treffpunkt in einem Park zuzischelte, zischelte sie zurück, daß sie das Mädchen dem wahrlich nicht aussetzen wolle.

»Aber ich rufe dich morgen um zwölf an«, sagte sie. »Du kannst ja das Telefonfräulein einen Moment hinausschicken.«

Dann aß sie ihren Bienenstich weiter, der sicherlich Sahneersatz zwischen den Böden hatte, aber dennoch zum Besten gehörte, was sie je gegessen hatte.

»Das geht nicht«, sagte er am Telefon. »Das mußt du verstehen, Maud! Meine ganze Existenz steht auf dem Spiel. Ich habe dir doch nichts Böses getan!«

Sie rief aus einer Telefonzelle an. Es zog kalt um die Beine. Sie stand da und wartete nur darauf, daß er sagen würde, er könne nicht sicher sein, daß er der Vater des Mädchens sei. Er sagte es aber nicht. Trotz allem merkte sie, daß sie ihn ganz gern hatte.

»Es wäre vielleicht am angenehmsten für dich, wenn du mich und das Mädchen ein für allemal los wärst.«

»Du darfst mich nicht falsch verstehen, Maud! Aber du mußt dich mal in meine Lage versetzten.«

»Gib mir fünftausend bar auf die Hand und übernimm eine Bürgschaft für mich, dann kann ich ein Darlehn für einen Damenfrisiersalon aufnehmen«, sagte sie.

Er wurde ganz still. Dann meinte er, daß er darüber nachdenken müsse. Sie müsse verstehen. Er werde von sich hören lassen.

»Nein«, sagte sie. »Dann komme ich nach Eskihstuna.«

Er übernahm die Bürgschaft. Er kam sogar in die Stadt und hatte in einem Kuvert fünftausend Kronen dabei. Yvonne durfte ihm guten Tag sagen.

»Das ist Onkel Sigurd«, sagte Maud. »Er wird einen Spaziergang mit uns machen.«

Sigurd K. stiegen Tränen in die Augen. Als sie sich verabschiedeten, sagte sie:

»Ich danke dir, Sigurd. Ich glaube, so ist es das beste für uns beide. Jetzt wirst du nichts mehr von mir hören.«

Es hörte sich so leicht an, wenn Maud erzählte, wie man sich einen Damenfrisiersalon verschaffte. Die gleiche Art hatte sie, wenn sie arbeitete; es wirkte so leicht. Ingrid saß mit zurückgeneigtem Nacken beim Shamponieren und ließ sie den Haarboden massieren und mit warmem Wasser den Schaum aufbereiten.

»Ist das angenehm?«

»Ja, himmlich.«

»Mein liebes Mädchen«, sagte Maud. »Die werden schnell fettig hier.«

Sie spülte, und das lauwarme Wasser floß durch die Haare. Es wurde plötzlich heißer.

»Aua, paß auf!«

»Weißt du was. Du wirst allmählich mehr aschfarben als blond. Du solltest sie ein bißchen bleichen.«

»Nie im Leben.«

»Was ist da denn dabei?« lachte Maud und begann die dünnen, nassen Strähnen zu kämmen. Im Spiegel war Ingrids Gesicht unter dem ihren graubleich.

»Wie ich ausschaue!«

»Nicht schlimmer als die meisten, wenn sie von Kurre kommen. Wir werden das bald hinkriegen, daß du dich selbst nicht mehr wiedererkennst.«

»Das ist nicht nötig. Ich gehe sowieso nirgends hin. Habe nur gemerkt, daß ich es nicht über mich bringe, an der Waschschüssel zu stehen und meine Haare zu waschen.«

»Du, paß mal auf«, sagte Maud. »Henna! Wir werden ein bißchen Henna nehmen.«

»Du spinnst wohl! Außerdem will ich keine roten Haare haben! Was glaubst du, daß Arne sagen würde, wenn er heimkäme?«

»Nein, ich meine Naturhenna. Sie werden etwas fester und fallen dadurch besser. Und dann einen Schimmer goldgelber. Genau das, was nötig ist. Ich darf's doch wohl mit ein bißchen Henna probieren?«

Im Spiegel sah Ingrid nun sowohl Maud als auch sich selbst. Maud hatte hennagefärbte rotschwarze Haare mit einer Rabatte Locken in der Stirn und noch einer hinten im Nacken. An den Seiten waren sie mit Kämmen festgehalten. Sie richtete sie früh morgens, bevor die Kundinnen kamen. Jetzt schüttete sie ein paar Eßlöffel Hennapulver in eine Schale und rührte es mit heißem Wasser zu einem Brei an.

»Das muß einen Moment stehen und quellen«, sagte sie. »Ich werde dir währenddessen die Haare schneiden.«

»Nein! Ich mag keine kurzen Haare haben.«

»Schau doch her, die Spitzen sind gespalten. Die werden nie lang, die sind zu dünn. Die gehen aus, bevor sie dir bis auf die Schultern reichen. Wir nehmen nur ein kleines bißchen was weg, paß auf. Nur die Spitzen.«

»Na gut, aber du darfst nicht zuviel wegnehmen.«

»Meine Güte, wie sie doch alle Angst haben um ihre zippligen Zotteln. Aus strähnigen Haaren und gespaltenen Spitzen wird sowieso nie was.

Maud lachte über sie, und Ingrid fühlte sich entlarvt, auch vor sich selbst. Ja, er war wohl noch vorhanden, der Traum von langen, wallenden Haaren. Sie hatte geglaubt, daß sie sich nunmehr nicht mehr so sehr darum kümmerte, wie sie aussah. Vielleicht wollte sie doch ganz zuinnerst wie Veronica Lake aussehen und wenigstens das eine Auge mit seinem mißmutigen, kritischen Blick hinter einer schweren, wogenden Haargardine verbergen.

»Worüber lachst du?«

»Ich lache nicht«, sagte Ingrid. »Mir ist nur gerade etwas durch den Kopf gegangen.«

Maud hatte damit begonnen, methodisch eine Haarsträhne nach der anderen mit Henna einzustreichen.

»Wir trinken Kaffee, während das einwirkt«. sagte sie. »Wollen wir dann zu Statt tanzen gehen?«

»Du spinnst wohl.«

Ingrids Kopf war jetzt dunkelbraun, und die Strähnen waren mit Klips oben auf dem Scheitel zusammengehalten. Maud schlang ihr ein Frotteehandtuch, das sie in heißes Wasser getaucht hatte, um den Kopf, und dann tranken sie in der Küche Kaffee. Im Zimmer nebenan schlief Yvonne. Sie hatte Puppen mit im Bett, und es sah aus, als wäre sie eingeschlafen, während sie mit ihnen spielte. Ingrid fragte sich, ob Uffe schon heimgekommen sei und ob er sie bei Oma gesucht habe. Sie hatte seinetwegen manchmal ein schlechtes Gewissen. Nach der Schule sollte er zur Oma gehen und dort Milch und belegte Brote bekommen. Meistens tat er das auch, doch er blieb nie lange. Wenn Ingrid von Kurre kam, ging sie ihn gewöhnlich suchen. Er konnte sich lange draußen herumtreiben, ohne daß sie eine Ahnung davon hatte, womit er zugange war. Manchmal hatte er aufgeschlagene Knie, manchmal blaue Flecken, die nicht anders zu erklären waren, als daß er Prügel bezogen hatte. Oder raufte er? Sie wußte es nicht. Es schien, als glaubte er, daß es am sichersten sei, seine Angelegenheiten für sich zu behalten.

Maud legte ihre Haare mit Aluminiumlockenwicklern und Klips, und dann mußte sie mit dem Kopf unter der Trockenhaube sitzen und konnte die »Wochen-Revue« lesen. Sie war durch das Getöse und die Hitze vollkommen abgeschirmt, und sie wußte nicht einmal, was Maud gerade machte oder wie lange sie schon da saß. Als sie schließlich die Haube entfernte und prüfte, ob die Locken trocken waren, war sie von der Wärme beinahe betäubt und ließ Maud mit den Haaren machen, was sie wollte. Sie steckte sie mit ein paar kräftigen Einsteckkämmen hoch, und auf dem Scheitel legte sie Locken, die sie um den Zeigefinger formte und vorsichtig mit dem Stil des Kamms anhob. Die Haare waren vom Henna gelbrot und füllig geworden. Ingrid war es Mauds wegen unangenehm, als sie das Halstuch wieder aufsetzen und ihr Kunstwerk auf dem Kopf plattdrücken mußte.

Als sie nach Hause kam, puffte sie die Locken wieder hoch und starrte ihr Gesicht im Spiegel an. Sie sah anders aus, wenn die Haare gemacht waren. Sie war richtig hübsch, wenn sie die Züge glättete und weniger streng dreinblickte. Sie sehnte sich nach Arne, als sie das Gesichtsoval unter den weichen, frisch gewaschenen Haaren sah, doch war das eine Sehnsucht, die sie mutlos machte. Sie fand, daß sie die Haarnadeln, mit denen die Locken festgehalten waren, genausogut herausziehen und die ganze Herrlichkeit mit den Einsteckkämmen und allem aufmachen und die Haare ausbürsten könnte.

Wenn sie sich statt dessen hinsetzte und ihm schriebe. Der Briefblock lag auf dem Küchentisch, und sie hatte das Datum des Vortags und »Lieber Arne« geschrieben. Sie wußte nicht, was sie noch schreiben sollte. Sie konnte nicht gut erzählen, daß sie bei Maud gewesen war und sich die Haare hatte machen lassen. Da würde er glauben, daß sie irgendwo aus gewesen, womöglich tanzen gegangen seien. Er würde über diesen

Friseurbesuch nachgrübeln, das hatte sie im Gefühl. Sollte sie etwas über Ulf schreiben? Daß er draußen umherrannte, obwohl es neun Uhr vorbei war. Daß er die Wundschorfe zu früh abzupfte und die Laken besudelte, wenn die Wunden zu bluten anfingen. Ihr fielen nur solche Kleinigkeiten ein, Dinge, die ihn entweder beunruhigen oder reizen würden. Sie konnte nicht schreiben: Ich sehne mich nach dir. Wenn er nach Hause käme, würde sie ja nicht richtig nett sein zu ihm. Sie würde unzufrieden sein, und das würde er sicherlich merken.

Sie wußte auch nicht sicher, ob sie sich nach ihm sehnte. Als sie ihr Spiegelbild anstarrte, diese käsige, schmallippige Frau mit dem kritischen, fast mißvergnügten Blick und den zu einer kunstvollen Lockenfrisur aufgetürmten, rotblonden Haaren, sah sie ein, daß sie wollte, Arne würde dieses Bild lieben und das auch sagen. Sie wollte einen Verehrer des Gesichtsovals und der Haare, dieser weichen Brüste und des Bauches, der unter dem Rockbund noch rund war, haben. Die Zeit war knapp. Bald würde sie kantig, spitz und trocken sein.

Sie fragte sich, was er haben wollte. Eine Bejaherin und Mitlügnerin? Machten sie sich eigentlich etwas aus einander? Sie hatte bisher noch nie darüber nachgedacht, nicht, so lange er zu Hause war. Berührten sie einander? Waren sie dazu da, um die Oberfläche des anderen zu betrachten, kritisch, falls sie käsig, schlaff und trübe war. Stolz und liebevoll, falls sie glatt wie Email, ebenmäßig und geheimnisvoll war.

Sie war ins Kino gegangen und hatte lieben gelernt. Sie hatte gewußt, daß das falsch war, es aber dennoch gelernt, so, wie eine Linkshänderin in der Schuhe mit der rechten Hand schreiben lernt. Sie sollte ein Gestell sein, das mit glatter Haut und fülligen Locken ausstaffiert ist, und manchmal war sie das auch, sie fand Freude daran. Sie stellte ihr Gestell vor einem hungrigen Mann zur Schau, um ihm ein Geständnis zu entlocken. Auf Worte machte sie sich keine Hoffnung mehr, doch konnte er handelnd gestehen, daß er sie liebte. Wenn sie Lust bekäme, mit strähnigen Haaren, mit müden, hängenden Armen und krummem Rücken zu ihm zu kommen und zu sagen: Sei bei mir, tröste mich über den Schmerz, die Hetze und die Sinnlosigkeit – würde er dann für sie dasein? Wagte sie den Versuch? Sie putzte sich für ihn heraus. Ja, das tat sie, auch wenn sie alleine das Wort schon verabscheute, wenn sie es jemand sagen hörte. War es überhaupt für ihn? War sie nicht am aufrichtigsten, wenn sie mit ihrem Spiegel hier saß?

Wenn sie schriebe: Ich möchte in derselben Welt leben wie du. Ich möchte jetzt an deiner Seite auf raschelndem Stroh liegen, frieren, wenn es nötig ist, ungewaschen sein wie du. Ich möchte mit ausrücken und die Hand auf deinen Arm legen, wenn du schießen sollst. Ich würde schreien: Schieß nie auf einen Menschen, Arne! Schieß nie auf einen Menschen. Aber das wirkt so lächerlich, darum bewahre ich Ruhe. Ich stricke Kniewärmer, anstatt zu schreien.

Wir leben in unserer jeweils eigenen Welt. Du weißt nicht viel von meiner, und ich weiß überhaupt nichts von deiner. Ich bin noch nie im Lager von Svenska Verkstad gewesen. Du bist noch nie bei Maud oder bei Kurre gewesen.

Ich sehe bald aus wie deine Mama, wenn sie zum Konsum geht. Daran sollte ich mich gewöhnen, je früher, desto besser. Ich kann aber nicht. Ich fühle mich nach allen Seiten hin zerfasert und zerfranst. Glaubst du, daß mit mir, die ich mich weder an etwas gewöhnen noch mein Leben gegen andere verteidigen kann, etwas nicht stimmt?

Meine Tage sind Arbeit, Hektik und eine irgendwie merkwürdige Erwartung. Ich möchte schreien HALTET DAS BAND AN! Aufhören! Aufhören! Ich möchte alles vereinfachen. Das Leben soll wie Kartoffeln und Fisch sein, wie Wasser und Steine. Es soll wie Erde und Herbstluft sein! Anhalten! Aufhören! BREMST DAS BAND! Ich will mich verdrücken.

Ich bin mit dem Dasein unter Menschen über Kreuz, bin es schon immer gewesen. Ich liebe das Leben, das sage ich dir. Trotzdem fühle ich mich meistens gelangweilt. Draußen geht die Kreissäge, und der Himmel hat eine Farbe wie Kohlsuppe. Weißt du, daß ich vor dem Krieg immer noch Angst habe, obwohl die Deutschen jetzt überall die Hucke vollbekommen? Ich habe Angst vor den Bomben und dem Giftgas. Ich gehöre ganz und gar nicht zu der tapferen Heimatfront, und ich würde in keinem Luftabwehrturm sitzen wollen. Ich kümmere mich nicht einmal um die Gartenparzelle, obwohl die Volksversorgung so wichtig ist. Die letzten Kartoffeln erfroren, und jetzt kann man nicht einmal mehr die Erdklumpen aufbrechen.

Was bedeuten diese Attacken von Müdigkeit und Weinen und Verlassenheit und Hysterie? Werde ich das jemals begreifen? Dieses Gefühl, daß das Leben zu schwierig und die Anforderungen zu zahlreich geworden sind, daß Arbeit, und nur Arbeit ihre widerliche graue Fratze in die Höhe reckt, wo ich auch hinschaue, daß sich der Staub auf alle Oberflächen legt und die Schränke sich vor Gerümpel zerschlissenen Kleidern biegen. Gegen alles sollte ich etwas unternehmen. Ich hätte hinausgehen und mir den Garten vornehmen sollen, bevor er zu einer Müllkippe wurde.

Am liebsten würde ich etwas machen wollen, wovon niemand weiß und was niemand erwartet. In diesem Regen. In dieser Zeit. In diesen Giftschwaden. In diesem Tod.

Lieber Arne, schrieb sie. Hier ist alles wie immer. Uffe läßt dich grüßen. Am Freitag hatte er Josefs Brüder auf, und er saß da und lernte alles auswendig. Dann wurde er nicht aufgerufen. Du kannst dir vielleicht vorstellen, wie böse er war.

Wir haben das Schwein geschlachtet, und ich werde morgen das Fleisch konservieren. Ich habe einen ganzen Karton voll in Toras Schuppen stehen. Doch es war entsetzlich, denn Erikssons Frau rief an und sagte, daß sie es nicht mehr länger dort behalten könnte. Die Nachbarn hätten es der Polizei gemeldet, und die könnte jetzt, sobald es hell würde, kommen und die Schweine zählen. »Ja, dann schlachten Sie doch«, sagten wir. Eriksson ist jedoch einberufen. Ihr war es egal, was wir damit machten, wenn es nur weg war, wenn die Polizei kam. Es blieb also nichts anderes übrig, als das Fahrrad aufzupumpen und sich auf den Weg zu machen und zu schlachten! Ich finde, daß Fredrik, der nicht einberufen ist, das hätte machen können, aber Jenny sagte, daß er nicht einmal etwas davon wissen darf, weil er gegen jede Hamsterei und so was ist. Er glaube, daß wir das Schwein angemeldet und dafür Karten abgegeben hätten. Außerdem ist er bestimmt so zimperlich, daß er es nicht verträgt, Blut oder Eingeweide oder so was zu sehen.

Tora herrschte uns die ganze Zeit an, und Jenny heulte, und das Schwein quiekte. Es litt wahrscheinlich. Es war furchtbar. Ich werde von diesem Weihnachtsschinken womöglich keinen Bissen hinunterbringen, aber warten wir's ab. Jenny ist im übrigen eine richtige Gans. Sie konnte nicht einmal die Wamme festhalten und Blut schlagen. Ich saß auf dem Schwein, und Tora schlug mit der stumpfen Seite einer Axt darauf ein. Sie habe früher schon geschlachtet, sagte sie, aber das ist bestimmt schon mindestens fünfzig Jahre her. Sie war ungeheuer zänkisch. Am schlimmsten war das Abbrühen und Schaben. Aber jetzt ist es getan, und wenn du heimkommst, kriegst du Speck.

Heute schrie Frau Andersson von nebenan nach Morgan. Doch der kam natürlich nicht. Sie rief mehrere Male. Schließlich schrie sie: »Morgan, komm rein, kriegst Speck!« Und da kam er. Ich frage mich, ob der Speck schwarz war. Aber da hätte sie bestimmt den Mund nicht so weit aufgerissen.

Das Wetter ist entsetzlich, ansonsten ist bei uns alles in Ordnung. Ich habe Lust, zu Maud zu gehen und mir die Haare legen zu lassen. Ich werde das tun, bis du heimkommst. Hoffe, das ist bald der Fall! Viele Grüße an meinen lieben Jungen von Deiner einzigen Ingrid.

Arne Johansson lag in Bereitschaft. Er lag auf dem Rücken und schlug nach Kriebelmücken und Bremsen und lag auf dem Bauch auf einem Strohsack, der immer bollriger und platter wurde. Ein bißchen stand und hing er wohl auch herum. Aber meistens lag er tatsächlich. In der fünften Woche in dem Quartier am Klarälv machte er die Bekannschaft einer Frau, die in dem Café arbeitete, wohin sie abends für gewöhnlich gingen. Sie wohnte quer über dem Fluß in einem großen, grauen Holzhaus, dessen Vortreppe mit Hopfen überwachsen war. Ihr Mann war einberufen. Sie hatten zur Verteidigung praktisch das Stück Vaterland getauscht, und wahrscheinlich hing der andere genauso unlustig halb liegend oder halb sitzend herum wie er, während sie darauf warteten, daß es krachen oder ein Ende nehmen würde.

Die Frau hatte einen Schwiegervater, der Landjäger war und im selben Haus wohnte. Er hatte in den unruhigen Zeiten viele polizeiliche Aufgaben. Manchmal verließ er das Haus und blieb über Nacht weg. Da hängte sie eine Laterne hinaus, und das Licht zeigte sich flackernd, wenn es die Schatten in dem vom Wind zerfetzten Hopfen nicht verschluckten. Arne schwamm hinüber, und schlief mit ihr auf einem gelben Ausziehsofa. Er bekam auch konfiszierten Bohnenkaffee und mußte schwören, niemals diesen Kaffee zu erwähnen, was immer er von seinen Erlebnissen während der Bereitschaft sonst auch erzählen mochte.

In dem Bauernhaus, das ihr Quartier war und das von ganz anderen Gerüchen und Geräuschen erfüllt war als die, auf die er auf der anderen Seite des Flusses traf, pflegte er etwa um halb zwölf nachts aufzustehen und zu brummeln, daß er zum Pinkeln hinausmüsse. Dann ging er zum Ufer hinunter, und wenn in der Schwärze der Nachsommernächte drüben das Laternenlicht flackerte, legte er Unterhose und Unterhemd an eine Erlenwurzel und stieg hinab auf den Grund des Flusses, der vom Sand und Schlamm weich war. Er schwamm durch das Wasser, das wärmer war als die Nachtluft, und die Wasserpflanzen schlangen sich um seinen Körper.

Sie frottierte ihn, sowie er im Haus war, trocken, und das war ein wunderbarer und passender Anfang für ihr Beisammensein auf dem gelben Sofa. Sie hatte ein heiteres Gemüt, wirre dunkle Haare mit festen Dauerwellen und Brüste, die klein und hell waren wie Mandelhäufchen. Sie hatten viel Spaß. Ja, er kam sich zum erstenmal in seinem Leben romantisch vor, wenn er triefnaß und mit Klettenlabkraut in den Haaren auf dem Bauch aus dem schwarzen Wasser des Flusses stieg und geduckt und schnell zur Hopfenveranda mit dem gelben Licht lief. Lange konnte er nicht fortbleiben. Im August und bis weit in den September hinein hatte er jedoch Glück, niemand vermißte ihn. Die anderen im Quartier schnarchten, wenn er zurückkam. Machte jemand ein vom Schlaf verquollenes Auge auf und fragte, was er getrieben habe, sagte er, daß er Verstopfung hätte. Und auch der Landjäger kehrte nicht unverhofft heim, und der Deutsche kam nicht, so daß Aufstellung befohlen worden wäre – alles in allem traf er sie neunmal, ohne daß irgendein Mensch außer ihnen selbst eine Ahnung davon hatte.

Dann kam der Oktober. Das Wasser des Flusses wurde mit jedem Tag kälter, doch das merkte er nicht, denn es waren eineinhalb Wochen vergangen, seit die Laterne zum letztenmal draußen im Hopfen hing, der jetzt entlaubt raschelte. Dann blinkte sie eines Abends im Wind, als er begierig auf Schlaf dastand und sich am Schlitz seiner Unterhose zu schaffen machte. Es war so kalt, daß er in dem nassen, zähen Gras, das durch den Regen und die rauhen Nebel des Spätherbstes bereits am Vermodern war, die Zehen zusammengekrümmt hatte.

Als er ins Wasser hinabstieg, hätte er beinahe geschrien. Doch er besann sich und stieg mutig weiter. Die Füße begannen vor Kälte zu schmerzen; dies war kein Wasser, sondern getempertes Eisen und Eis. Er holte tief Luft und warf sich, alle Vorsicht beiseite lassend, hinein in die kohlschwarze Nacht, die in den Wipfeln der Fichten heulend ihre Lieder sang. An diesem Abend hatte er sich schon heftig nach Hause gesehnt. Er hatte sich nicht nur nach Freiheit und Sinn und selbstgemachtem Kaffeegebäck gesehnt, sondern dies aus einer Art Schrecken vor der wunderlichen Fichtenwaldseele, die dieser schroffen Landschaft eigen war, heraus getan. Er hatte sich nach Seerosen und schattigem Laub und blassem Flieder an einer schiefen Gartentür gesehnt, nach schwarzem, stillem Teichwasser und weißen Hausgiebeln, Eisenbahnschienen, die blank in der Hitze lagen und sangen, den Rosen, die gewöhnlich bis in den Oktober hinein an der Mauer der Wäscherei blühten, dem Rauschen großer Ahorne, Fahrradreifen, die über eine staubige, sonnenverbrannte Straße glitten, und dem Geruch nach Fleisch aus einem offenen Fenster; er sehnte sich nach Sörmland. Als er die gegenüberliegende Flußböschung hinaufkletterte, hatten seine steifen Finger Mühe, die Steine zu umfassen, und mit Schrecken dachte er daran, daß er, um zurückzukommen, noch einmal in das Wasser mußte. Einen Moment lang dachte er daran, nackt über die Brücke zu gehen und sich bei der Wache zu melden, koste es, was es wolle. Er ließ den Gedanken fallen. Aber selbst wenn die Seerosen verfault waren und der Frost die Rose gezwickt hatte, er wollte am nächsten Wochenende nach Hause.

Als er ins Haus und in das angewärmte Bett gekommen

war, stellte sich heraus, daß sein Glied durch die Kälte geschrumpft war. Es war so gut wie verschwunden. Wie sehr sie es auch neckte und damit spielte, so, wie sie es immer nach seiner Berührung mit den kalten Wassern aus dem Norden tat, es zeigte sich nicht mehr als eine kleine Brutknospe. Ihr Lachen kühlte ab, und er kämpfte mit großer, aber vorgetäuschter Feurigkeit einen Kampf der Verzweiflung. Nichts half. Er bekam auch keinen Kaffee, und als er sich aufs neue in das schwarze, fließende Eis von den Mooren und Bergen stürzte, verfluchte er sie.

Das nächste Mal blieb er aus und sagte im Café, daß sie Probealarm gehabt und mitten in der Nacht hätten ausrücken müssen. Er fragte sich, ob sie ihm glaubte.

»Ah ja, du«, hatte sie gesagt.

Er aß eine Semmel, die ekelhaft nach Lifettin schmeckte, trank den Muckefuck aus und ging. Die Laterne erschien nicht mehr. Schließlich ging er nicht mehr hinunter, um nachzusehen. Es war tief und spät im Herbst. Er schlief.

Die anderen erzählten weiterhin ihre Weibergeschichten. Vorher hatte er sich nie darum gekümmert, denn das war zu eben jener Zeit, da er immer zum Flußufer hinunterging, um nachzusehen, ob für ihn eine Laterne ausgehängt war. Sie redeten über drei Kategorien Frauen. Zunächst sprachen sie über solche, mit denen sie etwas gehabt hatten oder behaupteten, etwas gehabt zu haben. Sie machten Angaben über die Enge der Möse, die Behaarung des Bauchs und die Form und Größe der Brüste. Oft verglichen sie sie mit Essen: Kürbisse, Brotlaibe, Spiegeleier. Sie merkten ferner an, ob sie mitjuckelte oder wie ein Brett dalag. Mit ihm hatte dies nichts zu tun. Er darbte nicht nach Frauen. Er lag gewöhnlich im Halbschlaf und wartete darauf, daß es Zeit würde, aufzustehen und nachzusehen, ob das gelbe Licht brannte.

Sie gingen zur zweiten Kategorie Frauen über, solchen, mit denen sie etwas haben wollten. Es hatte ihn amüsiert, sie ziemlich heiße Wünsche in bezug auf die Frau aussprechen zu hören, zu der er immer hinüberschwamm, die, auf deren Brust einmal Blätter von Laichkraut hängengeblieben waren. Sie hieß Maj-Lis. Jedesmal, wenn er ihren Namen hörte, wachte er aus seinem Halbschlummer auf. Nunmehr irritierte es ihn, wenn sie über ihren Hintern redeten. Sie nannten sie nicht Maj-Lis, sondern hatten sie in Steiß-Geis umgetauft. Einer von ihnen erzählte, daß er etwas mit ihr gehabt habe. Arne war sich sicher, daß er log, doch seine Irritation verwandelte sich in tiefes Unbehagen. Er war jetzt hellwach.

»Hört doch, zum Teufel nochmal, mal auf!« sagte er. »Es gibt auch noch welche, die schlafen wollen.«

Einige schliefen wirklich, schliefen oder träumten ruhige Träume an der Grenze zwischen Schlaf und Wachheit. Es gab einige, die sich nie über Frauen äußerten. Sie lachten nur verlegen.

Unter denen, mit denen sie etwas haben wollten, waren manche unerreichbar wie Filmsternchen. Sie waren leuchtend klare Äpfel hoch oben im Baum. Da war die Tochter eines Distriktsarztes, die in einem Luftabwehrturm Dienst tat. Die sah nur Offiziere. Eine junge Bataillonsarztgattin hatte sich in einem Bauernhof in der Nähe einquartiert, um von ihrem Mann nicht getrennt sein zu müssen. Einer von ihnen war ihr im herbstlichen Wald begegnet. Offenbar hatte sie sich verirrt. Er äffte ihre feine, spitze Aussprache, die muntere Freundlichkeit nach. »So ein schöner Tag!« Ja, sie sei spazierengegangen. Und ein wenig vom Weg abgekommen. Könnte er ihr den Weg zum Dorf zurückzeigen? Und sie spazierten nebeneinanderher. »Ein herrlicher Herbst, nicht wahr?« Aber sie habe keinen Pilz gesehen, sagte sie. Nein, den hatte, zum Teufel aber auch, er in der Hose. Es rief im Quartier Lachsalven hervor, als er sagte, daß er sich das gedacht und beinahe gesagt hätte. Während des Spaziergangs war er jedoch nur von einer giftigen Verbitterung über die Schlampe mit dem Persianerkragen erfüllt gewesen, weil sie nicht einmal zu merken schien, daß sie neben einem Mannsbild herging. Er war nur ein Kommißkopf, ein Etwas, das ihr Mann mit einem Kommandoruf durch den Herbstmatsch robben lassen konnte. Es lag nicht die Spur von Angst vor einer Vergewaltigung in ihrem Gezwitscher unter den dunklen Fichten.

Die dritte Kategorie Frauen waren die Daheimgebliebenen. Über die sagte man, daß sie gerade zu tun hätten. Über die eigene Frau sagte man das nicht. Wenn man aber aus dem Urlaub zurückkam, mußte man die Ruhe bewahren.

»Na, durftest du rein oder war besetzt?«

»Nein, zum Teufel«, sagte man. »Da war alles im Lot.«

»Da hast du Glück gehabt. Lindberg war mit seinem großen Schwanz nicht dringewesen.«

»Dann hat womöglich sie Glück gehabt!«

Gelächter.

»Ja, zum Teufel, nichts Schlechtes über die Heimatfront. Die müssen sich ordentlich ins Zeug legen, ganz bestimmt.«

»Jaja, doch.«

Und die Geschichten, wie die Heimatfront überrascht worden war, waren unzählig. Er wußte, wie diese Überraschung vor sich ging. Er hatte sich darüber schier kaputtgelacht, viele Male schon. Herrje, wer war am komischsten, der Zivilist, der da mit den Händen vorn dran im Halbdunkel des Schlafzimmers stand, oder der aufgebrachte Krieger in seinem zu großen Uniformrock, dessen Ärmel er erst schütteln mußte, um die Fäuste zeigen zu können? Und das Frauenzimmer im Bett, sie saß natürlich da und flennte und hatte das Charmeusenachthemd an, das sie zu Weihnachten bekommen hatte. Das war das Leben. So war es.

»Da verlaß dich drauf!« sagten sie. »Sei dir nie zu sicher! Die stillsten Wasser.«

Aber Ingrid. Das hatte er nie angenommen, auch nie im entferntesten. Sie war an sich korrekt. Dummes Zeug konnte sie nicht leiden. In Evert Kjällströms Sommerhäuschen hatte sie die Hände des Gastgebers von ihrem Busen genommen.

Arne hatte das gesehen. Er konnte das immer noch vor sich sehen, die ganze Szene mit dunklem Fliederlaub, Krebslaternen an einer Schnur von der Holzschuppentür zur Veranda und ausgenagte Melonenschalen auf den Tellern. Evert Kjällströms Hände hatten auf ihrem Busen gelegen, aber sie waren weggenommen worden, freundlich, aber bestimmt.

Er wäre wahnsinnig geworden, wenn sie sich etwas herausgenommen hätte. Er lag in der übelriechenden Dunkelheit voller Gelächter und halblauter Stimmen um sich herum und dachte, daß er damit nie klarkommen würde. Warum, wußte er nicht. Er hatte nur so ein Gefühl. Wie gut, daß sie war, wie sie war.

Die Geschichte mit Maj-Lis war zu Ende. Er würde Ingrid nie etwas davon sagen; es würde sie nur verletzten, und es war auf jeden Fall nichts, was mit ihnen zu tun hatte, nicht das geringste. Nein, zum Teufel. Das war ganz einfach eine andere Geschichte. Abgesehen von dem letzten Eisbad und dessen Konsequenzen war es eine wilde, dunkle, romantische Fichtenwaldgeschichte, eine solche, wie man sie einmal im Leben erlebt und dann darüber schweigt.

Er würde heimfahren. »Schreib aber vorher«, sagten sie. »Sonst weiß man nie.« Er lächelte über sie. Bei sich dachte er, daß es unmöglich sei. Nicht Ingrid, und nicht in ihrem Bett. Mit Kaffee in der Küche hinterher. Das war ganz einfach undenkbar.

An diesem Abend erzählte einer von ihnen von einer Werkmeisterfrau, die die Bereitschaftssoldaten in der Stadt an einem Bretterzaun an sich ranlasse.

»Der Kerl glaubte, sie sei ein Muster an Tugend.«

»Das war sie vielleicht auch. Vor dem Krieg!«

»Ja, Himmel, der Krieg«, sagten sie.

»Ja, der ist noch nicht vorbei, noch nicht.«

Und sie fingen an, über Stalingrad zu reden.

Er lag wach. In weniger als vierundzwanzig Stunden würde er zu Hause sein. Und er hatte nicht geschrieben.

Nun sitzt er im Zug. Draußen sind die Dunkelheit und der Krieg. Das heißt, das nächste, was aufblitzt und rückwärts vorüberfährt, sind einsam gelegene Bauernhäuser, schwache gelbe Lichter in der Dunkelheit. Er ist auf dem Weg nach Hause, auf dem Weg in die Stadt. Für ihn gibt es in diesem Dunkel der Welt nur ein Licht, das zählt, und das ist die Küchenlampe in ihrer Wohnung im Södergården. Es ist eine weiße Kugel, die mit einer Fünfundsiebzigwattbirne ganz oben an der Decke sitzt. Doch seine Erinnerung und seine Sehnsucht verfälschen es freundlich und machen es gelb und nah. Es schwebt über Uffes und Ingrids Scheitel.

Er schaute auf die Uhr, und ihm ist klar, daß er bald da sein wird, und er drückt das Gesicht gegen die schmutzige Fensterscheibe und versucht etwas zu erkennen. Er meint einen Bretterstapel wiederzuerkennen, oder genauer, dessen Lage, dessen äußerst vertraute und richtige Lage in der herrschenden Dunkelheit. Er sieht Häuser und ist da.

Es gibt einiges Geschepper, nachdem der Zug angehalten hat, und eilige Schritte auf dem Bahnsteig, doch dann fährt er wieder ab, und alles wird still. Die Züge fahren schnell und heimlich in diesen Zeiten, ebenso heimlich und unergründlich können sie stundenlang irgendwo stehenbleiben, wo man nur ein Stück Wald und die Böschung des Bahndamms zum Anstarren hat. Es ist jetzt so still auf dem Bahnhof, und er bereut, daß er nicht nach Hause geschrieben und angekündigt hat, daß er kommt. Da wäre sie hiergewesen und hätte ihn abgeholt, und sie hätten seine Tasche auf ihren Gepäckträger gelegt.

Wie er am Stadthotel vorbeigeht, hört er durch die dichten sahnegelben Gardinen Musik. Ein Fenster steht einen Spalt weit offen, und es riecht nach Essen und Tabakrauch. Er bleibt einen Moment stehen und lauscht auf das Schleifen von Füßen und die Frauenstimme, die singt: »So ist er denn zu Ende nun, der heißersehnte Augenblick.« Da steigen ihm die Tränen in die Augen. Ja, es ist merkwürdig heutzutage. Er ist empfindlich geworden wie ein Kind. Aber du lieber Himmel, er ist froh, daheim zu sein. Dafür muß man sich nicht schämen. Er wünscht sich nur, daß er bleiben könnte. Das ist kein Leben, mit fünfundzwanzig Kerlen eingesperrt zu sein, halb zu liegen, halb zu sitzen, sich bis zum Abend und dem Halbrausch des Schlafes durchzuhangeln. Und nun muß es gut sein mit Fichtenwaldrauschen und Abgrundsromantik. Ja, du lieber Himmel, Ingrid hat Humor, sie würde wohl lachen, wenn sie wüßte, was ihr Alter da erlebt hat. Vielleicht.

Er geht über die Landsvägsbrücke aus Beton, die Villen auf der anderen Seite sind verdunkelt und still. In der naßkalten Luft riecht es ländlich nach erfrorenen verfaulten Kartoffeln. Die Bretterlager mitten in der Stadt sind noch immer die gleichen, die Straße leicht holprig, und der Hang hinunter zum Konsum und zum Kiosk ist lang. Er erkennt alles wieder, aber er freut sich nicht über das Wiedererkennen, denn überall sind die Lichter aus und ist es still, und er findet, daß die Stadt verdrießlich ist und ihm den Rücken zugekehrt hat. Sie will schlafen. Sie will nichts von Krieg und Bereitschaftssoldaten hören. Was war er doch für ein Idiot, daß er nicht nach Hause geschrieben hat, er hätte auch vorher anrufen und ihr eine Nachricht zukommen lassen können. Weiß der Teufel, was in ihn gefahren war, und jetzt bereute er es. Beim Stadthotel standen die Fahrräder in dichter Reihe, einige lehnten aneinander. Er sah dort ein altes schwarzes Hermes mit hellgrauen Ballonreifen. Aber solche gibt es wohl viele.

Er ist daheim. Der ganze Södergården ist dunkel. In ihrem Küchenfenster brennt kein Licht, weder ein gelbes noch ein weißes. Es steht auch kein schwarzes Hermes im Fahrradständer. »Aber das kann ja irgendwo sonst stehen«, denkt er. »Daran ist ja weiter nichts Merkwürdiges.«

Drinnen ist es still und riecht nach Zuhause. Er steht einen Moment bei der Tür, ehe er das Licht in der Diele anmacht. Dann geht er zur Zimmertür und öffnet sie einen Spalt weit und sieht Uffe daliegen und schlafen. Er liegt in Ingrids Bett. Das andere ist nicht aufgeschlagen. Draußen in der Küche ist es leer. Er ist verwirrt, ihm ist, als würde er Durchfall bekommen. Da trinkt er ein bißchen Wasser und wundert sich, daß das Leitungswasser so schlecht schmeckt. Er hat das bislang nie gemerkt. »Eine Scheißstadt ist das hier«, denkt er und schüttet das Wasser in den Ausguß.

In der braunen Tasche hat er einen halben Liter Klaren. Den holt er jetzt hervor und schenkt sich etwas ein. Er pfeift auf ein Schnapsglas, denn er trinkt ihn nicht zum Vergnügen. Der ist für den Magen. Wie er so da sitzt, steht plötzlich Uffe in der Tür. Herrje, der Junge. Arne räusperte sich.

»Ich habe gehört, daß du es bist«, sagt Uffe. »Wie du gehustet hast.«

Bevor er den Papa vor dem Wasserhahn in der Küche husten hörte, wußte er es jedoch nicht. Da lag er vollkommen steif im Bett und tat, als schliefe er. Draußen, glaubt er, seien Spione. Die schleichen um den Bretterzaun am IFK-Platz, und wenn die Straßenlaterne zu schaukeln anfängt und ihren Lichtkorb in der zerrissenen Krone der Linde, in der der Wind zerrt, verbirgt, rennen sie über die Straße zum Södergården. Dort biegen sie die Zweige der Holunderbüsche auseinander und langen an das Küchenfenster, daß das Glas bebt.

Die Spione sind wie Bierbrüder, nur größer und schlanker. Sie haben schwarze Tücher über den Armen.

Als der Schlüssel ins Schloß gesteckt wurde, erstarrte er, denn das war nicht das Geräusch von Mama. Er hörte die Schritte zur Tür, und als sie aufging, kniff er die Augen zusammen. Der dort stand da und sah ihn an. Atmete im Zimmer.

Er ging. Dann war der Wasserhahn in der Küche zu hören und darauf das Husten, als er etwas in den Mund bekam, was er nicht mochte. Das war Papa.

»Wo ist Mama?« fragte er Uffe.

»Ich weiß nicht.«

Papa starrt. Jedoch mit leerem Blick, als ob er direkt durch ihn hindurchschauen würde.

»Ja, grüß dich, du«, sagt er dann. Das klingt, als spreche er mit ihm, während er etwas anderes tut, etwas viel Wichtigeres. Aber er tut gar nichts. Er sitzt nur da. Er hat faltige Militärkleider an. Überall wirft der graue Stoff Falten, über die Stiefelschäfte, über den Ledergürtel. Die Kleider riechen bis zur Tür.

»Weißt du nicht, wo Mama ist?«

»Naa. Die ist bei der Tante Maud gewesen. Aber das ist früher gewesen.«

»Wann denn?«

»Das weiß ich nicht. Früher am Abend.«

»Hat sie nicht gesagt, wo sie hinwollte?«

»Doch, aber ich hab' schon beinah geschlafen«, sagt Uffe. »Ich nehm's Rad, hat sie gesagt.«

»Was hat sie bei Maud gemacht? Hat sie sich die Haare feinmachen lassen?«

»Ja, klar.«

Der Papa verrückt das Glas. Dann sitzt er eine Weile da und schaut es an.

»Geh, leg dich jetzt schlafen«, sagt er plötzlich.

Uffe will dagegen zu ihm hingehen, traut sich der Stimme wegen aber nicht. Es ist eine sonderbare Stimme. Die ist wie die Fensterscheibe. Es ist unmöglich, etwas in dem schwarzen, blanken Glas zu sehen, an dem der Holunderbusch unaufhörlich seine Zweige streift, ohne daß er von drinnen zu sehen ist.

Und da geht er ins Bett. Er kriecht rückwärts durch die Lebensalter hinab zwischen die verdrehten Laken. Er zupft an dem Wundschorf auf den Knien, bis es zu brennen und hellrot zu bluten anfängt. Darüber wird sie böse werden. Er knipst das Licht an und versucht, die Blutflecken auf dem Laken mit Spucke wegzureiben.

»Mach jetzt das Licht aus », sagt Papa von dort draußen.

Er sitzt mit weitgespreizten Knien da, die Unterarme ruhen auf den Schenkeln in dem grauen Loden, der aussieht, als wäre er aus Lumpen gewalkt und gestampft. Sie kommt nicht. Hoch oben an den hellgrün gestrichenen, gespundeten Brettern der Wand rücken die Zeiger der Uhr die Zeit voran, Minute um Minute. Er hört das hinter sich, er spürt es überdies im ganzen Körper. Die Hände hängen wie Uhrengewichte zum Linoleumboden hinunter. Er kann sich vor Enttäuschung nicht rühren.

Es geht ihm durch den Kopf, daß so manches, was man in froher Alltagslaune als den Gang des Lebens abtut, zum Himmel schreit. Einen Augenblick lang schaut er geradewegs hinab in den Abgrund von Lebensenttäuschung, zieht sich aber schnell zurück und trinkt einen Schluck aus dem Glas auf dem Küchentisch.

Jedenfalls geht ihm durch den Kopf, daß es andere Arten zu leben gibt. Gegeben hatte. Zu spät jetzt. Aber ab wann war es zu spät? Wann nahm man die letzte Abzweigung?

Er kann sich vorstellen, daß es andere Menschen gegeben hätte, mit denen man ein ganzes Leben hätte verbringen können. Fröhlichere. Ja, im Alltag freundlichere, ganz einfach. Es gibt tatsächlich Leute, die nicht alles so todernst nehmen.

Ein ganz anderer Typ schwebt ihm für einige Augenblicke vor. Allerdings undeutlich. Es ist kein Gesicht, keine reine Körperlichkeit. Eher eine Art Hauch von süßem Gugelhupfgeruch. Gutmütiges Lachen. Ruhige Bewegungen. *Verzeihung.* Ja, zumindest Verständnis.

Warum sollte ein Mensch, mit dem man verheiratet ist, nicht ein bißchen nett sein können?

Er hat nun Branntwein in ein Trinkglas eingeschenkt, ins erste, das er in die Finger bekam, als er den Schrank öffnete. Jetzt sitzt er da und starrt in das klare Getränk.

»Der Teufel hol's, heimzufahren«, sagt er halblaut.

So ist das, heimzukommen: das Bett leer, Tanz im Stadthotel und ein Hauch von Ausgekühltheit und Verlassenheit in der Küche. Vom Flur her zieht es, und er sitzt da und weint ein wenig. Wenn Schweden deutsch geworden und die Stadt in Schutt und Asche gebombt worden wäre, hätte das für ihn nicht schlimmer sein können als das, was vermutlich geschehen ist oder in diesem Moment geschieht.

Die Bereitschaft und Svenska Verkstad können eigentlich auf eins hinauslaufen. Überdruß und gute Laune gibt es an beiden Stellen, und ihm kommt es vor allem zu, zu gehorchen und erteilte Anweisungen zu befolgen. Aber hier drinnen war er doch immer Herrscher gewesen, der, um dessentwillen Heringe gewässert und Kohl gebrüht wird, Herrscher über das Zimmer, die Küche und die Diele und über ihren von einer gerippten Baumwolltrikothose mit halblangen Beinen verborgenen Schoß. Was da hineingesteckt werden soll, ist von ihm bestimmt worden. Was daraus hervorgehen soll, hat von ihm abgehangen.

Aber jetzt. Er weiß nicht einmal, ob er abgesetzt ist. Wenn er die Augen schließt, sieht er die weiße Unterhose, den Unterrock aus beigefarbenem Seidentrikot und einen Wollrock von Vorkriegsqualität auf einem Haufen auf einem Fußboden. Da muß er noch etwas Branntwein trinken, um von diesem Anblick loszukommen, und das wasserklare Getränk wärmt ihn vom Magen aus nach außen und wiegt ihn nach einer Weile wie in einem angenehm temperierten Badewasser. Da sieht er sich wieder als Herrscher, wenn er die Augen schließt. Es ist die Zeit, da sein Krönungsornat ein weinroter Hochzeitspyjama war. Nun hebt sich freundlich nach Sommer duftend das Reich unter ihm und bittet: Sei mein Schicksal. Sage mir, was von meinen verborgensten Räumen ausgehen soll und wie du mein Leben zu gestalten gedenkst, vierzig Jahre babylonische Gefangenschaft auf einem Ausziehsofa, während die Milchsuppe im Spüllumpen sauer wird, oder drei Zimmer mit Küche und ein Häuschen am See, duftende Kinder, ein spielender Hund, Ringelblumen und eine Flagge. Ich werde wie ein Weizenfeld unter deiner Sonne reifen, nach Essen und reinen Laken duften, ich werde Winterruhe und tröstendes Summen sein. Glänzend leuchten alle Dinge des Königs, der Radioapparat mit Goldstoff vor der Öffnung und seinem freundlichen Stockholm-Motala, die Sofalehne, der Kaffeekessel, das weiße Porzellan der Lampe und das schwere Neusilberbesteck.

Und nun tritt der König heraus aus seinem Reich, das sich auf die Seite dreht, um in Erwartung seiner Rückkehr zu den Dingen und deren freundlichem Glanz zu schlummern.

Dies ist ein Branntweintraum. In Wirklichkeit duftet es nach nichts anderem als nach einem schlafenden Kind und einer leeren Wohnung. Die Sofalehne ist schlecht poliert, und auf der Porzellankugel der Lampe liegt fettiger Staub. Im Stadthotel ist heute abend Tanz, und das Reich ist wem auch immer von wo auch immer, von Dalarna oder Skelleftehamn, zugewandt, die Macht ist von ihm gewichen, und der Mantel, durch Schmutz und Tristess geschleift, gleicht am ehesten noch einer alten, dreckigen Unterhose. Sie scheint die ganze Herrlichkeit gründlich satt zu haben, denn sie hat nicht einmal seine zivilen gewaschen. Es findet sich keine einzige in der Kommodenschublade. Den Gedanken, sich umzuziehen, läßt er fallen, nachdem er eine Weile in den Schubladen gewühlt hat; das Leben ist eine unbeschreiblich saure und langweilige Geschichte, gegen die er, wie gegen Durchmarsch und heftigen Ohrzwang, Branntwein trinkt.

Da kommt sie.

Er knöpft sie sich vor, sobald sie ihr schwarzes Hermes mit dem verzogenen Vorderrad in den Fahrradständer gestellt hat und hereingekommen ist, äußerst überrascht. Er knöpft sich ihre goldgefärbten – ja goldgefärbten –, hochgesteckten, gekräuselten Haare vor, geht zu ihr hin, um zu sehen, ob sie Lippenstift aufgelegt hat, und um herauszufinden, ob sie nach Gasthaus riecht, und fragt sie, warum ihr Kind allein schläft. Drinnen im Zimmer hebt Uffe den Kopf vom Kissen und lauscht auf ihre Stimmen, die laut und erregt sind. Es dauert nur einige Minuten, dann wird es still. Sie sitzen sich jetzt gegenüber, jedes auf einem Küchenstuhl, und schauen die jeweilige Wand an.

»Schenk mir auch ein Glas ein«, sagt sie.

So saßen sie sich gegenüber und tranken, jedes in seinen Schmollwinkel verzogen, und es gab keine Freude, die sich irgendwo von der Lampe mit ihrer Staubschicht zu der gelben Firnishaut des Linoleums hätte herunterholen lassen. Die uneben geworden war, nur weil es so verdammt schnell gehen mußte, wenn sie etwas zu tun hatte.

Tiefer und tiefer verzog er sich in seinen Winkel, und er überlegte sich bereits, in Schweigen zu verfallen. Sie wollte nicht zugeben, daß sie eine Schlampe mit goldgefärbten Locken und einem Mund, der klebrig von Schminke wie eine halbverheilte Wunde glänzte, sei. Sie lachte ohne Fröhlichkeit über ihn und sagte:

»Für so was habe ich keine Zeit.«

Sie stand morgens um sechs auf und ging zu Kurre und nähte. Sie kaufte mit eigenem Geld Essen und Zigaretten und hatte keine Zeit, tanzen zu gehen. Sie hatte auch keine Zeit, den Firnis zwischen den Anstrichen trocknen zu lassen, und ebensowenig, mehr als das Notwendigste zu waschen. Am Abend zuvor hatte sie ein Schwein geschlachtet, an diesem Abend hatte sie einen Brief geschrieben, und das letzte, was sie jetzt getan hatte, ehe sie sich schlafen legte, war, daß sie zum Briefkasten fuhr und ihn einwarf. An ihn.

Und die Haare? Die Haare! Er betrachtete sie als überparfümiert und haltlos wie eine überreife Banane, es ließ sich nicht ändern. Er sprach zu ihr wie zu einer andern. Er sprach eigentlich zu vielen Frauen und zu Maj-Lis. Wenn er wirklich alles aus sich herausgebracht hätte, was er sagen wollte, dann hätte er sie gebeten, sich die Haare nicht so hochzustecken und voller Dauerwellen machen zu lassen. Warum konnten sie nicht nur einen lieben? War das nicht schön? Mehr wollte er doch gar nicht haben, Innigkeit und Wärme und den schwachen Geruch von blutdurchströmter Haut am Hals, gleich unter dem Ohr, weiter nichts. Warum waren sie nicht züchtig und zogen die Unterwäsche unter dem Nachthemd aus? Warum konnten sie in solch dunklen Herbstnächten nicht allein schlafen und träumen? Er hätte ihr gern von einem Mädchen erzählt, mit dem er einst in einer großen Kiste gespielt hatte. Das war lange her, aber eigentlich war es nie besser geworden. Warum konnten sie einander nicht ganz für sich allein haben, als Zuflucht in tosendem Sturm, ein Spiel mit Steinchen und Scherben als Tassen und Untertassen und mit Wiesenkerbelblättern als Petersilie und den braunen Samen des krausen Ampfers als Kaffee?

Wärme und Zutrauen wollte er haben und hundertfach, ja zehntausendfach vergelten. Umarmt werden wollte er, weiter nichts (auch weil der klare Inhalt der Flasche gesunken war und Blei in seine Hoden ausgefällt hatte), umarmt werden und das Zehntausendfache seiner Wärme geben, was in seiner Brusthöhle wie in einem Dachsbau unter einem winterlichen Steinhaufen überlebt hatte. Alles, was er hätte sagen wollen, brachte er nicht heraus. Aber manches.

»Man kann sich fragen, was du eigentlich getrieben hast«, sagte Ingrid.

Da machte er Ernst mit dem Schweigen. Denn so war das bei Ingrid, und im übrigen bei der ganzen verdammten Sippschaft um Konrad Eriksson, daß sie reden und alles gegen einen wenden konnten. Entweder wortreich und mit großartigen Späßen, über die sie selbst am meisten lachten, oder wie jetzt, schmerzlich, ja brutal in ihrer Dürftigkeit.

Er schwieg und verweigerte ihr auch seinen Blick. Da begann sich die Panik in ihr breitzumachen. Noch war sie nicht gefährlich. Sie regte sich nur ein wenig. Ingrid erhob sich und schaltete das Radio an, und das, was da herausströmte, war schön und symphonisch. Sodann lief sie mit herausfordernden Schritten kreuz und quer durch die Küche und räumte auf, bis nichts mehr aufzuräumen war. Zuletzt schlug sie vor, daß er sich ausziehen solle, damit sie die Unterwäsche und das Hemd einweichen könne. Der Uniformrock und die Hose könnten über Nacht draußen vor dem Fenster hängen. Ihm, der keine Ahnung davon gehabt hatte, daß es bis in die Diele hinaus nach Klarem und Mobilisierungsunflat gerochen hatte, als sie kam, begann dies nun zu dämmern, und er wandte sich von ihr ab, und sein Rücken war ein langer, müder Bogen. Er wollte schlafen gehen, doch er würde verdammt nochmal hier sitzen bleiben. Sie würde schon sehen.

Da ging sie her und räumte das letzte in der Küche auf, sie sammelte die Branntweinflasche und die Gläser zusammen und ging damit zum Spültisch. Da sagte er:

»Da scherst du dich den Teufel drum!«

Und vor Verblüffung darüber, daß er gesprochen hatte, stellte sie sie zurück. Er trank etwas. Da spielte im Radio »Du alter, du freier«, und damit war das Reichsprogramm zu Ende. Ein Weilchen klang es, als ob es im Radio knisternd brenne, und dann heulte es schwach auf einem einzigen Ton seine Nachtheulermelodie und Selbstmordweise. Sie hatte beschlossen, es nicht abzudrehen, denn schließlich saß er am nächsten, doch ihre Nerven machten das nicht mit. Sie stürzte hin und drehte den Knopf herum.

»Und du schweigst!« schrie sie. »Du schweigst und schweigst!«

Sie war in ihrer Einsamkeit umhergelaufen und hatte sich wie er gefragt, wann man eigentlich zur letzten Wegscheide seines Lebens gekommen sei. Wie wurde es so, wie es war? Aber daß sie ohne ihn irgendwohin hätte gehen sollen, das fiel ihr nicht ein, selbst jetzt nicht.

Sie konnte nicht leugnen, daß er das große Ereignis in ihrem Leben war, auch wenn es schmerzte, denn sie erfuhr nie, ob es für ihn genauso gewesen war. Doch für sie gab es ein vor und nach Arne, eine andere Zeitrechnung war nicht möglich, selbst wenn sie ihre Lage haßte. Sie hatte einen Schwerpunkt bekommen. Ja, er war eine Schwere in ihr. Das hatte nicht viel mit Verliebtheit zu tun, auch wenn es anfangs in dieser Maske einherkam. Sie hatte es kaum als Liebe erkannt, jedenfalls nicht, wie sie ihr beschrieben worden war. Sie war ein Gefühl des Daheimseins. Zusammengehörigkeit. Schwere.

Er machte sich schwer in ihr. Es spielte keine Rolle, wie er war. Manchmal glaubte sie, es sei die reine Chemie, manchmal, daß es etwas mit ihren Seelen zu tun habe. Dann lachte sie über sich selbst, doch das war in freudigeren Momenten als diesem.

Kinder hatte sie mit ihm nie haben wollen. Am liebsten wäre sie auch der babylonischen Gefangenschaft entgangen. Daß sie schwanger wurde, war ein Schock gewesen. Doch sie hatte sich vorgenommen, gegen das Kind gerecht zu sein, und das hatte endlose Konflikte hervorgerufen. Er war eifersüchtig auf den Jungen, und sie beharrte auf Uffes Recht. Das war aufreibend gewesen all die Jahre hindurch, und mitunter ein Drama. Sie spürte auch, daß all ihre Sorge um Uffe und ihre pingelige Forderung nach Gerechtigkeit der Liebe entsprangen. Unter anderem. Sie war sich jedoch nicht sicher, daß sie das auch zeigte. Das war nicht so einfach. Die letzten zwei Jahre war Arne auch anders zu Uffe. Er hatte angefangen, ihn zu beachten. Und zwar seit er Schlittschuh laufen gelernt hatte. Das hatte sie nicht alle drei zusammengeführt. Nein, ihre Liebe, wenn es denn Liebe war, war so beschaffen, daß sie allein immer am glücklichsten waren.

Daß sie eine Schwere bekommen hatte, daß sie sich in Arne verguckt hatte, war kein leichtes Glück gewesen, nein, ganz und gar kein Glück, jedenfalls kein solches, wie sie es zu der Zeit aufgefaßt hatte, als sie zum Tanztee ins Casino gegangen war oder nach den IFK-Basaren auf ihn gewartet hatte. Es war Schwere.

Schwere, Schwere, Schwere. Diese verdammte Schwere.

Sie hätte ihm jetzt vieles sagen wollen, da die Panik sich breitmachte und sie von seinen schmutzigen Kleidern angefangen hatte, deren Geruch ihr schon in der Diele entgegengekommen war. Doch das war kein guter Anfang.

»Sag schon was!« schrie sie. »Hörst du nicht? Du bist doch wohl nicht heimgekommen, um dich totzuschweigen!«

Daß er schweigen würde, gehörte zu den Regeln, das wußte sie eigentlich. Denn nun hatten sie in der Tat eine Bühne betreten, sie hielten ihre Rollenhefte in der Hand, und alles war voraussagbar und unmöglich zu ändern. Sie würde reden, und ihre Stimme würde schriller und schriller werden, und er würde schweigen. Tiefer und tiefer würde sie in dem, was gewesen war, graben, bis hinab zu den längst vergangenen Zeiten mit Sägespäneboden und Bandyeis, wo sich Erinnerungen, empfindlich wie bloßgelegte Zahnhälse, fanden.

»Du scherst mich den Teufel«, sagte sie unleidlich. Er mochte es nicht, wenn Frauen fluchten, und vor allem nicht, wenn sie das tat. Jetzt scheute er. Sie bekam einen Blick zugeworfen. Damit hatte sie ihn immerhin berührt! Sie fluchte noch einmal, um ihn noch mehr und noch unleidlicher zu berühren.

»Du scherst mich den Teufel mitsamt deinen Regeln!«

Denn sie faßte es so auf, daß seine Regeln galten. Sein stummes Spiel bestimmte das ganze Stück. Wenn er sich nur rührte und redete, wenn seine Augen wieder lebendig würden, könnte sie ganz andere Sachen sagen. Sie könnte das Heft, aus dem sie vorlas, wegwerfen.

Sie fand, daß er in einer Welt von Regeln lebte. Das hatte er schon immer getan. Nicht nur auf dem Eis. Aber dort natürlich besonders. Ja, als er spielte, gab es sogar Regeln dafür, wieviel sie essen und trinken sollten und wieviel sie mit ihren

Freundinnen zusammensein durften, und Regeln für Kameradschaft und für Feindschaft. Irgend jemand hatte für sie festgelegt, wer der Feind war, und der war dann auch der Feind. Irgend jemand hatte für sie festgelegt, wer Mannschaftskamerad war, und da hielten sie unverbrüchlich zu ihm. Ihre Trainer und Mannschaftsführer waren mittelalterliche Männer, mittelalterliche Kerle mit kleinen, festen Hüten, und sie liebten die Jungs. Ein solches Wort würden sie nie benutzt haben, doch daß es sich um Liebe handelte, daran hatte Ingrid keinen Augenblick gezweifelt.

Da war ein blasser, kraushaariger Mann gewesen, einer namens Melkersson. Er hatte Arne glauben machen wollen, daß sie für ihn schlecht sei, daß sie ihn aussauge und schlapp mache. In seiner Begierde hatte sie jedoch einen Verbündeten gehabt. Mit dem war Melkersson nicht fertig geworden.

Irgend jemand hatte Maud erzählt, die es wiederum ihr erzählt hatte, daß Jungen von Männern manchmal Angebote bekämen und daß sie oft auf den, der das Angebot machte, einschlügen, ihn aus besinnungsloser Angst und Selbstekel schlügen. Vielleicht war Melkersson geschlagen worden, und vielleicht traute er sich kein Angebot zu machen. Sie mißtraute ihm jedoch stark. Sie hatten einander nie Freundschaft vorgeheuchelt, er und sie. Sie hatten sich kalt angestarrt, kaum gegrüßt.

»Aha, da kommst du ja«, sagte Melkersson zu Arne, wenn sie beide zusammen kamen. Als ob es sie gar nicht gäbe. »Komm doch rein!«

Und Arne kümmerte sich ebenfalls nicht um sie. Einmal hatte er sie vor der Trainingshalle stehenlassen, während er hineinging und sich mit Melkersson unterhielt.

»Wart einen Moment«, sagte er.

Er war eine Viertelstunde weg. Es wurden zwanzig Minuten. Als es auf eine halbe Stunde zuging, ging sie. Sie fragte sich hinterher lange Zeit, wie lange er sie wohl vergessen hatte. Doch das würde sie nie erfahren, da sie gegangen war. Für solche Momente haßte sie ihn, doch damals verlagerte sie ihren Haß auf Melkersson, den Kraushaarigen, Ältlichen, Krummbeinigen mit dem kleinen, festen Hut.

Jetzt war Arne selbst Trainer. Er war ein Melkersson. Die Jungs gehörten ihm. Die Mannschaft gehörte ihm. Sie waren eine Art Vergrößerung und Verlängerung von ihm, seinem Willen und seiner Geschicklichkeit. Daß sie nicht merkten, was es mit seiner zärtelnden Fürsorglichkeit für ihre Wadenmuskeln und kostbaren Fußrücken auf sich hatte! Für ihn waren sie Muskelkraft, die einem Gedanken, den er hatte, Form verlieh, dem Gedanken, wie sie vorgehen mußten, um den Feind, die Zipfelmützen, zu besiegen. Er schliff und trimmte sie Stunde um Stunde, um ihren Willen spulförmig zu machen, ihn nur auf eine Sache zu richten: den Zipfelmützen mit dem Schwanz hinten reinzufahren und es ihnen zu geben, daß sie sich krümmten. Sie hatte sich vor einem Match den Bussen und Umkleideräumen genähert und gehört, wie er sie anfeuerte. Nicht, daß sie schockiert oder auch nur verwundert gewesen wäre. Sie war nun schon auf allzu vielen ihrer Feste gewesen. Jetzt war sie lediglich froh, daß sie Bescheid wußte. So sah man also auf einen besiegten Feind. Ein Arschloch und eine Frau in einem.

Der Sport sollte zu Kameradschaft, Kampfgeist und Idealen erziehen und trainieren. Aber diese Ideale waren eine Flagge, die im Wind knatterte. Und diese flatternden, leeren Ideale sollten erziehen und trainieren und den Kampf zwischen den Klassen und den Egoismus in der Welt überbrücken. Hier sollten sich der Ingenieur und der Arbeiter, der Baron und der Instjunge begegnen, und der Beste sollte gewinnen. Hier sollten die Klassenschranken aufgehoben und der Kampf eingestellt sein. Hier sollten Verständnis und Kameradschaft und internationale Zusammengehörigkeit sprießen, und sprießen tat es wohl und keimen. Doch was da keimte, davon hatten sie keine Ahnung! Um diese Ideale stand ein Geruch wie von alten Turnschuhen. Ihre Fahne war leer, doch sie knatterte gut im Wind. Vorwärts Jungs! Am ehrlichsten, fand sie, waren sie in den Bussen und Umkleideräumen, wenn sie ihre Haßgesänge herleierten wie früher die Knechte gegen die Knechte des Nachbardorfes, bevor sie an den Wegscheiden mit ihren Prügeleien begonnen hatten. Das sagte sie zu ihm. In regelmäßigen Abständen kam das im Lauf der Jahre, es brach gegen ihren Willen aus ihr heraus. Wenn er wenigstens geantwortet hätte. Das Lächerliche war, daß sie wußte, was er hätte antworten können! Sie wußte, wie man ihr widersprechen konnte. Da er aber nie antwortete, endete es damit, daß sie schrie.

»Am schlimmsten ist es auf Gökudden!« schrie sie.

Der Direktor von Svenska Motor hatte ihnen da draußen eine Hütte gebaut, und dort verstauten sie ihre feuchten Trainingsanzüge zusammen mit Zeitungen und Holzscheiten in der Holzkiste, und es roch, ja es stank nach alten Turnschuhen da draußen! An den Wänden hingen Elchköpfe und in den Kiefern Ringe, und sie badeten in der Sauna und sprangen johlend ins Wasser, und alles, was Leben hieß, flüchtete und verschwand. Schwer und rot von der Hitze der Sauna und vor Lebensfreude, vor Trunkenheit und Kampfeslust johlend verscheuchten sie den Kuckuck und den Elch und den Maikäfer, so daß sie mit ihren Idealen da draußen total allein waren.

»Antworte!« schrie sie. »Hörst du nicht? Du mußt antworten. Ich halte dein Schweigen nicht aus, du machst mich wahnsinnig! Schau mich wenigstens an!«

Sie versuchte sein Gesicht in ihre Richtung zu zwingen, riß ihn herum, damit er ihr in die Augen sah, doch da verschloß er mit einer starken Muskelanspannung das ganze Gesicht und machte die Augen zu. Es war jetzt so zu, daß es verzerrt war, sie erkannte ihn nicht wieder, und das machte ihr Angst. In Panik schlug sie auf ihn ein. Sie schlug einmal und auch ein zweites Mal zu, ehe er sich öffnete, und da fiel er auf die Seite, als wären die Schläge sehr kräftig gewesen, und kroch auf dem Fußboden zum Herd. Er tastete nach dem

Schürhaken, ließ ihn aber auf den Boden fallen und bekam dann die Ofenkrücke zu fassen. Sie wich vor der Hiebwaffe zurück, als er sich aufrichtete. Er wollte ihr jedoch gar nichts tun. Er reichte ihr die Krücke und sagte:

»Ist gut. Schlag nur! Schlag! Ich bin das wert. Nur zu, schlag!«

Und ohne daß sie wußte, wie es zugegangen war, stand sie mit der Krücke in der Hand da, und er kroch vor ihr zusammen. Da wurde ihr kalt, und sie schämte sich und ließ das Gerät los. Sie ging zum Ausguß und wischte sich ihre rußige Hand an einem sackleinenen Handtuch ab.

»Steh auf!« sagte sie und faßte ihn unter den Armen. »Komm jetzt.«

Sie schleppte ihn zur Tür. Er machte den Oberkörper schwer und unbeweglich, doch die Beine folgten. Sie ließ ihn quer über dem Sessel im Zimmer liegen, und er weinte.

Ulf brauchte sie nicht zu wecken, denn der lag starr zusammengekauert im Bett und horchte.

»Du wirst jetzt in der Küche schlafen«, sagte sie. »Im gewohnten Bett. Ich werde es aufschlagen.«

Sie nahm ihn in den Arm, und sein Pyjama war schweißnaß und kalt am Rücken.

»Papa ist heimgekommen«, sagte sie. »Wir werden das untere Bett herausziehen, damit er dort schlafen kann.«

Sie wechselte seinen Pyjama, und als sie ihn hingelegt hatte und ins Zimmer zurückkam, weinte Arne in eines der Seidenkissen, die seine Mama gehäkelt hatte.

Ingrid führte an dem unteren Bett der Ottomane alle gewohnten Griffe aus; zog es heraus, klappte den Eisenboden auf und keilte ihn dort, wo er schief war, mit einem Buch, das genau in den Spalt paßte und das sie immer dazu hernahmen, fest. Es war Ebba Theorin-Kolares »Der Mann, den du mir gabst«, und sie lächelte darüber, denn sie fühlte sich wieder warm und stark.

Nachdem sie das Bett gemacht hatte, schlief er, ohne auch

nur mehr aufzustehen und pinkeln zu gehen, plump ein. Sie selbst hatte kalte Füße, als sie ins Bett kroch, und als sie dalag und ihn im Schein der Straßenlaterne vor dem Fenster betrachtete, breitete sich die Kälte im ganzen Körper aus. Da verließen sie sowohl die Stärke als auch der Mut, genau wie sie vor einer Weile der Haß verlassen hatte. Sie bekam Angst.

»Arne«, sagte sie und ergriff seinen Arm. »Arne!«

Er grunzte kurz und schlief weiter, und als sie ihn schließlich zu wecken versuchte, indem sie seinen Arm schüttelte und ihm sagte, daß sie Angst habe, strich er ihr über die Wange, ehe er sich umdrehte. Sie war wieder allein in dem kalten Licht von der Straße, das auf der Kunstseide der Decke lag und glänzte.

»Wach auf! Hörst du! Ich halte das nicht aus!«

Da richtete er sich auf und setzte sich mit dem Kissen als Rückenstütze an das Kopfende des Bettes, und sein Gesicht war grau und blaß.

»Was machst du denn?« weinte sie.

»Ich werde mich wach halten«, sagte er und saß starr da.

»Sei nicht komisch!«

Doch er rührte sich nicht. Und sie fing an zu weinen, drehte sich auf die Seite, kehrte ihm den Rücken zu und weinte laut. Es war jedoch, als merkte er es nicht. Er rührte sie nicht an. Da stürzte sie hinaus zum Klosett und kauerte sich in dem kleinen Raum auf dem Linoleumboden zusammen und weinte in dem üblen Geruch, der über den Fußboden kroch, und spürte, wie sich von den Armen und Beinen her die Kälte im ganzen Körper ausbreitete. Er kam nicht. Niemand kam. Sie konnte sich die Eingeweide aus dem Leib weinen, ohne daß jemand kam und sich ihrer annahm. Sie war in der Hölle und wußte das, hatte ein eiskaltes, steifes Zwerchfell, das weh tat, als sie tief Luft holen wollte. Da stürzte sie ins Schlafzimmer zurück und schlug die Arme um ihn und interessierte sich nur für die Wärme seines Körpers.

»Sei lieb«, sagte sie. »Sei lieb, sei lieb!«

Sie riß und rüttelte seine steifen Arme los, bis sie sie um sich brachte und die Wärme spürte. Es war ihr jetzt egal, daß sie bettelte und flehte, was spielte das für eine Rolle!

»Beruhige dich und weine nicht«, sagte er. »Ich bin doch da.«

Nun war er durch die Schüchternheit und durch die Versteinerung und die Selbstverachtung hindurchgestiegen, und er sprach. Sie dachte an alles, wohindurch sie im Lauf der Jahre zusammen hinabgestiegen waren; die Hochstimmung und den Quatsch und die Roheit, wenn es denn sein mußte, und die Sauferei und die Alltäglichkeit, und sie hatten einander bis auf die Haut ausgezogen. Ja, die Schleier lieblicher Musik und die Sterne um die Stirn waren jetzt nur noch verstreute Klamotten, und das Verständnis hatten sie hingeworfen, und die Gemeinschaft und die Treue und alle Erklärungen und aller Sinn waren wie ausgediente Fetzen auf dem Fußboden eines Flurs. Sie waren in die Kammer des Hierseins eingetreten. Berühre mich, bat sie. Berühre mich in den geheimen Räumen, wohin keine Worte und keine Erklärungen reichen. Die Worte wollen überall wie schmutzige Zeigefinger umhertasten. Doch hierher reichen sie nicht. Hier sind wir allein miteinander, Haut an Haut.

Und das Unbegreiflichste von allem: Warum gerade du? Wir passen ja nicht einmal zusammen. Wir können nicht miteinander auskommen. Wie können wir einander berühren?

Daraufhin fing sie an zu weinen. Aber nicht wie zuvor; sie weinte jetzt still. Sie merkte, daß er Mühe hatte, sich wach zu halten. Gleichwohl fragte er sie, warum sie traurig sei. Da versuchte sie ihm zu erzählen, wie sie vor dem erleuchteten Küchenfenster zu stehen und in ihre leere Küche zu schauen pflegte, ohne verstehen zu können, daß sie die Frau war, die dort drinnen lebte und alle diese Gegenstände anfaßte. Sie erzählte von dem Kaffeekessel, der so erschreckend aussah, wenn man ihn von draußen sah, wie dessen Form bestimmt und ein für allemal begrenzt sei.

»Ich habe Angst, so zu werden«, sagte sie.

»Hast du Angst davor, ein Kaffeekessel zu werden«, lachte er leise und suchte in der Dunkelheit nach ihrer Wange. »Du hast so viele Einfälle.«

»Nein, ich habe Angst davor, wie deine Mama zu werden!«

Zunächst glaubte sie, daß er böse werden würde, aber er sagte nur, daß Mutti wohl nicht ganz verkehrt sei.

»Aber das ist klar, daß du nicht dein ganzes Leben lang hier bleiben mußt«, sagte er. Und dann fragte er sie, ob sie das neue Mietshaus gesehen habe, das unterhalb des Krankenhauses liege, das grüne, das die Leute Eispalast nennten, weil mit der Heizung anfangs etwas nicht gestimmt habe. Jetzt sei sie jedoch in Ordnung, und es sei so warm, wie es die Brennstoffkommission zulasse.

»Ich kenne den Hausverwalter«, sagte er. »Wir kamen an den gleichen Ort, und ich liege neben ihm. Da ist jetzt eine Wohnung frei, und wenn wir wollen, können wir einziehen. Du mußt nicht hier bleiben.«

Er tätschelte ihre Hand, und er sagte es noch einmal. »Du mußt nicht hier bleiben.« Dann hörte sie an den Atemzügen, daß er am Einschlafen war.

Am nächsten Tag, es war ein Sonntag, machten sie einen Spaziergang zum Eispalast, um sich die freie Wohnung anzusehen. Ingrid hatte ihren hübschen blauen Mantel angezogen. Sie gingen gemächlich, und die Straßen waren über weite Strecken leer, graubraun und vom Herbstregen glänzend, der früh am Morgen, während sie noch schliefen, gefallen war. Ab und zu wurden die glänzenden Fahrbahnen von Sonntagsspaziergängern überquert, die einander untergehakt hatten oder Kinder an der Hand führten. Manche trugen Tortenschachteln. Ingrid und Arne grüßten manchmal, und sie blieben auch stehen, um mit jemandem, den Arne vom IFK-Bandy her kannte, ein paar Worte zu wechseln.

Sie gingen an der Heilsarmee, Mauds Damenfrisiersalon und den Kleingärten vorbei. Zottiges Gras und Samenträger standen noch an den Grabenrändern. Die Erde war herbstlich umgegraben, außer auf ihrer Parzelle. Dort faulte das Kraut still vor sich hin, und Ingrid schämte sich, weil sie die Kartoffeln nicht herausgebracht hatte.

Sie gingen an der Leichenhalle vorbei, die fensterlos und verschlossen unterhalb des Krankenhauses lag. Als sie zum Eispalast kamen, blieben sie stehen und sahen die grünen Wände an, die vom Regen geflammt waren.

»Da muß das sein«, sagte Arne und zeigte zum ersten Stock. »Da sind keine Gardinen dran.«

Schon als sie in den Hausflur trat, merkte Ingrid, daß sie

sich in dem Haus nicht wohlfühlen würde. Sie ertrug den Geruch im Treppenhaus nicht. Es war schwer zu sagen, was das war. Sie fand, daß es nach Stein roch. Doch das war so albern, daß sie Arne das nicht sagen konnte. Konnte es Mörtel sein?

Ihr hatten auch die grünen, körnigen Außenwände nicht gefallen, und die Balkone aus Wellblech ebensowenig. In dem hallenden Treppenhaus hielt sie sich am Geländer aus rotgestrichenem Eisen fest, und ihr war, als ginge sie durch eine Werkstatt oder den Maschinenraum eines großen Schiffs.

Arne hatte sich den Schlüssel geliehen und öffnete eine braungestrichene Tür mit leerem Namensschild. Die Diele war dunkel. In der Küche gab es einen Spültisch, zu dem ging er hin und stellte sich daneben.

»Rostfreier Stahl!« sagte er. Und dann zeigte er ihr: einen Elektroherd. Nur einschalten.

»Nein, mach ihn nicht an!«

»Aber man braucht ihn doch nur wieder zurückschalten – schau, so.«

Fließend warmes und kaltes Wasser, Heizkörper unter den Fenstern, Wasserklosett, Badezimmer im Keller. Eine Eßecke, in die sie die Ottomane stellen könnten. Uffe könnte in der Küche schlafen, wenn sie sein Bett aufstellten, das sich tagsüber zur Wand hinklappen ließ.

»Und hier ist das Zimmer.«

Es hieß Wohnzimmer, und man sollte sich ständig darin aufhalten. Radio hören, stricken und Zeitung lesen, Karten spielen und Kaffee trinken. Es hatte helle grüne Tapeten. Man sah hinaus auf die Umfriedung, und weiter weg entdeckte Ingrid das Sägewerk und »Die Dose«, wo sie vor langer Zeit gearbeitet hatte. Ganz in der Ferne war Fichtenwald.

»Hier könntest du gelbe Gardinen aufhängen«, sagte Arne.

Ihr war plötzlich, als sähe sie sich selbst in dem Zimmer mit den hellgrünen Wänden stehen und Gardinen bügeln. Da wurde ihr klar, daß es nicht so war, wie Arne glaubte. Sie würden von nichts wegziehen können. Das Bügelbrett mit seinen gelbbraunen, streng riechenden Brandflecken würde hier auftauchen und der stinkende Staubsauger mit seinem ausgefransten Schlauch, die Singermaschine mit dem Tritt, auf dem ihre Füße den Anstrich abgetreten hatten, und dem peitschenden Riemen und dem Rad, Arnes Pantoffeln, die von seinen Füßen ausgebeult waren, der Kaffeekessel und der Abfalleimer würden mit ihnen kommen, und Jahr für Jahr würde sie den Staubsauger durch das Zimmer, die Küche und die Diele lenken.

»Ich mag den Geruch in diesem Haus nicht«, sagte sie.

Er stand da und drehte an dem Ventil unter dem Fenster.

»Den Geruch? Ist hier ein Geruch?«

»Ja, ich finde schon.«

»Ich rieche nichts«, sagte Arne.

»Da ist jedenfalls ein Geruch.«

»Das ist wohl nicht so schlimm«, glaubte er. »Du gewöhnst dich schon daran.«

»Ich will mich nicht daran gewöhnen!« schrie sie.

Fredrik Otter hatte einen Traum, und er verwirklichte ihn auf einem Sockel aus Beton. Es war ein Traum von Abgeschiedenheit, die er Freiheit nannte. Um frei zu sein, gedachte er nicht auszubrechen. Er hatte statt dessen die Absicht, in die Freiheit einzudringen, einen Zaun um sie herum zu errichten.

Doch bevor der Zement in die Holzformen gegossen und mit Stein gewuchert wurde, mußte ein Stück Land erschlossen werden. Er kaufte von Wolfgang Altmeyer zwölfhundert Quadratmeter.

Altmeyer, der während des letzten Krieges als österreichisches Kriegskind zu Iversen-Lindhs gekommen war, betrieb nunmehr Geschäfte, die zum größten Teil von dem des Lindhschen Großhandelshauses getrennt waren. Die Leute sagten, daß er sehr klug sei.

Der alte Großhändler, Alexander Lindh, hatte sich für alle kleinen Handwerksbetriebe und allen Waldbesitz um die Ortschaft an der Bahnstation herum, in der er gut zehn Jahre nach der Eisenbahn ohne Mittel und im großen und ganzen ohne Kredite angekommen war, interessiert. Er hatte verkauft und exportiert und gemeint, daß sie ohne ihn weiterhin auf ihren selbstgezimmerten Sprossenbänken gesessen hätten, darauf angewiesen, füreinander Deichseln und Rechen auszubessern, wenn sie bei der Grundteilung leer ausgingen. Wenn der Alte so etwas wie eine Grabwespe gewesen war, die ihren tastenden Stiel in die meisten Vorhaben und Mittel der Bauern und Handwerker hineingesteckt hatte, so war sein Enkel und späterer Erbe Patrik Iversen-Lindh vielleicht eher mit jenem Käfer von einfältigem Aussehen zu vergleichen, den man Pillendreher nennt, weil er einen runden Ball aus Mist, um ein Mehrfaches größer als er selbst, vor sich herschiebt.

Patrik mühte sich mit einer Firma ab, die, gemessen an der Stadt, allmählich sehr alt wurde. In den Kontorräumen des Großhändlers hatte von jeher ein Geist der Aufopferung geherrscht. Das heißt, der Großhändler hatte bestimmt, was dort zu herrschen hatte, und von seiner Seite her waren es Strenge und väterliches Wohlwollen. Eine Anzahl Damen aus besseren und halbbesseren Familien hatte gemeinsam daran gearbeitet, dem ganzen Betrieb wenigstens im Kontor eine ideelle Prägung zu verleihen. Man sprach ebensowenig von Arbeitszeiten wie von seinem Bedürfnis, aufs Klosett zu gehen.

Solange es vor Betriebsamkeit in dem Haus ratterte und bimmelte und raschelte, solange man Holz für Zündhölzer, Deckenrosetten aus Gips und Pflüge exportierte, hatte die Firma für diese Hingebung Verwendung, und man konnte wenigstens bei den am meisten ideell Veranlagten von einer properen Sklavenarbeit sprechen.

Doch es wurde immer leerer in den großen Lagerhäusern, die nach Holz und Korn und Ratten rochen, im Kontor wurde es stiller, und die ehemaligen Sklavinnen mußten die Jalousien herunterlassen, um in der starken Nachmittagssonne über ihren Pulten nicht einzuschlafen. Wolfgang Altmeyer, der sich, seit er sein Ökonomiestudium an der Hochschule abgeschlossen hatte, in der Firma nützlich gemacht hatte, sagte freiweg zu Patrik, daß das Ganze einer Versorgungseinrichtung für ältere Damen gleiche. Die ehemaligen Sklavinnen hatten zu zehren begonnen, sie waren mit dem Band der Tradition, das Alexander Lindh bei jeder Rede, die er vor seinem Personal hielt, so prächtig hatte flattern lassen, an die Firma gebunden. Sie mußten Weihnachtsgeschenke und Jubiläumspräsente erhalten, und Patrik kam es vor, als verginge nunmehr kein halbes Jahr mehr zwischen den Gelegenheiten, da einer schreckenerregenden alten Sklavin mit einer Uhr oder einer Vase dafür Dank abgestattet werden mußte, daß sie ein halbes Jahrhundert auf ihrem Drehstuhl zugebracht hatte. Am Montag saß sie wieder da, bereit zu neuen Aufopferungen, und am letzten des Monats mußte sie ihren Lohn bekommen. Patrik war also mit der Ausbezahlung von fast tarifmäßigen Löhnen, traditionellen Ermunterungsgratifikationen zu Weihnachten, kostspieligen Weihnachtsfeiern, Ausflügen mit gemietetem Bus in den Park des Fideikommisses, Uhren aus Golddublee und Lohnfortzahlung im Krankheitsfall in eine betriebswirtschaftliche Katastrophe geraten.

Altmeyers Rezept war, sie allesamt zu entlassen. Doch wenn sie schon vorzeitig aufgrund ihrer Anstrengungen für das Haus Lindh zu menstruieren aufgehört hatten, konnte Patrik das nicht machen. Er hatte nicht den Nerv dazu, nicht das Herz, nicht den Magen. Deshalb schob er auch wie der fromme Käfer die große Firma vor sich her und sah keinen Ausweg.

Altmeyer hätte die alten Gottesanbeterinnen, männliche wie weibliche, die dabei waren, ihren Wohltäter aufzufressen, schon längst hinausgeworfen. Er hätte das kolossale Haus samt seiner falschen und echten Antiquitäten an die Kommune veräußert. Doch Holger Iversen-Lindh lebte. Sein Kopf zitterte, da in seinem Gehirn ein Blutgefäß geplatzt war, der rechte Fuß gehorchte nicht, sondern schlackerte in der Luft, ehe er festen Boden erreichte. Er sprach mit steifer Zunge und stützte sich auf den Arm seines Sohnes Patrik. Er mußte in dem Grünbraundunkel von alten Ölgemälden und angelaufenem Silber in diesem Haus wohnen. Wo sollte er sonst wohnen?

Wolfgang Altmeyer indes trennte seine Interessen von denen des Hauses, sobald sich ihm eigene Mittel und Kreditmöglichkeiten aufzutun begannen. Die ganzen dreißiger Jahre hindurch engagierte er sich in der Baubranche. Er war mit als erster zur Stelle, als der Staub hoch am Himmel stand, da das alte Bruchbudenschweden abgerissen wurde. Ziemlich schnell kam er dahinter, daß es praktisch und einträglich war, ein Sägewerk und ein Zementwerk zu besitzen, wenn man beim Aufbau des neuen Reichs aus Bohlen und Pappe und Holzschliff dabeisein wollte. Niemand wußte jetzt mehr, was er besaß, doch es erstaunte auch niemand, zu erfahren, daß ihm ein Asphaltwerk, eine Kiesgrube, einige Kiefernheiden, ein Fuhrunternehmen mit acht Lastwagen oder eine kleine Sulfitfabrik an einem See gehörte. Vor allem aber besaß er Grund und Boden.

Unterhalb der Häradsgata besaß er ein Stück jenes schwer zu charakterisierenden Bodentyps, den man als Unland zu bezeichnen pflegt. Aus ihm konnte weder Holz noch Korn noch Kartoffeln noch Kies noch Teer gewonnen werden. Es war ein steiniges Wäldchen aus Birken, Ebereschen und Erlenschößlingen und vereinzelten, hochgewachsenen Fichten. Dort war es ziemlich sumpfig, und in den übelriechenden Löchern wurden im Frühjahr die Mückenlarven ausgebrütet. Viel Kraut wuchs dort nicht. Kinder hatten dort keine Leberblümchenstellen, und in den lichten Bäumen rief kein Kuckuck.

Altmeyer ließ es in zweiundzwanzig Grundstücke, im Durchschnitt zwölfhundert Quadratmeter groß, einteilen. Die verkaufte er an die Arbeiter der Svenska Verkstad Aktiengesellschaft, von SJ und des Telegrafenamts, an einige kleine Handwerker und einen Polizisten. Sie erschlossen diesen Boden, der mit seiner Säuerlichkeit und mit seiner alles andere als großartigen Steinansammlung weder zur Stadt noch zum Wald gehörte, selbst.

Es hieß ja, daß Fredrik sein Grundstück kaufte. Zu gegebener Zeit würde er Villenbesitzer werden. Er selbst nahm es jedoch sehr genau mit Worten und Begriffen, und er wies Jenny darauf hin, daß es eigentlich die Bank war, die das Grundstück von Wolfgang Altmeyer kaufte. Zwischen den beiden stand Fredrik mit seinen Bürgen und seinen Zinsen. Für diese Abgabe sowie seinen und seiner Familie Arbeitseinsatz beim Roden und Erschließen des Geländes als Bauland würde er dort wohnen dürfen. Vielleicht gerade weil er über dieses Besitzverhältnis, das ihm im Grunde viel zu symbolisch war, nachgegrübelt hatte, wurde Fredrik hitziger als sonst jemand, wenn es um das Selbstbestimmungsrecht auf den zwölfhundert Quadratmetern ging.

Er wählte die Parzelle, auf der der höchste Punkt des Geländes, aber auch die größte Moorsenke lag. Es war ohne Diskussion am unwegsamsten und steinigsten, hatte aber zwei große und schön gewachsene Fichten sowie einen Findling, der mit Moos und Tüpfelfarn bedeckt war. Um ihren Briefkasten an der richtigen Adresse plazieren zu können, hätte Fredrik eine Zufahrt durch einen kleinen Hügel sprengen müssen. Das würde zusammen mit der Trockenlegung des Sumpflochs das ganze Grundstück einebnen und in einen Rübenacker verwandeln, fand er. Er weigerte sich deshalb zu sprengen und erklärte, daß er seinen Briefkasten auf der dahinterliegenden Straße anzubringen gedenke, was von der Stadtplanung her verkehrt war. Dann stritt er sich mit den Kommunalbehörden, daß es bis Carlsborg schallte, und warf ihre Briefe in die Feuergrube. Sie kamen und stocherten mit den Stockzwingen im Lehm und in den entwurzelten Baumstümpfen, und er empfing sie verschwitzt, böse und unbeherrscht. Jenny fand es grauenvoll, sich mit den Behörden anzulegen.

Auch mit den Nachbarn kam er nicht recht aus. Weniger wegen dem, was er sagte, als dem, was er tat, waren sie der Ansicht, daß er etwas Besseres sein wollte als sie. Otters würden als einzige ein Einfamilienhaus haben, während bei allen anderen in dem Gebiet auch das Obergeschoß mit einer Küche gebaut wurde. Konnte er sich das leisten? Darüber erteilte er keine Auskunft. Nachdem er die Bäume gelichtet hatte, standen die größten Ebereschen noch da. Die Nachbarn, die kleine Obstbäume anzupflanzen gedachten, deuteten an, daß ihre zukünftigen Äpfel von Ebereschenmotten befallen werden könnten. »Im Gegenteil«, sagte Fredrik. »Hat die Motte Ebereschen, an die sie gehen kann, läßt sie die Äpfel in Ruhe.« Da stand Auffassung gegen Auffassung. Seit er jedoch in der Briefkastenfrage den Behörden getrotzt hatte, stritt sich niemand mehr mit ihm. Er galt als starker Mensch.

Wie alle anderen in dem Gebiet, das nach der Einheitspreisaktiengesellschaft den Namen Epaglück erhalten hatte, rodeten Fredrik und Jenny das Grundstück selbst. Sie arbeiteten abends, Samstag nachmittags und sonntags daran. Arbeitskleider und Geräte verwahrten sie in einem Zelt, und dort stand auch ein Apparat zum Kaffeekochen. Das Kaffeekochen war die einzige freie Zeit, die Jenny für sich abzwacken konnte. Anfangs sah sie ein wenig sportlich und elegant aus, wenn sie an der Rodemaschine stand und kurbelte, deren schwere rostige Ketten Fredrik gekoppelt hatte. Sie trug einen Hosenrock aus Tweed und feine schwarze Gummistiefel. Bald wurde es ihr je doch so warm, daß sie das Gefühl hatte, die Füße siedeten in dem Gummi und der Wollrock würde zu schwer. Sie begann den anderen Frauen zu gleichen, die mit Äxten und Sägen in den Rodungsdschungeln kämpften. Die trugen verwaschene Baumwollkleider, die bald ausrangiert werden sollten, und einstmals elegante Schuhe mit schiefgetretenen Absätzen. Auf dem Kopf hatten sie Turbane aus großen Schnupftüchern, und die Frau des Polizisten trug einen Hut mit einer Gummischnur um den Nackenknoten.

So schafften sie mit einem Schubkarren einhundertfünfundzwanzig Kubikmeter Sandboden und saure, wurzeldurchzogene, steinige Erde über schwankende Bohlen fort, bevor die Leute der Baufirma kamen und das Schalholz errichteten. Sie hoben einen Abflußgraben aus, und an dem Abend, an dem er fertig war, strich Fredrik Jenny über die Wange, obwohl die anderen es sahen. Mücken und Ebereschenmotten flatterten verwirrt über die zugeschütteten Löcher. Das

Ganze war eine einzige Hölle, und beim Kaffeekochen im Zelt weinte sie. Es war ihr Urlaubszelt. Nachts war es voller Hacken, Brechstangen und Spaten.

Nun wurde das Fundament gegossen, und die Fußbodenbalken wurden über den Schwellenring auf dem armierten Sockel gelegt. Kreuzhölzer mit den Maßen zwei Zoll fünf wurden aufgenagelt, die Außenseite wurde mit Brettern von ein Zoll sieben und Latten verkleidet. Zwischen die äußere Bretterverkleidung und die Innenwand aus gehobeltem Spundholz wurden zur Wärmeisolierung Sägespäne gefüllt, und unmittelbar an die Späne kam Baupappe.

Als die Dachstühle soweit fertig waren, hatte Jenny eine Torte gebacken, und es wurde ein Kranz auf den Dachfirst gesetzt. Am ersten April war das Ganze zu hundertfünf Quadratmetern Wohnfläche auf zwei Etagen zusammengefügt und innen mit Holzfaserplatten ausgekleidet. Es war ein Haus und kein Traum mehr. Im Abfluß rann es, gurgelte richtig schön, und Jenny stand da und horchte und dachte darüber nach, wohin es seinen Weg nahm.

Jetzt hatten sie einen rostfreien Spültisch, ein Wasserklosett, Badvorrichtungen, gelbgefirnißte Fußbodenbretter aus Kiefer, Linoleum in der Küche, eine Waschküche, einen Heizkeller, eine Kartoffelkiste, eine Kohlenbox und einen Vorratskeller. Außen war die Bretterverkleidung hellgrün gestrichen, das Dach war mit Ziegeln gedeckt, und der Briefkasten war auf der Seite angebracht, die Fredrik dafür bestimmt hatte.

Er schloß mit eigenem Schlüssel auf und trat in die kleine Flurgarderobe, die sie Windfang nannten. Dort zog er seine Galoschen aus, ehe er die Tür zur Diele öffnete. Zwei dünne Stimmen sangen einen Choral, und eine Orgel spielte. Im Radio kam die Morgenandacht; es war kurz vor acht Uhr. Als die Stimmen die klagenden Worte sangen, sah er eine alte Frau und einen Fischer in einem dicken Pullover vor sich. In Budapest sangen die Schüler des Konservatoriums die Radiochoräle. Hier wußte er nicht, wer da sang.

Er war von der Werkstatt nach Hause gegangen, weil er sein Asthma verspürt hatte. Eigentlich hatte Fredrik Otter ihn heimgeschickt. Fredrik war sowohl sein Werkmeister als auch sein Vermieter. Ferenc Krauths ganzes Leben war auf die eine oder andere Art von Fredriks wohlwollendem Verhalten abhängig. Bisweilen überlegte er, daß Fredrik, wenn sie in Budapest gewesen wären, als Dreher in den Budawerken gearbeitet hätte. Ferenc und er wären sich vermutlich niemals begegnet. Die Zivilingenieure und Konstrukteure saßen in einem ganz anderen Gebäude. Es wäre undenkbar gewesen, daß er Fredrik Otter bei sich aufgenommen hätte. Er und seine Mutter hätten das nicht nötig gehabt, und sie hätten auch kein Interesse daran gehabt. Er war aber nicht in Budapest. Durch das Fenster der Diele sah er auf ein exakt gleiches hellgrünes, zweigeschossiges Holzhaus mit einem kleinen Balkon über der Veranda.

Die Radioandacht war zu Ende. Eine Männerstimme begann den Wetterbericht zu verlesen. Der war lang, weil das Land so lang war. Es war unerhört schlechtes Wetter, Nebel, Schnee treiben, Wind und alle Arten von Ungemütlichkeiten, die es aufzuzählen gab.

»Hallo!« rief Ferenc ins Wohnzimmer, bekam aber keine Antwort. Jenny war vermutlich außer Haus. Das Radio hatte sie wohl nur vergessen.

Als er in das Zimmer trat, beschlich ihn das Gefühl, daß das Haus seine Fensteraugen nach innen gewendet hatte und daß sie ihn ansahen. Er war um diese Tageszeit bislang noch nie allein in dem Haus gewesen. Die Klimme rankte sich an der Wand hoch, dieselbe Klimme, die ihre abendlichen Gespräche umrahmte. Und dennoch nicht dieselbe. Ihn überkam die Lust, sie zu berühren, um zu fühlen, ob die Blätter trocken waren und raschelten oder ob sie noch lebten. Als er das Radio abgedreht hatte und es still wurde, war ihm, als wäre er allein in ganz Schweden.

Es war kalt im Haus. Er beschloß nachzusehen, ob im Heizkessel noch Feuer war. In diesem Falle wollte er eine Schaufel voll Preßkohle nachlegen. Auf der Kellertreppe roch es nach Kartoffeln und feuchtem Sackleinen. Er ging rasch durch den Geruch und versuchte sich ihm zu verschließen. Der Heizkessel knisterte nicht. Als er die Fülltür öffnete, war es schwarz dahinter. Er hatte keine Ahnung, was er mit den Zügen und Reglervorrichtungen machen sollte, darum getraute er sich nicht einzuheizen. Einmal hatte er auf seinem Bett gelegen und Detonationen gehört. Nachdem er begriffen hatte, daß da nicht die Deutschen gekommen waren, hörte er, daß es aus dem Haus selbst kam, und er hatte geglaubt, es würde vielleicht vom Druck des Schweigens, der sich seit dessen Erbauung Minute um Minute darin angestaut hatte, in die Luft fliegen. Es war das Ausdehnungsgefäß, das wummerte, als über den Sägespänen auf dem Dachboden heißer Wasserdampf ausleckte. Man ließ lieber die Finger vom Heizkessel.

Er sah die Aschentonne an. Sie war wieder überfüllt. Fredrik war bei der Arbeit in der Werkstatt rücksichtslos gegen sich selbst. Oft trieb er sich in Kopfschmerzen und Schlaflosigkeit, weil sie es mit ihren Verteidigungsaufträgen eilig hatten. Wenn er nach Hause kam, wollte er am liebsten still in seinem Sessel aus abgenutztem braunem Leder sitzen. Wenn Jenny dann zur Küchenwand oder zur Dunkelheit draußen vor den Fensterscheiben etwas davon sagte, daß die Aschentonne nicht geleert worden sei, pflegte er den Kopf nach hinten gegen die hohe Rückenlehne des Sessels zu lehnen und gequält die Augen zu schließen. Mitunter strafte er sie dadurch, daß er sich stillschweigend erhob und geradewegs in den Heizkeller hinabging. Jenny und Ferenc hörten, wie er mit der Aschentonne auf der Treppe und draußen in der Dunkelheit herumpolterte, und sie sahen einander nicht an.

Ferencs Urbanität litt schwer unter diesen stummen Szenen. Er hätte gern eingegriffen. Wenn das, ohne Stellung zu beziehen, möglich gewesen wäre, hätte er die Aschentonne selbst hinausgeschleppt. Er kannte diese seine Schwäche, einen allzu urbanen Geist in einem rauhen Klima, und er fragte sich manchmal, wie tief sie ihm zu eigen sei, ob sie ihm ins Konzentrationslager gefolgt wäre, wo er jetzt hätte sitzen sollen, und welche Lasten er dort zu schleppen gehabt hätte.

In dem leeren Haus fand er mit einem Mal, daß er Fredrik und Jenny näher war als jemals dann, wenn sie zu Hause waren. Anstatt die trockene und unreine Luft im Heizkeller von sich zu stoßen, zog er sie ein. Vorsichtig, als ob er dabei wäre, ein kleines Verbrechen zu begehen, ging er hinaus und öffnete einen Spalt weit die Tür zum Vorratskeller. Er verspürte eine sonderbare Neugier. In einem braunen Steinguttopf lagen die konservierten Eier in Wasserglas, eine Masse, die er nicht gern angefaßt hätte, wenn man ihn gebeten hätte, ein paar Eier zu holen. Die, die aus dem Gelee herausragten, hatten braune und graue Flecken auf der Schale. Auf den Regalen stand konserviertes Fleisch in Glastöpfen. Es war grau und fasrig. Einige Pilzbüchsen waren aufgegangen, der Topf mit den eingemachten Preiselbeeren war an den Rändern verschmiert. Er spürte, wie nah er Jenny jetzt war, dieser alltäglichen Unbekannten, mit der er ein Leben lebte, ohne es zu wollen.

Auf den Regalen standen Pilzbüchsen, die er selbst hatte füllen helfen. Er konnte sich jedoch nicht dazu überwinden, von ihrem Inhalt etwas zu essen. Jenny nahm gewöhnlich konserviertes Elchfleisch her und mischte die ganze Ration Kaffeesahne in die Soße mit den gebratenen Pilzen. Ferenc vermochte dann weder das Fleisch noch die Soße zu essen, weil Pilze darin waren. Sie standen nicht an, Pilze, die wie große Schweinsohren, wie schuppige Pfoten oder wie nach außen gewendete Teile eines Kuhmagens aussahen, zu sammeln. Nein, so etwas nahm er nicht in den Mund.

Jenny, die das alles hausfraulich und in guter Absicht zubereitet hatte, wurde normalerweise traurig. Sie suchte Fleischstücke aus der Soße und legte sie auf seinen Teller. Fredrik sah mißbilligend drein. Wahrscheinlich war er der Meinung, daß Ferenc sich wie ein verwöhntes Kind benahm. Doch obgleich die Pilzstückchen herausgesucht worden waren, fand er nach wie vor, daß dort, wo sie saßen, zuviel vom Wald um sie herum war. Der erste Herbststurm knackte und surrte in den Fichtenbrettern der Wände, als wollten sie sich mit den großen Bäumen draußen, ihren lebenden Schwestern, winden. Das Holz schien nicht tot, obschon man es gesägt, gekantet und gehobelt hatte. Er fand, daß die Astlöcher der Birkenmöbel starrten, und wenn er Elchfleisch kaute, saß er da und fürchtete sich vor Knochensplittern und Blei. Er stellte sich den Elch als ein sehr großes Tier vor. Er bildete sich ein, Hufe knacken zu hören, und wurde von einer heftigen Sehnsucht nach einem Zuhause ergriffen. Gleichzeitig wußte er, daß er nie richtig zu Hause sein würde, solange er in diesem Land war.

Im Blaubeerkompott waren kleine Blätter, und er legte sie vorsichtig auf den Tellerrand. Jenny war nun blau um den Mund, und ihre Zähne sahen seltsam und unappetitlich aus. Fredrik lächelte nicht so oft, bei ihm sah man es nicht so sehr. Er aß das Kompott mit Milch aus einem tiefen Teller, und über das Ganze hatte er Knäckebrot gebröckelt. Diese Verrichtung war mit einem gräßlichen Geräusch verbunden.

Sie lebten in der Nähe des Waldes. Er fühlte die Büchsen auf ihren Konservenregalen. Mit blauroten Händen saftete und kochte Jenny am Ende des Sommers ein. Es duftete stark und gut. Dennoch konnte Ferenc sich mit diesen Produkten niemals abfinden. Ein Klacks Eingemachtes auf ein Gebäck zum Dessert, ja. Eingekochtes Obst oder Beerenkompott zu einem kleinen, trockenen Kuchen und dicke Schlagsahne dazu, so eine, wie man sie vor dem Krieg bekommen hatte. Nach so etwas konnte er sich sehnen. Aber große tiefe Teller mit rotem Eingemachtem von der Sorte, die er immer mit Rußland verband, und darüber zerbröckeltes Knäckebrot, das in der trübroten Milch langsam aufweichte, das war weder ein Dessert noch eine Mahlzeit. Er dachte an beerenverschlingende Bären in hohen karpatischen Wäldern.

Doch die Nähe zum Wald half ihnen, in der dürftigen Krisenzeit zu überwintern. Die alte Frau, die Tora hieß, schien in solchen Dingen die klügste von ihnen zu sein. Sie hatte schon während des vorigen Kriegs, als sie es noch schwerer hatten, das Überleben organisiert. Sie verteilte Spankörbe und Milchkannen, wenn sie sich in den Wald aufmachen wollten. Sogar Fredrik gehorchte ihr. Er trottete zwischen den Grasbüscheln umher und holte sich blaurote Hände.

Sie suchten den rötenden Riesenschirmling in der Nähe von alten Grubenlöchern, und eines Sonntags hatte Ferenc im schwarzen Wasser einen Elchkadaver gesehen. Der Bauch war aufgedunsen und geplatzt, und die Knochen glichen geknickten Zaunpfählen, die grau geworden in diesen Fluren standen und verrotteten. Da machte er kehrt und ließ den

Riesenschirmling, dessen Namen er hatte aussprechen lernen müssen, ehe sie sich auf den Weg gemacht hatten, einen Riesenschirmling sein. Er wußte jedoch, daß der Pilz sie selbst dann, wenn er auf einer Müllkippe gewachsen wäre, mit Ehrfurcht erfüllt hätte.

Todmüde kamen sie nach Hause und setzten sich hin, um die Preiselbeeren zu verlesen, die sie auf einer Decke ausbreiteten, damit Abfall und Blätter darin hängenblieben. Die Pilze sortierten sie auf ausgebreiteten Zeitungen. Fredrik schlief währenddessen auf dem Sofa im Wohnzimmer ein, sein Schnarchen war bis in die Küche zu hören. Ferenc indes traute sich die zwei Frauen nicht allein zu lassen. Er schnitt in Wurmnester und in faulende gelbe Röhrenmasse, die an der Unterseite von großen braunen Pilzhüten saßen. Nun hatte er Unannehmlichkeiten davon, daß er beim Sammeln nicht so genau hingeguckt hatte. Die alte Frau prüfte jeden Pilz, den er zu denen, die geschnitten werden sollten, legte. Einmal hatte er einen lautstarken Anschnauzer von ihr eingesteckt, weil er auf dem besten Weg war, sie allesamt zu vergiften.

Fredriks Mutter hatte ihn wegen seines Radebrechens lange wie ein Kind oder einen geistig Minderbemittelten behandelt. Sie bekam jedoch Respekt vor ihm, als es Herbst wurde und er den Mantel hervorholte, den er auf seine Flucht mitgenommen hatte. Er war aus blauer Wolle und von einem Schneider in Budapest gefertigt. Sie faßte den Mantel an, sah Ferenc an, und er war nicht mehr der mittellose arme Kerl, für den sie ihn gehalten hatte. Er bekam Lust, ihr irgendwann einmal die Goldmünzen, die in seinen doppelten Ledergürtel eingenäht waren, zu zeigen. Er hatte nach der Flucht noch vier davon übrig.

Sie sprachen viel davon, daß diese alte Frau Magenkatarrh habe, und manchmal mußte sie sich aufs Sofa legen, wenn sie bei ihrem Sohn und ihrer Schwiegertochter zu Besuch war. Dann hieß es, daß sie sich wegen ihrer gastritischen Beschwerden ausruhen müsse. Ferenc war sich jedoch sicher, daß sie eine andere und ernstere Krankheit hatte, und daß sie das wußte. Manchmal sah sie ihm in die Augen, als ob sie mit seinem Wissen einverstanden sei.

Er glaubte, daß die Krankheit und der Tod, die ihre kurzen, windigen Herbsttage überschatteten, sie doppelt eifrig machten, ihnen die Kunst des Überlebens beizubringen. Fredrik wirkte jedoch bereits ungeduldig. Er wartete darauf, daß der Krieg zu Ende ginge. Dann würde ihn kein Mensch mehr in den Beerenwald hinausbringen.

Ferenc dachte an seine eigene Mutter, seine kleine Mame, die nicht viel mehr als spielen und nähen konnte, die aber ebenso die Kunst des Überlebens vermittelt hatte, allerdings in ganz anderen Verhältnissen, in einem Wald aus Stein. Sie hatte ihn dazu überredet, Aktien und Staatspapiere früher, als er selbst es für notwendig erachtet hatte, zu verkaufen. Sie hatte die Goldmünzen in seinen Gürtel nähen lassen, und bevor sie starb, hatte sie ihn gebeten, nicht länger zu warten, sondern zu verschwinden.

Sie war fast heimlich beerdigt worden. Da hatte es große Eile gehabt. Er war auf der Bank gewesen und hatte versucht, das letzte Geld von ihrem Sparbuch abzuheben. Es hatte eine Verzögerung gegeben. Weil er nicht wußte, was die zu bedeuten hatte, ging er. Auf dem Tresen hatte er ein Paar Handschuhe aus hellgrauem Schweinsmochaleder liegenlassen, und er konnte sie immer noch vor sich sehen. Er sah, wie sie auf der gebohnerten Eichenplatte des Tresens lagen. Das schien jetzt ganz lange her zu sein.

Seine kleine Mame war nie in einen richtigen Wald gegangen, dessen war er sich sicher. Er stellte sich aber vor, daß die alte Tora, die so viele Stellen wußte, wo der stattliche Riesenchampignon wuchs und wo die nach Fleisch schmeckenden echten Reizker in Ringen im Gras standen, direkt dem Wald entstiegen sein mußte, bevor sie Fredrik gebar.

Es standen saure Dämpfe kochender Beerenmasse in der

Küche, und sie rührte mit einem Holzlöffel, der wie ihre Hände verfärbt war. Die Pilze köchelten in den Bratpfannen, es war heiß, und die Fenster beschlugen. Die Feuchtigkeit lief in Rinnsalen daran herunter, und er wünschte, sie hätten sie geöffnet. Doch sie fürchteten um die Wärme, die die zerbröckelnden Briketts hergaben.

Er fand die Küche nicht mehr menschlich und behaglich warm, wie dann, wenn Jenny ihr Weißbrot buk. Das waren erschreckende Wesen, die solche Küchen mit sauren und scharfen Gerüchen nach Moor und Kiefernheiden hatten. Sie hielten sich in der Hitze mit dünnem hellgelbem Kaffee munter, und am Ende mußte er vor den Dünsten und dem wimmelnden Gewürm fliehen.

Für gewöhnlich lag er in seinem Zimmer auf dem Bett und wußte nicht, was er in diesen weggeworfenen Jahren mit seinem Leben anfangen sollte. Er hatte in den Sprachen, die ihm vertraut waren, nichts zu lesen. Dort unten stand eine alte Hexe und rührte etwas in einem Kessel, was sein Magen nicht vertrug.

Im Vorratskeller vor dem Regal mit den Konservengläsern überkam ihn wieder das Gefühl der Verlassenheit. Er wollte sich jedoch nicht aufs Bett legen und es anwachsen lassen. Obschon er sich für sein Tun und Lassen schämte, ging er weiter in die muffige und kalte Feuchtigkeit der Waschküche und ließ den Blick über hölzerne Fußroste und den Zementfußboden bis hin zu dem rostigen Matsch aus Haarsträhnen und zerfaserten Leinenfäden im Abflußbecken wandern.

Er hielt sie nicht für sonderlich reinlich. Die Waschküche roch immer schlecht, und die Körbe bogen sich von miefigen Kleidern. Jenny machte jeden zweiten oder dritten Monat große Wäsche. Da trug sie Stiefel, eine Gummischürze und um die Haare ein kariertes Halstuch. Zum Kochen und Backen band sie eine große weiße Schürze um. Er fand jedoch, daß sie die Laken zu selten wechselte, und er wußte nicht, wie er, ohne sie zu verletzen, um frische bitten sollte.

Er hatte Fredriks Kissen gesehen. Er schien den Werkstattruß auszuschwitzen, und sein Mund hatte gelbe Ringe hinterlassen. Die rührten vielleicht vom Tabak her.

Sie staubsaugte eifrig. Die große Maschine fuhr, wenn er mit Atemnot und Druck auf der Brust nach Hause kam, heulend dort unten umher. Sie dachte auch nicht immer daran, sie abzustellen.

Ja, sie putzte ihr Haus gründlich, zumindest mal hie, mal da. Sie staubte ab, wischte, saugte und schrubbte. Mit dem Essen war sie durchaus reinlich, und er mußte ihr die große weiße Schürze zugute halten.

Es fiel ihm plötzlich auf, daß er sich ihnen gegenüber immer dankbar fühlte. Er mußte hier ja nicht wie ein Untermieter leben. Er trank mit ihnen Abendtee und begleitete sie auf ihren Ausflügen. Allein im Haus, verspürte er jedoch mit einem Mal eine gewaltige Gereiztheit über sie. Er war wütend auf Jenny, weil sie gewöhnlich beim Bericht von der Stockholmer Fondbörse das Radio eingeschaltet ließ, ohne hinzuhören.

Sie wohnten in einer kleinen Villa, und manchmal kam ihm diese Konstruktion aus Holz und Pappe äußerst zerbrechlich vor. Sie umschloß ihre Trivialitäten, ihre relative Unreinlichkeit, Kohlsuppengeruch und Einbildungen, von denen er, wenn alles mit rechten Dingen zugegangen wäre, nichts hätte wissen sollen.

Zu ihren Einbildungen gehörte, daß sie es vortrefflich hätten. Er merkte, daß er der Ansicht sein sollte, daß er ein unvergleichliches Glück gehabt habe, bei ihnen gelandet zu sein. Der Ansicht war er auch. Er hatte sie sehr ins Herz geschlossen, doch er wünschte sich, daß ihr Leben schöner gewesen wäre.

Um noch etwas anderes als die gesprochene Sprache zu lernen, hatte Ferenc sich durch ein Lesebuch für den Schulgebrauch gearbeitet, das er von Jenny geliehen bekommen hatte. Dort hatte er eine Saga gelesen, die von ihren Vorfahren handelte. Obwohl sie stark verkürzt gewesen war, hatte sie ihm doch ein gutes Bild ihrer Gemütsart vermittelt. Sie schlugen einander mit der Axt die Zähne aus in dieser Erzählung und verbrannten einander in niedrigen Hütten. Sein Geist, sowohl wienerisch als auch ungarisch-jüdisch, lehnte sich beinahe mit Brechreiz gegen deren Geschichte auf, die nach Ziegenhaar und Brandrauch roch. Fredrik fand die Schilderungen dagegen sowohl humoristisch als auch großartig. Deren Geist war wiedergekehrt, als er den Abflußgraben ausgehoben und sich geweigert hatte, eine Auffahrt zu sprengen, und als er darauf schwörte, daß die Hakenkreuzfahne niemals über der Svenska Verkstad Aktiengesellschaft wehen würde. Ferenc hielt Jenny für unwissender, aber weniger naiv.

Er war vor der Kartoffelkiste stehengeblieben, wo sich lange blaßlila Keime einen Weg durch die Ritzen suchten. Jetzt spürte er, daß er diesen Menschen eigentlich gar nicht so nahe kommen wollte. Schleunigst verließ er den Keller.

Als er nach oben kam, lag das Wohnzimmer in fahlem Sonnenschein, und es war kalt. Abends waren die Heizkörper in der Regel für ein paar Stunden glutheiß. Da konnte man die Hand nicht darauflegen. Sie saßen für gewöhnlich um den Rauchtisch, ein stabiles, dunkelbraunes Möbel mit einem Kasten unten und einer Glasplatte, auf die sie ihre Teetassen stellten. Fredrik verwahrte in dem Kasten eine Tabaksdose, und darein hatte er eine rohe Kartoffelscheibe gelegt, um den Tabak feucht zu halten. Jedesmal, wenn er die Pfeife gestopft hatte, stellte er die Dose in den Kasten zurück. Er versteckte sie praktisch, als glaubte er, dadurch Tabak sparen zu können. Er hatte ein enormes Rauchbedürfnis. Jenny mußte seinetwegen Kupons opfern. Sie tranken Tee, seit Ferenc bei ihnen war, und er hatte ihnen beigebracht, ihn mit Bonbons zu süßen, um die Zuckerration zu schonen. Der Tee wurde von den Bonbons, die sie von Tora bekamen, manchmal leuchtend rot, und manchmal schmeckte er nach Frucht oder Menthol.

Meistens waren sie zu viert, wenn sie abends um den Rauchtisch saßen. Die vierte war Ann-Marie, die immer auf dem Fußboden saß. Sie war nicht Fredriks und Jennys Mädchen, sondern die Tochter eines Erfinders, den Fredrik kennengelernt hatte, als er Svenska Verkstad eine Konstruktion zur Herstellung angeboten hatte. Ann-Marie war mutterlos. Sie hatte lange, dünne Beine, und wenn sie mit dem Rücken zu dem heißen Heizkörper saß, legte sie das Kinn zwischen die Knie. Sie hatte nicht die Spur Fleisch auf den Knochen. In der Regel war sie bei ihnen, wenn ihr Vater auf Reisen war, um zu versuchen, irgendwo eine Erfindung zu verkaufen oder als Patent anzumelden. Ferenc argwöhnte, daß er oft länger fort war, als er brauchte, daß er einen draufmachte, wie Jenny das nannte. Das Mädchen kam auch dann, wenn er zu Hause war. Sie war blond, und die Stirn wurde mit einer braunen Spange von den dünnen, fliegenden Haaren freigehalten. Die lockte Tora immer wieder mit einer Brennschere, denn sie waren absolut glatt.

Sie schnitt gern Grimassen. Ferenc pflegte sie dazu anzuhalten, die Stirn nicht zu runzeln und den Mund nicht zu verziehen. Da würde sie nie schön werden.

Es gab nur zwei Sessel, und es quälte ihn, daß Jenny auf einem Stuhl saß, der zum Eßtisch gehörte. Es verging kein Abend, an dem er ihr nicht seinen Platz anbot, wenn sie nach dem Abspülen aus der Küche kam. Sie wollte beim Stricken jedoch die Arme frei bewegen können. Samstag abends gelang es ihm manchmal, sie dazu zu überreden, in dem durchgesessenen Sessel Platz zu nehmen. Da legte sie ihr Strickzeug beiseite, und er bot Wein an, den er in der Alkoholverkaufsstelle erstanden hatte, wo der Kauf in einem braunen Buch registriert wurde. Die Hände im Schoß hörte sie dann gemeinsam mit ihnen die Radiorevue an. Fredrik versuchte Ferenc, der artig hinhörte, die schwedischen Scherze zu erklären. Jenny rauchte eine flache Zigarette türkischer Art, die sie einer Blechbüchse im Rauchkasten entnahm. Sie waren sehr alt, denn sie rauchte selten. Sie hielt es nicht für richtig, etwas von den Tabakkupons zu nehmen, wenn Fredrik ein so unmäßiges Rauchbedürfnis hatte. Er tauschte seine Kaffeeration gegen Tabakkupons, und er bekam 90 Punkte für ein viertel Kilo Kaffee. Ohne Tabak ginge es nicht, pflegte Jenny zu Ferenc zu sagen, und das war das einzige, was sie je im Vertrauen über ihren Mann gesagt hatte. So ungefähr verstand er, was sie meinte. Tief in Fredriks Innerem schien eine große, pochende Wut zu sitzen. Manchmal war es, als ob selbst das Schweigen im Zimmer eine Wut zurückhielte, der nie Luft gemacht wurde. Wenn es draußen stürmte und die Bäume ihre Kronen schwenkten, wenn die Luft tosend durch sie hindurchging, wenn böse Geister am Blech des Balkons zu rütteln schienen und die Flaggenleine wütend gegen die Stange knallte, da sah er Fredrik manchmal an, als erwartete er, daß etwas mit ihm geschehen würde. Doch der saß ruhig in dem warmen Zimmer, den Kopf über die Lokalzeitung gebeugt, und der Heizkörper rauschte.

Auch bei Jenny fand sich etwas halb Abwesendes in diesem Dasein, in dem sie so recht in ihrem Element sein müßte. Manchmal vergaß sie, ihren Topfpflanzen Wasser zu geben. Es war, als hätte es die für sie nie gegeben. Sie hatte in dem Bogen, der das Wohnzimmer in zwei Hälften teilte, eine Klimme stehen. Auf den Fensterbänken standen ein Hibiskus, ein Weihnachtskaktus und ein Zimmerahorn. Sie schienen sich ständig in einem Zustand der Ruhe oder Ermattung zu befinden, und die Töpfe hatten weiße Schimmelflecken.

Ein großer, abstoßender Kaktus, der schon in seinem natürlichen Zustand von einer weißen Haut überzogen war, die einen krankhaften Eindruck machte, trieb plötzlich in dem eigenartigen Loch zwischen den Rippen eine rote, rosenähnliche Blütenrosette. Doch da warf Jenny ihn hinaus. Sie erklärte, daß sie die Blüte von einem Bild her wiederkenne, auf dem Hitler auf einem Podium stand und eine Rede hielt und von eben solchen blühenden Kakteen umgeben war. Sie wolle nicht an den Verrückten, das wilde Tier, von dem alles herrührte, erinnert werden. Ferenc war verblüfft. Er hatte keine Ahnung davon gehabt, daß sie so starke Gefühle gegen den Krieg hegte. Er hatte nicht geglaubt, daß sie viel darüber wußte. Der Kaktus lag kopfüber auf dem Komposthaufen. Die Wurzeln erfroren in der trockenen Kälte, und beim ersten Tauwetter würde er absinken. Ferenc fragte sich, wie in dem Winterlicht etwas zu blühen vermochte.

Jenny schien nicht immer anwesend. Zerstreut stand sie da und zerdrückte ein dünnes Kognakglas in der Spülschüssel. Es war von Fredriks Vater gewesen. Schweigend ging er ins Wohnzimmer und setzte sich in den Ledersessel, ohne ihr Vorwürfe zu machen. Jenny stand da und betrachtete ihre blutenden Finger. Wie konnte das passieren?

Es fand sich eine Ungeduld bei ihr, die Ferenc nicht richtig verstand. Sie begann Klavier zu spielen, brachte es aber zu nichts. Sie hatten ein schwarzes Klavier, das ebenso wie der große Ledersessel aus dem Café stammte, das der Schwiegermutter gehört hatte. Jenny war musikalisch, und er kaufte ihr Noten, in der Hoffnung, daß sie Wiener Walzer spielen lernte. Auf dem Klavier standen Fotografien, die, wenn sie laut spielte, schepperten. Die Musikstunden wurden eine Qual für ihn, und er war froh, als sie ihrer überdrüssig wurde. Jetzt klimperte Ann-Marie diese Walzer, die er bereute, gekauft zu haben, und sie lernte auch, den Schlager »Warszawa är staden den kära« zusammenzubringen.

Manchmal, wenn sie dasaßen und an ihrem Tee nippten, dachte er an das Café Vörösmarty in Budapest. Er versuchte ihnen auch davon zu erzählen. Es war jedoch unmöglich, das Surren der Stimmen in der weichen Sprache, das Klirren der Kaffeetassen und den Geruch nach Gebäck und Tabak hervorzurufen. Trotzdem versuchte er es. Doch er verstand, daß sie sich nicht vorzustellen vermochten, was man in einem solchen Café tat, in dem man noch lange, nachdem der Kuchen verzehrt war, bleiben konnte. Da kam er sich gemein und ungeduldig vor, und er dachte, daß er es ihnen, hätten sie doch bloß Deutsch oder Französisch verstanden, hätte erzählen können. Aber sie hätten ihren lächerlichen Stadtbaurat oder den Chorheiter mit Baskenmütze und Fahrradklammern an den Hosenbeinen vor Augen gehabt, wenn er von den Dichtern, Architekten und Regisseuren, von den Journalisten und dem großen Dirigenten, vor dem die Leute sich zu erheben pflegten, wenn er hereinkam, und von den müßigen alten Damen mit adligen Namen und schmalen blauen Lippen zu erzählen versucht hätte. Er schämte sich für seine Gemeinheit und Ungeduld, denn er wollte freundlich und dankbar sein. Meist war er es auch, wenn sie abends im Wohnzimmer saßen und der Hund sich vor der Heizung herumdrehte, den Bauch in deren Strahlungshitze sonnend. Der Ballon mit der Weinmaische gluckste regelmäßig, die Luftblase fuhr in der Glaswindung herum. Sie setzten Wein aus Roggen und Backhefe an. Er wollte das gernhaben. Es gab Momente, da er das gernhaben wollte, aus ganzem Herzen.

Als er die Treppe hinaufging, versuchte er nichts zu sehen. Er wollte nichts mehr sehen, er wollte sich hinlegen, damit der Schmerz und der Druck auf der Brust nachließen. Doch das spärliche Winterlicht oben in der Diele traf ihn trotzdem, und er vermied es automatisch, den viele Male ausgebesserten Vogel, der auf dem Treppengeländer stand, mit dem Ellbogen herunterzufegen.

Er ging in sein Zimmer und kroch ins Bett. Von seinem Asthma spürte er eigentlich nichts mehr. Auch das erfüllte ihn mit Schamgefühlen. Draußen vor dem Fenster rauschte feierlich die große Fichte.

Sie ratterten Tag und Nacht mit dem Zug durch Schweden; es war nicht gerade Nils Holgerssons wunderbare Reise, aber sie bekamen viel zu sehen. Die Spielkarten knallten auf die Kofferdeckel, die Toilettenfußböden stanken, der Branntwein ging aus, das Selbstgestrickte kratzte unter dem Kommißtuch. Sie versuchten zu schlafen, während die Züge an verdunkelten Städten, stillen Wassern und den schwarzen Fichtenwäldern, die ihre Seele waren, vorbeifuhren.

Zweck dieser Übung war, daß alle den Ort wechseln sollten. Es schien zumindest so. Möglicherweise lag überhaupt gar kein Zweck darin. Wer in fette Ackerfurchen gestarrt hatte, mußte lernen, auf tückischem Moorboden zu gehen. Viele bekamen mehr zu sehen, als sie je gewußt hatten, daß es das überhaupt gab, und sie würden den Rest ihres Lebens davon erzählen. Von Fårö und Stället und Valsjöbyn würden sie erzählen, davon, wie sie Straßen und Schießstände bauten und steifgefrorene tote Norweger in Pulkas über das Gebirge verfrachteten. Sie saßen gelangweilt in Cafés, sie wichsten und spielten Karten und schrieben nach Hause und machten Geschäfte mit Zigaretten und Branntwein. Nichts war mehr beim alten.

Dann war da auch noch etwas anderes. Es betraf ihre Frauen. Es hatte so nach und nach schon angefangen, bevor es draußen in Europa krachte und die schwedische Stubentür durch den Zug aufflog. Es hatte mit LM und Luma und der Konfektionsdetail AG, mit Schminke und Süßigkeiten, Zigaretten und zwei Paar Seidenstrümpfen in der Woche angefangen. Dann kamen auch noch SKF und Luftabwehrtürme dazu. Man konnte nicht mehr sagen, daß noch irgend etwas beim alten war. Manche sagten, daß die Weibsbilder vom Teufel geritten wurden.

Die gesetzten Mittelalterlichen und Älteren kletterten natürlich nicht in den Luftabwehrtürmen herum. Sie waren zu ungelenk, und sie wollten nicht lernen, Flugzeugtypen zu unterscheiden. Sie hatten keine Kenntnisse in Stenografie und Maschineschreiben, konnten keine Fremdsprachen, verstanden in der Mehrzahl nichts von Schrauben und Muttern. Was konnten sie dann?

Berta Söderkvist konnte Träume backen. Ada Gustafsson hatte achtzehn Jahre lang ein Speiselokal betrieben, und sie war es übrigens auch, die sich der Verköstigung des belgischen Riesen Ferdinand annahm, als er mit seinem Rummel die Stadt besuchte. Hilda Kjellén war für ihre gute Glaskirschenmarmelade bekannt, und Hulda Bergström buk Kopenhagener so, daß sie blättriger und knuspriger wurden als die von irgend jemand sonst.

Sie wurden Verpflegungshelferinnen. Küchenhelferinnen nannte man die, die das Essen zubereiteten, und die, die an den langen Tischen auf den Bahnstationen standen und das Essen an die Männer austeilten, Servierhelferinnen. Halb Schweden war ja auf den Beinen und hatte Heimweh. An schwarzen Wintermorgen stürzten sie aus den Zügen, drei-, vierhundert Mann auf einen Schlag. Es war bitterkalt, und wenn sie ein Weilchen auf den Bahnsteigen umhergetrampelt waren, hatten sie Eis in den Bartstoppeln. Die Eßgeschirre klapperten, man unterhielt sich und fluchte leise, wenn man jedoch bei der Bereitschaftshelferin mit der Suppenkelle anlangte, richtete man sich auf und sagte etwas Scherzhaftes. Manchmal sagte man nur, wie es war: »Das Essen ist genauso gut wie bei Muttern. Warum ist bloß Krieg?«

Die Bereitschaftshelferinnen waren gut eingemummelt und trugen weiße Schürzen und Ärmelschoner. Es war nicht leicht auszumachen, wie sie eigentlich aussahen, doch je niedlicher und jünger ihr Gesicht war, desto mehr richtete man sich auf. Zum Plaudern hatten sie jedoch nicht viel Zeit, eigentlich überhaupt keine. Sie waren fünfunddreißig Frauen, die in sieben Minuten an siebenhundertfünfzig Mann Essen austeilen mußten. Manchmal waren es achthundert Mann in zehn Minuten. Die Offiziere knarzten im Schnee umher. Einer von ihnen erwies Hilda Kjellén Honneur.

»Frieren sie nicht an den Händen?« fragte er so menschlich. Es hieß, daß einige von denen Nazis seien, der hier aber jedenfalls nicht, glaubte Hilda. Er fragte sie, ob sie wisse, woher der Zug komme und ob er via Hallsberg nach Värmland fahren werde. Die Bereitschaftshelferinnen hatten unregelmäßig Dienst, damit sie sich die Züge nicht merken konnten, aber sie hatte wohl doch irgend etwas aufgeschnappt. Der Zug nach Hallsberg sei schon abgefahren, mit elfhundert Mann an Bord. Hilda war rund und guter Dinge und diensteifrig und schwatzte pausenlos, während sie Suppe aufschöpfte; sie ließ sich nicht so leicht aus der Ruhe bringen. Doch dann mußte sie die Sicherheitsnadeln aus den Ärmelschonern ziehen und mit dem Oberleutnant in das Bahnhofshotel gehen. Es ging um ernste Angelegenheiten; er war Sicherheitsoffizier und hatte sie in eine Falle gelockt.

Sie wurde in der kaltgrünen Morgendämmerung nicht erschossen, erhielt jedoch einen Verweis, und die Felddienstchefin, Ada Gustafsson mit dem Speiselokal, erhielt die Anweisung, Hilda bei den Küchenhelferinnen in den Lokschuppen unterzubringen, wo sie sich nicht verplappern konnte.

»Das wußte ich doch, daß der kein Nazi ist«, sagte Hilda, denn bislang hatte sie sich noch nie ernsthaft in einem Menschen geirrt.

Die Lokschuppen bildeten ein halbkreisförmiges Gebäude mit schwarzem Dach am Rand des Gleisbereichs. Es war kunstvoll aus Ziegeln erbaut und angelegt, wenn sie aber in den Winternächten dorthin kamen, sah es aus, als wäre es aus dem Chaos dahin geschleudert worden; es war eine wuchtige Ziegelmasse dort in der Dunkelheit, und die ersten Augenblicke unter den hallenden, vom Ruß schwarzgekörnten Decken waren trotz der Hetze beklemmend. Während der schlimmsten Zeiten liefen acht, zehn lange Züge pro Nacht im Bahnhof ein, und es konnten achttausend Mann sein, an die sie Essen auszuteilen hatten. Sie arbeiteten in Gruppen, die einander ablösten. Sie wurden am Abend, bevor sie antreten mußten, einberufen, immer zu unterschiedlichsten Zeiten, damit sie sich die Fahrpläne der heimlichen Züge, die über die Gleise ratterten, nicht merkten.

Ihre Betätigung hatte vorher in Bürgerumzügen und Lichterfesten in der Kirche, Bastelbasaren und Lotterien mit Zuckerstangen und Selbstgestricktem bestanden. Dann gab es Volksmärsche und Luftschutztage, Sammlungen von Geschenken für die Feldweihnacht und Kochkurse an der Gulaschkanone.

Dann standen sie eines Nachts mit 144 Kilo Erbsen, 350 Kilo Kartoffeln und 150 Kilo Fleisch da, die zu einem Essen für elfhundert Mann werden sollten. Das Fleisch bestand jedoch aus großen Schweinen, die steifgefroren auf einem Leiterwagen lagen. Berta Söderkvist, die so schöne Träume buk, machte sich daran, Einweichwasser einlaufen zu lassen, und Ada Gustafsson schüttete mit einer Schöpfkehle Salz dazu. Sie hatten einen Handlanger vom Arbeitskommando, den sie instruierten, wie er den bleichen Schweinen zu Leibe rücken sollte. Bald aber nahmen sie Axt und Säge ungeduldig selbst in die Hand. Mit dem Arbeitskommando war es in den ersten zwei Jahren, in denen alles, was Mann hieß, Waffen zu tragen hatte, nicht weit her.

Der Handlanger trug einen Blaumann und eine Pelzmütze aus Schaffell, und durch die Kälte hatte er regelrecht Wurstfinger bekommen. Der Handlanger schlurfte, er schnitt mit klammen Fingern unbeholfen dicke, erdige Schalen von den Kartoffeln, zog den Rotz hoch und glotzte hellblau. Wenn er mit krummem Rücken an einem Schneehaufen stand und pinkelte, sah das unanständig und vor allem verwunderlich aus, denn der Handlanger durfte nichts zwischen den Beinen haben, zumindest nicht viel.

Die allerschlimmsten Zeiten gingen jedoch vorüber, das Rattern der langen Züge und die Müdigkeit und der Überdruß der Offiziere, die sich spreizten, und der Offiziere, die herzlich und aufgeweckt waren, wurden zur Alltäglichkeit. Die Männer schlurften bald alle wie der Handlanger. Da hatten die Bereitschafthelferinnen schon längst mit ihm Freundschaft geschlossen. »Er ist uns Schutz in düstrer Gefahr«, scherzten sie, und er hatte eine so erstaunliche Hand mit dem Niederdruckkessel. »Und überhaupt«, sagte Ada Gustafsson, »es würde keine Kriege geben, wenn alle untauglich wären.« Sie holte den Handlanger in die Wärme hinein und verwöhnte ihn mit Kaffee und Kardamomsemmeln.

Jenny Otter arbeitete unter der Leitung von Gerda Franzon, und sie waren zehn Bereitschaftshelferinnen in der Gruppe, Frauen, vor denen sie sich anfangs ziemlich fürchtete. Außer den Frauen, mit denen sie verwandt war, kannte sie keine näher, und sie hatte ihnen mißtraut. »Frauen können nicht schweigen«, sagte Fredrik. Wenn man zusammen an den Osbykesseln arbeitete, redete man sich nicht mit »Frau« an, man siezte sich nicht. Anfangs hatte sie diese Vertraulichkeit als lästig empfunden.

Als der Krieg ausbrach, waren Fredrik und sie zwölf Jahre verheiratet. Sie hatten keine Kinder bekommen. Die ersten kinderlosen Jahre der Scham und des Schmerzes lagen jetzt unter dem Schlamm aus Zeit und Überdruß begraben. Sie putzte nicht mehr so lange und gründlich, wie sie es am Anfang getan hatte, als sie aller Welt beweisen wollte, daß an ihr, außer daß sie keine Kinder bekam, nichts verkehrt war. Dann kam es immer häufiger vor, daß sie vergaß, was sie zu tun hatte; sie vergaß sogar, rechtzeitig bevor Fredrik nach Hause kam, die Kartoffeln aufzusetzen. Er hielt es ihr nicht vor. Das war auch gar nicht nötig. Sie fand das selbst merkwürdig.

Solange die Betätigung der Bereitschaftshelferinnen in Tombolaverkäufen und Bürgerumzügen für Frieden und Freiheit bestand, kümmerte sie sich nicht darum. Sie vergaß die Treffen oft und blieb weg. Sie vergaß Kragen, Armbinden und Manschetten zu waschen, wenn in der Kirche Lichterfest sein sollte, und konnte sich, unmittelbar bevor sie aus dem Haus mußte, hinstellen und die Sachen in Windeseile trockenbügeln.

Als zehn Bereitschaftshelferinnen zum erstenmal an tausend Mann, die sich nicht länger als fünfzehn Minuten auf dem Bahnsteig aufhalten durften, Essen austeilen sollten, fürchtete sie, mit ihrem Teil der Aufgabe nicht zu Rande zu kommen. Sie sollte mit Gerda Franzons Gruppe in den Lokschuppen arbeiten und Rübenmus mit Speck zubereiten. Sie waren an jenem schwarzen Dezemberabend viel zu früh hinuntergekommen, und gleichzeitig trafen auf einem Leiterwagen die Requisitionen an Kohlrüben und Fleisch ein. Jenny betrachtete den Berg von Kohlrüben und die gefrorenen Schweine, und dann sah sie Gerda Franzon an, die eine Hausangestellte hatte, und Hilda Kjellén, die für ihre guten Kopenhagener bekannt war. Sie redeten alle laut und schrill und waren alle ebenso nervös wie sie. Eine Weile später waren sie am Arbeiten, ohne daß sie wußte, wie das zugegangen war.

So lernte sie, daß sie, ganz im Gegensatz zu dem, was sie geglaubt hatte, starke Arme hatte und ausdauernd und pünktlich war. Sie lernte, daß die kleine dicke Hilda Kjellén die kaltblütigste von ihnen war, daß Berta Söderkvist schnell entschlossen war und sie außerdem in der schlimmsten Niedergeschlagenheit und Hetze alle zum Lachen bringen konnte und daß Gerda Franzon organisieren konnte und sich praktisch nie erlaubte, müde zu werden. Jenny kümmerte es nicht, daß das sonst niemand wußte. Wenn sie nachts zu den Lokschuppen hinunterkam und über dem Geschepper ihre hellen Stimmen hörte, war sie froh.

Der Krieg war nicht mehr so erschreckend wie am Anfang. Er ratterte dahin wie ein alter Zug. Jenny las selten, was über ihn in der Zeitung stand. Sie war allein schon des Wortes überdrüssig.

Eines Nachts waren sie auf dem Bahnsteig und sammelten nach einer Essensausgabe das Geschirr zusammen, als ein langer, verdunkelter Zug anhielt. Es stieg niemand aus. Schließlich traten einige Mann und Offiziere aus dem Dunkel und begannen vor dem Zug zu patroullieren. Die Zugtüren wurden jedoch die ganze Zeit über, während der Bahndienst sich vorn bei der Lok zu schaffen machte, nicht geöffnet.

Ein Offizier regte sich über die Bereitschaftshelferinnen auf, weil sie nicht schnell genug wegkamen. Doch sie verrichteten ihr Arbeit in ruhigem Takt, trugen die abgekühlten und leeren Suppenkessel weg, montierten die Tischplatten ab und sammelten liegengebliebenes Besteck zusammen.

Da sahen sie Gesichter an den Abteilfenstern. Die Laternen auf dem Bahnsteig warfen Licht auf sie. Sie sahen, daß ein ganzer Waggon nur mit Frauen besetzt war und daß ihre Köpfe kurzgeschoren, fast rasiert waren. Sie starrten durch die schmutzigen Scheiben, rührten aber keine Hand, um zu winken oder Zeichen zu geben.

Nach einigen Minuten fuhr der Zug in die Dunkelheit. Erschrocken über das, was sie gesehen hatten, begannen sie nach Erklärungen zu suchen.

Ferenc kam oft aus der Werkstatt nach Hause und klagte, daß er einen Druck auf der Brust verspüre. Er habe Atemnot, sagte er. Manchmal war er schon zu Hause, wenn sie müde von der Arbeit an den Niederdruckkesseln und den klappernden Zügen kam. Es mangelte an Brennstoff im Haus, seinetwegen öffnete sie jedoch die Zugklappe.

Fredrik wollte, daß sie von den Rationen lebten. Er war nicht geizig. Er haßte nur die Hamsterei und Schwarzmarktgeschäfte. Briketts, Speisefett, Fleisch und Kaffee sollten reichen. Doch das taten sie natürlich nicht. Davon hatte er aber wenig Ahnung.

Sie wünschte sich manchmal, daß er nicht ganz so geradlinig wäre. Er hätte ein bißchen mehr wie seine Mutter sein können. Tora organisierte und mogelte die grauen Jahre hindurch. Sie hatte ein schwarzes Schwein auf dem Land, manchmal zwei. Sie beschaffte Strömlinge aus Oxelösund. Die Überlandbusse brachten oft große braune Pakete für sie mit, fettige Pakete, manchmal blutig und auslaufend, so daß der Busfahrer fluchte, wenn er sie aushändigte. Sie enthielten Eier. Suppenhühner. Ochsenschlegel. Schweinsfüße. Einen Hasen. Geflügel und Hechte.

Fredrik aß von all dem, ohne zu wissen, woher es kam. Will man unbescholten durchs Leben gehen, darf man sich um vieles nicht kümmern. Jenny nahm die Hühner aus, die er nie gegessen hätte, wenn er die Eingeweide gesehen hätte.

Sie ließ Wasser in den Teekessel laufen und hielt die Hand unter den Strahl. Sie spürte ihn, ohne etwas zu spüren.

»Was machst du da?« fragte Ferenc.

Ich prüfe, ob ich etwas spüre, hätte sie gern geantwortet. Sie sagte aber nichts.

»Wir haben heute nacht Norwegerinnen in einem Zug gesehen«, erzählte sie. »Denen hatte man die Köpfe rasiert.«

Seinem Gesicht sah sie an, daß er das abscheulich fand. Sie erzählte das jedoch aus dem gleichen Grund, aus dem sie die Hand unter das hervorbrausende Wasser hielt.

»Die sollten nach Deutschland«, sagte sie. »Ins Lager. Das waren solche Norwegerinnen, die etwas mit deutschen Soldaten gehabt haben.«

»Sie wurden also dafür bestraft?«

»Ja, sicher.«

»Was habt ihr euch gedacht, als ihr sie gesehen habt?«

Was hatten sie sich gedacht? Das wußte sie nicht mehr.

»Wir haben wohl gedacht – die sind selber schuld!«

Er wurde rasend. Er, der immer so höflich war. Hieß sie so einiges: eine blonde Riesin in Gummistiefeln! Sagte, daß sie dumm sei, daß sie sich dumm stelle. Er radebrechte in einer Kindersprache. Sein Zorn wurde komisch. Sie starrte ihn an. Ein Glück für ihn, daß Fredrik nicht zu Hause war.

Dann schlug er um. Begreife sie denn nicht? Das seien norwegische Jüdinnen und Frauen, die für die Widerstandsbewegung gearbeitet hätten. Warum sollten die Deutschen ihre Huren ins Lager schicken?

»Nein, jetzt reicht's aber«, sagte sie scharf. »Keine solchen Ausdrücke.«

»Jenny!«

Sie kehrte ihm den Rücken zu.

»Es war immerhin ein Offizier, der das gesagt hat«, murmelte sie. Aber sie verstand ja schon, daß das eine glatte Lüge gewesen war, und sie wurde langsam rot. Das Blut pulsierte vom Hals nach oben, es wollte gar nicht mehr aufhören. Er legte seine Hand auf die ihre, aber sie wollte ihn nicht ansehen. Himmel, wenn dies nur mal ein Ende nehmen wollte!

»Was für ein Tee soll es sein?« fragte sie steif.

Im Sommer hatte er Kräuter gepflückt und sie gebeten, sie in schwacher Ofenwärme zu trocknen. Er hatte ihr beigebracht, wie man daraus Tees zubereitete. Eine Sorte half gegen sein Asthma.

Jetzt sah sie, daß der Anfall zu weit gegangen war. Sie mußte ihm eine Waschschüssel mit heißem Wasser geben und ihm ein Frotteehandtuch über Kopf und Schultern legen. Als er dasaß und den Dampf inhalierte, war das Gleichgewicht zwischen ihnen wiederhergestellt; er war wieder höflich und dankbar.

Sie kam sich vor wie seine Mutter, als sie das Handtuch über seinen Kopf mit dem gewellten aschfarbenen Haar breitete. Es war weiches Haar, sie hatte es zufällig gespürt, als sie seinen Scheitel streifte. Nun stand sie hinter seinem Rücken und lauschte den mühsamen, zischenden Atemzügen in dem Dampfzelt. Sie stützte die Hand auf den Küchentisch. Sie lag auf dem gelben Wachstuch, und Jenny sah sie an, als ob sie überhaupt nicht zu ihrem Körper gehörte. Sie sah aus wie ein Gegenstand, den sie hingelegt hatte. Von plötzlichem Schrecken erfaßt, zog sie sie zurück und steckte sie in die Schürzentasche.

»Was ist denn?« fragte er unter dem Handtuch.

»Nichts.«

Warum war manchmal alles so grauenvoll?

»Jenny?«

Sie antwortete jedoch nicht. Sie begann Tassen und Untertassen aus dem Schrank zu nehmen.

Es war mit langen, grauen Regen Herbst geworden. Es regnete nachts, wenn sie bei den Zügen an die Männer Essen austeilten, es regnete auf Europas Lehmäcker und Ruinen, auf die Gesichter der Kinder und auf die Gräber.

Immer häufiger kam Ferenc vormittags schwer atmend nach Hause, saß bei ihr in der Küche und nippte an dem gelben Tee, der nach Minze roch.

»Jetzt sind bald Sukkoth«, sagte er.

Sie wußte nicht, was das war. Wie könnte er das bloß erklären: die belaubten Zweige, der Wein, die duftenden Früchte und die Stimmen, die Segenswünsche murmelten.

»Ich wußte nicht, daß du religiös bist«, sagte Jenny erstaunt.

»Ich bin nicht orthodox«, erwiderte er. »Mein Papa mochte die Religion nicht. Aber mein Großvater pflegte eine Sukka zu bauen.«

Er wußte nicht recht, wie er erklären sollte, warum er jetzt daran dachte. Traditionen? Es gehört zu meiner Kultur. Würde sie das verstehen?

Manchmal sah er sich um und fragte sich, was ihre Traditionen seien. Weihnachten. Schweinefleisch. Putzen, kochen, backen. Pflicht. Arbeit. Pünktlichkeit. Er wollte von der Sukka erzählen, die sein Großvater gebaut hatte, und von den bezaubernden Erlebnissen darin, von süßen Kuchen mit Wein dazu, von ein paar Tagen im Aufbruch, an denen nichts alltäglich und Großvater nicht streng, sondern liebevoll und ausgelassen war.

»Und man sah die Sterne durch die Zweige des Dachs«, murmelte er, und sie drehte sich erstaunt um, denn er hatte in einer anderen Sprache gesprochen.

»Mame-loschen«, sagte er. »Ich spreche wieder Mame-loschen.«

Der Vater hatte das nicht gemocht. Immer seltener war das zu Hause zu hören gewesen. Der Vater war Architekt, in Wien ausgebildet und darauf bedacht, daß der Sohn ein fehlerfreies Deutsch lernte. Ferenc war schließlich verlegen geworden, wenn die Mutter etwas in der alten Sprache zu ihm gesagt hatte, und schließlich sprachen sie daheim nur noch Ungarisch.

Es war jetzt Jahrzehnte her, seit er sie gehört hatte, doch sie begann ihm wieder zu kommen, die alte Kinderzimmersprache, und er glaubte die Lippen der Mutter in seinem Nacken zu spüren: »Oy, oy, oy!« Er war klein und hatte sich draußen bei den Dienstmädchen am Herd die Hand verbrannt. Sie hatte einen Leinenverband mit Schmalz um die Hand gelegt, und sie wiegte ihn hin und her und sprach Mame-loschen, die weiche Sprache der Mutter für die kleinen Vorfälle, für die Menschen und ihre Tränen und für das, was Jungen und Großvätern Spaß machte. Oy, oy, oy!

Er fragte, ob Jenny ihm eine Bibel und einen Almanach leihen könne. Sie wandte sich ab und lächelte. Worüber lachte sie? Ach, nur deswegen, weil er die Worte so lustig aussprach. Vor ein paar Tagen hätte sie ihm böse sein müssen, weil er ein sehr garstiges Wort für eine gewisse Sorte von Mädchen gebraucht hatte. Er hatte sie Hüren genannt, und das hatte sie auch schon beinahe lauthals loslachen lassen. Jetzt nannte er die Bibel die Hoilige Schrift. Sie würde ihm aber eine Bibel holen.

Als sie sie aus dem Bücherschrank nahm, schaute sie kurz hinein, und als sie sie ihm reichte, sah sie verlegen drein. Er verstand sogleich, warum. Es war nie darin geblättert worden. Jenny Lans. Zur Erinnerung an die Konfirmation in der Kirche von Vallmsta. Joh. 4, 7-15.

»Hier ist der Almanach«, sagte sie. »Der ist ein bißchen öfter benutzt.«

Er nahm die Bibel mit auf sein Zimmer, und mit zäher Beharrlichkeit arbeitete er sich durch die Textmassen des Deuteronomiums. Das schwedisch-deutsche Lexikon, das Fredrik für seine Abendkurse gekauft hatte, war ihm dabei behilflich. Er kam bis zum Abend nicht herunter, doch da strahlte sein Gesicht vor Freude.

»Lobhittenfäscht!« rief er.

Sie stand am Spültisch, die Hände im trüben Wasser, und sah ihn erstaunt an.

»Lobhittenfäscht!«

Er zeigte ihr die Bibel. Jenny trocknete sich die Hände an der Schürze ab, setzte sich mit dem Buch hin und las, wohin er zeigte.

»Laubhüttenfest«, sagte sie leise.

»Oh!«

Ein schönes Wort. Ja, das war ein schönes Wort. Sie pflichtete ihm bei, fuhr jedoch mit dem Abspülen fort.

Nun kam eine Zeit, in der er nachmittags oft unterwegs war. Er ging direkt nach der Arbeit irgendwohin und kam erst, wenn die Dämmerung vorüber und es dunkel geworden war, nach Hause.

Sie fragte, ob das für seine strapazierte Luftröhre so gut sei. Er lachte indes über ihre Besorgtheit und nannte sie kleine Mama. Er war immer rotwangig und gesund, wenn er an diesen Abenden nach Hause kam.

Dann kam er eines Vormittags aus der Werkstatt, allerdings ohne Atemnot. Er war ihm Gegenteil ausgelassen. Wenn sie mit ihm hinauskommen wolle, dann würde er ihr etwas zeigen. Sie verstand, daß er Fredrik getäuscht hatte, und das verstimmte sie. Ja, es machte ihr Angst. Sie wollte wahrlich nicht mitkommen!

Er nahm ihre Angst jedoch nicht ernst. Er zog sie, wie sie da saß und und an einem Rockbund nähte, am Arm, und sie wünschte sich, daß sie statt dessen eine große, schrecklich graue und matschige Hausfrauenarbeit gehabt hätte, auf die sie sich hätte berufen können.

Wohle sie nicht mit ihm in den Wald hinaus kommen? In den Wald hinaus! Ja. Sein Gesicht war wie das eines Kindes. Das weiche Haar mit seiner Farbe von Asche war ihm in die Stirn gefallen. Er war wie eine Feuerzunge um einen sauer schwelenden Holzklotz, und schließlich besiegte er sie. Sie schlüpfte in Stiefel aus schwarzem Gummi, die so kurz waren, daß die Sportsocken ein gutes Stück über sie hinausragten. Dann zog sie ihren alten Mantel mit imitiertem Pelzkragen an. Wahrlich, sie kam sich schaurig vor. Sie drehte aus Fredriks kariertem Halstuch einen Turban, denn nun hatte sie sich in den Kopf gesetzt, daß sie schaurig aussehen wollte, wenn sie mit ihm ausging. Vollkommen hoffnungslos wollte sie sein, grau, braun, trist und plump. Er sollte sie zu sehen bekommen, wie sie war.

Doch er tanzte neben ihr her. Die Stiefel platschten durch die Wasserlachen, und er lachte unmäßig darüber, daß sie Lachen hießen. Er machte drei, vier Schritte, wenn sie zwei machte, und er redete und redete. Jenny fragte sich, wohin er mit ihr ziehen würde, denn es ging die Häradsgata hinaus, und bei Himmelsö Grindar bogen sie geradewegs in den Wald ab. Sie gingen den Trampelpfad, und sie dachte, daß sie vielleicht auf dem Weg zum Aussichtsberg seien, doch plötzlich verließ er den Pfad und trat direkt zwischen die Bäume. Er half ihr über einen Windbruch. Es roch säuerlich und frisch um sie herum. Die jungen Ebereschen standen ganz gerade, waren bald entlaubt und hatten Trauben leuchtend roter Beeren. Zwischen großen Fichten gingen sie tiefer in den Wald hinein, und dann führte es bergauf und wurde wieder lichter. Sie standen auf einem kleinen Hügel.

»Hier«, sagte er. »Schau, Jenny! Hier habe ich meine Laubhütte. Meine Sukka. Bitte, meine Dame. Sei vorsichtig!«

Er ergriff ihren Arm.

»Ist sie schön?« fragte er beinahe ängstlich.

»Ja …«

Es war ja keine Reisighütte. Kein Schuppen und auch keine elende Bude. Sie war gewiß schön. Jenny stolperte über das Preiselbeergestrüpp, als sie hinabstieg, und er fing sie im Fall auf. Dann hielt er sie fest an der Hand.

Er mußte lange gesucht haben, um so viele Zweige zu finden, die noch Laub trugen. Einige waren sogar noch grün.

»Das ist ja Kirschlaub«, sagte sie und fingerte daran. »Wo hast du das denn her? Von der Grindhütte? Herrje, die haben dich hoffentlich nicht gesehen?«

Er schüttelte den Kopf.

»Alles, was von dort ist, habe ich im Dunkeln geholt.«

Alles war sehr sorgfältig miteinander verflochten, und er erzählte, daß die Hütte in der richtigen Weise gebaut sei. Da aber in diesem Wald weder Palmen noch Myrten noch Zedern noch Weinlaub noch Weidenzweige zu finden waren, darum hatte er von allem, was ihr vertraut war, etwas genommen und kleine Bündel daraus gemacht. Sie nahm die Blätter zwischen die Finger und lachte, als sie sie erkannte. Es nieselte ihr ins Gesicht.

»Er läßt den Wind wehen und den Regen fallen, zum Segen und nicht zum Fluch, dem Leben und nicht dem Tod«, flüsterte er. Sie verstand die Sprache jedoch nicht.

»Tritt ein!« bat er, und sie duckten sich, um durch die Öffnung zu kommen. Sie setzten sich auf den blanken Boden, und jetzt war sie froh, daß sie den alten Mantel genommen hatte. Das Dach der Hütte war nahezu offen, die Zweige waren licht miteinander verflochten.

»Man muß in der Sukka die Sterne sehen können«, erklärte er. »Jenny, wollen wir hierbleiben und heute abend die Sterne ansehen?«

Sie schüttelte den Kopf. Doch einen mürrischen und zähen Widerstand wie zu Hause in der Küche verspürte sie nicht mehr.

»Wir können heute abend wieder hierhergehen«, sagte sie. »Falls es sternklar wird, können wir ein Weilchen hierhergehen, bevor ich zu den Lokschuppen muß.«

Sie saßen still in dem Duft des Laubes, der schon einen kleinen Anflug von Moder hatte, eine Dumpfigkeit, die nicht unangenehm war. Er versuchte ihr von dem alten Großvater zu erzählen, und es war wieder ein Fest, das Laub fächelte in eine andere Zeit. Er erzählte von den dünnen Tassen, die er als kleiner Junge so vorsichtig gehalten hatte, von den Blumen und den Früchten in der Sukka und den kleinen guten Kuchen.

Wie sollte er ihr das Fest erklären. Zur Erinnerung an den Aufbruch solle man in Feld und Flur hinausziehen und in Hütten wohnen. So sei das eigentlich gemeint. Man müsse sich immer an den Aufbruch erinnern, Jenny. Man müsse sich dafür bereithalten. Es gebe kein Leben, das in seiner Form so fest wäre, als daß nicht Veränderungen bevorstehen könnten, innere und äußere. Dazu müsse man nach innen und nach außen horchen.

»Verstehst du?«

Was wird geschehen? Hier kann ich nicht mein Leben lang leben. Die Sicherheit, die ich hier verspürte, war nur Gewohnheit. Wir müssen weiterziehen. Zu etwas Besserem oder zu etwas Schlechterem? In Lager oder in laubreiche Täler. Was ist uns verheißen?

Sie müsse verstehen, daß das Laubhüttenfest, das Sukkoth heiße, außerhalb des Alltags stehe, sogar außerhalb der Pflicht. Da sei es Frühling, auch wenn es in den Herbst falle.

Er ergriff ihre Hand, die in einem Handschuh steckte. Sie saßen still, und es war ihnen ganz feierlich zumute. Draußen war der herbstliche Wald mit leisen Tönen scheuer Vögel und Wasser, das von den Bäumen tropfte. Er zog ihr den Handschuh aus dünnem und schlechtem Krisenzeitengarn aus. Ihre Hand war feuchtkalt. Er wärmte sie und sprach gedämpft. Er sagte keine Gebete auf und hatte keinen Unfug im Sinn, wie sie befürchtet hatte, als er so ernsthaft wurde. Sie saßen still, und hie und da sprach er leise vom Aufbruch. Ihr war beigebracht worden, daß ein Mensch auf dem Platz, der ihm zugewiesen worden war, bleiben und dort wirken solle. »Wirke, solange es Tag ist«, erinnerte sie aus der Schule, und die Worte hatten einen eigenen Geruch nach Kohlsuppe und gescheuertem Fußboden. War er dabei, sie dazu zu verleiten, über ihr Leben zu weinen? Er sagte: »Erhebe dich. Erhebe dich, Weib, und geh. Wir wollen unser Laubhüttenfest feiern. Der Aufbruch ist nah.«

Sie erhob sich und folgte ihm, als er das sagte. Sie konnte

sich aber nur halb erheben, denn die Hütte war niedrig, und sie mußten sich bücken, um durch die Öffnung hinauszukommen. Während sie noch gebückt dastand, drehte er sich um und küßte sie auf die Stirn.

In der darauffolgenden Woche gingen sie jeden Abend zur Laubhütte hinaus. Das ging so vor sich, daß sie zuerst Ferenc die Treppe heruntergehen hörte. Da sah sie auf, und ihre Stricknadeln hörten auf zu klappern. Sie hörte die Kleiderbügel gegeneinanderschlagen, wenn er seinen schönen blauen Mantel herunternahm. Nachdem die Haustür hinter ihm ins Schloß gefallen war, gingen ihre Stricknadeln behutsam durch das Garn. Sie strickte Sekunden, die wurden in Schlingen aneinandergelegt. Nach zwei Runden und vier Minuten sagte sie:

»Ich mache einen Spaziergang.«

Sie hatte niemals Spaziergänge gemacht.

Fredrik machte oft Überstunden, da brauchte sie nichts zu sagen und auch nicht viele Minuten zu warten, ehe sie sich erhob. Ferenc wartete für gewöhnlich bei Himmelsö Grindar auf sie, und der Wind zauste seine Haare. Er setzte nicht gern einen Hut auf. Sie fragte sich, wie das im Winter werden würde, ob er dann vor lauter Frieren eingehen werde. Sie gingen gemächlich nebeneinander hinaus in die Dunkelheit. Drei Abende hintereinander war es sternklar, und sie sahen Sterne zwischen dem Laub und den Zweigen.

Wenn sie nach Hause kam, fror sie, und sie kochte sich gewöhnlich etwas Warmes. Fredrik saß über seine Offerten gebeugt. Auf den Papieren waren schwarze Abdrücke von Werkstattdaumen. Manchmal hatte er Ann-Maries Papa dabei, im Wohnzimmer raschelten die steifen Blaupausen von Konstruktionszeichnungen, und die Luft war von Johannessons »Matanzas« verhangen.

Einige Abende in der Woche mußte sie ihre Uniform für die Nacht zurechtmachen. Sie stand da und bügelte die Schürze trocken, wenn sie Ferenc zurückkommen hörte. Seine Schritte verschwanden auf der Treppe.

»Er ist gar nicht reingegangen«, sagte Fredrik vom Wohnzimmer her.

»Er wollte so spät wohl nicht stören.«

Sie konnte hören, wie Fredrik gähnte und die steifen Papiere zusammenlegte.

»Wollen wir nicht ins Bett gehen? Wann mußt du denn aufstehen?«

»Um vier kommt ein Zug, ich muß also um halb zwei dort sein.«

»Nimm dich in acht! Der Spion legt ein Puzzle. Jetzt habe ich dir immerhin eine Information entlockt. Frauenzimmer!«

Sie nahm es mit Gleichmut hin. Seine Neckereien waren eigentlich stachlige Liebkosungen, doch sie rührten sie heute nicht mehr sehr. Vor dem Einschlafen nahm er ihre Hand und drückte sie. Dann lag sie da und lauschte unwillkürlich seinen Atemzügen und verstand, daß auch er schlecht schlafen konnte. Er dachte wohl an Offerten. Ob sie zu hoch geboten hatten, so daß sie den Auftrag nicht bekamen, oder ob sie niederiger geboten hatten, als der Betrieb das bewerkstelligen konnte. Er hatte wohl auch Magenschmerzen. Jenny schlug ihm immer wieder vor, Kräutertee zu trinken. »Dieses verdammte Stroh«, sagte er.

»Wenn ich diese drei Stunden nicht schlafe, schaffe ich es nicht aufzustehen«, dachte sie. Doch das stimmte nicht. Man schafft vieles.

Der Herbst wurde dunkel, das Laub moderte im Regen. Nun ging Ferenc nach dem Essen nicht mehr hinaus. Sie verstand, daß die Laubhütte von Fäulnis und vom Wind zerstört worden war. Gut, daß sie sie so nicht zu sehen brauchte. Gut, daß er nichts sagte.

Einmal aber, in der Küche, strich er über ihren Handrücken und sagte leise: »Schalom ... «

Ansonsten hatte er sie seit jenem ersten Mal draußen in der Hütte nicht liebkost. Es war nichts Besonderes mehr zwischen ihnen, keine Freundschaft, die Fredrik nicht teilen konnte. Vielmehr waren es jetzt wieder die zwei Männer, die meist miteinander redeten. Sie strickte und schwieg, denn sie wußte nicht soviel wie sie, und im übrigen hatte sie den Krieg über. Sie war allein der Wörter schon überdrüssig: Brückenkopf, Massenangriff, Demarkationslinien, Bombenteppich. Und wer war Ribbentrop?

Die Kriege bringen die Räder zum Rollen, sagte man. Fredrik mußte weg. Sie hatten die ganze Woche Überstunden gemacht, und jetzt sollte eine Schicht arbeiten, obwohl es Sonntag war. Er stand wie gewöhnlich um zehn nach sechs auf.

Jenny wäre am liebsten liegengeblieben. Ihr schien der graue, langweilige Krieg vor dem Fenster zu stehen und gegen die entlaubte Himbeerhecke zu drücken. Doch sie wußte, daß sie dankbar sein sollte. Er war immerhin nicht arbeitslos. Man sollte für Arbeit immer dankbar sein, selbst wenn der Krieg die Rädchen im Wecker an einem Sonntagmorgen berührte.

Nach einer langen Woche mit vier durchwachten Nächten bei der Eisenbahn war sie müde. Fredrik hatte sie kaum gesehen.

»Bleib doch liegen«, sagte er, als sie sich rührte. Doch sie hatte sich bereits aufgesetzt und den Morgenrock im Arm. Der Fuß suchte auf dem kalten Linoleum nach dem Pantoffel.

Unten in der Küche begann sie für ihn Wasser in den Kaffeekessel laufen zu lassen, doch ziemlich mürrisch meinte er, daß er Tee haben wolle. Mit seinem Magen mußte es jetzt richtig schlecht stehen, das verstand sie. Er aß, ohne etwas zu sagen, drückte mit der Fingerspitze die letzten Krümel vom Wachstuch und steckte sie in den Mund.

»Heizt du dann den Kessel ein?«

Sie nickte.

Dann ging er. Das Fahrrad schepperte im Ständer, und sie sah, wie er groß und aufrecht in Trenchcoat und Baskenmütze aufstieg. Sie starrte den großen, kräftigen Rücken an, solange sie ihn auf der Straße sah, und plötzlich wollte sie ihm nachschreien, das Fenster aufmachen und schreien, so daß alle es hörten. Himmel nochmal – es ist Sonntag! Das ist etwas Besonderes, etwas Feierliches, wo man sich besser kleidet, etwas anderes ißt. Das geht nicht, so mit der Zeit umzugehen!

Aber wonach hatte sie sich eigentlich gesehnt? Sie entsann sich gar nicht so genau, was sie sonntags im allgemeinen machten. Doch schon seit sie klein war, waren an diesem Tag selbst die Luft und das Licht anders, und es war immer viel ruhiger. Fredrik und sie arbeiteten in der Regel wohl im Garten. Radelten irgendwohin. Im Winter lagen sie ein paar Stunden länger als üblich im Bett und lasen Zeitungen. Sie schlief oft wieder ein. Fredrik las in einem Buch. War das so bemerkenswert? War das so golden, daß sie jetzt fast schreien mußte, als er sich wie an einem gewöhnlichen Werktag auf den Weg machte!

Sie schaffte es nicht, den Kessel einzuheizen. Das war noch nie vorgekommen, daß sie es schlichtweg sein ließ. Vergessen hatte sie es wohl das eine oder andere Mal und war dann durch die Kälte, die vom Fußboden heraufkroch, daran erinnert worden. Doch nun schaffte sie es einfach nicht. Sie ging mit allzu schweren Schritten, so, als wollte sie jemand ihre Müdigkeit erklären, die Treppe hinauf.

Sie saß eine Weile vor dem Spiegel und haßte sich. Das Charmeusenachthemd war nicht ganz sauber. Bis in ihr Schlafzimmer herein drang der Geruch nach Werkstattöl und Tabak. Es war kalt im Zimmer. Fredriks Kleider lagen auf einem Stuhl. Er hängte nie etwas auf, was er getragen hatte, und tat nichts in die Schmutzwäsche. Sie hätte keine Ruhe mehr, wenn sie nochmals zwischen die Laken kröche, denn sie würde nur daliegen und daran denken, was sie zu tun hätte: Fredriks Kleider nehmen und sie zusammen mit dem

Nachthemd in die Schmutzwäsche legen, die Laken wechseln und den Kessel einheizen.

Als sie die Geräusche aus dem Badezimmer hörte, schloß sie die Augen. Das war Ferenc. Er pinkelte mit starkem Druck. Jetzt stellte sie sich an die Tür und lauschte schamlos. Er hielt natürlich sein Glied; vielleicht war es jetzt am Morgen angeschwollen. Er pinkelte, daß es brauste. Sie konnte sich sogar den Geruch vorstellen.

Warum stehe ich hier? Wie eklig ich bin. Wenn er wüßte, daß ich hier stehe und ihn belausche, wo er doch so fein ist. Doch sie rührte sich nicht. Jetzt raschelte das harte braune Toilettenpapier. Aha, er wischt ihn ab. Wenn sie das Fredrik beibringen könnte! Sie würde es jedoch nie wagen, so etwas anzusprechen. Fredrik war ebenfalls fein, auf seine Art.

Warum bin ich so? Sie waren doch daheim nicht so. Wo kommt das her?

Sie ließ die Haarbürste fallen, die sie in der Hand hatte, und sie fiel mit einem scharfen Knall in den Papierkorb aus lackiertem Blech. Was tat er jetzt? Es war vollkommen still geworden. Er putzte sich nicht die Zähne, er wusch sich nicht. Was tat er da drinnen?

Da wurde ihr klar, daß auch er dastand und horchte. Aber warum tat er das? Es gab doch gar nichts zu horchen. Er stand ganz still hinter der geschlossenen Badezimmertür und horchte. Die Tür hatte unten ein kleines Ventil. Die Schlafzimmertür war schief, sie ließ sich nicht richtig schließen. Das machte nichts. Fredrik und sie trieben ohnehin nichts, was sonderlich weit zu hören gewesen wäre.

Jetzt streckte sie plötzlich den Fuß gegen die Tür. Sie sah ihren Fuß in dem hellblauen Pantoffel an, der vorn schmutzig geworden war, weil sie in den Pantoffeln in den Heizkeller gegangen war. Sie sah, daß der Pompon aus weißem Kaninchenfell schief saß und jeden Moment abfallen würde. Jetzt trat sie die Schlafzimmertür auf. Die Türklinke schlug auf der anderen Seite hart gegen die Wand.

Aha, sie hatte mit dem Türgriff ein Loch in die Tapete geschlagen. Er hatte dort keinen Türstopper angebracht, hatte keine Zeit dazu gehabt. Er hatte wegen der Werkstatt keine Zeit, folglich hatte er sich das selbst zuzuschreiben.

Die Tür stand sperrangelweit offen, und dort drinnen im Badezimmer stand Ferenc ganz still.

Da öffnete er die Tür. Er war viel kleiner als sie. Er trug eine gestreifte Pyjamahose, deren Schnur schlampig gebunden war und vor dem Hosenschlitz herunterhing. Die Jacke hatte er nicht an, und seine nackte Brust war von schwarzen Haaren mit einigen grauen Strähnen bedeckt. »Obwohl er so jung ist«, dachte Jenny. Fünfunddreißig. Er war bestimmt fünf Zentimeter kleiner als sie und zehn Jahre jünger, das ging ihr durch den Kopf, als sie seine Brust mit den krausen Haaren sah, die ihr ganz und gar nicht gefiel. Es ekelte sie. Doch sie blieb stehen, die Hände in den Morgenrocktaschen geballt.

Er hatte die Tür ganz vorsichtig geöffnet, doch nun trat er geradewegs auf Jenny zu, packte sie an den Oberarmen und lenkte sie ins Zimmer auf das ungemachte Bett zu. Ihr wurde kalt, und sie bekam Angst.

»Nicht hier«, murmelte sie.

Er warf sie jedoch hin, indem er sein Knie und den kurzen, kräftigen Schenkel zwischen ihre Beine setzte und gleichzeitig die Arme um sie schlug. So früh morgens roch er nicht gut aus dem Mund, und sie drehte den Kopf heftig zur Seite. Er war schwer, doch nun hob er den Oberkörper hoch, schloß ihre Beine zwischen die seinen und zog ihren Morgenrock auseinander. Er bekam ihn nur halb von ihr herunter. Er hing noch an dem Arm, den sie unter sich hatte.

»Laß sein«, sagte sie. »Laß mich machen.«

Sie sah ihn nicht an, als sie sich erhob und den Morgenrock zu Boden fallen ließ und ihr Nachthemd auszog. Dann legte sie sich nackt quer über die Betten, auf eine Art, wie sie noch nie gelegen hatte, nämlich mit weit gespreizten Beinen. »Bin das ich?« dachte sie.

Sein Gesicht war starr. Es sah aus wie eine Maske mit geschürzten Lippen. Er stand halb aufgerichtet über ihr, drang, auf die eine Hand gestützt, ein und schaute nur so lange, wie er brauchte, um zurechtzukommen. Dann schloß er fest die Augen, kniff sie zusammen, daß sich in den Augenwinkeln weiße Runzeln bildeten, und fiel dann schwer auf sie drauf. Er arbeitete ein paarmal mit dem Unterleib, kam jedoch nicht so weit von ihr los, daß er ordentlich stoßen konnte. Er heulte auf und fiel mit seinem ganzen Gewicht auf ihre Brust. Das tat weh, doch sie konnte die Stellung nicht ändern, und plötzlich begriff sie, daß es schon vorüber war.

Als sie sich ein wenig von ihm zu erleichtern suchte, rollte er von ihr herunter und legte sich auf den Rücken. Sein Gesicht sah immer noch gleich aus. Die Lippen waren geschürzt, und er legte die Zähne bloß, als wäre er tot. Auch seine Füße sahen tot aus.

Die Schlafzimmertür stand weit offen, und es war vollkommen still im Haus. Ihr fielen die Heizkörper ein, die normalerweise rauschten und tickten.

»Ich muß den Kessel einheizen«, murmelte sie, und da ergriff er ihre Hand und drückte sie fest. Er ließ sie jedoch sofort los, als sie aufstehen wollte. Sie suchte nach ihrem Morgenrock und etwas, was sie sich zwischen die Beine stopfen konnte. Doch das war sicherlich schon zu spät.

Na, sie wollte ja ohnehin die Laken wechseln, folglich war es schon egal. Sie wollte Kaffee aufsetzen, versuchen, etwas in ihn hineinzubekommen, damit ihm warm wurde. Damit wieder Leben in ihn kam. Sie wollte selbst etwas Kaffee trinken, und vor allem wollte sie sich kämmen. Sie sah sich im Spiegel und strich sich die Haare aus den Augen.

Ja, das bin ich. So ist das. Ich bin in allem ich. Das bin ich. Sie fühlte sich klar, als wäre sie aus einem Schlaf aufgestanden. Er mußte jedoch etwas anderes fühlen. Er wandte den Kopf ab.

»Verzeih«, murmelte er. »Verzeih, verzeih, verzeih.«

Am Samstag, den 10. Juni 1944, wurde ein kleiner Krieg veranstaltet. Verglichen mit Operationen wie Overlord und Barbarossa war er bescheiden. Doch es war immerhin das größte Unternehmen, das in der Stadt, die 500 Heimwehrmänner unter die Fahnen und 35 Bereitschaftshelferinnen an die Osb kessel stellte, durchgeführt wurde. Insgesamt nahmen mehr als 3000 Menschen daran teil.

Die Oberste Heeresleitung bestand aus dem Wehrbereichskommandeur, er war Oberst und hieß Magnell, einem Hauptmann Bernadotte, der zugleich Prinz war, und einem Hauptmann Löwenkopf vom Wehrbereichsstab. Oberst Magnell war mit den lokalen Arrangements sehr zufrieden. In der frühen Morgendämmerung, ehe der Alarm ertönte, inspizierte er die Anordnungen der zivilen Verteidigung. Vor der Fontäne im Stadtpark, auf der Treppe des Stadthotels und am Abhang des Höhenrückens hinunter zur Turnhalle der Koeduktionsrealschule lagen Verwundete ausgestreckt. Alle hatten Blutungen, die mit roter Farbe auf die Schutzkleidung markiert waren, sowie in Druckschrift beschriebene Schilder mit Hinweisen für das zivile Sanitätspersonal. Dort wurde angegeben, ob der Betreffende in die Beine oder am Kopf getroffen worden war. Die Gasopfer waren mit Etiketten auf dem Rücken vor dem Bahnhof plaziert, und bei der Landsvägsbrücke war ein Autowrack den Abhang hinuntergerollt worden. Unterhalb des Wracks lag, mit dem Gesicht nach unten, ein Verwundeter, dessen Bauchverletzung mit äußerst charakteristischem Erbrochenem markiert wurde.

Um 03.00 Uhr wurde Fliegeralarm ausgelöst, und nach und nach brachen intensive Feuergefechte aus. In dieser Nacht konnte in der Stadt kaum jemand mehr schlafen, auf jeden Fall in den zentralen Teilen nicht.

Der Verteidigungsverband, der mit A bezeichnet wurde, trug Helme; die angreifenden Verbände wurden B oder Phi genannt und trugen Käppis. Phi hatte aus der Luft Truppen in Vallmsta, Åsen, Vanstorp und bei der Schweineheide abgesetzt. Den ganzen Morgen zogen Bomben-, Jagd- und Transportflugzeuge über Sörmland mit seinem junihellen Gras, seinen Nebelschwaden und Seen, wo der Prachttaucher und Brachvogel unter dem dahinbrausenden Getöse unerhört riefen.

Oberst Magnell hatte bei seiner Inspektion die Verteidigungsanordnung in ausgezeichnetem Zustand und die Organisation der vorhandenen Personalstärken mustergültig vorgefunden. Stützpunkte gab es bei der Landsvägsbrücke, bei Himmelsö Grindar, der Svenska Verkstad AG und beim Friedhof. Er besuchte alle und wünschte dem letzten Posten, fünf Minuten bevor der Alarm ertönte, viel Glück.

Nach den heiseren Alarmsignalen mit kurzen Intervallen wurde es zunächst völlig ruhig auf den Straßen. Was geschah, war, daß an die vierzig Saboteure in die Stadt eindrangen, um Sprengstoffanschläge, unter anderem auf das Wasser- und das Elektrizitätsnetz, auszuführen. Der Wasserturm flog beinahe postwendend in die Luft und wurde mit einem Schild, das diesen Umstand anzeigte, versehen. Auch das Elektrizitätswerk wurde gesprengt, und beim Zusammenrechnen stellte sich heraus, daß dreißig Saboteure, unversehrt und ohne gefangengenommen worden zu sein, durchgekommen waren. Einundzwanzig von ihnen hatten ihre Aufgaben erfüllt.

Zwei Luftabwehrmelderinnen traten als Amazonen in Erscheinung und nahmen zwei Mann gefangen. Diese stellten sich später als Angehörige des A-Verbandes heraus, obgleich sie zu dem Zeitpunkt die Helme abgenommen hatten. Die Amazonen ließen ihre Erklärungen jedoch nicht gelten, sondern sperrten sie in einen Kartoffelkeller ein. Oberst Magnell erklärte später, daß sie korrekt gehandelt hätten, und betonte, wie wichtig es sei, den Helm beziehungsweise das Käppi aufzubehalten.

Gegen sechs Uhr morgens tobten die Kämpfe bei der Landsvägsbrücke, wo sich die Übungsleitung versammelt hatte, am erbittertsten. Länger als eine Stunde hörte man heftige Schießereien von den Brückenwiderlagern. Rauchbomben wurden gezündet, so daß der Prinz, der ziemlich hochgewachsen war und außerdem eine Brille trug, die den Sonnenaufgang reflektierte, zeitweilig als einziger auf der Brücke oben zu sehen war. Er wurde dennoch nicht erschossen. Handgranaten und Sprengladungen wurden mit Warnsignalen markiert, und in den umliegenden Straßen hingen stark riechende Rauchwolken.

Die Heimwehrmänner waren äußerst kampflustig und sich nicht im klaren, daß die entscheidende Sabotage inzwischen beim Bahnhof begangen worden war und daß Phi in das Rathaus eingedrungen war und in der Kommunalkasse einen Radiosender installiert hatte. Sie feuerten mit voller Kraft drauflos und begaben sich bereitwillig in den Nahkampf, manchmal mit solchem Eifer, daß die Schiedsrichter die Auseinandersetzungen abbrechen mußten. Die Schiedsrichter hatten blaugelbe Bänder um den Leib, wurden jedoch nicht immer erkannt.

Morgens um halb acht blies ein Trompeter auf der Landsvägsbrücke zur Einstellung des Feuers. Danach wurde gemeinsam zu den Lokschuppen marschiert. Oberst Magnell hielt eine kurze Rede, und dann erging das Kommando »Rührt euch!«. Die Bereitschaftshelferinnen teilten heiße Hotchpotchsuppe und belegte Brote aus, und der Junimorgen war jetzt so warm und schön, daß man sich zum Essen auf den grasbewachsenen Hang unterhalb der Eisenbahnersiedlung niederließ. Es wurde spontan die Königshymne angestimmt. Selbst der Prinz erhob sich und sang mit, nachdem er sein Butterbrot und sein Eßgeschirr beiseite gelegt hatte. Nach einer Weile wurde die Stimmung ungezwungener, und die meisten waren sich darüber einig, daß es eine sehr gemütliche Übung gewesen sei, auch wenn unklar war, ob die Stadt von Phi eingenommen war oder ob sie nach wie vor als frei betrachtet werden konnte.

Es dauerte überdies einige Minuten, ehe die Nachricht, wie die Übung für den 23jährigen Wehrpflichtigen Karl-Evert Palm verlaufen war, den Hang unterhalb der Lokschuppen erreicht hatte.

Palm war 200 Meter südlich vom *w* der Schweineheide losgegangen, von dem Punkt aus, von dem angenommen wurde, daß er dort aus der Luft abgesetzt worden sei. Auf dem Weg zur Stadt kam er an der Villa des Distriktsarztes vorbei. Er machte kehrt und schlich zurück. Ihm war der Gedanke gekommen, daß der Distriktsarzt vermutlich an der Übung teilnehmen würde und daß sich hier eine Möglichkeit bot, ungesehen in die scharf bewachte Stadt zu gelangen. Die Kofferraumklappe war nicht abgeschlossen. Er kroch in den Kofferraum, zog ein paar Decken über sich und machte vorsichtig die Klappe zu, ohne sie ins Schloß fallen zu lassen.

Um 03.25 Uhr kam der Distriktsarzt bei der vorübergehend eingerichteten Sanitätszentrale in einem Gemüselager gegenüber der Svenska Verkstad AG an. Palm spähte hinaus, als er sicher war, daß der Doktor das Auto verlassen hatte, und entdeckte, wo er gelandet war. Er ging rasch auf die andere Straßenseite hinüber und warf eine Sprengladung gegen das große Werksgebäude, das heißt, er feuerte, wie es die Regeln vorschrieben, ein Warnsignal ab, um die Sprengung anzuzeigen.

Es gab natürlich mehrere Posten beim Werksgebäude, doch

keiner von ihnen hatte den Saboteur beobachtet. Nun wurde durch die Straße hinauf zum Marktplatz eine Treibjagd auf ihn veranstaltet. Mehrere behelmte Heimwehrmänner verfolgten Palm, doch es gelang ihm, den Hügel hinaufzuschleichen und sich hinter dem Ramschladen zu verstecken, während die Heimwehrmänner auf den Marktplatz hinausstürmten. Dort merkten sie schnell, daß sie ihn verloren hatten, und nachdem sie einige Minuten in den Hauseingängen nachgesehen hatten, gaben sie auf und kehrten auf ihre Posten zurück.

Der, der Karl-Evert Palm schließlich gefangennahm, hieß Sven-Bertil Franzon. Er war sechzehn Jahre alt und besuchte die Untersekunda der Oberrealschule in Norrköping. Er war Heimwehrjunge und hatte den Rektor um Erlaubnis gebeten, an diesem Samstag in seiner Heimatstadt bleiben und an der Kriegsübung teilnehmen zu dürfen. Er hatte gute Noten in der Schule und hatte zur mittleren Reife als Belohnung »Die rote Schlange. Abenteuer eines Seefahrers ums Jahr 1000« von Frans G. Bengsston erhalten.

Von seinem Posten am Busbahnhof aus sah er Palm, der dabei war, eine Sprengladung unter der Fußgängerbrücke anzubringen. Er stürmte mit schußbereitem Gewehr allein über die Straße. Palm war schnell auf den Beinen und verschwand in Richtung Lagerhaus, Franzon rannte hinter ihm her. Er verschoß seine ganze Ladung, doch der Saboteur betrachtete sich offensichtlich nicht als getroffen, und ein Schiedsrichter war nicht in der Nähe. Er verlor ihn aus den Augen, hörte jedoch seine Schritte über die Laderampe hallen.

Da sprang er ebenfalls auf die Rampe, die längs des Lagers verlief, die Türen waren jedoch verrammelt, und ihm wurde klar, daß der Feind nicht in das Lager entkommen war. Er begriff nicht, wohin er verschwunden war. Um ihn herum war es vollkommen ruhig, und er stand mit schußbereitem Gewehr still auf der Laderampe. Als ihm einfiel, daß die Ladung verschossen war, war er verwirrt. Nun hörte er unter sich ein leises Geräusch, und verstand erst nicht, daß er den Feind genau unter den Füßen hatte, unter der Laderampe zusammengekauert. Als es ihm klar wurde, bekam er Angst.

Er hielt das Gewehr mit beiden Händen um den Lauf und schlug Palm, als er hervorkroch, mit dem Kolben über den Mund. Dann ließ er, als er dessen Gesicht sah, das Gewehr los und schrie mehrmals. Palm, der nicht bewußtlos war, lag auf dem Rücken und versuchte wieder unter die Laderampe zu rutschen.

Franzons Schreie gingen in Schluchzen über, und er rannte zurück zum Busbahnhof und rief den Posten an, allerdings so unzusammenhängend, daß man nicht verstand, worum es ging. Sven-Bertil Franzon rannte davon und ward an diesem Morgen von keinem mehr gesehen.

Der verletzte Saboteur wurde nicht vom Bahnpersonal, sondern von einem Fischhändler entdeckt, der am Busbahnhof Strömlinge abholen wollte. Er fuhr ihn ins Krankenhaus. Das war eine ganz zivile Maßnahme. Der Fischhändler fuhr zu sich nach Hause und übergab sich. Im Krankenhaus operierte man Palm, dem in beiden Kiefern die Vorderzähne zertrümmert worden waren und der Oberkieferknochen zerschlagen worden war. Morgens um acht herum schickte die Oberschwester eine Nachricht zu den Lokschuppen hinunter.

Gerda Franzon kam erst um zehn Uhr vormittags, nachdem die letzten Suppenkessel gespült waren, nach Hause. Sie war überrascht, aber erfreut, Bertil daheim anzutreffen. Merkwürdigerweise war er immer noch im Morgenrock. Da erzählte sie ihm von dem schrecklichen Unglück.

»Es soll ein junger Kerl gewesen sein«, sagte Gerda. »Man hat ihn beim Busbahnhof gesehen.«

»Leise, Gerda«, sagte ihr Mann.

Seine schwarzen Haare waren zerzaust, er stand am anderen Ende des Zimmers und stützte sich mit der einen Hand auf den Flügel.

»Was ist denn?« fragte Gerda scharf.

»Er ist hier. Wir müssen zur Polizei gehen.«

Er streckte die Hand nach ihr aus, doch sie rührte sich nicht.

In seinem Zimmer saß Sven-Bertil Franzon auf einem Stuhl vor dem Schreibtisch mit den Schulbüchern und dem Briefbeschwerer, einem Orthozeratiten. Er sah nach der Tür und horchte auf ihre Stimmen.

Eine lange und nackte Rebe wilder Wein hatte sich aus den kleinen Halterungen an der Wand losgerissen und schlug im Schneeregen gegen die Fensterscheibe. Es war, als wollte alles nach drinnen und als wollte die wilde Weinrebe dies sagen. Die Hausspatzen wurden größer und grauer in der Hecke. Bald würde sie die kalte Dämmerung erfassen, und über die Engelgesichter unter dem Dach rann zäh vom Schnee der Regen.

Viele Dämmerungen waren wie diese, Samstag vor Allerheiligen. Die Küchenlampe leuchtete ungeheuer weiß und blendete das Kind, gab für Toras Augen aber dennoch nicht genug Licht. Sie und das Mädchen saßen am Küchentisch und zählten die Marktkasse. Auf dem Wachstuch waren Zeitungen ausgebreitet, und darauf lagen die Stapel mit den Münzen. Tora zählte die Scheine und das Silber, Ann-Marie die Kupfermünzen.

»Wieviel Kupfer war's?« fragte Tora.

»Vierzehn achtzig«, antwortete Ann-Marie prompt.

Sie hatte die Stapel mit den Fünförestücken, Zweiörestücken und Einörestücken je viermal gezählt, und eigentlich hätte sie sie noch einmal zählen wollen. Tora würde das nicht machen, das wußte sie. Deswegen war das so verantwortungsvoll. Tora feuchtete den Stift an und schrieb die Summe in den Block. Dann begann sie zusammenzuzählen. Sie rechnete zweimal.

»Zweihundertsechzehn«, sagte sie. »Und zweiundneunzig.«

»Hast du's Wechselgeld abgezogen?« fragte Ann-Marie.

»Ja, beim Silber.«

»Dann war's ja gut!«

»Aber wart erstmal bis zum Weihnachtsabend«, sagte Ann-Marie. »Dann erst!«

Tora stand auf und trat an die Schublade, in der sie das Sparbuch, das Kassenbuch und den Pensionsbescheid verwahrte. Sie hinkte, weil die Hüfte ausgeleiert war. Nun nahm sie das Geld, das zur Bank gebracht werden sollte, und steckte es in braune Tüten, die sie mit Klammern verschloß. Sie tat Geld in ihr großes Portemonnaie, und Ann-Marie zählte das Wechselgeld und legte es zurück in die Geldkassette.

»Also, du«, sagte Tora. »Wir werden uns jetzt nachher was Warmes kochen. Ich werde mich nur ein bißchen ausruhen.«

Und die Dämmerung erfaßte die Hausspatzen und wischte sie in der dichten Hecke aus, sie schloß die Verschläge und kleinen Schuppen in etwas ein, was grauer war als deren eigenes Holz, und machte die Fenster blind. Hoch auf ihrem Bett lag Tora, ihre Augenlider waren unbeweglich und sahen leicht gelb aus. Das Kinn fiel herab.

»Mach das nicht!« sagte Ann-Marie scharf.

»Aber nein, ich werde nur ein bißchen ruhn. Spiel du nur.«

Als sie das nächste Mal aus ihrem Halbdämmer aufsah, hatte das Mädchen den Inhalt der Knopfschachtel auf den Teppich vor dem Schrank geleert und war dabei, die Knöpfe aufzureihen. Sie glitzerten im Lampenschein, schwarze Jettknöpfe von einem Trauerkleid. Tora lag da und zählte. Herrjemine, was für eine Knöpferei! Ein jeder war durch eine Schlaufe gezogen worden. Wer knöpfte mir am Rücken, wie ich dann allein war? So was, daß ich mich daran nicht erinnern kann, obwohl ich mich an das Lied erinnere, das wir gesungen haben. »Oh Gott, des Bruders Abels Blut.« Auf was diese Kanaille von Pfaff verfallen konnte. So was singen sie heutzutage nicht mehr.

»Mach die Platte an, du, dann werde ich gleich nachher Milch kochen.«

»Warte.«

Ann-Marie legte gerade die kleinen, beinweißen Porzellanknöpfe zu einem Kreis. Sie waren golden und violett bemalt, und auf der Rückseite hatten sie Ringe aus Metall, damit man sie auf dem Stoff festnähen konnte.

»Die waren hübsch auf einer Bluse«, sagte Tora. »Die hatte ich auf einem Ausflug an, erinnere ich mich. Ja, das war hübsch gewesen, die Bluse und ein lila Kostüm.«

»Waren das deine?«

»Ja, freilich. Die waren an Kleidern und Blusen, die ich angehabt habe.«

Das Mädchen hatte all die märchenhaften Knöpfe, die wie Blumen aussahen oder vergoldet waren, in die Mitte des Kreises gelegt. Sie sah Tora an, wie wenn sie ihr nicht glaubte.

»Ein lila Kostüm«, sagte sie.

»Ja doch. Und einen Hut mit einem Vogel drauf.«

»Ach was, was für ein Vogel denn?«

»Ja, das weiß ich nicht. Der war wohl aus dem Ausland. Ein kleines Vögelchen.«

»Ach so.«

Nun klang sie enttäuscht, als hätte sie geglaubt, ein Seeadler wäre auf dem Hut gewesen. Als Tora das nächste Mal aufsah, waren alle gelben beinernen Strumpfknöpfe, alle weißen Hemdenknöpfe für Unterwäsche, die aus Leinen waren, das auf eine Bleiplatte gepreßt war, so daß sie gemangelt werden konnten, und all die schwarzen und braunen Hosenknöpfe, hunderte von matten und glanzlosen Knöpfen, in Armeen um den Kreis aus Jettblumen und den weißen aus Porzellan, die mit feinen Linien bemalt waren, formiert.

»Sag bloß«, meinte sie. »Ich muß eingeschlafen sein. Hast du denn die Platte schon angemacht?«

Sie hatte es noch nicht getan.

»Ich hab gesehn, daß du eingeschlafen bist«, sagte sie.

Tora versuchte ihren Körper und ihren Willen zum Aufstehen zu sammeln.

»Ich werde jetzt aufstehen«, sagte sie zu Ann-Marie, und zu ihrem Körper sagte sie: »Du mußt.«

Doch der trug auch im Liegen eine schwere Last. Er mußte Glied um Glied, Sehne um Sehne überredet werden. Das Kind neben ihr trug den Tod in sich, ohne es zu wissen. Sie hatte soviel Kraft über, daß sie jetzt herging und alle Knöpfe auf einen Haufen zusammenschob, und dann begann sie wieder von vorn. Doch jetzt legte sie sie aufs Linoleum, damit das leise Geräusch kullernder Knöpfe zu hören sein würde. Sie rasselte, was sie konnte.

»Du darfst jetzt nicht mehr schlafen«, sagte sie zu Tora. »Ich möchte Milch haben.«

Und Tora stand auf.

Dieses Jahr geschah es zum ersten Mal, daß sie am Weihnachtsabend nicht mit einem Kranz zum Grab hinaufkam. Sie war zu müde nach dem Markt. Fredrik hätte natürlich für sie gehen können, doch sie schämte sich zuzugeben, daß sie es auch in der Woche vor Weihnachten nicht geschafft hatte, sich auf den Weg zu machen. Das Bonbonkochen hatte ihr die Kraft geraubt.

Am Morgen des ersten Weihnachtstages stand sie zeitig auf und suchte den Kranz, den sie auf den Balkon hinausgelegt hatte. Es hatte in der Nacht geschneit, und es war nichts mehr wie vorher, als sie hinaussah. Es sah ganz so aus, als wäre es schwierig voranzukommen.

Sie hatten jedenfalls zu räumen angefangen, denn sie begegneten Pferden mit Schneepflügen, deren Ketten rasselten, wenn sie schwenkten. Als sie zum Kirchhof hinaufkam, mußte sie durch hohen Schnee stapfen, doch sie hatte sich mit Wollstrümpfen und einer langen Wollhose, die unter dem Rock bis zu den Knien reichte, ordentlich angezogen. Schlimmer war, daß sie sich zwischen den Gräbern nicht zurechtfand. Ja, sie sah überhaupt keine Gräber. Es war, als hätte sich eine ganz andere Landschaft über die alte, die ihr so vertraut war, gelegt. Es war eben und weiß, und die Toten waren nun aufs neue begraben, und ihre Gedenkstätten waren vom Schnee eingeebnet. Der ganze Kirchhof war erhöht worden, die Bäume schienen kürzer, und ihre Kronen waren schneebeladen. Lediglich die allergrößten Grabsteine ragten wie geheimnisvolle Erhebungen, die keine Anhaltspunkte bieten konnten, aus dem Weiß hervor. Alles war weg, und sie konnte das Grab nicht finden.

Da wurde sie von Angst gepackt, und sie sah die Bäume an. Sie sollten ihr den Weg weisen. Doch sie hatte sie früher wohl nie eingehend genug betrachtet. Sie gaben ihr keine Auskunft darüber, wo er lag. Sie wußte nicht, was sie mit dem Kranz machen sollte.

Sie sollte wohl lieber heimgehen und ihn wieder auf den Balkon legen, bis sie auf dem Kirchhof oben Schnee geschaufelt hatten, so daß die Wege zwischen den Abteilungen zum Vorschein kamen. Sie war jedoch mit einem Mal so ängstlich, daß sie es nicht schaffen würde.

Da fiel ihr Ann-Marie ein. Sie und ihr Papa wohnten nicht weit vom Kirchhof. Ohne lange zu überlegen, beschloß sie, dorthin zu gehen. Als sie hinkam, saß das Mädchen am Küchentisch und zeichnete auf einer aufgeschlagenen Tortenschachtel.

»Bist du alleine?« fragte Tora.

»Nein, Papa schläft.«

Die Tür zum Herrenzimmer stand offen, auf dem Tisch waren Ränder von Gläsern, und die Luft war dick und roch nach Tabakrauch.

»Hast du was gegessen?«

»Ich habe mir Wasserschokolade gemacht«, antwortete sie.

»Bei mir daheim kriegst du richtige Schokolade, aber erst mußt du mir bei etwas helfen.«

Sie hatte eigentlich nicht vorgehabt, dem Mädchen ihre

Angst zu zeigen, nur, wenn sie am Friedhof vorbeigingen, so nebenbei sagen wollen: Wie wär's, wenn wir versuchen würden, Otters Grab zu finden? Doch nun erzählte sie, wie es da oben gewesen war, und Ann-Marie zog sich ihren Mantel und Handschuhe, die nicht zusammengehörten, an und setzte die Mütze auf, die Tora ihr gestrickt hatte.

So gingen sie, und als sie oben ankamen, war es noch genauso zugeschneit wie vorher. Ann-Marie ging vor ihr her und versank mit den Beinen in den Schneelöchern.

»Jetzt kriegst du nasse Beine«, sagte Tora. »Wir müssen die Strümpfe aufhängen, wenn wir heimkommen.«

»Hier ist es, das seh ich an den Bäumen«, meinte Ann-Marie. »Leg den Kranz hierher.«

»Bist du dir da sicher?«

Doch sie dachte gar nicht daran, darauf zu antworten, und Tora legte den Kranz aus Kiefernreisig auf den lockeren weißen Schnee, und er sank ein bißchen ein.

»Du wirst ja sehen, wo er liegt, wenn der Schnee geschmolzen ist«, sagte Ann-Marie, und Tora nahm sie bei der Hand, damit sie schnell von dort wegkämen. Sie war wieder von Angst gepackt worden.

»Das machen wir ein andermal«, sagte sie. »Jetzt gehen wir heim und kochen Schokolade.«

Sie waren schon oft zusammen zum Kirchhof gegangen. Im Frühling gingen sie für gewöhnlich hin und gossen die Perlhyazinthen und die Narzissen, und wenn es hell und schön war und die Gärten blühten, stellten sie immer Gartenwicken in die Blechvase auf Lilla Mosters Grab. Sie hatte einen blanken Stein mit einer weißen Taube darauf. Der Sohn, der in Stockholm Eisenbahnbauinspektor war, war dafür aufgekommen, und die Taube entsprach ihrem eigenen Wunsch.

Tora kannte keine unreinlicheren Tiere als Tauben, und sie scheuchte sie immer vom Fensterbrett weg. Doch Lilla Mosters Grabmal fand sie schön.

»Das ist etwas ganz anderes«, sagte sie zu Ann-Marie.

Und das stimmte ja auch, denn diese Taube flatterte weder, noch schiß sie.

Lilla Moster starb wie ein Vogel. Sie zwinkerte einige Male vor Schreck, und dann hörte ihr Herz auf zu schlagen. In ihrem Tod war sie ebenso fein wie in allem anderen, und sie brauchte kaum gewaschen zu werden. Während eines halben Jahres nach diesem Ereignis wurde Tora immer müder. Sie konnte auch über nichts froh werden, manchmal mußte sie jedoch so tun, als wäre sie es. Sie dachte, daß das vorübergehen werde.

Hillevi war an einem Frühlingstag gestorben. Unten bei Lilla Himmelsö hatte sich eben das Eis vom Land gelöst, und die Wildgänsescharen schrien in der naßkalten Luft. Dorthin waren Tora und sie oft spazierengegangen, und sie hatten dort Rohrkolben und Weidenruten für ihre Vasen mitgenommen.

Wenn es Sommer würde, ja, allerspätestens wenn der Herbst mit der schönen, fruchtduftenden Dunkelheit käme, so hatte sie geglaubt, würden die Müdigkeit und die Betrübtheit vorüber sein. Sie würde wieder die alte werden.

Allmählich aber verstand Tora, daß sie nicht mehr froh werden würde. Ihre Haut war trocken und spröde, ihre Sehnen knarrten, wenn sie sie streckte. In ihrem Inneren waren auch eine Biegsamkeit und eine Dehnbarkeit des Gemüts verlorengegangen. Es gab aber immer noch viele Tätigkeiten – doch nicht so viele Tatsachen – die sie zufrieden machten und ihr innerlich ein Gefühl der Wärme gaben.

Sie ging mit dem Mädchen an der Hand durch schneeknirschende Straßen und dachte, daß es eigentlich ein bißchen zu groß sei, um noch an der Hand geführt zu werden. Sie würde bald zehn Jahre alt werden. Doch der März kam, und die Straßen waren aufgeweicht, und es war am besten, sie an der Hand zu halten, damit sie nicht in die Wasserlachen sprang und sich vollspritzte.

Sie gingen zum Bonbongrossisten und gaben Bestellungen

auf, denn die Leute wollten jetzt nicht mehr nur Selbstgekochtes haben. Säuerliche Blaubeeren und Preiselbeeren, die alle gleich groß waren, und zähe Männchen aus der Fabrik, Marzipanbrote mit Bauchbinden und Lutscher in grellen Farben sollten es sein. Ann-Marie machte sich so heiße Vorstellungen vom Haus des Bonbongrossisten, daß sie glaubte, selbst die Beeren in seinem Garten seien Bonbons und die Eiszapfen am Dach des Holzschuppens schmeckten nach Menthol. An der Wand seines Kontors hing Jesus und sah aus wie weißestes Marzipan an einem Kreuz aus Schokolade. Er sprach viel von diesem Jesus und wollte, daß Ann-Marie ihm begegne. Er fragte sie, ob sie ihm schon begegnet sei, doch da kniff sie die Lippen zusammen, denn sie wurde verlegen. Schließlich begriff sie, daß ihr nie etwas angeboten werden würde, wenn sie nicht sagte, daß sie ihm begegnet sei.

Eines Tages, als Tora aus dem großen Bonbonkeller, der unter seinem Haus lag, nach oben vorausgegangen war, nahm er eine Lade mit zähen Mäusen von einem Lagerregal herunter. Sie lagen dicht aneinander und waren frisch und samtweich anzufassen. Er hielt ihr die Lade hin und fragte sie wieder, ob sie Jesus begegnet sei. Mit einem Blick zur Kellertreppe, auf der gerade Toras Beine verschwanden, flüsterte sie hitzig:

»Ja! Ja!«

Da seufzte er und strich ihr über den Kopf, so, als ob er ihr nicht recht glaubte, aber sie durfte trotzdem Geleemäuse nehmen. Sie grapschte danach und erwischte acht Stück.

»Eieiei«, sagte der Grossist. Doch er ließ sie ihr.

Sie gingen auch Ebba Julin besuchen, vor der Ann-Marie sich anfangs gefürchtet hatte, weil sie so eine heisere und poltrige Stimme hatte. Manchmal war Ebba mit Achatperlen um den Hals und einer Bluse aus geflammter Seide herausgeputzt. Da wollte sie nach Norrköping und mit Leuten, die sie aus der Brauereibranche kannte, in ein Lokal essen gehen. Tora brachte sie nicht dazu mitzukommen, obschon sie

sie manchmal zu überreden versuchte. Manchmal war Ebba überhaupt nicht herausgeputzt, sondern saß mit den Füßen auf einer Zeitung da und schnitt sich die Hühneraugen.

Ann-Marie ging in ihren Garten und streifte Johannisbeeren von den Sträuchern. Das durfte sie. Erdbeeren dagegen durfte sie nur nehmen, wenn sie ihr angeboten wurden. Sie stellte sich draußen vor das Fenster eines Zimmers, das Ebba geschlossen hielt, und wenn sie auf die Regentonne kletterte, breitbeinig darüber stand und sich am Fensterrahmen festhielt, sah sie in das Zimmer hinein. Dort saß der porzellanweiße alte Brauer Julin in einem steifen, reinen Hemd auf einem Bett. Er wackelte vor und zurück und hörte sich an wie ein kleines Kind oder ein Kalb. »So wird man, wenn man zu alt wird«, sagte Tora. »Man muß froh sein, wenn man das nicht mitmachen muß, und du wirst dich daran erinnern, daß ich das gesagt habe«, sagte sie auch.

Jedesmal, wenn er Geburtstag hatte, schrieben sie in der Zeitung darüber, so alt war er jetzt. Ebba brachte ihn dann hinaus in den Garten, und sie durften ihn fotografieren. Er war jedoch nicht mehr imstande, seine weißen Augenlider in der Sonne offenzuhalten, und er schnappte ganz wie ein Kind oder ein kleiner Hund, der alle beschnuppern will, nach den Leuten.

»Wie ist das, wenn man stirbt?« fragte Ann-Marie, und Tora sagte, daß das ganz genauso sei, wie wenn man einschlafe. Nur daß man nicht mehr aufwache.

»Und der Himmel, kommt man da nicht hin?«

»Darüber weiß niemand was«, antwortete Tora. »Man muß schon froh sein darüber, daß man gelebt hat.«

Als Ann-Marie nochmals fragte, wie das sei zu sterben, wandte Tora sich ab, so daß sie ihre Augen nicht sehen konnte.

»Hast du Angst?« fragte sie.

»Aber nein«, erwiderte Tora. »Ich habe keine Angst.«

Man konnte mit einem Kind nicht über den Schrecken reden, das war ganz und gar unmöglich, und es wäre auch grausam gewesen. Im übrigen war er nicht so entsetzlich, wenn man ihn erstmal hereingelassen hatte. Meistens schlief er wohl in einer Ecke, roch schlecht aus dem Mund und winselte manchmal im Schlaf. Aber vertraut war er, sehr vertraut.

Tora und Ebba breiteten auf dem Tisch in der Laube die Zeitung aus, und dann lasen sie die Todesanzeigen und rechneten aus, wie alt die Leute geworden waren. »Der junge Mensch«, sagten sie, wenn jemand nicht älter als fünfundfünfzig geworden war. Wenn aber jemand richtig alt geworden war, seufzten sie nur und sagten:

»Ach ja, mit ihm ist's jetzt auch aus. Das ist wohl ganz gut so.«

Über einen Baumeister, den sie kannten, meinte Tora, daß der Teufel letztendlich auf jeden Fall die Seinen hole.

»Das ist ja nun mal ganz sicher«, sagte Ebba grimmig, und dann schnitt sie die Anzeige aus und verwahrte sie in ihrer Kommodenschublade. Sie lasen die kleinen Verse und schlugen die Liednummern nach, und sie lasen die Namen der Kinder und die Namen der Schwiegersöhne und Schwiegertöchter und der Enkelkinder und erzählten einander, was sie von diesen neuen Menschen wußten, die alle jünger waren als sie und die jetzt in den Geschäften standen und die Busse fuhren, so daß sie ihnen überall begegneten. Es schien, als säßen jetzt alle, die sie richtig gut kannten, müßig an ihren Küchentischen. Falls sie nicht so alt geworden waren, daß sie sich nicht mehr auskannten. Dann waren sie nach Granåsen, das einem Schloß glich, hinaufgezogen.

Obschon Tora nun neunundsechzig Jahre alt war und ihre Krankheit hatte, träumte sie nicht vom Tod oder daß sie ihre eigene Todesanzeige in der Zeitung sehe, wie es Lilla Moster angeblich, nur eine Woche bevor ihr Herz versagte, getan hatte.

Tora träumte manchmal, daß sie, obwohl sie alt war, Kinder bekam. Die Kinder waren jedoch so klein, daß sie sie in eine Kommodenschublade oder in eine kleine Schachtel, worin sie normalerweise Hutfedern und Kragenspitzen aufbewahrt hatte, legte. Wenn sie in der fürchterlichen Hetze, die im Traum immer herrschte, nach ihnen sehen wollte, hatte sie Mühe, sie zu finden. Sie lief weinend umher und suchte sie. Ein solch kleines Kind, das in eine Schachtel paßte, war viel zu schwach, um sich selbst zu helfen. Sie wußte, daß sein Leben davon abhing, daß sie es wiederfand und versorgen konnte. Überall suchte sie nach diesen kleinen Kindern, und voller Angst rannte sie durch alle Stationen des Traums. Sie traute sich das niemandem zu erzählen und wußte deshalb nicht, daß es in den Träumen alter Frauen nach Milch riecht. Die kleinen Kinder wimmern in Kommodenschubladen und Nähkörben, wo sie sie verstecken; überall, wo alte Frauen schlafen, weinen Kinder und tippeln kleine ängstliche Schritte über den Fußboden.

Sie ging, die Hand des Mädchens in der ihren, zu denen, die Gärten hatten, und sie bekam Dill und Kartoffeln oder eine Portion dicke Bohnen, die in ihren Zubern in weiße Daunen gebettet lagen. Sie durften sich von den Bäumen Äpfel aussuchen, die strahlendsten der fast weißen Glasäpfel, die harten Åkerö, eine Winterfrucht, und die rosigen, gelbgestreiften Säfstaholm, die weiß und mehlig wurden, wenn sie ganz reif waren. Bei Attil Glas wuchsen die vornehmen Gravensteiner und Graf Moltke, und am Spalier wuchsen dort Dessertbirnen, die Attil einzeln in Seidenpapier einschlug, nachdem er sie gepflückt hatte.

Es gab so viele Gärten mit einem Kiesweg, der Samstag nachmittags in breite Streifen gerecht wurde und mit Schneckenhäusern und weißen Steinen und von Johannisbeersträuchern in ihren kleinen Hagen gesäumt war. Dort wuchsen die alten Apfelbäume mit schwarzgrauen Stämmen im Rasen, in der Obstzeit mit langen Stangen gestützt, damit die Äste nicht abbrachen. Im Mai blühten sie, eine Welt aus seidigen Blättern und Hummelgebrumm. Träge Bienen krochen mit Kniehosen voll gelbem Nektar dahin, und es saßen scharfäugige kleine Vögel von genau derselben Farbe wie das Laub und die braungrauen Zweige darin, Vögel, die nur das Mädchen sah, wenn es im Gras lag und auf das Klirren der Kaffeetassen von den Veranden und Lauben her horchte.

Sie durfte die Äpfel, die im Gras lagen, nicht essen, ohne daß sie vorher gewaschen wurden. Sonst würde sie Kinderlähmung bekommen. Die säße dort zwischen den Schnecken im Gras, die komme selbst aus der Erde, hatte man zu ihr gesagt. Das gleiche war es mit den Bergamotten, den kleinen, gelben Birnen, an denen war ebenfalls Kinderlähmung. Sie wurden in solchen Mengen aus dem Eierstock der großen Krone geschüttelt, daß sie weder gewogen noch gezählt werden konnten, nicht einmal von Attil, der sonst über jede Kiste, jedes Bund, jedes Maß und jeden Sack, den er aus dem Garten hereintrug, Buch führte.

Attils und Julias Garten war der schönste und der, der am reichlichsten abwarf. Attil hatte seine Arbeit im Elektrizitätswerk, doch sein Herz wuchs in den kleinen Salatköpfen, wenn diese Form annahmen, und in der Hoffnung, daß der Walnußbaum wenigstens einmal Früchte tragen würde, solange er noch lebte. Wenn Julia und Attil etwas Rauhes in der Luft verspürten, dann kletterten sie auf eine Leiter und deckten Gardinen über die männlichen Kätzchen und die kleinen, aufrechtstehenden weiblichen Blütenstände des Baums, mit denen man so vorsichtig sein mußte, damit sie nicht abgebrochen würden. Anfang Sommer standen sie oft auf der Verandatreppe und prüften, ob die Luft gegen Abend die Herbheit hatte, die ankündigt, daß es in der Nacht Frost geben kann.

Attil hatte eine solche Freude an seinem Garten, daß es ihm vorkam, als sei es nicht ganz richtig, daß ihm das vergönnt war. Deshalb machte er sich auch große Sorgen um alles, was darin vor sich ging. Wenn die Obstbäume am reichsten blühten und einen Schirm aus Flügeln und Gesang und Mandelduft über sein Leben breiteten, das wie das aller anderen Menschen sein sollte, dann klagte er über Frostgefahr, und wenn die kleinen Apfelansätze zu Tausenden anzuschwellen begannen, sagte er, daß man sich wohl lieber nicht zuviel davon versprechen solle. »Noch gab's keinen Junifall«, sagte er.

Auf diese Weise warnte er sich selbst und Julia vor Übermut, und Julia wiegte den Kopf, denn sie waren sich in ihren Sorgen und in den Anlässen zur Freude immer einig.

In ihren Rabatten wuchsen Kaiserkronen und Tigerlilien, und sie ließen immer zwei der Spargelstauden zu grünen Wolken auswachsen, damit sie die Pimpinellrosen und Akeleien beschatteten. Wenn die Sommerabende warm waren, wenn die schweren Pfingstrosen längst ihre Kronblätter in kleinen Dünen ins Gras hatten fallen lassen und das Geißblatt an der Schuppenwand verblüht und wie Schmetterlingsschemen zwischen den Blättern eingeschrumpft war, saß man mit der angezündeten Lampe auf der Glasveranda und spielte zusammen Fünfhundert. Manchmal gingen Tora und Ann-Marie so spät nach Hause, daß der Mond schon aufgegangen war, und die Trauben der Johannisbeeren an den Sträuchern der Gartenwege sahen aus, als wären sie aus Silber gemacht.

Die meisten Gärten befanden sich auf der Rückseite der Häuser, sie gingen nach innen aufeinander zu und berührten einander mit den Ästen der Apfelbäume und mit den strahlendblauen Armeen der Szillen, die sich durch die Hecken schmuggelten. Für Igel und Katzen gab es in den Hecken Löcher, und eine Elsternschar konnte über zehn Gärten herrschen und die Futternäpfe von deren Hunden bewachen, in der Erwartung, daß ihr jeweiliger Besitzer an der sonnigen Wand, über die träge Fliegen krochen, einschlafen würde. Nach außen zur Straße hin zeigten sie ihre Wege und den braunen Kies, wo nichts wachsen durfte. Alles Grüne wurde auf den Kompost geschaufelt, um der nächsten Daseinsform zu harren.

So gingen auch die Höfe weiter drinnen in der Stadt aufeinander zu, und diese Höfe mit ihren langen, schiefen Schuppen, ihren überwachsenen Kieswegen und geheimen Durchgängen zwischen den Reihen der Aborte, mit knorrigen Bäumen und Himbeerhecken maßen nicht dieselben Jahreszeiten wie die Straßen. Wenn der Schnee auf den Straßen zusammengefahren und zu schmutzigem Matsch getrampelt worden war, konnte er am selben Tag unberührt da drinnen liegen, und auf den Ästen balancierten die schönsten Blütenstände aus duftigem Schnee. Auf den Straßen eilten Menschen, die mit anderen schalteten und walteten, und die, über die geschaltet und gewaltet wurde. Es war Januar und Steuermonat, in dem die Steuerbescheide kamen. Doch drinnen in den Höfen blühten weiterhin, zart wie Schnee, den man von ihren Blütenblättern entfernte, die weißen Christrosen.

Es kam der Steuererhebungsmonat für die Menschen, und im Steuerfestsetzungsausschuß saß man vom frühen Morgen an im Lampenlicht über die Liegenschaftslisten, die Einkommenslisten und Änderungslisten des Steuerprüfungsausschusses gebeugt. In die Höfe kamen da aus dem Wald Vögel mit Brüsten wie Blutflecken im Schnee. Sie fraßen Samen und verschmähten die Zwiebackbrösel, von denen die Spatzen lebten. Die Sonne begann zu wärmen. Die Teerpappedächer tropften, und am Abend wurden die Tropfen durch die Kälte träger und träger und blieben lange hängen, und an den Holzschuppendächern wuchsen Stäbe aus Eis. Die Kinder schlugen sie ab und sogen daran.

Diejenigen, denen eine Frist zur Abgabe der Steuererklärung eingeräumt worden war, eilten am letzten, windigen Märzabend, wo das Wintergerümpel hinter den Häusern hochwirbelte und das Glas der Veranden klirrte, über die Straße. Die Stadtratsmitglieder kamen mit Rauch in den Kleidern nach langen Stunden des Sitzens heraus, und ihre Galoschen wanderten unter dem fahlen Licht der Laternenpfähle durch nächtliche Straßen.

Es folgten die Steuerveranlagung und die Kirchengemeindeversammlung, und drinnen, wo die Sorgen von anderer Art waren, schlug das Laub der Fliederhecke aus. Dort gab man dem Eichhörnchen Zwieback und stellte für den Igel eine Untertasse mit Milch hinaus, dort wurde die braune Erde um die ersten Spargelstauden gehäufelt. Das Seil an der Schaukel der Kinder, das in der Feuchtigkeit des Winters verrottet war, wurde ausgewechselt, und die Schaukel begann hoch in den Frühlingshimmel und den Sprühregen zu schwingen, der früh morgens in den Höfen als feines Prasseln und Fingern zu vernehmen war.

Doch draußen, von den Straßen her, die von den Häuserfassaden bewacht wurden, war der Regen nicht bis zu denen hinein zu vernehmen, die Beschlüsse faßten, denen, die die Häuser und ihre Höfe verkauften, und denen, die sie vermaßen und sie auf ihren Karten numerierten. Auch noch nachdem sie den Eigentümer mehrmals gewechselt hatten, verliefen dieselben Gänge zwischen den Verschlägen, und in den Hecken führten dieselben Löcher für die Kinder und Katzen von Hof zu Hof, und es gab auch etwas größere Löcher für die, die sich Kaffeesahne leihen wollten.

Auch in den Häusern, in denen Kinder mißhandelt wurden, hatten diese die Teerpappedächer der Höfe, um darüber zu fliehen, und sie flohen geduckt und sprangen zum nächsten und zum übernächsten. Über ihnen war der Wald aus Blechrittern und Schornsteinen, und unter ihnen waren die Lianen der Wäscheleinen und die Flüche und das Geklapper vor den kleinen Werkstätten, die drinnen im Häuserblock ihre Herzschläge hämmerten.

Im heißesten Sommer, von dem es hieß, daß er für den Steuerausgleich, die Berichtigung der Wählerlisten und in den Ämtern für Jugendpflege, für Armenfürsorge, für Renten und für Antialkoholismus zur Ausarbeitung von Einnahme- und Ausgabeplänen vorgesehen sei, kam der Eismann bis zu achtmal mit den kalten Blöcken aus Vallmareis in der

Zange. Er hatte eine Lederschürze um, damit sein Bauch nicht kalt wurde, und er wetterte alle Kinder an, die um ihn herumsprangen und hofften, daß er mit dem Eis gegen eine steinerne Treppe stoßen werde, so daß Splitter abgingen, die sie lutschen und in ihren sommerheißen Händen halten könnten.

Es wurde dunkler, und die Dunkelheit kam von den Körpern der Bäume selbst und von den vielen Verschlägen mit schwarzen Dächern. Lampen leuchteten über denen, die verkauften, kauften und verwalteten, und auf die Papiere vor ihnen. Sie hatten nur Papier in ihrer Hand und wußten von den Welten, die sie hin und her schoben, nichts anderes als deren Areal und wie die Rohre zu den Wasserleitungen verliefen.

Selbst Tora Otter, die mehr als vierzig Jahre in der Öffentlichkeit ihrer Tätigkeit nachgegangen war, indem sie auf einem Markt Bonbons verkauft und Steuern und Krankenkasse bezahlt hatte, mußte ein Kind an der Hand nehmen, um die Stadt zu sehen, die nach innen ging und wo die Plumpser der Äpfel so deutlich und dicht aufeinander zu hören waren, daß man aus dem Fenster schauen mußte und gucken, was das denn Komisches sci, das da angesprungen kam.

Im Mai feierten sie den Frieden, indem sie Apfelwein tranken, und Ferenc war ganz ernst, als er mit Tora und Jenny und Fredrik anstieß. Dann scherzten sie darüber, daß Hitler noch gelebt habe, als diese Äpfel gewachsen und gereift seien. Das war spaßig, doch dann kamen die Zeitungen, die Tora versteckte, damit Ann-Marie sie nicht zu sehen bekäme. Sie legte sie in den Holzschuppen, wohin sie jetzt selten ging, nachdem sie Heizkörper und einen Elektroherd bekommen hatte. Auch bei Fredrik und Jenny zu Hause raffte sie alle, die ihr unter die Augen kamen, an sich. Es waren Zeitungen mit Schilderungen aus den Konzentrationslagern, die von den Alliierten geöffnet worden waren und wo immer noch Menschen lebten, als sie kamen. Ihr begegneten tatsächlich selbst einige von ihnen, und ein paar lernte sie kennen. Es war merkwürdig, ja, es berührte sie fast unangenehm, als sie verstand, daß es für diese Menschen auch vor dem Krieg und den Sklavenfabriken schon ein Leben gegeben hatte. Sie hatten Klavier gespielt und sich ein Winterkostüm mit Pelzbesatz schneidern lassen; all so etwas kam ans Licht, wenn man sich ein bißchen mit ihnen unterhielt und Ferenc dolmetschte. Sie hatten Väter gehabt und waren zum Zahnarzt gegangen, und wenn sie nach schwierigen Beschreibungen Jumper strickten, verstand man ja auch, daß es wahr war, daß es für sie vor dem Krieg ein Leben gegeben hatte. Für Tora waren sie vorher immer nur Menschen in Lagern gewesen, mit kahlen Schädeln und dunklen Löchern, in denen Augen waren, arme Dinger, die zu ihnen gekommen waren und geglaubt hatten, sie seien im Himmel, als sie in der Schule, wo sie wohnten, die reinen Laken in den Betten sahen.

Aber sie hatten auch früher schon Laken gesehen, das verstand sie jetzt. Der Pfarrer las: »Sie sind gekommen aus der großen Trübsal und haben ihre Kleider gewaschen im Blut des Lammes.« So müßten sie wohl allesamt Heilige sein. Weiß der Teufel! Wie Lili ihr Essen zusammenverdient hatte, konnte man sich schon fragen, und sie, die Elka genannt wurde, war ein verwöhntes kleines Fräulein, das war mal sicher. Wenn man auch nichts wußte und nichts wissen wollte.

An einem Tag im Herbst kam sie rein zufällig in den Holzschuppen. Ganz hinten unter der Fensterluke raschelte es. Ann-Marie fuhr hoch und ließ die Zeitung, in der sie gelesen hatte, fallen. Ihr Gesicht war verschlossen, und sie fürchtete sich vor Tora.

Sie machte einen Versuch, sich an ihr vorbeizudrücken und zur Tür zu kommen. Tora packte sie am Arm. Sie bekam nur den Mantelärmel zwischen die Finger, das Mädchen wand sich wie ein kleines Tier aus dem Griff. Es versuchte erneut zur Tür zu gelangen, doch da schlug ihm Tora ins Gesicht, und der Schlag traf hart. Sie spürte den Backenknochen in ihrer Handfläche. Dann zog sie beide Hände an sich und hielt sie gegen die Brust. Sie hatte so unheimliches Herzklopfen bekommen. Das Herz raste.

Das Mädchen und sie sahen sich an, bis Tora aufschluchzte. Da ergriff Ann-Marie die Gelegenheit, durch die halboffene Tür zu entwischen, und Tora hörte ihre Schritte im Kies. Dann wurde es still.

Sie lief hinaus und sah sich um. Es war vollkommen ruhig überall, und die Himbeerhecke, in der sich das große Loch zum nächsten Hof hinüber befand, bewegte sich nicht. Doch ein Jahrestrieb hing abgebrochen herab, als wäre eben jemand sehr unachtsam dort hindurchgeschlüpft.

Sie rief mehrmals Ann-Maries Namen, doch das einzige, was passierte, war, daß dic Tauben verstummten. Da ging sie in den Schuppen zurück und begann die Zeitungen zusammenzusammeln. »Ich muß sie allesamt verbrennen«, dachte sie. Ihr Blick fiel auf Wörter und Satzfetzen, Anzeigen über Äpfel und Schweine und Bilder von Menschen mit kahlen Schädeln. Sie blickten aus einem Zugfenster, und einige von ihnen versuchten, die Schädel unter Tüchern und Lappen zu verbergen. Dort war der Stadtratsvorsitzende in einem ovalen Rahmen. Es krabble noch immer in den Leichenhaufen, stand daneben. Sie trat gegen den Zeitungsstapel und versuchte ihn unter das Regal zu schieben, wo der Petroleumkanister stand. Er paßte jedoch nicht darunter.

Hatte sie das alles gelesen? Hatte sie verstanden, was sie gelesen hatte? Ein Kind konnte doch wohl nicht alle Worte verstehen. Das Papier war von der Feuchtigkeit vorzeitig alt geworden. Es war locker und gelbbraun geworden wie das Papier unzüchtiger Zeitungen, die oft draußen im Wald an den Hängen lagen. Es waren so wohlbekannte Seiten, sie erkannte jeden Abschnitt wieder. Theaterschiff im Volkspark und Gewächshaus bei Gärdebro von Kindern verwüstet. Diese grauenvollen Abschnitte hatte sie nie richtig gelesen. Da war einer, den sie überflogen hatte; er handelte von den Kindern, die sie Stunde um Stunde, Tag um Tag vor den Öfen erschlugen. Das war kurz bevor sie kamen und die Lager öffneten. Was sollte sie sagen, wenn Ann-Marie fragte: Warum haben die das getan? Was sollte sie antworten, da sie es nicht wußte?

Wie sollte sie sie denn jetzt erwischen, und wohin ist sie gelaufen? »Der Leichengestank«, stand da. Doch was das war, konnte sie jedenfalls schon mal nicht wissen, ein Kind, das noch nie den schwächsten Leichengeruch wahrgenommen hatte.

Aber sie brauchte wohl überhaupt nichts zu antworten, denn das Mädchen würde niemals fragen. Sie würde schweigen, als trüge sie eine große Schande mit sich herum.

Ja, das mußte alles verbrannt werden, mit Petroleum, wenn es wegen der Feuchtigkeit nicht anders ging. Warum hatte sie die nicht schon längst verbrannt? Kinder vergessen so leicht, heißt es. Ja, Himmel, wahrscheinlich vergißt sie das hier. Aber als die Jungen eine Ratte an die Holzschuppentür gekreuzigt hatten, war sie krank geworden, da war sie nicht zur Schule gegangen. Es mußte verbrannt werden, alles verbrannt werden.

Sie spürte noch immer den Schlag in ihrer Handfläche. Wie konnte es soweit kommen? Wie sollte sie das erklären? Wenn sie sie nur erst erwischte! Das war das einzige, worauf es jetzt im Moment ankam. Dann konnte man weitersehen. Sie nahm die Hand von der Brust, das Herz raste noch immer, doch das ließ sich jetzt nicht ändern. Jetzt mußte sie sie erwischen. Erst wollte sie die Zeitungen ordentlich zusammensammeln und sie in den Holzkorb legen, allesamt. Waren das nicht mehr? Dann schloß sie den Bonbonschuppen auf, wo es still und sauber war und die Kartons in den Regalen, die Fredrik gebaut hatte, gestapelt standen. Sie stellte den Holzkorb hinein und verschloß den Schuppen. »Ich werde einen Kanister Petroleum kaufen«, sagte sie zu sich selbst, »und dann verbrenne ich sie draußen bei der Mülltonne. Das geht niemand was an.« Aber jetzt mußte sie zuallererst das Mädchen erwischen.

Sie knöpfte den Mantel bis ganz oben am Hals zu, denn die Luft war rauh. Das Haus, in dem sie immer noch wohnte, die kahle Fliederlaube und die Schuppen waren näher zusammengerückt, als die Dunkelheit aus der kalten Luft herabgebeutelt wurde.

Es hatte keinen Zweck, durch die Straßen zu gehen und zu suchen. Dort würde sie sie nie finden. Sie mußte den Weg durch die Himbeerhecken über die Höfe einschlagen.

Sie ging schlecht. Die ausgeleierte Hüfte tat weh. Sie war sich sicher, daß sie sie schließlich finden würde. Das war einfach notwendig.

Winter, und Jenny zog ihren Tretschlitten den Himmelsöhang hinauf. Sie überquerte die Häradsgata und kam an der dunklen Schule vorbei. Dann konnte sie zur Hovlundagata hinunter einige Züge treten. Vor der Bibliothek, die in dem alten Gebäude der Koedukationsrealschule untergebracht war, begann es unter den Kufen jedoch zu knirschen. Ferenc verstand nie, warum sie diesen Stuhl auf Schienen vor sich herschob. Sie tat es, weil es Winter war und weil sie sich nicht so einsam fühlen wollte.

Sie wußte sehr wohl, daß er unter dem Baum auf der anderen Seite der Magasinsgata stand. Es war aber so dunkel, daß sie ihn nicht sah. Er sollte auch gar nicht gesehen werden. Den Tretschlitten stellte sie auf dem Brandgrund neben dem Gebäude der Wäscherei ab, und dann ging sie um die Ecke und schloß die Tür auf. Sie sah sich erst um, als wäre sie eine Verbrecherin, was sie ja auch war.

Eines Abends hatte sie vorgeschlagen, ins Haus der Bereitschaftshelferinnen zu gehen. Sie hatte vergessen, ihrer Gruppenchefin den Schlüssel zurückzugeben. Ferenc bat, ihn bis zum nächsten Tag behalten zu dürfen, und dann feilte er in der Werkstatt Kopien.

Jetzt stand sie still hinter der Tür, bis er über die Straße gekommen war. Dann öffnete sie. Sie zweifelte keinen Augenblick daran, daß er sich genau umgesehen hatte, ehe er das Haus betrat.

Als sie Ferenc zum erstenmal gesehen hatte, war er ihr lächerlich erschienen. Er war so klein neben Fredrik, und er hielt den Kopf schräg, wenn er sich ereiferte. Seine Höflichkeit hatte sie schmeichlerisch gefunden. Manchmal, wenn sie an der angelehnten Tür stand und wartete, daß er über die Straße kommen würde, konnte sie wieder diesen ersten Eindruck haben. Meistens aber fand sie, daß es sich um einen ganz anderen Menschen handelte.

Er kam in seinem dicken blauen Mantel aus Budapest, und er war barhäuptig, wie kalt es auch immer war. »Er sah wirklich wie ein Ausländer aus«, dachte sie. Ein Ausländer, der Kopien der Schlüssel zum Haus der Bereitschaftshelferinnen gefeilt hatte und der sich mit ihr, während er nach ihr tastete und mit kaltem Mund ihre Lippen und Wangen küßte, die knarrende Holztreppe hinaufschlich.

Sie gingen rasch durch den Versammlungssaal und betraten die kleine Garderobe. Er hielt ihr die Tür auf. Sie verrückten die Stapel mit den Zusatzstühlen und legten die Fahnenstange mit der aufgerollten Fahne quer über den Raum. Das machten sie, um die Tür zum Pfadfinderlokal freizubekommen. Jenny hatte sie durch Zufall entdeckt. Sie hatte ein gewöhnliches Kastenschloß mit einem Schlüssel, der auf der Seite der Pfadfinder herausgenommen worden war. Ferenc arbeitete lautlos mit den Stühlen. Das konnte er jetzt.

Sie mußten sich irgendwo in der Stadt treffen. Nach dem allerersten Mal war das ein stilles Übereinkommen. Zu Hause war es jedenfalls ganz und gar unmöglich. Das Haus gehörte Fredrik, die Stühle, der Tisch, die Betten und der Heizkessel gehörten ihm. Da geschah auch nichts mehr, was nicht auch vor seinen Augen hätte geschehen können.

Das Licht fiel durch die kleinen Fenster herein, die hier im Dachgeschoß tief lagen, ein fahles Licht von den Straßenlaternen. Es erinnerte an Mondschein. Sie lagen auf einem Rentierfell vor dem offenen Kamin, und Jenny sah hinauf zu den Ästen, die äußerst naturgetreu angeordnet waren, auf Bilder mit Pfadfindergruppen und Zeichnungen von Tieren des Waldes. Sie hätten gern ein Feuer im Kamin gemacht, trauten sich aber nicht. Der Schein hätte von außen gesehen werden können. Ferenc war sehr zärtlich und eifrig bemüht, ihre Verfrorenheit zu wärmen und die Steifheit in ihrem Körper aufzutauen. Sie war der Scham und dem Lachen so nahe. Er wollte, daß sie gleichbleibend ernst und möglichst so eifrig wie er sein würde.

Es war für sie jedoch nie mehr wie beim ersten Mal. Dieses erste Mal, für das er sich schämte und das gutzumachen er so eifrig bemüht war.

Sie hatte kein schlechtes Gewissen. Das Ganze kam ihr so unwirklich vor. Es würde nicht lange dauern. Es war ein Ausnahmezustand.

Ferenc dachte ja nicht daran zu bleiben, das war ihr klar. Wenn er die Sprache lernte, dann deshalb, weil er das Gefühl von Unterlegenheit und Unbeholfenheit verabscheute, das von einer lachhaften Aussprache und mangelndem Wortschatz herrührte. Er würde seiner Wege ziehen. Nicht jetzt. Noch lange nicht.

Sie wußte ja, daß das, was sie trieben, überall in der Stadt passierte. Die Menschen konnten sich mit der Sicherheit und der Achtung, die zusammenzubringen sie so eifrig gearbeitet hatten, nicht begnügen. Saure Gurken und Radiosymphonien durften nicht das Stärkste sein, was sie erlebten. Es waren viele, die abends umherschlichen. Sie hatte das Gerede gehört. Nun gehörte sie dazu. Die da. Diejenigen, welche. Sie eilte durch die leeren Straßen, während alle anderen dasaßen und der Grammophonmusik lauschten.

Nein. Es war trotzdem nicht dasselbe. Das hier hatte mit Fredrik und ihr eigentlich nichts zu tun. Auch mit Ferenc nicht, wenn er abends mit ihnen um den Rauchtisch saß. Meistens waren sie ja doch zu Hause. Die beiden Männer saßen in ihren durchgesessenen Sesseln und redeten miteinander, und sie strickte.

Sie las »Not des Herzens« von Dagmar Edqvist, das handelte auch von einem Flüchtling und einer verheirateten Frau. Sie versteckte die Zeitung über mehrere Wochen hin. Aber das war unnötig, denn Fredrik würde doch nie »Die Hausfrau« aufschlagen.

Abends nach dem Essen hörten sie sich alle drei Grammophonmusik und dann die Nachrichten an. Die Männer diskutierten darüber, aber es war natürlich Fredrik, der in allen Diskussionen die Oberhand behielt. Ferencs Sprache war so weich und gleitend, er löste die harten Laute auf und hatte so viele Einfälle, daß er eine Diskussion nie bis zu ihrem konsequenten Ende führen konnte. Fredrik war logisch – außer in einem. Wenn sie okkupiert würden und wenn eines Morgens deutsche Wachtposten vor Svenska Verkstad stünden, dann wüßte er, was er tun würde. Er würde hingehen und dem Deutschen vor die Füße spucken!

Er hatte das viele Male gesagt, aber erst in den letzten Kriegsmonaten hatte Jenny gemerkt, daß Ferenc schwieg, wenn er das sagte. Er brachte überhaupt keine Einwände vor.

Sie fragte sich manchmal, was sie voneinander dachten. Was dachte Fredrik von dem Ungarn, der sein Land verlassen hatte? Was hielt Ferenc von Fredrik, wenn er so etwas sagte? Ihr selbst war ja von Anfang an klar gewesen, daß er keinesfalls so handeln würde, wie er sagte. Es war aber auch kein leeres Gerede. Er empfand wohl so. Aber es würde auch nie richtig wirklich werden. Wenn es nicht so wäre, wie es ist, wenn du nicht wärst und wenn wir Ann-Marie jetzt nicht bei uns hätten, da Henning auf Entzug ist, wenn wir wirklich okkupiert worden wären und wenn ich der wäre, der ich eigentlich bin, dann würde ich dem Deutschen ins Gesicht spucken. Oder vor die Füße.

Ihr war, als erlebte sie jetzt die längste Zeit ihres Lebens, die längste und wirklichste. Es war leicht, die Abende zu durchstehen, selbst wenn draußen die Kreissäge des Nachbarn kreischte und sie die Lampe, die er aufgehängt hatte, im

Wind schaukeln sah. Das Stricken und das Kriegsgerede waren leicht zu durchstehen. Sie wußte, daß sic bald in einem anderen Raum die Tür hinter sich schließen und unter den Ästen und den Pfadfindergruppen sein würde.

Ferenc hatte eine Handvoll Papier zusammengeknüllt, und jetzt zündete er es in dem offenen Kamin an. Vielleicht war das dumm. Wenn sie gezwungen wären zu verschwinden, weil jemand käme, würde es hier drinnen nach verbranntem Papier riechen.

Doch für ein Weilchen waren die kleinen züngelnden Flammen schön. Es stand etwas auf das Papier geschrieben, das schnell braun wurde. Dann wurde alles schwarz und fiel zusammen.

»Noch ein bißchen«, bat sie wider besseres Wissen. »Ein kleines bißchen noch.«

Er beugte sich über sie herunter, und es roch nach verbranntem Papier. Leichte schwarze Flocken flogen über sie weg. Da kam jemand unten auf der Treppe zu den Bereitschaftshelferinnen. Sie setzte sich abrupt auf, und ihr erster Gedanke war: »Wenn auch jemand die Treppe zu den Pfadfindern heraufkommt, was machen wir dann?« Er drückte sie wieder nieder auf das Rentierfell, und sie horchten zusammen.

Es waren mehrere Leute, die die Treppe heraufkamen. Laute, helle Stimmen. Eine Tür ging auf, und sie hörte deutlich, daß das Hilda Kjellén und Ada Gustafsson waren. Es waren auch noch ein paar andere, deren Stimmen sie nicht gleich erkannte. Stühle und Tische polterten. Himmel, was die herumräumten! Wäre Fredrik hiergewesen, hätte er etwas über ihre schrillen Stimmen fallenlassen. Ferenc sagte jedoch nichts, er lag schwer auf ihr, und in seinen Haaren waren verbrannte Papierflocken, sie zupfte sie im Licht der Straßenlaterne vorsichtig weg.

Sie nahm an, daß die Frauen etwas holen würden und danach gingen, aber dann begriff sie. Vorstandssitzung. Sie hatten den Termin geändert.

Und ihre Achtsamkeit ließ nach, ihre Stimmen flossen über in den Geruch seines Hemdkragens an ihrem Mund und seines nackten Unterleibs an dem ihren. Irgendwo knarrte weiterhin Holz. Da begriff sie, daß Scham und Reue nur Erfindungen sind, Übereinkommen, die aufgehoben werden können. Haut auf Tierfell, Haut auf Holz und auf anderer warmer Haut kann nicht aufgehoben und ausgestrichen werden. Das war jetzt ebenso Wirklichkeit wie der Blechritter, der auf dem Dach im Wind wackelte. Ada Gustafssons Stimme war wirklich und auch ihre kleinen, festen Dauerwellen, die dort drinnen hüpften, wenn sie erregt sprach, waren es. Ihre Erregtheit war jedoch nur etwas, worüber sie mit sich selbst übereingekommen war. Noch erregter würde sie, wenn sie wüßte, was hier drinnen auf der anderen Seite der Garderobe mit der Fahne, die sie vom König erhalten hatten, vor sich ging. Da würde ihre Stimme noch mehr in die Höhe gehen, die Erregtheit wurde deswegen aber nicht wirklicher. Das einzig Wirkliche waren die Schwere, die Süße in ihr und der harte Fußboden unter dem Rücken und daß das Leben war und niemals mehr Leben wurde als so.

Danach war es wie zuvor. Wenn sie ihren Tretschlitten suchen ging, hätte sie jeden Ziegelstein der Wand, den sie berührte, unter den Fingern körnig und rauh und das plattgewalzte Eis und den Lehm der Straße wie eine Haut unter den Füßen spüren müssen. Aber dem war nicht so. Es war vorüber. Sie ging zwischen fremden Gegenständen und Gebäuden hindurch.

Als es Sommer wurde, nahm sie ihr Fahrrad, um ihn weit draußen zu treffen. Da geschah es erneut und ohne Hilfe von Scham, daß sie es spürte. Ein Sommerabend mit glänzendem Wasser und dem Geruch nach Mädesüß und Baldrian war zugleich alle Sommerabende, die sie erlebt hatte, die im

Gedächtnis halb versunkenen und umgekippten Sommerabende mit ihren Geräuschen von Wasser und von Ufern und der unbeschreiblich barmherzigen Mildheit der Luft. Alle diese Sommerabende waren ein Raum, in den sie hineingehen konnte, und die Tür war vom Wind für sie aufgedrückt worden.

»Ich bin überhaupt nicht von hier«, sagte sie zu ihm. »Ich bin außerhalb der Stadt aufgewachsen, in einem Dorf, es heißt Åsen. Das hier ist nicht meine Stadt und ist es nie gewesen. Wenn du richtig Schwedisch könntest, würdest du hören, daß ich nicht einmal so spreche wie die hier.«

Draußen in Åsen war doch alles anders. Sogar die Amsel trillerte in einem anderen Dialekt. Die Luft war dort oft feucht und warm, und sie schmeckte wie Obst. Alles, was es dort gab, Flieder, Pferde, Gras und Birkenlaub, die Roggenbrotteige ihrer eigenen Mama und die saubere Wäsche, duftete so stark.

»Dort gingen alle Menschen viel gemächlicher als hier«, sagte sie. »Außer mir, denn ich flog dahin. Ich rannte fast immer.«

Bisweilen konnte es still sein, und da war es wirklich still. Eine solche Stille gab es hier nicht. Es war so still, so still, so still. Nur der Herd grummelte. Draußen waren der Wind und die Menschen, die Tante mit dem verwachsenen Rücken, die vierzehn Katzen hatte, der Schuster, der andersrum war.

»Wie?«

»Ach, du weißt schon, mit Kerlen.«

Und da gab es den Dorfkrämer und die Dragoner, die manchmal kamen, die Hebamme und die Serviererinnen vom Baderestaurant und die Bevölkerung der ganzen Erde. Aber im Haus war es immer still.

»Das war ein komisches Dorf«, sagte er lächelnd.

»Ja!«

Die Kühe waren so fett, daß ihre Rücken wie Butter glänzten, und so träge! Sie wußten nur vom Sommer. Doch in dem harten Schatten hinten an der Ecke des Viehstalls stand der Winter, seiner sicher.

»Hu!«

Ja, er könne es sich selbst ansehen. Sie radelten eine Meile, und sie zeigte ihm von oben, vom Kiesrücken aus, wo sie sich zwischen die spärlichen Kiefern setzten, das Dorf. Sie saß da und hielt seine Hand und sah zu, wie sich die Menschen dort unten zwischen ihren Häusern bewegten. Es war so still, daß sie bei der Distriktskrankenschwester das Telefon läuten hören konnten. Dennoch war alles sehr weit weg. Sie saßen da und spürten die Dämpfe des Sommers aus dem Topf des Tals steigen, ein Gebräu aus Mist, grünem Gras und Honig, das bald verkochen und die braune Molke des Herbstes auf dem Grund zurücklassen würde.

Der Krieg war zu Ende gegangen. Man mußte froh sein. Die Schule, die Ann-Marie besuchte, war für die, die mit den Bernadotte-Kontingenten aus den Lagern in Deutschland kamen, in ein Krankenhaus umfunktioniert worden.

Es waren magere Menschen mit dunklen Augen. Anfangs gingen sie nicht aus dem Haus. Als aber die Sommersonne kräftig wurde und die verputzten Wände der Schule und die großen Kiesplätze beschien, gingen einige hinaus und setzten sich auf die Bänke. Es waren Männer, auf deren rasierten Schädeln wieder Haare zu wachsen begannen, wenn es auch noch geschoren und struppig aussah, und es waren Frauen, die ihre Schädel sorgfältig in Kopftücher und Schals gehüllt hatten.

Manche waren nie rasiert worden. Es waren Frauen dabei, die um Haarspangen und Lockenwickler baten, um sich die Haare einzudrehen. Sie nähten Kleider aus Stoffen, die die Bereitschaftshelferinnen gesammelt hatten. Mit großer Geduld änderten sie die alten Mäntel und nähten Kleider, die die Körperteile verbergen sollten, in die ihre Nummer eingebrannt worden war. Manche von ihnen taten gar nichts. Ihre Gesichter hatten keinen anderen Ausdruck als den unentwegter Wachsamkeit, wenn sie von der Straße aus beguckt wurden.

Eines Nachmittags, als Jenny mit einem Karton gesammelter Puzzles und Kartenspiele hinkam, sah sie Ferenc an der sonnigen Südwand der Schule sitzen. Er unterhielt sich mit zwei Frauen. Sie bekam Herzklopfen, und es kribbelte unter den Armen und in den Handflächen. Sie verstand nicht, weshalb, glaubte aber, es komme daher, daß er wieder von der Arbeit weggegangen war. Das machte sie in der Regel nervös.

Es waren zwei Polinnen, mit denen er sprach, und bald kam er an und fragte, ob er sie nach Hause einladen dürfe. Sie waren mehrere Jahre nicht in einer Wohnung gewesen. Sie kamen aus Ravensbrück, doch da waren sie nur für einige Wochen gewesen. Vorher hatte die eine in einer Sklavenfabrik gearbeitet, wo Uniformen genäht worden waren. Sie war klein, aber nicht abgemagert, der Körper und das Gesicht waren vielmehr aufgeschwemmt. Sie hatte einen langen polnischen Namen, doch Ferenc nannte sie Elka, denn so hieß sie ebenfalls. Die andere hieß Lili.

Sie saßen Jenny gegenüber auf dem Sofa unter dem Bild mit den Schwänen und aßen von ihrem Gugelhupf, doch sie konnten sich mit ihr nicht unterhalten. Ferenc konnte auch kein Polnisch. Lili hatte etwas Deutsch gelernt, Elka sagte jedoch gar nichts. Dennoch schien es, als verstünde sie sehr gut. Als er etwas auf deutsch zu ihr sagte, wurde ihr Gesicht ausdruckslos, und sie wandte den Blick ab. Eines Tages, als sie bei der Schule oben allein waren und unbeweglich und schweigend dasaßen und die Gesichter der Sonne zugewandt hatten, sagte er plötzlich:

»Kann ich Mame-loschen sprechen?«

Da lehnte sie den Kopf gegen die Wand, und aus ihren geschlossenen Augen begannen die Tränen zu fließen. Erschrocken legte er seine Hand auf die ihre. Seitdem sprachen sie sehr eifrig miteinander. Jenny verstand kein Wort von dem, was sie sagten.

Lili hatte aus einem Lakenstoff ein Kleid genäht. Es war nach der neusten Mode, wie sie sie von diesem Schulhof aus aufgefaßt hatte, geschnitten. Die Taschen und den Rocksaum bestickte sie mit Blumen. Als sie sich die Haare aufzustecken und Lippenstift zu benutzen begann, konnte man erahnen, wie sie vor dem Krieg ausgesehen hatte. Sie sprach nie über das, was sie gemacht hatte, bevor sie nach Ravensbrück gekommen war. Doch sie sah nicht so aus, als ob es ihr sehr schlecht gegangen wäre. Jenny begann Argwohn zu schöpfen, und sie hätte Ferenc gern gewarnt.

Wie sollte sie ihn aber vor etwas warnen, was geschehen mußte?

Er war aber nach wie vor sehr liebevoll zu ihr, und er lud manchmal die zwei Frauen nach Hause ein. Im Oktober kündigte er das Zimmer. Er sagte ihr nichts davon, sondern ging direkt zu Fredrik.

Nach dem ersten Schock wurde sie wütend, daß er so feig gewesen war und sich nicht getraut hatte, mit ihr darüber zu reden. Die Verbitterung gab ihr die Kraft, zuzusehen, wie er seine Sachen einpackte.

Das dauerte nicht einmal eine Stunde. Er packte seine Hemden in eine Tasche und legte Strümpfe und Unterwäsche darauf. Zuoberst legte er den schweren Anzug, und sie hätte ihm sagen können, daß der die Hemden verknittern würde. Sie sagte aber nichts.

Die Kerzenleuchter, die sie ihm zu Weihnachten geschenkt hatte, legte er zusammen mit dem Wecker und einer Menge Krimskrams, den er ebensogut hätte wegwerfen können, in einen Karton. Die Pantoffeln und die Schuhe wickelte er in auseinandergerissene Tüten, ehe er sie hineinstopfte. Er stand da, sah sich im Zimmer um und atmete schwer. Einen Moment lang glaubte sie, er würde einen Asthmaanfall bekommen und sie würde sich um ihn kümmern müssen. Er schien sich jedoch zu erholen. Er leerte den Aschenbecher kurzerhand zum Fenster hinaus, und dann legte er seinen schweren Wintermantel aus Budapest über den Arm.

»Ich muß ausziehen, Jenny«, sagte er. »Ich bin so. Ich kann nicht lange am selben Ort bleiben.«

Sie nickte, ohne ihn anzusehen.

»Ich komme aber mal vorbei!«

Sie half ihm den Karton hinuntertragen und verachtete und haßte ihn wegen seiner Feigheit. Die Verbitterung hielt jedoch nur diesen einen Tag an.

Ann-Marie machte am Küchentisch Hausaufgaben. Sie las mit lauter Stimme und machte keine Pause zwischen den Sätzen.

»Lies das leise, sei so lieb«, sagte Jenny, die ihr gegenübersaß und an einem Lampenschirm nähte.

»Warum denn?«

»Das ist so albern.«

Sie wollte den Schirm mit der Seide einer Bluse in Vorkriegsqualität beziehen. Ann-Marie schaute sie lange an, doch Jenny sah nicht auf. Da machte sie weiter.

»Und ließ die untröstliche Königin trauernd an der Bahre zurück.«

»Lies um Himmels willen leise!«

Sie schmiß den Lampenschirm mit dem Gestell und allem hin. Er rollte mit der flatternden Seide hinter sich über den Fußboden. Ann-Marie starrte den Schirm an und dann Jenny, die aufgestanden war und mit leerem Blick vor sich hinsah.

Der Schmerz war mit Übelkeit, Kopfweh und Atembeschwerden verbunden. Er war nicht schön. Man sagt: Ich bin so unglücklich, daß ich es nicht mehr aushalte. Man sollte sagen: Ich bin so unglücklich, daß ich Verstopfung bekomme. Wenn ich morgens aufstehen soll, fühlt sich der ganze Körper schwer an, und ich habe einen ekelhaften Geschmack im Mund. Sobald ich nach draußen komme, möchte ich die Augen schließen, weil das Licht so grell ist. Ich esse zuviel und zu oft, doch wenn wir uns an den Tisch setzen, habe ich keinen Appetit. Wenn ich mich nach dem Essen hinsetze, bleibe ich sitzen. Das Spülwasser wird kalt. Das Essen, das nach nichts schmeckte, verursacht mir hinterher Brechreiz. Ich ertrage keine Geräusche, und heute morgen fing ich zu weinen an, als ich die Kreissäge hörte.

Wenn sie früher in der Stadt Leute gesehen hatte, über die getratscht wurde, daß sie so unglücklich seien wie sie jetzt, war es vorgekommen, daß sie eine Antipathie gegen sie empfand. Sie konnte nicht erklären, warum. Womöglich war es jetzt bei ihr so, daß manche Leute sie sahen und Lust bekamen, sie wie ein krankes Tier auszustoßen. Sie war den Gesichtern, die in das ihre blickten, ausgeliefert.

Sie glaubte nicht, daß getratscht wurde, aber daß ihrem Gesicht anzusehen war, was sie empfand. Manche von denen, denen sie in der Stadt begegnete, sahen böse drein. Manche gleichgültig. In manchen Gesichtern meinte sie einen Hunger nach Begebenheiten zu lesen, die sie in ihrer Tristesse hin und her wälzen könnten. Barmherzige Gesichter sah sie jedoch keine. Voll Übelkeit und müde blieb sie die meiste Zeit zu Hause.

Nun tat sie etwas, von dem sie nicht gewußt hatte, daß sie es tun würde. Es war Samstagnachmittag, und sie hatte dagesessen und genäht. Sie hatte hier sitzenbleiben wollen, bis es Zeit wurde, zum Fenster zu gehen und nach Fredrik Ausschau zu halten und Kaffee aufzusetzen. Nun hieß sie den Lampenschirm auf dem Küchenfußboden liegen und ging in die Diele, um ihren Mantel anzuziehen.

»Ich fahre kurz weg«, sagte sie.

Sie nahm das Fahrrad aus dem Ständer und sah einen Augenblick lang Ann-Maries Gesicht im Fenster. Es war aufmerksam und ernst, doch sie sah nicht ängstlich drein.

Ohne die, denen sie begegnete, zu beachten, radelte sie zu dem Haus, in dem, wie sie wußte, Ferenc jetzt wohnte. Sie fühlte sich in einer Art Rausch oder in Panik. Als sie dort ankam, zögerte sie keinen Augenblick, sondern trat in den Hausflur und klopfte an die Tür, an der neben dem Namensschild die Karte mit seinem Namen steckte. Ohne sich darum zu bekümmern, was die Hauswirtin dachte, fragte sie nach seinem Zimmer, und dem Blick der Wirtin entnahm sie, wohin sie gehen mußte. Es war ein fremdes Haus mit fremden Gerüchen um sie herum. Ein Kanarienvogel saß mucksmäuschenstill in seinem Käfig und sah sie mit einem zwinkernden Auge an.

Sie öffnete die Tür. Drinnen saß Ferenc in einem Korbstuhl an einem niedrigen Tisch und trank mit der Frau, die er Elka nannte, Tee. Sie war nicht mehr so aufgeschwemmt. Ihren Gesichtern entnahm sie, daß sie sich getäuscht hatte. Es war nie um Lili gegangen. Ansonsten hatte sie sich aber nicht getäuscht.

Sie war zu aufgeregt, um so zu tun, als hätte sie nur mal eben vorbeigeschaut. Der Vogel draußen in der Küche hatte schrill und pfeifend zu singen begonnen, und hinter der Tür, wo vermutlich die Wirtin stand und lauschte, raschelte es. Jenny bat, mit ihm sprechen zu dürfen, und er erhob sich und ging mit ihr hinaus auf den Flur. Er sah jedoch zögerlich, beinahe ängstlich drein. Sie hörte alle Geräusche in dem Haus sehr deutlich, das Klappern der Kochtöpfe in der Wohnung nebenan, Ofentüren, die zuschlugen, und das Schlurfen von Pantoffeln. Es war unfaßbar, daß er inmitten dieser Geräusche, dieser Grünpflanzen und dem glotzenden Kanarienvogel lebte. Sie wollte schreien, beherrschte sich aber.

»Ich muß dich mal treffen«, sagte sie.

»Ja, natürlich, das ist doch klar, daß wir uns treffen werden, Jenny.«

»Ich muß mit dir reden. Es ist wichtig.«

»Jaja.«

Und sie verabredeten sich an einem der Orte am Vanstorpsväg, wohin sie früher gewöhnlich mit dem Rad gefahren waren. Dann rannte sie von ihm weg.

Als sie sich trafen, wußte sie nicht, was sie sagen sollte. Es war Sonntagvormittag und kalt, fast zu kalt zum Radfahren. Auf allen Wasserpfützen war Eis, und die Bäume waren entlaubt. Unabsichtlich, glaubte sie, fahre sie hinunter zum See, der zwischen den Bäumen durchschimmerte.

Es war ein langer und schmaler See, und darin lag an dem einen Ende, an dem sie sich nun befanden, ein kleiner Holm mit einer Hütte. Die war von Assar Ek, Ingrid Johanssons Stiefvater, errichtet worden. Jenny wußte nicht, ob sie die noch benutzten. Das Boot lag jedenfalls noch da. Es lag kieloben, und die Ruder lagen darunter.

»Ich kenne die, denen die Hütte gehört«, sagte sie. »Wir dürfen da sicherlich reingehen. Den Schlüssel legen sie immer in die Dachrinne.«

Sie merkte, daß sie mit ihm unbedingt in einem Raum sein wollte, und er protestierte nicht. Als sie sich jedoch daranmachten, das schwere Boot umzudrehen, schämte sie sich.

Das Eis am Uferrand entlang war dünn, und es zersplitterte, als sie den Kahn zu Wasser brachten. Weiter draußen war das Wasser offen und schwarz. Es waren nur wenige Ruderschläge zu dem Holm hinüber, und es war so seicht und schilfig, daß man fast hätte waten können. Sie wußte, daß der Holm im Sommer voller Ameisen war und daß es beinahe unerträglich war, sich dann dort aufzuhalten. Es wuchsen nur Erlen da draußen, und die waren jetzt kahl.

Ferenc schaute fragend drein, als sie zu der kleinen Hütte mit dem Teerpappedach und einem Blechrohr anstelle eines Schornsteins kamen. Vor einigen Monaten hätten sie es als ein Abenteuer empfunden hierherzugehen, dachte sie. Sie hätten über ihre verrückte Idee gelacht. Jetzt war er nur höflich, nachdem sie die Tür aufgeschlossen hatte, und ließ ihr den Vortritt.

Die Hütte hatte nur einen einzigen Raum, der eigenartig nach verschimmelten Textilien roch. Jenny genierte sich, als sie sah, daß sie hier gehamstert hatten und daß die Erbsensäcke und die Kartons mit Mehl und Zucker immer noch hier standen. Sie hatten zweifellos mehr herangeschafft, als sie hatten aufessen können, und jetzt gingen die Schädlinge an ihre Vorräte. Die Waldmäuse hatten sich in die Säcke gefressen. Rund um die Kerzenständer, in denen die Stumpen bis zum Holz hinunter aufgefressen waren, lag ein Kranz von schwarzen Mäuseköteln auf dem bestickten Tuch.

Sie sollten versuchen, Feuer im Herd zu machen, doch Ferenc machte nicht den Eindruck, als wollte er ihn anrühren, und sie selbst traute sich nicht. Sie war einmal mit Arne und Ingrid hier gewesen, und da hatte es angefangen hereinzuqualmen. Schließlich war Arne auf das Dach gestiegen und hatte mit einer langen Stange in dem Blechrohr gestochert, und unten war ein Vogel zum Vorschein gekommen, ein Vogel mit langem Hals, der eines jämmerlichen Todes gestorben war.

Ferenc griff mit seiner behandschuhten Hand nach dem Zug, und es stürzte eine Menge Ruß herunter. Er trat einen Schritt zurück.

»Laß das doch sein«, bat sie. »Ich friere so schrecklich.«

Er ging zu ihr hin und umarmte sie, schweigend. Es war so fürchterlich ausgekühlt, daß sie glaubte, sich unbedingt an ihm festklammern zu müssen. Er mußte das verstehen. Nach einer Weile ließ er sie los und legte sich aufs Bett. Er lag da und schloß die Augen. Sie wußte nicht, was sie tun sollte.

»Was ist denn?« fragte sie.

Er streckte seine Hand nach ihr aus. Obwohl ihr klar war, daß das in dieser Feuchtigkeit und Kälte der reine Wahnsinn war, schmiegte sie sich auf der gestreiften Matratze, die übel nach Schimmel roch, an ihn. Sie wärmten einander, wie sie so aneinandergeklammert lagen, doch nach einer Weile merkte sie, daß sie am Rücken zu frieren begann. Ihr wurde immer kälter. Es war, als wären die Kälte und die Feuchtigkeit mehrerer Jahre in der alten Wattematratze gespeichert worden. Als es ihm gelungen war, seine Hose ein Stück herunterzuziehen, fühlte sich sein Hintern eiskalt und rauh an. Die Hose hielt seine Beine zusammen, doch er konnte sie unmöglich ausziehen, es war zu kalt. Sie half ihm, sie wieder hochzuziehen, und er holte sein Glied aus dem Hosenschlitz hervor. Da wollte sie nicht mehr. Es war so merkwürdig, daß sie nichts zueinander sagten, und die Kälte machte ihr Angst. Sie wußte aber nicht, was sie sonst tun sollten.

Sie bekam ein komisches Gefühl im Gesicht. Es spannte und schmerzte um den Mund herum. Sie trieb ihn, ohne es ihn merken zu lassen, zur Eile an. Gleichzeitig versuchte sie leidenschaftlich zu sein, um dies zu vertuschen und ihn diese Erbärmlichkeit aus Kälte und Eile und den Geruch der Matratze vergessen zu machen. »Er darf nichts merken«, dachte sie. »Er darf sich nicht an dieses Elend erinnern. So gräßlich war es sonst nie gewesen. Nicht einmal beim ersten Mal.« Sie wußte, daß er es damals gräßlich fand. Womöglich würde er das auch nie vergessen.

Er kam zum Ende und zog sich im letzten Moment aus ihr zurück. Sie fühlte sich befreit, gleichzeitig aber auch verletzt von seiner Vorsichtigkeit. Sie selbst glaubte nicht, daß sie schwanger werden könnte. »Er befürchtet wohl, jetzt irgendein Unheil anzurichten«, dachte sie. »Er ist so vorsichtig, so vorsichtig.« Sie merkte, daß sie ihn dafür verachtete.

Sein Samen landete auf ihrem Schenkel, und er wurde sofort ganz eiskalt auf der Haut. Da wurde ihr wirklich klar, wie kalt es war, und sie schob ihn von sich weg.

»Ich muß mich jetzt anziehen«, murmelte sie.

Er küßte sie, und das dauerte unwahrscheinlich lange. Als sie den Mantel zugeknöpft und die Haare vor dem Spiegel glattgestrichen hatte, entdeckte sie, daß sie um den Mund herum ganz verschwollen war. Harte Kältepusteln waren um die Lippen herum aufgegangen. Das sah so schrecklich aus, daß sie die Hände vors Gesicht schlug. Es war grotesk.

»So soll er mich also in Erinnerung behalten«, dachte sie. »Denn es gibt kein weiteres Mal mehr. Das weiß ich.«

Mit klammen und vor Kälte schmerzenden Händen begann sie die Kissen auf dem Bett glattzustreichen, und sie sah ihn nicht an.

»Jenny«, sagte er. »Schau mal aus dem Fenster. Aber vorsichtig.«

Sie stellte sich neben die Gardine und sah, daß am Bootsplatz ein Mann stand und zu dem Holm herübersah. Es war niemand, den sie kannte. Er ging zögernd am Ufer entlang und sah die ganze Zeit zu der Hütte herüber.

»Er wohnt wohl hier in der Gegend«, sagte sie. »Er findet es vielleicht merkwürdig, daß um diese Jahreszeit jemand hier rausfährt.«

Sie war selbst verwundert darüber, wie wenig sie der Kerl kümmerte. Ferenc wirkte tatsächlich ängstlicher.

»Jetzt geht er«, sagte er. »Er geht aber langsam. Stell dir mal vor, wenn der dort oben steht und auf uns wartet.«

»Der geht schon.«

Sie überlegte, was wäre, wenn herauskäme, daß sie zusammen hier gewesen waren. Wenn das Fredrik zu Ohren käme. Dann würde sie in doppelter Verdammnis leben, in der der Stadt und in seiner. Die Leute würden wie Affen in ihrem Unglück herumrupfen, bis es zerfetzt und verstreut und beschmutzt jeden Sinnes entbehrte. Und Fredrik? Sie wußte nicht recht, wie er es aufnehmen würde. Doch es würde sicherlich etwas ganz besonders Großartiges im Hinblick auf lebenslanges Unglück werden, etwas richtig Isländisches.

Sie lachte auf in dem kalten Raum. Es klang jedoch nur wie ein trockenes Husten. Fredrik war zu hochmütig, um über Leute, die so etwas taten, überhaupt zu tratschen. Die tat er lediglich mit einem groben Ausdruck ab. Und nun gehörte sie zu den allerschlimmsten. Sie scherte sich nicht groß darum. Komischerweise tat sie das nicht. Warum sollte sie eigentlich in Fredriks Achtung leben? Warum sollte sie umherrennen und mit allem, was sie vergessen hatte, allem, was sie mittelmäßig und mit schlechtem Gewissen tat, weil es nicht schneller und besser ging, herumwedeln, umherrennen wie in einem Traum, in dem es nach vergessener Schmutzwäsche und angebrannten Kartoffeln roch, während ihr wirkliches Leben in Fredriks Achtung war?

Da wäre es besser, er nähme die Wände um sie herum weg, diese Wände des Schweigens und der Hochachtung, und sie bliebe mit ihm in der grünlichen Winterkälte sitzen. Doch er wollte nicht selbst dahinaus. Und warum sollte sie sich eigentlich darum kümmern, ob Ferenc sich an sie erinnerte? Er konnte sie gern vergessen. Warum sollte sie ein umherirrendes Scheinleben in irgend jemandes Gedächtnis oder Achtung leben, während sie selbst zu Hause auf dem Bett saß und in den Tag träumte und der Staubsauger vor ihr heulte, weil sie vergessen hatte, ihn auszuschalten?

»Wir müssen gehen«, sagte Ferenc.

»Jaja.«

»Du frierst. Es ist gefährlich, sich hier aufzuhalten.«

Er reichte ihr die Handschuhe, die sie auf den Boden hatte fallen lassen.

»Jenny, du verstehst sicher, daß wir uns so nicht mehr treffen können.«

»Nein, das ist klar«, erwiderte sie. »Du hast ja was andres.«

Er schien es sehr übel aufzunehmen, daß sie so etwas sagte. Sie bekam Lust, unleidlich zu sein, richtig unleidlich und häßlich mit Pusteln im Gesicht.

»Hast du schon mit ihr geschlafen?«

»Nein«, antwortete er und sah sehr angespannt aus. »Noch nicht. Sie ist verletzt.«

»Ihr werdet weggehn«, sagte Jenny. Sie hatte sich wieder aufs Bett gesetzt und war jetzt im ganzen Körper so schlaff, daß sie von der Kälte nichts merkte. Die Hände und das Gesicht schmerzten jedoch. »Eines Tages werdet ihr fort sein. Ihr werdet nichts sagen. Das ist am einfachsten so. Euch nur bei der Polizei abmelden. Du bist doch so ordentlich. Das ist sie bestimmt auch. Ihr gleicht euch wohl.«

Sie saß mit dem Rücken zu ihm und blickte auf das kleine Stück Rosentapete, womit Assar Ek das Regal aus weißgestrichenen Zuckerkisten ausgeschlagen hatte.

»Ich habe mich in letzter Zeit so schlabbrig und grau gefühlt. Ich habe keine Bücher gelesen, und ich kann auch keine Sprachen. In 'nem Lager hab ich auch nicht gesessen.«

»Jenny!«

Sie verstand ungefähr, was er sagen wollte. Sie war widerlich. Sie redete von Dingen, die sie nicht verstehen konnte und niemals verstehen würde. Seine Sprache reichte jedoch nicht aus, um das zu sagen. So war es immer, wenn er aufgeregt wurde.

»Ich gehe jetzt«, sagte er nur. »Leb wohl, Jenny.«

Er nahm tatsächlich seinen Hut, den er auf die Zuckerkiste gelegt hatte, und Assars klapprige Tür krachte hinter ihm zu. Sie machte sich nicht einmal die Mühe, seinen Schritten zu lauschen. Sie mußte wieder lachen, doch diesmal wurde es nicht einmal ein Huster. Sie schnaubte nur auf. Er glaubte wohl, daß er nur davonzustelzen brauchte, daß draußen die Straße wäre, Erzebet körút mit Straßenbahnen und Cafés.

Es dauerte nur wenige Minuten, bis er wieder da war. Als sie sich umdrehte, sah sie ihn plötzlich so, wie sie ihn beim allerersten Mal gesehen hatte. Trotz der widerlichen Kälte hatte er den Hut abgenommen, als er hereinkam, und er hielt ihn gegen die Brust. Er sah lächerlich aus.

»Komm, Jenny«, bat er. »Ich dachte nicht an das Boot. Wir müssen zusammen fahren. Sonst kommst du nicht hinüber.«

»Verschwinde, du«, versetzte sie. »Das macht nichts«.

Er machte einen kleinen Schritt auf das Bett zu, wo sie saß. Er drückte noch immer den Hut gegen die Brust und hielt den Kopf etwas schräg. Jenny stand auf und sah sich um, ob sie in dem Raum etwas vergessen hatte.

»Du glaubst doch hoffentlich nicht, daß ich hier sitzenbleiben wollte, bis Fredrik mich als vermißt melden und sie anfangen würden, die Gegend zu durchkämmen? Traust du mir nicht zu, daß ich selber rübergekommen wäre?«

»Schwimmend?«

Er klang ironisch.

»Ja, wenn's sein müßte«, sagte sie. »Aber du bist äußerst erpicht darauf, mich jetzt bei Fredrik daheim abzuladen.«

»Er ist ein guter Mann.«

Sie fing zu lachen an.

»Jesses«, sagte sie. »Jessesna!«

Als sie nach Hause kam, war alles wie gewöhnlich. Sie hörten Radio und spielten mit Ann-Marie Kasino. Nachdem das Mädchen ins Bett gegangen war, meinte Fredrik, daß sie noch eine Kleinigkeit essen sollten, und so aßen sie am Küchentisch Sülze und Rote Bete mit Knäckebrot. Sie teilten sich ein Pilsner. Dann saß er da und blätterte in der Zeitung. Er wartete wohl darauf, daß sie abräumen würde. Doch sie blieb sitzen. Sie sah ihn.

Ja, sie sah ihn.

Er war ein großer und kräftiger Mann mit kräftiger, aber wohlgeformter und fein gebogener Nase und hellblauen Augen. Hinter ihrem Bild von ihm stand immer die Erinnerung an den jungen Fredrik, den sie einst kennengelernt hatte. Er hatte dichte weißblonde Haare und klare Augen und eine Art Eifer gehabt, den sie nicht vergessen konnte.

Jetzt sah sie, daß er müde war, daß die Haare kaum mehr richtig blond waren, sondern die gleiche unbestimmte Farbe hatten wie ihre an den Wurzeln. Sie waren auch nicht mehr so dicht wie früher, und von den Schläfen aus zogen sich zwei tiefe Einbuchtungen nach oben und legten den Scheitel frei. Die feine Nase glich der ihren, die leicht spitz war. Es frappierte sie, daß sie gleich waren. Sie waren in jungen Jahren beide sehr blond gewesen, und nun würden sie einander sicherlich immer mehr gleichen und vielleicht wie ein Paar alte Füchse mit spitzen Nasen und blinzelnden Augen aussehen.

Einige Jahre lang war für Jenny alles wie von selbst gegangen. Sie war dreißig gewesen, fünfunddreißig, und hatte gar nicht so übel ausgesehen. Sie hatte zum erstenmal ein eigenes Fahrrad und neue Gummistiefel besessen. Damals hatte sie nicht gewußt, daß sie niemals Kinder kriegen würde. Und Fredrik würde wohl nicht immer Überstunden machen müssen!

»Man muß es zu etwas bringen im Leben«, hatte er gesagt, als er so jung war. Und zu jener Zeit hatte es geschienen, als hätte er recht: Man muß es zu etwas bringen.

»Wozu?«

»Ja, ganz abgesehen *davon*«, hatte Fredrik gesagt, »kommt es darauf an, es voranzubringen.«

»Ganz abgesehen davon«, dachte sie. Doch *davon* hatte sich in ihr nun einzunisten begonnen. Sie hatte es erst nicht gemerkt. Doch es war da. Sie betrachtete ihr Gesicht im Spiegel; sie sah um die Augen herum müde aus. Alle ihre Zähne waren nunmehr ausgebessert.

Der Krieg war zu Ende gegangen, wie man es sich ja hatte ausrechnen können, daß er das tun würde. Jetzt war sie nicht mehr Küchenhelferin in den Lokschuppen. Sie sollte für Tombolas Strohsterne basteln und Kerzen ziehen. Sie schien da nicht viel machen zu können.

Was wollte er, der Mann auf der anderen Seite des karierten Wachstuchs mit den von Roten Beten verschmierten Tellern darauf? Er war bedrückt und gealtert, und sie hatte das bis jetzt nicht gemerkt. Wußte er etwas?

Das würde sie, sollte es der Fall sein, nie erfahren. Er saß da, hatte den Kopf in die Hände gestützt und die Zeitung vor sich zusammengelegt. Nein, er sah nicht froh aus, und es hieß schon viel, wenn er das zeigte.

»Sollen wir nicht mal jemand einladen?« meinte er.

»Ja, freilich, das können wir durchaus machen.«

Sie begann abzuräumen, und er ging in den Keller, um im Heizkessel etwas nachzulegen.

Nachdem sie die Teller in das Spülbecken gestellt und das Wachstuch abgewischt hatte, ging sie ins Wohnzimmer, um das Licht auszumachen. Die Deckenlampe mit ihren fünf Armen, die unter Seidenschirmen künstliche Kerzen trugen, leuchtete stark. In dem einen Sessel lag ihr Strickzeug. Sie hatten Kaffee getrunken, auf dem Tisch standen noch Tassen. Niemand erwähnte mehr das Wort Tee. Der Krieg war zu Ende.

Sie sah alles sehr deutlich, genauso, wie sie Fredrik eben gesehen hatte. Man kann nicht immer stark empfinden, doch man kann sehr aufmerksam sein.

Ihr Leben fand sich in diesem Zimmer unter dem Säulentisch, an dem man saß, wenn Gäste da waren, ihr ganzes Leben aus den fernen zwanziger Jahren. Die Zeit war herabgebeutelt worden und wie Staub in Stoffe und Teppiche gefallen. Sie erinnerte sich, wie sie sich gefreut hatte, als sie die Möbel angeschafft hatten. Das war, als sie geheiratet hatten, und sie waren gezwungen gewesen, sich von Tora dafür Geld zu leihen. Der Hund durfte nicht auf das Sofa, er war aber trotzdem hinaufgesprungen, und der Bezug war voller Flecken von seinem entzündeten Penis.

Sie würde den Staub aus den Stoffen und Teppichen hier drinnen niemals entfernen können. Es war entsetzlich, alles so deutlich zu sehen wie im Moment. Sie wußte nicht, was sie mit ihrer Aufmerksamkeit anfangen sollte.

Was sollte sie auf diesem Trümmerfeld, genannt Mittelalter, machen? Das schlimmste war, daß sie voller Lebenshunger war wie eine kräftige Mantelmöwe zwischen Müll.

Fridas Schlaf war jetzt so dünn, daß er wie vollkommen durchsichtiges Wasser über den Grund der Erinnerung dahingleiten konnte. Sie wußte nicht mehr, was sie erlebt oder nur geträumt hatte. Oft tastete sie umher, um etwas Festes in der Hand zu fühlen, die Armlehne und die Decke mit ihrer Langettenkante aus Wollgarn. Aber die war auch nicht das, was sie suchte. Die gehörte zur Wachheit mit all ihren Stimmen, und dort vermochte sie jetzt nicht mehr lange zu sein. »Ich kenne mich nicht mehr aus«, dachte sie. »Das ist doch nicht die Armlehne. Das ist ein Geländer. Ich muß in dem Haus nach oben gehen, auch wenn die Treppe schwankt, weil ich Davids Sachen holen muß. Es soll abgerissen werden, sagt der Hauswirt, und wenn ich sie jetzt nicht hole, dann verschwinden sie im Abrißschutt.«

Ihre Wachheit war immer doppelt: die Stimmen der Erinnerung vermischten sich mit denen, die den auffordernden Ton des wachen Tages hatten:

»Sind sie jetzt wach, Frida? Sind sie wach, Frida?«

Aber sie hatte doch keine Zeit. Sie mußte in dem Haus nach oben gehen, bevor die Treppe einstürzte, und sie würde Davids Sachen holen. So ein Glück, daß das Geländer noch da war. Sie hielt sich fest. Da war eine Stimme zu hören, die sagte:

»Jetzt schläft sie wieder. Laß sie noch ein Weilchen sitzen. Wir machen derweil das Bett hier.«

Ein kalter Luftstrom strich ihr übers Gesicht, sie konnte jedoch keinen Geruch wahrnehmen.

Es war in dem Haus, das an der Ecke der Landsvägsgata und der Industrigata lag, gegenüber der Genossenschaft. Die Türen waren kaputtgeschlagen, und sie ging durch Haufen von zertrümmertem Glas. Hier waren die Jungs am Werk gewesen. Sie hatten große Tapetenstücke von den Wänden gerissen und schamlose Sprüche hingeschrieben und solche Körperteile gezeichnet, die man nicht anschauen wollte. Die eisernen Herde gähnten mit offenen Ofentüren, und die Herdringe hatten sie zwischen alte Schuhe und rostige Nägel über den Fußboden hingeworfen.

Hier war Davids Zimmer mit Herd und Garderobe. In der Garderobe waren Schnüre, die hatte er zum Aufhängen seiner Kleider benutzt. Doch außer einer Hose auf dem Fußboden waren keine Kleidungsstücke da. War das gar nicht sein Zimmer? Wen sollte sie fragen? Und wer hatte denn die Titelbilder der »Illustrierten fürs Heim« mit Ingrid Bergmans Gesicht und lächelnden, unbekannten Mädchen auf die Innenseite der Garderobentür geklebt?

»Sie brauchen jetzt nicht ängstlich zu sein, Frida«, sagte die Stimme hinter ihr, und sie hörte das Geräusch eines Lakens, das geschlagen wurde, um glatt zu werden.

»Aber hier können Sie doch kein Bett machen?« sagte sie.

»Doch, wir machen jetzt Ihr Bett, Frida.«

Sollte sie in diesem Zimmer mit dem zertrümmerten Glas und einem Herd, der keine Ringe hatte, liegen? Hatte David dort gelegen? Er mit seiner Tbc, und wo er doch operiert worden war. Jetzt weinte sie, weil das so schrecklich war. Sie machten das Bett da hinten und hatten fröhliche Stimmen, und es schien sie nicht zu bekümmern, wie entsetzlich es war, daß David verschwunden war. War er auf der Walz? Es mußte gefährlich sein für einen, der Tuberkulose gehabt hatte, in Scheunen und Ziegeleien zu schlafen, wo es mal eiskalt und mal heiß war.

»Er ist tot«, sagte dieser Mann. »Und jetzt müssen Sie, die Sie seine Mutter sind, die Sachen abholen.«

Aber das war nicht wahr! Denn es ist das allerschrecklichste, wenn die Kinder vor ihren Müttern sterben. Das ist mit David nicht passiert. Er war nur verschwunden, und niemand wußte, wohin er sich aufgemacht hatte.

»Hören Sie denn nicht!« versuchte sie zu rufen, und dann war da jemand und faßte sie an der Schulter und sagte:

»Sie müssen nicht traurig sein, Frida. Es ist doch so ein schöner Morgen, die Sonne scheint heute. Britten hat Huflattich gepflückt, wollen Sie nicht mal sehen, Frida?«

Mit wieviel Quatsch die sich abgeben, junge Mädchen, die nicht begriffen, wie eilig es war. Auf dem Bord in der Garderobe stand ein Schuhkarton, in dem sich Papiere befanden. In dem anderen Gerümpel auf dem Fußboden lagen ebenfalls Papiere verstreut. Die Jungs waren wohl dort gewesen und hatten alles durchwühlt und um sich geschmissen. Es waren Wechsel. Igitt, daß David sich mit so etwas abgegeben hatte! Zweihundert Kronen. Mit einer weiteren Mahnung kann nicht gerechnet werden.

Sie sammelte alles, was sie fand, auf und legte es in den Schuhkarton, sogar eine Flasche, auf deren Etikett stand: »VERLIERE NICHT DEN MUT in Zeiten der Depression. Viele haben bei Lungentuberkulose ihre Gesundheit mit AL-MENTA wiedergewonnen«. Da war ein Brief, der begann: »Ich bin schon greulich, weil ich nicht schreibe.« Als sie auf den Schluß sah, stand da »Ich tauge nicht mehr soviel, und letzten Samstag habe ich den ganzen Tag gelegen.« Nach den Grüßen stand »Deine Mama«. Da schämte sie sich wieder, daß sie David solche Briefe geschrieben hatte. In einem anderen stand, daß er beizeiten zum Sozialamt gehen müsse, damit er zu Weihnachten Unterstützung bekäme. »Du brauchst Bettzeug. Das alte hab ich weggeschmissen, das hat ja so gerochen. Das ist ja so alt. Aber ich hab mit dem vom Sozialamt geredet, es wird also gutgehen.«

Mehr als diese Briefe und Wechsel und ein Paar Steppeisen, die zuunterst in dem Karton lagen, gab es nicht, was sie hätte mitnehmen können. Alte Zeitungen waren ja nichts zum Aufheben, und die Medizinflasche war leer. Tassen und Untertassen hatte er natürlich auch besessen, doch die hatten die Jungs zerschlagen. Sie hatten auf der Matratze gesessen und eine Flasche geleert, die noch dalag, und Schundzeitungen gelesen. Das Haus stand schon so lange leer, und sie waren natürlich aus und ein gegangen. Aber wo war David denn bloß, während das Zimmer ausgekühlt war? Und wohin hatte sie die Briefe geschrieben? Es war komisch. Wenn er auf der Walz war, gab es keine Adresse, an die sie hätte schreiben können. Und verreisen konnte David doch gar nicht?

»Diesen Brief kann ich nicht geschrieben haben!« rief sie.

»Aber nein, Frida«, sagten sie. »Sehen Sie doch den Huflattich an!«

Da stand: »Wie lange wirst du in Haft sitzen?«

»David ist nie in Haft gewesen«, sagte sie und weinte.

»Aber nein, ganz bestimmt nicht.«

Sie sah jedoch, daß sie Blicke wechselten, bevor sie mit dem Bettenmachen fortfuhren. Es waren nicht die Laken, die schlugen, sondern das Gummituch, das dazwischen lag.

»Soll ich diese Briefe da mitnehmen?« fragte sie. Obwohl sie so jung waren, wußten sie so gut Bescheid. Sie wußten alles.

»Nein, kümmern Sie sich nicht darum«, sagten sie.

Da erinnerte sie sich, daß unter dem Brief über die Haft »Vater« gestanden hatte. Sie mußte beinahe lachen. Eriksson starb doch, als David noch ein kleiner Junge war – nein, David hatte nie in Haft gesessen! Das drehte sich um jemand anders.

Sie wurde ein Weilchen froh, doch dann ging ihr durch den Kopf, daß in dem Karton vielleicht gar nichts war, was David gehörte. Womöglich gab es gar nichts mehr von ihm. Was wollte sie dann in dem zugigen Haus, das bald abgerissen werden sollte?

»Ich habe nichts mehr von David«, weinte sie, denn jetzt wußte sie ganz genau, daß er tot war und sie in Granåsen war. Die Mädchen hatten gerade ihr Bett gemacht, und sie befühlten ihre Hände, ob sie kalt geworden waren, als das Fenster offengestanden hatte.

»Ich muß los und Davids Sachen holen«, sagte sie. »Gut, daß ich geträumt habe. Sonst hätte ich das vergessen.«

»Das ist wohl nicht so eilig«, sagte das große Mädchen. Es hatte mitten auf dem Brustlatz seiner weißen Schürze einen Fleck. Er sah nach Kaffee aus. Wenn das Fräulein Olga zu sehen bekommt! Das Mädchen hieß Britt, doch sie nannten es Britten. Manchmal glaubte Frida, sie meinten ein junges Kätzchen. Die Vorsteherin nannten sie, wenn sie sie nicht hörte, Olga. Doch das war bloß Backfischgeschwätz. Was kümmerte sie sich darum.

»Es ist eilig, denn sie wollen das Haus abreißen«, sagte sie. »Das, das gegenüber der Genossenschaft steht.«

Aber da lachten sie.

»Das ist doch schon längst abgerissen«, sagte die Große.

»Erinnern Sie sich nicht daran, Frida? Da hat seit den dreißiger Jahren niemand mehr gewohnt!«

Das hörte sich in ihren hellen Stimmen sehr weit weg an.

»Ja, ich vergesse so viel«, meinte sie.

Sie fühlte sich müde und wollte schlafen, doch sie konnte in diesen seichten Strom, diese Durchsichtigkeit, die ihr Schlaf war, nicht hinabsteigen. Nicht ganz und gar, wie früher, und nicht dauerhaft. Sie schlief nur wenige Minuten am Stück und sah im Schlaf in zwei Richtungen: nach unten in die Erinnerung, wohin das Große, durch Jahre hindurch vom Bodenschlamm, dem Kleinen überrieselt, abgesunken war. Sie sah nach außen, wo sie sich mit Gummitüchern, Nachtgeschirren und Tabletts bewegten und wo das Licht so schwach war, daß sie nie richtig erkennen konnte, was sie trieben, wenn sie sich einige Schritte entfernten.

Doch sie waren nicht weit weg. Sie wachte auf, und die

Sonne schien durch das Fenster auf ihre Hände. Da streckte sie die Hand aus, um nach ctwas vor sich zu greifen. Es war ein großer, gelber Fleck im Licht, und er fühlte sich weich an, als sie ihn berührte.

Sie tastete, um ihn weiter unten zu fassen zu kriegen, bekam jedoch Angst, weil sie nicht wußte, was das war, worum sich ihre Hand geschlossen hatte. Es war eine nasse Masse, und sie hatte die Form eines Handgelenks. Ja, es war etwas Fleischiges, das in Strängen lag und das sich auflöste und auf die Decke auf ihrem Schoß fiel.

»Nein, aber Frida!« riefen sie.

»Wir müssen die Decke wechseln. Die ist ganz feucht.«

Sie waren richtig böse auf sie, und sie weinte. Britten sammelte die Huflattiche auf ihrem Schloß zusammen und machte wieder einen kleinen, dicken Strauß daraus.

»Wenn Sie so was machen, Frida, können wir hier keine Blumen reinstellen. Dann müssen Sie im Bett bleiben«, drohte die, die am größten war.

Als sie aber noch mehr weinte, dieses dünne Weinen, das plötzlich abgeschnitten wurde und lautlos nur mit Tränen weiterging, reute es sie, und sie sagten, daß sie fröhlich sein solle.

»Jetzt werden wir den Stuhl auf den Korridor hinausrollen«, sagten sie. »Jetzt kommt bald der Besuch.«

Sie saß ganz am Ende des Korridors, als Ingrid und Konrad kamen, und es war von der stahlbeschlagenen Doppeltür aus ein weiter Weg für die beiden. Sie sahen sie die ganze Zeit, und sie sahen auch, wie die Helferin den Rollstuhl herumdrehte und die Decke auf ihrem Schoß glattstrich. Der Fußboden glänzte und spiegelte den Stuhl und Frida. Unter der Decke ragten ihre Füße hervor. Sie steckten in Filzpantoffeln, die völlig sauber waren. Man sah, daß die Sohlen den Fußboden niemals berührt hatten. Konrad fand, daß die Füße wie Gegenstände auf dem Fußbrett standen. Ihr Kopf war ziemlich kahl, doch nun sahen sie sie von vorn, und da standen die Haare noch wie eine kleine weiße Wolke über dem Scheitel.

»Wie blaß sie ist«, sagte Ingrid leise.

Konrad fand jedoch nicht, daß sie blasser war als sonst. Es sah nur so aus, wenn man von draußen hereinkam und Menschen gesehen hatte, die sich jeden Tag in der Sonne bewegten.

Als sie bei ihr anlangten, gaben sie ihr die Hand, und Konrad fragte:

»Wie geht's, Mama?«

»Es ist alles in Ordnung«, sagte die Helferin. »Sie hat gerade geschlafen, drum ist sie jetzt wohl munter und kann mit Ihnen reden. Nicht wahr, Frida?«

»Ich schlaf immer nur«, sagte Frida. »Ich bin so müd geworden.«

»Schlafen ist doch schön«, meinte Ingrid. Ihrer Stimme war anzuhören, daß sie nicht wußte, was sie sagen sollte.

Die Helferin ging weg, und sie nahmen auf den zwei hochlehnigen Stühlen, die am Fenster standen, Platz. Man konnte die Hände auf die Armlehnen legen, und Ingrid machte das und sah auf ihre Hände. Konrad dachte sich, daß ihr, wenn sie ihre alte Mama besuchten, nicht wohl sei in ihrer Haut. Er ging jedoch nicht davon aus, daß ihr das mit Mama zusammen jemals war, nicht, seitdem sie ganz klein gewesen war.

Zwischen den Stühlen stand ein brauner Tisch, über den eine weiße Decke mit schmalen roten Rändern gebreitet war. In die eine Ecke war das Monogramm des Altersheims gestickt. Auf dem Tisch stand ein Topf mit einer blättrigen Amaryllis in trockener brauner Erde. Es hingen keine Bilder an den Wänden des Korridors. Man sah Türen und hörte entferntes Klappern aus der Küche.

»Ja, wir sind jetzt auf dem Kirchhof gewesen«, sagte Ingrid, »und wir haben das alte Zeug weggetan und frische Blumen auf das Grab gestellt.«

Dann machte sie den Mund zu und sah zu Boden. Konrad nahm an, daß sie sich schämte, weil sie vom Kirchhof gesprochen hatte.

»Ja, ihr seid so lieb«, sagte Frida.

»Kriegst du denn guten Kaffee, Mutti?« fragte Konrad.

Er glaubte, in ihren Augen würde es aufschimmern, wenn er ein Späßchen machte. Aber sie schien nicht zu hören.

»Denkt bloß, ich hab nichts mehr von David«, sagte sie. »Aber in Haft war er nicht gesessen, nein.«

Einen Moment lang war es still.

»Aber nein«, sagte Konrad dann. »Bestimmt nicht.«

»Es war Papas Grab, wo wir waren«, sagte Ingrid.

»Ach so, Erikssons«, sagte Frida.

Da fing Ingrid zu weinen an, wenn sie es sich auch nicht anmerken ließ, sondern sich in ein Taschentuch schneuzte, als ob sie erkältet wäre. »Es wäre ebensogut, wenn sie nicht hierherginge«, dachte Konrad. Er nahm normalerweise die Kinder mit. Das klappte besser.

Die Mutter saß jetzt mit geschlossenen Augen da, und nach einem Weilchen fragte Konrad, ob sie schlafe. Er bekam keine Antwort. Nachdem sie ein paar Minuten still dagesessen hatten, begannen Ingrid und er sich leise zu unterhalten, und er dachte, daß wohl keines von ihnen sie eigentlich wecken wollte. Sie redeten über Ulf, der zum Sommer Arbeit bekommen hatte.

»Er wird für den Gemischtwarendienst rumrennen«, erzählte Ingrid.

Sie hielt den Blick auf Fridas Gesicht mit den dünnen weißen Augenlidern gerichtet. »Sie schläft«, sagte sie. »Aber warum redet sie ständig von David? Sie weiß womöglich nicht einmal, daß wir es sind, du und ich, die hier sind.«

»O doch. Aber über uns, denen es ganz passabel ergangen ist, gibt es wohl nicht so viel zu grübeln.«

Ingrid flocht ihre Finger ineinander und betrachtete sie.

»Du, die du bald in der Direktion sitzt!« frotzelte Konrad, um sie aufzumuntern.

»Gar nicht. Ich bin bloß Statistikführerin in der Fabrik. Ich schreibe die Stunden und Akkorde auf. Irgend jemand muß das ja auch machen. Es ist gut, wenn man das bei den Tarifverhandlungen hat. Ansonsten, das kannst du glauben, wickeln die uns leicht ein.«

»Du warst ja schon immer gut im Rechnen«, sagte Konrad. »Wenn ich auch nie geglaubt habe, daß du zu den Gewerkschaftsversammlungen gehst.«

»Das war früher, als ich noch jünger war. Weiß der Himmel, was man da im Kopf gehabt hat! Und dann das eine Mal, wo du mir ein Gedicht oder was das war, angedreht hast. Über die Arbeitsfreude. Da habe ich geglaubt, daß ich da nie wieder hingehen würde. Meine Güte, wie ich mich geschämt habe! Ich bin ja hergegangen und habe das auf einer Versammlung vorgelesen.«

Sie lachten beide, doch Frida wachte nicht richtig auf. Ihre Augenlider zuckten, und die Hände zupften am Rand der Decke, die Finger tasteten die Langettenkante entlang.

»Seid ihr lauter Sozialdemokraten im Ortsverein?« fragte Konrad.

»Ja. Aber du bist auch der einzige, der nicht Sozis sagt«, lachte sie und vergaß, das Gesicht der Mutter anzusehen. »Die anderen sind im Krieg rausgeflogen, du weißt, wie die Stimmung damals war. Ich habe aber gewußt, daß ihr nicht so gefährlich seid.« Sie zog ihn auf. Er mußte lächeln.

»Vor allem Träumer«, sagte sie.

»Zum Teufel aber auch!«

Es war ganz ungewöhnlich, daß er fluchte. Sie legte den Zeigefinger auf den Mund. Es war, als hätte man es, obschon er es in normalem Ton gesagt hatte, bis hinaus ins Büro gehört, denn jetzt raschelte es hinter der stahlbeschlagenen Tür, und Fräulein Olga kam heraus. Sie ging auf sie zu und sah Fridas Gesicht an. Dann sagte sie ziemlich streng:

»Sie wird müde. Es ist besser, wenn Sie jetzt gehen.«

»Wir werden still sein«, sagte Konrad. »Wir sitzen hier eine kleine Weile ganz still bei ihr.«

Er dachte sich jedoch, daß er herkommen und allein bei der Mutter sitzen sollte, ganz still. Ingrid war so unruhig, und die Vorsteherin mißbilligte es, daß sie sich über den Kopf der alten Frau hinweg unterhielten. Sie hatte sicherlich recht. Frida hörte vielleicht, selbst wenn sie schlief. Manchmal beobachtete er, daß sie im Schlaf weinte, und er konnte nie genau herausfinden, warum sie traurig war.

Ingrid fand es gräßlich, wenn ohne Vorwarnung Tränen über die trockenen, weißen Wangen liefen. Ihre Stiefmutter, Ingeborg Ek, hatte gesagt, daß das nur Reflexe seien, und Assar sagte:

»Was geht ihr denn da hin? Sie ist doch so verkalkt, daß sie nichts merkt. Sie weiß wahrscheinlich nicht einmal, wer Ingrid ist.«

Doch sie irrten sich. Konrad wußte, daß vieles, was bei der alten Frau spröd und zerbrechlich war, bald zerfallen würde. Vieles war schon zerfallen. Die Scheidewände zwischen Erinnerung, Traum und Wachheit waren so dünn. Ihr Bewußtsein schien bisweilen von etwas, was sie früher gesehen hatte, oder vom Schlaf verschleiert zu werden. Denn sie war sehr müde. Aber es schien nichts verlorengegangen zu sein. Es war nicht alles zugänglich, und sie weinte manchmal, wenn sie nicht verstehen konnte, warum sie sich in den brüchigen Kammern ihrer Erinnerung, wo so viele Wände zum Traum hin zersprungen waren, nicht zurechtfand.

Ich will hier sitzen. Es ist so eigenartig, daß es dich gibt, wollte er zu ihr sagen.

Wenn sie allein waren, wollte sie gern, daß er ihr Kirchenlieder vorlas. Vor nur zehn Jahren noch hätte er sich dafür fürchterlich geniert. Womöglich verstand sie das, denn sie bat ihn nie vorzulesen, wenn noch jemand dabei war. Er dachte: »Sie versteht vieles.«

Er hatte schon so viele Lieder vorgelesen, doch sie war nie richtig zufrieden gewesen. Sie jagte ihn auf der Suche nach etwas, was sie so gern noch einmal hören wollte, durch das Gesangbuch. Die Nummer des Liedes konnte sie jedoch nicht sagen, und sie erinnerte sich auch an keines der Worte. Er las und fand einiges ziemlich furchtbar. Einiges war fromm und nett, und er glaubte, daß sie sich darüber freuen würde. Aber sie war noch genauso ungeduldig. Das nicht, das auch nicht! Einiges war große und herrliche Poesie, und Konrad wurde hingerissen und rezitierte auf dem Korridor, so daß Fräulein Olga kam und sie anstarrte. Es hallte da drinnen unter der hohen Decke. Er war ein bißchen traurig, daß er nie gelernt hatte, diese Lieder zu singen; aus der Schule erinnerte er sich an überhaupt nichts.

Als er schließlich fand, was sie schon lange hatte hören wollen, war er verblüfft. Ja, aus dem Liedanfang »Ach Erdenkind, die Zeit ist kurz«, verstand er nicht einmal, daß er auf der richtigen Spur war, denn sie schloß die Augen, und er wußte nicht, ob sie zuhörte. Wallin hatte das gedichtet, und die erste Strophe, glaubte Konrad, sei für eine Neujahrsfeier gewaltigen Ausmaßes auf einem Bischofssitz geschrieben; sie hatten sie sicher mit Champagner hinuntergespült. Als er die vierte Strophe las, lächelte Frida, obschon sie eben noch geschlafen hatte, und sagte:

»Das ist es.«

Und er las:

»Ich bin der Baum im Garten dein, Dem noch gewähr' sein Leben. Um Heg' und Pfleg' zu benedein, Mag er einst Früchte geben.«

»Ja«, sagte sie. »Genau das ist es. Jetzt mußt du langsam lesen.« Und das tat er.

Er suchte ihr auch die Bibelstelle dazu, es war Lukas dreizehn. Doch die interessierte sie nicht so sehr. Es war das Lied, was sie hören wollte. Er verstand jetzt, daß Frida sich für eine Auserwählte hielt, und das erstaunte ihn sehr. Er erzählte es Ingrid einmal, als sie vom Altersheim weggingen.

»Sie hält sich für eine Auserwählte«, sagte er.

»Eine Auserwählte?«

»Ja, eine von Gott Auserwählte.«

»Aha. Dann aber für Teufeleien«, meinte Ingrid.

»Darüber wissen wir nichts«, antwortete er.

»Schlag um den Baum, gebietest du, Sein dürrer Stamm, er trägt nicht. Gewähr ein Jahr ihm noch dazu!« So sagte er immer still für sich selbst auf, wenn er von ihr wegging. Er spürte noch ihre Wange auf seinen Lippen. Ihm war, als hätten sie brüchiges Papier berührt.

Draußen war es Frühling. Die Luft war kalt, doch voller Vogelrufe. In dem lichten Fichtenwald hinter dem Heim hatte der Boden braune Sprenkel bekommen. Der Schnee war dabei, sich in schmutzige Perlenhaufen zu verwandeln, die immer schneller zusammensanken. Im Kies des Hofs rund um das Greisenschloß floß das Schmelzwasser in alle Richtungen. Überall waren Lockrufe und glucksendes Wasser, und die Luft, kühl und erfüllt von Düften, ließ sich leicht atmen.

»Ich glaube, die Vorsteherin hat durch die Wand gehört, wie du geflucht hast«, sagte Ingrid, als sie ein Stück weit gegangen waren.

»Dann hätte sie aber lange Ohren«, lachte er, »denn ich habe mich doch gar nicht so schrecklich ereifert. Aber du mußt mich keinen Träumer heißen.«

»Das ist doch wohl nicht so arg.«

»So, wie du das meinst, ist es sogar noch schlimmer. Es ist lächerlich.«

Um von Granåsen aus zur Stadt zurückzukommen, ging man zwischen zwei Umfriedungen hindurch. Auf dem Weg war viel Schmelzwasser, und Konrad, der keine Galoschen anhatte, mußte springen. Als Ingrid sich ihm zuwandte und lachte, fand er, daß sie lustig aussah. Zu ihrem äußerst feschen blauen Frühjahrsmantel, den sie mit Angestelltenrabatt bei Kurre-Kleider gekauft hatte, trug sie eine braune Baskenmütze. Darauf saß in der Mitte ein kleiner abstehender Nippel.

»Habt ihr es jetzt warm bei euch im Eispalast?« fragte er frotzelnd.

»Nein, aber Arne wärmt mich«, konterte sie, und seine Miene verfinsterte sich, denn er mochte es nicht, wenn sie so daherredete.

Die Schmelzwasserpfützen in den Löchern der Straße waren auf dem Hinweg braun gewesen. Jetzt sahen sie sie aus einiger Entfernung, und da spiegelten sie den Frühjahrshimmel. Die Straßen waren leer.

»Warum ist es so leer?« fragte er. »Was machen die Leute denn?«

»Essen natürlich. Die sitzen um ihre Küchentische und essen pflaumengespicktes Schweinskarree mit Sahnesoße und Gurken.«

»Sei dir da nicht so sicher, du«, erwiderte Konrad.

»Dann sind sie bei Stelldicheins«, meinte Ingrid und sprang wie ein kleines Kind über die Wasserlachen.

»Weißt du was«, sagte Konrad und faßte sie am Arm. »Ich glaube, es gibt noch eine andre Art zu leben!«

Sie sah ihm flüchtig ins Gesicht. Er schaute jedoch geradeaus und machte ganz und gar nicht den Eindruck, als ob er scherzte.

»Ja, ich glaube, daß es noch eine andre Art gibt und daß manche von denen in den Häusern hier schon so leben.«

»Aha«, sagte sie nicht ganz ernst. »Ich glaube, daß die sich vor allem um sich und ihr Ich kümmern.«

»Ja, vielleicht«, meinte Konrad. »Obwohl, manchmal denke ich: Wenn sie eine Atombombe auf alles abwerfen würden, dann wäre es gut, wenn gerade so was hier übrigbleiben würde.«

»So was?«

Er hatte tatsächlich eine Geste in Richtung der dicht zusammengeduckten Häuser mit ihren windschiefen und abgeblätterten Schuppen und verdreckten Vogelhäuschen, Teppichstangen und Wäscheleinen voller Knoten gemacht, die vor ihnen lagen. In den Gärten war es vollkommen still, und man sah nirgends einen Menschen.

»Das liegt wohl nur daran, daß das etwas ist, woran du gewöhnt bist und was du irgendwie magst«, sagte Ingrid. »Auch wenn es dir hier nicht gefällt.«

Konrad fand, daß sie etwas abweisend klang. Er machte sich nicht die Mühe, sie davon zu überzeugen, daß er etwas anderes gemeint hatte. Er hatte verstanden, daß es auch hier Menschen gab, die fast im geheimen und mit einer gewissen Verschlagenheit eine Art zu leben verteidigt hatten, die ihm wertvoll erschien. Sie war bisher freilich weder gepriesen noch beim Namen genannt worden, und vermutlich würde Ingrid das nicht verstehen.

»Es gibt ein Muster unter dem Muster«, sagte er nur.

»Kann sein.«

»Eine Stadt unter dieser Stadt. Oder in ihr.«

Es spritzte in den Wasserpfützen, wenn sie ging. Sie war wohl gereizt.

»Willst du nicht nach Hause?« fragte er bei der Landsvägsbrücke.

»Nein, ich soll in Toras Wohnung Blumen gießen.«

»Macht Jenny das nicht?«

»Doch, wenn Tora ins Radiumheim fährt. Aber nun soll sie morgen operiert werden, und Jenny ist mit ihr mitgefahren.«

Sie stand da und fuhr mit der Stiefelspitze durch den Kies auf dem Trottoir.

»Ich hab keine Lust, dahin zu gehen«, sagte sie.

Er entschied für sie, daß sie zuerst zu Anker gehen und eine Tasse Kaffee trinken sollten.

Bei Anker waren an diesem Sonntagnachmittag doch ziemlich viele Leute. Die Sonne schien durch die Glastüren, die zum Garten hin führten, herein, und die Luft war dick vom Rauch und Kaffeedunst und süß vom Duft aus den Gebäckschalen. Sie fanden einen Tisch an der Wand, wohin die Sonne nicht reichte, und Konrads rundes Gesicht sah im Schein der Wandlampen rosig aus.

»Sag jetzt genau, was du haben willst«, sagte er, und Ingrid mußte lächeln, denn es war genau wie damals, als sie ein Schulmädchen war und sich von Eks hierhergeschlichen hatte, um ihn zu treffen. Und genau wie damals holte er sein Portemonnaie hervor und sah nach, wieviel darin war. Er merkte gar nicht, daß die Serviererin danebenstand und sein Treiben beobachtete.

Ingrid bestellte eine Sahnerolle. Sie mochte sie nicht mehr so gern, wollte ihn aber nicht enttäuschen.

»Kaffee will ich aber auch haben«, sagte sie.

Die Leute sprachen ganz leise, auch die Tassen klapperten mit Sordino auf die Untertassen. Sie waren aus dickem Konditoreiporzellan mit nahezu abgenutztem Goldrand. Aus der

Küche drangen schrillere Geräusche. Doch das war eine andere Welt, und wenn die Serviererinnen in ihren glänzenden Blusen hereinkamen, sprachen sie mit ebenso leisen Stimmen wie die Gäste an den Tischen.

»Warum willst du denn nicht in Toras Wohnung gehen?«

»Ich weiß nicht«, sagte sie.

Plötzlich überkam sie die Lust, den ganzen Nachmittag bei Anker unter der Pendüle und dem Bild der Stadt im Süden sitzenzubleiben und in den zerfledderten Illustrierten zu lesen. In Toras Küche oben war es so kalt und im Zimmer noch viel kälter. Sie hatte die Temperatur der Heizkörper heruntergedreht, bevor sie fuhr. Die Topfpflanzen hatte sie auf dem Küchentisch zusammengestellt, damit sie leichter zu gießen waren und nicht zuviel Sonne bekamen. Es waren aber so wenige. Sie mußte etliche weggeschmissen haben.

»Ich war heute morgen schon dort«, sagte sie.

»Ja, aber dann brauchst du doch nicht nochmal hin.«

»Es ist lächerlich, aber ich hab das Gießen vergessen, obwohl ich deswegen hin bin.«

Es war alles so ordentlich gewesen da oben. Ingrid hatte einen Blick in die Garderobe geworfen und ein paar Schranktüren aufgemacht. In einer Küchenschublade lag das Sparbuch im Bündel mit dem Kassenbuch und dem Pensionsbescheid von SJ. Ihr war es so vorgekommen, als ob etwas fehlte. Es war nicht so leicht zu sagen, was da nun weggekommen war. Doch alles, was sich dort fand, war ganz und sehr sauber. Neben dem großen Spiegel, den sie einst in ihrem Café stehen hatte, war eine große Vase mit getrockneten Judenkirschen gewesen. Doch die war auch weg.

»Ich glaube nicht, daß sie zurückkommt«, sagte Ingrid.

Konrad schwieg. Sie hatten Kaffee eingeschenkt bekommen, aber der stand nun da und wurde kalt. Er nahm ihre Hand in die seine. So saßen sie eine Weile, und Ingrid merkte, daß die Familie, die am nächsten Tisch saß, sie ansah. Sie kümmerte sich nicht darum.

An der Wand ihnen gegenüber hing ein Spiegel, und darin sah sie das Bild über ihren Köpfen. Es sah im Spiegel anders aus. Es war ein graugelbes Bild in unreinen Farben, und es stellte wohl eine südländische Stadt an einem Hang dar. Man sah keinen Menschen auf den Straßen, und sie mußte daran denken, was Konrad vor einer Weile gesagt hatte. Wie typisch für ihn, eine Stadt in der richtigen Stadt und ein Muster unter dem Muster zu sehen. Sie selbst sah nur leere Straßen und öde Viertel. Vielleicht gab es den Ort gar nicht?

Als sie schließlich ihren Kaffee austranken, taten sie das ganz schnell, und dann bat Konrad die Serviererin, bezahlen zu dürfen.

Als sie jünger gewesen war, hatte sich Ingrid immer wegen dieser Zeremonie geschämt, denn Konrad gab niemals Trinkgeld. Er legte auf die Öre genau das, was es kostete, auf die Tischplatte, die, als sie noch ein kleines Mädchen war, blank gewesen, jetzt aber matt und zerkratzt war. Er war nicht geizig, aber gegen dieses System der Bezahlung nach Gutdünken, wie er es nannte. Er dankte der Serviererin statt dessen, und wenn er sie kannte, drückte er ihr die Hand. Noch immer konnte Ingrid merken, wie sie sich schämte, wenn er das tat. Gleichzeitig war sie stolz auf ihn, daß er sich das traute.

Sie gingen gemächlich die Straße entlang bis zu dem Haus, in dem Tora wohnte, denn er hatte ihr versprochen, sie dorthin zu begleiten. Es sah seltsam aus, daß ihre Stubenfenster nun leer waren.

»Sie hat alle Blumen auf den Küchentisch gestellt«, erklärte Ingrid.

Vor dem Haus verabschiedete er sich nun von ihr, und er tätschelte ihre Hand in dem Handschuh zwischen seinen beiden Händen. Sie ging langsam in den Hof und über den Kies des Hofs, ohne zu den leeren Fenstern hinaufzusehen.

Als kleines Mädchen hatte sie oft die Engel, die unter dem Dach saßen, angeguckt. Konrad hatte gesagt, daß sie nachts ins Haus flögen.

»Aber nicht im Winter«, sagte sie, »denn da sind die Fenster doch zu.«

»Oh, die brauchen keine Fenster, um hineinzufliegen!«

»Da kriegen die Leute bestimmt Angst«, meinte sie.

Aber Konrad hatte gesagt, daß die Menschen es meist gar nicht merkten, wenn die Engel hineinflögen. Sie wußte nicht, ob sie selbst sich gefürchtet oder gefreut hätte, wenn das in der Eisenbahnersiedlung, wo sie bei Eks wohnte, geschehen wäre. Das ärgste war gewesen, es nie zu erfahren.

In der Nacht lösten sich die Engel aus ihren steinernen Gestalten und flogen ins Haus. Tora konnten sie jedoch nicht entdecken.

Sie hatte die Einsamkeit, die aus grauem Garn gestrickt war, ausgezogen und sie zusammengefaltet und aufs Küchensofa gelegt. Dann war sie aus ihren schwarzen Schuhen, die Beherzt und Tüchtig hießen, gestiegen und hatte sie daruntergestellt.

Sie lag jedoch nicht wie gewohnt im Bett. Die Engel glaubten, daß sie in den Spiegel hineingegangen sei.

Hier steht Gerda Franzon, geborene Åkerlund, vor dem Tisch in der Halle. Sie wird die Handschuhe anziehen. Sie ist schön gekleidet. Direkt auf dem Körper trägt sie Unterwäsche aus Seidencharmeuse und ein maßgeschneidertes Korsett von Spirella. Das macht sie ganz glatt. Man kann nicht einmal sehen, daß Gerda wie alle anderen menschlichen Wesen einen Po mit zwei Hälften hat. Sie trägt ein hellblaues Schneiderkostüm mit Marderfellbesatz. Es gibt in der Stadt sonst keine Fünfundvierzigjährige mehr, die ein hellblaues Kostüm hat. Es war für eben diese Gelegenheit bestellt und angefertigt worden. Sie wird es natürlich viele Jahre tragen; Gerda ist keine Verschwenderin. Sie hat schon lange Einblick in Bertils Buchführung. Ein großer Teil der Vorsichtigkeit, die seine Spielerlaune bei Geschäften im Gleichgewicht hält, kommt von ihr. Sie war es, die ihn dazu bewegte, von den Geschäften mit Papieren zu festen Werten überzugehen, und sie tat es rechtzeitig.

Sie trägt ein asymmetrisches blaues Samtbarett, in dem eine Feder steckt, graue Schuhe mit empfindlichen, hohen Lederabsätzen, nicht sehr tauglich, um damit draußen umherzulaufen. Doch Gerda gedenkt heute nur auf dem Trottoir und im Haus umherzugehen.

Die Fünfzimmerwohnung, die sie umgibt, ist sehr hell. Die Wände sind nicht tapeziert, sondern verputzt und gestrichen. Propst Åkerlunds Gemälde nehmen sich darauf düster aus, seine dichtgeknüpften persischen Teppiche glühen auf dem nagelneuen Eichenparkett im Gesellschaftsraum. Zu diesem geht es durch Schiebetüren mit Glasscheiben, und man kann einen Schimmer vom offenen Kamin sehen. Die Küche ist mit allem erdenklichen Komfort ausgestattet, über den morgen in der Zeitung geschrieben wird. Im Verhältnis zu der, die sie kürzlich verlassen hat, ist sie klein. Sie haben vorher in einer Villa im Norden gewohnt. Doch damit ist jetzt Schluß. Gerda hat beschlossen, sich nicht nach der Düsterkeit hinter den mit wildem Wein verhangenen Fenstern zurückzusehnen. Jetzt werden sie zentral wohnen. Es ist nämlich nicht wenig Reklame, das zu tun.

Es gibt noch mehrere Wohnungen um sie herum, Zwei- und Dreizimmerwohnungen. Doch das hier ist die einzige Wohnung mit fünf Zimmern. Die Treppenhäuser sind kühl und riechen nach frischem Putz. Man geht auf grünem Kolmårdsmarmor. Noch ist der Müllschlucker kaum benutzt. Oben im Dachgeschoß gibt es einen Bügelraum, einen Trockenraum und ein Heißluftgebläse. Dort brummt auch die zentrale Ventilationsanlage, die die verbrauchte Luft aus den Räumen bläst. Frischluft wird durch Ventile unter den Fenstern zugeführt.

Gerda muß daran denken, den Journalisten auch das Dachgeschoß zu zeigen. Doch im Moment ist sie stehengeblieben, ziemlich geistesabwesend. Sie wird die Handschuhe anziehen.

Das ganze Haus, das sie jetzt mit seinem Surren der Ventilatoren und brummenden Motoren im Kino und Restaurant um sich herum spüren kann, wird heute eingeweiht werden. Es heißt »Das Grandhaus« und hat eine Million gekostet.

Repräsentanten der Bank, der Stadt und der Presse werden zugegen sein, und es hat Gerda Vergnügen bereitet, sich darüber Gedanken zu machen, was die Journalisten schreiben werden. Sie kann ihnen sicher so manches sagen und davon ausgehen, daß sie es in ihre Blöcke notieren werden. Die Journalisten des »Korrespondenten« und der »Provinzialzeitung« sind recht nett und dankbar für Einfälle. Über die großen Schaufenster, denkt Gerda zum Beispiel, sollen sie schreiben, daß sie in Konkurrenz zum bunten Farbenspiel der Neonschilder wahre Lichtfluten nach draußen fließen lassen. Sie findet außerdem, daß sie über den ganzen funktionalistisch betonten Komplex an der Ecke der Magasins- und der Industrigata, der bereits seit 1938 im Plan vorliegt, schreiben könnten, daß er im Straßenbild wohltuend und anregend wirke.

Sie wird die Handschuhe anziehen und zu ihnen hinuntergehen. Sie werden sich im Foyer des Kinos versammeln, wo alles neu ist und wo die hellgrünen Wände nach feinem neuen Stoff riechen. Bertil gedenkt Sherry anzubieten. An den Wänden, die mit etwas bezogen sind, was wie Seidenmatelassé aussieht, hängen Ingrid Bergman, Tyrone Power, Errol Flynn, Ava Gardner und der Hund Lassie in schweren Rahmen. Konrad Eriksson hat hoffentlich einen Kurzfilm in Farbe mit dem Titel »Sheila – die Wölfin« in den Projektor eingelegt. Wenn sie den, in grünen Plüschsesseln sitzend, angesehen haben und das Licht von gedämpfter Aprikosenfarbe zu einer klaren, goldenen künstlichen Sonne aufgegangen ist, werden sie aufs Trottoir hinausschweifen und allen Geschäften einen Besuch abstatten: dem Goldschmied, der Parfümerie, einem sehr exklusiven Geschäft, dessen Inhaberin schwarzes, zu einem Knoten aufgestecktes Haar, um den ein Silbernetz sitzt, hat, Stellas Früchte mit dem eingepackten, raschelnden Konfekt und den Bonbons in klaren Farben, den schweren blauen Trauben, dem Kaffee, der bis auf die Straße hinaus duftet, der Schokolade und den Erdnußbehältern aus Glas. Bei Elisifs Strümpfen steht ein Mädchen, das so fein spricht, daß Gerda sie zuerst nicht verstand, als sie die Treppenreinigung vereinbaren wollten. Bei Alméns Konfektion wird es eine kleine Modenschau geben, und Herthas Mode will Hüte dazu beisteuern. Es ist geplant, rasch durch das Laboratorium des Fotomagazins, den Damenfrisiersalon, dem einzigen in der Stadt mit männlichem Chefcoiffeur, zu gehen. Am Ende wird man im Restaurant in der ersten Etage Kaffee trinken, und Bertil hat einen Pianisten engagiert. Das Klavier ist weiß und hat goldene Kanten. Es ist ganz neu und in dieser Spezialausführung bestellt. Auf allen Restauranttischen stehen Blumenarrangements mit Gratulationskarten und Glückwünschen für Bertil und sie zum Start des Unternehmens. Das Kino und das Restaurant betreiben sie selbst, die übrigen Geschäftslokale vermieten sie.

Nun wird Gerda gehen, sowie sie sich die Handschuhe angezogen hat. Sie steht ganz still und hat die rechte Hand auf ihre grauen Mochalederhandschuhe auf dem Tisch in der Halle gelegt. Seit Sven-Bertil einem Wehrpflichtigen aus Järna die Zähne und den Kiefer zertrümmerte, hat sie diese Momente. Sie wird zaudernd. Eine Hand, die sie ausstreckt, beginnt plötzlich leicht zu zittern, und sie muß sie zurückziehen. Das paßt überhaupt nicht zu ihr. Gerda spürt deutlich, daß sie in ihren Kleidern nackt dasteht, und das ist ein eigentümliches Gefühl. Sie weiß ja sehr wohl, daß sie angezogen ist. Sie hat sogar das Haus und die Stadt um sich.

Wenn sie sich in der Stadt bewegt, saust sie ja nicht wie ein Silberfischchen durch deren Gänge und Löcher. Sie bewegt sich, und die Stadt bewegt sich mit ihr, als wäre sie damit bekleidet. Sie kann sie schwerlich ausziehen.

Sie wird jetzt die Handschuhe anziehen und gehen. Wenn sie immer zaudern wird vor dem, woran sie im Begriff steht teilzunehmen, wird man sie für nervenkrank halten. Das läßt sie beinahe in Lachen ausbrechen, denn sie weiß, daß sie eine sehr robuste Person ist. Sie hat es jedoch zusammen mit der Zärtlichkeit in Bertils Blick gesehen. Die erste Zeit nach dem Unglück ist jetzt nämlich vorüber. Sie wird nicht länger zaudern.

Noch ist es nicht an der Zeit.

Erläuterungen

Seite 10: *AK*
Arbeitslöshetskommission = Staatliche Einrichtung zur Bekämpfung der Arbeitslosigkeit

Seite 32: *Fideikommiß*
Vermögensmasse, meist Grundbesitz, die nach einer vom Stifter festgelegten Erbordnung nur als Ganzes weitergeben wird. Dem jeweiligen Eigner steht nur der Ertrag des Vermögens zur freien Verfügung, das Vermögen selbst darf weder geteilt noch veräußert werden. Das Fideikommiß ist vor allem eine Einrichtung zur Sicherung adligen Grundbesitzes.

Seite 35: *Halbe Meile*
5 km; 1 schwedische Meile = 10 km

Seite 45: *Karl Kilbom (1885-1961)*
Führendes Mitglied der Schwedischen Kommunistischen Partei, die sich 1929 spaltete: die Mehrheit schloß sich den moskaukritischen »Kilbomkommunisten« an.

Seite 97: *IFK*
Idrottsförenigen Kamraterna = Schwedischer Sportverband

Seite 148: *ABF*
Arbetarnas bildningsförbund = Arbeiterbildungsverband

Seite 151: *Per Albin Hannsson (1885-1946)*
Sozialdemokrat, von 1932 bis zu seinem Tod mit kurzer Unterbrechung schwedischer Ministerpräsident

Seite 157: *Fabian Bärj*
eigentlich Fabian Berg, schwedisch ausgesprochen: Bärj

Seite 172: *Erik Gustaf Geijer (1783-1847)*
Bedeutender schwedischer Romantiker. Historiker, Philosoph, Lyriker und Komponist.

Seite 181: *Kontrollbuch (schwed.: motbok)*
Von Mitte der zehner bis Mitte der fünfziger Jahre gab es in Schweden für Alkohol Höchstabgabemengen, die nur gegen Vorlage eines Kontrollbuchs erhältlich waren.

Seite 188: *SJ*
Statens järnvägar = Schwedische Staatsbahnen

Seite 194: *Instleute (schwed.: statare)*
Im Gegensatz zu Tagelöhnern ständig auf einem Gut beschäftigte Landarbeiter, die in Deputatwohnungen leben und zum Teil in Naturalien entlohnt werden.

Kerstin Ekman
Zum Leben erweckt

PIPER

Roman. Aus dem Schwedischen von Hedwig M. Binder.
619 Seiten. Geb.

Kerstin Ekman beweist mit diesem Roman erneut ihre schriftstellerische Brillanz: Ausgehend von sieben Frauenschicksalen, knüpft sie auf faszinierende Art eine Verbindung von Vergangenheit und Gegenwart.
Sigge schreibt eine Arbeit über den Literatur-Nobelpreisträger Eyvind Johnson, Blenda sitzt in Rinkeby und restauriert ein kostbares altes Seidentuch, und Sylvia sucht in Gewölben unter der Altstadt nach archäologischen Ausgrabungen. Mit dem feinen psychologischen Gespür, für das Kerstin Ekman so berühmt ist, wird das Leben von diesen und anderen Frauen nachgezeichnet, die auf den ersten Blick kaum etwas miteinander zu verbinden scheint. Doch alle Fäden laufen schließlich bei Oda zusammen, die, allein schon wegen ihres hohen Alters, die meiste Lebenserfahrung – im Guten wie im Schlechten – sammeln konnte. Auf meisterhafte Weise gelingt es der Autorin in diesem weitumspannenden Epos, die Schicksale, Erfahrungen, Gedanken und Hoffnungen von sieben Frauen im heutigen Stockholm, ihre eigenen Geschichten wie auch die der Welt, die sie umgibt, miteinander zu verknüpfen.

Seelenfeier.
Deborah Wood

3~~49~~

187